언디바이디드

UN
DIVIDED

언와인드 디스폴로지 4
언디바이디드
온전한 존재

**닐 셔스터먼 장편소설
강동혁 옮김**

UNDIVIDED
by NEAL SHUSTERMAN

Copyright (C) 2014 by Neal Shusterman
Korean Translation Copyright (C) 2025 by The Open Books Co.

Korean edition published by arrangement with Simon & Schuster Books For Young Readers, an Imprint of Simon & Schuster Children's Publishing Division through KCC (Korea Copyright Center Inc.), Seoul.

All rights reserved. No part of this book may be reproduced or transmitted in any form or by any means, electronic or mechanical, including photocopying, recording or by any information storage and retrieval system, without permission in writing from the Publisher.

일러두기
각 부에 수록된 기사 등의 웹 주소는 현재 일부 연결이 되지 않는다.

나의 편집자이자 친구인 데이비드 게일에게

차례

1부	목표의 성역	15
2부	여기에 용들이 있다	85
3부	참회로 가는 길	179
4부	이 길에서는 나가야만 한다	255
5부	괴물의 입	351
6부	자유의 오른쪽 팔	495
7부	모든 성인	533
감사의 말		557
옮긴이의 말		559

청소년 전담국의
경찰관 및 현장 요원에게

우리의 임무는 중대하며, 주어진 시간은 짧습니다. 지난 몇 달간 점점 더 많은 비행 청소년이 공공의 안전에 명백한 위협이 되어 왔습니다. 다음은 우리 관할 내에서 교정이 어려운 청소년을 등급별로 분류하고, 이에 대응하는 방법을 제시한 자료로서, 요주의 명단 상위에 있는 개인에 대처하는 방법을 포함하고 있습니다.

분열 위험자

이들은 비행 이력이 있음에도 부모가 어떠한 이유로 언와인드 의뢰서에 서명하기를 거부한 10대입니다. 이들은 일반 시민과 동일하게 대우해야 하며, 정당방위의 경우에만 진정탄 사용이 허용됩니다. 그 외의 경우, 이들을 체포하더라도 가족에게 돌려보내야 합니다. 경찰관은 이들의 가족에게 분열적 해결책을 모색하도록 온건히 권유해야 합니다.

10대 무법자

집을 떠나 〈무법〉 상태로 들어간 교정 불가능한 10대에게도 일반 시민과 같은 권리가 있습니다. 폭력적 성향을 드러낸 10대 무법자들에 대해서는 정당한 사유가 있을 경우 진정탄을 사용할 수 있습니다. 이후 해당 무법자는 구금 시설로 인도되어, 부모를 찾아 이와 같은 사실을 통지하거나 부모의 동의 없이도 이들의 언와인드를 허용하는 법적 변화가 있을 때까지 구류됩니다.

무단이탈자

모든 무단이탈자는 언와인드 의뢰서가 제출된 이후 탈출하거나 구류를 회피하는 중입니다. 따라서 이들의 모든 권리는 17세(17세 연령 제한법이 폐지될 경우 18세)가 될 때까지 박탈됩니다. 그러므로 무단이탈자는 장기의 집합으로만 간주되며 이에 따라 취급되어야 합니다. 발견 즉시 진정탄을 사용한 뒤 가장 가까운 하비스트 캠프로 이송하십시오. 단, 포획 시 신체적 외상을 가급적 입히지 않도록 주의하십시오. 이들이 보유한 장기에는 무단이탈자 개인보다 큰 가치가 있습니다.

박수도

이 염세주의적 테러범들은 자신의 혈액을 폭발 물질로 바꾸어 공공 안전에 가장 큰 위협이 되고 있습니다. 어느 연령대의 인물이든 박수도가 될 수 있지만 실제 박수도는 거의 항상 무단이탈자, 10대 무법자, 10대 분열 위험자입니다. 박수도와 마주칠 경우, 가까이 접근하지 말고 승인된 도자기 총알을 사용하여 박수도가 폭발하기 전에 위협을 무력화해야 함을 기억하십시오. 도자기 총알은 폭발 위험 없이 박수도를 쓰러뜨릴 수 있습니다.

황새단

통계에 따르면, 황새(현관 앞 계단에 버려진 아기)는 언와인드 중에서 불균형적으로 높은 비율을 차지하고 있습니다. 그렇다고 메이슨 스타키를 위시한 황새단의 살인적 난동이 정당화될 수는 없습니다. 오히려 이는 더욱 강력한 언와인드 프로그램의 필요성을 뒷받침합니다. 메이슨 스타키의 무자비한 공격으로부터 하비스트 캠프를 보호하기 위해, 우리는 보안을 강화하고 모든 하비스트 시설 내 무기를 개선하고 있습니다. 황새단과 만날 경우, 교전하지 마십시오. 대신, 황새단을 목격한 것이 확실하다면 가장 가까운 현장 요원에게 신고하십시오. 황새단 전체를 소탕할 수 있는 신속 공습 부대를 파견하겠습니다.

코너 래시터와 리사 워드

〈애크런의 무단이탈자〉 코너 래시터는 호피족의 영토로 망명한 것으로 알려져 있습니다. 그러나 이러한 정보가 계략에 불과하며, 그가 완전히 다른 곳에 있을 수도 있습니다. 심지어 코너 래시터가 오하이오주로 돌아왔을 가능성도 배제할 수 없습니다. 코너 래시터의 신분을 확인한 경찰관은 생사에 관계없이 그를 체포해야 합니다. 코너 래시터가 리사 워드와 함께 이동 중일 가능성도 있습니다. 기억하시겠지만, 리사 워드는 미국의 선도적 자선 단체인 능동적 시민으로부터 새로운 척추를 제공받았으나 해당 단체를 배신하고 다른 10대들을 선동하여 폭력 행위를 일으킨 장본인입니다.

레비 제더다이어 콜더(일명 레브 개러티)

박수도가 된 십일조인 이 인물은 가택 연금 조건을 위반하고 몇 달째 은신 중입니다. 일반적으로는 박수도 조직에서 레브 콜더를 살해하고자 그의 주거지를 폭파한 것으로 알려져 있지만, 그가 스스로 폭발을 연출하고 현재는 박수도와 협력하고 있다는 것이 우리 입장입니다.

카뮈 콩프리

언와인드의 리와인드는 우리의 직접적 관심사가 아닙니다. 하지만 우리는 능동적 시민으로부터, 특히 리사 워드의 배반과 관련하여 그들의 노력을 지지해 달라는 요청을 받았습니다. 그러므로 카뮈 콩프리와 리와인드 일반에 대하여 대단히 긍정적인 언어를 사용해야 합니다. 여러분이 개인적으로 카뮈 콩프리를 인간으로 간주하는지 여부는 중요하지 않습니다.

장기 해적

언와인드 암시장이 최근 급성장하고 있습니다. 이들의 성공은 우리가 무단이탈자를 포획하여 처리하지 못한 것과 직접적으로 관계되어 있습니다. 국경 경계가 강화되고 연방 정부의 재정 지원이 늘어난다면, 장기 해적으로 인해 손실되는 무단이탈자의 수는 줄어들고 암시장 카르텔이 붕괴되리라는 것이 우리의 단호한 믿음입니다.

기회의 민족 문제

아메리카 원주민인 기회의 민족이 우리의 목표를 방해하는 방식으로 활동하고 있음이 점점 명백해지고 있습니다. 특히 아파라치는 무단이탈 언와인드에게 비밀리에 망명 기회를 제공하는 것으로 알려져 있습니다. 소위 〈위탁 도망자〉라 불리는 이들은 부족의 영토에 머무는 한 우리 소관이 아닙니다. 현재의 조약이 무효화되고 군사적 조치가 취해질 때까지는 기회의 민족과의 직접적 충돌은 피하십시오.

우리는 폭력적 청소년의 위협에 대한 지속적 해결책을 강구하는 데 큰 진전을 보이고 있습니다. 우리의 노력 덕분에 반분열 저항군이 붕괴했습니다. 나는 우리가 청소년으로 인한 두려움으로부터 해방되는 날을 맞이하게 될 것이라 확신합니다. 그때가 되면 제대로 가지치기를 한 나무에서 가장 좋은 과실이 나듯, 가장 뛰어나고 총명한 청소년들이 번영할 수 있을 것입니다. 청소년 전담국의 경찰관 및 현장 요원인 여러분이 바로 그런 미래를 가능하게 할 것입니다. 여러분의 노고에 감사드립니다.

허먼 샤플리
청소년 전담국장

1부
목표의 성역

나와 같이 느낀다면, 주먹을 뻗어 천장을 뚫으라…….
―「태워 버려」의 가사 중에서(무단이탈자 국가)

# 1
무단이탈자

 진정탄이 머리와 너무 가까운 곳을 지나가는 바람에 귓불이 마찰로 벗겨진다. 두 번째 진정탄은 겨드랑이 바로 아래로 날아간다. 날아가는 모습이 눈에 보일 정도다. 그 진정탄은 둔탁한 텅 소리와 함께 눈앞 골목의 쓰레기통을 맞힌다.
 비가 내린다. 하늘은 거의 성경에나 나올 법한 늦여름의 폭풍으로 헐겁게 찢겨 있다. 그러나 오늘만큼은 폭풍이 그의 가장 친한 친구다. 무자비하게 쏟아지는 비가 청소년 전담 경찰의 추격을 방해하고 있기 때문이다. 비의 장막 탓에 경찰은 조준을 어려워한다.
 「도망쳐 봐야 상황이 나빠질 뿐이다, 아들.」 청담 중 한 명이 소리친다.
 숨을 고를 수만 있었다면 웃었을 것이다. 잡히면 언와인드 당한다. 그보다 나쁠 게 뭐란 말인가? 게다가 그를 〈아들〉이라 부르다니? 온 세상이 더 이상 그를 인류의 아이로 보지 않는데, 청담 경찰에게 그를 〈아들〉이라고 부를 배짱이 있다고? 인류의 눈에 그는 물건이다. 회수할 때가 가까워 온 생화학 물질

자루다.

그를 쫓는 청담 경찰은 두 명, 어쩌면 세 명이다. 돌아서서 그들의 수를 세어 볼 생각은 없다. 목숨을 걸고서, 분열되지 않은 상태로 남아 있겠다는 절박한 마음에 도망칠 때는 따라오는 청담 경찰이 한 명이든, 열 명이든, 백 명이든 중요하지 않다. 중요한 건, 지금 그들이 따라오고 있다는 것, 그리고 그들보다 빨리 뛰어야 한다는 것뿐이다.

또 한 발의 진정탄이 휙 날아간다. 하지만 이번에는 이전만큼 가깝지는 않다. 청담이 짜증을 내기 시작하며 공격이 허술해지고 있다. 좋은 일이다. 그는 지나가며 넘치도록 꽉 찬 쓰레기통을 엎는다. 그걸로 청담의 추격이 조금이라도 늦어지기를 바란다. 골목은 영원히 이어질 것처럼 보인다. 디트로이트 거리에 이렇게 긴 골목이 있었다는 사실조차 전혀 기억이 나지 않는다. 50미터쯤 앞에서 마침내 골목 끝이 보인다. 그는 벌써 자유를 상상하고 있다. 곧 도시의 인파 속으로 쏘아져 나갈 것이다. 그 바람에 자동차 사고가 일어날지도 모른다. 애크런의 무단이탈자가 그랬듯이. 아니면 그가 그랬듯 인간 방패로 삼을 만한 십일조를 발견하게 될지도 모른다. 심지어 아름다운 공범과 짝을 이루게 될 수도 있다. 이런 생각이 뼛속까지 지쳐 있던 그의 몸에 목표 의식을 밀어 넣고 발걸음에 속도를 더한다. 청담은 점점 더 멀어진다. 이제 그는 무단이탈자에게 가장 귀한 상품, 즉 희망의 불꽃을 가지고 있다. 희망이란 신체 부위의 총합보다 가치가 없다고 여겨지는 사람에게는 잘 공급되지 않는 상품이다.

그러나 그 순간, 골목 출구를 막고 있던 두 명의 청담 경찰

실루엣이 그의 희망을 가로막는다. 놈들이 그를 함정에 빠뜨렸다. 돌아보니 뒤에서도 다른 청담 경찰이 거리를 좁혀 오고 있다. 날개라도 돋아 날아갈 게 아니라면 그는 끝났다.

그때, 그의 옆 어두운 문에서 소리가 난다.

「어이, 야! 여기야!」

누군가 그의 팔을 잡고 열린 문 안으로 끌어당긴다. 그 순간 진정탄 일제 사격이 그를 지나쳐 날아간다.

신비로운 구원자는 문을 잠가 청담을 막는다. 하지만 그래 봐야 무슨 소용일까? 건물 안에서 포위당되는 것은 골목에서 함정에 빠지는 것만큼이나 나쁜 일이다.

「이쪽이야.」 그를 구한 남자가 말한다. 「이 아래야.」

남자는 그를 삐걱거리는 계단 아래 어두운 지하실로 데려간다. 무단이탈자는 어슴푸레한 빛에 잠시 구원자의 모습을 가늠해 본다. 구원자는 그보다 서너 살 많아 보인다. 열여덟, 어쩌면 스무 살일 수도 있다. 창백하고 깡말랐으며 실타래처럼 뒤엉킨 검은 머리의 소유자다. 희미한 구레나룻은 턱수염이 되기엔 어딘가 부족해 보인다.

「겁먹지 마.」 남자가 말한다. 「나도 무단이탈자야.」

그럴 가능성은 낮아 보인다. 남자의 나이가 많아 보이기 때문이다. 하긴, 무단이탈자로 1년 이상 지낸 아이들은 대부분 실제보다 나이가 많아 보인다. 그들에게는 시간이 두 배쯤 빠르게 흐르는 것 같다.

지하실 한편에 녹슨 하수구 뚜껑이 열려 있고, 그 아래로 어두운 구멍이 드러나 있다. 폭은 기껏해야 30센티미터 정도다. 거기서 고약한 악취가 풍긴다.

「내려가!」실타래 머리의 남자가 말한다. 굴뚝을 내려가기 직전의 산타만큼 신난 목소리다.

「장난해?」

위층에서 누군가 문을 차고 들어오는 소리가 난다. 갑자기 하수구가 그리 나쁘지 않은 선택으로 보인다. 그는 몸을 욱여넣는다. 구멍에 들어가려면 엉덩이와 어깨를 움찔거려야만 한다. 뱀에게 삼켜지는 기분이다. 실타래 머리의 남자가 그를 따라 미끄러져 들어오더니 하수구 뚜껑을 닫는다. 금속이 콘크리트를 긁는 소리와 함께, 청담은 봉인 너머로 사라진다. 그들이 간 곳은 흔적도 남지 않는다.

「여기서는 절대 우리를 못 찾아.」기이한 구원자의 말에는 무단이탈자가 믿을 수밖에 없게 만드는 자신감이 담겨 있다. 아이는 손전등을 켜 주변을 비춘다. 그들은 폭풍으로 흘러 들어온 빗물 때문에 젖어 있지만, 실제로 사용되지는 않는 것처럼 보이는 2미터 너비의 원통형 하수도에 있다. 냄새는 여전히 고약하지만, 밖에서 맡았던 것만큼 심하지는 않다.

「그래서, 어떻게 생각해?」제멋대로인 머리카락을 가진 남자가 묻는다.「코너 래시터가 할 법한 탈출이었지?」

「애크런의 무단이탈자가 하수도까지 들어올 것 같지는 않은데.」

남자가 끙 소리를 내더니 앞장서서 하수도가 파열된 곳으로 간다. 그들은 전선이 늘어져 있고 뜨거운 증기관이 늘어서 있는 콘크리트 설비 배관으로 기어 나온다. 증기 때문에 공기가 답답하게 느껴진다.

「넌 누구야?」무단이탈자가 구원자에게 묻는다.

「아전트야.」 그가 말한다. 「〈서전트〉에서 S를 뺀.」 그가 무단이탈자에게 손을 내밀어 악수하더니, 돌아서서 증기로 가득한 좁은 길을 앞장서 나아간다. 「이쪽이야. 멀지 않아.」

「어디가 멀지 않다는 거야?」

「꽤 괜찮은 곳을 마련해 뒀어. 따뜻한 음식도 있고, 편안히 잘 만한 공간도 있어.」

「진짜라기에는 너무 좋은 것 같은데.」

「내 말이. 안 그래?」 아전트가 거의 머리카락만큼이나 기름 낀 미소를 지어 보인다.

「그래서 네 사연은 뭐야? 왜 나를 위해서 이런 위험을 무릅쓰는 거야?」

아전트가 어깨를 으쓱한다. 「저놈들을 꾀로 따돌리고 나면 딱히 위험할 것도 없어.」 그가 말한다. 「아무튼, 난 이걸 시민의 의무라고 생각해. 꽤 오래전에 난 장기 해적한테서 탈출했거든. 지금은 나보다 운 나쁜 사람들을 돕고 있고. 나를 잡고 있던 장기 해적은 그냥 장기 해적도 아니었어. 코너 래시터가 진정탄 권총을 빼앗아서 쏴버린, 전직 청담 경찰이었다고. 놈은 경찰에서 쫓겨났고, 지금은 애들을 잡아서 암시장에 팔고 있어.」

무단이탈자는 기억 속의 그 이름을 떠올린다. 「그 닐슨이라는 사람?」

「넬슨이야.」 아전트가 고쳐 준다. 「재스퍼 T. 넬슨. 난 코너 래시터와도 아는 사이야.」

「그래?」 무단이탈자가 의심스러워하며 말한다.

「응, 진짜야. 걘 진짜 대단해. 완벽한 찐따야. 내가 지금 너한테 하는 것처럼 따뜻하게 맞아 줬는데, 내 얼굴에 이런 짓을 했다니까.」

그제야 무단이탈자는 아전트의 얼굴 왼쪽 절반이 아직 아물지 않은 상처로 심하게 망가져 있음을 알아챈다.

「애크런의 무단이탈자가 그런 짓을 했다고? 그 말을 믿으라는 거야?」

아전트가 고개를 끄덕인다. 「응, 우리 집 대피소에 손님으로 왔을 때 그랬다니까.」

「그러시겠지.」 이 녀석은 모든 이야기를 지어내고 있는 게 틀림없다. 하지만 무단이탈자는 더이상 문제를 제기하지 않는다. 먹이를 주려는 사람의 손은 물지 않는 게 최선이다.

「조금만 더 가면 돼.」 아전트가 말한다. 「너, 스테이크 좋아해?」

「먹을 기회만 있다면야.」

아전트는 시원한 공기가 스며 나오는 콘크리트 벽의 틈새를 가리킨다. 거기서는 오래된 썩은 내가 아니라 얼마 안 된 곰팡내가 난다. 「너 먼저 들어가.」

무단이탈자가 틈새로 기어들어 가보니 지하실이 나온다. 다른 사람들도 있다. 하지만 아무도 움직이지 않는다. 잠시 후에야 무단이탈자는 눈에 들어온 광경을 알아본다. 10대 세 명이 재갈을 물고 발이 묶인 채 바닥에 쓰러져 있다.

「야, 이게 무슨······.」

하지만 생각을 마무리하기도 전에 아전트가 뒤에서 다가와 목을 조른다. 기도만이 아니라 뇌로 향하는 모든 혈류까지 막아 버리는 잔인한 초크다. 의식을 잃기 전, 무단이탈자의 머릿속에 마지막으로 떠오른 생각은 자신이 결국 뱀에게 삼켜지고 말았다는 삭막한 깨달음이다.

2
아전트

 그가 세상의 중심이다. 그는 이 게임의 정점에 있다. 세계 최고의 장기 해적 재스퍼 T. 넬슨에게서 일을 배우는 장기 해적 수련생 아전트 스키너에게 지금보다 나은 상황이란 있을 수 없다.

 아전트가 넬슨을 모시게 된 상황이 최고의 상황이었다고는 할 수 없다. 하지만 그는 분명 주어진 상황을 최대한 활용했다. 아전트가 자신의 가치를 너무도 확실히 입증했기에 넬슨에게는 그를 데리고 다니는 것 외에 선택지가 없었다. 아전트의 가치를 보여 주는 증거는 그의 뒤에 있는 유홀[1] 트럭에 묶여 있다.

 편도로 빌린 그 작은 트럭은 아전트와 넬슨이 교외의 월마트 주차장에 버려두고 온 렌터카 대신이었다. 아전트는 이런 사소한 도둑질로 추적당할 걱정은 하지 않는다. 넬슨은 소위 사법부를 피해 자취를 감추는 데 진정한 달인이기 때문이다.

---

[1] 미국에서 개인이 직접 이삿짐 등을 옮기기 위해 빌리는 렌터카 브랜드. 이하 모든 주는 옮긴이의 주이다.

오랜 세월 청담 경찰로 일해 왔기에, 넬슨은 그쪽 상황을 속속들이 안다. 그는 법의 미끄러운 표면을 스케이트 타듯 매끄럽게 가로지른다.

넬슨은 아전트의 새 영웅이다. 직전에 영웅 숭배의 대상이었던 코너 래시터는 실망스러웠다. 지금 아전트는 애크런의 무단이탈자에 대한 증오로 넬슨과 연합하고 있다. 이런 증오심은 사랑만큼이나 강력한 연대의 힘이 될 수 있다.

아전트는 뒤로 돌아, 트럭에 실린 아이들을 한 번 더 본다. 넷은 묶인 채 재갈을 물고 있다. 사실상 선물 포장되어 배달되는 상품이다. 무단이탈자는 모두 의식이 있는 상태로 꿈틀거리고 있다. 일부는 소리를 지르지만, 그 울음은 자기 자신에게만 들릴 정도로 조용하다. 그들은 아전트의 분노를 유발하지 않으려 애쓴다. 아전트가 몇 차례 분노를 퍼부어 주겠다고 위협했기 때문이다. 물론, 그런 위협은 전부 허세일 뿐이다. 넬슨은 무단이탈자의 신체를 손상하는 행위를 허락하지 않는다.

「멍이 들면 시장 가치가 떨어져.」 넬슨은 지적했다. 「다이밴 님은 과일에 멍드는 걸 싫어하신다. 훌륭한 상품이 아니라 위로를 위한 공물을 받게 됐다는 것만으로도 불쾌해하실 텐데.」

물론, 넬슨이 말하는 〈훌륭한 상품〉은 코너 래시터다.

넬슨은 무단이탈자들을 진정탄 총으로 조용히 시킬 수도 있지만 그러지 않는다. 「아껴야지.」 넬슨이 말했었다. 「진정탄은 비싸니까.」

하지만 아전트에게는 그 말이 적용되지 않는 듯하다. 한번은 아전트가 라디오 볼륨을 키우려 했는데, 넬슨이 그를 진정탄 총으로 쏴버렸다. 그게 처음도 아니었다. 넬슨은 아전트를 기절시키는 데서 큰 즐거움을 느끼는 것 같다. 「원숭이한테 충격을 줘서 바나나를 건드리면 안 된다는 걸 가르치는 거야.」 넬슨은 그렇게 말했었다. 공교롭게도 라디오에서 다음 곡으로 나온 노래가 「원숭이에게 충격을」이었다. 아전트는 넬슨에게 초능력이 있다고 믿는다.

전쟁 이전부터 존재해 온 구식 방송국에서는 이제 넬슨이 좋아하는 볼륨으로 펄잼[2]의 노래를 틀어 준다. 간신히 들릴 정도의 소리다. 아전트는 감질나게 잘 들리지 않는 음악 소리를 더 키우고 싶다는 충동에 저항해야만 한다.

아전트는 뒤쪽의 무단이탈자들을 보다가 마지막으로 잡은 아이와 눈이 마주친다. 거칠고 사납게 생긴 얼굴과 다르게, 부드러운 황갈색 눈을 가진 소년이다. 그의 눈이 아전트에게 무언가를 구걸하는 듯하지만, 그게 무엇일까? 놓아 달라고? 자비를 베풀어 달라고? 왜 자신의 삶이 이렇게 되고 말았는지 설명해 달라고?

「그만!」 아전트가 말한다. 「원하는 게 뭔지는 몰라도 안 줘.」

「음음, 우.」 그가 재갈을 문 채 웅얼거린다.

「화장실에 가겠다고 멈춰 주진 않아!」 아전트가 씹어 뱉는다. 「우리가 멈추기로 할 때까지 참아. 맞아서 시커멓게 멍들고 싶은 게 아니라면, 강아지 같은 눈으로 날 보지 말고.」 이번에도 무의미한 위협이다. 하지만 아이는 그 사실을 모른다. 소년은 낙담한 채 트럭의 닳아빠진 바닥으로 시선을 떨어뜨린다. 그 모습에 아전트는 기분이 좋아진다.

---

2 1990년대에 결성된 미국의 얼터너티브 록 밴드.

「야.」 아전트가 그에게 말한다. 「우리가 유혹을 타고 있다니, 웃기지 않아? 네가 우리 유혹에 넘어가서 이렇게 된 거잖아. 이해하지? 유혹의 유혹?」

「주둥이는 언제쯤 그만 나불대는 거냐?」 넬슨이 묻는다.

「그냥 재미있잖아요.」 아전트는 말대꾸하지 못하는 사람에게 말하는 것이 대단히 보람 있는 일임을 인정할 수밖에 없다. 「저기…… 혹시 저 애의 눈이 마음에 드실까 해서요.」 아전트가 넬슨에게 말한다. 「지금 당신 눈보다도 좋아 보이던데요.」

불편한 침묵이 흐른 뒤 넬슨이 말한다. 「내가 원하는 눈은 한 쌍밖에 없다.」

넬슨이 말해 준 적은 없지만 아전트는 그가 궁극의 트로피로 원하는 눈이 누구의 것인지 안다. 「아시겠지만, 그 녀석 눈 두 개 중 하나는 개 눈도 아니에요.」 아전트가 지적한다. 「코너는 새 팔과 함께 새 눈도 받았다고요.」

「그건 중요하지 않아.」 넬슨이 쏘아붙인다. 「중요한 건 내가 받는 게 누구 눈이냐가 아니야. 내가 빼앗는 게 누구 눈이냐가 중요하지.」

「네, 이해해요. 당신이 놈의 눈으로 세상을 본다면, 놈은 더 이상 자기 눈으로 세상을 보지 못한다는 뜻이니까요.」 아전트가 씩 웃는다. 「거기다가, 트로피를 늘 눈앞에 둘 수 있는데 누가 선반에 올려 두고 싶어 하겠어요? 이해하시죠? 눈앞에 말이에요.」

넬슨은 예의상 끙 소리조차 내지 않는다. 「네 목소리를 더는 듣고 싶지 않다.」 넬슨이 말한다. 「네가 쓰레기라고 해서 내뱉는 숨까지 쓰레기처럼 낭비할 필요는 없지.」

「그래요? 저라는 인간쓰레기가 방금 당신이 암시장 친구한테 팔 수 있도록 최상급 무단이탈자 네 명을 잡아 드렸는데요.」

넬슨은 아전트를 돌아본다. 넬슨의 얼굴에서 멀쩡한 반쪽이 드러난다. 애리조나주의 햇볕 아래 의식을 잃고 쓰러졌을 때 화상을 입지 않았던 절반 말이다. 여기에 공동의 증오심 말고도 둘을 묶어 주는 요소가 하나 더 있다. 넬슨과 아전트는 둘 다 얼굴이 절반밖에 없다. 넬슨의 왼쪽 얼굴과 아전트의 오른쪽 얼굴을 합치면 하나의 완전한 얼굴이 된다. 그것도 둘이 한 팀에 속한다는 증거다.

「다이밴 님은 내 친구가 아니야!」 넬슨이 말한다. 「다이밴 님은 서구에서 가장 뛰어난 신체 거래자다. 돈으로 따지면, 버마의 다제이도 도망칠 정도야. 다이밴 님은 격식을 중시하는 신사이고, 그분을 만날 때는 너도 예의를 갖춰야 할 거다.」

「그러죠, 뭐.」 아전트가 말한다. 그는 이렇게 물을 수밖에 없다. 「그래서, 그 다이밴이라는 사람도 다제이처럼 언와인드들을 대한대요? 마취제도 안 쓰고?」

그 말에 담긴 의미를 알아챘는지 뒤에서는 신음과 꽉 틀어막힌 흐느낌이 들린다. 넬슨은 아전트를 태워 죽일 듯 쏘아본다. 「또 진정탄을 쏴서 네 입을 닥치게 해야 할까?」

아전트는 죽음이 스친 뒤 이어서 두통이 밀려오는 경험을 딱히 좋아하지 않기에 입을 다문다. 한동안은 조용히 있을 작정이다.

넬슨은 아직 일이 끝나지 않았다고 말한다.

「다이밴 님에게 데려가기 전에 무단이탈자를 하나 더 잡을 거다.」 그가 말한다. 「래시터를 데려가지 못한다면, 최소한 화물이라도 잔뜩 실어 가야지.」 넬슨은 아전트를 다시 힐끗 본다. 「우리가 거기에 도착하고 나서 네가 약속을 지킬지 알아야겠다.」

아전트는 침을 꿀꺽 삼킨다. 갑자기 뒷자리의 아이들처럼 꽉 묶인 기분이다. 「당연하죠.」 그가 말한다. 「저는 뱉은 말은 지키는 사람이에요. 상품을 내리자마자 추적 코드를 넘겨 드릴게요.」

넬슨은 고개를 끄덕인다. 「널 위해서라도 네 누나의 추적 칩이 아직 활성화되어 있어야 할 거다. 네 누나가 아직 래시터와 함께 있어야 할 테고.」

「함께 있을 거예요.」 아전트가 말한다. 「그레이스는 따개비랑 비슷해요. 일단 누군가한테 달라붙으면 아무리 용을 써도 떼어 낼 수 있을까 말까죠.」

「총으로 머리를 쏴도 되겠지.」 넬슨이 말한다.

그 생각에 아전트는 소름이 끼친다. 사실 아전트는 코너와 한편이 된 그레이스에게 화가 나 있다. 하지만 코너가 정말로 그레이스를 떼어 내기 위해 그녀를 죽일까? 온갖 일을 겪었다지만, 코너는 그럴 짓을 할 타입으로 보지 않는다. 아무튼 그런 상상은 하지 않는 게 좋겠다. 그는 좀 더 유쾌한 쪽으로 생각이 흘러가게 둔다.

「그래서, 다이밴이라는 사람한테 아이는 있나요? 제 또래 딸이라든지.」

넬슨은 한숨을 쉬며 진정탄 권총을 꺼낸다. 그리고 저용량 진정탄을 쏜다. 진정탄이 아전트의 목젖에 아프게 꽂힌다. 아전트는 손가락으로 작은 깃발을 집어 목에서 뽑아내지만, 이미 약효가 퍼지고 있다.

「총알값은 네 급료에서 깐다.」 넬슨이 말한다. 농담이다. 아전트는 넬슨에게서 급료를 받지 않으니까. 넬슨은 이게 무급 인턴십임을 분명히 밝혔다. 하지만 상관없다. 진정탄을 맞는 것도 괜찮다. 지금 아전트 스키너의 인생은 훌륭하니까.

진정탄을 맞은 아전트는 수면으로 곤두박질치며, 코너 래시터도 곧 고꾸라지리라는 절대적 확신에서 위안을 얻는다. 하지만 아전트와 달리, 코너는 다시 일어나지 못할 것이다.

3
코너

 코너 래시터는 오하이오주 애크런의 잡초가 우거진 지역에 있는, 어수선한 골동품 가게의 먼지 낀 한구석에 앉아 있다. 눈앞에서 세상이 바뀌기를 기다리는 중이다.

「분명히 여기 어딘가에 있는데.」 소니아는 구식 전자 제품 더미를 파헤치며 말한다. 코너는 소니아가 저 모든 기술의 탄생과 죽음을 전부 목격했는지 궁금해진다.

「도와드릴까요?」 리사가 묻는다.

「누굴 등신인 줄 아니!」 소니아가 대꾸한다.

 미래 전체가 달린 바로 그 물건을 직접 보기 직전이라고 생각하니 현기증이 난다. 언와인드의 미래. 코너 같은 아이들을 강철 같은 손아귀로 붙잡고 있는 청소년 전담국의 미래. 그는 리사 쪽을 본다. 리사도 똑같이 짜릿한 기대감을 품고 기다리고 있다. 우리의 미래. 코너는 생각한다. 인생이 그저 하루하루 생존하는 것이 전부였을 때, 내일이라는 개념을 생각하기는 어려웠다.

 리사 옆에 앉아 있던 그레이스 스키너는 마찰열로 화상을 입을 만큼 강하게 두 손을 쥐어짜고 있다. 「빵 상자보다 큰가요?」 그레이스가 묻는다.

「곧 보게 될 거야.」 소니아가 대답한다.

코너는 빵 상자가 무엇인지 모른다. 하지만 스무고개 게임에서 모르는 단어를 눈치로 알아맞히듯, 빵 상자의 크기는 짐작할 수 있다. 장치가 나오기를 기다리면서 코너가 할 수 있는 일이라고는 그레이스처럼 두 손을 쥐어짜지 않기 위해 애쓰는 것뿐이다.

소니아가 남편 이야기를 시작했을 때, 코너는 기껏해야 정보나 좀 얻을 수 있으리라 생각했다. 능동적 시민이 잰슨 라인실드라는 사람만이 아니라 그에 대한 세상의 기억을 두려워하는 이유에 관한 단서 정도를 말이다. 노벨 생리의학상 수상자인 잰슨과 소니아 라인실드 부부는 역사에서 지워졌다. 코너는 소니아가 정보를 줄 수 있을지 모른다고 생각했지만, 이런 일이 벌어질 거라고는 예상하지 못했다!

〈살아 있는 인간 장기를 만들 수 있는 프린터를 발명했다면?〉 소니아는 남편이 환멸감을 이기지 못한 채 결국 목숨을 잃었다고 말했다. 〈그 특허를 미국에서 가장 큰 의료기 제조업체에 팔았는데…… 그 업체가 그 모든 업적을 묻어 버렸다면? 설계도를 태워 버렸다면? 프린트를 부숴 버리고, 그런 기술이 존재했다는 사실 자체를 아무도 모르게 지워 버렸다면?〉

그 말을 하면서 소니아는 너무도 강한 분노에 몸을 떨었다. 그녀는 실제의 왜소한 체구보다 훨씬 커 보였다. 그들 중 누구보다 강해 보였다.

소니아는 말했다. 〈지금 이 시스템을 그대로 유지하는 데 너

무 많은 사람이 너무 많은 걸 투자했기에, 놈들이 언와인드에 대한 해법을 없애 버렸다면?〉

그 말의 결론이 어디로 이어지는지 알아낸 건 〈저피질〉 그레이스였다.

〈그리고 골동품 가게의 한구석에 그 장기 프린터가 아직 숨겨져 있다면?〉

그 생각은 실내의 공기를 전부 빨아들이는 것만 같았다. 코너는 실제로 헛숨을 들이켰고, 리사는 현기증을 물리치려면 코너를 붙들어야 하는 것처럼 그의 손을 꽉 잡았다.

마침내 소니아는 코너가 빵 상자 크기라고 상상했던 크기의 판지 상자를 꺼낸다. 코너가 작은 체리 나무 원탁 위를 비우자, 소니아는 상자를 가만히 내려놓는다.

「꺼내 봐도 좋다.」 소니아가 말한다. 힘을 쓰느라 약간 숨을 헐떡인다.

코너는 상자 안에 손을 넣어 검은 물건을 꺼내 탁자 위에 올려놓는다.

「이게 다예요?」 그레이스는 실망한 기색이 역력한 채로 말한다. 「그냥 프린터잖아요.」

「바로 그거야.」 소니아가 일종의 자긍심이 담긴 우쭐거리는 어조로 말한다. 「세상을 뒤흔들 기술은 종을 울리고 호루라기를 불어 대며 찾아오는 게 아니다. 그런 건 나중에 덧붙여지는 거야.」

장기 프린터는 작지만, 겉모습만으로는 예상할 수 없을 만큼 무겁다. 특수한 목적에 맞도록 조율된 전자 장치가 잔뜩 들어 있다. 겉은 암회색이고, 그레이스가 이미 말했듯 전혀 특별

할 것 없어 보인다. 코너가 태어나기도 전에 만들어졌을 법한 평범한 프린터처럼 생겼다. 케이스는 아마 일반 프린터에서 가져왔을 것이다.

소니아가 말한다. 「이 세상의 너무도 많은 것이 그렇듯, 중요한 건 안에 들어 있어.」

「작동시켜 봐요.」 그레이스는 의자에서 거의 통통 튀어 오르며 묻는다. 「눈 같은 걸 프린트하게 해봐요.」

「안 돼. 카트리지에 다능성 줄기세포를 채워야 한다.」 소니아가 설명한다. 「그 이상은 말해 줄 수 없어. 이게 어떤 식으로 작동하는지는 나도 전혀 몰라. 내 전공은 전자 공학이 아니라 신경 생물학이었거든. 이걸 만든 건 잰슨이야.」

「역설계를 해봐야겠네요.」 리사가 말한다. 「그래야 다시 만들 수 있죠.」

작은 시제품에는 그레이스가 말한 대로 눈을 출력할 수 있는 크기의 출력용 접시가 달려 있다. 하지만 이 기술은 더 큰 기계에도 적용될 수 있을 것이다. 그 발상만으로도 코너는 머리가 핑핑 도는 듯하다. 「모든 병원에서 환자를 위한 장기와 조직을 프린트할 수 있다면, 언와인드 체제 자체가 무너지겠군요!」

소니아는 천천히 등받이에 기대며 고개를 젓는다. 「그런 식으로는 안 될 거다. 절대로 그렇게는 안 돼.」 소니아는 자신의 주장이 제대로 전달되도록 신경 써서 모두와 하나하나 눈을 맞춘다.

「언와인드를 끝장낼 단 하나의 무언가는 없어.」 그녀가 말한다. 「적절한 시기에 적절한 방식이 합쳐져 사회에 양심이라는 게 존재한다는 걸 일깨워 줄 무작위적 사건들이 뒤죽박죽으로 일어나야 해.」 그녀는 장기 프린터를 가만히 두드린다. 「그 오랜 세월 내내 나는 이걸 세상에 내놓기를 두려워했다. 놈들이 파괴해 버리면 복구할 방법이 없으니까. 이 기계와 함께 기술 자체도 죽는 거라고 생각했다. 하지만 이제 때가 된 것 같구나. 이 기계를 세상에 내놓는다고 모든 문제가 해결되지는 않겠지. 하지만 이 프린터는 다른 모든 사건들을 엮어 내는 바큇살의 중심이 될 수 있을 거야.」

그녀는 맞은 자국이 생길 정도로 세게 코너를 지팡이로 때린다. 「절망적이긴 하다만, 너희가 그 일을 맡아야 할 것 같구나. 잰슨의 기계는 이제 너희 거야. 가서 세상을 고쳐라.」

광고

여러분은 저를 모르지만 제 이야기나 제 이야기와 비슷한 이야기를 알고 계실 겁니다. 제 딸이 무단 운전을 하던 열여섯 살 소년의 차에 치여 목숨을 잃었어요. 나중에야 그 소년이 이미 세 차례나 범죄를 저지르고 석방되었음을 알게 되었습니다. 지금은 다시 구금된 상태이고, 성인으로 재판을 받을지도 모릅니다. 그렇다고 제 딸이 돌아오지는 않습니다. 그는 애초에 그 자동차를 훔쳐서는 안 됐습니다. 하지만 그의 부모는 전과 기록과 무모하고 폭력적인 성향에도 불구하고 소년을 언와인드하지 않겠다고 했습니다. 제 딸의 이름을 딴 마르셀라 계획은 이런 일이 다시는 일어나지 않도록 할 것입니다. 이 계획이 통과되면, 분열 가능한 연령의 교정 불가능한 10대는 세 번째 범법 행위 이후 자동으로 언와인드 대상이 됩니다. 마르셀라 계획에 찬성표를 던지세요. 우리 아이들에게 그 정도는 해주어야 하지 않을까요?

— 더 안전한 미래를 위한 부모 연대에서 후원하는 광고임

코너는 곧장 그 비밀스러운 물건을 뒷방으로 가져간다. 그는 언제나 기계를 소름 끼치게 잘 다루었지만, 이번만큼은 뭔가를 손쓸 수 없게 망가뜨릴까 봐 케이스조차 열어 보지 못한다.

「이 장치를 적당한 사람에게 가져가야 해.」 코너가 말한다. 「이걸로 뭘 해야 할지 아는 사람에게.」

리사가 지적한다. 「현재 시스템에 너무 밀착돼 있어서, 이 기계를 사용하기보다는 파괴하려 들 사람은 안 되겠지.」

「찾기 어렵겠는데.」 그레이스가 말한다.

소니아가 절뚝거리며 뒷방으로 들어와, 아직 프린터를 보고 있던 세 사람을 따라잡는다. 「그건 종교적 유품이 아니야. 그만 좀 봐라.」 그녀가 말한다.

「뭐, 나름대로는 신성한 물건이죠.」 리사가 말한다.

소니아가 터무니없다는 듯 손을 내젓는다. 「도구는 악마적인 것도, 신성한 것도 아니야. 모든 문제는 누가 그걸 쓰느냐에 달려 있지.」 소니아는 지팡이로 오래된 여행 가방을 가리킨다. 이제는 그녀의 지하실이라는 그림자 속으로 내려가야 할 시간이라는 뜻이다.

그레이스가 여행 가방을 옆으로 밀며 끙 소리를 낸다. 「그건

그렇고, 이 안에는 뭐가 들어 있는 거예요? 납?」

리사가 코너를 보자, 코너는 시선을 돌린다. 둘 다 안에 무엇이 들어 있는지 안다. 하지만 코너는 아무리 리사라도 여행 가방이 그의 마음을 얼마나 무겁게 짓누르는지는 모르리라 생각한다. 여행 가방 안에 든 편지들의 무게보다도 무겁다. 그는 얼마나 많은 아이가 얼마나 많은 편지를 넣었기에 여행 가방이 이토록 무거울까 생각한다.

여행 가방이 밀려나자, 소니아는 그 아래의 양탄자를 둘둘 말아 치우고 바닥 문을 드러낸다. 코너가 손을 뻗어 바닥 문을 들어 올린다.

「난 이제 가게를 열 거다.」 소니아가 말한다. 「좋든 싫든, 먹고살 돈은 벌어야 하니까. 그러니 너희는 내려가라. 어떻게 하는지는 알겠지. 소음에 주의해라. 너희는 너무 똑똑해서 잡히지 않을 거라는 생각은 추호도 하지 말고.」 그녀가 프린터를 가리킨다. 「저것도 가져가. 참견쟁이들이 뒷방을 들여다보다가 전시된 저 물건을 보는 건 바라지 않으니까.」

코너는 거의 2년 만에 소니아의 지하실에 들어간다. 그가 이곳에 왔던 건 무단이탈자가 된 지 이틀째 되는 날이었다. 그는 십일조를 인질로 잡고 청담 경찰을 그의 진정탄 총으로 쏘았으며 하비스트 캠프행 버스에서 탈출한 고아 소녀와 합류했다. 얼마나 어울리지 않는 바보 집단이었던가! 코너는 지금도 가끔 바보가 된 기분이 든다. 하지만 너무 많은 것이 바뀌었기에 예전의 자신이었던 그 말썽꾼은 기억조차 나지 않는다. 한때 언와인드되기를 오히려 바라도록 세뇌당했던 순진한 아이,

레브는 이제 더 이상 자라지 않는 몸속에서 나이만 먹은 영혼이 되었다. 처음에는 그저 살아남기 위해 아등바등하던 리사는 전국 단위 방송에서 능동적 시민을 공격했다. 그것도 척추가 박살 났다가, 그녀의 의지와는 무관하게 교체된 뒤였다. 코너 자신으로 말할 것 같으면, 그는 세계에서 가장 큰 무단이탈 언와인드 비밀 피신처의 책임자였다. ......결국 그곳이 딱히 비밀스러운 공간은 아니었음을 알게 되었지만. 묘지가 공격당한 기억은 여전히 그의 영혼에 아물지 않은 상처로 남아 있다. 그는 필사적으로, 누군가는 용맹하다고 할 정도로 격렬하게 싸웠지만 결국 청소년 전담국이 승리했고 수백 명의 아이가 하비스트 캠프로 끌려갔다.

지금 소니아의 지하실을 점거하고 있는, 바로 그런 아이들이.

그게 말도 안 된다는 건 안다. 그럼에도 코너는 그날 묘지에서 청담에 패배했을 때, 자신이 이 아이들조차 실망시켰다고 느꼈다. 리사를 따라 내려가며, 그는 불안감과 막연한 수치심에 화가 난다. 사실 그가 부끄러워할 일은 아니다. 묘지에서 일어난 일은 그의 통제를 벗어난 일이었다. 게다가 그를 배신하고, 유일한 탈출 수단으로 황새들과 함께 날아가 버린 스타키도 있었다. 그래, 코너가 부끄러워할 일은 아니다. ......그렇다면 지하실의 그림자에서 나오기 시작한 아이들과 눈을 마주칠 수 없었던 이유는 대체 무엇일까?

「기시감이 들지?」 리사는 코너가 떨면서 심호흡하는 소리를 듣고 묻는다.

「응, 비슷해.」

이미 소니아를 도우며 몇 주를 보낸 리사는 지하실의 선수들을 모두 안다. 그녀는 코너를 위해 길을 깔아 주려 노력한다. 아이들은 코너라는 유명인을 본 충격에 빠져 있거나 그의 존재에 위협을 느낀다. 이곳의 대장 격인, 키가 크고 살집이 없는 〈보〉라는 이름의 아이가 재빨리 영역 표시를 한다. 「네가 애크런의 무단이탈자라고? 난 네가…… 좀 더 건강해 보일 줄 알았는데.」

코너는 그게 무슨 말인지 모르겠다. 보도 아마 마찬가지일 것이다. 코너는 보가 느끼는, 남성 호르몬의 거짓된 우월감에 도전하며 즐거운 여가 생활을 보낼 수도 있을 것이다. 하지만 그럴 가치는 없어 보인다.

「들고 있는 건 뭐야?」 풍파에 시달리고 머리를 기르기 전의 레브를 떠올리게 하는, 천진한 모습의 열세 살짜리 아이가 묻는다.

「그냥 오래된 프린터야.」 코너가 말한다. 그레이스는 그 말을 듣고 키득거리지만 자기가 아는 걸 입 밖에 내지는 않는다. 대신 그녀는 돌아다니며 자기소개를 하고 악수를 청한다. 아무랑도 악수하고 싶어 하지 않는 아이들과도.

「오래된 프린터라고?」 보가 말한다. 「여기에 쓰레기가 더 필요한가 보네.」

「그래, 뭐, 감상적인 가치가 있잖아.」

보는 무시하듯 코웃음을 치더니 돌아서 버린다. 코너는 발을 내밀어 녀석의 발을 걸고 싶은 충동을 억누른다.

코너는 선반에 프린터를 올려놓는다. 너무 조심스럽게, 관심을 보이지 않으려 노력한다. 영리한 아이들이 뭔가 알아낼지도 모르기 때문이다. 지금 당장은 프린터에 대해 아는 사람이 적을수록 좋다. 최소한 그걸 모든 사람에게 알릴 방법을 알아낼 때까지는.

「좋은 애들이야.」 리사가 코너에게 말한다. 「물론 나름의 문제는 있지. 그게 아니었다면 여기까지 오지도 않았을 테니까.」

코너는 리사를 무척 사랑하지만, 그 말에는 약간 발끈할 수밖에 없다. 「무단이탈자를 다루는 방법은 나도 알아. 지금껏 꽤 오래 그 일을 해왔거든.」

리사는 잠시 코너를 본다. 그녀의 시선이 지나치게 꿰뚫어 보는 것처럼 느껴진다. 「뭐가 신경 쓰이는데?」 그녀가 묻는다.

코너는 아직 자신을 통제하지 못하지만, 그의 시선은 자신도 모르게 팔에 새겨진 상어에게로 향한다. 지난번 이 지하실에 있었을 때, 그 팔은 롤런드의 것이었다. 리사는 코너의 시선을 알아채고, 늘 그렇듯 코너 자신보다 그의 마음을 잘 읽어 낸다.

「여기 내려와 있으니까 우리가 처음 시작한 그 순간으로 돌아온 것 같은 기분이 들 수도 있겠지만, 실제로는 그렇지 않아.」

「알아.」 코너가 인정한다. 「하지만 아는 거랑 느끼는 건 다른 문제야. 여기 오니까…… 너무 많은 것들이 생각나.」

「여기 오니까?」 리사가 묻는다. 「아니면 고향에 오니까?」

「애크런은 내 고향이 아니야.」 코너가 그녀에게 일깨워 준다. 「모든 일이 여기서 벌어졌다는 이유로 사람들이 나를 애크런의 무단이탈자라 부르지만, 여긴 내 고향이 아니야.」

리사가 부드러운 미소를 지어 보인다. 그 미소에 코너가 느끼던 답답함이 조금은 녹아내린다. 「그게 말이지, 넌 진짜 고향이 어딘지 말해 주지 않았어.」

코너는 말을 꺼내는 것만으로도 고향이 가까워지는 것처럼 망설인다. 그걸 바라는 건지, 아닌지 잘 모르겠다. 「콜럼버스.」 그가 마침내 말한다.

리사는 생각해 본다. 「여기서 한 시간 반 정도 걸리지?」

「비슷해.」

리사가 고개를 끄덕인다. 「내가 인생 대부분을 보낸 주립 보호 시설은 그보다 훨씬 더 가까워. 근데 그거 알아? 난 전혀 신경 쓰지 않아.」

그렇게 리사는 떠나 버린다. 코너는 리사의 말이 그에게 공감하려는 시도인지, 그의 따귀를 올려붙이는 한마디인지 확신할 수 없다.

다음은 정치 관련 유료 광고입니다

세상에 혼란스러운 정보가 넘쳐 나는 지금, 어디에 찬성표를 던져야 할지 알기란 어렵습니다. 하지만 F 조치, 즉 〈예방 계획〉은 다릅니다. F 조치는 간단합니다. 이 조치는 위험에 처한 수천 명의 13세 미만 아이를 감독하고, 이들이 분열 가능한 연령에 이르기 전에 상담과 치료, 미래에 대한 대안적 선택지를 제공할 수 있도록 새로운 청소년 전담국 지부를 설립하는 데 특별 예산을 지원합니다. 더욱이, F 조치는 납세자들의 세금을 한 푼도 쓰지 않습니다! 이 조치는 전액 하비스트 캠프 수익금으로 운영됩니다.

F 조치에 찬성표를 던지세요. 예방 1그램이 살 1파운드보다 낫지 않을까요?

─더 밝은 하루 연대에서 후원하는 광고임

소니아의 지하실에서는 언제가 밤인지 알기 어렵다. 저 멀리, 뒤쪽 구석 높은 곳에 작은 창문이 하나 있지만, 얽히고설킨 잡동사니의 미로 뒤에 있어서 눈에 힘을 주지 않으면 성에 낀 유리로 들어오는 빛을 볼 수조차 없다. 지하실 잡동사니 사이에 있는 시계 몇 개는 작동하지 않는다. TV도 마찬가지다. 여기에 내려와 있는 열두 명의 아이 중 손목시계를 가진 아이는 한 명도 없다. 여기 오기 전에 음식과 교환했든지, 핸드폰으로 시계를 대신 하는 데 너무 익숙해져 있어서 애초에 시계가 없었을 것이다. 하지만 핸드폰은 추적이 가능하기에 똑똑한 무단이탈자가 가장 먼저 버려야 하는 물건이다. 물론 코너는 도망친 첫날 밤에 그리 똑똑하지 않았다. 사람들은 그의 핸드폰으로 위치를 추적했고, 그는 간발의 차로 잡히지 않았다. 하지만 그는 빠르게 똑똑해졌다.

모두 소니아가 저녁을 가져다주기를 기다리는 동안 ─ 식사는 예측 가능한 일정에 따라 이루어지는 일이 아니다 ─ 그레이스가 전날 밤의 이야기를 엮어 낸다. 대부분의 아이가 골똘히 귀를 기울인다는 걸 깨달으면서 그레이스의 이야기는 점점 더 생생해진다.

「우리가 어떤 여자분의 집 2층에 있었는데, 내가 한밤중에 검은 옷을 입은 특수 요원들이 잔디밭을 가로질러 은밀히 움직이는 걸 본 거야.」 그녀가 말한다. 「아마 암살 훈련을 받은 사람들이었을걸. 두 손이 치명적 무기인 그런 사람들 말이야.」

코너는 그레이스의 과장된 말에 닭살이 돋는다. 한 번만 더 말했다가는 헬리콥터까지 나오게 생겼다.

「난 그 사람들이 속삭이는 소리를 들었어. 말이나 말투가 왠지 우리를 쫓는 건 아닌 것 같더라고. 놈들은 카뮈 콩프리를 잡으러 온 거였어! 놈들은 리와인드를 잡고 싶어 했고, 우리가 거기에 있다는 것조차 몰랐어!」 그레이스는 잠시 말을 끊으며 극적 효과를 노린다. 「갑자기 놈들이 뒷문을 부수고 들어왔고, 앞문으로도 들이닥쳤어. 우리는 모두 위층에 있었지. 내가 캠한테 넌 끝났지만, 나머지 우린 꼭 끝장난 건 아니라고 말했어. 그런 다음 리사를 침대 밑으로 밀어 넣고 나도 그 안에 몸을 욱여넣었어. 코너는 얼굴을 아래로 하고 침대에 엎드려서 잠든 척했지. 놈들이 방으로 벌컥 들어오더니 코너를 쏘고 캠을 데려갔어. 자기들이 애크런의 무단이탈자를 놓쳤다는 건 전혀 모른 채로 말이야. 이게 다 내 작전 덕분이었어!」

몇몇 아이는 약간 의심스러워하는 듯하다. 코너는 그레이스의 말을 뒷받침해 주는 것이 자신의 책임이라 느낀다. 어쨌든, 공을 세운 건 사실이니까. 「사실이야.」 코너가 말한다. 「그레이스가 그런 식으로 작전을 짜서 알려 주지 않았으면 난 놈들과 싸웠을 거야. 그리고 놈들은 나를 알아보고 잡아갔을 거야.」

「근데 잠깐만.」 레브를 떠올리게 하는 아이인 잭이 말한다. 「걘 왜 너희를 고발하지 않고 고분고분 잡혀간 거야? 내 말은, 너희는 대어잖아. 걔가 너희를 팔아서 거래를 제안할 수도 있었을 텐데.」

그레이스가 너무 활짝 미소 짓기에 코너는 그녀가 하려는 말을 알아차린다. 이제 코너는 그녀가 이야기를 시작하지 말았어야 했다고 생각한다.

그레이스가 말한다.「그야, 카뮈 콩프리는 리사를 사랑하니까!」

그레이스는 자신의 말이 허공에 떠돌게 놔둔다. 코너는 반사적으로 리사를 힐끗 보지만, 리사는 그와 눈을 맞추지 않는다.

「이해가 안 가는데.」 다른 아이가 말한다. 「둘이 커플이라는 언론 보도는 전부 거짓인 줄 알았어.」

그레이스의 미소는 조금도 흐트러지지 않는다. 「캠 얘기는 거짓이 아니—」

마침내 마침표를 찍는 사람은 리사다. 「그레이스, 그만하면 됐어. 응?」

그레이스는 스포트라이트를 받는 순간이 끝났음을 깨닫고 약간 바람이 빠진다. 그녀는 조금 전과 달리 전혀 연극적으로 멋 부리지 않고 말한다. 「그렇게 된 거야. 캠은 잡혀갔고 우리는 잡히지 않았어.」

잭이 말한다. 「와. 리와인드가 일종의 영웅일 줄 누가 알았겠어?」

「영웅?」

돌아보니, 그렇게 말한 사람은 보다. 보는 지하실 어딘가에서 듣지 않는 척하고 있었지만 듣고 있었던 게 분명하다. 「그런 놈 하나를 만들기 위해서 우리 같은 애들이 몇십 명이나 필요했을까? 그 녀석한테 영웅적인 부분은 없어.」

코너는 이렇게 말할 수밖에 없다. 「백 퍼센트 동감이야.」

보가 코너에게 고개를 끄덕인다. 이제야 그와 애크런의 무단이탈자 사이에 공통점이 생겼다.

다음은 정치 관련 유료 광고입니다

F 조치에 속지 마세요!

소위 예방 계획의 지지자들은 이 법이 위기 아동을 보호한다고 주장합니다. 하지만 세부 내용을 살펴보세요! F 조치는 청소년 전담국에 열세 살이 되자마자 언와인드할 목적으로 교정 불가능한 아동을 식별하고 추적할 권한을 줍니다. 이러한 언와인드는 부모 동의권 기각 법안이 통과되는 순간 합법화될 것입니다.

반면 G 조치는 이미 사회악으로 규정된 무단이탈자를 잡으면 청소년 전담국에 현금 인센티브를 제공해 자금을 지원합니다.

F 조치에 반대! G 조치에 찬성! 합리적으로 선택하세요!

— 무단이탈자 없는 국가를 위한 연맹에서 후원하는 광고임

그날 늦은 저녁, 모두가 잠자리에 들자 코너는 처음 이곳에 왔을 때 리사가 잤던, 바로 그 반쯤 가려진 구석에서 그녀 옆에 침낭을 깐다. 다른 아이들과 떨어져 있는 곳이다. 코너는 높은 책장을 가져다가 그곳을 더욱 사적인 공간으로 만든다. 리사는 코너가 둘만의 격리된 둥지를 만드는 모습을 지켜보면서도 눈 하나 깜짝하지 않는다. 코너는 기대감에 깊이 숨을 들이쉰다. 오늘이야말로 둘의 관계를 주관하는 별들이 일렬로 늘어서는 밤이 될지도 모른다. 코너는 분명 오랫동안 이날을 상상해 왔다. 리사도 그랬을지 궁금하다. 코너는 머뭇거리며 리사 옆에 눕는다. 「예전이랑 똑같네.」 그가 말한다.

「응, 근데 지난번에 왔을 때는 롤런드가 나한테 손 못 대게 하려고 커플인 척만 했지.」

코너가 팔을 뻗어 롤런드의 손가락으로 부드럽게 그녀의 뺨을 어루만진다. 「그런데 그 녀석 손이 네 온몸을 건드리고 있네.」

「온몸은 아니야.」 리사가 장난스럽게 말한다. 그녀는 몸을 굴려 멀어지지만, 그러면서도 그 불쾌한 팔을 담요처럼 자기 몸에 두른다. 그녀는 그 팔을 잡아당겨 코너와 딱 붙은, 숟가락 같은 자세를 취한다. 코너의 가슴이 그녀의 등에 닿는다. 짜릿하다. 둘 다 지금, 그들 사이에 무슨 일이든 일어날 수 있음을 안다. 둘을 막을 것은 아무것도 없다. 다만……

「캠 생각을 멈출 수가 없어.」 리사가 말한다. 「캠이 우리를 위해서 희생했다는 걸.」

코너의 접목된 팔이 그녀를 더욱 세게 당긴다. 코너는 그 팔이 아닌, 자신의 타고난 팔로 리사를 끌어안고 싶다고 생각한다. 하지만 불가능한 일이다. 「난 캠 생각이 전혀 안 나는데.」

「하지만 캠이 우리를 위해서 그런 일을 해줬으니까, 내가 느끼기엔 우리도…… 어떤 식으로든 캠을 기려야 할 것 같아.」

「난 기리고 있어.」 코너가 말한다. 리사는 모르지만 그는 히죽거리고 있다. 「지금 캠한테 경례하는 중인데. 모르겠어?」

「참 웃기네.」

침묵 속에, 코너는 리사를 끌어안는다. 품에서 그녀의 심장 박동이 느껴진다. 등에 바짝 붙은 가슴에서 느껴지는 그녀의 심장 박동은 견디기가 어려울 정도로 강렬하다. 코너는 이렇게 가까이 있을 때조차 둘 사이에 끼고 마는 캠에게 욕을 퍼붓고 싶어진다. 「그래서, 우리가 캠한테 뭘 해줘야 하는데? 영원히 절제해 줄까?」

「아니.」 리사가 말한다. 「그냥…… 망설이기는 해야지.」

코너는 잠시 아무 말도 하지 않는다. 그의 실망감은 너무도 여러 겹의 층을 이루고 있다. 하지만 그 층에는 한 겹의 안도감 또한 존재하는 것 아닐까? 코너는 오늘 밤에 아무 일도 일어나지 않으리라는 현실을 받아들인다. 희망과 욕망 사이에 거리를 둔다. 아직 인식할 수 있을 만큼 가깝지만, 너무 괴롭지는 않을 만큼 먼 곳에.

「그래.」 코너가 말한다. 「오늘 밤은 캠을 위한 밤이야. 뇌 정지가 올 때까지 망설이자.」

리사는 가만히 키득거린다. 둘은 조용히 잠자리에 든다. 새벽이 올 때까지 몸은 뜨겁고 심장은 두근거린다.

코너는 꿈을 기억하지 못한다. 꿈을 꾸었고, 그 꿈이 강렬했다는 느낌만 남는다. 악몽은 아니었다. 그것만은 확실하다. 충족감과 힘을 주는 꿈이었다. 희미하게 흩어진 아침의 빛이 조그만 지하실 창문에 닿았을 때, 그는 그것을 느낀다.

진정으로 사랑하는 단 한 명의 사람을 품에 안고 잠들었다가 깨어나는 것.

그녀와 단둘이, 핵탄두처럼 세상을 뒤흔들 장치를 가지고 있음을 아는 것.

아주 잠깐이지만 무적이 된 기분을 느끼는 것.

그런 기분만으로 세상을 멈춰 세워, 새로운 방향으로 돌릴 수 있을 것 같다. 최소한 코너의 느낌으로는 그렇다. 지금껏 그는 너덜너덜한 희망에 매달리고 있었지만 이제는 그 희망이

터질 듯이 충만하게 느껴진다.

코너의 인생에는 완벽하다고 할 만한 순간이 한 번도 없었다. 그러나 밤새 리사를 안고 있어 팔이 얼얼하고, 그녀의 머리카락 향기에 후각이 압도된 이 순간은 그가 아는 한 완벽에 가장 가까운 순간이다. 상어조차 미소 짓는 것처럼 보인다.

하지만 그런 순간은 절대 오래가지 않는다.

머잖아 다른 아이들이 깨어난다. 보가 화장실 가는 길을 막는다며 둘에게 어느 정도 프라이버시를 제공했던 책장을 옮기고, 하루가 시작된다. 지하실의 아이들은 다시 일과를 따르는 생물이 된다. 그들은 아무 일도 없었던 듯 평소 하던 일을 한다. 별로 할 일은 없지만. 그러나 사실 변화는 일어났다. 그저 아이들이 모를 뿐이다. 세상이 뒤집혔다. 더 정확히 말하자면, 너무도 오랫동안 뒤집혀 있던 세상이 바로잡히기 시작했다.

몇 분 만에, 소니아가 아침밥을 가지고 오면서 바닥 문이 열리는 소리가 난다. 그녀는 아래쪽을 향해 〈빌어먹을, 좀 도와라〉라고 소리친다.

「네가 가서 도와드리지 그래?」 리사는 의무감이 아니면 그 무엇도 코너를 자신에게서 떼어 놓을 수 없으리라는 걸 알고 부드럽게 말한다.

위층에 가보니 소니아가 군대도 먹여 살릴 만큼 많은 식료품을 가져왔다. 보와 코너, 그리고 오늘따라 공격적으로 도움을 주려 하는 그레이스가 두 번 만에 물품을 아래로 옮긴다. 코너가 세 번째로 올라와 보니 옮길 물건이 없다.

오늘은 여행 가방이 바닥 문에서 위태로운 각도로 밀려나, 길을 막는 작은 플라스틱 쓰레기통과 닿아 있다.

여행 가방은 코너가 도착한 이래로 줄곧 이 방에서 엄청난 존재감을 자랑하고 있었다. 비록 코너는 그 내용물에 대해 감히 말을 꺼내지 못했지만. 코너가 돌아보니 소니아는 차를 합법적인 곳에 주차하려고 가게를 나간 뒤다.

이곳에는 코너와 여행 가방뿐이다.

코너는 그 중력에 저항하지 못하고 여행 가방 앞에 무릎을 꿇는다. 여행 가방은 오래되고 낡았다. 골동품인 게 분명하다. 오래된 여행 스티커들로 장식되어 있는데, 사실상 표면에 스며 있다. 코너는 이 가방이 실제로 스티커가 가리키는 장소에 가본 적이 있는지, 아니면 스티커는 단지 가방이 여행을 멈추고 가구처럼 한자리에 머물게 되었을 때 붙여진 장식인지 궁금해진다.

코너는 감히 여행 가방을 열지 못하지만, 그 안에 무엇이 들어 있는지는 안다.

편지다.

수백 통의 편지.

각각의 편지는 소니아의 지하실을 거쳐 간 무단이탈자들이 남긴 것이다. 그 아이들 대부분은 부모에게 편지를 썼다. 슬픔과 환멸이 담긴 편지였다. 분노와 〈왜?〉라는, 비명을 지르는 듯한 질문이 담긴. 왜 그랬어요? 어떻게 그럴 수 있었어요? 언제부터 잘못된 거예요? 키워 준 기관이 사랑하지는 않더라도 참아 주던 주립 보호 시설의 피보호자들도 누군가에게 할 말을 찾아냈다.

코너는 소니아가 자신의 편지를 보냈을지, 아니면 편지가 아직 가방 안에, 다른 분노의 목소리들 사이에 묻혀 있을지 궁금하다. 지금 편지를 쓴다면 부모에게 뭐라 말하게 될지도 궁금하다. 지금 할 말이 그가 전에 썼던 말과 조금이라도 달라졌을지도. 코너의 편지는 그런 짓을 저지른 부모를 얼마나 증오하는지에 관한 이야기로 시작했다. 그러나 끝맺을 즈음에는 눈물을 흘리며 그럼에도 부모를 사랑한다고 썼다. 너무도 혼란스러웠다. 너무도 양가적이었다. 그러나 편지를 쓰는 것만으로도 그런 감정을 이해하는 데 도움이 되었다. 그는 자신을 조금이나마 더 이해할 수 있었다. 소니아는 그날 코너에게 선물을 준 셈이었고, 그 선물은 편지를 보내는 것이 아니라 쓰는 데 있었다. 그렇긴 해도…….

「나 대신 여행 가방을 제자리로 돌려놔 달라고 하고 싶지만……. 네가 나보다 먼저 바닥 문 반대편으로 가야겠구나.」 소니아가 지팡이로 가파른 지하실 계단을 가리킨다.

「네, 갈게요. 지팡이로 때리지만 마세요.」

소니아는 지팡이로 코너를 후려치지는 않지만, 코너가 내려가는 길에 그의 머리를 가볍게 두드리며 관심을 끈다.

「리사한테 잘해 줘라, 코너.」 소니아가 부드럽게 말한다. 「보가 너한테 덤비게 놔두지 말고. 그 녀석은 대장 놀이를 좋아해.」

「걱정하지 마세요.」

코너는 아래로 내려가고, 소니아는 위에서 바닥 문을 닫는다. 지하실에서는 10대의 혈기가 풍겨 나온다. 전쟁 이전 시대의 오래된 노래들이 말하는 것 같은 분위기다. 코너는 잠시 언어나 장면이 아니라, 그냥 느낌으로 이루어진 기억을 떠올린다. 2년 전, 처음 저 계단 아래로 떠밀려 내려왔을 때의 기억이다. 잠에서 깼을 때 느꼈던 무적이 된 느낌은 이제 그 기억이라는 차가운 농축액 속에서 상하고 만다.

리사는 조그만 응급 처치실에서 한 아이의 부어오르고 살짝 피가 난 입술을 돌보고 있다. 「자다가 입술을 깨물었어. 그래서 뭐?」 소녀는 즉시 방어적인 태도로 말한다. 「악몽을 꿨다고. 그래서 뭐?」

소녀의 처치가 끝나자 코너가 처치용 의자에 앉는다. 「의사 선생님, 혀에 문제가 있는데요.」 그가 말한다.

「어떤 문제?」 리사가 경계하며 묻는다.

「여자 친구 귀에 자꾸 넣고 싶어요.」

리사는 코너가 본 것 중 가장 그럴싸한 〈제발 그만 좀 해〉라는 표정을 짓더니 말한다. 「청담을 불러서 잘라 가라고 할게요. 그러면 분명 문제가 해결될 거예요.」

「그러면 다른 가엾은 녀석에게 대단히 재능 있는 감각 기관이 생기겠네요.」

리사는 코너가 마지막으로 웃을 수 있게 해주고, 그를 잠시 살펴본다.

「레브 얘기 좀 해봐.」 그녀가 마침내 말한다.

장난기가 둘의 대화에서 완전히 짓밟혀 나가자 코너는 약간 기운이 빠진다.

「레브가 왜?」 코너가 묻는다.

「레브랑 한동안 같이 지냈다며. 지금 레브는 어때?」

코너는 아무 일도 아니라는 듯 어깨를 으쓱한다. 「달라졌어.」

「좋게, 아니면 나쁘게?」

「뭐, 네가 마지막으로 봤을 때 레브는 자폭할 계획이었어. 그러니까 모든 변화가 좋은 변화지.」

다른 아이가 손가락에 부목 비슷한 것을 대고 리사에게 오다가, 둘이 대화하는 것을 보고는 알아서 처치하려고 돌아간다.

코너는 이 대화에서 빠져나갈 수 없음을 알고, 리사에게 해줄 수 있는 말을 한다.「레브는 하비스트 캠프 이후로 정말 많은 일을 겪었어. 그건 알지? 박수도들이 걔를 죽이려 했어. 그리고 그 넬슨이라는 개자식이 레브를 잡았고. 근데 레브는 결국 빠져나왔어.」

「넬슨?」 리사는 그야말로 놀란다.「네가 진정탄 총으로 쐈던 청담 경찰?」

「더는 경찰이 아니야. 장기 해적이 됐는데, 아주 돌았어. 나랑 레브를 잡으려고 눈이 벌게 있다니까. 너를 찾을 수만 있다면 너도 잡으려 할 거야.」

「잘됐네.」 리사가 말한다.「나를 죽이고 싶어 하는 사람들 명단에 넬슨도 추가할게.」

대화에 갑자기 넬슨이라는 유령이 맴돌기 시작하자, 코너는 화제를 레브에게로 돌리는 데 안도감을 느낀다.「아무튼, 레브는 전혀 자라지 않았어. 머리만 길어졌지. 마음에 안 들어. 이제는 머리칼이 어깨도 넘어섰다니까.」

「난 레브가 걱정돼.」 리사가 말한다.

「걱정하지 마.」 코너가 말한다.「그 녀석은 아라파치 보호구역에서 안전하게 지내고 있어. 뭔지는 모르지만 기회의 민족이 교감하는 뭔가와 교감하면서.」

「넌 별로 마음에 안 드나 보네.」

코너는 한숨을 쉰다. 코너와 그레이스가 보호 구역을 떠나올 때, 레브는 아라파치를 설득해 언와인드에 맞서게 하겠다는 망상으로 가득 차 있었다. 그런 일이 가능할 줄 알고. 어떤 면에서, 레브는 코너가 십일조로부터 구해 준 그날과 똑같이 순진했다. 「레브는 언와인드에 맞서 싸우고 싶대. 근데 고립된 보호 구역에서 어떻게 그럴 수가 있겠어? 사실, 내 생각에 그 녀석은 그냥 안전한 곳으로 사라지고 싶어 하는 것 같아.」

「뭐, 레브가 평화를 찾았다면 난 좋아. 너도 그래야지.」

「나도 좋아.」 코너는 인정한다. 「그냥 질투가 나는 걸지도 몰라.」

리사가 미소 짓는다. 「넌 평화를 찾아도 그걸 어떻게 해야 할지 모를걸.」

코너가 바로 그녀에게 마주 미소 짓는다. 「난 뭘 해야 할지 정확히 알아.」 그는 몸을 숙여 속삭이고, 리사는 그의 말을 들으려 몸을 숙인다. 코너가 기꺼이 따귀를 맞을 각오로 리사의 귀를 핥는다. 이 정도면 리사가 화제에서 벗어날 줄 알지만 그렇지 않다.

「레브가 그리워.」 리사가 말한다. 「걘 남동생 같았어. 나한테는 남동생이 없었지만. 어쨌든, 내가 아는 대로라면 말이야.」

「난 남동생이 있어.」 코너가 말한다. 왜 자발적으로 이런 정보를 내놓았는지 모르겠다. 그는 리사에게 동생 이야기를 한 적이 없다. 언와인드 의뢰서 이전의 인생에 대해 이야기하는 건 어쩐지 금기처럼 느껴졌다. 유령을 불러오는 것 같았다.

「너보다 몇 살 어리댔지?」 리사가 묻는다.

「세 살.」

「그래, 이제 기억나.」리사가 말한다. 그 말에 코너는 놀란다. 하지만 사실 놀랄 일은 아니다. 코너가 도망친 날 이후로, 언론은 악명 높은 애크런 무단이탈자의 전 생애를 해부해 왔다.

「네 동생 이름은 뭐야?」리사가 묻는다.

「루커스.」코너가 말한다. 그 이름을 말하고 나니, 코너가 대비하지 못했던 강력한 감정이 밀려온다. 코너는 후회하지만, 동시에 분노도 느낀다. 루커스는 부모가 코너 대신 선택한 아이이기 때문이다. 코너는 그게 동생의 잘못이 아니라는 점을 떠올려야만 한다.

「동생이 보고 싶어?」리사가 묻는다.

코너는 불편하게 어깨를 으쓱한다.「재수 없는 녀석이었어.」

리사가 씩 웃는다.「내 질문에는 답 안 했는데.」

코너가 그녀와 눈을 맞춘다. 리사의 눈은 너무도 아름다운 초록색이고, 타고난 색깔처럼 깊고도 표현력이 풍부하다.

「그래.」코너가 인정한다.「가끔은 보고 싶어.」코너의 부모가 그를 포기하기 전, 그는 루커스와 끊임없이 비교당했다. 성적도, 스포츠 실력도. 루커스에게 모든 스포츠를 가르쳐 준 사람이 바로 코너였다는 점은 중요하지 않았다. 코너는 시즌 내내 팀에서 활동할 만큼 헌신적이지 않았지만, 루커스는 뛰어난 실력으로 부모에게 계속 기쁨을 주었다. 루커스가 빛날수록 코너의 빛은 부모의 눈에 점점 어둑해지는 것처럼 보였다.

「이 얘기는 정말로 하기 싫어.」코너가 말한다. 그의 옛 삶과 가족에 대한 기억은 소니아의 여행 가방 속에 든 편지처럼 자물쇠로 잠겨 봉인된다.

4
레브

레브는 전혀 평화롭지 않다.

그는 다시 숲의 우듬지에 있다. 한밤중이지만 밤은 살아 있다. 숲의 우듬지가 푸르스름한 달빛의 홍수 아래에 청록색 구름처럼 펼쳐진다.

그는 다시 킨카주를, 원숭이와 비슷한 큰 눈의 생명체를 따라가고 있다. 사랑스럽지만 치명적인 동물이다. 지금 레브는 자신이 쫓는 것이 자신의 영혼임을 안다. 킨카주는 빽빽한 밀림의 가장 높은 가지 사이로 앞서 달려가며, 레브를 운명과 비슷하지만 그처럼 고정되어 있거나 숙명론적이지는 않은 무언가로 이끈다. 피할 수 없는 무엇이 아니라, 그가 현실로 만들 수도 있는 무엇으로.

레브는 킨카주와 함께 숲을 가로지르는 이 여정을 자주 꿈꾼다. 이 특이한 목표의 성역을 찾아올 때마다 그는 힘과 기운을 얻는다. 이 꿈은 레브가 자신을 몰아붙여 하려는 일이 그만한 가치를 지닌 목표임을 떠올리게 한다.

꿈은 놀라울 정도로 생생하다. 그는 언제나 꿈을 기억한다.

그 자체가 레브에게는 고마운 선물이다. 이토록 꿈을 만질 수 있을 것처럼 선명하게 만드는 것은 시각의 생생함만이 아니다. 주변의 야생 동물들이 내는 지저귀고 끽끽대고 노래하는 소리도 있다. 나무와 먼 아래쪽 땅의 향기, 흙과 비슷하면서 다른 냄새도 있다. 두 손과 발, 꼬리에 닿는 나뭇가지의 촉감도 있다. 그래, 꼬리가 있다. 이제 그는 킨카주를 따라잡았기 때문이다. 그는 킨카주가 되었다. 킨카주가 되어서 완전해졌다.

레브는 다음으로 무엇이 나올지 안다. 숲의 가장자리, 세계의 가장자리다. 하지만 이번에는 무언가가 다르다. 그의 마음속에서 어떤 감정이 차오르기 시작한다. 생시에는 너무 익숙하지만, 이곳에서는 지금까지 느껴 본 적 없던 불길함이다.

이제는 매캐한 무언가가 바람결에 실려 온다. 연기의 악취다. 주변에서 그를 위로하는 듯했던 푸른빛은 연보라색으로, 그다음에는 고동색으로 얼룩진다. 뒤를 돌아보니 저 멀리서 타오르는 벽처럼 뻗어 가는 산불이 보인다. 산불은 아직 1.5킬로미터는 떨어져 있겠지만, 놀라운 속도로 나무들을 집어삼키고 있다.

생명의 소리는 경고와 두려움의 비명으로 바뀐다. 새들은 미친 듯이 하늘로 날아오르려 하지만, 탈출하기도 전에 불꽃이 되어 타오른다. 레브는 다가오는 화재 폭풍에서 몸을 돌려, 불보다 앞서가려고 이 나뭇가지에서 저 나뭇가지로 뛴다. 나뭇가지들은 필요한 자리에 정확히 나타나고, 레브는 숲의 나뭇가지가 끝없이 이어지는 한 저 불을 따돌릴 수 있다고 확신한다. 그러나 나뭇가지는 끝없이 이어지지 않는다.

너무도 일찍, 레브는 숲이 끝나는 곳에 이른다. 아래는 바닥

모를 심연으로 이어지는 절벽이다. 눈앞의 하늘, 꼭 손이 닿을 것만 같은 곳에 달이 있다.

달을 잡아, 레브.

레브는 달을 잡을 수 있음을 안다! 높이 뛰기만 하면 달에 발톱을 박아 넣고 하늘에서 달을 끌어낼 수 있다. 달이 떨어지면, 거기서 생겨난 충격파가 촛불을 끄는 신의 숨결처럼 화염을 꺼버릴 것이다.

레브는 지글거리는 열기가 등에 피어나는 가운데 용기를 끌어모은다. 믿음을 가져야 한다. 실패해서는 안 된다. 이제 그는 불이 붙은 채 하늘을 향해 뛰어오른다. 놀랍게도 그는 달을 잡지만…… 그의 발톱이 버팀목이 되어 줄 만큼 깊게 박히지 않는다.

달은 그의 두 손에서 미끄러져 빠져나가고 레브는 떨어진다. 등 뒤에서는 불길이 남아 있는 숲을 마저 집어삼킨다. 레브는 그 세상에서, 꿈조차 가닿지 못하는 우주의 완성되지 않은 구석으로 곤두박질친다.

레브의 이가 통제할 수 없이 딱딱 부딪힌다. 그는 경련하듯 심하게 떤다.

「오늘 밤에는 캐스터네츠를 연주하나 봐, 동생아?」 그를 내려다보고 선 사람이 말한다. 레브의 머릿속에서 시간과 공간이 자리 잡기 전, 그는 그 사람이 누나 중 한 명이고 여기는 집이라고 생각한다. 훨씬 더 어린 시절, 훨씬 더 순진한 아이였던 시절의 집. 하지만 순식간에 레브는 그게 사실이 아님을 깨닫는다. 레브의 누나들은 나머지 가족과 마찬가지로 그와 의절

했다. 이 사람은 레브의 아라파치 누나, 우나다.

「에어컨을 끌 수 있으면 끌 텐데, 이 형편없는 아이모텔에서는 다른 건 다 자동화돼 있으면서 실내 온도계만은 지금 온도가 33.3도라고 생각해.」

레브는 아직 너무 추워 말을 할 수가 없다. 그는 이를 딱딱 부딪히지 않으려고 악물지만, 부분적인 성공만을 거둔다.

우나가 바닥에 떨어진 담요를 집어 레브에게 덮어 준다. 그리고 침대 시트까지 가져다가 그를 감싸 준다.

「고마워.」 레브는 마침내 새된 소리로 말할 수 있게 된다.

「그냥 추운 거야, 아니면 열이 나는 거야?」 우나는 그렇게 묻더니 그의 이마를 짚는다. 열이 나는지 살피느라 누군가 그의 이마를 짚어 준 건 거의 2년 만이다. 그 손길에 레브에게는 원치 않는 감정이 밀려온다. 하지만 그게 무슨 감정인지는 잘 모르겠다.

「아니, 열은 안 나네. 그냥 추운 거야.」

「고마워, 한 번 더.」 레브가 말한다. 「이제 나아졌어.」

이가 부딪히는 소리가 간헐적으로 들리다가 잦아들기 시작한다. 이제는 이불이 체온을 지켜 준다. 레브는 꿈이 실제 세상과 얼마나 멀리 떨어져 있었는지, 지글거리는 불꽃의 열기가 어떻게 그토록 빠르게 정처 없는 두 곳 사이에 있는 길가 모텔방의 한기로 바뀌었는지 경이로울 지경이다. 하긴, 열기와 한기는 같은 동전의 양면 아니던가? 양극단이 모두 치명적이다. 레브는 눈을 감고 다시 자는 일을 시작하려 애쓴다. 앞으로의 나날을 위해서는 최대한 휴식을 취해야 함을 알기에.

아침에, 레브는 문 닫히는 소리에 잠에서 깬다. 우나가 밖에 나간 것이리라 생각했지만, 아니다. 우나는 나갔다가 방금 돌아온 것이다.

「좋은 아침.」 그녀가 말한다.

레브는 여전히 말할 기운이 없어 끙 소리를 낸다. 방은 여전히 춥지만, 이불을 두 겹 덮고 있기에 따뜻하게 느껴진다.

우나가 맥도날드 종이 가방을 양손에 하나씩 높이 들어 보인다. 「네가 골라.」 그녀가 말한다. 「심장 마비, 아니면 뇌졸중?」

레브는 하품하고 일어나 앉는다. 「설마 암은 다 떨어진 거야?」

우나가 고개를 젓는다. 「미안. 그건 11시 30분부터 나와.」

레브는 우나가 왼손에 들고 있던 종이 가방을 가져간다. 안에는 맛이 너무 좋아서 치명적일 게 틀림없는 에그 맥 뭔가가 들어 있다. 글쎄, 그게 레브를 죽이려 든다면야 청소년 전담국과 박수도 뒤에 줄을 서야 할 것이다. 물론 넬슨도 있고.

「계획은 뭐야, 동생아?」 우나가 묻는다.

레브는 아침을 게걸스럽게 마저 삼킨다.

「미니애폴리스까지는 얼마나 남았어?」

「세 시간쯤.」

레브는 손을 뻗어 배낭에서 둘이 쫓고 있는 장기 해적 두 명의 사진을 꺼낸다. 한 명은 귀가 없고, 다른 한 명은 염소처럼 못생겼다. 「다시 볼래?」

「놈들 얼굴은 땀구멍 하나까지 다 외웠어.」 우나는 놈들에 대한 혐오감을 감추려는 시도조차 하지 않고 말한다. 「하지만 난 지금도 그래 봐야 달라질 건 없다고 생각해. 미니애폴리스랑 세인트폴은 큰 도시야. 발견되기 싫어하는 찐따 둘을 찾는다는 건 거의 불가능한 일이야.」

레브가 우나에게 아주 희미한 미소를 지어 보인다. 「놈들이 발견되기 싫어한다고 누가 그래?」

이제 우나는 레브 옆 침대에 앉아, 그를 가까이서 살펴보며 묻는다. 「그래서 계획이 뭐야, 동생아?」

챈들러 헤네시와 모턴 프렛웰. 아라파치 영토에 침입해 레브를 비롯한 어린아이 몇 명을 숲에서 납치한 장기 해적 중 살아남은 둘이다.

레브 일행을 구해 준 것은 우나의 평생의 사랑인 윌 타시네였다. 그는 레브와 다른 아이들의 목숨을 구하기 위해 자기 목숨을 내놓았다. 장기 해적들은 윌이 매우 큰 돈을 가져다줄 무언가를 가지고 있었기에 그 거래를 받아들였다. 그 무엇이란 윌의 재능이었다. 그의 두 손, 거의 필적할 사람이 없을 만큼 기타를 잘 다루는 그의 뇌 일부에 깃든 재능. 놈들은 윌을 데려갔고, 레브는 남겨져 그 결과를 감당해야 했다. 레브에게는 윌이 희생하는 것을 막을 힘이 없었다. 그런데도 아라파치는 레브를 탓했다. 레브는 장기 해적들처럼 외부인이었다. 그 역시 망가진 세계에서 온 도망자였다. 우나조차 레브에 대한 감정에는 어느 정도 양면성이 있었다. 넌 파멸의 전조야. 우나는 레브에게 말했다. 그 말이 옳았다. 레브가 가는 곳에는 언제나 끔찍한 일이 따라오는 것 같았다. 그럼에도 레브는 자신이 그 패턴을 깰 수 있기를 꿈꾼다. 그게 달을 따는 것보다는 확실히 더 쉬울 것이다.

 월 타시네의 언와인드는 아라파치 사람들에게 깊은 상처를 남겼다. 레브는 자신이 그 상처를 치유할 수 없음을 안다. 하지만 어쩌면, 그 상처를 진정시킬 수는 있을 것이다. 흉터는 언제까지나 남겠지만, 레브가 뜻을 이루면 그와 우나는 신체 도둑들을 데리고 돌아와, 그들에게 아라파치의 정의를 실현할 수 있을 것이다.

 그러면 부족 의회는 레브의 말을 듣게 될 것이다.

 그들은 마침내, 청소년 전담국을 상대로 공개적인 반대 입장을 취하라는 레브의 청원을 고려해야 할 것이다.

 헤네시와 프렛웰을 잡는 것으로 달을 딸 수는 없겠지만, 기회의 민족 중에서 가장 영향력 있는 아라파치를 언와인드와 맞서는 전투로 끌어들일 수 있다면, 떨어지는 것은 달만이 아닐 것이다.

5
스타키

 메이슨 마이클 스타키는 기회의 민족이 뭘 하든 아무 관심도 없다. 그에게는 기회의 민족의 한심한 도움 따위는 필요 없다. 그는 청소년 전담국의 목구멍에 총구를 밀어 넣는 방식으로 언와인드에 맞서는 전투를 적의 코앞까지 가져왔기 때문이다. 스타키의 생각에, 그보다 못한 모든 행위는 패배자들에게나 어울리는 것이다. 스타키는 자신이 위대해질 준비가 되었음을 안다. 사실, 그는 이미 위대하다. 이제 중요한 건 위대함의 정도일 뿐이다.

「조금 더 위에.」그가 말한다.「그래, 바로 거기야.」

 그는 청답에게 잡히기 직전, 황새들을 데리고 묘지에서 탈출했다. 이어진 비행기 추락에서도 살아남았다. 이제 스타키는 전쟁 영웅이다. 공식적인 전쟁이 선포된 적 없다는 건 중요하지 않다. 그는 전쟁을 선포했고, 중요한 건 그것뿐이다. 다른 사람들이 이게 전쟁이 아닌 것처럼 군다면, 그들은 마땅히 받아야 할 대가를 치르게 될 것이다.

「느낌이 안 와.」그가 말한다.「좀 더 세게.」

스타키는 황새의 구원자다. 자라면서 아무도 원치 않는 아이가 된, 아무도 원치 않던 아기들의 군단. 이제 스타키는 그들을 영원히 침묵시키려는 시스템을 상대로 정당한 분노를 터뜨리는 군대를 만들었다. 사회는 그들을 해체하고 그들의 장기를 〈인류에 봉사〉하게 하려 했다. 글쎄, 지금의 인류는 그들에게서 약간 다른 봉사를 받고 있지만.

「너, 이거 잘 못하지?」

「노력하고 있어! 네가 말한 걸 전부 하고 있는걸!」

스타키는 한때 발전소 사장실이었던 방의 마사지대에 엎드려 누워 있다. 발전소는 몇 년 전에 철거되어, 철조망 안에는 녹슨 껍데기만 남아 있다. 누구도 오고 싶어 하지 않을 만큼 멀리 떨어진 곳에서도 몇 킬로미터나 더 떨어진 곳, 미시시피주 북쪽의 잡초가 우거진 구석진 곳이다. 잡풀이 무성하고 사랑받지 못한 채 버려진 곳. 6백 명의 군대가 숨기엔 완벽한 장소다.

스타키는 한쪽 팔꿈치로 마사지대를 짚고 몸을 일으킨다. 마사지사는 스타키가 이름도 기억하지 못하는, 예쁘장한 소녀다. 그녀는 스타키와 눈을 맞추기에는 너무 주눅이 들어 있어 시선을 돌린다. 「훌륭한 등 마사지는 근육이 풀릴 만큼 아파야 해.」 스타키가 말한다. 「뭉친 데를 풀어 줘야지. 우리가 다음 임무를 할 수 있도록, 나를 풀어지고 나긋나긋하게 만들어 놔야 한다고. 알았어?」

소녀는 고개를 끄덕인다. 지나치게 고분고분하고, 스타키의 비위를 맞추느라 지나치게 노력한다. 「알 것 같아.」

「전에도 해봤다며.」

「그러게.」 소녀가 말한다. 「그냥 기회를 갖고 싶어서…….」

스타키가 한숨을 쉰다. 지금 그의 주변 상황은 이런 식이다. 아이들이 그의 곁에 가까이 머물려고, 쥐 떼처럼 서로의 몸을 기어오른다. 스타키의 빛을 쬐기 위해. 사실, 스타키도 그들을 탓할 수 없다. 이 소녀의 야심에는 갈채를 보내야 마땅하다. 하지만 지금 이 순간 그가 원하는 것은 괜찮은 마사지뿐이다.

「가도 돼.」 스타키가 말한다.

「미안…….」

소녀는 머뭇거리고, 스타키는 그 순간에 대해 생각해 본다. 스타키는 오늘 오후 일과를 조금 뒤틀어, 이 열정적인 소녀에게서 마사지가 아닌 무언가를 얻어 낼 수도 있을 것이다. 그는 자신이 무엇을 원하든 소녀가 따를 것임을 안다. ……하지만 너무 쉽게 얻을 수 있다는 사실 자체가 그 일을 바람직하지 않게 만든다.

「그냥 가.」 스타키가 말한다.

소녀는 조용히, 살금살금 빠져나가려고 노력하지만 문을 여는 순간 녹슨 경첩이 불평한다. 그녀는 문이 다시 비명을 지르지 않도록 그냥 열어 둔 채 나간다. 스타키는 그녀가 금속 계단을 내려가는 소리를 듣는다. 아마 스타키를 기쁘게 하지 못해 울고 있을 것이다.

이제 혼자가 된 스타키는 왼쪽 어깨를 돌려 본다. 그곳에는 붕대가 감겨 있다. 지난번 하비스트 캠프 해방 때 총을 맞았다. 뭐, 사실 맞은 건 아니었다. 총알이 아주 살짝 스쳐 지나갔다. 거의 상처라 부르기도 애매한 수준이었다. 물론 피는 났고 흉터도 남겠지만, 1점부터 10점까지의 상처 점수로 치면 이건

1.5 언저리에 있었다. 그러나 붕대를 감으면 상처가 더 심해 보였기에, 그는 모든 황새가 볼 수 있도록 위팔 붕대가 훤히 드러나는 민소매 옷을 입는다. 같은 팔의 훨씬 아래쪽에 있는 상처와 어울릴, 또 하나의 전쟁 상처. 그의 망가진 손, 비행기 묘지에서 수갑을 풀려고 뭉개 버린 손. 스타키는 손을 뭉개 살아남았다. 손을 뭉갠 덕분에 자유로워졌고, 황새들과 함께 도망쳐 전쟁을 시작할 수 있었다. 한때 그가 언와인드로 가는 지름길을 걷고 있었다는 점을 생각하면, 손 하나를 포기한 것은 괜찮은 거래처럼 보인다. 이제 그는 그 손에 아주 비싼 루이비통 장갑을 끼고 있다. 묘지에서의 그날은 7월 초였고, 지금은 9월이다. 채 3개월도 지나지 않았다. 전생처럼 느껴지지만, 그의 정신은 아니더라도 그의 몸은 시간을 정확히 기억한다. 그의 망가진 손은 여전히 아프고, 여전히 진물이 스며 나오며, 여전히 얼마 만에 한 번씩 상당량의 진통제를 요구한다. 언제까지고 제대로 낫지 않을 것이다. 그는 절대 그 손을 다시 쓸 수 없겠지만, 그건 별로 중요하지 않다. 그에게는 대신 일해 줄 수백 개의 다른 손이 있으니까.

스타키는 금이 가고 때가 낀 창문 밖을 내다본다. 그 너머로 무너져 내린 발전소 바닥이 보인다. 1층에는 이제 침낭과 접이식 탁자, 황새단의 유랑 생활에 필요한 다양한 물건이 놓여 있다.

「백성들을 내려다보는 중이야?」

돌아보니 뱀이 있다. 스타키의 부사령관인 그녀가 신문 몇 부를 갖고 들어온다.

「몇몇 타블로이드에서는 이제 네가 사탄의 자식이라고 떠들어 대고 있어.」 뱀이 말한다. 「피오리아에 사는 한 여자는 자칼이 너를 낳는 걸 봤다고 주장하고 있고.」

스타키가 웃는다. 「난 피오리아에 가본 적도 없어.」

「괜찮아.」 뱀이 말한다. 「피오리아에는 아마 자칼도 없을 거야.」

뱀이 마사지대에 신문을 내려놓는다. 스타키는 자신이 모든 신문의 1면을 장식했다는 사실에 기뻐한다. 그는 온라인 뉴스와 공공 넙부스에 뜬 자신의 얼굴을 본 적은 있지만, 인쇄된 자신의 얼굴을 보는 것은 전혀 다른, 본능적인 쾌감을 준다.

「미친놈들이 나를 적그리스도처럼 강력하다고 본다니, 내가 뭘 제대로 하고 있나 보네.」

그는 신문을 획획 넘겨 본다. 제대로 된 신문들은 그에 대해 좀 더 균형 잡힌 관점을 취하지만, 메이슨 마이클 스타키라는 주제에 대해 침묵하는 신문은 하나도 없다. 전문가들은 그의 동기를 심리 분석하려 애쓴다. 청소년 전담국은 그의 이름만 나와도 입에 거품을 물고, 전국의 학교에서는 황새가 아닌 아이들에게 대항하는 황새들의 폭동이 벌어지고 있다. 세상 곳곳에서, 스타키와 비슷한 다른 아이들이 차라리 자신들을 그냥 내다 버리고 싶어 하는 세상에 맞서 평등한 대우를 요구하고 있다.

사람들은 하비스트 캠프의 〈무고한 직원〉을 린치했다는 이유로 그를 괴물이라 부른다. 언와인드를 실행하는 의사들을 잔인하게 처형했다는 이유로 살인자라 부른다. 마음대로 하라지. 그런 이름표 하나하나가 점점 커져 가는 스타키의 전설에 더해질 뿐이다.

「오늘 새로운 탄약이 들어올 거야.」 스타키가 뱀에게 말한다. 「총도 더 들어올 수 있고.」 그는 뱀의 반응을 살피느라 그녀를 가까이에서 바라본다. 뱀이 하는 말이 아니라 그녀가 느끼는 바를, 그녀의 보디랭귀지를 살피려고. 스타키는 뱀이 발끈하는 것을 알아챈다.

「무기를 공급할 거라면 무기 사용법도 알려 달라고 박수도한테 전해. 아이들이 실수로 자기 머리를 터뜨려 버리지 않게.」

그 말에 스타키는 웃는다. 「박수도는 대의명분을 위해 아이들을 폭파하는 놈들이야.」 스타키가 그녀에게 상기시킨다. 「황새 몇 명이 자기가 쏜 총에 맞는다고 해서, 박수도가 관심이나 가질 것 같아?」

「아마 아니겠지.」 뱀이 대꾸한다. 「하지만 넌 관심을 가져야지. 너의 사랑하는 황새들이잖아.」

이 말에 스타키는 잠시 멈칫하지만, 그런 티는 내지 않으려 애쓴다. 「우리의 황새지.」 그가 바로잡는다.

「네가 말하는 것만큼 황새들을 신경 쓴다면, 그 애들이 스스로나 서로를 해치지 않도록 보호 수단을 마련해야 해.」

하지만 스타키는 뱀의 진짜 속마음을 안다. 그 애들을 신경 쓴다면, 하비스트 캠프 공격을 중지해야 해.

「지난번 공격에서 황새가 몇 명이나 죽었지?」 그가 묻는다.

뱀은 어깨를 으쓱한다. 「그걸 내가 어떻게 알아?」

「알잖아.」 스타키가 말한다. 단순한 사실의 진술이다. 스타키는 뱀이 그에게 불리하게 이용하기 위해 이런 숫자를 추적해 오고 있음을 안다. 아니면, 그냥 뱀 자신을 고문하기 위해서든지.

뱀은 스타키와 눈을 맞추지만, 모르는 척하는 데 실패한다. 「일곱 명.」 그녀가 말한다.

「그럼 새로 합류한 황새의 숫자는?」 스타키가 묻는다.

뱀은 말하고 싶어 하지 않는 게 분명하지만, 스타키는 뱀이 말을 내뱉을 때까지 기다린다. 「아흔세 명.」

「황새 아흔세 명이라……. 그리고 하비스트 캠프라는 지옥에서 해방된, 황새 아닌 아이들이 275명이지. 그 정도면 우리가 잃은 일곱 명의 목숨값이 되지 않을까?」

뱀은 대답하지 않는다.

「안 그래?」 스타키가 묻는다.

뱀은 말없이 창밖으로 시선을 돌리고, 발전소 바닥에 있는 아이 수백 명을 내려다본다. 「그래.」 뱀이 인정한다.

「그럼 우린 왜 이런 논쟁을 하고 있는 거야?」

「우린 논쟁하는 게 아니야.」 뱀이 돌아서서 떠나며 말한다. 「아무도 너와 논쟁하지 않아, 메이슨. 그래 봐야 소용없으니까.」

다음은 정치 관련 유료 광고입니다

요즘이 무시무시한 시대라는 데는 의심의 여지가 없습니다. 박수도가 우리의 마을에 테러를 저지릅니다. 무단이탈자 황새들이 아무 죄 없는 사람들을 살해합니다. 폭력적인 10대 무법자가 치명적 봉기를 일으키겠다고 위협합니다. 각 주와 지역에서 교정 불가능한 10대를 통제하기 위해 다양한 조치가 취해지고 있지만, 이런 조치만으로는 충분하지 않습니다. 우리에게는 종합적인 전국 단위 정책이 필요합니다. 교정 불가능한 청소년이 내일의 헤드라인을 어둡게 채색하기 전에, 그들을 방정식에서 제거해야 합니다.

바로 그런 정책이 대의를 위한 분열이라는 선택지, 일명 〈부모 동의권 기각 법안〉입니다! 이 정책은 가장 위험한 10대를 찾아내고, 무책임한 부모에게서 결정권을 빼앗아, 그 권한을 가져야 마땅한 청소년 전담국에 넘겨줌으로써 그들의 언와인드를 허용할 수 있게 합니다.

상원과 하원의 의원들에게 편지를 보내세요. 당신이 부모 동의권 기각 법안을 지지한다고 알려 주세요. 이 법안이 제정되기 전까지는 당신의 가족도 결코 안전하지 않습니다.

— 대의를 위한 시민에서 후원하는 광고임

태양이 낮게 가라앉기 시작하고, 발전소의 때로 뒤덮인 창문이 공장 바닥에 긴 그림자를 드리우기 시작하자, 스타키는 아래층으로 내려가 대중과 섞인다. 수많은 아이가 그를 환영한다. 어떤 아이들은 주눅 들어 스타키를 보지도 못한다. 그는 아무렇지 않게 아이들 사이를 이리저리 지나다닌다. 아무도 스타키에게 걱정거리를 가져오지 않는다. 이것 역시 코너가 묘지를 운영했던 방식과는 다른, 스타키의 운영 방식이다. 코너는 매일같이 사소한 일에 잠겨 있었다. 변기가 막혔다든지, 의료 물자가 부족하다든지 하는 일로. 하지만 이곳에서는 아이들이 스타키의 시간을 낭비해서는 안 된다는 걸 안다. 문제가 생기면, 아이들은 그냥 참고 받아들이든지, 알아서 해결한

다. 스타키를 귀찮게 해서는 안 된다. 그는 전쟁을 지휘해야 하니까.

저녁 식사가 15분 늦어졌기에 그는 임시로 만든 조리실로 향한다. 거기에서 헤이든 업처치를 필두로 한 음식 공급 팀 모두가 산업용 크기의 햄 통조림을 옮기느라 땀을 뻘뻘 흘리고 있다.

「하일, 절대 군주님.」 헤이든이 말한다.

「저녁은 어디 있어?」

「박수 부대한테서 배달이 오기를 기다리고 있었는데, 개들이 총과 탄약만 보내고 음식은 보내지 않은 것 같아. 그래서 오늘 밤에는 스팸으로 때워야 할 거야.」

헤이든은 그 사실에 지나치게 즐거워하는 것 같다. 「왜 웃는데? 스팸은 엿 같아.」

「장난해? 스팸은 나한테 신이나 마찬가지야. 날것으로도 먹고 튀겨서도 먹을 수 있는 유일한 음식이라고. 성찬식에서나 쓰일 만한 물건인걸.」

헤이든의 가장 짜증스러운 점은, 스타키로서는 그가 불경하게 구는 것인지, 습관처럼 비꼬는 말투를 쓰는 것인지 결코 알 수 없다는 사실이다. 한동안 헤이든은 스타키가 표적을 고르기 위해 반드시 해야만 하는 컴퓨터 조사를 하지 않겠다고 고집을 부리며 문제를 일으켰다. 하지만 최근에 그는 이 시스템에 적응한 것처럼 보인다. 음식 공급 부서로 강등된 지금, 그는 약간 비꼬는 듯이 굴기는 해도 유능하게 일을 처리하고 있다. 스타키는 여전히 헤이든을 완전히 믿지는 않지만, 하루 세끼를 6백 명에게 안정적으로 공급할 수 있을 만큼 조직화된 사람은 헤이든밖에 없다. 헤이든 업처치는 일종의 필요악이다.

「10분 안에 음식이 안 나오면 널 대체할 사람을 찾겠어.」

「최후통첩을 인지했나이다.」 헤이든은 그렇게 말하고 일을 계속한다.

스타키는 무기고에서 뱀을 발견한다. 그녀는 특징 없는 트럭에 실려 배달된, 특징 없는 상자들을 내리고 있다. 그들의 후원자는 쩨쩨하게 굴지 않고, 최고 중에서도 최고의 무기를 내준다.

「뭐가 왔어?」 스타키가 묻는다.

「직접 봐.」 뱀이 말한다. 「돌격 소총이랑 경기관총이 더 왔어. 글록[3]도 잔뜩 왔고. 우리한테 좀 더 어린 애들에게 줄 권총이 필요하다고 생각했나 봐.」

그녀의 목소리에서는 반항기가 뚝뚝 떨어진다. 헤이든의 비꼬는 말투보다 훨씬 더 무겁고 신랄하다. 「그럼, 애들을 무장시키지 말고 적진에 들여보낼까?」

뱀은 대답하지 않지만, 도와주던 아이들이 저녁을 먹으러 떠나자 말한다. 「우리가 박수도 운동에 돈을 대는 바로 그 사람들한테 자금과 무기를 받는다는 게, 넌 신경 쓰이지 않아?」

스타키가 눈알을 굴려 댄다. 그는 이 문제에 대해 눈곱만큼도 복잡한 감정을 느낀 적이 없다. 선물이 어디에서 왔든, 받은 물건에 흠을 잡아서는 안 된다. 「왜 이래? 우리가 자폭을 하겠다는 것도 아닌데.」

「아직은 그렇지. 하지만 그 사람들이 우리한테 준 모든 걸

---

3 오스트리아의 반자동 권총 브랜드.

빌미로 나중에 자폭을 요구할지 누가 알아?」

「그 사람들이 우리한테 돈을 줄수록 박수도한테 가는 돈이 줄어든다는 생각은 해봤어?」

뱀이 신랄하게 웃는다. 「와, 네가 여태 생각해 낸 최고의 합리화가 그거구나! 〈메이슨 스타키, 한 번에 1달러씩 박수도로부터 세상을 구하다!〉」

뱀은 저녁을 먹으러 떠난다. 남겨진 스타키는 마지막 한마디를 한 사람이 뱀이라는 데 화가 난다. 스타키는 그의 영토에서 논란의 여지 없는 주인이 되었지만, 뱀과 정면 대결을 하고 나면 언제나 약간 작아진 기분이 든다. 뱀이 그의 자산이라는 점에는 의문의 여지가 없다. 뱀은 스타키가 벌인 일을 수습하고, 상황을 매끄럽게 돌아가게 하는 데 무척 능숙하다. 하지만 그녀의 불복종이 선을 넘기 시작했다. 그건 참아 줄 수 없다. 스타키는 다음 하비스트 캠프 공략에 뱀이 필요하다는 것을 안다. 그러나 그 이후는 다르다. 뱀의 일을 대신 할 수 있는, 능력 있는 황새들이 여럿 있다. 스타키가 정말로 믿을 수 있는 아이들. 일이 끝난 뒤에도 그를 비판하거나 그에게 으르렁대지 않을 아이들.

그들이 노리는 다음 하비스트 캠프는 거물급이다. 보안도 철저하고 화력도 세다. 뱀이 살아서 돌아올 수 있다고 과연 누가 장담할 수 있겠는가?

6
코너

 침체. 침체는 코너를 멍하게 만든다. 그의 감각과 반응 속도를 둔하게 하고, 의욕을 빨아먹는다. 눈앞의 임무가 너무도 거대해서, 코너는 어디에서부터 시작해야 할지 감도 잡히지 않는다. 프린터가 손에 들어온 지금은 계획을 세워야 하지만, 소니아의 지하실은 여전히 블랙홀처럼 그들을 안전 가옥 무단이탈자 특유의 폐쇄적 사고방식으로 다시 끌어들인다. 리사는 다양한 찰과상과 의료 문제를 처리하고, 말 상대가 필요한 아이들에게는 그럭저럭 정신과 의사 노릇도 해준다. 모두 말 상대가 필요하지만 정작 기꺼이 입을 열려고 하지는 않는다. 코너로 말할 것 같으면, 망가진 전자 기기가 너무 많다. 하나하나 고치다 보면 시간이 너무 빨리 지나간다. 그게 프린터와 관련된 능동적인 행동을 하는 것보다 훨씬 쉽다. 바깥세상은 지뢰밭이니까. 한 발만 잘못 디뎌도 모든 것이 끝장이다.

 능동적인 행동.

 코너는 자신이 물에 발을 담가 보는 사이, 능동적 시민은 세상에 강력한 주문을 걸고 있음을 안다. 대중을 어리둥절하게 하고 혼란스럽게 만들, 더 많은 광고를 내보내고 있을 것이다. 사람들은 정말 그렇게까지 쉽게 속는 양 떼일까? 그럴지도 모른다. 아니면 서로 충돌하는 언론 정보가 너무 많아, 그냥 귀를 닫아 버린 걸지도 모른다. 어쩌면 그게 핵심일 수도 있다. 17세 연령 제한법을 뒤집으려는 운동은 점점 더 지지를 얻어 간다. 더 많은 하비스트 캠프를 짓고, 더 많은 〈교정 불가능한 청소년〉을 합법적으로 언와인드하자고 요구하는 조치들도 빠르게 힘을 얻고 있다. 전문가들은 실제로 이 현상을 〈스타키 효과〉라 부른다. 지금껏 코너가 몸으로 느껴 온 일이 이제는 공식적인 용어로 정의된다. 스타키와 황새들은 하비스트 캠프를 하나 무너뜨릴 때마다 더 큰 공포를 세상에 퍼뜨린다. 그러나 그처럼 잔인하고 피비린내 나는 공격은 언와인드라는 관행에 타격을 입히기보다는 세상의 스타키들을 사라지게 만들겠다고 약속하는 모든 것과 모든 사람을 대중이 기꺼이 받아들이도록 몰아간다. 영원히.

바깥세상에서는 이렇게 무자비한 바퀴가 돌아가고 있지만, 소니아의 지하실에서는 낮이 밤으로, 밤은 다시 낮으로 섞여든다. 피난처는 시간조차 흐르지 않는 연옥으로 느껴지고, 무기력에 끌려들지 않기란 점점 어려워진다.

「소니아는 이 아이들을 보낼 새로운 안전 가옥을 찾느라 바빠.」 리사가 설명한다. 그게 기다리는 것 말고 아무것도 하지 않는 핑계라도 된다는 듯이. 「하지만 옛 네트워크가 무너졌고, 묘지도 없으니까. 더 이상 목적지가 없어.」

코너는 묘지를 떠나기 전부터 반분열 저항군이 더 이상 그 어떤 것에도 저항할 수 없음을 분명히 알고 있었다. 반분열 저항군은 완전히 무너진 것처럼 보인다. 저항군의 핵심 인물들이 사라지고 있다. 소문에 따르면, 그들 중 상당수가 〈무작위적〉 박수도 공격으로 살해되었다고 한다. 그 소문에 코너는 박수도가 지지하는 혼란과 무정부 상태에 전혀 혼란스럽지 않은, 더 깊은 차원의 목적이 있는 건 아닐까 궁금해진다. 자신이 궁금해하고 있다면, 같은 생각을 하는 사람들이 분명히 있을 것이다. 아주 많이. 하지만 그들을 어떻게 찾아야 할까? 더 근본적으로는, 어떻게 그들을 움직이게 할 수 있을까?

「우린 이 아이들을 여기저기 데려다줄 수 없어.」 코너가 리사에게 말한다. 그의 시선은 어쩔 수 없이 프린터로 향한다. 프린터는 넝마에 덮인 채, 그들이 자는 곳 옆에 너무도 무해하게 놓여 있다. 해답이 그 자리에 있지만, 세상이 먼저 질문을 하지 않는 한 아무 의미가 없다.

도움이 필요할 것이다. 외부의 도움이.

그들에게 생각할 거리를 던져 주는 사람은 전략적으로 영민한 머리를 가진 그레이스다. 「넌 내 의견을 묻지 않았지만 말할게. 내 생각에, 네가 해야 할 일은 당연히 무선 통신 같은 걸 다룰 수 있는 사람을 찾는 거야.」

「풀뿌리 언론 같은 데 접촉해서 소문을 퍼뜨리자는 거야?」

「그보다는 그 풀뿌리를 건강하게 자라게 할 비료 같은 걸 찾아보자는 거야.」 그레이스가 말한다.

그 말에 코너는 즉시 헤이든을 떠올린다. 헤이든이라면 자신의 〈라디오 프리 헤이든〉 방송을 누구보다 먼저 비료라고 부를 것이다. 그의 주파수는 한 번도 비행기 묘지 밖으로 나간 적이 없지만, 그가 체포되면서 남긴 짧은 선언은 소외된 사람들 사이에서 상징적인 밈이 되었다. 그가 지금 방송을 한다면, 하다못해 건물 옥상에서 소리라도 지른다면 사람들은 귀 기울일 것이다. 불행히도 코너는 헤이든이 어디에 있는지, 그가 살아 있는지조차 전혀 모른다.

장기 프린터로 무엇을 해야 할지 소니아에게 물으면, 소니아는 항상 같은 말을 한다.

「묵혀.」 코너는 그 말에 열이 받는다. 소니아도 그들이 깔고 앉은 이 화약고에 나머지 사람들만큼 겁을 먹고 있는 것일까?

광고

여러분의 딸이 무슨 일을 꾸미고 있는지 아시나요? 여러분의 아들이 어디에서 시간을 보내는지 아시나요? 정신없이 바쁜 세상에서 10대 자녀의 행동을 항상 감시한다는 건 불가능한 일입니다. 하지만 이제는 트랙-어-틴®이 있습니다! 트랙-어-틴® 앱은 최첨단 생체 지표 소프트웨어를 활용, 모든 교통 및 보안 카메라에서 여러분의 자녀를 식별합니다. 10대 자녀는 여러분이 모르게 길조차 건널 수 없죠. 이용자들의 후기를 들어 보세요!

〈제 아들은 1년 전에 집을 나가 무법자가 되었어요. 우리는 아들을 영원히 잃었다고 생각했지만, 트랙-어-틴® 덕분에 아이를 찾을 수 있었습니다. 덕분에 언와인드 의뢰서에 의존하기 전에 교정 불가능한 10대를 위한 인지 치료를 받게 할 수 있었죠.〉

〈제 딸이 매일 밤늦게 밖에 나갔어요. 저희는 딸이 무단이탈자들에게 음식을 주고, 그들의 범죄 행각에 휘말린 게 아닐까 의심했습니다. 트랙-어-틴® 덕분에 저희는 그들의 둥지를 찾아내 당국에 신고할 수 있었어요. 무단이탈자들은 잡혔고, 제 딸은 이제 안전합니다.〉

〈제 아들은 모범적인 학생이자 완벽한 아이였어요. 그 애가 쿠바 카르텔과 담배를 거래하고 있을 줄은 상상도 못 했습니다. 트랙-어-틴®이 없었다면, 저희는 아이를 구할 수 없을 만큼 너무 늦게 알아차렸을 거예요.〉

기억하십시오. 부모 동의권 기각 법안이 곧 실시됩니다. 언와인드 가능한 연령의 문제아 자녀가 있다면, 트랙-어-틴®이 그 아이의 마지막 희망일 수 있습니다. 지체하지 마세요! 트랙-어-틴®과 함께라면, 다운로드 한 번으로 마음의 평화를 얻을 수 있습니다!

코너는 이곳에 온 지 이틀째 되는 날, 지하실의 망가진 TV를 고쳐 두었다. 그런데 지금은 보가 채널을 오락 프로그램에만 맞춰 두고, 절대 뉴스를 틀지 못하게 한다.

「밖에서 무슨 일이 벌어지는지는 알고 있어. 좋은 일은 하나도 없고.」 보가 말한다. 「그보다는 다 같이 웃으면서, 잠깐이라도 세상일을 잊는 게 낫지.」

뭐, 개소리다. 이때만큼은 코너가 근육을 풀고 시스템에 따르기를 거부한다. 보는 싸우지 않을 만큼 머리가 좋다. 대신 그는 코너에게 뉴스를 보게 해주고, 그걸 자신이 얼마나 관대한 지도자인지 보여 줄 기회로 삼는다.

뉴스는 누구의 기분도 좋게 만들지 못한다. 하지만 코너 생각에는 그게 당연한 일이다. 사회에서 죄수 취급을 당하고 있다면 탈옥 중에 놀아서는 안 된다. 최소한 정말로 탈출할 수 있을 때까지는.

지금은 9월이다. 선거까지 두 달도 남지 않았고, 기존에는 언와인드 문제에 대해 아무 의미 없는 말만 떠들어 대던 정치인들은 정당의 경계를 넘어서 한쪽 편을 들기 시작한다. 심지어 정당 내부도 분열되고 있다. 코너는 워싱턴의 토크 쇼에 나온 어느 하원 의원이 〈바람직하지 않은 청소년을 언와인드할 사회학적 필요성〉에 관해 이야기하는 장면을 본다.

지하실은 따뜻하지만, 코너는 리사가 그 프로그램을 보며 바람을 막듯 팔짱을 끼고 자기 몸을 문지르는 모습을 본다.「저 사람들이 어떻게 살인을 사회의 의식 구조에 짜 넣을 수 있는지 난 도저히 이해 못 하겠어.」

「살인이 아니라잖아. 몰랐어?」 코너는 믿음직한 아나운서의 신중한 말투를 그럴싸하게 흉내 내며 말한다.「〈언와인드는 생물 분류학적 비통합 장애를 앓는, 곤란에 빠진 청소년에게 해줄 수 있는 가장 친절한 일입니다.〉」

코너와 리사 사이에 오가는 모든 말을 듣는 듯한 그레이스는 그저 코너를 빤히 볼 뿐이다.「농담하는 거지?」

다른 사람이 물었다면 코너는 구태여 대답하지 않았을 것이다. 하지만 물어본 사람이 그레이스였기에 그는 윙크해 주고, 그레이스는 안도하며 웃는다.

「뭔가 해야 해.」 코너가 말한다. 그들은 실제로 프린터를 작동시킬 수 있는 사람을 찾으러 나가야 한다. 적어도 프린터가 작동하는지 알아봐야 한다. 코너는 실마리를 쥐고 있지만 아직 아무런 행동도 하지 않았다. 평소답지 않다. 코너는 자신을 붙잡고 있는 것이 무엇인지 알고 싶다.

「무슨 얘기 해?」보가 대화에 끼어들며 묻는다. 그들은 지하실에 있는 아이들에게 프린터 이야기를 하지 않았다. 무단 이탈자들 사이에서 신뢰란 공짜로 얻어지는 것이 아니기 때문이다. 이 아이들이 결국 어디로 가게 될지, 그들이 자기 목숨을 구하고자 어떤 거래를 하게 될지 알 수 없다.

「점심 얘기.」코너가 말한다.「오늘은 네가 요리할래?」

보는 코너의 말이 거짓말임을 알지만 따지지 않는다. 아마 코너가 주고 싶어 하지 않는 정보는 결코 얻어 낼 수 없다는 걸 알기 때문일 것이다. 밀어붙이다가 실패하느니 처음부터 밀어붙이지 않는 편이 낫다. 보는 싸움을 잘 고른다. 이길 가능성이 높은 싸움만 한다. 코너는 그게 존중할 만한 특징이라고 생각한다. 이 아이는 덧없는 노력에 시간을 낭비하지 않는다. 자기 감정에만 몰두하는 성향을 극복한다면, 괜찮은 지도자가 될 수 있을 것이다.

그날 저녁, 소니아가 콜드컷과 상당히 오래 묵은 빵을 가지고 내려오자, 코너는 소니아와 단둘이 이야기할 기회를 만들어 낸다. 보를 비롯한 아이들은 샌드위치를 급히 먹어 치우느라 정신이 팔려 있다.

「그때 얘기한 줄기세포를 구해야 한다는 거 아시죠? 세상에 공개하기 전에 프린터가 실제로 작동하는지 확인해야 해요.」

「알았다.」소니아는 코너를 노려보며 말한다.「내일 월마트에 가서 좀 사 오마.」코너가 물러서지 않자 소니아는 한숨을 쉰다.「네 말이 맞아. 하지만 쉬운 일이 아니다. 중서부에는 지금까지 그런 연구를 하는 대학이 몇 군데밖에 없어. 대형 기관에서는 이런 연구에 자금을 대지 않거든. 사람들은 줄기세포 연구가 배아와 관련된 거라고 생각하고, 그런 연구가 다시 하트랜드 전쟁 당시의 문제에 불을 붙일까 봐 겁먹고 있어. 줄기세포를 언급만 해도 시위가 일어나고 여론이 나빠진다. 물론, 성인의 다능성 줄기세포는 배아와 전혀 상관이 없지만, 무식한 사람들이 움찔하면서 과학의 사타구니를 걷어차는 걸 사실만으로는 막을 수 없지.」

코너가 씩 웃는다. 「뭐, 일단 프린터를 작동시키고 알맞은 사람한테 보여 주면, 그 발길질의 방향을 바꿔서 청소년 전담국과 능동적 시민의 급소를 가격할 수 있겠네요!」

「그걸 볼 날까지 내가 살아 있으면 좋겠구나.」 소니아는 그렇게 말하며 마치 할머니처럼 코너의 뺨을 쓰다듬는다. 코너는 누가 자기 몸에 손대는 걸 싫어하지만, 이상하게도 그 손길에서 위로를 받는다. 「세포 공급처가 있는 곳을 찾아보마.」 그녀가 말한다. 「진짜 문제는 그 세포를 가져오는 거야.」

「대체 뭘 하는 거야? 그만둬! 그게 뭔지 알기나 해?」

소니아는 눈에 띄게 퀴퀴해진 지하실에 환기가 되도록 바닥문을 평소보다 오래 열어 두었다. 우리에서 탈출할 기회만 노리던 코너는 위층으로 올라왔다가, 오래된 여행 가방에 붙어 있는 그레이스를 본다. 그레이스가 가방을 열어 놓았다. 봉투들이 사방에 흩어져 있다.

「미안, 미안해, 이러려던 게 아니야. 일부러 그런 건 아니었어!」 그레이스는 미친 듯이 봉투를 다시 가방에 집어넣으려 하지만, 여행 가방이 너무 가득 차 있어서 봉투는 그냥 쏟아진다. 치약을 튜브에 다시 넣으려는 것 같다.

코너는 그레이스에게 소리친 것을 곧바로 후회한다. 그는 그레이스 옆에 무릎을 꿇는다. 「진정해, 그레이스.」

「난 그냥 안에 뭐가 들었는지 보고 싶었어. 그런데 이게 전부 쏟아지기 시작했어. 일부러 그런 건 아니야!」

「알아. 괜찮아. 내려가. 내가 처리할게.」

그레이스는 두 번 권하지 않아도 움직인다. 「난 아무것도 건드리면 안 돼. 호기심에 고양이가 죽었다지. 난 아무것도 건드리면 안 돼.」

그레이스는 이 상황을 피해 계단을 달려 내려간다. 코너는 다시 한번 여행 가방과 단둘이 남겨진다. 다만 이번에는 판도라의 상자가 활짝 열려 있다. 소니아가 이 꼴을 보면 뭐라고 할지 전혀 모르겠다.

수백 통, 수천 통의 편지가 있다. 코너가 편지를 맡겼을 때보다 훨씬 많아졌다. 봉투는 대체로 흰색과 미색이지만, 가끔은 색깔이 들어간 것도 있다. 소니아가 질려서 아이들에게 더 밝은 색의 편지지를 주기 시작한 것 같다. 모든 봉투에는 손으로 쓴 주소가 적혀 있다.

일단 시작하고 나니 코너는 멈출 수가 없다. 그는 익숙한 주소와 손 글씨를 찾아 봉투의 바다를 뒤지기 시작한다. 그의 봉투는 단순한 흰색이었다. 이런 편지의 눈보라 속에서 자신의 편지를 찾아내기란 어려운 일이다.

「거기서는 절대 못 찾는다.」 코너의 뒤를 따라 올라온 소니아가 말한다. 코너는 팔꿈치까지 가방 안에 잠겨 있다.

거의 그레이스만큼이나 죄책감에 사로잡힌 코너는 두 손을 거두고 먼지 쌓인 바닥에 주저앉는다. 「하나도 안 부치셨어요?」

「하나도.」 소니아가 슬프게 말한다. 「그럴 용기가 나지 않았어.」

「살아남은 아이가 와서 편지를 되찾아 간 적 있나요?」

「한 번도.」 소니아는 다시 말한다. 「그보다 급한 일이 있었겠지. 살아남았다면 말이지만.」

「아주 많은 아이가 살아남았어요.」 코너가 그녀를 안심시킨다. 「걔들이 안전한 나이가 됐을 때 떠나보낸 경험이 많아서 아는 거예요.」

「네가 그 애들을 떠나보냈다고?」 소니아가 말한다. 「그동안 내내 뭘 했느냐고 물어봐야겠지만, 아마 넌 말하지 않겠지.」

코너가 미소 짓는다. 그건 그렇죠.

「혹시, 그 끔찍한 스타키라는 녀석과 얽힌 건 아니지?」

코너는 인상을 쓴다. 소니아와 눈을 마주칠 수 없다. 「사실 스타키는 제 실수였어요. 제가 만들어 낸 저만의 사이코패스죠.」

「흠.」 소니아는 자비롭게도 자세히 묻지는 않는다. 「네가 그 녀석을 만들었을지는 몰라도, 걔는 오직 자신의 명령에 따라 행진하는 거야. 우리 모두에겐 실수로 만들어 낸 괴물이 하나쯤은 있지.」

코너는 편지로 가득 찬 여행 가방을 돌아보며, 왜 자신이 아직 여기에 있었는지 결국 깨닫는다. 그의 발목을 잡았던 것이 무엇인지를.

「언젠가 편지를 보내시긴 할 건가요?」 코너가 묻는다.

소니아는 책상에 앉아 지팡이에 몸을 기댄다. 「프린터를 세상에 내놓을 때가 되었다면, 우편배달을 하기에도 적당한 시간이 된 거겠지.」 그녀는 잠시 말을 멈추고, 지하실에서 누가 올라오진 않는지 확인한 다음 다시 코너의 눈을 들여다본다.

「내가 네 편지를 보내는 게 싫은 건 아니겠지?」

「네, 그런 건 아니에요.」

「네가 직접 편지를 전해야겠다고 생각하고 있을 테니까.」

코너는 깊이 숨을 들이쉬었다가 천천히 내쉰다. 「제가 다시 자기 파괴적인 행동을 하려는 걸까요?」

「모르지. 하지만 마무리를 짓고 싶어 하는 건 자기 파괴와는 정반대라는 게 내 생각이다.」

코너는 다시 한번 여행 가방을 본다. 「무슨 소용이죠? 할머니가 말했듯이, 어차피 여기서는 절대로 편지를 찾지 못할 거예요.」

「그래, 못 찾을 거다.」 그녀는 책상 맨 위 서랍을 열고 단 하나의 봉투를 꺼낸다. 「여기 있으니까.」

소니아가 다이너마이트를 꺼냈다고 해도 지금보다 위험하게 느껴지지는 않았을 것이다.

「네가 돌아온 날 밤에 이걸 찾아봤다. 네가 결국 이걸 원하게 될 거라고 생각했지.」

소니아가 코너에게 편지를 내민다. 그의 손 글씨다. 자신이 자란 곳의 주소가 적혀 있다. 뒷면에는 코너가 2년 전 핥아서 붙였던 자리에, 종이가 울며 말라붙은 자국이 남아 있다. 코너는 그 편지가 적인지, 친구인지 아직 알 수 없다.

하지만 편지를 손에 들고 있는 지금, 그가 의심의 그림자조차 없이 확실히 아는 것이 한 가지 있다.

아, 세상에······. 이 모든 일이 끝나기 전에 그 사람들과 마주하게 되겠지. 부모와 대면하게 될 거야.

2부
여기에 용들이 있다

〈장기 적출〉을 위해 영국으로 밀수된 소녀
스티븐 스윈퍼드, 『텔레그래프』, 2013년 10월 18일.

장기 적출을 목적으로 소말리아에서 영국으로 인신매매된 아동의 첫 사례가 발각되었다.
익명의 이 소녀는 장기를 꺼낸 다음, 이식이 절실한 환자에게 판매할 의도로 밀반입되었다. (……)
이 사건은 정부 보고서에서 드러난 것으로, 작년 한 해 동안 영국 내 인신매매 피해자 수가 50퍼센트 이상 증가해 역대 최대치를 기록했음을 보여 준다. (……)
아동 보호 단체들은 어젯밤 성명을 통해 범죄 조직들이 영국 내 장기 이식 수요를 악용하고 있다고 경고했다.
아동 보호 단체인 영국 에크팻Ecpat의 회장 바티 파텔은 〈인신매매범들은 장기에 대한 수요와 아동의 취약성을 이용합니다. 그들이 위험을 무릅쓰고 단 한 명의 아동만을 영국으로 데려왔을 가능성은 낮습니다. 그룹이 있었을 가능성이 높습니다)라고 말했다.

　세계 보건 기구에 따르면, 전 세계적으로 매년 최대 7천 개의 신장이 인신매매범들에 의해 불법적으로 적출되고 있다.

　심장, 폐, 간 등의 장기를 거래하는 암시장도 존재하지만, 신장은 공여자에게서 생명에 치명적인 손상 없이 적출할 수 있기에 가장 수요가 많은 장기다.

　이러한 과정에는 피해자를 찾아내는 모집책, 피해자의 이동을 주선하는 운반책, 장기 적출 수술을 집도하는 의료 전문가와 장기를 거래하는 영업책 등 다수의 인원이 조직적으로 연루된다. (……)

　기사 전문은 다음에서 확인할 수 있다.
　http://www.telegraph.co.uk/news/uknews/crime/10390183/Girl-smuggled-into-Britain-to-have-her-organs-harvested.html

7
크레인 조종사

세상은 엉망이고, 집도 엉망이야. 이 모든 문제를 안고 어떻게 일에 집중하라는 거지? 무단이탈자들이 사방에서 난동을 부리고, 박수도들은 이것저것 폭파하고 있어. 게다가 물론, 내 딸도 있고. 이제야 정신을 차린 줄 알았는데, 지금 와서 이딴 짓을 한다고? 대체 무슨 생각이지?

「정신 차려, 프랭크!」 현장 주임의 목소리가 인터폰을 쩌렁쩌렁 울린다. 그는 깜짝 놀란다. 「빌어먹을, 이 지구에 있긴 한 거야?」

「네, 있습니다. 준비됐습니까?」

「준비됐느냐고? 할 일 없어서 손가락이나 빨고 있었다. 당장 들어 올려!」

「호이스트 시작합니다. 화물 근처 공간 비워 주세요.」

「팔 주변은 정리됐어. 언론에는 내가 알릴게.」

프랭크는 빙그레 웃는다. 현장 주임이 농담을 하는 게 아니라는 걸 알기 때문이다. 그는 정말로 언론에 알릴 것이다. 그들은 지금 리버티섬에 있다. 카메라는 위쪽, 자유의 여신상을 겨누고 있다. 여신상은 공사용 비계 안에 숨겨져 있다. 그들에게는 어마어마한 사건일지 몰라도, 크레인 기사에게는 그저 또 하나의 일거리일 뿐이다.

대체 내 딸은 무슨 생각이지? 어떻게 그렇게 뻔히 보이는 찐따랑 데이트를 할 수가 있어? 이제 겨우 열네 살인데. 퀸스 출신의 열네 살짜리가 브롱크스 출신의 열여섯 살짜리 비행 청소년하고 얽힐 이유가 뭐냐고?

〈걘 따뜻한 심장을 갖고 있어요.〉 딸은 그렇게 말한다.

좋아. 그럼 그 심장을 뜯어서, 딸의 관심을 받을 자격이 있는 다른 애한테 넣어 줘야지.

케이블이 팽팽히 당겨지고 새 팔이 바지선 위에서 천천히, 매끄럽게 움직인다. 이번 일은 급하게 대충 처리할 일이 아니다. 그랬다간 케이블이 끊기고 동료들은 죽고 소송을 당하기 십상이다. 엄청나게 많은 소송을. 팔이 솟아오르기 시작한다. 꼭 마법사가 공중에 띄우는 것 같다. 그는 크레인의 조종석에 앉아 있다. 거대하고 다루기 어려운 물건에 부착된 케이블이 자기 힘줄인 듯, 크레인 자체가 자신의 신체인 듯 느껴진다.

남자 친구는 언와인드당할 수 없을 만큼 나이가 많지 않아. 아직은. 그 빌어먹을 놈팡이는 적어도 몇 달은 기다려야 열일곱 살이 될 거야. 거기다 17세 연령 제한법이 폐지되면, 놈의 비참한 인생에는 잠재적인 언와인드 대상이라는 딱지가 1년을 꽉 채워서 더 달라붙게 되는 거지. 문제는 그 비천한 놈의 부모가 언와인드를 하지 않으리라는 거야. 당연히 그렇겠지! 약쟁이나 그보다도 못한 인간들일 테니. 애를 감시하지도 않고 경계선을 설정하지도 않아. 제대로 키우지 못했으니, 그 애는 뽑아 버려야 할 잡초가 된 거야. 이 빌어먹을 일

전부가 그 사람들 잘못이라고!

「프랭크! 세상에! 대체 뭐 하는 거야? 안정적으로 유지하라고!」

「하고 있어요. 바람 때문입니다.」

「그럼 바람의 영향을 상쇄해야지! 저 엿 같은 팔이 미쳐서 죽은 고래처럼 여신상 밑바닥에 부딪히는 꼴을 보고 싶어?」

크레인과 지상, 그리고 여신상 자체에도 위로 올라오는 팔의 움직임을 감시하기 위한 카메라가 설치되어 있다. 하지만 모니터는 실제로 보는 것만큼 확실하게 상황을 전하지 않는다. 프랭크는 몸을 오른쪽으로 기울여, 스카이 크레인의 커다란 유리창 밖을 내다본다. 아래쪽에서 팔이 바람 때문에 빙빙 돌고 있다. 그는 케이블 장력을 조절한다. 베니션 블라인드를 조절하는 것과 비슷하다. 횃불과 손이 45도 각도를 이루게 만든다. 이제는 횃불이 팔의 나머지 부분보다 조금 위에 위치한다. 이 각도라면 바람을 다르게 받아, 좀 더 안정적으로 올라올 수 있다. 순식간에 팔은 여신상의 기단부 높이를 지나온다. 이제 그는 팔을 안쪽으로 당긴다. 케이블 돌리[4]가 팔을 여신상 가까이로 끌어당긴다.

부랑자끼리 짝지으면 부랑자가 태어나는 거야. 경주용 말이나 사람이나 마찬가지. 그 찐따 녀석의 부모는 아마 약에 너무 취해서 언와인드 의뢰서에 서명하지도 못할걸. 이런 일은 부모에게만 맡겨 둘 수 없는 일이야. 그 부모도 애를 낳기 전에 언와인드당했어야 마땅한 인간들이라면 더더욱. 바람직하지 않은 청소년의 의무적 언와

---

4 케이블을 감아 이동시키는 장비.

인드 이야기가 나온다니 잘된 일이지. 법이 통과되면, 문제가 알아서 해결될지도 몰라. 그렇지 않다면, 내 사촌의 지인의 지인을 통해 장기 해적과 접촉할 수도 있겠지. 누군가 와서 그 녀석을 데려가는 걸로 상황을 마무리 짓는 거야. 문제는, 나한테 전화를 걸 배짱이 없다는 거지.

「이 아래에서 보기에는 좋아 보이는데. 거기선 잘 매달려 있나, 프랭크?」 현장 주임이 웃는다. 「자네나 팔이나 둘 다 잘 매달려 있느냐고!」 아마 그 말을 하고 나서야 자기가 농담을 했다는 걸 알았을 것이다.

「손을 하나 빌릴 수 있으면 좋겠네요.」 프랭크의 말에 현장 주임이 더 크게 웃는다. 프랭크는 팔의 각도를 80도로 올린다. 횃불은 이제 거의 똑바로 선 채, 여러 줄의 케이블로 거대한 크레인에 매달려 있다.

오른팔이 없는 여신상은 밀로의 비너스와 조금 닮아 보였다. 시무룩하고, 어딘가 무력하게. 초기의 이민자들이 엘리스섬에 닿기 전에 보았던 자유의 모습이 아니었다. 그래도 팔은 없애야 했다. 횃불을 들고 있던 팔의 구리 외피와 안의 틀은 그야말로 지나치게 무거웠고, 세월이 지나면서 약해질 대로 약해졌다. 이제나저제나 폭풍이 불어서 팔이 금속의 피로감에 굴복하도록 놔두느니 횃불과 팔을 좀 더 가볍고 튼튼한 합금으로 교체하자는 결정이 내려졌다. 알루미늄/티타늄 같은 재질로. 유일한 문제는 새 팔이 연녹색이 아니라 은회색이라는 점이었다. 설계 사무실의 책상물림들에게는 여신상의 나머지 부분과 어울리도록 칠을 하자는 계획이 있겠지만, 그건 프랭크의 문제가 아니다.

그래, 내 딸과 사귀는 그 재수 없는 자식이 내 문제지. 그런데도 아내는 나한테 소리를 지른단 말이야, 그게 내 잘못인 것처럼. 내가 뭘 어떻게 할 수 있기라도 한 것처럼.

〈애한테 그렇게 많은 자유를 줘서는 안 됐던 거야, 프랭크. 걔가 임신이라도 하면? 그러면 어쩔 건데?〉

뭐? 그러면 황새 배달을 하겠지. 그렇게 될 거야. 딸애는 어렵게 교훈을 얻겠지. 아니면 그 머저리랑 결혼하든지. 그 모든 게 악몽에나 나올 일이야.

「이제 천천히!」 현장 주임이 소리친다. 「입 맞추듯이 부드럽게 제자리에 꽂아, 프랭크.」

이제 그는 레이저 유도 시스템을 작동시키고 물러나 앉는다. 이제부터는 그의 손을 떠난 일이다. 우주선 도킹과 비슷하게, 모든 요소가 외과 수술처럼 정교하게 밀리미터 단위까지 계산된다. 그는 여신상의 구리 가운 주름에 뚫린 구멍에 팔이 장착되는 모습을 다양한 스크린으로 지켜본다. 육중하면서도 부드러운 철컹 소리가 난다. 뼛속까지 진동이 느껴진다. 공사장 인원 전체가 갈채를 보낸다.

이제는 조립 팀이 일을 이어받는다. 그들은 조선업자들로 이루어진 팀이다. 이 단계에서 팔을 부착하는 건 뱃머리를 장착하는 것과 비슷하기 때문이다. 앞으로 일주일 동안 용접과 땜질, 분자 결합이 이루어질 것이다. 강철과 구리가 융합되고 새로운 합금이 만들어질 것이다. 이 역시 그의 걱정거리는 아니다. 내일이면 그는 어퍼웨스트사이드에 있는 호화로운 고층 빌딩 현장으로 돌아간다. 그는 평범한 스카이 크레인 기사로서, I 빔을 88층까지 들어 올릴 것이다. 조용하고 스트레스 없는 삶이다.

딸의 머저리 같은 남자 친구만 제거할 수 있다면, 집에서의 스트레스를 줄일 수 있다면, 한시름 놓을 수 있을 것이다.

8
캠

 카뮈 콩프리는 매우 행복한 청년이다. 그러면서도 행복하지 않다.

 카뮈는 대단히 추진력이 강한 청년이다. 하지만 그는 그 추진력이 정말 자신의 것인지 확신하지 못한다.

 그는 몰로카이 절벽 높은 곳, 바다가 내려다보이는 발코니에 홀로 앉아 자신의 존재에 대해 깊이 생각하고 있다. 이런 생각은 겨우 몇 달 전 시작되었다. 그 전까지 그는 아흔아홉 명의 다른 아이들의 일부였다. 정확한 숫자는 아흔아홉 명 이상일 것 같지만. 아흔아홉은 훌륭하게 운율이 맞는 숫자다. 언론에 이야기하기에도, 홍보용으로도 좋다. 캠에게는 〈인생〉 전체가 홍보였다. 하지만 그는 아직 그 이유를 알아내지 못했다. 능동적 시민은 왜 자신에게 이렇게까지 많은 돈을 쏟아붓는 걸까? 미군은 어째서 그를 재산이라도 되는 것처럼 〈구매〉한 걸까? 가치야 있겠지만, 재산인 건 변하지 않는다. 예전에는 그 사실이 캠을 괴롭혔지만 지금은 그렇지 않다. 어떤 이유에서인지.

 그는 몰로카이에 있는 것이 좋다. 아마 몰로카이가 하와이

2부 여기에 용들이 있다

군도에서 사랑받지 못한 섬이기 때문일 것이다. 한때 한센병 환자 수용소였고, 이제는 그냥 신기한 구경거리가 된 이 섬은 능동적 시민이 소유하고 관리하는 거대한 단지의 근거지다. 캠이 알게 된 대로라면, 절벽 위의 대저택은 그 단지의 일부분에 불과하다. 능동적 시민이라는 조직이 그렇듯, 그들이 미치는 영향력은 첫눈에 보이는 규모를 훨씬 넘어선다.

「먹지 않는구나, 캠.」 로버타가 나와 탁자를 사이에 두고 캠의 맞은편에 앉으며 말한다. 로버타는 캠의 창조자, 혹은 건조자다. 뭐든 사람을 만들어 낸 사람을 부르는 말을 써야겠지. 그렇다면 아마 〈어머니〉라는 단어를 써야 할 것이다. 다만 캠은 그 단어를 쓰기 싫다.

「당신을 기다리고 있었어요.」 캠은 전혀 입맛이 당기지 않는 눈앞의 애피타이저를 본다. 「그리고 어쨌든, 제 내적 공동체에는 푸아그라를 좋아하는 사람이 거의 없고요. 갈비구이가 나올 때까지 기다릴게요.」

「식단이야 네 입맛대로 하렴.」

「제가 마음대로 할 수 있었다면 당신이 필요하지 않았겠죠.」

로버타는 그에게 〈참 웃기네〉라는 식으로 눈알을 굴려 보이다가, 불쾌하게 생긴 거위 간을 자기 크로스티노[5] 위에 미식가처럼 얹기 시작한다. 캠의 기억대로라면, 푸아그라를 만들기 위해서는 거위에게 병적으로 살이 찔 때까지 강제로 음식을 먹여야 한다. 그러면 거위의 간이 터지기 직전까지 부풀어 오른다. 인류는 참으로 놀라운 수법을 익혔다! 캠은 바다 쪽으로

---

5 바삭하게 구운 빵 조각 위에 고기나 채소 등을 얹어 먹는 이탈리아식 애피타이저.

시선을 돌린다.

「보더커 장군님이 다음 주에 웨스트포인트[6]에서 너를 위한 훌륭한 환영회를 준비하고 계셔.」

「연설은 안 했으면 좋겠는데요.」

「비공식적인 건배사 정도만 할 거야. 며칠 뒤에 장군님이 직접 네게 자세한 내용을 브리핑해 주실 거다.」

「군대에서는 그냥 말로 해줄 순 없는 건가요?」 캠이 말한다. 「왜 꼭 브리핑을 해야 하는 거죠?」

「모든 사람 중에서 너만큼은 언어적 격식의 가치를 알 줄 알았는데.」

「〈수많은 사람 중에서〉라고 해야 하는 거 아니에요? 제가 모든 사람으로 만들어졌다는 말은 과장을 넘어선 얘기 같은데.」

곧 다가올 웨스트포인트에서의 경험은 다른 사람이 그를 위해 대신 마련해 준 것이다. 그의 인생 전체가 그런 식이었다. 그는 빠르게 장교 훈련을 거칠 예정이고, 그러는 내내 사진이 찍히게 될 것이다. 그런 뒤에는 〈현대 미군의 얼굴〉이 될 것이다. 그게 무슨 뜻인지는 모르겠지만. 처음에는 마음에 들지 않았지만, 지금은 생각이 완전히 바뀌었다.

미군의 공식 정복(正服)이 그에게 멋지게 어울린다는 건 인정할 수밖에 없다. 그 옷을 입으면 그는 중요한 사람처럼 보인다. 그 자신보다 더 큰 무언가의 일부가 된 것 같다. 그는 신기한 무언가가 아니라 미군 해병의 자랑스러운 장교로서 고위 관계자들과 스쳐 지나는 장면을 상상한다. 그에게는 소속 부대

---

[6] 미국의 육군 사관 학교.

를 선택할 기회가 있었고, 그는 해병을 선택했다. 그는 영광스러운 미래를 떠올리며 대단히 기뻤다. 그러면서도 전혀 기쁘지 않았다.

마침내 캠은 바다에서 시선을 돌린다. 「당신이 잊게 하려는 그 사람 얘기를 하고 싶어요. 그 여자애 얘기요.」

로버타는 당황하지 않고 푸아그라를 다 먹는다. 「내가 그 얘기를 하지 않으리라는 건 알 텐데, 왜 묻는 거니?」

「제가 아무리 기억해 보려 해도, 당신한테 기억하라고 강요하는 게 최선일 테니까요.」

서빙 직원이 와서 애피타이저를 치우고 갈비구이를 가져온다. 캠은 갈비구이에 허기를 느끼지만, 바로 먹기 시작할 만큼 배가 고픈 것은 아니다. 「지금도 머릿속을 기어다니는 벌레 같은 게 느껴져요.」

「그건 벌레가 아니야. 정교한 나노 기술 장치지. 네가 느끼는 모든 건 그저 착각에 불과해.」

캠은 단편적인 자신의 뇌가 축삭 돌기를 따라 기어다니고 가지 돌기 사이를 뛰어다니는 일군의 미세한 나노 기기에 의해 조율되는 모습을 상상하며 고기를 자른다. 그 모든 나노 기기는 아주 특정한 기억 패턴을 찾도록 설정되어 있다. 그의 의식이 표적 기억에 이르는 순간, 그 기억은 공격당한다. 성가실 것도, 귀찮은 것도 없다. 시술을 받고 처음 며칠 동안 캠은 무언가 생각이 날 것 같으면서도 나지 않는 특유의 기분에 시달렸다. 방금까지 기억나는 것 같았는데 곧 사라져 버린 이름과 얼굴을 떠올리려 노력했다. 그런 느낌은 점차 줄어들었지만, 뭔가 사라졌다는 신경 쓰이는 감각은 남았다. 뭐, 완전히 남은 건 아니지만. 나노 기기는 그가 군대와 관련된 것을 생각할 때마다 쾌락 수용기를 자극하도록 설계되어 있기도 했다. 그 쾌락이 미장용 퍼티처럼 갈라진 기억의 틈새를 메우고 있었다.

과거의 삶을 떠나오는 일이 그토록 어려운 이유는, 그가 지금도 기억하고 있는 주변적인 사실 때문이다. 그는 자신이 애크런에 갔었다는 걸 안다. 코너 래시터를 도왔던 것도 기억나 난다. 다만 구체적인 내용은 흐릿하다. 캠은 자신이 능동적 시민의 영웅이 되기보다는 그 소녀의 영웅이 되기로 했던 것도 기억한다. 그는 모두를 신고하고, 국가에 위대한 공을 세워 역사에 이름을 남길 수도 있었다. 하지만 그랬다면 소녀가 평생 그를 증오했을 것이다. 그래서 그는 코너가 한 모든 일을 퇴색시킬 만한 방식으로 그녀의 영웅이 되는 길을 택했다. 어쩌면…… 어쩌면…… 그가 애크런의 무단이탈자에게 질리게 되면, 캠이 그녀를 위해 해준 일의 순수성을 볼 수 있도록 말이다. 그러면 그녀는 캠을 사랑하게 될 터였다. 캠은 장기전을 택했고, 기꺼이 기다릴 생각이었다. 그러나 지금, 그는 그녀의 얼굴도, 이름도, 그 어떤 것도 떠올릴 수 없다. 그녀를 안에서부터 도둑맞을 수 있다고는 상상도 해보지 못했다.

「갈비구이는 마음에 드니, 캠?」

「괜찮네요.」

「괜찮기만 해?」

「훌륭해요. 언제나 제 미각 세포에 대해서 질문하셔야 해요?」

로버타가 한숨을 쉰다. 「캠, 부탁이야. 난 싸우고 싶지 않아. 우리가 함께 보내는 마지막 주잖니. 기분 좋게 보낼 수 있으면 좋겠구나.」

「저랑 같이 안 가세요?」로버타가 함께 가기를 바라는 건 아니지만, 모든 공적인 자리에서 〈트레이너〉 역할을 해왔던 만큼 그녀가 같이 가리라 생각했다.

「웨스트포인트에서는 응석을 받아 줄 엄마를 바라지 않아.」 그녀가 말한다.

그 말에 캠은 놀란다. 로버타도 놀란 것 같다. 그녀가 의도하지 않은 말실수다. 그녀가 실제로 〈엄〉 자가 들어가는 말을 쓴 건 지금이 처음이다. 캠은 언제나 둘의 관계가 왜곡된 부모와 자식 관계 같다고 느꼈지만, 그 단어만큼은 무언의 금기였다.

로버타는 목을 가다듬고 냅킨으로 입술을 꾹꾹 찍는다. 「게다가, 네가 떠나고 나면 여기엔 할 일이 너무 많아.」

그 말에 캠의 관심이 솟는다. 「어떤 일이요?」

「네가 걱정할 필요 없는 일이야.」

캠은 로버타가 대화를 회피하려 한다는 걸 알아챈다. 그녀가 다른 데 관심을 집중하고 있다고 생각하니 예상치 못한 질투심이 밀려온다. 「새롭고 개선된 저를 만들 부위들을 모으고 고르실 건가요?」

캠은 로버타가 고기를 써는 모습을 눈여겨본다. 매끄럽고 우아하다. 그녀가 질문에 대답할 때와 똑같은 방식이다. 「언젠가 네가 직접 말한 적 있지, 캠. 너 자신이 콘셉트 카라고. 완벽한 디자인 말이야. 우리가 추구해야 할 정점.」 그녀는 고기 한 조각을 입에 넣고 씹어 삼킨 뒤에야 덧붙인다. 「안심해, 너를 개선하진 않는단다. 그런 시도조차 하지 않을 거야. 넌 우리의 스타고, 언제까지나 그럴 거야.」

「그럼 뭔데요?」

「꼭 알아야겠다면 네가 스스로 추정해 보렴. 하지만 내가 하는 작업은 기밀이야. 너와 함께한 작업이 기밀이었던 것처럼. 얘기 안 해.」

「네.」 캠은 씩 웃으며 말한다. 「누가 보기만 해도 그 눈을 제거해야 할 기밀이라는 얘기죠? 이런 말조차 언와인드한테서 수술로 눈을 제거할 때는 새로운 뜻으로 들리네요.」

「캠, 식사 중이잖아. 점심 식사 때 나눌 얘기로는 전혀 적절하지 않아.」

「경솔해서 죄송합니다.」

캠은 생각한다. 추정한다. 콘셉트 카는 실용적이지 않다. 그는 실용적이지 않다. 세상에 필요한 존재가 아니다.

디저트가 나오고 둘의 대화는 평범한 주제로 넘어가지만, 그의 머릿속 한구석에는 질문이 남는다. 캠이 세상에 필요한 존재가 아니라면, 무엇이 세상에 필요한 존재일까? 능동적 시민이 세상에 수요를 만들어 낼 수 있는 존재는?

광고

우리 모두에게서 가장 좋은 부분만을 모아, 가장 순수한 형태로 증류할 수 있다면 어떨까요? 지능, 창의력, 힘, 지혜…… 원치 않는 겉껍질은 벗겨 내고, 오직 완벽하고도 순수한 것만 남길 수 있다면? 한 세대 전만 해도 상상할 수 없었던 일이 오늘날 실현되었습니다. 능동적 시민의 우리는 더 밝은 미래를 꿈꾸는 데 그치지 않고, 그런 하루하루를 한 번에 한 조각씩 쌓아 나갑니다. 능동적 시민, 인류를 위한 앞선 생각™.

밤이 되자, 캠의 생각은 우나에게로 흘러간다. 우나는 그 소녀가 아니다. 캠은 그 사실을 안다. 그래도 우나를 떠올리면 머릿속 어딘가가 사라진 듯한 기분이 든다. 우나는 그 소녀를 만난 적이 없다. 캠이 그 사실을 아는 이유는 우나에 관한 기억이 전혀 조작되지 않았기 때문이다. 그 소녀가 얽힌 기억은 일시적으로 정지된다. 그랬다가 다시 그 기억을 움켜쥐려 하면, 수술로 완벽히 제거된 것처럼 기억이 사라진다. 대화는 기억나지만, 핵심 내용은 전혀 기억하지 못하다. 누군가와 이야기한 기억은 나는데, 기억 속에서는 벽이나 복도, 혹은 그냥 텅 빈 공간에 대고 이야기하고 있다.

우나를 생각할 때는 그런 일이 일어나지 않는다. 그래서 위안이 된다. 물론, 우나는 그를 경멸한다. 어떻게 경멸하지 않을 수 있겠는가? 캠에게는 우나가 진정으로 사랑했던 사람의 두 손이 있다. 캠에게는 감정을 느끼고, 그 감정을 영혼으로 가득한 기타 소리로 표현할 수 있었던 뇌의 일부가 있다. 하지만 캠은 윌 타시네가 아니고, 영원히 그가 될 수도 없다. 그러니 우나가 그를 싫어하는 데는 합당한 이유가 있는 셈이다.

캠은 호화로운 침실의 호화로운 침대에 누워서 우나만이 아니라 리와인드된 이후로 만났던 모든 사람을 떠올린다. 캠이 자신이라는 존재를 이해하기 전부터 그를 돌보았던 경비원들. 캠을 투자할 가치가 있는 대상으로 여겼던 보더쥐 장군과 코브 상원 의원. 질투심 많은 애크런의 무단이탈자, 그리고 그와 함께 여행하던 저피질 소녀. 그 애는 이름이 뭐였더라? 아, 그래. 그레이스였다.

캠은 자신의 짧은 생에 함께했던 모든 사람으로 머릿속을 채우며, 그 기억들이 소녀의 윤곽선을 잡아 주기를 바란다. 실루엣을 둘러싼 빛처럼, 이런 기억들로 그녀의 부재가 선명하고 완벽하게 드러나기를 바라며.

놀랍게도, 능동적 시민은 캠이 사랑하는 소녀에 대한 기억을 지우면 그가 그들을 덜 증오하게 되리라고 진심으로 믿는다. 믿을 수 없게도, 능동적 시민은 군 생활에 관한 생각으로 그의 쾌락 중추를 자극하면 그저 극심한 반감이 생길 뿐임을 정말로 모른다.

물론, 지금의 캠은 해병대에서의 미래를 열망하고 있다. 하지만 그는 이런 열망을 마음속에 심어 준 사람들을 그야말로 경멸한다.

사람들이 아니라 사람이다.

로버타다.

캠의 생각에 로버타는 능동적 시민 자체다. 능동적 시민을 무너뜨리는 건 로버타를 무너뜨린다. 불태워 버린다는 뜻이다.

하지만 물론, 그 사실을 로버타가 알아서는 안 된다. 당분간 그는 로버타의 완벽한 소년으로 보여야 한다. 캠은 놈들이 신중히 설계한 우상처럼 빛나야 한다. 전 인류가 숭배하게 될 황금 송아지처럼. 그래야만 캠이 그 모든 것을 무너뜨릴 때 로버타의 눈에 떠오를, 당황하고 놀란 표정을 보면서 훨씬 큰 보람을 느낄 수 있을 것이다.

보더커 장군에게는 수행원이 필요 없다. 그는 필수적인 아첨꾼 무리 없이도 위압적인 인물이다. 그의 막강한 존재감으로도 주변 공기가 얼어붙는 듯하다. 하와이의 습기에 시들어 가던, 진입로의 꽃들도 그가 지나가자마자 뻣뻣하게 차렷 자세를 취하는 것 같다.

그의 뒤를 따르는 남자가 한 명 있긴 하다. 장군의 개인 수행원이다. 〈수행원〉이란 조수를 뜻하는, 좀 더 공식적인 군대 용어다. 더 정확히 말하자면, 장군의 심부름꾼이라고 해야겠지만. 날씬하고 어딘가 초조해 보이는 그 남자는 장군의 아주 사소한 요구에도 알랑거리며 반응한다. 하지만 이곳에는 그가 필요 없다. 능동적 시민의 몰로카이 단지에는 하인이 너무 많아서, 그 사람들을 헤치고 길을 찾으려면 헨젤과 그레텔처럼 빵 부스러기라도 따라가야 할 판이다.

대저택의 입구에서 캠은 뻣뻣한 제복을 차려입고 장군을 맞이한다. 로버타가 그 옷을 입어야 한다고 고집을 부렸다. 캠이야 개의치 않는다. 그는 제복을 좋아한다. 제복을 생각하기만 해도, 대단히 짜증스러운 방식으로 황홀경에 가까운 깊은 쾌락이 밀려들게 되어 있다. 이 역시 로버타와 인지 기술자 팀이 조작해 낸 감정적인 반응이다. 로버타를 증오할 수밖에 없는 또 하나의 이유다.

「잘 지냈습니까, 그리즈월드 씨. 자네도, 콩프리 군.」 장군은 두 사람에게 번갈아 고개를 끄덕이며 말한다. 수행원은 보더커에게서 악수하는 수고를 아껴 주는 것이 자신의 임무라는 듯 대신 그들과 악수한다.

「후더 다흐, 헤너랄.」 캠이 완벽한 억양으로 말한다. 「이크

벤 블레이 예 터 진.」[7]

장군은 감명받기보다는 놀란 듯하다.「그거, 네덜란드어인가?」

「네.」로버타가 캠 대신 대답한다.「캠이 네덜란드어를 공부해 왔거든요. 이미 아는 수많은 언어에 하나 더 추가한 거죠.」

「그렇군.」

「장군님이 네덜란드계이시죠?」캠이 묻는다.「성함이 네덜란드계로 보여서요.」

「그래.」보더커가 말한다.「그 말에서 핵심은 〈계〉야. 부모님은 네덜란드어를 쓰셨지만 난 배운 적 없네.」

장군은 방어적인 태도다. 단호하게 거리를 둔다. 문득, 캠은 감정적으로 거리를 둔 부모를 감동시키려 애쓰는 아이가 된 기분이 든다. 싫지만 어쩔 수 없다.

「단지를 구경시켜 드릴까요?」캠이 묻는다.

「나중에.」보더커는 단호하게 말하고, 단정하고 지나치게 열의에 찬 수행원을 힐끗 본다. 수행원은 열정적으로 나선다.

「저는 구경하고 싶네요.」그가 말한다.

캠이 대답할 때까지 어색한 분위기가 이어진다.「그러시죠. 정원부터 갈까요?」캠은 보더커가 자신의 관심을 부하에게 떠넘긴 방식에 잠시 혼란을 느낀다. 캠은 수행원과 함께 구경하러 떠날 때에야 힐끗 뒤를 본다. 보더커가 로버타와 집중해서 이야기하고 있다. 캠은 더 이상 관심의 중심이 아닌 것 같다.

---

7 〈안녕하세요, 장군님. 당신을 뵙게 되어 기쁩니다〉라는 뜻의 네덜란드어.

광고

신제품! 공식 카뮈 콩프리 액션 피겨!

계산 기능!

튜터 기능!

카뮈 콩프리 액션 피겨는 아홉 개 언어로 1만 개의 문장을 구사합니다.

실제로 리와인드되었습니다!*

추적 기능이 있는 눈!

진짜 같은 다문화 피부색!

다양한 자세를 취할 수 있고, 다양한 설정이 가능합니다!

어둠 속에서는 솔기가 빛납니다!

한정 수량!

여기를 클릭해 주문하세요!

* 최소 20개의 다른 액션 피겨를 이용해 리와인드했음을 보장함

남은 하루는 매끄럽게 이어진다. 그러니까, 아직 마르지 않은 래커처럼 매끄럽다. 겉보기에는 멋지게 윤이 나는 것 같지만 만져 보면 끈적하고 불쾌하다.

저녁 식사는 장군처럼 높은 사람이 술을 마시고 식사할 수 있도록 특별히 고안된 식당에서 이루어진다. 겨우 네 명이 둘러앉기에는 너무 큰 식탁을 가운데 두고 위태롭게 격식을 차리며 시작된다.

「주방장에게 찬사를 보내야겠군.」 보더커는 은식기 소리가 스며 있는 침묵을 끊으며 말한다.

「네, 네. 전부 맛이 좋습니다.」 장군의 수행원이 말한다. 캠은 그럴 줄 알고 있었다. 수행원은 장군이 하는 모든 말에 습관처럼 동의하는 짜증스러운 사람이니까.

식사를 하며 농담을 주고받는 사이사이에, 캠은 딱히 말로 짚을 수 없는 색깔 없는 이면의 분위기를 느낀다. 기타 줄이 살짝 틀어져 음이 맞지 않는 것 같다. 그가 기억하지 못하는 그 소녀와 관계된 문제인지도 모른다. 아니면 그냥 자신의 문제인지도 모르고.

「웨스트포인트가 정말로 기대됩니다.」 캠은 장군의 반응을 끌어내기 위해 말한다.

「그래. 뭐, 그쪽에서도 자네를 무척 보고 싶어 할 거야.」

「몬트레서!」[8] 캠이 불쑥 말한다. 그럴 생각은 없었지만, 머릿속에서 일어나는 기이한 연결은 여전히 캠이 통제할 수 없는 순간에 때때로 튀어나온다.

「뭐라고?」 장군이 말한다.

「어…… 저희 요리사, 몬트레서 씨 말입니다.」 캠은 최대한 수습하며 말한다. 「몬트레서 씨의 샤토브리앙이 좋은 평가를 받았다고 꼭 알려 주겠습니다.」

로버타가 매서운 눈으로 그를 쏘아보지만, 캠의 속내를 까밝히지는 않는다. 아마 그 말의 의미를 정확히 알기 때문일 것이다. 「그러게요.」 로버타가 맞장구친다. 「몬트레서 씨의 음식

---

8 에드거 앨런 포의 단편소설 「아몬틸라도의 술통」의 주인공으로, 자신을 모욕했다고 여긴 친구에게 복수하는 인물이다.

은 언제나 흠잡을 데 없죠.」 문학적 소양이 뛰어나지는 않은 장군은 이 말을 그대로 받아들인다. 그의 수행원은 완두콩을 집는 데 정신이 팔려 있어 거짓말을 눈치채지 못한다.

 다음 날 아침, 보더커는 작별 인사 없이 떠난다. 최소한 캠에 게는 작별 인사를 하지 않는다. 그가 떠나자마자 캠은 혼자 단지를 돌아다니다가 뒤뜰 잔디밭에서 잠시 멈춘다. 그와 그 소녀가 함께 별을 올려다보던, 바다를 내려다보는 자리다. 캠은 소녀에게 천문학 강의를 해주었지만, 당연히 기억 속에서 그는 잔디밭에 혼자 누워 별을 떠올리고 있다. 그래서 그는 소녀가 그 기억의 일부였음을 알게 된다. 아무도 없는데 큰 소리로 말한 기억이 나니까. 지금은 아침 햇살 속에서 태양 외에는 어떤 별도 보이지 않지만, 장군의 방문에서 의미의 별자리를 엮어 내는 데 별은 필요하지 않다.
 전날, 캠은 보더커의 부하에게 단지를 구경시켜 주면서, 장군이 로버타와 함께 골프 카트를 타고 단지의 먼 쪽으로 향하는 모습을 눈여겨보았다. 캠은 그들이 능동적 시민에서 평범한 외관을 유지하기 위해 재배하고 있는 사탕수수와 토란 밭을 보러 갔으리라고 확신한다. 캠은 이 거대한 단지 안에 빽빽한 덤불에 가려진 다른 건물들이 있다는 걸 잘 안다. 실제로 그런 건물을 본 적은 없지만, 그곳에 존재한다는 건 안다.
 그런 건물에 대해 물으면, 로버타는 분명 언제나 그랬듯 시치미를 뗄 것이다. 거의 기만에 가까운 그 회피는 로버타가 출수 있는 가장 훌륭한 춤이다. 캠에게는 구경 자체가 일종의 오락거리가 되었을 만큼, 로버타는 그 춤을 잘 춘다.

그러나 보더커 장군은 그렇게 능숙하지 않다. 그는 제복에 단 훈장처럼 거짓말한 티를 얼굴에 새기고 다닌다.

정말이지, 몬트레서다! 부정직함의 왕, 몬트레서. 그는 에드거 앨런 포가 창조한 등장인물 중 가장 야비한 인간으로, 포르투나토를 비밀 무덤에 산 채로 묻어 버리는 순간에도 우정을 주장한다. 그렇다면 캠이 포르투나토인 걸까? 파멸의 벽돌이 하나하나 쌓여 가는 모습을 지켜보는? 아니면, 그 모든 것이 캠의 착각일지도 모른다. 어쨌거나 캠의 인간성은 여러 언와인드로 이루어진 구성물이다. 그중 많은 아이에게 편집증이 걷잡을 수 없이 퍼져 있었을지도 모른다. 그럼에도 캠은 이 모든 일이 결국 어제 로버타가 장군과 함께 떠났던 짧은 여행에서 비롯되었다고 느낄 수밖에 없다. 어딘지는 몰라도 둘이 갔던 곳에 장군의 냉정하고도 거리감 느껴지는 행동의 답이 있을 것이다. 어쩌면 지금이야말로 캠이 능동적 시민의 몰로카이 단지를 좀 더 자세히 알아봐야 할 때인지도 모른다.

「여기에 용들이 있다.」 캠은 큰 소리로 말하지만, 뒤뜰 잔디밭에는 그 말을 들을 사람이 아무도 없다.

9
우나

우나는 자신과 레브가 헤네시와 프렛웰을 찾기를 바란다. 동시에, 그들을 찾지 못하기를 바란다. 그들을 찾는다면 자신이 두 장기 해적을 갈가리 찢어 버리리라는 것을 알기 때문이다. 비유가 아니라, 문자 그대로. 우나는 그들을 조각조각 잘라 내고, 죽어 가는 그들의 고통을 음미할 것이다. 우나의 내면에 그런 짓을 할 만한 무언가가 있을까? 카뮈 콩프리에게는 거의 그런 짓을 할 뻔했다. 우나는 카뮈에게 전기톱을 가져갔고, 한때 윌의 것이었던 그 아름다운 두 손을 거의 잘라 버릴 뻔했다. 만일 그런 짓을 했다면, 평생 후회했으리라는 걸 우나는 안다. 캠은 윌만큼이나 피해자였으니까. 캠은 리와인드해 달라고 부탁한 적이 없다. 반면 윌은 다른 사람들을 구하기 위해 자신을 포기하는 쪽을 선택했다. 그는 다른 선택지보다 언와인드를 택했다. 우나가 캠에서 윌의 두 손을 되찾았다면 그녀는 괴물이 되었을 테고, 그 순간부터 다시는 돌아올 수 없었을 것이다.

하지만 이런 인간 해충을 찢어발기는 건 다른 문제다. 정당한 일이다. 만족스러울 것이다. 아마도.

 이로써 우나가 어느 정도 평화를 얻을 수 있다면, 윌은 우나가 그런 일을 하기를 바랄까? 아니면 레브의 정의가 승리하기를 바랄까? 윌은 장기 해적들이 잡혀서 아라파치 부족 의회에 넘겨지기를 바랄까? 그들을 산 채로 잡아가려면 우나로서는 믿을 수 없을 만큼 자제력과 인내심을 발휘해야 할 것이다. 그들을 찢어발길 만큼 냉혈한이 되지는 못하더라도, 그들을 총으로 쏘아 죽이는 데는 아무런 가책이 느껴지지 않는다.

 그래서 우나는 그들을 찾고 싶다. 그러면서도 찾지 못했으면 좋겠다.

 미니애폴리스의 어느 불쾌한 지역에서 밤이 깊어 간다. 다른 도시의 다른 동네만큼 불쾌하지는 않을지도 모르지만, 미니애폴리스에도 퀴퀴하고 어두운 지역이 있다. 우나는 혼자 다닐 수밖에 없다. 아무리 머리를 길렀다지만, 레브는 여전히 너무도 쉽게 눈에 띄기 때문이다.

 「같이 다닐 수 있으면 좋을 텐데.」 우나가 위험한 곳에 처음 나서기 전, 레브는 그렇게 말했다.

 「넌 어차피 못 가.」 우나가 대답했다. 「전부 술집인데 넌 미성년자니까.」

 물론, 스물한 번째 생일을 여섯 달 앞둔 우나 역시 미성년자다. 하지만 그녀의 신분증에는 다르게 적혀 있다.

 우나는 오늘 저녁 세 번째 술집에 들어선다. 이곳에 도착한 이후로는 열두 번째 술집이다. 긴 검은색 머리카락은 뒤로 당겨 알록달록한 머리끈으로 묶여 있다. 우나의 머리가 자유롭게 흘러내리는 걸 좋아했기에 윌이 언제나 풀곤 했던, 그런 머리끈으로. 우나의 핸드백에는 권총이 들어 있다. 작고 우아한 22구경 권총이다. 그녀는 소총을 훨씬 더 좋아하지만, 술집에 그런 총을 들고 갈 수는 없다. 이렇게 너저분한 술집이라 해도.

그녀는 사흘 밤 내내 이런 하수구 같은 곳들을 돌아다녔다. 나쁜 소식이 나쁜 소식과 만나고, 어쩌면 운이 따라 줄지도 모르는 곳이었다. 하지만 우나에게는 운이 따르지 않았다. 그녀는 자신이 찾고 있는 장기 해적의 흔적을 단 하나도 발견하지 못했다.

이곳, 왓 에일스 야 살룬[9]은 애초에 그리 멋진 장소였던 적도 없지만, 그나마 오래전에 모든 빛을 잃은 곳이다. 검은 모조 가죽 의자에 그와 어울리는 덕트 테이프가 붙어 있는, 기름때 낀 부스. 한때는 파란색이었을지도 모르는 리놀륨 바닥. 이곳에 남아 있는 얼마 안 되는 색깔마저 앗아 갈 만큼 어두운 조명. 이 가게보다도 딱한 것은 얼마 안 되는, 대체로 시무룩한 표정의 손님들뿐이다.

우나가 바에 앉자, 힘겨운 인생 때문에 예외적으로 잘생긴 외모까지 망가져 버린 바텐더가 다가온다. 우나는 바텐더가 묻기도 전에 신분증을 보여 주고, 의료용 알코올 면허도 휙 보여 준다. 하트랜드 전쟁 어느 즈음, 사람들은 알코올을 통제 약물로 만들었다. 그래서 지금은 모두가 의료용 알코올 면허를 가지고 있다. 암상인들이 거리 모퉁이에서 면허를 판다. 심지어 의료용 자판기에서도 살 수 있다. 인류를 그들이 가장 좋아

---

9 〈What Ales Ya Saloon〉은 〈What Ails You〉, 즉 무슨 고민이 있느냐는 말을 비튼 표현으로 발음의 유사성을 활용해 맥주를 뜻하는 〈Ales〉를 썼다.

하는 악덕에서 떼어 놓기란 이토록 어려운 일이다.

「뭘로 드릴까요?」 바텐더가 묻는다.

「기네스 한 잔이요.」

그가 눈썹을 치켜올린다. 「나랑 마음이 똑같은 여자분이네.」 그의 억양에는 미네소타주에는 어울리지 않는 텍사스주의 강한 느낌이 남아 있다. 우나는 〈그냥 맥주나 가져다주시죠〉라는 뜻의 미소를 애써 지어 보인다.

바텐더가 돌아오자, 우나는 맥주를 천천히 마시며 주위 사람들을 살펴본다. 다트 놀이를 하는 문신한 남자 두 명이 있다. 그들은 날카로운 발사체를 던지면서도 취한 사람이 그들 앞을 지나가든 말든 신경 쓰지 않는다. 어둑한 부스 깊숙한 곳에서는 우나가 듣고 싶지 않은 거래가 오가고 있다. 그녀와 나란히 바에 앉아 있는 건 외로운 사람들, 그리고 술 없이는 못 사는 알코올 중독자로 이루어진 뻔한 무리다. 바의 저쪽 끝에 앉아 있던 남자가 우나의 허락도 받지 않고 술값을 대신 내더니, 두 손가락을 내저으며 손짓한다. 씩 웃으면서 누런 이를 드러내는 걸 보니 1년 내내 핼러윈인 것만 같다. 우나의 반응은 바텐더가 지나갈 때 바에 현금을 내려놓는 것이다.

「여기요.」 그녀가 말한다. 「저 해골바가지한테 돈 돌려주세요.」

이런 식의 상호 작용을 주기적으로 보는 듯, 바텐더는 씩 웃으며 기꺼이 그 말에 따른다. 우나는 바텐더가 자신의 독립적인 성격을 좋아하는 건지, 그냥 이 문제에서 취객이 당한 불행을 재미있어하는 건지 알 수 없다.

바텐더에게 자유 시간이 생긴 것처럼 보이자, 우나는 섬세하게 화제를 꺼낸다. 우나가 여기에 온 이유다. 「좀 도와주실 수 있을까요?」 우나는 실제 감정보다 더 예의 바르게 운을 뗀다. 「신체 거래로 돈을 버는 신사 두 분을 찾고 있는데요.」

그 말에 바텐더는 웃는다. 「장기 해적을 〈신사〉라고 부르는 건 처음 들어 보네요.」 그가 말한다. 「실망시켜서 미안하지만, 장기 해적은 서로에게만 자랑을 하죠. 나 같은 사람한테 자기들 일을 떠벌리지는 않아요.」

우나는 그의 말을 무시한 채 말을 잇는다. 「이름이 헤네시랑 프렛웰이에요.」 그런 다음 바텐더에게서 〈티〉가 나는지 살핀다.

「들어 본 적 없어요.」 그는 그렇게 말하더니 아무렇지 않게 더러운 잔을 닦는 일로 돌아간다. 그러나 우나는 그가 이미 닦은 잔을 다시 닦고 있음을 알아본다. 빙고!

이것이 우나가 사흘 만에 만난, 가장 그럴싸한 단서다. 이제 모든 건 그녀에게 달렸다. 신중하게 행동해야 한다. 우나는 이 남자가 뭘 걱정하는지 궁금하다. 그냥 남의 일에 엮이기 싫은 걸까? 우나를 자기 손님을 단속하러 온 연방 수사관이라고 생각하는 걸까? 글쎄, 바텐더가 침묵을 지키는 이유가 무엇이든 간에 우나는 그의 지갑에 호소할 수 있을지도 모른다.

「안됐네요.」 그녀가 말한다. 「가치가 높은 사냥감이 있을 때는 바로 그 사람들을 찾아가야 한다고 들었거든요.」

바텐더는 그녀와 눈을 맞추지 않는다. 「난 그런 건 전혀 몰라요.」

우나가 덧붙인다. 「게다가, 그분들과 연락할 수 있게 해주는 사람에게는 꽤 괜찮은 보상금을 드릴 계획이었고요.」 그녀는 맥주를 다 마시고 빈 잔을 바텐더 쪽으로 밀어 놓는다. 잔 아래에는 50달러짜리 지폐가 깔려 있다.

바텐더는 힐끗 지폐를 보지만, 손을 내밀지는 않는다.

「물론, 소개만 해주는 대가예요.」 우나가 말한다. 「실제로 거래가 이루어지면 훨씬 더 많은 돈을 드릴 거예요.」

바텐더는 바 저쪽으로 가서, 딱해 보이는 여자에게 톰 콜린스 칵테일을 내준다. 아마 해골바가지가 대신 계산할 것이다. 돌아온 바텐더는 우나의 제안에 대해 충분히 생각해 본 뒤다. 그는 우나의 잔과 50달러짜리 지폐를 가져가, 마술사처럼 그 지폐를 사라지게 만든다. 그는 주위를 힐끗 둘러보더니 가까이 몸을 숙이고 우나조차 알아듣기 어려울 만큼 작은 목소리로 말한다.

「그 사람들이 내가 생각하는 사람이 맞다면, 아마 여기서는 만날 수 없을 거예요.」 그가 말한다. 「헤네시는 모르겠지만, 프렛웰은 아이언 모너크 펍에서 당구를 치며 시간을 보내거든요. 니컬렛 애비뉴에 있는 술집이에요. 근데 그 녀석은 쓰레기 같은 놈이고, 거긴 쓰레기 같은 곳이에요. 다시 생각해 보는 게 좋을걸요.」

우나는 그 말에 웃을 수밖에 없다. 「여기보다 더 쓰레기 같은 곳이 있다고요?」

바텐더는 그 말에 불쾌해하지 않고 매우 진지한 표정을 유지한다. 「많죠.」 그가 말한다. 「그냥 구덩이가 있는가 하면, 뱀 구덩이도 있으니까. 분명히 말하지만, 거기에는 독기가 차고 넘쳐요.」

그러고 싶지 않았지만 우나는 몸을 떤다. 「괜찮아요.」 그녀가 말한다. 우나는 그 말이 사실임을 안다. 하지만 바텐더의 강렬한 눈빛에 아주 조금은 자신을 의심하게 된다. 그녀는 바스툴에서 일어선다. 「거래가 이루어지면 소식을 알려 드릴게요.」 우나가 말한다.

「그게 될지 모르겠네요.」 바텐더는 이 동네에서 오래 살아온 사람 특유의 체념한 미소를 지으며 말한다. 딴 곳도 아닌 이 동네에 오래 있었던 사람이 하는 말이니 허투루 넘길 것은 아니다.

우나가 말한다. 「뭐, 최악의 경우라면 나를 영영 못 보겠죠. 그럼 50달러를 버는 거예요.」

바텐더는 우나의 상황 판단을 받아들이고 〈자, 조심해요〉라고 말한 뒤, 그녀가 아이언 모너크라는 이름의 뱀 구덩이를 찾아가게 놔둔다.

10
프렛웰

 모턴 프렛웰이 지독하게 못생겼다는 말은 〈지독하다〉라는 말에 대한 모욕이다. 프렛웰도 그 사실을 안다. 그는 그 사실을 받아들이는 데 평생을 들였다. 정확히 말하면 29년을. 프렛웰은 자라면서 다양한 종과의 비교를 거쳤다. 박쥐처럼 생긴 아기로 삶을 시작해 코요테처럼 생긴 소년으로 자랐다가, 마침내 염소처럼 생긴 남자가 되었다.

 하지만 그는 자신의 볼품없는 외모를 슬퍼하기보다 받아들였다. 심지어 즐기기까지 했다. 그의 못생김은 자신을 정의한다. 못생긴 외모를 빼면, 그에게 뭐가 남겠는가? 헤네시와 함께 슬롯머저리 꼬마를 잡아다 팔아 상당한 돈을 벌었을 때, 프렛웰이 받은 몫은 원한다면 그럭저럭 괜찮은 새 얼굴을 가질 수 있을 정도였다. 프렛웰은 고민했지만, 오래 고민하지는 않았다. 대신, 그는 그 돈을 평소 외모 때문에 누리지 못했던 삶의 더 나은 것들에 썼다. 그러나 이제 그 돈은 사라졌고, 그는 돈을 내는 사람들에게 팔기 위해 언와인드를 찾아 매일 거리를 헤매고 다니는 일상으로 돌아왔다.

그는 아이언 모너크의 구석에서 혼자 당구를 치다가 그 소녀를 발견한다. 사실, 그는 소녀가 들어왔을 때부터 그녀를 눈여겨보았다. 그녀는 사막에서 시원한 물 한 모금처럼 보였다. 하지만 이제 그는 소녀가 자신을 눈여겨보고 있다는 걸 알아챈다.

소녀는 젊다. 스물한 살, 어쩌면 그보다도 어릴지 모른다. 부스에 혼자 앉아 있는데 이미 모너크에는 그녀에게 눈독을 들이는 독수리들이 있다. 그녀는 검은 머리를 팽팽하게 뒤로 당겨 묶었다. 소녀가 처음 들어왔을 때, 프렛웰은 그녀의 머리가 꼬리뼈까지 내려온다는 것을 알아챘다. 프렛웰은 긴 머리 여자에게 꽂힌다.

소녀는 프렛웰을 눈여겨볼 뿐 아니라, 이제는 눈을 마주친다. 얼굴에 살짝 미소를 띤 것 같기도 하지만, 바의 조명이 어두워서 확실하진 않다.

소녀의 얼굴에서는 소수 민족의 느낌이 난다. 라틴계이거나 심지어 슬롯머저리일 수도 있다. 정확히 어느 쪽인지 알기 어렵다. 하지만 그녀에게는 이곳에 속하지 않음을 분명히 밝히는 때 묻지 않은 분위기가 있다. 최소한 아직은 이곳에 속하지 않는다. 분명 그녀는 〈슬럼가 탐험〉을 하며 비천한 사랑을 찾고 있는 착한 소녀일 것이다. 모턴 프렛웰만큼 비천한 사람은 없고.

프렛웰이 먼저 시선을 뗀다. 그는 솜씨 좋게 다음 공을 집어넣는다. 거친 뱅크 샷이다. 꽤 예쁘장한 소녀의 관심에 힘이 솟는다. 정말로 프렛웰과 비슷한 부류의 남자를 찾는 여자는 드물고 자주 나타나지도 않는다. 그래서 프렛웰은 빠르게 움직인다. 그는 두 번째 큐를 집어 들고, 소녀가 앉아 있는 부스로 향한다.

「나는 모티.」 그가 말한다. 「당구 좀 쳐?」

「조금.」 소녀가 대답한다. 그녀는 건드리지도 않은 것처럼 보이는 음료의 스틱을 저으며 대답한다.

모티가 그녀에게 큐를 건넨다. 「가자, 내가 한 수 가르쳐 줄게.」 소녀는 아직 이름을 말하지 않았다. 프렛웰은 그녀가 이름을 말해 주리라 확신한다. 그는 소녀를 데리고 당구대로 돌아간다. 소녀가 먼저 공을 치게 해준다. 소녀는 자신감 있게 공을 치고, 공은 기분 좋게 딱 소리를 내며 당구대 저쪽 끝에서 흩어진다. 당구 치는 모습을 보면 그 사람에 대해 많은 것을 알 수 있다. 이 소녀는 자신이 원하는 게 무엇인지 아는 사람이다. 프렛웰은 그게 정확히 무엇인지 알아낼 작정이다.

「이 동네는 처음이야?」 그가 묻는다.

「그냥 지나가는 길이야.」

소녀는 프렛웰에게 미소 짓는다. 프렛웰은 혀로 치아를 훑으며 피자 찌꺼기를 확인한 뒤 마주 미소 짓는다. 그런 다음 7번 공을 쳐서 솔리드[10]를 선택하고, 일부러 다음 공을 놓쳐 그녀에게 싸워 볼 기회를 준다.

「어디서 왔어?」

「앞으로 어디로 가는지가 중요하지.」 소녀가 장난스럽게 말한다.

프렛웰은 기꺼이 미끼를 문다. 「그게 어디려나?」

---

10 당구에서 1번부터 7번까지의 단색 공.

소녀는 공을 쳐서 12번 공을 넣는다. 「승리.」 그녀가 대답한다.

「좋네.」 프렛웰이 씩 웃으며 말한다. 소녀는 다음 공을 놓치고, 프렛웰은 공 세 개를 연달아 넣으며 그녀에게 분수를 알려준다. 「근데 노력은 좀 해야겠는걸.」

소녀가 다음 공을 치러 미끄러지듯 움직이자, 그녀의 긴 포니테일이 프렛웰을 휙 스쳐 간다. 그 느낌에 프렛웰은 몸을 떤다. 그녀는 아직도 이름을 말해 주지 않았다. 어쩌면 이름은 중요하지 않을지도 모른다.

「특별히 아이언 모너크에 온 이유가 있어?」

「일 때문에.」 그녀가 말한다.

「무슨 일?」

소녀가 큐에 초크를 바른다. 「네 일이랄까.」

프렛웰은 소녀의 이름을 알 필요가 없다고 판단한다. 그는 큐를 보관대에 내려놓는다. 「나갈까?」

「따라갈게.」

그는 열정을 다스리려 노력한다. 이런 일에는 냉철해야 한다. 뭔지는 몰라도, 소녀가 머릿속에 만들어 놓은 자신의 이미지에 맞춰야 한다. 나쁜 의도를 가졌지만 그 방식만큼은 매끄러운 나쁜 남자. 그래, 프렛웰은 그런 사람이 될 수 있다. 「차는 뒤에 있어.」 그가 말한다. 소녀는 눈 하나 깜짝하지 않는다. 그래서 프렛웰은 그녀의 어깨에 한 팔을 두르고 뒷문으로 데리고 나간다. 생각은 이미 몇 킬로미터 앞을 내달리고 있다.

문이 휙 닫히자마자 모든 것이 순식간에 바뀐다. 그의 생각은 더 이상 길도, 동력도 찾지 못한다. 갑자기 소녀는 그 정도

덩치로는 도저히 낼 수 없을 힘으로 그를 골목의 삐죽빼죽한 벽돌 벽에 내팽개친다. 어느새 그의 목에 총구를 아프게 박아 넣는다. 그의 오른쪽 귀 바로 아래에서 위를 겨냥하고 있다. 작은 총이지만, 권총이 뇌의 중심을 겨누고 있을 때는 크기가 중요하지 않다.

프렛웰은 감히 저항하려고 하지 않는다. 「자, 진정해.」 그가 말로 내놓을 수 있는 건 그게 전부다. 그가 느꼈던 힘은 떠나 버렸다.

「확실히 하자.」 소녀가 술집에서보다 훨씬 차가운 목소리로 말한다. 「내가 일이라고 했을 때는 정말로 일을 얘기한 거야. 그러니까 다시 내 몸에 손대면 네 손가락을 하나씩, 하나씩 쏘아 버리겠어. 알아들어?」

「그래, 알겠어.」 프렛웰이 말한다. 고개를 끄덕이고 싶지만, 그 동작에 방아쇠를 쥔 소녀의 손가락이 눌릴까 봐 걱정된다.

「좋아. 그게 말이지, 내가 우연히도 꽤 괜찮은 상품을 잡았어. 들기로는 네 암시장 인맥이 최고라던데.」

프렛웰은 이번 만남에서 실제로 살아남을 수도 있다는 생각에 안도의 한숨을 내쉰다. 「그래, 인맥은 내가 최고지.」 그가 지나칠 정도로 상냥하게 말한다. 「유럽인, 남아메리카인⋯⋯ 버마의 다제이랑도 닿아 있어.」

「좋은 소식이네.」 소녀가 말한다. 「네가 최고급 상품에 대해서 제대로 된 값을 치르는 사람들과 확실히 줄이 닿아 있기만 하다면, 우리는 매우 즐겁게 관계를 이어 갈 수 있어.」 소녀가 약간 물러선다. 그러나 프렛웰이 도망칠 경우를 대비해 여전히 총구를 그를 겨누고 있다. 프렛웰은 도망칠 생각이 없다. 일단, 도망치려 했다가는 소녀가 아마 총을 쏠 것이다. 게다가 모티 프렛웰의 탐욕이 그의 두려움을 대체하기 시작한다. 〈최고급〉이라는 게 무슨 뜻일까?

프렛웰은 이런 질문이 자신의 해부학적 신체 부위 어디에도 총알을 불러들이지 않길 바라며 감히 묻는다. 「그래서…… 뭘 잡았는데?」

「뭘 잡은 게 아니라, 누구를 잡은 거지.」 소녀는 살짝, 무시무시한 미소를 지으며 말한다.

프렛웰은 자기도 모르게 입술을 핥기 시작한다. 소녀가 이야기할 만한 사람은 한 손에 꼽힌다. 엄청난 값어치를 지닌 아이들은 한 줌뿐이다. 소녀가 허풍을 떠는 게 아니라면, 오늘은 월급날 중에서도 최고의 날이 될 수 있다.

「그럼 누군데?」

「곧 알게 될 거야. 너랑 나, 귀 없는 네 친구까지 만날 약속을 잡아.」

이 건방진 것이 조사를 제대로 해왔다! 「그 녀석은 귀가 없는 게 아니야.」 프렛웰이 말한다. 「아직 귀 한쪽은 남아 있으니까.」

「그놈한테 전화해.」

프렛웰은 핸드폰을 꺼내지만 망설인다. 이 거래에서 조금이나마 영향력을 발휘할 수 있을 만큼 자신이 중요한 인물이라고 생각하기 때문이다.

「누구를 잡았는지 말해 주기 전에는 전화 안 해.」

소녀는 짜증이 난 듯 짧게 한숨을 내쉰다. 그러더니 말한다. 「박수하지 않은 박수도.」

갑자기, 프렛웰의 손가락이 그 이상은 불가능할 정도로 빠르게 전화를 건다.

11
레브

 일반적인 화물 컨테이너다. 폭 2.5미터, 높이 2.6미터, 깊이 12미터. 낮에도 컨테이너 안은 언제까지나 황혼이다. 구석의 녹슨 구멍을 통해 바늘구멍만 한 빛이 스며든다. 화학 폐기물의 냄새가 끼얹어진, 상한 우유 냄새가 난다. 레브는 쥐도 있을지 모른다고 생각했지만, 쥐들은 훔쳐 먹을 것이 있는 곳에만 출몰한다. 그는 화물 하역장에 사는 쥐들의 먹잇감이 되기엔 너무 팔팔하게 살아 있다.

 레브의 손목은 튼튼한 케이블 타이로 긴 컨테이너의 안쪽 벽에 묶여 있다. 원래 벽에는 레브에게 족쇄를 채워 놓고 그럴싸하게 위장할 방법이 없었기에, 우나가 걸쇠를 사다 에폭시로 벽에 붙여야 했다. 레브는 우나에게 왼손 엄지 아랫부분에 주머니칼로 작은 상처를 내달라고 했다. 실제로 다칠 정도는 아니지만, 손목과 케이블 타이에 피가 묻을 만큼 깊은 상처 말이다. 레브는 이런 작은 손길이 진짜 같은 느낌을 더해 주고, 둘의 계략을 사실적으로 보이게 해준다는 걸 안다. 그들은 또한 화물 하역장에서 모은 각종 쓰레기를 컨테이너 여기저기에 전략적으로 배치했다. 우나의 소총을 위장하기 위해서였다. 지금 그 총은 녹슨 서류 보관함에 기댄 채 짙은 그림자 속에 세워져 있다.

걸쇠가 다소 낮게 설치되었다. 레브가 서 있으면 고통스럽게 묶여 있는 것처럼 보이지 않지만, 무릎을 꿇으면 두 손이 머리보다 높이 올라가서 고통스러워 보인다. 실제로 아프다. 금발의 조그만 예수가 커다란 강철 상자 안에서 십자가형을 당하고 있다. 완전히 힘을 빼고 고개를 떨어뜨리면 착각은 완성된다.

「그야말로 무력해 보이네.」 우나가 일어서서 그를 돌아보며 말했다. 「근데 아직도 약간 깨끗해. 손목에 피가 묻어 있는데도.」

그래서 레브는 꿈틀거리고 몸부림치며 옷 전체에 녹과 때를 묻힌다. 몸부림치다가 잃어버린 것처럼 보이도록 신발 한 짝도 멀리 걷어차 버린다.

「땀이 좀 날 때까지 계속할게.」 레브는 그녀에게 말했다. 컨테이너가 답답할 정도로 덥다는 걸 생각하면 어려운 일은 아니다.

우나는 표적을 만나러 갔고, 레브는 악취와 생각에 잠겨 홀로 남겨졌다.

그게 한 시간 전이었다.

레브는 이곳에 너무 오래 혼자 있었다.

이제는 어두워진 뒤다. 녹슨 구멍으로 들어오던 반쪽짜리 빛은 타르처럼 짙은 어둠에 밀려났다. 불가능한 일을 상상하며 그는 잠시 두려움에 사로잡힌다. 장기 해적 두 명이 우나를 죽였을지도 모른다. 놈들이 그런 짓을 저지르지 않았으리라고 장담할 수는 없다. 그런 일이 벌어졌다면 레브는 탈출할 길이 없다. 정말로 여기에 갇히게 된다. 이 컨테이너가 그의 무덤이 될 것이다. 그때는 쥐들이 찾아오겠지.

하지만 아니다. 그런 식으로 생각할 필요는 없다. 우나는 돌아올 것이다. 모든 일이 계획대로 진행될 것이다.

아닐 수도 있지만.

레브는 어둠 속에서 고개를 저으며 불안한 생각을 떨쳐 낸다. 팔이 너무도 불편하게 묶여 있기에 시간은 실제보다 훨씬 느리게 흘러간다. 그는 이런 식으로 묶여 있었던 기억을 떠올린다. 그때는 훨씬 더 오래 묶여 있었다. 넬슨이 그와 미라콜리나를 외진 오두막에 잡아 두었다. 그때도 레브는 지금과 마찬가지로 케이블 타이로 침대 틀에 묶여 있었다. 단지, 그때는 정말로 묶여 있었다. 넬슨은 그들을 상대로 러시안룰렛을 했다. 그의 탄창에는 진정탄 다섯 발이 들어 있었고, 나머지 한 발이 실탄이었다. 살상용 총알이 언제 나올지 알 수 없었다. 하지만 넬슨은 레브를 쏘지 않았다. 레브가 넬슨에게 마음에 들지 않는 대답을 내놓을 때마다 대신 미라콜리나를 쏘았다. 그럴 때마다 미라콜리나는 진정탄에 맞고 한 번 더 의식을 잃었다.

고요한 강철 컨테이너 안에서, 레브의 정신은 이제 평행 우주의 현실로 그를 데려간다. 넬슨이 미라콜리나를 죽였다면? 그랬다면 레브는 어떻게 했을까? 그는 도망칠 수 있었을까? 아니면 미라콜리나의 죽음이라는 짐이 너무 무거워 레브조차 불구가 되고 말았을까?

레브가 넬슨에게서 풀려나지 못했다면, 코너는 지금 어디에 있을까? 아마 죽었거나 감옥에 있을 것이다. 또는 하비스트 캠프에서, 범죄자의 언와인드를 허용하는 법안 중 하나가 통과될 때까지 기다리고 있거나.

그러나 미라콜리나는 살아남아서 레브가 비행기 묘지에 도착할 수 있도록 도와주었다. 레브는 청담은 물론 넬슨에게서도 코너를 구했다. 잘 해냈다. 레브는 자기가 했던 모든 좋은 일을 미라콜리나에게 말할 수 있으면 좋겠다고 생각한다. 하지만 그는 미라콜리나가 어디에 있는지, 탈출은 했는지 전혀 모른다.

그는 지금도 미라콜리나를 신경 쓰고, 종종 그녀를 떠올린다. 하지만 마지막으로 미라콜리나를 본 이후 몇 주가 지나는 동안 너무도 많은 일이 벌어져, 미라콜리나와 함께한 시간은 전생처럼 느껴진다. 미라콜리나는 십일조였다. 그 말은, 미라콜리나가 레브와 처음 만났을 때 품고 있었던 이상을 지켰다면 지금쯤 언와인드당했을지도 모른다는 뜻이다. 레브는 자신의 영향력이 그 위험한 자기희생의 결단을 부식시켰기를 바랄 뿐이지만, 알 방법은 없다. 언젠가 미라콜리나를 추적해 무슨 일이 일었는지 알아볼 수 있을지도 모르지만, 이런 개인적 호기심은 지금 당장 누릴 수 없는 사치다. 당분간 미라콜리나 로젤리는 〈언젠가〉 목록에 남아 있어야 한다.

걸쇠가 젖혀지고 무거운 경첩이 삐걱거리는 소리가 들린다. 컨테이너 앞문이 희미한 달빛 한 줄기만 들어올 정도로 열린다. 세 사람이 들어온다. 레브는 기절한 척 몸을 앞으로 숙인다. 감긴 눈 너머, 얼굴에 닿는 손전등 불빛이 느껴진다.

「아니잖아. 머리카락을 좀 봐!」

「머리카락은 자라는 거야, 이 멍청한 놈아.」

레브는 둘의 목소리를 바로 알아듣는다. 형편없는 몰골의 프렛웰과 사립 학교 학생처럼 허세가 있는, 귀 하나짜리 대장 헤네시다. 둘을 만난 건 한 번뿐이지만, 둘의 목소리는 레브의 청각 기억에 깊이 박혀 있다. 그 목소리만으로도 분노에 찬 한기가 밀려온다. 레브는 눈을 뜨고, 얼굴에 혐오감과 공포감을 드러낸다. 그게 도움이 되니까.

「내가 볼 때는 진짜 레비 콜더인걸.」 헤네시가 허리를 숙여 살펴보며 말한다.

「콜더가 아니라 개러티다!」 레브가 신음한다.

「이름이야 뭐든 원하는 대로 써.」 헤네시는 악당 같은 미소를 지으며 말한다. 「하지만 세상 사람들에게 넌 언제나 박수도가 된 십일조, 레비 콜더일 거야.」

레브는 그의 얼굴에 침을 뱉는다. 놈이 그만큼 가까이 있기도 하고, 그런 행동이 엄청난 만족감을 주기 때문이다. 놀랍게도 우나가 다가와 레브의 얼굴을 후려친다. 거의 머리가 돌아갈 정도로 거친, 손등 공격이다.

「새 주인에게 존경심을 보여야지.」 우나가 신랄하게 말한다. 레브는 우나에게도 침을 뱉는 것으로 대꾸한다.

우나는 다시 레브를 때릴 것처럼 다가선다. 그러나 헤네시가 그녀를 말린다. 「그만.」 그가 말한다. 「상품을 망가뜨리면 안 된다는 거, 못 배웠어?」

우나는 물러나 손전등을 녹슨 서류 보관함 위에 내려놓는다. 그 공간에 짙고 비스듬한 그림자가 드리워진다. 그녀는 두 남자에게는 보이지 않을 정도로만 시선을 돌려, 레브에게 윙크해 보인다. 레브는 그녀를 노려보기만 한다. 그 표정은 두 놈이 봐도 괜찮은 거니까. 레브는 우나가 따귀를 때린 것이 착각을 빚어내기 위한 계획의 핵심이었음을 안다. 비록 고통스러울 만큼 진짜처럼 느껴졌지만. 어느 차원에서는 우나가 그 행동에서 조금은 만족감을 느꼈을지도 모른다.

이제는 프렛웰이 비웃을 차례다. 그가 더 가까이 다가온다. 「처음에 널 보내 주면 안 되는 거였어.」 그가 말한다. 「물론, 그때는 네가 박수도가 되기 전이었지만. 그때 너는 아무것도 아니었지.」

「지금도 아무것도 아니야.」 헤네시는 그렇게 말하며 우나를 돌아본다. 「이 녀석 몸값으로 5천 달러를 주지. 한 푼도 더 못 줘.」

우나는 격분한다. 레브 역시, 좋게 말해도 모욕감을 느낀다.

「장난해?」 우나가 소리친다. 「최소 그 열 배 가치는 있을 텐데!」

헤네시가 팔짱을 낀다. 「아, 왜 이러시나? 멍청하게 굴지 마. 이 녀석 장기는 폭발 물질로 손상됐어. 성장도 저해됐고, 아마 생식 능력도 없을 거야. 우린 신체 조달업자라고. 이 녀석의 신체 자체에는 아무 가치가 없어.」

레브는 반박하고 싶은 충동을 눌러 참는다. 그의 장기는 완벽하지는 않아도 제 기능을 한다. 물론 그는 자라지 않겠지만, 의사들은 그가 불임이라는 말을 한 적이 없다. 어떻게 감히 저런 소리를? 하지만 자신의 몸값을 스스로 주장해 봐야 도움이 되지는 않을 것이다.

「난 바보가 아니야.」 우나가 말한다. 「세상에는 박수하지 않은 박수도의 부위 하나라도 얻겠다고 최고가를 치를 수집가들이 있어.」

레브는 그야말로 경멸감을 담아 그들 모두를 본다. 「그래서, 내가 수집 대상이라는 거야?」

「너 말고, 네 장기!」 프렛웰은 그렇게 말하더니 웃는다.

헤네시는 프렛웰을 험악하게 힐끗 본다. 협상에 끼어들지 말라는 무언의 질책이다.

「그럴 수도 있고, 아닐 수도 있지.」 헤네시가 말한다. 「하지만 수집가들은 변덕스러워. 그 사람들이 얼마를 낼지 누가 알겠냐고.」 그러더니 그는 레브의 턱을 잡고, 그의 머리를 좌우로 돌려 본다. 말을 구매할 때처럼 레브를 살펴본다. 「현금으로 7천5백 달러. 마지막 제안이야. 마음에 안 들면 직접 팔아 보시든가.」

우나는 두 남자를 향해 제대로 역겨운 표정을 짓더니 말한다. 「좋아.」

헤네시가 프렛웰에게 손짓한다. 「풀어 줘.」 프렛웰이 칼을 꺼내고, 허리를 숙여 레브의 오른손 케이블 타이를 끊는다. 그러는 동안 헤네시는 지갑을 꺼낸다. 레브는 손이 풀려나자마자 등 뒤로 손을 뻗어, 숨겨 두었던 진정탄 다트를 프렛웰의 목에 꽂는다.

「이런 제기랄……」 프렛웰은 욕설을 마치기도 전에 의식을 잃고 쓰러진다.

우나는 빛처럼 빠른 속도로 이미 소총을 잡고 헤네시의 얼굴에 겨눈 상태다. 「한 번만 움직여 봐.」 그녀가 말한다. 「어서. 널 쏠 이유를 만들어 줘.」

하지만 헤네시는 머리 회전이 빠르다. 그는 우나의 얼굴에 돈다발을 던지고는 도망친다. 주의를 산만하게 하는 이런 동작 덕분에 그는 1초를 꽉 채워 앞서 나간다. 지폐가 우나의 얼굴에 맞아 떨어지고, 우나는 소총을 겨눈다.

「우나, 안 돼!」

레브의 외침에도 우나는 총을 쏘지만 빗맞는다. 헤네시가 탈출하는 그 순간 컨테이너 앞문에 구멍이 뚫린다.

「제기랄!」 우나가 그를 쫓아 달려 나간다. 레브도 그녀를 따라 달리려다가, 대단히 고통스럽게도 왼손이 아직 벽에 묶여 있음을 깨닫는다.

「우나!」

하지만 우나는 이미 사라졌고, 레브는 어둠 속 어딘가에 있을 프렛웰의 칼을 찾을 수밖에 없다

12
우나

 우나는 빠르지만, 목숨을 걸고 달리는 남자가 더 빠르다. 헤네시는 몇 초 만에 화물 하역장을 빠져나간다. 우나는 헤네시가 시야에서 너무 멀리 벗어나면 영원히 그를 놓치게 된다는 걸 안다. 그런 일은 용납할 수 없다. 둘 중 하나만 잡는 것으로는 충분하지 않다. 둘 다 잡는다고 해도 윌의 언와인드에 대한 보상이 되지는 않겠지만, 그나마 좀 더 낫다.
 놈에게는 총이 있다. 우나는 확신한다. 총을 본 적은 없지만 분명 가지고 있을 것이다. 헤네시 같은 자들은 언제나 총을 가지고 다니니까. 헤네시는 앞서 나가 우나를 기습하려고 기다리고 있을지도 모른다. 그러니 우나의 추격은 비밀스러워야 한다. 추격이라기보다는 살금살금 다가가는 것에 가까워야 한다. 하지만 이미 쫓기고 있다는 걸 아는 사람에게 살금살금 다가갈 수는 없다. 우나는 속도를 늦춘다. 생각할 시간을 갖는다. 보호 구역에서, 피베인은 그녀에게 사냥하는 방법을 알려 주었다. 우나는 사냥을 잘했다. 이 상황을 사냥으로 본다면, 그녀가 이길 것이다.

화물 하역장 바깥에는 오래된 산업용 건물 여러 채가 있다. 밋밋하고 영혼 없는 벽은 헤네시에게 엄폐할 기회를 주겠지만, 우나에게도 가림막이 되어 준다. 우나는 모퉁이 근처에서 멈춘다. 벽에 기대 그림자 속에 머무르며 귀 기울인다. 헤네시도 귀 기울이고 있을 것이다. 자유를 향해 도망칠 순간을 기다리고 있을 것이다. 그렇다면 놈은 무엇을 자유라고 볼까?

우나는 그 답을 알 것 같다.

한 블록 떨어진 곳, 산업 구역은 미시시피강을 만나 끝난다. 강을 따라 4백 미터도 못 간 하류에, 돌로 만든 보행자용 다리가 있다. 더는 쓰이지 않고, 가로등도 걸려 있지 않은 다리다. 헤네시는 그 다리를 건너기만 하면 미니애폴리스 시내로 사라질 수 있다. 그 다리가 헤네시의 자유다.

우나는 최대한 은밀하게 다리 쪽으로 간다. 그런 다음, 아마 몇 년 새 편지 한 통 구경하지 못했을 우편함의 그늘에 숨어 기다린다.

30초 후, 헤네시가 옆길에서 뛰쳐나와 다리까지 일직선으로 달린다. 우나는 달려 봤자 그를 잡을 수 없으리라는 걸 안다. 하지만 굳이 달릴 필요가 없다. 어두운 밤이지만, 우나는 그가 총을 꺼내 든 것을 볼 수 있다. 멋지게 달빛을 받아 빛나는 화려한 은빛의 금속을. 헤네시가 다리에 이르는 순간, 우나는 총을 겨누고 낮게 쏜다. 그가 고통에 찬 비명을 지르며 쓰러진다. 이제 루나는 다리로 달려가 피해를 확인한다. 그는 여전히 희미하게 비치는 다리 위에 있다. 총알은 그의 왼쪽 무릎을 꿰뚫었고, 그는 사실상 움직이지 못하게 되었다. 그가 우나에게 총을 쏘지만 조준이 잘못되었다. 우나는 재빨리 다가가 그의 손에서 총을 걷어찬다. 그리고 뒤로 물러나 소총을 든다.

헤네시는 헐떡이며 침을 뱉더니 돌난간을 잡고 몸을 일으킨다.

「이거, 그 슬롯머저리 꼬마 때문이지!」

「그 사람한테는 이름이 있었어!」 우나가 방아쇠를 만지작거리며 말한다. 방아쇠를 당기고 싶은 충동을 억누르며 씹어 뱉는다. 널 쏠 이유를 만들어 줘. 그녀는 그렇게 말했었다. 하지만 이미 수많은 이유가 있다. 「그 사람 이름은 윌 타네시였어. 그 이름을 말해.」

헤네시는 박살 난 무릎을 내려다보며 인상을 쓴다. 「그게 무슨 소용이야? 어차피 넌 날 죽일 텐데. 그냥 죽여.」

이보다 유혹적인 권유가 또 있을까? 「너한테는 두 가지 선택지가 있어.」 우나가 말한다. 「도망치려고 하면 내가 널 죽일 거야. 아니면 항복해서 아라파치의 재판을 받을 수도 있어.」

「세 번째 선택지는 어때?」 헤네시는 그렇게 말하더니 아무 경고도 없이 난간 너머로 몸을 던진다. 아주 높은 다리는 아니다. 성인 남자라면 상처를 입었더라도 추락에서 살아남아 도망칠 수 있다. 우나는 이런 방법을 생각해 보지 못한 자신에게 화가 난다. 그 순간, 저 아래에서 희미한 쿵 소리가 들린다.

다리 옆을 보니, 강물 대신 바위투성이 강가가 보인다. 헤네시는 심각한 오판을 저질렀다. 그는 물이 아니라 바위에 부딪쳤다. 이제 그는 죽은 사람에게 주어지는 모든 선택지를 가지고 있다.

우나는 다가오는 발소리를 듣는다. 레브가 다리 위로 올라서고 있다.

「무슨 일이야? 총소리를 들었어. 놈은 어디에 있어?」레브는 핏자국을 힐끗 본다.「너 설마!」

「내가 그런 게 아니야. 저놈이 그랬어.」우나는 다리 옆으로 시선을 돌리며 말한다. 레브가 손전등을 꺼내 아래 바위를 비춘다. 장면이 훨씬 더 선명해진다. 헤네시의 척추는 물가에서 겨우 몇 발짝 떨어진 날카로운 바위에 걸려 부러졌다.

레브가 몸을 떤다. 우나에게는 그 떨림이 충격파처럼 느껴진다. 그녀는 자신도 역겨움을 느껴야 한다는 걸 알지만, 실제로 느껴지는 것은 더 이상 저자에게 복수할 수 없다는 실망감뿐이다.

우나와 레브는 함께 강가로 내려가 헤네시의 죽음을 확인한다. 그런 다음, 그 망가진 몸을 물가로 끌고 가 얼굴이 아래를 향하게 뒤집은 다음 물살에 쓸려 가도록 민다.

「그래도 프렛웰은 있잖아.」레브가 말한다.「그거면 충분할 거야.」

「네가 아라파치 사람들의 마음을 얻기에는 충분하겠지.」우나가 동의한다.「하지만 부족 의회가 언와인드에 반대한다는 의견을 내도록 만들기에도 충분할까?」

「내 말을 들어 주기는 할 거야.」레브가 말한다.「그다음에 의회를 설득하는 건 내 몫이고.」

두 사람은 오늘 살인을 저지르지 않았다. 그러나 헤네시의 시신을 물가로 끌고 오느라 둘 다 손에 피가 묻었다. 그들은 손을 강물에 담가 최대한 피를 씻어 낸다.

「가자, 프렛웰한테 돌아가야지.」레브가 말한다.「내가 묶어 두긴 했는데, 진정탄 약효가 떨어지기 전에 놈을 데리고 보호 구역으로 출발해야 해.」

 떠나기 전, 우나는 헤네시의 목숨을 앗아 간 삐죽빼죽한 바위를 마지막으로 한 번 더 본다. 우주란 얼마나 신비하고 완벽한가! 저 바위는 아마 수십만 년 전, 어느 빙하에 의해 산에서 깎여 나왔을 것이다. 그런 다음에는 신중하게도 이곳에 놓여 인내심을 가지고 그 모든 세월 동안 헤네시라는 범죄자의 척추를 둘로 갈라놓을 날만 기다렸을 것이다. 모든 것에는 목표가 있다. 그게 우나와 레브 모두에게 위안을 준다.

13
헤이든

헤이든 업처치는 무너져 가는 발전소의 벽에 달라붙은 암세포처럼 자라나는 그것을 본다. 그것이란, 스타키의 치명적인 십자군이다. 그것은 추하고 유독하다. 그것은 이 아이들에게 남아 있는 좋은 것을, 아무것도 남지 않을 때까지 멈추지 않고 전부 집어삼킬 것이다. 스타키는 아이들이 전투에서 총을 맞아 죽거나, 자신들이 저지르고 목격한 일로 인해 안에서부터 죽어 갈 때까지 피비린내 나는 전쟁터로 황새단을 끌고 다닐 것이다. 헤이든은 그런 하비스트 캠프 공격이 무의미함을 안다. 스타키가 언와인드를 상대로 벌이는 전쟁의 결과는 무단이탈자와 황새들의 영예로운 가치 증명이 아니라 그들의 파멸이 될 것이다.

「여기는 라디오 프리 헤이든, 아주 오래된 기름 냄새와 좀 더 새로운 체취가 풍기는 어둡고 음침한 어딘가에서 이루어지는 팟캐스트 방송입니다. 누가 정말로 이 방송을 듣고 있다면, 일단 제 모습이 나가지 않는다는 점에 사과드려야겠네요. 여기 전파 상태가 노새 행렬의 디지털 버전이나 마찬가지라서요.

그래서 영상 대신 노먼 록웰[11]의 훌륭한 그림 하나를 올렸습니다. 가엾고 아무 죄 없는, 황갈색 머리의 아이가 궁둥이를 내놓고 의자 위에 서 있다가 〈친절한 지역 의사〉에게 엉덩이에 진정탄을 맞는 모습입니다. 저는 어쩐지 이 이미지가 적절하게 느껴졌습니다.」

 소문에 따르면, 다음 하비스트 캠프 공격 때는 스타키의 후원자들이 박수도를 제공할 예정이다. 스타키가 모든 일을 끝내고 난 뒤에도 그런 아이들을 두려워하지 않을 사람이 과연 한 명이라도 있을까? 스타키는 그런 공포를 원한다. 그는 그 공포를 바탕으로 번성한다. 그러면서도 스타키는 한때 그들의 명분에 공감했을지도 모르는 수많은 사람이 지금은 폭력에 대한 답으로 청소년 전담국에 의지하고 있음을 깨닫지 못한다. 그래, 청담은 해답을 가지고 있다. 바로 분열이라는 이름의 축복받은 평화다. 언와인드라는 영원한 안식이다. 그게 메이슨 스타키의 유산이 될 것이다. 저항의 끝, 반란의 끝, 문명이 출발시킨 지옥 같은 기차를 탈선시킬 수 있었던 마지막 세대의 절대적 침묵.

「여러분은 새로운 10대 봉기를 촉구하는 저의 기발하고도 진심 어린 호소를 보셨을 겁니다. 제2차 세계 대전 때 쓰였던 무더운 폭격기 안에 갇혀서 열사병과 탈수로 고생하고 있었기에, 제가 상당히 예언자처럼 변했었다는 건 인정해야겠군요. 부모님이 보셨다면 분명 자랑스러워하셨을 거예요. 경악하거나. 아니면 자랑스러운지, 경악스러운지를 두고 신랄한 말싸

---

11 미국의 일상과 이상을 따뜻하게 묘사한 화가.

움을 벌였을지도 모르죠. 어쩌면 갈등을 해결하기 위해 이미 변호사를 고용했을지도 모릅니다.」

헤이든의 녹음은 전부 속삭임으로 이루어진다. 하지만 그 속삭임조차 헤이든의 마음에는 지나치게 절박하게 들린다. 그는 조용히 할 수밖에 없다. 한밤중에만 스타키의 〈컴퓨터실〉에 몰래 들어올 수 있기 때문이다. 컴퓨터실은 발전소 구석에 있는 방에 따로 떨어져 있지만, 문이 없어 나머지 구역에도 개방되어 있다. 그는 아이들의 코 고는 소리를 들을 수 있다. 그 말은, 헤이든이 조금만 큰 소리로 말해도 깨어 있는 사람은 누구나 그의 말을 들을 수 있다는 뜻이다.

「연대에 관해 떠들어 댔을 때 제 말은 무슨 의미였을까요? 글쎄요, 세상에는 봉기가 있고 봉기가 있습니다. 제가 말한 게 어떤 봉기였는지 아주 분명하게 밝히고 싶은데요. 저는 우리가 사법권을 쥐고 사람들을 없애 버리는 방식을 옹호하지 않습니다. 잡다한 탈것들을 불태우고, 사회로 하여금 〈그래, 언와인드는 좋은 생각인지도 몰라〉라고 생각하게 만드는 열받은 〈교정 불가능한 청소년〉이 되는 방식 말이죠. 세상에는 폭력이 우리의 명분에 도움이 된다고 생각하는 사람들이 있습니다. 이름은 거론하지 않겠습니다만, 그건 사실이 아니에요. 그렇다고 꽃같이 가만히 앉아 있자거나, 간디처럼 단식 투쟁을 벌이자는 것도 아닙니다. 수동적 저항은, 트럭이 사람을 치고 지나갈 마음이 없을 때만 통합니다. 그런데 그 트럭은 우리를 칠 생각이 있어요. 그래서 우리한테 필요한 건 둘 사이의 무언가입니다. 우리는 우리 목소리가 들릴 만큼 시끄럽고 강해야 하지만, 사람들이 경청할 만큼 합리적이어야 합니다. 청소년 전담국은 우리가 아무런 지지도 받지 못한다고 생각하게 만들려 하죠. 하지만 그건 거짓말입니다. 여론 조사만 봐도 올해에 투표가 이루어질 언와인드 관련 다양한 제안과 계획은 국회 의사당을 떠돌아다니는 수많은 법안처럼, 청담이 인정하고 싶어 하지 않을 만큼 변두리에 머물고 있습니다. 하지만 폭력은 그 저울을 우리에게 불리한 쪽으로 기울어지게 만들 겁니다.」

일단 팟캐스트를 내보내고 나면 돌이킬 수 없다. 생각을 바꿀 수도 없다. 헤이든은 이미 자기 패를 보여 준 셈이 될 것이다. 스타키가 그 사실을 알아차릴 가능성이 매우 높다. 스타키는 아마 헤이든의 마음을 알아낼 것이고, 그것도 매우 빨리 알아낼 것이다. 그렇다고 헤이든을 죽일까? 헤이든은 그게 궁금하다.

「그러니까 당신이 황새이든, 무단이탈자이든, 미래가 두려운 청소년이든, 자식의 미래 때문에 겁을 먹은 어른이든 간에 지금 우리에게는 언와인드에 치명타를 날릴 기회가 있습니다. 그냥 그 방법만 알아내면 돼요. 저도 답을 알고 싶지만, 혼자서 알아낼 만큼 똑똑하지는 않습니다. 그래서 여러분에게 요청합니다. 누구라도 상관없습니다. 모두에게 묻습니다. 여러분은 우리가 뭘 해야 한다고 생각하세요? 여러분만의 지혜를 담아 RadioFreeHayden@yahoo.com으로 보내 주십시오. 모든 아이디어를 고려해 보겠습니다. 멍청한 아이디어도요. 지금까지 헤이든 업처치였습니다. 제정신을 유지하세요. 온전하게 남아 있으세요.」

그의 손가락이 〈전송〉 버튼 위를 맴돌고, 조금 더 맴돈다. 헤이든은 손가락조차 움직일 수 없는 사람처럼 느껴진다. 어떻게 한 사람의 인생 전체가 버튼 하나를 누르는 동작으로 축약될 수 있는지 경이롭다.

그때, 헤이든은 소리를 듣는다. 무언가가 그의 뒤에서 발을 질질 끌며 다가오는 소리다. 헤이든은 의자를 획 돌린다.

쥐야. 제발, 하나님, 쥐이게 해주세요!

하지만 쥐가 아니다. 지반이다.

헤이든의 심장이 멎을 뻔하더니, 보상이라도 하려는 듯 목을 지나 눈알까지 박동이 느껴질 정도로 힘차게 펌프질한다.

「늦게까지 깨어 있네, 지반?」 헤이든은 태연한 척하려 노력하지만, 지반은 믿지 않는다. 겨우 열다섯 살인 지반은 스타키가 가르친 기술 신동이다. 하지만 묘지에서는 헤이든을 위해 마법을 부리곤 했다. 그렇다면 그는 누구에게 더 충성할까? 헤이든은 지반이 스타키에게 최선을 다하고 있지 않음을 안다. 헤이든이 아는 한 그는 자신이 할 수 있는 것보다 훨씬 덜 효율적으로, 훨씬 덜 능숙하게 일하고 있다. 그것도 일종의 저항이지만, 반항적인 태도를 취하는 것과 〈황새의 군주〉를 상대로 맞서는 것은 완전히 다른 문제다.

「들었어.」 지반이 몇 걸음 다가오며 말한다. 「다 들었어.」

헤이든은 천천히, 깊게 숨을 들이쉰 뒤에 말한다. 이제 와서 말을 돌려 봐야 소용없다. 「스타키한테 말할 거야?」

지반은 대답하지 않는다. 대신 이렇게 말한다. 「우린 내일모레 떠나. 알고 있었어? 다음번 하비스트 캠프 공격을 위해서 말이야. 이번에는 몇 명이나 죽을지 내기하는 애들도 있어. 실제 사망자 수에 가장 가까운 숫자를 맞힌 사람이 이기는 거야. 물론, 숫자를 맞힌 다음 죽으면 이길 수 없겠지만. 그러면 살아

남은 아이 중에서 가장 가까운 숫자를 맞힌 애가 이겨.」

「너도 내기했어?」

지반은 고개를 젓는다. 「아니. 그랬다가 맞히면, 어쩐지 내가 그 죽음에 부분적으로 책임이 있다는 기분이 들 것 같아.」 잠시 지반은 열다섯 살보다 훨씬 어려 보인다. 동시에 훨씬 더 나이가 들어 보인다. 「바보 같아?」

「바보 같다고 해도, 네 멍청함보다 훨씬 더 큰 멍청함에 가려질 거야.」

둘 다 컴퓨터 화면을 본다. 순진한 동시에 불길해 보이는 노먼 록웰의 그림이 떠 있다. 「청담이 그 팟캐스트를 찾아낼 거야, 너도 알겠지만.」 지반이 말한다. 「추적이야 못 하겠지만, 퍼지기도 전에 차단할 거야.」

「알아.」 헤이든이 말한다. 「하지만 대여섯 명이라도 들으면 좋겠어.」

「아니, 안 좋을걸. 모두가 들어야지. 그런 일은 벌어지지 않겠지만.」 지반은 약간 몸을 떨더니 두 팔을 끌어안는다. 그제야 헤이든은 밤공기가 얼마나 차가워졌는지 깨닫는다. 「차단하지 못하게 할 방법을 찾아야 해.」 지반이 말한다. 「알잖아, 놈들이 지우지 못하게 알아서 재생산되고 웹에서 계속 위치를 옮겨 다니도록 하는 거야.」

「일종의 디지털 두더지 잡기 게임이네.」

지반은 잠시 시간이 지난 뒤에야 이해한다. 「아, 그래. 맞아. 두더지 잡기. 재미있네.」

「그래서…… 네가 그렇게 할 수 있어?」

「어쩌면. 아니면, 네가 구식 라디오 방송을 해야 할지도 몰

라. 그거라면 일단 방송이 시작되기 전까지는 차단할 수 없으니까.」

진짜 라디오 방송을 한다는 생각이 헤이든에게는 매력적으로 느껴진다. 문제는, 충분히 멀리까지 도달할 수 있는 주파수를 잡는 것이다.

「아직 업로드 안 했네.」 지반이 말한다.

헤이든이 어깨를 으쓱한다. 「응. 뭐, 끝까지 해내지 못하는 게 언제나 내 약점이거든.」

지반은 화면을 본다. 헤이든은 보통 사람들의 생각을 잘 읽어 내지만, 오늘 밤은 지반의 머릿속을 전혀 읽어 낼 수 없다. 글쎄, 지반이 무슨 생각을 하는지는 몰라도 헤이든의 생각과 공명한 듯하다. 지반은 손을 뻗어 헤이든에게 너무 어려웠던 일을 대신 해준다. 그가 〈전송〉 버튼을 클릭한다.

둘 다 조용히 팟캐스트가 업로드되는 과정을 지켜본다. 잠시 후 모든 게 끝난다. 세상을 바꾸거나, 헤이든의 삶을 끝내거나, 어쩌면 두 가지 일을 모두 해낼 수 있는 클릭이다.

14
부지 관리인

 직업 정원사인 그가 이 일자리를 선택한 이유는 일자리였기 때문이다. 급료도 괜찮았고 복리 후생도 나쁘지 않았으며 숙식도 제공되어 있었다. 「이런 일자리를 거절하면 바보지.」 아내가 말했다. 「하비스트 캠프 일이면 또 어때? 당신만 괜찮다면 난 거기 살아도 괜찮아.」

 원예학 학위가 없었기에, 재정이 탄탄한 기관에서 안정적인 일자리를 구하는 게 아마 그가 바랄 수 있는 최선이었을 것이다.

 아내는 지적했다. 「게다가, 당신이 누굴 언와인드하는 것도 아니잖아.」

 그건 맞는 말이었다. 호스크리크 하비스트 캠프에서 일한 지난 5년 동안, 그는 아이들과 거의 마주칠 일이 없었다. 그러기에는 캠프가 너무 엄격하게 구획되어 있었다. 언와인드가 예정된 아이들은 언제나 한 활동에서 다음 활동으로 효율적으로 옮겨졌다. 그들의 신체적 능력을 측정하고 근육량을 늘려 부위의 가치를 높이기 위한 스포츠 활동. 그들의 정신적 능력을 측정하고 개선하기 위한 지적이고 창의적인 활동. 호스크리크의 언와인드들은 정원사를 눈여겨보기에는 지나치게 바빴다.

조금 더 자유로운 십일조들은 때때로 말을 걸었다. 「저건 무슨 꽃인가요?」 그들은 그렇게 묻곤 했다. 그들의 환한 천진난만함이 해로운 토양처럼 절망감을 뿜어내는 다른 언와인드들과 선명하게 대비되었다. 「예쁘네요. 전부 직접 심으신 건가요?」 그는 늘 예의 바르게 대답했지만, 그들을 보는 일은 거의 없었다. 그 아이들의 운명을 알기 때문이다. 아무리 그 아이들이 받아들인 운명이라지만. 이건 그만의 미신이다. 파멸할 운명인 사람의 눈을 들여다봐서는 안 된다.

그는 유일한 정원사는 아니지만, 식물을 키우는 솜씨와 그 성과 덕분에 수석 부지 관리인이라는 특별한 지위를 얻었다. 이제 그는 할 일을 직접 고를 수 있고, 다른 사람들에게 업무를 배정할 수 있다. 그는 더 중요한 식재를 담당한다. 새로운 나무와 산울타리를 심고, 더 크고 인상적인 화단을 설계한다. 그는 식물을 직접 심는 것을 좋아한다. 그중에서 가장 큰 화단은 아이들이 〈도살장〉이라 부르는 곳 바로 앞에 있다. 그는 올해 가을 테마에 유독 자부심을 느낀다. 소용돌이치는 두루미꽃과 투구꽃을 비롯한 가을꽃 사이에서 자라는 호박들.

「당신 일에 자부심을 가져야지.」 아내가 말했다. 「당신 화단은 아이들이 분열되기 전에 마지막으로 보는 자연이야. 그 애들한테 주는 선물이라고.」

그런 이유로, 그는 도살장 화단에서 자라는 모든 식물을 신경 써서 직접 배치한다.

그는 최근에 강화된 보안 조치와 〈보호 인력〉의 유입을 곤란하다고 느낀다. 이 새로운 경비원들은 일반적인 캠프 보안 직원이 아니라, 청소년 전담국에서 파견한 전술 팀이다. 공격용 무기를 들고 다니며, 두꺼운 방탄복을 입는다. 모든 게 매우 위압적이다. 그는 최근 하비스트 캠프에서 발생한 공격에 대해 듣긴 했지만, 캠프는 너무 많고 공격받은 시설들은 멀리 떨어져 있다. 하고많은 하비스트 캠프 중 오클라호마주 시골에 있는 그들의 작은 캠프가 황새단의 공격 대상으로 특정될 가능성이 얼마나 될까? 그가 생각하기에, 이처럼 편집증적인 보안은 합리적인 이유도 없이 모두를 더 불안하게 만들 뿐이다.

그는 동료와 함께 용 모양 토피어리[12]를 만들고 있었다. 그때 공격이 시작된다. 놈들이 전원적인 하루의 고요함을 망쳐 버린다. 그는 첫 번째 폭발을 보지 못한다. 소리보다 먼저 몸으로 느낀다. 토피어리 뒤에 무릎을 꿇고 있지 않았다면, 그를 뒤로 넘어뜨렸을 충격파가 밀려온다. 농구공만 한 콘크리트 덩어리가 용의 심장에 구멍을 뚫지만, 그 전에 먼저 동료의 몸을 뚫어 버린다. 부지 관리인은 땅으로 몸을 던진다. 죽은 동료의 피가 튄다. 고개를 들어 보니 행정 동이 사라지고 없다. 남아 있는 것은 삐죽빼죽한 벽의 잔해뿐이다. 건물의 파편은 여전히 캠프 부지 전체로 떨어져 내리고 있다.

직원과 언와인드 모두가 공포에 빠져 현장에서 도망치고 있다. 두 번째 폭발로 시골 풍차처럼 설계된 경비 탑이 무너진다. 갈가리 찢긴 목재가 앞에 놓인 모든 것을, 모든 사람을 찢어 버

---

12 식물을 인위적으로 다듬어 동물이나 사물 등의 형태로 만든 조형물.

린다. 그 뒤로는, 철근으로 보강된 울타리가 있던 곳에서 아이들로 이루어진 군대가 부지 관리인이 구경조차 못 해본 무기를 휘두르며 쏟아져 들어온다. 공중에는 이제 반복적인 소총의 탕탕 소리와 귀청을 찢을 듯한 기관총의 드르륵거리는 소리, 직원 숙소를 향해 치명적인 탄두를 발사하는, 어깨에 메는 로켓 발사기의 슬픔에 겨운 비명이 가득하다. 로켓 하나가 정원이 내려다보이는 멋진 2층 아파트의 창문을 박살 낸다. 잠시 후, 건물 내부의 폭발로 모든 창문이 화염 속에 터져 버린다.

그는 비명을 눌러 참으며 토피어리 아랫부분의 빽빽한 담쟁이덩굴 속에 쭈그린다. 발각되면 죽는다. 누군가가 그가 있는 방향으로 무기를 흩뿌리기만 해도 죽을 것이다. 그가 할 수 있는 일은 배를 땅에 대고 납작 엎드려, 자신이 너무도 공들여 심은 식물들 사이로 사라지려 노력하는 것뿐이다.

청소년 전담국의 특공대는 그렇게 많은 훈련을 받고 그렇게 많은 무기를 갖추고 있으면서도, 이런 규모의 공격에는 제대로 대비하지 못했다. 그들은 방탄 방패를 들어 올린 채, 줄지어 들어오는 아이들을 향해 전진하려 한다. 그중 몇 명은 쓰러뜨리지만, 대부분은 쓰러뜨리지 못한다. 그때, 아이들 무리 가운데 무장하지 않은 소녀 한 명이 두 손을 들고 그들 쪽으로 달려온다.

「도와주세요, 도와주세요! 쏘지 마세요!」 그녀가 소리친다.

특공대는 사격을 중지하고 소녀를 지키려 한다. 그 아이를 교차 사격에서 보호하려고 한다. 그때다. 소녀가 가까이 다가오더니 두 손을 휘둘러 부딪힌다.

손이 맞닿는 순간, 소녀는 사라진다.

폭발이 너무도 강력해 특공대 전원이 볼링 핀처럼 날아간다. 그들의 시체가 공중에서 뒤틀린 채 불타오른다.

무장하지 않은 또 다른 아이, 약하지만 의지가 굳은 아이가 두 팔을 활짝 벌린 채 특공대의 무장 트럭 옆면에 몸을 던진다. 아이가 부딪히는 순간 트럭은 폭발로 두 동강 난다. 그 절반이 대포알처럼 정문을 뚫고 들어간다. 나머지 절반은 도살장 정원을 찢어발긴다.

「놈들이 박수도를 데리고 왔다!」 누군가 소리친다. 「세상에, 놈들에게 박수도가 있어!」

이제 부지 관리인은 이런 공격이 그냥 이곳의 언와인드를 해방하기 위한 것이 아님을 깨닫는다. 이 공격은 언와인드에 공모한 모든 사람에게서 같은 양의 살점을 뜯어내겠다는 선언이다. 잡힌다면 그 역시 자비를 구할 수 없을 것이다. 그가 한 일이 부지를 아름답게 가꾼 것뿐이라는 점은 중요하지 않다. 너는 수백 명의 아이가 도살장으로 끌려가는 걸 보고도 아무 일도 하지 않았다. 황새단은 그렇게 말할 것이다. 너는 수술용 메스를 든 남녀와 함께 식사하면서도 아무것도 하지 않았다. 그들은 그렇게 말할 것이다. 너는 악몽의 한 자리를 차지하고 꽃으로 그 악몽을 가렸다. 그가 할 수 있는 변명이라고는 〈저는 그냥 제 일을 했을 뿐이에요〉일 것이다. 그 말의 대가로 황새단은 그를 총으로 쏘거나 산산이 날려 버리거나 그의 목에 올가미를 걸고 발밑에서 의자를 걷어차 버릴 것이다. 그가 아무것도 하지 않았다는 이유만으로.

움직이지 마, 이 바보야. 그는 아내가 그렇게 말할 것임을 안다. 다 끝날 때까지 죽은 척해. 하지만 그는 더 이상 아내가 아무 말도 할 수 없음을 안다. 수석 부지 관리인의 특권 중 하나가 직원 숙소의 2층에 있는, 모퉁이 아파트를 쓰는 것이기 때문이다. 정원이 내려다보이는 멋진 아파트를.

15
지반

「네가 봐야 해, 지반. 네가 참여해야 해. 황새단의 일원으로서, 너도 우리가 하는 일의 힘을 정말로 느껴야 해. 그래야 그 중요성을 알지.」

이것이 스타키가 지반에게 호스크리크 하비스트 캠프 공격에 보병으로 참여해야 한다는 소식을 전한 방식이다. 「지금까지 너는 배후에서 현장 지원만 했어. 하지만 오늘은 네가 전사가 되는 거야, 지반. 오늘은 너의 날이야.」

「알았어, 대장.」 그게 지반의 대답이었다. 스타키에게는 늘 그렇게 답해 왔다.

하지만 첫 번째 로켓이 행정 동을 날려 버리고, 주변의 황새들이 연기 속에서 움직이는 모든 것을 향해 무기를 발사하기 시작하자, 지반은 자신이 절대로 이곳에 오지 말았어야 했음을 깨닫는다. 그의 주변에는 무기의 힘에 잔뜩 바람이 든 아이들이 가득하다. 그들은 가장 폭력적인 면을 능숙하게 독려하는 스타키 때문에 광기에 사로잡혀 있다. 마지못해 무기를 든 아이들도 있다. 언와인드가 아무리 나쁜 일이라 해도 이런 짓이 옳을 리 없음을 알고 있는 아이들이다. 하지만 그들 역시 강력한 물살에 쓸려 가고 있으며 어떻게 저항해야 할지 모른다.

그런 아이들 중 지반만큼 스타키와 가까운 아이는 없다. 그 누구보다 계획에 깊이 관여했고, 스타키가 성질을 터뜨리는 모습을 목격했으며, 쇼의 이면에서 벌어지는 또 다른 쇼를 알아차릴 만큼 스타키의 눈에 드리운 장막 너머를 본 아이는 한 명도 없다.

스타키는 자신이 무적이라고 믿는다. 자신이 위대해질 운명을 타고났다고, 더 나아가 그가 위대해지는 것은 마땅한 일이라고 믿는다. 이런 〈승리〉 하나하나가 그의 믿음을 점점 더 강화한다. 황새의 군주. 헤이든이 붙인 별명은 그가 생각하는 것보다 더 적확하다. 스타키는 정말로 자신을 신적인 위치를 향해 나아가는 왕족이라 여기기 때문이다. 신의 자긍심과 특권을 가진, 선택받은 인간으로.

그렇게까지 강하게 자신을 믿으면, 다른 사람들의 믿음도 끌려오게 마련이다. 황새들이 스타키를 믿으면 믿을수록, 믿고 싶어 할수록 그 믿음은 점점 더 열광적으로 변한다. 지반도 그런 아이 중 하나였다. 처음 며칠 동안, 지반은 스타키를 위해 목숨을 바칠 수도 있었다. 이제서야 마침내 그 믿음이 눈 먼 신앙이었음을 깨닫는다. 실제로 그 신앙을 위해 목숨을 바쳐야 하는 바로 그 순간에.

지반의 팀은 방아쇠를 당길 때마다 몸이 뒤로 밀릴 만큼 반동이 심한 무기를 들고 전장으로 달려간다. 지반은 그저 살아남기만을 기도한다.

「오늘 너는 전사야.」 스타키는 그렇게 말하며, 형제라도 되는 듯이 지반의 어깨를 두드렸다. 하지만 지반은 그 말 이면의 진실을 안다. 스타키가 한 말은 〈이제 넌 없어져도 돼〉라는 뜻이다. 박수도 운동의 힘과 자원이 뒤를 받쳐 주고 있는 지금, 스타키에게는 더 이상 컴퓨터로 마법을 부릴 지반이 필요하지 않다. 이번 작전을 위한 어려운 해킹은 전부 다른 곳에서 이루어졌다. 황새단이 지금껏 만져 본 적도 없는 훨씬 더 뛰어난 장비로. 지반은 쓸모없는 존재가 되었다. 그래서 오늘은, 그가 전사다.

주변에서는 열띤 전투가 벌어진다. 그야말로 일방적인 전투다. 총알이 그를 스쳐 날아가지만 않았다면, 양옆에서 사람들이 죽어 가고 있지만 않았다면 거의 웃음이 나왔을지도 모른다. 캠프의 강화된 보안 병력도 황새단에는 상대가 되지 않는다.

지반이 받은 명령은 열일곱 살을 넘은 사람은 전부 쏘라는 것이다. 하지만 수많은 다른 아이처럼, 그도 그냥 높은 곳을 향해 총을 쏘며 전투의 함성을 내지르고 있을 뿐이다. 실제로는 아주 많은 소음을 일으키고 있을 뿐이면서 누군가를 죽이는 것처럼 보이려고. 그는 자신이 표적이 될 만한 탁 트인 공간을 피해 다닌다. 정신을 차리고 보니, 그는 폭발로 갈가리 찢긴 토피어리 산울타리 사이에 서 있다. 그때, 무언가가 움직인다. 누군가가 담쟁이덩굴 사이로 기어가고 있다. 열일곱 살을 넘은 사람은 누구든지 죽여라. 스타키가 보고 있을까? 만일 보고 있다면? 지반이 황새단의 보병이라는 이 새로운 역할을 제대로 해내지 못하는 모습을 본다면? 지반이 그야말로 쓸모없다고 판단한다면, 스타키는 무슨 짓을 할까?

지반은 기어가는 남자에게 기관총을 겨누지만, 남자는 그 순간 벌떡 일어나 지반에게 몸을 날린다. 기관총이 땅으로 굴러떨어진다. 두 사람은 담쟁이덩굴 사이에서 총을 집으려고 절박하게 뒹군다.

정원사인 그 남자는 전정 가위를 휘두른다. 가윗 날이 지반의 왼쪽 눈 위를 스친다. 상처에서 피가 흐른다. 그렇게 작은 상처치고는 너무도 많은 피다. 그 바람에 시야가 흐려진다. 지반은 기관총을 붙잡지만, 두 손이 피 때문에 미끈거린다. 손가락이 미끄러지자 정원사가 기관총을 가로챈다. 그가 망가져 엉킨 산울타리 사이에서 지반을 내려다보고 서서, 방아쇠에 손가락을 건 채 총구를 겨눈다. 지반은 자신이 치명적인 실수를 했음을 깨닫는다. 남자를 본 순간, 망설이지 말고 쏘았어야 했다. 지금은 죽이지 않으면 죽는 상황이니까. 스타키는 그 사이의 어떤 선택지도 남겨 두지 않았다.

남자가 고통스러워 울부짖는다. 그는 방아쇠에 얹은 손가락에 힘을 주며, 곧장 지반의 얼굴을 겨눈다. 힘을 준다. 힘을 준다. 그러더니 무릎을 털썩 꿇고 기관총을 떨어뜨린다. 잠시, 지반은 남자가 등에 총을 맞은 거라고 생각한다. 하지만 그게 아니다. 정원사의 울부짖음이 한 옥타브 낮아져 흐느낌이 된다.

또 한 번의 폭발로 오른쪽 건물이 흔들린다. 지반과 남자는 담쟁이덩굴 사이에 배를 깔고 엎드린다. 유리와 돌, 벽돌 파편이 그들을 스쳐 지나간다. 토피어리는 전혀 알아볼 수 없게 갈가리 찢겨 나간다. 그곳에 엎드린 채, 그때까지 눈으로 흘러드는 피를 닦을 새도 없이 지반은 어떤 일을 한다. 뭐에 씌어서 그런 일을 했는지는 모르겠지만, 그는 겁에 질리고 현실감을 잃은 나머지 뭐라도 연결 고리를 찾아야겠다는 강한 충동을 느낀다. 그는 담쟁이덩굴 사이로 손을 뻗어 정원사의 손을 잡는다. 이제 그 손은 진흙과 피가 덕지덕지 엉겨 있다. 지반은 남자의 손을 꽉 잡는다. 남자도 지반의 손을 꽉 잡는다.

지반은 둘 사이의 나뭇잎 때문에 정원사의 얼굴을 보지 못한다. 하지만 이런 혼란의 와중에는 꽉 잡은 손이 위안의 오아시스다. 두 사람 모두에게 그렇다.

「우리가 전부 사악한 건 아니야.」 남자가 말한다.

「우리도요.」 지반이 대답한다.

그렇게 그들은 담쟁이덩굴 사이에 숨어, 살아남기 위해 조용히 기다린다. 총성이 희미해지고 의기양양한 장군 스타키가 전쟁터라는 극장에 들어와 승리를 선포할 때까지.

16
뱀

 싸움이 시작될 때, 뱀과 스물다섯 명의 황새로 구성된 그녀의 팀은 캠프 후문에 배치되어 있었다. 그들의 시야에는 도살장 뒤편의 하역장이 들어온다. 의료용 밴이 좀 더 자격이 있다고 여겨지는 사람, 혹은 적어도 현금이나 보험으로 새로운 부위를 살 수 있는 사람에게 이식될 준비를 마친, 생명이 담긴 아이스박스를 실어 가는 곳이다. 오늘은 밴 한 대가 다음 운송을 기다리며 하역장 옆에 주차되어 있다.

 뱀의 팀 — 스타키가 황새의 아종 이름을 따서 공격 팀의 이름을 붙이겠다고 고집하며, 〈대머리황새〉라는 이름을 붙인 팀 — 은 전기가 흐르는 대문 바깥에서 대기하고 있다. 그들은 빽빽한 참나무 관목림 사이에 숨어 있다. 가지마다 9월 말의 노랗게 변하기 시작한 큰 잎들이 가득하다. 그들에게는 울타리를 날려 버릴 폭약이 있다. 하지만 뱀은 절대 그 폭약을 쓰지 않을 작정이다.

 하비스트 캠프의 맞은편에서 폭발이 시작되는 순간, 뱀의 팀원들은 초조해진다. 그들은 무기의 안전장치를 제거한다.

최소한의 사용법만 숙지한 무기다. 덩치가 작은 아이들은 그 무기를 드는 것조차 버거워한다.

「안전장치 다시 채워!」 뱀이 명령한다.

브리라는 이름의 온순하고 눈이 큰 소녀가 그녀를 바라본다. 앞으로 벌어질 일만큼이나 그녀의 명령에도 겁을 먹은 듯하다. 「하지만…… 안전장치를 채우고 있으면…….」

「내 말 들었을 텐데!」

뱀은 사방에서 무기가 안전한 위치로 돌아가는, 찰칵거리는 소리를 듣는다. 그녀는 심호흡한다. 도살장 너머 어딘가에서 또 한 번의 폭발이 일어나 발밑의 땅을 뒤흔든다. 도토리가 우박처럼 떨어진다. 이 각도에서 보이는 것이라고는 나무와 하역장뿐이다. 파편이 도살장 위로 날아와 하역장에 떨어진다. 작은 콘크리트 덩어리들이 의료용 밴의 지붕을 두드려 댄다.

「들어가야 해!」 가슨 더그루트가 말한다. 그는 보기 괴로울 정도로 상대를 꿰뚫어 보는 듯한 회색 눈에, 해병대원처럼 머리를 깎은 근육질의 아이다. 군대의 고기 방패가 되고 싶었던 게 분명하다. 황새단을 꿈같은 인생을 살아 낼 기회로 보는 게 틀림없다. 「지금 들어가야 한다고!」 가슨이 소리친다.

「조용히 해!」 뱀이 소리친다. 「우리는 2차 공격대야.」

물론, 그건 거짓말이다. 스타키는 〈올인〉 전략을 고집한다. 무엇도 아껴 두지 않는다. 해내거나 죽거나다. 하지만 뱀은 이 아이들의 목숨을 살릴 생각이다. 오늘은 그것이 뱀의 개인적인 임무다.

「봐!」 브리가 손가락질하며 말한다.

하얀 의료용 가운과 수술복을 입은 사람들이 도살장 뒷문으로 뛰쳐나온다. 의사들, 간호사들…… 실제로 언와인드를 하는 사람들이다. 뱀은 그들이 필사적으로 밴의 문을 열려다 실패하는 꼴을 보며 마음속에서 증오와 분노가 솟구침을 느낀다. 또 한 번의 폭발이 일어나며 도살장 창문 몇 개가 터져 버린다. 의료진은 밴을 버리고 후문으로 달려간다. 그중 누군가가 리모컨을 누르자 문이 열리기 시작한다.

「폭약을 낭비하지 않고도 들어갈 수 있겠는데!」 가슨이 말한다. 「똑똑하다, 뱀.」

「그냥 입 좀 닥쳐!」 뱀이 씹어 뱉는다. 힐끗 보니 가슨의 무기는 안전장치가 해제되어 있다. 뱀의 태워 죽일 듯한 시선에 그는 다시 안전장치를 찰칵 채운다.

일고여덟 명쯤 되는 의료진이 문 밖으로 달려 나간다.

「그냥 보내 주게?」 가슨이 못 믿겠다는 듯 묻는다.

뱀이 그와 시선을 맞춘다. 「나가서 쏴 죽이고 싶냐?」

그 질문에 가슨은 말을 잃는다. 그는 자기 무기를 본다. 정말로 그 총을 보는 건 처음이라는 듯이. 뱀은 무리를 둘러본다. 「너희는 어때? 나가서 저 사람들을 살해하고 싶으면 마음대로 해.」

뱀의 제안을 받아들이는 사람은 아무도 없다. 단 한 명도.

그렇게 그들은 공황에 빠져 헐떡거리고, 일부는 울면서 달려가는 사람들을 나무 사이에서 지켜본다. 그때, 난데없이 뱀이 모르는 아이가 나온다. 눈가까지 검은 머리가 늘어져 있고 여드름이 심하게 난 그 소년은 방사능이라도 쬔 건지 비쩍 말랐다. 그는 길 한가운데에 서서 두 손을 양옆으로 벌리고 있다. 그리고 태양을 향해 피어나는 꽃처럼 고개를 뒤로 젖힌다.

달려오던 사람들이 그를 본다. 하지만 그들은 피해서 도망쳐 온 대상이 너무도 두려운 나머지, 자신들이 달려가는 방향에 있는 대상의 정체는 생각조차 하지 않는다. 그들이 소년이 있는 자리에 이르기 직전, 검은 머리의 소년은 두 손을 맞부딪쳐 단 한 번의 강력한 충돌을 일으킨다.

폭발의 충돌에 뱀과 팀원들은 땅에 쓰러진다. 뱀이 일어나서 보니, 길 양옆의 나무 전체에 불이 붙었다. 아스팔트에는 구덩이가 생겼다. 사람은 더 이상 존재하지 않는다. 단 한 명도.

다른 황새들은 충격에 빠져 몇 초간 침묵을 지킨다. 그들은 불이 타는 소리와 잔해가 내려앉는 소리, 도살장의 하역장 너머에서 들려오는 총소리에 귀 기울이며 방금 콧속에 닿은 그 을음 냄새를 부정하려 한다.

「놈들은 언와인드 실행자였어.」 가슨이 떨리는 목소리로 말한다. 「죽어도 싸.」

「그럴 수도 있지.」 브리가 말한다. 「근데 내가 죽인 건 아니라서 다행이야.」

뱀의 팀원들은 전쟁터 바깥에서 기다린다. 끼어들려는 움직임은 보이지 않는다. 더는 아무도 말대꾸하지 않는다. 이 상황 전체에 증오를 느끼는 듯한 가슨조차도. 그는 아마 자신을 겁쟁이라고 여기며, 그걸 뱀의 탓으로 돌리고 있을 것이다.

전투가 끝난 뒤에야 뱀은 팀원들을 데리고 연기 나는 도살장의 잔해를 지나, 전쟁으로 쑥대밭이 된 호스크리크 하비스트 캠프 부지로 들어간다.

스타키가 이미 해방된 언와인드들을 풀밭으로 이루어진 공유지에 모아 놓았다. 그곳에는 시체와 잔해가 널려 있다. 「내 이름은 메이슨 마이클 스타키다.」뱀은 그가 모여 있는 언와인드들 앞에서 선포하는 소리를 듣는다. 「내가 방금 너희를 해방했다.」

군중은 충격에 빠져 해방에 환호하지도 못한다. 죽음과 파괴의 풍경은 뱀이 전에 보았던 모든 것을 능가한다. 묘지에서의 대학살보다도 심각하다. 하비스트 캠프는 초토화되었다. 살아 있는 어른은 보이지 않는다. 뱀은 세상을 향한 스타키의 이 어두운 복수에서 빠져나간 사람이 한 명이라도 있는지 알 수 없다.

「십일조들은 어떻게 할까?」브리가 묻는다. 뱀이 돌아보니, 무장한 황새 몇 명이 십일조 무리를 지키고 있다. 십일조들은 자유를 받아들이지 못하기에 포로가 되고 있다.

「누가 알겠어.」뱀이 말한다. 「노예로 삼을지도 모르지. 스튜에 넣고 끓일지도 모르고.」

「역겨워.」팀원 중 하나가 말한다. 뱀이 이름을 모르는, 머리가 헝클어진 아이다. 「정말 그럴 거라고 생각하는 건 아니지?」

그게 진짜로 가능한 일이라는 듯 질문하는 아이가 있다는 사실 자체로, 뱀은 스타키가 완전히 돌았다고 생각하는 사람이 그녀만은 아님을 알 수 있다. 그래, 스타키에게는 그가 먹여 줄 수 있는 모든 복수심과 악의를 빨아먹는 듯이 보이는 단단한 충성파가 있다. 하지만 다른 아이들 사이에는 얼마나 큰 의구심이 있을까? 뱀이 스타키의 리더십에 도전한다면 얼마나 많은 지지를 얻을 수 있을까? 아마 뱀과 그녀에게 공모한 아이들이 대의를 배반했다는 이유로 처형당할 정도일 것이다.

뱀은 망가진 산울타리 사이로 휘청거리며 나오는 지반을 본다. 그의 얼굴에는 피가 흐르고 있다. 뱀은 아래를 내려다보며 카키색 조끼의 주머니를 찢어 지반에게 피가 나는 이마를 닦으라고 내민다.

「너희 팀은 잘 쉰 것 같네.」 스타키가 뱀을 보며 말한다. 그는 미소와 비슷하지만 딱히 미소는 아닌 표정을 짓는다.

「우리한테 하역장을 맡으라고 한 건 너야.」 뱀이 차갑게 말한다. 「거기서는 별다른 일이 없었어.」

스타키는 그 말에 논평하지 않는다. 「짐을 싣고 떠나.」 그는 명령을 내리고 성큼성큼 멀어져 간다.

길 아래, 멀지 않은 곳에 특징 없는 트럭 여러 대가 기다리고 있다. 박수도 운동에서 제공한 기사들은 다양한 경로로 그들을 다시 발전소로 데려갈 것이다. 범죄 현장에서 수백 킬로미터 떨어진 곳으로.

헤이든은 스타키의 조그만 하렘을 비롯해, 이번 공격에 참여하지 않은 다른 아이들과 함께 발전소에 남겨졌다. 승리의 귀환을 기다리도록 말이다. 뱀은 오늘 이곳에서 있었던 모든 일을 헤이든에게 털어놓고 싶어 자기도 모르게 초조해진다. 누구에게라도 말해야 한다. 자신의 감정을 고백해야 한다. 하필 헤이든이 고백의 대상이 되다니, 얼마나 이상한 일인가.

짐을 싣고 떠나.

그들을 이곳으로 데려왔다가, 이제는 데리고 나가는 이 창문 없는 트럭은 언와인드 이송 트럭과 그리 다르지 않게 느껴진다. 그녀 자신의 자유조차 통제할 수 없다는 사실은, 감금과 마찬가지로 억압처럼 느껴진다. 뱀은 이동을 시작하기 전, 모든 무기가 무장 해제되어 트럭 한구석에 쌓여 있는지 확인한다. 그래야 그 무기들이 장난감처럼 굴러다니지 않는다. 그녀는 주변에서 들려오는 대화를 토막토막 듣는다. 그다지 많지는 않다.

「박수하지 않은 박수도가 있을까? 그런 애들이 트럭에 타 있고?」

「창밖을 못 보면 멀미가 나는데.」

「오스틴 리! 오스틴 리, 못 봤어? 제발 봤다고 좀 해줘!」

「스타키가 우리더러 점점 나아지고 있대. 다음번에는 더 쉬울 거야.」

그때, 지반이 시끄럽고도 반항적인 목소리로 말한다. 「난 묘지가 그리워.」

그 말에 모두가 침묵한다. 관심을 얻은 지금, 지반은 더욱 큰 소리로 말한다. 「코너가 문제를 해결하던 방식이 그리워.」 용감하다. 무모하다. 뱀은 지반에게 그런 면이 있는 줄 몰랐다.

잠깐은 아무도 대답하지 않는다. 그때, 트럭 뒤쪽에서 목소리가 들린다. 「나도.」

뱀은 다른 누군가가 입을 열길 기다리지만, 아무도 말하지 않는다. 그럼에도 뱀은 많은 아이의 얼굴에서 그들도 동의한다는 걸 알 수 있다. 그냥 그렇다고 말하기가 두려운 것뿐이다.

뱀이 말한다. 「뭐, 다시 그렇게 될 수도 있지.」

뱀은 더 이상 밀어붙이지 않는다. 이 트럭에는 스타키를 숭배하는 종자들도 타고 있기 때문이다. 그 말은, 이 대화가 스타키에게도 전해지리라는 뜻이다. 지금 이 순간, 가슨 더그루트는 매서운 눈으로 그녀를 눈여겨보고 있다. 뱀은 숨을 깊이 들이쉬었다가 내쉰다. 그리고 지반에게 위로가 되는 미소를 지어 보이려 노력한다. 하지만 그 미소에 위안을 담기란 어렵다. 뱀은 다음 전쟁이 하비스트 캠프에서 벌어지지 않을 수도 있다는 걸 알기 때문이다.

17
아전트

북쪽으로 수백 킬로미터 떨어진 곳에서는 아전트 스키너가 유홀 밴의 조수석, 재스퍼 넬슨의 옆자리에 앉아 계속해서 이동하고 있다. 그들은 다섯 번째 무단이탈자를 사냥감에 추가했다. 넬슨의 말에 따르면, 건강한 무단이탈자 다섯 명으로 2만 달러, 어쩌면 3만 달러를 벌어들일 수 있다. 수학은 한 번도 아전트의 전문 분야였던 적이 없지만, 그는 이런 식의 사냥을 일주일에 한 번씩만 해도 1년에 150만 달러를 벌어들이고 휴가를 떠날 시간까지 있으리라는 걸 알았다.

그들의 목적지는 캐나다 국경에 있는 사니아라는 도시다. 캐나다에서 가장 오염된 도시라는 불명예스러운 오명을 지닌 곳이다. 오래된 석유 회사와 케미컬 밸리 기업들이 여전히 물과 대기에 수상쩍은 폐기물을 뿜어내고 있기 때문이다. 어떤 사람들은 다이밴 우마로프가 이 오염에 가담하고 있다고 생각할지 모른다. 하지만 아전트에게는 그 신비의 암시장 중개인이 개인적 구원자와 다름없다.

「그럼 그분을 뭐라고 부르죠?」 아전트는 캐나다로 들어가는 다리를 건널 때 넬슨에게 묻는다. 「직함 같은 게 있나요?」

넬슨은 이 질문에 얼마나 질렸는지를 보여 주려는 듯 한숨을 쉰다. 「사람들이 그분을 〈육신의 군주〉라고 부르는 걸 들은 적이 있어. 하지만 그분은 좋아하지 않으신다. 그분은 사업가야. 자칭 〈생물학적 업그레이드 장비 독립 공급자〉지.」

그 말에 아전트는 웃는다. 넬슨은 그 어떤 유쾌함도 사라지게 할 만큼 찡그린 표정을 돌려준다. 「그분은 자기 직업을 매우 진지하게 생각하신다. 너도 그렇게 대하는 게 현명할 거야.」

그들이 다섯 명의 무단이탈자를 위장된 사업체인 포르셰 매장에 내릴 때 다이밴은 자리에 없다.

「요즘은 〈캠핑〉을 하면서 대부분의 시간을 보내십니다.」 어딘지는 명확하지 않은 동유럽 출신의 직원이 말해 준다. 그의 영어 실력은 아무리 좋게 봐도 엉성하다. 넬슨은 〈캠핑〉이란 말이 하비스트 캠프를 감독하며 시간을 보낸다는 뜻의 암호라고 설명한다. 넬슨도 그곳에 가본 적은 없다.

「그분은 비행기로 드나드신다.」 넬슨이 말한다. 「그분이 어디서 언와인드를 하시는지는 내가 알 바 아니야. 난 그냥 무단이탈자들의 값만 받으면 돼.」 아전트에게는 기이한 호기심이 있지만, 그 역시 암시장 하비스트 캠프 투어는 전혀 하고 싶지 않다.

「그분께서 돌아오실 때까지, 그분의 개인 저택에 손님으로 머물러 주십시오.」 직원은 그렇게 말하며, 매장의 포르셰를 타고 갈 수 있도록 열쇠를 내준다. 남자가 건넨 열쇠를 받은 건 아전트였지만, 그는 넬슨에게 열쇠를 건넨다. 그렇게 하지 않앉다가는 다시 진정탄을 맞으리라는 것을 알기 때문이다. 원숭이에게 충격을 주는 방식이 이번에도 먹힌 게 분명하다.

「멋진 차네요. 우리가 훔칠까 봐 걱정되지는 않을까요?」 자동차가 도로에 접어들었을 때, 아전트가 묻는다. 넬슨은 그 말에 웃기만 하고 굳이 대꾸조차 하지 않는다.

다이밴의 저택은 휴런 호수가 내려다보이는, 숲이 우거진 절벽 위에 자리한 A 자형의 수수한 오두막이다. 사니아에서 북쪽으로 네 시간 거리에 있다. 별다른 특징이 없어 보이고, 그 지역에 있는 다른 오두막들과도 크게 다르지 않아 보인다. 아전트는 깊이 실망한다.

「저런 데 산다고요? 우리가 저걸 위해 여기까지 온 거예요?」

하지만 실제는 겉보기와 다르다. 그 첫 번째 단서는 그들을 맞이한 집사다. 아전트는 이렇게 작은 건물에 하인이 필요하다는 걸 이상하게 여긴다. 그런데 일단 〈오두막〉에 들어가는 순간, 아전트가 기대했던 모든 것이 극적으로 바뀐다.

오두막의 각진 A 자 형태는 문자 그대로 빙산의 일각이다. 끊임없이 넓어지는 아랫부분이 지하로 세 개 층이나 더 이어진다. 건물 내부에는 밖에서 본 것보다 최소 열 배는 넓은 공간이 있다. 절벽의 바위에 눈에 띄지 않게 새겨진 창문들을 통해 호수의 멋진 풍경을 감상할 수 있다. 실내 장식은 산에 있는 고급 별장 중에서도 가장 고급스러운 별장에 어울리는 것이다. 모든 것이 윤이 나는 고급 목재로 만들어졌다. 벽에는 호랑이, 코뿔소, 북극곰을 비롯해 멸종 동물 10여 종의 박제된 머리가 장식되어 있다.

「그러면, 다이밴 님이 직접 사냥을 하시는 건가요?」 아전트는 웅장한 계단을 지나 광대한 거실로 향하면서 집사에게 묻는다.

집사는 불쾌하다는 듯 코를 쳐든다. 「그런 일은 거의 없습니다. 다이밴 님은 수집을 하시는 거예요.」

그곳에는 다른 직원들도 한 팀 있다. 끝없이 먼지를 터는 것처럼 보이는 가정부도 있고, 사형 집행인처럼 위협적으로 보이지만 아전트가 여태 먹어 본 어떤 것보다도 맛있는 음식을 준비해 주는 요리사도 있다. 아전트는 살면서 한 번도 이런 식의 일류 대접을 받아 본 적이 없다. 이런 종류의 부도 처음 본다. 그는 다이밴의 사업이 매우 잘되나 보다고 결론짓는다.

그들은 나흘 동안 흰 장갑을 낀 사람들에게 대접을 받는다.

집주인의 코빼기도 보지 못한 채 나흘간 한가로이 지낸다. 전반적으로 식사 때를 제외하면 아전트와의 접촉을 피할 수 있었던 넬슨은 이제 점점 조바심을 낸다. 심지어 약간 초조해하는 것 같다.

「내가 온다는 걸 아시는데……. 이렇게 오래 기다리게 하신 적은 처음이다.」 점심을 먹으면서 넬슨이 말한다. 그는 식사하는 내내 거의 앉아 있지도 못하고 어슬렁거리며 창밖으로 바람에 휩쓸린 호수를 내다본다.

「그냥 바쁜 건지도 모르죠. 그런 사람한테는 우선순위라는 게 있잖아요?」 하지만 아전트는 넬슨이 무슨 생각을 하는지 안다. 다이밴은 코너 래시터 없이 나타났다는 이유로 그에게 벌을 주는 것이다. 아전트는 생각한다. 뭐, 여기에 머무는 게 벌이라면 얼마든지 괴로워해 주지!

다이밴은 마침내 그날 늦게 수상기를 타고 도착한다. 아전트는 창문 너머로, 절벽 아래에서 뻗어 나온 단순한 목재 독에 작은 비행기가 내려앉는 모습을 지켜본다. 오두막의 외관이 그렇듯, 비행기도 과시적이거나 극단적이지 않다. 호수를 가로지르던 다른 수상기들과 비슷하다. 다이밴이 유일하게 허용하는 눈에 띄는 사치는 그가 거느린 자동차 군단뿐인 듯하다. 다이밴은 그 차들을 지하 차고에 주차해 둔다. 그마저 전부 포르셰라, 그의 위장용 이야기에 맞아 들어간다.

아전트는 서둘러 머리를 빗고, 그에게 제공된 옷 중 좀 더 산뜻한 옷으로 갈아입는다. 검은 슬랙스에 빳빳하게 풀을 먹인 버튼다운칼라 셔츠다. 아전트의 스타일은 아니지만, 어쩌면 지금은 스타일에 변화를 줄 때인지도 모른다.

거실로 돌아가 보니, 다이밴이 들어오는 순간을 놓치고 말았다. 넬슨이 이미 웅장한 거실에 서서 다이밴과 이야기하고 있다. 다이밴은 칠흑처럼 검은 머리카락에 탄탄한 몸매를 지녔으며, 여행을 했는데도 주름 하나 없는 값비싼 실크 정장을 입고 있다. 그는 인상적인 인물이다. 이제 아전트는 자신에게 넥타이를 매는 센스가 있었으면 좋았겠다고 느낀다.

「아.」 다이밴은 아전트를 보며 말한다. 「이 사람이 자네가 말한 청년이겠군.」 다이밴의 직원들처럼 그의 억양에도 어디라고 짚기 어려운 유럽적인 느낌이 있다. 다만 다이밴은 영어를 훨씬 잘한다.

「저⋯⋯ 제 이야기를 하셨어요?」 아전트는 넬슨이 무슨 말을 했는지 상상하고 싶지 않다. 다이밴은 아전트에게 손을 내

밀고, 아전트는 악수하려고 손을 내민다. 그러나 다이밴이 마지막 순간에 손을 옮기는 바람에 아전트는 어색하게 그의 손을 잡고 만다. 악수가 어색해지고 아전트는 자신이 환영받지 못하는 사람 같다고 느낀다. 다이밴은 뭐든 실수할 사람이 아니다. 아전트는 다이밴이 자신을 흐트러뜨리려고 일부러 악수를 어색하게 만든 건 아닌지 궁금해진다.

「자네가 무단이탈자 몇 명을 잡는 데 도움을 주었다고 들었네.」

「네, 그렇습니다.」 아전트가 대답한다. 「실은, 잡는 데 도움을 준 게 아니라 제가 잡은 거죠.」 그는 그러기 싫은데도 넬슨을 힐끗 본다. 넬슨은 미지근하게 노코멘트라는 식의 시선을 보낸다.

「전 빠르게 배우고 있습니다.」 아전트는 말을 이으며, 약간의 아첨이 적절하겠다는 생각에 덧붙인다. 「선생님이 뛰어나시거든요.」

「최고지.」 다이밴은 고갯짓으로 넬슨을 가리키며 말한다. 「애크런의 무단이탈자는 지금도 넬슨을 피해 도망치고 있지만.」 다이밴은 잠시 시간을 들여 그 말이 가닿도록 한 뒤 둘을 훑어본다. 그런 다음 넬슨에게 묻는다. 「자네 얼굴 왼쪽 절반에 난 상처나, 저 청년의 얼굴 오른쪽 절반에 난 상처에는 뭔가 사연이 있겠지?」

「두 가지 다른 사연입니다.」 아전트가 끼어든다. 「하지만 두 사연에 모두 코너 래시터가 등장합니다.」

넬슨이 목을 뚝 꺾는다. 다이밴이 여기에 없었다면, 아마 넬슨은 차례를 지키지 않고 끼어들었다는 이유로 아전트에게 진정탄을 쏘았을 것이다. 넬슨이 말한다. 「다이밴 님이 들으셔야 할 이야기는 네 누나의 추적 칩에 관한 이야기뿐이다.」

다이밴이 미소 짓는다. 「들을 만한 이야기 같군.」

하지만 지금은 다이밴이 그 이야기에 흥미를 느끼는 것 같지 않다. 대신 그는 아전트를 넬슨과 단둘이 남겨 둔 채, 저녁 식사 전까지 좀 쉬겠다며 떠난다. 아전트는 일종의 언어적 학대를 각오한다.

「잘된 거, 맞죠?」 아전트가 말한다. 그는 넬슨이 자기 말을 무시하리라 생각하지만, 넬슨은 대신 미소 짓는다.

「앞으로는 나아질 일밖에 없지.」

아전트는 넬슨의 찡그린 얼굴이나 꾸지람은 견딜 수 있지만, 그의 미소는 다이밴과의 실패한 악수만큼이나 당혹스럽게만 느껴진다.

저녁으로는 립아이 스테이크만큼 큰, 새끼 양 고기로 만든 찹 스테이크가 나온다.

「유형 성숙한 새끼 양이네.」 다이밴이 설명한다. 「유전자 변형을 통해, 생애 초기의 특질은 유지하면서 양만큼 커지게 한 거지. 그래서 풍미가 좋고 부드러워. 새끼 양이 자라지 않고 덩치만 커졌거든.」 그는 피가 뚝뚝 흐르도록 레어로 구운 고기에 칼을 박아 넣는다. 「자네 친구 레브와는 반대인 셈이지.」 그가 넬슨에게 말한다. 「내 생각에, 그 녀석은 나이는 들어도 덩치는 커지지 않을 테니까.」

레브의 이름에는 기대한 효과가 뒤따른다. 넬슨은 뻣뻣하게 굳으며 신경이 곤두선다. 아전트는 넬슨이 다른 사람의 엄지 아래에 눌려 있는 모습을 보고 은근히 즐거움을 느낀다.

넬슨이 말한다.「래시터를 잡고 나면 레브 콜더도 찾을 생각입니다.」

「상품은 한 번에 하나만 노려야지, 재스퍼.」

아전트는 추적 칩에 관한 질문이 나오기를 기다린다. 그는 누가 묻기 전에 자발적으로 정보를 내놓지는 않기로 결심했다. 누가 묻더라도 상당한 대가 없이는 정보를 내놓지 않을 것이다. 어쨌거나 그게 아전트가 가진 유일한 협상 카드니까. 하지만 저녁 시간 자리에서는 아무도 묻지 않는다. 다이밴도, 넬슨도. 아전트가 이름을 정확히 발음하지 못하는 크림류 디저트가 나온 뒤, 다이밴은 넬슨과 사업 이야기를 하겠다며 자리를 뜬다.

「우리는 나중에 얘기하지.」다이밴이 아전트에게 말한다. 「그때까지는 마음껏 즐기고. 오락실은 봤나?」

「저한테는 두 번째 집이나 마찬가지입니다.」

다이밴은 즐거워하는 듯하다.「자네 즐기라고 있는 곳이야. 조카들 때문에 만들었지만 조카들은 여기 오지 않거든.」그는 무겁게 한숨을 쉰다.「슬프게도 난 가족과 좀 멀어졌다네.」

「다이밴 님이…… 하시는 일 때문인가요?」아전트는 물을 수밖에 없다.

「아니. 내가 하지 않기로 선택한 일 때문이야. 나는 가족들이 선호했던 길보다 훨씬 더 품위 있는 길을 선택했거든.」아전트는 다이밴의 현재 직업보다도 품위 없는 일이 대체 무엇일지 상상조차 할 수 없지만, 다이밴은 더 이상 설명하지 않는다. 넬슨의 사나운 눈길도 더는 묻지 않는 게 좋을 거라고 분명히 밝힌다.

 한 시간 뒤, 다이밴은 말한 대로 아전트를 부른다. 그들은 다이밴의 정원에서 만난다. 유리로 이루어진, 오두막과 연결된 넓은 중정이다. 빽빽한 쥐똥나무 산울타리로 둘러싸여 바깥세상과 차단되어 있다. 이국적인 식물들을 보호하기 위해 온도가 조절된다. 다이밴은 집 벽에 걸려 있는 죽은 생물 외에도 살아 있는 생물까지 수집하는 모양이다. 아전트는 이 식물들이 낮에는 생생하고 알록달록하리라 상상하지만, 지금은 짙어지는 황혼 속에 가라앉은 모습이다.
「와서 앉게. 에스프레소를 좋아했으면 좋겠군.」
 아전트가 다이밴 맞은편에 앉자, 하인이 타르처럼 검은 커피를 은주전자에서 작은 도자기 잔에 따른다. 그걸 마시면 밤새 잠을 못 자리라는 걸 알지만, 다이밴이 권하는 것은 뭐든 거절하지 않을 생각이다.
「먼저 축하해야겠지.」 다이밴이 말한다. 「자네가 잡은 무단이탈자들이 최고급품이라는 소식을 들었네. 한 번에 언와인드 여섯 명을 데려오다니 괜찮은 수확이야.」
「다섯 명입니다. 하지만 다음번에는 최소한 여섯 명일 겁니다.」
 다이밴은 잔의 테두리에 레몬 껍질을 살짝 문지른다. 아전트도 따라 한다. 교양 없어 보이지 않기 위해서다. 이어 다이밴은 뜸을 들이며 에스프레소 로스팅의 미묘한 차이와 커피콩 생장에 가장 좋은 환경에 대해 이야기한다. 변죽을 울리기보다는 차라리 아예 화제를 피한다. 마치 그보다 더 중요한 이야기는 없다는 식이다. 누나에 관한 이야기가 나오지 않을 때마다 아전트의 불안감은 커져 간다. 그럼에도 그는 먼저 그 화제를 꺼내지는 않을 생각이다.

「여기, 내 정원은 조금 역설적이야.」 다이밴이 말한다. 「나는 평화와 고독을 즐기기 위해 여기 오지만, 이 정원에서는 결코 혼자 있을 수 없거든.」

아전트는 주위를 둘러보고 하인이 사라졌음을 확인한다. 그러니 실제로 이곳에는 단 두 명뿐이다. 그는 다이밴이 철학적인 이야기를 하는 것이리라 생각한다.

「그럼…….」 아전트는 커피 이야기가 정처 없이 이어지자 점점 더 불안해져 재촉한다. 「혹시 여기서 하실 얘기가 있으신가요?」

「우리가 저지른 행동의 의도치 않은 결과에 대해 말해 볼까?」 다이밴은 그 질문을 인내심 있게 기다리고 있었다는 듯 대답한다. 「예컨대, 내 정원의 표본에 대해 생각해 보지. 대부분은 세계 각지에서 잘라 온 자연스러운 것이지만, 몇몇은 다른 기원을 가지고 있어.」 그는 잠시 작은 잔을 홀짝인다. 「하트랜드 전쟁 이전에 인터넷에는 상당히 고약한 장난이 있었지. 자네도 혹시 들어 봤을지 모르겠군. 〈분재 고양이〉라는 거였어. 어느 웹 사이트에서 살아 있는 고양이를 유리병 안에 넣고, 사실상 그 고양이를 화분처럼 기르는 방법을 보여 준 거야. 가엾은 고양이는 유리병이라는 좁은 공간 안에서 자라다가 그 특이한 환경에 적응하게 된다는군. 물론 사람들은 그 아이디어에 격분했지. 정당하게도.」

「잠깐만요.」 아전트는 함정 질문이 나왔다는 느낌에 말한다.

「전 그게 진짜인 줄 알았는데요.」

「아.」 다이밴이 말한다. 「그게 바로 흥미로운 부분이야. 자네도 알겠지만, 그 개념이 너무도 철저하고 지시 사항이 너무도 정확했기에 사람들은 흥미를 느꼈지. 그리고 역겨운 농담으로 시작되었던 것이 너무도 현실적인 것이 되었어.」 그는 에스프레소를 다 마시더니, 달그랑 소리와 함께 잔을 받침에 섬세하게 내려놓으며 아전트에게 시선을 고정한다. 그 시선에 아전트는 꼼지락거린다. 「고양이를 유리병에 넣어 기른다는 그 끔찍한 관행 말인데……. 그게 최초의 상업적인 시도로 뿌리내린 곳이 어딘지 아나?」

「아뇨.」

「버마야.」 다이밴이 말한다. 「암시장 사업이 성장하면서, 그 사업은 좀 더 이윤이 남는 쪽으로 옮겨 갔지. 조직이 인간 육신의 불법 거래에 발을 담그기 시작했어.」

아전트는 그제야 단서들을 연결한다. 「그게 버마의 다제이군요!」

「바로 그거야.」 다이밴이 말한다.

아전트는 어렸을 때부터 버마의 신체 시장에 흥미를 느꼈다. 그들의 언와인드 관행은 다른 모든 것을 온건하게 보이게 했다. 마취는 거의 사용되지 않거나 아예 쓰이지 않는다고 한다. 그들이 신체 부위를 한 번에 하나씩만 판다는 이야기도 있다. 오늘은 손을, 내일은 발을, 그다음 날에는 폐를 가져가면서 그 과정 내내 사람을 살려 둔다는 것이다. 뭔지는 몰라도 마지막 부위가 팔려 나갈 때까지. 버마의 다제이에 의해 언와인드된다는 말은 죽음이 실제로 뿌리를 내리기 전에 단 한 번이 아

넌 백 번 죽는다는 말과 다를 바 없다.

다이밴이 말을 잇는다. 「결국, 한 사람의 인터넷 장난으로 시작된 일은 현실이 되었을 뿐 아니라, 세계에서 가장 끔찍한 조직으로 진화했네. 교훈은 이거야. 언제나 의도치 않은 결과가 따른다는 거, 그러니까 우리는 늘 조심해야 한다는 거지. 때로는 우연히 좋은 일도 생기지만 대체로 경악스러운 일이 일어나. 어쨌든 의도치 않은 결과는 언제나 존재하지. 우리는 가볍게 발을 디뎌야 해, 아전트. 우리 발걸음이 확실해질 때까지는.」

「어르신 발걸음은 확실한가요?」

「매우.」

그러더니 그는 리모컨의 버튼을 눌러, 넓은 중정의 조명을 켠다. 공간에 불이 들어오자 식물들이 환하고도 아름답게 드러난다. 그야말로 숨이 멎을 듯하다. 구석에는 약 1.5미터 높이의 커다란 도자기 화병 네 개가 서 있다. 아전트는 이전에도 그 화병들을 본 적이 있지만 그 안에 무엇이 들어 있는지는 보지 못했다. 도자기 화병 맨 꼭대기로 솟아오른 것은 네 사람의 머리다. 아전트는 잠시 시간이 흐른 뒤에야 그들이 살아 있으며, 그들의 나머지 몸은 도자기 화병 속에 갇혀 있음을 깨닫는다. 화병은 아래로 갈수록 점점 가늘어지는 형태다. 그래서 입구가 포로들의 목을 꽉 감싼 목깃처럼 보인다. 아전트는 헛숨을 들이켠다. 무시무시한 동시에 경탄스럽다.

다이밴은 일어나며 아전트에게도 일어나라고 손짓한다. 「겁먹지 말게, 저들은 자네를 해치지 않을 테니.」

그들은 모두 남자다. 구릿빛 피부를 지닌 아시아인의 얼굴이다. 아전트는 조심스레 가장 가까운 사람에게 다가간다. 남자는 일종의 둔감한 무관심으로 아전트를 바라본다. 증발한 희망의 잔여물일 게 틀림없는 표정이다.

「이 사람들은 나를 죽이려고 다제이가 보낸 자들이야.」 다이밴이 설명한다. 「보다시피, 나는 다제이의 유일한 진짜 경쟁자라네. 그러니 나를 제거하면, 놈들은 온 세상의 신체 공급 암시장을 장악하게 되지. 나는 이 암살자들을 잡자마자 분재를 만드는 다제이의 방식을 그대로 모방해 성인 남자 분재를 만들었네. 그런 다음 다제이에게 근사한 감사 편지를 보냈지.」

그는 탁자에서 작은 갈색 정육면체 덩이들이 담긴 그릇을 집어 든다. 아전트는 그게 각설탕인 줄 알았다. 「씹는 영양제야.」 다이밴이 말한다. 「내가 영양사를 고용해, 이들에게 건강한 식단을 제공할 수 있도록 만들었지. 이들의 독특한 환경에 맞춰서 말이야.」 그는 화분에 갇힌 암살자에게 정육면체 덩이를 건넨다. 남자는 입을 연다. 다이밴이 손으로 먹여 주는 음식을 받아먹는 짓을 스스로에게 허락한다. 「처음에는 소란을 피웠지만 적응했어. 사람이 다 그렇지. 이제 이들에게는 도를 닦는 듯한 평화가 있다네. 그래 보이지 않나? 언제까지나 명상을 하는 수도승처럼 말이야.」

다이밴은 이 화병에서 저 화병으로 옮겨 다닌다. 사랑하는 애완동물에게 할 법한 방식으로 부드럽게 말을 건다. 남자들은 아무 말도 하지 않는다. 그냥 먹이를 받을 때까지 기다리기만 한다. 아전트는 그들의 성대가 제거된 건지, 아니면 화분 속의 인간은 더 이상 할 말이 없어지는 것인지 궁금하다. 아전트는 다이밴이 분재 인간에게 먹이 주는 일을 도우라고 하지 않아 안심한다.

「내게는 다제이와 힘을 합쳐야 한다고 주장하는 친척들이 있다네.」 다이밴이 상당히 씁쓸한 목소리로 말한다. 「하지만 난 다제이처럼 비인간적인 관행에 아이들을 넘기는, 그런 괴물은 되지 않을 거야. 그들의 방식은 지금도 그렇고 앞으로도 절대 내 방식이 되지 않을 걸세.」 그는 영양제 그릇이 빌 때까지 소중한 〈식물〉들에게 계속 먹이를 준다. 아전트는 다리가 후들거려 앉을 수밖에 없다. 「이게 사업인 건 맞아. 하지만 사업도 인간적이어야지.」 다이밴이 고집스레 말한다. 「자네 나라의 청소년 전담국이나 유럽의 유겐폴, 중국의 랑파보다도 인간적어야 해. 그게 내 소원이네. 나는 이 싸움이 가치 있는 일이라고 믿어.」

「왜 저한테 이 모든 이야기를 해주시는 건가요?」

다이밴은 다시 아전트의 맞은편에 앉는다. 「글쎄, 자네도 내게 해줄 중요한 말이 있지 않은가? 난 자네한테 내 이야기를 먼저 해주는 게 공평하다고 느꼈을 뿐이야. 그래야 우리가 동등해지지.」 그는 등받이에 기댄 채 팔짱을 낀다. 「자, 자네 누나 얘기를 해볼까?」

아전트는 모든 상황을 파악한다. 그는 그레이스의 추적 칩에 접근할 수 있는 암호를 넘기기 전에 돈을 요구할 생각이었다. 어쩌면 자동차도. 그는 장기 해적으로서 사업을 할 수 있도록 다이밴에게 단독 공급 계약을 맺자고 요구할 생각이었다.

하지만 다이밴의 솔직함이 모든 것을 바꿔 놓는다. 화병 속 네 사람에게 겁을 먹어야 한다는 건 알지만, 아전트가 느끼는 것은 다이밴에 대한 존경심뿐이다. 다이밴은 적들을 죽이지 않았다. 제압했다. 다제이의 사악한 수법에 굴복하지 않았다. 대신 자신을 다제이에 맞서는 이 세상 최후의 방어선으로 만들었다. 이 사람에게는 아무것도 요구할 수 없다. 아전트가 무언가를 받게 된다면 그건 단지 다이밴이 기꺼이 내주기 때문일 것이다.

「R-O-N-A-E-L-E-1-2-1-5입니다.」 아전트가 말한다. 「그레이스의 미들 네임을 거꾸로 쓰고 생일을 덧붙인 거예요. 그걸 인스타트랙 웹 사이트에 입력하시면 됩니다. 칩이 아직 작동하고 있다면 센티미터 단위까지 그레이스의 위치가 뜰 겁니다. 그레이스를 찾으시면, 장담하는데 코너도 찾으실 수 있을 거예요.」

다이밴은 펜과 노트를 꺼내 그 정보를 적은 다음, 하인을 불러 가져가게 한다. 넬슨에게 그 정보를 즉시 전하라고 지시한다.

「위치가 나오는 대로 넬슨과 함께 바로 출발하겠습니다.」 아전트가 말한다.

「아, 글쎄……. 유감이지만 자네 행동이 불러온 의도치 않은 결과 때문에 그 선택지는 배제되었네.」 다이밴이 말한다. 「자네가 게시한 코너 래시터의 사진에 관해서 이야기하는 거야.」

아전트는 인상을 찡그린다. 그는 살면서 어리석은 짓을 많이 했지만, 아마 그게 가장 멍청한 짓이었을 것이다. 하지만 누가 아전트를 탓할 수 있겠는가? 그는 그때 영웅과 함께 있다는 사실에 정신이 멍해져 있었다.

「자네의 행동은 래시터가 아직 살아 있다는 사실을 세상에 알리는 결과로 이어졌지. 그래서 래시터를 추적하는 일이 청소년 전담국과 우리의 친구 재스퍼 사이에 벌어지는 경쟁이 되었네. 물론, 자네가 누나에 대한 정보를 넬슨에게 감췄다는 사실도 문제야. 넬슨은 그 일로 대단히 속이 쓰린 것 같거든. 그래서 말인데, 자네 둘 사이의 지속적인 동업은 유지될 수 없게 되었네.」

아전트는 침을 꿀꺽 삼킨다. 두 손이 약간 떨린다. 그는 그게 에스프레소 탓이라고 자신을 타이른다.

「알겠습니다. 그럼 넬슨과 함께 가지 않겠습니다. 혼자 나가죠. 제가 수없이 많은 무단이탈자를 데리고 돌아오겠습니다. 제가 얼마나 뛰어난지는 보셨죠? 제가 어르신의 가장 훌륭한 공급자가 될 수 있습니다!」

다이밴은 한숨을 쉰다. 「분명 그럴 수 있겠지. 다만, 재스퍼와의 약속 때문에 그 또한 불가능하게 되었다네.」

「잠깐…… 무슨 약속 말씀이십니까?」

하지만 다이밴의 얼굴에 떠오른 동정심 어린 표정에 진실이 너무도 분명해진다. 그 약속이 무엇이든 간에, 아전트에게 좋은 결말을 가져다주지는 않을 것이다. 아전트는 일어서려 노력한다. 어딘가 도망칠 수 있는 곳이 있기라도 한 것처럼. 하지만 일어설 수가 없다. 다리에 감각조차 없다. 그는 두 팔을 들려 하지만, 팔은 양옆으로 허수아비의 팔처럼 축 늘어진다. 의자에 똑바로 앉는 것만으로도 온 힘을 들여야 한다.

「에스프레소를 믿으면 안 돼.」 다이밴이 말한다. 「쓴맛 때문에 아주 많은 것이 감춰질 수 있거든. 이번에는 에스프레소가 강력한 근육 이완제를 감추었지. 천연 합성물이라네. 자네를 진정시키고 다루기 쉽도록 고안된 약물이야.」

아전트는 다이밴의 어깨 너머로, 멍한 눈을 하고 있는 분재 인간들을 힐끗 본다. 「저도 저런 분재로 만드시려는 건가요? 저는 좋은 화분이 되지 못할 텐데요.」 아전트가 애원한다.

「당연히 아니지.」 다이밴은 잘 연습된 게 분명한 연민을 담아 말한다. 「저건 내 적들한테만 하는 일이야. 난 자네를 적으로 보지 않네, 아전트. 자네는 상품이야.」

아전트는 중력과의 싸움에 져서 부드러운 풀밭에 쓰러진다. 다이밴이 그의 옆에 무릎을 꿇는다. 「자네 이름은 〈은〉을 의미하지. 하지만 슬프게도, 언와인드로서 자네 가치는 놋쇠보다 별로 나을 바가 없다네.」

둘이 처음 자리에 앉았을 때 다이밴이 했던 말이 떠오른다. 다이밴은 아전트가 데려온 여섯 명의 언와인드에 대해 말했다. 아전트가 여섯 번째다. 다이밴은 어떤 일도 실수로 하지 않는다.

하인들이 와서 아전트를 데려간다. 「제발.」 아전트가 말한다. 치아가 딱 다물리고 목소리는 어눌해지기 시작한다. 「제발…….」 하지만 그에게 돌아오는 것은 분재 인간들의 무감정한 시선뿐이다. 그렇게 끌려가면서, 아전트는 마지막으로 남은 반짝이는 빛에 매달린다. 지금부터 무슨 일이 벌어지든, 그는 자비를 얻으리라는 걸 안다. 다이밴은…… 자비 그 자체니까.

3부
참회로 가는 길

벨기에, 아동의 안락사를 최초로 허가하다
데이비드 하딩, 『뉴욕 데일리 뉴스』, 2013년 12월 14일.

벨기에는 아동을 대상으로 한 안락사 법 확장안을 표결로 통과시켰다.

벨기에 상원은 금요일에 해당 법안을 통과시켰다. 논란의 여지가 있는 이 법률은 이제 말기 질환을 앓는 아동에게도 적용된다.

이로써 벨기에는 안락사에 관한 모든 연령 제한을 철폐한 세계 최초의 국가가 되었다. 벨기에는 2002년에 처음으로 안락사 제도를 도입했지만, 당시에는 18세 이상 성인에게만 허용되었다. (……)

이 법에 따르면 안락사를 원하는 아동은 안락사의 의미를 이해할 수 있어야 하고, 부모의 동의를 얻어야 한다.

또한 아동은 말기 질환을 앓고 있어야 한다.

기록에 따르면, 2012년 한 해 동안 벨기에에서는 1천4백 건이 넘는 안락사가 시행되었다. (……)

기사 전문은 다음에서 확인할 수 있다.
https://www.nydailynews.com/2013/12/14/belgium-first-country-to-allow-euthanasia-for-children

18
캠

 발코니에서 하는 로버타와의 식사. 언제나 지나치게 형식적이다. 언제나 지나치게 품위 있다. 언제나 캠에게는 자신이 영원히 로버타의 엄지 아래에 눌려 있음을 떠올리게 한다. 몇 킬로미터나 떨어진 웨스트포인트에 있어도 캠은 그녀가 여전히 자신을 조종하고 있음을 느낄 것이다. 꼭두각시 인형을 당기는 그녀의 줄은, 정말로 중요한 것을 잊게 하는 〈벌레〉만큼이나 효과적으로 그의 머릿속에 짜여 들어가 있다.
 캠이 떠나기로 예정된 날을 며칠 앞둔 어느 아침 식사 자리에서, 그는 대놓고 로버타에게 질문했다. 식사할 때마다 둘 사이에 누구도 건드리지 못할 독이 든 잔처럼 놓여 있던 질문이었다.
「걔 이름이 뭐였죠?」
 캠은 답을 기대하지 않는다. 로버타가 질문을 회피하리라는 것을 안다.
「넌 곧 새롭고도 웅대한 삶을 향해 떠날 거야. 그게 무슨 소용이니?」

「소용이야 없겠죠. 그냥 당신 입에서 그 이름이 나오는 걸 듣고 싶어서요.」

로버타는 에그 베네딕트를 작게 한 입 먹더니 포크를 내려놓는다. 「내가 말해 준대도 나노 기기가 시냅스를 끊을 거야. 몇 초 안에 기억이 사라지겠지.」

「그래도 말해 주세요.」

로버타는 한숨을 쉬고 팔짱을 낀다. 캠으로서는 놀랍게도 이렇게 말한다. 「걔 이름은 리사 워드였어.」

……하지만 그 단어는 들리는 순간 그의 머릿속에서 사라진다. 캠은 로버타가 말을 하긴 한 건지 궁금해진다.

「이름이 뭐였죠?」 그가 다시 묻는다.

「리사 워드.」

「이름이 뭐였죠?」

「리사 워드.」

「걔 이름이 뭐였냐고요?!」

로버타는 캠을 얕보는 듯, 동정심이 섞인 얼굴로 고개를 젓는다. 「봐, 아무 소용 없다니까. 과거가 아니라 미래를 생각하면서 네 시간을 쓰는 게 최선이야, 캠.」

캠은 전혀 배고픔을 느끼지 못한 채 접시를 바라본다. 마음속에서 간절한 질문의 속삭임이 들려온다. 왜 이런 질문을 했는지 기억나지 않지만, 어떤 의미가 있었을 게 분명하다. 아니, 없었던 걸까?

「그 애…… 이름이…… 뭐였죠?」

「네가 무슨 말을 하는 건지 모르겠구나.」 로버타가 말한다. 「이제 마저 다 먹으렴. 네가 떠나기 전에 해야 할 일이 아주 많단다.」

19
리사

캠이 기억하지 못하는 소녀가 목숨을 걸고 도망치고 있다.

나쁜 아이디어였다. 실은 나쁜 아이디어를 연속해서 떠올린 결과였다. 그 바람에 이런 상황이 된 것이다. 이제야 리사는 그 아이디어들이 얼마나 어마어마하게 나쁜 것이었는지 깨닫는다. 그녀는 거대한 연구 병원 단지에서 무장한 보안 요원들에게 쫓기고 있다. 창문이 있기는 하지만, 그저 다른 동만 내다보일 뿐이라 방향을 가늠할 수가 없다. 리사는 자신과 보안 요원들이 제자리를 맴돌고 있다고, 피할 수 없는 파멸을 향해 나선을 그리며 내려가고 있다고 확신한다.

이 바보 같은 임무에 나서는 것 말고는 선택지가 없었다.

그들이 장엄한 연극을 벌이려 할 때 장기 프린터가 아무 소용 없는 것으로 드러난다면 모든 노력이 물거품이 될 터였다. 장기 프린터를 실제로 작동시킬 방법을 찾는 것이 매우 중요했다. 장기 프린터가 무엇을 할 수 있는지 보여 줘야만 세상이 일어나 앉아 귀 기울일 테니까.

「장기 프린터가 작동하는지 확인하는 건 당신이 했어야 하는 일이에요.」 소니아의 집 지하실, 비교적 은밀한 구석에서 그 이야기를 할 때 코너는 소니아에게 이렇게 지적했다. 「당신은 30년 동안이나 저걸 깔고 앉아 있었어요. 우리를 이 일에 끌어들이기 전에 확인해 볼 수도 있었잖아요.」

소니아는 그를 노려보며 대꾸했다. 「그럼 고소하든지.」 그리고 덧붙였다. 「아, 그래. 넌 고소할 수 없겠구나. 지난 2년간 넌 햄 통조림과 똑같은 법적 지위를 가지고 있었으니까.」

코너도 마주 소니아를 쏘아보았다. 서로 단검을 던져 대는 것 같았다. 그러다가 소니아가 물러났다. 「난 저걸 다시 내놓을 기회가 생길 줄 몰랐다.」 그녀가 말했다. 「그래서 굳이 확인하지 않은 거야.」

「뭐가 바뀌었죠?」 코너가 물었다.

「네가 나타났지.」

코너는 그게 왜 중요한지 이해하지 못했지만, 리사는 달랐다. 그들의 악명이야말로 모든 것을 바꿀 수 있었다. 그들은 무단이탈자의 왕족이 되었다. 무언가에 그들의 이름을 붙이기만 하면 사람들이 원하든, 원치 않든 귀 기울이게 되었다.

소니아가 말했다. 「OSU 의료 센터는 치료적 생물학 연구를 하는, 중서부의 유일한 병원이야. 다른 병원들은 언와인드의 신체 부위를 활용하는 더 나은 방법만 알아내려 하지. 거기에는 자금 지원이 충분히 이루어지니까. 하지만 대안적인 방법을 찾으려다 보면, 결국 손에 쥐는 건 회전초뿐이야.」

「OSU요?」 코너가 말했다. 「오하이오 주립 대학교 말하는 거예요? 콜럼버스에 있는?」

「무슨 문제라도 있냐?」 소니아가 물었다. 코너는 아무 대답도 하지 않았다.

소니아는 계속해서 이식으로는 고칠 수 없는 전신 질환의 치료법을 아직도 찾고 있는 한 일탈적인 의사에 대해 말했다. 「그 연구의 핵심이 뭔지 아니?」 소니아가 장난스럽게 물었다. 물론 답은, 성인의 다능성 줄기세포였다. 프린터에 필요한 바로 그 세포.

그들은 직접 세포를 구하러 가겠다는 소니아를 말려야 했다. 며칠 전, 그녀는 아무도 보지 못한 사이에 넘어져서 발목을 삐고 엉덩이에 멍이 들었다. 아마 집에서 벌어진 일이었을 것이다. 소니아는 별일 아닌 척하려 했지만, 그 이후로 계속 아파하는 게 분명했다. 소니아는 갈 수 없었다. 하지만 누군가는 가야 했다.

그들은 지하실에 있는 아이 중 누군가를 보내 생체 물질을 찾아오게 하는 방안을 논의했지만, 오래가지는 않았다. 이곳의 무단이탈자 무리는 딱히 비밀 임무에 적합한 타입이 아니었다. 리사는 세상이 판단하는 대로 무단이탈자를 판단하는 걸 싫어했지만, 이 가엾은 아이들에게는 이번 작전을 성공시킬 기술이 없었고, 오히려 방해만 될 법한 개인적 문제는 잔뜩 있었다. 소니아의 지하실에 있는 아이들은 이번 임무에 걸림돌이 될 터였다. 그러니까, 보를 제외한 모두가 말이다. 보는 잘난 척이 심하긴 해도 유능했다. 하지만 이번 작전을 성공시킬 만큼 유능할까? 리사가 생각하기에는 그렇지 않았다.

「제가 갈게요.」 리사가 말했다. 나쁜 아이디어 1호였.

「같이 갈게.」 코너가 끼어들었다. 나쁜 아이디어 2호였다.

소니아는 열불을 내며 사람들이 그들을 알아볼 거라고, 그 병원에 가면 안 되는 모든 사람의 명단에서 코너와 리사가 가장 위에 있다고 말했다. 물론, 소니아의 말이 옳았다.

「뭐, 난 안 갈 거야.」 그레이스가 빠르게 선포했다. 「고맙지만, 지난 몇 주 동안 흥분되는 일을 충분히 겪었어.」 그래서 소니아로서는 그야말로 분하게도, 그레이스는 자신을 소니아의 개인 요양 보호사로 임명했다. 소니아가 다시 넘어지지 않게 하는 일을 담당하기로 한 것이다.

「나한텐 요양 보호사가 필요 없어!」 소니아는 몇 번이나 그레이스에게 말했다. 하지만 그런 말은 그레이스의 결심을 두 배로 굳힐 뿐이었다.

리사는 두 사람만으로 이루어진 팀은 애매하다는 걸 알았다. 실패를 방지하려면 최소한 한 명이 더 필요했다. 그래서 리사는 보를 팀에 추가하자고 제안했다. 나쁜 아이디어 3호였다.

「장난해? 보한테 같이 가자고 하겠다고?」 코너가 지하실에서 대꾸했다. 그는 눈썹을 치켜올리며 리사를 보았다. 「보라니? 정말이야?」 그는 재미있어했다. 그게 리사의 성미를 돋우었다.

「우린 밖에서 사람들과 상호 작용해야 해. 지금 티셔츠에 얼굴이 인쇄되지 않은 누군가가 최소한 한 명은 필요하다고.」 코너도 그 논리에는 반박할 수 없었다.

물론 보는 작전에 끼워 주자 짜릿해했다. 다만 그는 무관심한 척하려 했다. 「운전은 내가 할게.」 그가 말했다.

「넌 뒷좌석에 앉을 거야.」 코너는 그렇게 말한 뒤, 소니아의 가게에 있는 한물간 기술이 담긴 통에서 꺼낸 오래된 GPS 장치를 그에게 건네주었다. 「네가 길 안내를 해야 해.」

코너가 보의 체면을 상하게 하지 않으면서도 그에게 분수를 알려 주는 방식에 리사는 미소 지을 수밖에 없었다.

그들 모두를 진정탄이 장전된 권총으로 무장시키겠다는 건 소니아의 아이디어였다. 진정탄을 보면 청담이 생각났기에 리사는 견딜 수 없었다. 그녀는 청소년 전담국이 가장 선호하는 무기를 쓴다는 것이 마음에 들지 않았다.

「진정탄은 빠르고 효과적인 데다가 지저분하지도 않아. 주변부에 맞아도 제 역할을 하고.」 소니아가 말했다. 「그래서 청담이 진정탄을 쓰는 거다.」

리사는 보가 보지 않을 때 그의 총에서 진정탄을 빼냈다. 이 상황에서 리사나 코너에게 전혀 필요하지 않은 게 한 가지 있다면, 방아쇠를 당기며 즐거워하는 보였다.

그게 오늘 아침이었다. 지금, 그들은 병원 단지를 가로질러 달려가고 있다. 리사도, 보도 이 미로 같은 시설에 대해 전혀 알지 못하지만, 보는 자기가 어디로 가야 하는지 안다고 고집을 부린다. 그들이 준비할 때 살펴보았던 청사진은 절망적일 정도로 오래된 것이었고, 새로 지어진 건물이나 개조된 공간은 전혀 반영되어 있지 않았다.

일요일이다. 그들이 쳐들어간 사무실은 벽에 평범한 미술 작품이 걸린 텅 빈 대기실로 가득하다. 다른 공간은 그들이 살펴본 지도에 없었다.

「이쪽이야!」 보가 말한다. 리사는 그리로 가면 원래 있던 곳으로 되돌아가게 되리라고 확신하지만 그를 따라간다. 지금은 어느 방향이든 다 똑같아 보이기 때문이다. 그녀는 어디에 있는지 몰라도, 코너가 잡히지 않았기를 바랄 뿐이다.

코너는 다른 통로로 갔다. 이론적으로는 거대한 병원 단지의 연구 동으로 이어지는 통로였다. 그들은 흩어질 계획이 없었지만, 병원의 보안 요원이 리사와 보를 발견했을 때 코너는 이미 모퉁이를 돈 뒤였다. 보안 요원이 코너를 보지 못했기에, 리사는 그녀와 보가 미끼 역할을 해서 상당히 건장한 그 보안 요원을 꾀어내는 것이 옳은 선택이라 생각했다. 요령은, 잡히지 않을 만큼 앞서 나가면서도, 보안 요원이 추격전을 포기하고 카페테리아에 도넛을 먹으러 가다가 우연히 코너를 만나게 하지도 않을만큼 적당히 거리를 유지하는 것이었다. 그러나 그 보안 요원은 의지가 굳은 사람이었고, 머잖아 더 날씬하고 빠른 동료가 합류했다. 상황이 심각해지기 시작한 건 그때부터였다.

리사와 보는 방사선 동의 막다른 길에 이른다. 문은 잠겨 있다. 출구는 그들이 들어왔던 길뿐이다. 몸을 돌리는 순간, 보안 요원 두 명이 모퉁이를 돌더니 두 아이가 구석에 몰린 걸 보고 속도를 늦추며 그들을 잡는다는 기대감에 잘난 척한다.

「덕분에 운동 좀 했다!」 통통한 사람이 헉헉대며 말한다.

「우리가 볼 수 있는 곳으로 손을 꺼내.」 날씬한 사람이 말한다.

리사는 보를 돌아보며 숨죽여 말한다. 「설득해서 빠져나갈 거야. 우린 아무 일도 안 했어. 저 사람들이 우리를 따라 뛰게 한 것 말고는. 저 사람들이 날 알아보지 못하면…….」

보안 요원들이 가까워질 때, 리사는 보의 눈에 깃든 결심을 본다. 그의 손은 여전히 후드 티 주머니에 들어가 있다.

「아무 이유 없이 도망가는 사람은 없지.」 통통한 사람이 말한다. 「장담하는데, 너희는 무단이탈자가 분명해!」

「우리가 볼 수 있는 곳으로 손을 꺼내라고!」 다른 보안 요원이 고집스럽게 말하며, 자기 무기를 총집에서 꺼낸다.

그래서 보는 손을 꺼낸다. 그의 손에 권총이 들려 있다. 그는 날씬한 보안 요원에게 총을 겨눈다. 나쁜 아이디어 4호였다.

리사는 이 일이 어떻게 진행될지 정확히 알기에, 보안 요원이 실탄이 아닌 진정탄으로 무장하고 있기만을 바랄 뿐이다. 아마 아니겠지만. 날씬한 보안 요원은 보가 들고 있는 총을 본 순간 자기 총으로 손을 뻗는다. 그래서 보가 방아쇠를 당기고…….

……리사로서는 놀랍게도 보의 총이 발사된다! 그녀는 진정탄 특유의 핏 하는 소리를 듣는다. 진정탄은 보안 요원이 총을 꺼내들기도 전에 그의 어깨에 박힌다. 순식간에 그는 무릎을 꿇으며 쓰러지고, 잠시 뒤 기능적인 카펫이 깔린 바닥에 얼굴을 아래로 한 채 기절한다.

아마 한 번도 총을 뽑아 본 적 없는 다른 보안 요원은 허둥대며 총집을 만지작거린다. 보는 그의 가슴 정중앙에 진정탄을 쏜다. 그 남자는 〈으허〉에 가까운 소리를 내며 죽어 가는 디바처럼 살짝 비틀거리다가 뒤로 넘어진다. 그러곤 벽에 부딪히더니 주르륵 바닥으로 미끄러져 정신을 잃는다.

「가자.」 보가 말한다. 「여기서 나가는 거야.」 그는 리사의 손을 잡고 현장에서 먼 쪽으로 끌어당긴다. 리사는 너무 당황한 나머지 그의 손길을 거부하지도 못한다.

「하지만…… 어떻게……?」

「네가 뭘 했는지 내가 모를 줄 알았어? 난 빈 총을 가지고 여기 들어올 생각은 전혀 없었다고!」

리사는 마침내 그의 손아귀에서 손을 빼고 돌아선다.

「뭐 하는 거야?」

「저 사람들을 여기에 두면 안 돼.」리사가 말한다.「누군가 저 사람들을 발견할 거야. 숨겨 둬야지.」

보는 리사와 함께 돌아간다. 그들은 남자들을 복도로 끌고 나온다. 그때 보안 요원의 이어 피스 한쪽에서 희미한 목소리가 들려온다. 〈미확인 침입자〉의 상태에 관해 묻는다. 보가 이어 피스를 잡고 대단히 설득력 있는 목소리로 말한다.「이상 무. 그냥 지역 10대 무법자 두 명이다. 뒷문으로 달려 나갔다. 더는 우리 문제가 아니야.」

「잘됐군.」상대편이 말한다. 그들은 다른 누군가가 두 보안 요원의 이상한 실종에 대해 궁금해할 때까지 최소한 10분의 시간을 벌었다.

「이상 무?」리사가 묻는다.「진짜 〈이상 무〉라고 말한 거야?」

보가 어깨를 으쓱한다.「통했잖아?」

그들은 날씬한 보안 요원을 인적 없는 소아과 대기실의 나무 장난감 상자 안에 넣는다. 통통한 사람은 커다란 어항 아래의 보관함에 딱 맞게 들어간다. 공교롭게도 그 어항에는 어쩐지 그 남자와 닮은 복어가 살고 있다.

기절한 보안 요원들을 안전하게 처박아 둔 지금, 리사는 긴장이 풀리기 시작한다. 아슬아슬하게 탈출하는 데는 리사가 거의 잊고 있던 황홀함이 있다. 위험으로 인해 솟구친 아드레날린의 생리학적 보상이다.

보도 나름대로 안도한 듯 웃기 시작한다. 그걸 보자 리사도 어쩔 수 없이 웃음이 나온다. 그 모습에 보는 더욱 심하게 웃으며, 리사를 원치 않는 웃음 발작으로 몰아간다. 그러다가 리사를 잡아 입을 맞추면서 갑자기 발작이 멎는다.

리사의 반응은 즉각적이고도 반사적이다. 반사 신경 때문이 아니더라도 똑같은 일을 했을 거라는 확신이 든다. 리사는 보를 밀치고 너무도 강한 힘으로 그의 눈을 찌른다. 그 바람에 보의 목이 뒤로 꺾이고, 머리가 쿵 소리를 내며 어항에 부딪힌다. 사방으로 복어가 흩어진다. 뭔지 몰라도 리사는 그 이후의 일이 벌어지는 동안 여기에 남아 있고 싶지 않다. 사과를 받든, 화를 내든 신경 쓰고 싶지 않다. 리사는 발을 구르며 떠난다.

「리사, 잠깐만!」

지금 이 순간에 처리해야 할 일들이 얼마나 많은데, 리사는 어째서 호르몬 끓어넘치는 머저리의 추행을 감내해야 하는 걸까?

「리사!」

리사는 격분해 그를 돌아본다. 다시 주먹질하지 않기 위해 자제력을 발휘해야만 한다. 「너 바보야? 내 이름 그만 불러! 사람들은 우리가 누군지 몰라. 이 사무실에 네 목소리를 들을 수 있는 사람이 있으면…….」

「미안.」 보의 눈은 이미 부어오르고 있다. 잘됐다.

「코너가 봤으면 네 얼굴은 훨씬 심각한 꼴이었을 거야!」 리사가 말한다.

「그냥 순간에 휩쓸렸던 거야.」

「남성기가 달린 모든 찐따가 나한테 작업을 걸어야겠다는 의무감을 느끼는 이유가 대체 뭐지?」

보는 그 질문에 뻔하지 않냐는 듯 리사를 본다.「넌 리사 워드잖아.」그가 말한다.「이제 무슨 일이 일어나든 간에, 난 한 번, 딱 한 번이지만 세상에 단 하나뿐인 리사 워드에게 입을 맞췄다는 사실을 기억하며 무덤에 들어갈 수 있어.」

「무덤에 들어간다고?」리사는 여전히 이 모든 일에 기가 막힐 정도로 화가 나서 말한다.「그건 그냥 네 소원이고. 그보다는 네 기억이 뜯겨서 나가 다른 사람 머리에 심어지겠지!」

「그럴 수도 있고, 아닐 수도 있지.」보가 말한다. 그는 그제야 손을 뻗어 부어오른 눈을 만져 본다. 리사가 때려서 화가 난 것 같지는 않다. 그 정도 대가는 감수할 만한 가치가 있었다는 식이다.

리사는 주머니에서 무언가 진동하는 걸 느끼고, 소니아가 준 낡은 플립형 핸드폰을 꺼낸다. 이런 핸드폰이나 이런 핸드폰 서비스를 제공하는 사라져 가는 통신사들은 〈은퇴 분야 기술〉로 불린다. 이들의 네트워크는 너무 낡아서 청담이 굳이 관심을 기울일 필요를 느끼지 않는다. 오히려 완벽한 의사소통 수단이다.

괜찮아? 코너의 문자다.

리사는 코너가 잡히지 않았다는 사실에 안도의 한숨을 내쉰다. 응. 넌? 리사가 답장한다.

실험실 찾았어. 코너가 문자를 보낸다. 차에서 만나.

리사는 코너를 그냥 두고 떠나고 싶지 않지만, 이 병원을 더 돌아다녀 봤자 상황이 나빠지기만하리라는 걸 안다.

「그 녀석이야?」보가 묻는다.「뭐래?」

「넌 키스 실력이 형편없대. 나도 같은 의견이고.」

보는 뜨뜻미지근하게 웃는다. 아마 리사가 그를 조금은 용서했다고 생각할 것이다. 실은 그렇지 않다. 리사는 싫어하거나 용서할 만큼 보를 신경 쓰지 않는다.

「가장 가까운 계단으로 내려가자.」 리사가 말한다. 「그런 다음 뒷길로 슬쩍 빠져나가는 거야. 네가 경비원한테 말했던 그대로. 차에서 코너를 만나는 거야.」

보는 고개를 끄덕이며 그 계획을 받아들인다. 그러면서도 이렇게 묻는다. 「코너가 나타나지 않으면?」

「반대쪽 눈도 멍들고 싶어?」 리사는 그렇게 말한다. 그래서 보는 질문을 뒤로하고 리사에게 계단실 문을 열어 준다.

「아, 그리고 분명히 말하는데 난 찐따가 아니야.」 보가 덧붙인다. 「내 의뢰서에 뭐라고 적혀 있든 간에.」

20
코너

 계획은 간단하다. 계략과 속임수를 예상할 이유가 없는, 인간적인 구조를 가진 조직을 상대할 때는 계획이 단순해도 된다. 병원 인력들은 생체 물질을 훔치는 무단이탈자보다는 소송으로 이어질 수 있는 미끄러운 바닥에 더 주의한다. 대체 누가, 왜 생체 물질을 훔치려 하겠는가?

 리사와 보가 보안 요원의 눈에 띄었을 때, 리사는 보안 요원을 꾀어내겠다는 올바른 판단을 했다. 보안 요원은 그들이 누구인지, 무슨 일을 꾸미고 있는지도 몰랐으니까. 물론, 코너의 본능적인 반응은 리사를 따라 달려가는 것이었지만, 그는 그게 잘못된 일임을 알았다. 그래 봐야 모두가 잡히는 결과로나 이어졌을 것이다. 그는 리사가 성공적으로 술래잡기 놀이를 할 수 있을 만큼 영리하다고 믿을 수밖에 없었다. 보는 아니라고 해도.

 코너는 이제 입원 환자를 위한 시설이 아닌 건물의 복도를 헤매고 있다. 일요일이라 대체로 사람이 없다. 그는 연구 동을 발견한다. 그곳은 유리로 감싸인 스카이워크로 병원 단지의 나머지 부분과 연결되어 있다. 그러므로 누군가 보고 있다면, 코너는 온 세상에 훤히 드러나게 될 것이다. 누군가 보고 있는지는 곧 알게 될 테고.

코너는 지하에서 자신이 찾고 있던 실험실을 발견한다. 연구 동의 나머지 공간이 화려하게 장식된 것과 달리, 지하는 실용적이고 기능적이다. 어둑하게 밝혀진 복도에는 토사물 같은 색깔의 리놀륨 타일이 깔려 있다. 다른 면에서는 고급인 시설에서 이곳만큼은 임대료가 낮은 구역인 셈이다. 무의미한 세포 조작을 고집하는 일탈적인 연구 팀은 의학계의 망신이라는 이유로 눈에 띄지 않는 곳으로 보내진 듯하다. 거머리나 뱀 기름의 쓸모를 연구하는 사람들처럼 기피되는 것이다.

이곳에는 보안 인력이 거의 없는 듯하다. 연구실은 경보 장치가 달리지 않은 자물쇠로 잠겨 있고, 그 자물쇠는 쉽게 열린다. 보안 요원들이 리사와 보에게 집중하고 있기에 연구 동 지하는 영안실처럼 고용하다. 아마 영안실도 그리 멀지 않은 다른 지하에 있겠지만.

코너는 도박하는 심정으로 리사에게 실험실을 찾았다고, 차에서 만나자고 문자를 보낸다. 리사가 잡혔다면 그 문자는 누군가에게 그의 위치를 드러낼 것이다. 하지만 코너는 리사가 그녀를 쫓던, 느린 동작의 보안 요원을 따돌렸으리라 믿어야만 한다. 그는 불안해하며 잠시 기다린다. 결국 리사가 〈ㅇ〉이라는 답장을 보내고, 코너는 그제야 숨을 내쉰다. 숨을 참고 있었는지도 몰랐지만.

그는 실험실 문을 열고 조명을 켠다. 앞면이 유리로 된 냉장고 안에는 표본이 보관되어 있고, 단순한 창고 같다. 시험관이 놓인 선반과, 수상한 배양물을 키워 내는 배양 접시 여러 개가 있다. 플라스틱 보존 용기에 밀봉된 표본도 있다. 코너는 그것을 보고 몸을 떤다. 이 보존 용기들은 언와인드의 신체 부위를 옮기는 데도 사용된다. 현대의 보존 용기는 살아 있는 조직을 거의 무한히 보존할 수 있다. 언와인드 합의에 서명이 이루어지고 난 이후 생겨난, 수많은 언와인드 관련 기술 중 하나다.

모든 표본의 이름표에는 코너에게는 아무 의미가 없는 숫자 코드가 적혀 있다.

〈성인 다능성 줄기세포야.〉 소니아는 그렇게 말했다. 코너는 자신이 올바른 장소에 들어왔다는 걸 알지만, 이 실험실의 물건에는 훔치려는 침입자가 아니라 연구자들을 위한 이름표가 붙어 있다.

코너는 최대한 많은 표본을 집어넣을 수 있는, 확장형 토트백을 가지고 있다. 그는 보존 용기만 챙기기로 한다. 시험관과 배양 접시에 담긴 표본은 이동 중의 온도 변화를 버티지 못할 것이다. 코너는 크리스마스를 훔치러 온 그린치[13]처럼 가방을 채운다. 그때, 갑자기 실험실 문이 열린다. 코너는 생물학 쿠키 병에 손을 집어넣은 채 빼도 박도 못하게 들켜 버린다. 그를 발견한 사람은 연구원으로, 코너의 예상치 못한 등장에 너무 놀란 나머지 들고 있던 유리 약병을 떨어뜨린다. 약병이 바닥에 떨어져 박살 난다.

「움직이지 마.」 코너가 말한다. 남자가 도망쳐 보안 요원을 불러올 게 분명하기 때문이다. 「난 총을 가지고 있어.」 코너는

---

13 미국에서 1957년에 발표된 그림책의 주인공으로, 크리스마스를 싫어하는 괴짜 괴물 캐릭터다.

재킷 주머니에 손을 넣는다.

「아…… 아니, 그럴 리가.」 긴장한 연구원이 말한다. 코너가 허풍을 떠는 줄 아는 것이다.

그래서 코너는 권총을 꺼내, 자신이 전혀 허풍을 떨지 않았음을 보인다.

남자는 헛숨을 들이켜고 쌕쌕거리기 시작한다. 그걸 보자 천식을 앓던 옛 친구, 엠비가 떠오른다.

그러자 문득, 꼭 이런 대면을 해야 할 필요는 없다는 생각이 든다. 소니아가 지적했듯, 진정탄은 더 이상 청담만을 위한 것이 아니다. 무단이탈자에게도 최고의 친구가 될 수 있다.

「미안.」 코너가 말한다. 「근데 당신을 진정타니스탄으로 보내 줘야겠어.」 그는 방아쇠를 당긴다. 그러다 진정탄이 장전되어 있지 않다는 걸 알게 된다. 그는 총을 보고, 그것이 소니아가 준 총이 아님을 깨닫는다. 이건 보의 총이다. 리사가 진정탄을 빼버린 총. 제기랄.

「잠깐! 난 네가 누군지 알아! 너, 애크런의 무단이탈자구나!」

두 배로 제기랄. 「멍청하게 굴지 마! 애크런의 무단이탈자는 호피족에게 가서 숨어 있어. 뉴스도 안 보냐?」

「뭐, 네가 여기 있는 걸 보면 뉴스가 틀린 거지. 너, 이 지역 출신이지? 사람들은 널 애크런의 무단이탈자라고 부르지만, 넌 콜럼버스에 살았어!」

무슨, 콜럼버스의 모든 사람이 그 사실을 아는 걸까? 이젠 코너의 집이 망할 관광지라도 된 걸까? 「닥쳐, 안 그러면 장담하는데…….」 코너는 남자를 기절시킬까 고민한다. 확실히 그것도 방법이다. 그러나 코너는 그렇게 극단적인 조치를 취하기 전에 이 상황이 어떻게 흘러 갈지 기다려 본다.

연구원은 그냥 코너를 보면서 불편하게 숨을 쉰다. 그의 시선은 코너에게 붙박여 있다. 둘 다 움직이지 않는다. 그때 남자가 말한다.「그 표본은 가져가면 안 돼. 그것들은 이미 분화된 거야. 네가 가져가야 할 건 저쪽 끝에 있는 거고.」

이런 말은 예상하지 못했다.「내가 뭘 원하는지 어떻게 알아?」

「애크런의 무단이탈자가 여기서 찾을 만한 건 하나뿐이니까.」그가 말한다.「다능성 세포. 장기를 만들기 위한. 그래도 달라지는 건 없을 거야. 장기 제조 기술은 완전한 실패였거든. 아무리 연구해도 성과가 없었어.」

코너는 아무 말도 하지 않는다. 하지만 그의 침묵이 진실을 전달한다.

「너, 뭔가 아는구나?」연구원이 묻는다. 그는 감히 한 발 다가온다. 흥분감이 경계심을 누른 것이다.「넌 뭔가 알고 있어. 아니면 여기에 오지 않았겠지!」

코너는 대답하지 않을 생각이다. 자신의 의도가 이토록 투명하게 드러난 것이 얼마나 곤란한 일인지 티 내지도 않을 테고.「저쪽 끝에 있는 문 말이야?」

연구원이 고개를 끄덕인다. 코너는 실험실 반대편으로 다가간다. 한쪽 눈으로는 계속 연구원을 지켜보며, 가방에서 용기를 꺼내 마지막 냉장고에서 꺼낸 용기로 다시 채운다.

「한 가지 문제가 있어.」연구원이 말한다.「우리 생체 물질은 감시당하거든. 하나라도 없어지면 신고가 들어가. 그러면 우리 연구 기금이 끊길 거야.」

코너는 문 옆에 엉망으로 깨져 있는 유리 조각들을 본다. 「저 안엔 뭐가 있었어?」

연구원은 깨진 약병을 돌아본다.「생체 물질.」그는 고개를 끄덕이더니, 코너의 생각을 눈치챘다는 듯 씩 웃어 보인다.「아주 많은 생체 물질이 있었지. 저걸 떨어뜨려 깼으니 엄청나게 혼나겠구나. ……거기다, 저걸 치우기 전에 얼마나 많은 생체 물질을 잃어버렸는지 기록하는 것도 깜빡했고 말이야.」

「그래.」코너가 말한다.「안됐네.」그는 가방을 마저 채운다. 다 채우고 나니, 연구원이 문가에 자리를 잡고 작은 창문으로 밖을 내다보는 모습이 보인다. 코너를 위해 망이라도 보듯이.

코너가 말한다.「그럼, 난 여기 온 적 없는 거야. 맞지?」

연구원이 고개를 끄덕인다.「우리끼리 비밀이야. ……단, 조건이 하나 있어.」

코너는 그 말이 마음에 들지 않는다. 그는 불가능한 조건을 각오한다.「뭔데?」

연구원이 소심하게 묻는다.「혹시…… 악수해도 돼?」

코너는 너무도 예상 밖의 요청이라 웃는다. 그는 유명세에 정신이 팔린 어린애들을 많이 보았지만, 이 사람은 적어도 서른 살이다. 그때, 코너는 자신의 웃음에 남자가 당황했다는 것을 알아차린다.

「아아, 뭐 괜찮아.」남자가 말한다.「바보 같은 부탁이었네.」

「아니, 아냐. 괜찮아.」코너는 조심스레 다가가 손을 내민다. 남자는 차갑고 축축한 손으로 악수한다.

「언와인드를 싫어하는 사람은 아주 많지만, 그걸 멈추는 방법을 아는 사람은 없어. 그래서 시도조차 하지 않지.」 남자가 말한다. 그러더니 더 낮은 목소리로 속삭인다. 「하지만 너한테 아이디어가 있다면, 세상에는 그 이야기를 들을 준비가 된 사람들이 있어. 모두가 귀 기울이지는 않겠지만, 아마도 충분히 많은 사람이 들을 거야.」

「고마워.」 코너는 이 남자를 진정탄으로 쏘지 않은 것이 다행이라고 느끼며 말한다. 지금도 총을 바꿔치기한 보에게는 화가 나지만.

코너는 몰래 빠져나가고, 연구원은 엉망진창으로 깨진 약병 조각을 바닥에서 치우기 시작한다. 그는 기분 좋게 휘파람을 분다.

「아주 많은 사람이 언와인드를 멈추고 싶어 해.」 연구원은 그렇게 말했다. 코너가 그 말을 들은 건 이번이 처음은 아니었다. 아마도 충분히 많이 듣게 된다면, 코너도 그 말을 믿게 될지도 모른다.

21
리사

병원에서 집으로 돌아가는 길, 세 사람은 의기양양하다. 그들은 평범한 일상의 고치 안에 들어와 있는 듯한 기분을 느끼게 하는 음악을 튼다. 착각일 뿐이더라도, 리사는 〈세상에 유일한 리사 워드〉로 존재하지 않는 휴식의 시간이 기쁘다.

코너는 리사와 보에게 그의 팬이었던 연구원에 대해 말한다. 그런 스포트라이트에 조금은 뻐기는 듯하지만, 리사는 그런 식의 추종자와 마주칠 때마다 고통스러울 정도로 자신의 핵심에서 벗어나 있는 기분이 든다. 리사는 절대 반문화 운동의 주인공이 되고 싶지 않았다. 그녀가 바랐던 것은 생존뿐이었다. 그녀는 오하이오 주립 보호 시설 23호에서 피아노를 연주하며 행복하게 지내다가 별 볼 일 없는 성적으로 졸업했을 것이다. 그렇게 열여덟 살이 되어 무대 앞, 별 볼 일 없는 인류가 춤을 추는 공간에 기꺼이 버려졌을 것이다. 다른 모든 주립 보호 시설의 피보호자들이 그렇듯이. 어쩌면 그녀는 서비스업에서 일하며 방법을 찾아 2년제 대학에 진학했을지도 모른다. 결국 콘서트 피아니스트가 되거나, 좀 더 현실적으로는 술집 밴드의 키보드 연주자가 되었을 수도 있다. 이상적인 인생은 아니어도, 적어도 그건 인생이었을 것이다. 리사는 별 볼 일 없는 기타 연주자와 결혼해 별 볼 일 없는 아이들을 몇 명 낳고 그 아이들을 끔찍이 사랑했을 것이다. 절대 그 아이들을 황새 배달하진 않았을 것이다. 하지만 언와인드 의뢰서는 그 모든 평범한 미래와의 연결을 끊어 버렸다.

기타 연주자를 떠올리자 캠이 생각난다. 능동적 시민이 그를 다시 손에 넣은 지금, 캠은 어디에 있을까? 리사는 캠이 신경 쓰이는 걸까? 신경 써야 할까? 그녀의 안에서는 얼마나 많은 것이 뒤죽박죽으로 엉켜 있는 걸까? ……그녀의 평생이 코너에서부터 캠으로, 소니아로, 그레이스로, 그리고 그 사이의 온갖 특이한 지인들로 이어지는 인류의 가장 해괴한 조각들을 이용해 리와인드된 것 같다.

지금으로부터 1년 뒤는커녕, 하루 뒤에도 그녀의 인생이 어떻게 될지 알 수 없다. 그것이야말로 순간을 살아가야 한다는 가장 훌륭한 근거일 것이다. 하지만 지금 이 순간이 끝나기만을 바란다면, 그녀는 어떻게 순간을 살아갈 수 있겠는가?

「슬퍼 보이네.」 코너가 말한다. 「행복해야지. 이번만큼은 우리가 일을 제대로 해냈으니까.」

리사가 미소 짓는다. 「우린 아주 많은 일을 제대로 해.」 그녀가 말한다. 「그게 아니라면, 왜 모르는 사람이 우리랑 악수하고 싶어 하겠어?」 리사는 생각한다. 아니면 우리랑 입 맞추고 싶어 하든지. 그녀는 뒷좌석의 보에게 싸늘한 시선을 보낸다. 보는 모든 것을 잊은 채 허공에 드럼을 치고 있다. 코너는 보의 멍든 눈에 대해 묻지 않았다. 별 관심이 없거나, 알고 싶지 않은 거겠지. 리사는 얼마나 많은 여자가 코너에게 비슷한 방식으로 달려들었을지 궁금해진다. 그 생각만으로도 기분 좋은 질투심이 든다. 기분이 좋은 이유는, 이름 모를 그 여자들이 잠깐밖에 움켜쥘 수 없었던 것을 리사는 가지고 있기 때문이다. 그녀는 애크런의 무단이탈자를 독차지하고 있다.

어쩌면 이게 평범함을 꿈꾸는 것보다 나을지도 모른다. 독하고 아슬아슬한, 나름의 특권이 따르는 삶이. 말하자면 코너가.

「저기, 너희 그 업처치라는 녀석 알지?」 보가 드럼 독주를 하다 말고 묻는다.

「누구?」 리사는 그가 무슨 이야기를 하는지 알 수 없어 되묻는다.

「있잖아, 헤이든 업처치. 묘지에서 잡혔을 때 엄청난 뉴스거리가 되었던 애.」

「아.」 리사가 말한다. 「헤이든.」 그녀는 헤이든의 성을 전혀 몰랐다. 코너의 얼굴을 보니 그 역시 몰랐던 듯하다. 수많은 언와인드가 자신을 언와인드하려 했던 부모에 대한 반항심으로 성을 지워 버린다. 헤이든의 경우에는 업처치라는 성이 너무 쉽게 놀림감이 되어서 성을 지웠을 것이다.

「걔가 왜?」 리사는 초조하게 코너를 보며 묻는다. 「헤이든이 어떻게 됐대?」

「아니, 그냥 걔가 다시 입을 털고 있다고.」

다음 노래가 시작된다. 코너는 볼륨을 줄인다. 「그걸 네가 어떻게 알아?」

「전에 지하실에서, 소니아가 우리한테 쓰게 해준 낡은 컴퓨터를 제이크가 만지작거리고 있었거든. 근데 그 녀석이 웹에 뭔가 떴다는 거야. 나한테 보여 주겠다고 다시 찾아보려 했는데 사라지고 없었어. 제이크 말로는, 업처치가 10대 봉기를 촉구하고 있었대. 잡혔을 때 그랬던 것처럼. 난 가능성이 있다고 생각해.」 보는 잠깐 더 생각해 보더니 덧붙인다. 「만일 봉기가 일어난다면, 나를 따라 전투에 나설 아이들이 아주 많을 거야. 소니아의 집에 있는 애들만이 아니라, 내 고향에 있는 애들도.」

「전투에 나선다기보다는 레밍처럼 절벽에서 뛰어내리는 꼴이 되겠지.」 코너가 말한다.

「말조심해라.」 보가 경고한다. 그는 코너에게서 빼앗은 권총을 꺼낸다. 「아니면 네 총으로 너한테 진정탄을 쏠지도 몰라. 네가 넬슨이라는 녀석에게 했던 것처럼.」

리사는 코너의 얼굴이 굳어지는 것을 본다. 운전대를 잡은 그의 손마디가 하얗게 질린다. 리사는 코너의 긴장을 풀어 주려고 그의 다리를 건드린다. 그럴 가치가 없음을 일깨워 주려고.

「그거 치워.」 리사가 보에게 명령한다. 「실수로 너 자신을 쏘기 전에.」

「그렇게 되면 참 좋겠네.」 코너는 농구공의 바람을 빼듯 무감정한 투로 말한다. 그러더니 누그러진다. 「아무튼 헤이든이 무사하다니 다행인걸. 그러니까, 그 말이 사실이라면 말이야.」

헤이든이 정말로 다시 무단이탈자가 되어 어딘가에 숨어 아이들에게 직접 문제를 처리하자고 요청하고 있다면, 리사는 그중 몇 명이나 실제로 행동에 나설지 궁금해진다. 첫 번째 10대 봉기에 관해서는 들은 이야기가 있다. 공교육이 실패한 이후, 〈10대 무법자〉들이 폭력적으로 거리를 점거했다. 미국 전역을 휩쓸며, 언와인드가 그 모든 문제에 대한 해답처럼 느껴질 만큼 공포와 불안을 퍼뜨렸다. 아무 방향성 없는 분노였다.

하트랜드 전쟁이 끝나자마자, 언와인드 합의로 이어진 그 나날들에 대해 제대로 이야기하는 사람은 없다. 리사는 그 이유가 나쁜 기억 때문만은 아니라고 생각한다. 그 일에 대해 생각하지 않아야, 사람들은 자신이 지금 벌어지는 제도적 살인에 공모하고 있음을 부정할 수 있다. 리사는 생각한다. 뭐, 우리가 기억하게 할 거야. 그리고 참회의 길을 열어 줄 거야.

코너가 차선에서 벗어나 옆에 있던 픽업트럭을 박을 뻔한 것은 콜럼버스 외곽에 이르렀을 때다. 상대 운전자는 경적을 마구 울리며 그들에게 가운뎃손가락을 날린다. 들리지는 않지만 입 모양만 봐도 쉽게 읽어 낼 수 있는 욕설을 퍼붓는다.

「방금 뭐야?」리사는 코너가 차선에서 벗어났을 때, 다른 데 정신이 팔려 있었다는 것을 알아차리고 묻는다.

「아무것도 아니야!」코너가 쏘아붙인다. 「왜 꼭 무슨 이유가 있어야 하는 건데?」

「내가 운전하겠다고 했잖아.」보가 말한다.

리사는 코너의 마음에서 가만히 놔두는 게 최선인 어떤 일이 일어나고 있음을 느끼고 더 묻지 않는다. 하지만 그 순간은 계속된다. 코너가 일행을 죽일 뻔한 눈으로 강렬하게 바라보고 있던 고속 도로 표지판을 한참 지나서까지.

22
코너

코너는 소니아가 보존 용기에 담긴 생체 물질을 프린터로 옮기는 동안 뒤로 물러나 있다. 그는 프린터를 건드리고 싶지 않다.

「생명의 물질이라.」 소니아는 붉은 시럽 같은 현탁액을 프린터 저장고에 부어 넣으며 말한다. 아주 위생적인 이동이라고 하기는 어렵다. 하긴, 어차피 여긴 실험실이 아니라 어수선한 골동품 가게의 뒷방이니까.

「블롭 같네.」 그레이스가 말한다.

코너는 애크런이라고 해도 아무 무리가 없을 듯한 마을의 무력한 주민들을 집어삼키고 살점을 뜯어먹는, 젤라틴 같은 우주 코딱지 덩어리가 나오던 오래된 영화를 떠올린다. 그는 아주 어렸을 때 동생과 함께 그 영화를 보았다. 루커스는 보지 않으려고 코너의 어깨에 얼굴을 파묻곤 했다. 언와인드 의뢰서 이전의 모든 기억이 그렇듯, 그 기억도 블롭처럼 형태가 고정되지 않은 감정의 혼합물로 다가온다.

리사가 코너의 손을 잡는다. 「우리가 저걸 가져오려고 겪은 일에 보람이 있었으면 좋겠다.」

이제 막 어두워진 터다. 코너와 리사, 소니아와 그레이스까지 지금 이 공간에 있는 사람은 그들 넷뿐이다. 보는 그가 없는 동안 지하실에서 일어난, 무슨 사소한 영토 분쟁을 해결하도록 소니아가 재빨리 내려보냈다. 「네가 없으니 저 아래는 완전히 지옥이다, 보.」 소니아가 그에게 말했다. 「네가 책임지고 질서를 되찾아 줘야 해.」 코너는 소니아가 그렇게 말할 때 고개를 돌렸다. 그의 미소를 보면, 보가 소니아에게 얼마나 쉽게 조종당하고 있는지 알아차릴지도 모르기 때문이었다. 보는 임무의 목표는 알고 있었지만, 그들이 찾아온 세포의 용도는 몰랐다.

「고관절에 주사를 놔야 해서.」 소니아는 설명했다. 「그래야 어느 가엾고 불행한 언와인드한테 교체용 고관절을 받지 않아도 되니까.」

보는 그 말을 액면 그대로 받아들였다. 당시 상황을 고려하면 그럴싸하게 들렸기 때문이기도 하고, 대체로는 소니아가 뛰어난 거짓말쟁이였기 때문이다. 아마 그녀가 골동품 중개인으로서 거둔 성공의 절반은, 취급하는 상품에 대해 능숙하게 해낸 거짓말 덕분이었을 것이다. 도망자 아이들을 품어 주며 거둔 성공은 말할 것도 없고.

마법의 덩어리를 프린터에 안전하게 넣은 소니아는 그들을 돌아본다. 「그래서, 주인공은 누가 맡을래?」

제어반에 가장 가까이 있던 코너가 〈켜기〉 버튼을 누른다. 잠시 망설인 뒤 〈인쇄〉라고 적힌 작은 초록색 버튼도 누른다. 기계가 철컥하고 윙윙거리며 살아난다. 그 바람에 모두가 움찔한다. 정말 〈인쇄〉 버튼을 누르는 것 하나로 되는, 간단한 일일까? 코너는 가장 진보한 기술도 결국 인간이 버튼을 누르거나 스위치를 켜는 행위로 환원되리라 생각한다.

「뭘 만들 건데요?」 그레이스가 묻는다. 모두가 머릿속에 품고 있던 질문이다.

소니아는 어깨를 으쓱한다. 「뭐든 잰슨이 마지막으로 설정해 놓은 거겠지.」

그녀의 눈은 남편에 대한 기억에 괴로워하며 잠시 빛을 잃는다. 남편이 세상을 떠난 지 30년쯤 되었지만, 그들의 헌신적인 사랑은 시간보다 깊은 게 분명하다.

그들은 프린터 헤드가 배양 접시 위를 빠르게 앞뒤로 움직이며, 미세한 세포층을 쌓아 가는 모습을 지켜본다. 몇 분 뒤, 희미한 유령 같은 형체가 모습을 드러낸다. 폭이 7.5센티미터 정도 되는 타원이다.

리사가 먼저 알아본다. 「저거…… 귀예요?」

「그런 것 같구나.」 소니아가 말한다.

이 일에는 어딘지 훌륭하고도 무시무시한 구석이 있다. 꼭 최초의 원시 웅덩이에서 생명이 출현하는 장면을 지켜보는 것 같다.

「그럼 작동하는 거네요.」 코너가 말한다. 그는 인쇄 과정을 기다릴 인내심이 없다. 소니아는 프린터가 인쇄를 완료할 때까지 15분 동안 판단을 유보하고 아무 말도 하지 않는다. 프린터가 작업을 마쳤을 때의 갑작스러운 침묵은, 그 기계가 처음 삐걱거리며 살아났을 때만큼이나 충격적이다.

배양 접시 안에는 리사의 예상대로 귀가 있다.

「저 귀가 우리 말을 들을 수 있을까?」 그레이스가 몸을 앞으로 숙이며 묻는다. 「저기요?」 그레이스가 귀에 대고 말한다.

코너가 부드럽게 그레이스의 어깨를 잡아당긴다.

「이건 그냥 외이야.」 소니아가 말한다. 「귀의 바깥 부분 말이다. 귀라는 장기의 기능적인 부분은 하나도 없어.」

「그렇게 건강해 보이지는 않는데요.」 리사가 지적한다. 그녀의 말대로다. 귀는 창백하고 약간은 잿빛을 띤다.

「흠······.」 소니아가 독서용 안경을 꺼내 쓰더니, 허리를 숙여 그 물건을 가까이서 관찰한다. 「혈액이 공급되지 않아서 그래. 피부와 연골을 분화하기에 적당한 세포도 준비되지 않았고. 하지만 그건 중요하지 않다. 중요한 건, 이 프린터가 설계대로 작동한다는 것뿐이야.」

그녀는 손을 뻗어 엄지와 검지로 귀를 집어 들더니 보존 용기에 떨어뜨린다. 귀는 걸쭉한 초록색의 산소 처리된 젤 속으로 가라앉는다. 코너가 상자를 닫자 귀는 봉인된다. 냉동 보관 상태를 알리는 표시등이 초록색으로 바뀐다. 이제 그 귀는 필요한 만큼 오랫동안 보존될 수 있다.

「이걸 대량 생산할 수 있는 곳으로 가져가야겠죠?」 코너가 말한다. 「대형 의료 기기 제조사 같은 곳이요.」

「아니야.」 그레이스가 말한다. 「대형은 나빠. 대형은 나빠.」 그녀는 이마에 주름을 잡으며 보존용 상자를 보더니 두 손을 비틀어 댄다. 「그렇다고 작은 데로 갈 수도 없어. 골디락스랑 비슷해. 딱 맞아야 해.」[14]

---

14 전래 동화 「골디락스와 세 마리 곰」에서 유래한 표현으로, 너무 크지도 작지도 않은 〈딱 맞는〉 상태를 의미한다.

그 무엇에도 감명받는 경우가 거의 없는 소니아가 그레이스의 평가에 드물게 감명을 받는다. 「아주 좋은 지적이다. 우리는 배가 고프긴 하지만, 아무 영향력이 없을 만큼 배가 고프지는 않은 회사를 찾아야 해.」

리사가 덧붙인다. 「그리고 능동적 시민과 연결되지 않은 회사여야 하고요.」

「그런 게 존재하긴 해?」 코너가 묻는다.

「모른다.」 소니아가 말한다. 「어디에 가든 도박이 될 거야. 우리가 할 수 있는 최선은 확률을 높이는 것뿐이다.」

그렇게 생각하자 코너는 예상치 못하게 몸이 떨려 온다. 리사가 그를 보는 걸 보니, 떨림은 리사에게도 느껴질 정도로 강했던 모양이다. 지난 몇 년간 코너의 인생은 도박과도 같았다. 어떻게 그랬는지, 그는 희박한 확률을 뚫고 온전한 몸으로 모든 일을 헤쳐 나왔다. 당시에는 불운처럼 느껴졌던 일들이 궁극적으로는 행운이 되었다. 그가 아직 살아 있다는 것이 그 증거였다. 그 말은, 정말로 불운한 일이 아직 그를 기다리고 있다는 뜻이었다. 그는 자신이 무슨 일을 하든 빙빙 돌며 하수구 쪽으로 빨려 들어가고 있을 뿐이라는 느낌을 떨칠 수 없다. 그는 애초에 그 하수구 마개를 뽑은 부모를 향해 조용히 욕한다. 그러면 분노와 함께 슬픔이 찾아온다. 코너는 그 슬픔을 무시할 수 있을 만큼 강했으면 좋겠다고 생각한다.

「무슨 문제 있어?」 리사가 묻는다.

코너는 리사에게서 손을 뺀다. 「넌 왜 항상 나한테 무슨 문제가 있다고 생각해?」

「늘 뭔가 문제가 있으니까.」 그녀가 약간 발끈하며 말한다.

「넌 문제가 있다는 걸 암시하는 밈을 줄줄이 쏟아 내고 있어.」

「넌 아니고?」

리사가 한숨을 쉰다. 「나도 그렇지. 그래서 너한테 신경 쓰이는 뭔가가 있을 때 이렇게 쉽게 알아보는 거야.」

「뭐, 이번엔 네가 틀렸어.」 코너는 일어나 바닥 문으로 간다. 여행 가방은 이미 옆으로 밀려나 있고, 양탄자는 말려 치워져 있다. 덕분에 리사의 취조에서 빠져나가기가 한결 쉽다. 코너는 아래로 손을 뻗어 바닥 문을 당겨 올린다. 그때 뒷주머니에서 뭔가 뽑혀 나간다.

돌아보니 리사가 그의 편지를 들고 있다. 그 편지를. 소니아가 건넨 그 순간부터 코너는 그 편지를 주머니에 넣고 있었다. 몇 번이나 꺼내 봤지만, 그때마다 찢어 버리거나 태워 버리거나 다른 방식으로 그의 인생에서 없애 버릴 작정이었지만, 결국 편지는 언제나 그의 주머니로 돌아왔다. 그럴 때마다 코너는 조금씩 더 화가 났고, 그래서 조금씩 더 약해졌다.

「이게 뭐야?」 리사가 묻는다.

코너는 재빨리 편지를 낚아챈다. 「너랑 상관있는 일이었으면 말해 줬겠지만, 아니야.」 그는 편지를 다시 주머니에 넣는다. 하지만 리사는 이미 받는 사람의 주소를 보았다. 그 편지의 정체를 정확히 안다.

「네 머릿속에 무슨 생각이 있는지 내가 모를 것 같아? 왜 콜럼버스에서 빠질 때 네가 사고로 우리를 다 죽여 버릴 뻔했는지 내가 모를 것 같아?」

「그건 아무 상관도 없는 일이야!」

「거기가 네가 살던 동네지? 넌 돌아갈 일을 생각하고 있었고.」

코너는 그 말을 부정할 수 없다. 「내가 하는 생각이랑 내가 하는 행동은 완전히 다른 거야. 알겠어?」

소니아가 애써 일어선다. 「목소리 낮춰라!」 그녀가 으르렁거리듯 말한다. 「길거리에 있는 사람들이 너희 말을 들었으면 좋겠어?」

주변에서 끓어오르는 폭풍의 기운에 약간 불안해진 그레이스는 서둘러 코너를 지나쳐 감으로써 이 상황에서 벗어나려 한다. 그녀가 프린터를 집어 든다. 「이걸 아래층으로 가져가서 다시 숨겨 놓을게. 다 보이는 곳에 놓아둘 이유가 없으니까.」

소니아가 그녀를 막으려 한다. 「그레이스, 잠깐만!」 하지만 한발 늦었다.

아직 꽂혀 있던 프린터의 전원 코드가 팽팽히 당겨지면서, 프린터는 그레이스의 두 손에서 날아오른다.

모두가 동시에 프린터를 잡으려고 뛰어오른다. 리사가 가장 가깝다. 리사의 손이 프린터에 닿지만, 그녀의 관성은 프린터를 쳐서 더 멀리 보내 버릴 뿐이다. 프린터가 열린 바닥 문 쪽으로 굴러간다. 모서리에서 한 번 튕기더니 바닥 문 안으로 떨어진다. 코드가 다시 팽팽히 당겨진다. 프린터는 괴롭게도 구멍 가장자리에 잠시 매달린다. 그런 뒤에 플러그가 콘센트에서 뽑힌다.

코너가 줄을 잡으려 몸을 던진다. 이게 프린터를 구할 마지막 기회임을 안다. 그는 두 손으로 코드를 잡지만, 코드에는 흘러나온 생체 물질 점액이 묻어 미끄럽다. 코드는 그의 손가락 사이로 미끄러진다. 그의 두 손은 허공을 움킨다. 그는 제정신인 미래를 위한 그들의 마지막 희망이 자동차 사고처럼 끔찍한, 치명적으로 결정적인 느낌과 함께 지하실 바닥에서 산산이 부서지는 소리를 듣는다.

아무도 그레이스를 위로할 수 없다.
「미안해, 미안해, 일부러 그런 게 아니야, 미안해.」 그녀는 금방 맑아질 기미가 전혀 보이지 않는 눈물의 폭풍을 쏟아 내며 절망적으로 울부짖는다. 「난 너무 멍청해. 일부러 그런 게 아니야. 미안해, 미안해.」

리사는 최선을 다해 그레이스를 위로한다. 「넌 멍청하지 않아. 네 잘못도 아니야, 그레이스.」 그녀는 이제 상실감의 무게로 굽어진 그레이스의 등을 문지른다.

「내 잘못이야, 내 잘못이야.」 그레이스가 울부짖는다. 「아전트는 항상 내가 모든 걸 망친다고 말했어.」

「리사 말이 맞아. 네 잘못이 아니야.」 코너도 그녀를 안심시킨다. 「리사랑 내가 싸우지 않았으면 너도 그렇게 서둘러 떠나려 하지 않았을 거야. 멍청한 건 우리야.」

리사가 코너와 눈을 맞추지만, 코너는 그녀의 마음을 읽을 수 없다. 수류탄에서 안전핀을 뽑듯 그의 주머니에서 편지를 가져간 데 대한 사과의 표정일까? 아니면 성질을 다스리지 못한 코너가 사과하기를 기다리는 걸까? 그도 아니면, 그 시선은 그냥 코너 자신의 패배감을 비추는 것일지도 모른다.

코너는 프린터의 모든 부품을 주웠다. 이제는 그 부품을 지하실의 탁자 위에 펼쳐 놓았다. 깨진 플라스틱, 뒤틀린 금속, 기어와 벨트. 소니아는 프린터 상태를 보더니 끙 소리를 내고 다시 계단을 올라가 집에 가버렸다. 코너는 오늘 저녁밥은 없겠다고 생각한다. 소니아가 혼자서 상실을 애도해야 할 테니까. 그 프린터는 코너가 살아온 시간보다도 훨씬 더 오래, 골동품 가게 한구석의 상자 속에 들어 있었다. 그들이 프린터를 망가뜨리는 데는 한순간밖에 걸리지 않았다.

「무슨 큰일이라고?」잭이 묻는다. 「그냥 낡은 프린터잖아.」 그는 지하실의 다른 아이들과 마찬가지로 아무것도 모른다. 그래서 갑작스러운 절망의 분위기에, 평소 소니아의 지하실에 퍼져 있던 절망스러운 분위기보다 훨씬 강한 그 분위기에 당황한다.

「소니아의 남편 물건이었거든.」 코너가 말한다. 「감상적인 가치가 있는 거야.」

「맞아.」 보가 말한다. 「감상적인 가치가 있지.」 그는 천천히 깨진 플라스틱 케이스를 손가락으로 훑으며, 자신이 목숨을 걸고 가져온 생체 물질 점액을 손가락에 묻힌다. 그는 코너에게 그 손가락을 들어 보이며 비난의 눈빛으로 코너를 압박하려 한다. 코너는 냉정하게 시선을 마주치며 아무 말도 하지 않는다. 보는 결국 물러나, 닭장의 지배로서 본연의 임무로 복귀한다.

그레이스는 두 손으로 얼굴을 가리고 더 조용히 흐느낀다. 리사는 코너와 함께 피해 상황을 가늠하기 위해 그레이스를 한동안 내버려둔다.

「네가 고칠 수 있지?」 리사의 목소리에는 평소의 자신감이 전혀 없다. 질문이 아니라 간청이다. 「넌 물건을 잘 고치잖아.」

「이건 TV나 냉장고가 아니야.」 코너가 말한다. 「고치려면 뭐가 어떻게 작동하는지 알아야 해.」

「그래도 노력은 할 수 있지.」

예전의 코너라면 케이스를 열고 안을 들여다보는 것조차 두려워했을 것이다. 지금 그는 부품을 하나하나 탁자 위에 다시 배치하며, 어떻게 맞춰야 작동하게 할 수 있는지 감을 잡아 보려 애쓴다. 「프린터 카트리지랑 헤드는 아직 온전한 것 같아.」 코너가 말한다. 확실하지는 않지만. 그는 전자 부품을 들어 올린다. 「이건 하드 디스크 드라이브 같은데, 이것도 고장 나지 않았어. 그 말은, 프린터가 작동하는 데 필요한 소프트웨어가 아직 남아 있을 거라는 뜻이야. 망가진 건 대부분 기계 부품이야.」

「대부분이라고?」

「뭐든 확신할 수는 없어, 리사. 이건 기계야. 망가졌고. 내가 아는 건 그게 전부야.」

「뭐, 누군가가 고칠 방법을 알겠지.」

코너는 다음 순간 떠오른 생각에 너무도 굉장하고 기이한 불안감에 사로잡혀, 웃어야 할지 토해야 할지조차 모르겠다.

「아버지라면 고칠 수 있어.」 코너가 말한다.

리사는 그 생각의 치명적인 무게에서 탈출하려는 듯 몸을 뒤로 젖힌다.

「내 말은, 내가 물건을 잘 고치는 이유가 아버지가 가르쳐 줬기 때문이라는 거야.」

리사는 한동안 아무 말도 하지 않는다. 그녀는 코너의 말이 공기 중에 떠돌게 내버려둔다. 아마 그 말들이 알아서 자리 잡기를 바라는 듯하다. 마침내 그녀가 말한다. 「축하해. 넌 여기

도착한 순간부터 돌아갈 핑계를 찾고 있었잖아.」

코너는 그 말을 부정하려 입을 열지만 망설인다. 어느 정도는 리사의 말이 옳기 때문이다.「그게…… 그렇게 간단하지 않아.」코너가 말한다.

「그 사람들이 널 언와인드하려 했다는 거 잊었어? 어떻게 그런 걸 용서할 수 있어?」

「용서 못 해! 하지만 그 사람들도 자신을 용서하지 못한다면? 그 사람들을 마주하기 전까지는 영영 알 수 없을 거야.」

「너 완전히 정신이 나갔구나? 그 사람들이 어떻게 할 것 같은데? 너를 다시 집에 맞아들이고, 지난 2년은 없었던 일인 것처럼 굴까?」

「당연히 아니겠지.」

「그럼?」

「나도 몰라! 내가 아는 건 나도 이 기계처럼 망가진 기분이라는 것뿐이야.」그는 눈앞의 탁자 위에 박살난 채로 놓여 있는 장치를 본다. 코너의 몸은 온전할지 모른다. 하지만 그는 때로 가능한 한 가장 깊은 의미에서 언와인드된 기분이 든다.「나는 나 자신을 고칠 수 있어. 하지만 그러려면, 부분적으로는 내가 정한 조건에서 부모님을 마주해야 해.」

코너는 주위를 둘러본다. 그는 리사와 자신이 다시 목소리를 높여 다른 아이들의 관심을 끌었음을 깨닫는다. 아이들은 듣지 않은 척하지만, 코너는 그게 아님을 안다. 그는 열띤 속삭임에 가까울 정도로 목소리를 낮춘다.

「부모님만이 아니야. 동생 문제이기도 해. 내가 그 재수 없는 꼬마에 대해 이렇게 말하게 될 줄은 몰랐지만, 난 걔가 보고 싶어, 리사. 네가 믿지 못할 만큼 개가 그리워.」

「동생이 그립다는 건 네 목숨을 걸 만한 이유가 되지는 않아!」

그때 문득 코너는 깨닫는다. 리사는 자신을 영영 이해하지 못할 뿐 아니라, 이해하지 못하는 이유조차 이해할 수 없을 것이다. 그녀는 주립 보호 시설에서 자랐다. 부모가 없다. 가족이 없다. 그녀를 사랑하거나 싫어할 만큼 그녀에게 관심을 가진 사람이 아무도 없다. 그녀의 행동을 자랑스러워하거나 화를 낼 만큼 그녀의 삶에 집중하는 삶을 산 사람이 아무도 없다. 리사의 언와인드 의뢰서조차 코너와는 달리, 감정이 잔뜩 실린 절망감에서 나온 것이 아니다. 리사의 의뢰서는 무심함의 결과였다. 리사의 인생에서 가장 깊고 개인적인 상처는, 그 상처를 준 사람들에게는 전혀 개인적인 문제가 아니었다. 리사는 예산 삭감의 대상이었다. 갑자기 코너는 리사가 영영 느끼지 못할 고통 때문에 그녀가 가엾어진다.

「난 네 의견을 매우 신뢰해, 리사.」 코너가 말한다. 「대부분은 네 말이 맞아. 하지만 이번에는 아니야.」

리사는 코너를 유심히 살펴본다. 아마 의심을 주입할 틈새를 찾고 있을 것이다. 그녀가 모르는 것은, 코너 자신도 온통 의심뿐이라는 점이다. 그렇다고 해서, 이 일을 해야만 한다는 코너의 생각이 달라지지는 않는다.

「내가 무슨 말을 하면 단념할래?」

코너는 그냥 고개를 젓는다. 리사의 질문에 대한 답을 알고 있더라도 말해 주지 않을 것이다. 「조심할게. 그 사람들한테 안전하게 다가갈 수만 있다면, 그 사람들이 어떤 상태인지 감으로 알아볼 수 있을 거야. 그 사람들 입장이 어떤지. 시간이 지나면서 언와인드에 반대하게 됐다면, 그 사람들은 우리를 돕는 일을 두 번째 기회로 생각할 수도 있어.」

「그 사람들은 언와인드 실행자야, 코너. 언제까지나 그럴 거고.」

「처음에는 부모였어.」

리사는 마침내 물러난다. 슬픔 가득한 체념으로 그의 말을 받아들인다. 우스운 일이지만, 코너는 리사가 문제를 제기하기 전까지는 정말 가겠다는 확신조차 없었다. 그러나 지금은 결심이 굳어져 있다.

리사가 일어선다. 갑자기 둘 사이의 틈새가 거대하게 느껴진다. 「너희 부모가 너를 청소년 전담국에 고발하면, 분명히 그러겠지만, 난 너를 위해 한 방울의 눈물도 흘리지 않을 거야, 코너 래시터.」

하지만 그건 거짓말이다. 리사는 이미 눈물을 흘리고 있었으니까.

「집은 감시당하고 있을 거다.」 소니아가 말한다. 「전보다는 덜하겠지. 어쨌든, 스타키라는 녀석 때문에 너는 더 이상 공공의 적 1호가 아니니까. 그래도 청담은 할 수만 있다면 널 쓰러뜨리고 싶어 해.」

「조심할게요.」

「네가 얼마나 큰 위험을 자초하는지는 알겠지? 넌 네 부모가 무슨 말을 들었는지, 너에 대해 어떤 생각을 품고 있는지 몰라. 그 사람들은 심지어 네가 자기들을 죽이려 한다고 생각할 수도 있다.」

코너는 그 생각을 서둘러 떨쳐 내려고 고개를 젓는다. 코너가 그런 짓을 하리라고 생각할 만큼 어머니와 아버지가 자신을 잘 모를 수도 있을까? 하긴, 그들은 언와인드 의뢰서에 서명한 이후로 코너에게 벌어진 모든 일에 책임감을 느끼고 있었을 게 분명했다. 그래서 코너가 복수를 꿈꾼다고 생각할지도 모른다. 어떤 순간에는 정말 그랬을까? 코너도 복수하겠다며 두 사람의 목숨을 빼앗을 수 있었을까? 아니, 그런 적은 없었다. 동생 때문만은 아니다. 코너는 외아들이었어도 그런 짓을 하지 않았을 것이다. 스타키 같은 사람은 자기 가족을 표적으로 삼을지 몰라도, 코너는 스타키가 아니다.

코너는 손에 쥔 편지를 뒤집어 본다. 「전 이 일을 해야만 해요. 지금 당장이요. 아니면 절대로 다시는 용기가 생기지 않을 거예요.」

「용기야 다시 생기겠지.」 소니아가 그를 안심시킨다. 「하지만 욕구가 없어질 거야. 모든 일에는 중요한 때가 있다. 난 네가 지금 이 일을 해야 한다고 생각한다. 그렇지 않으면 넌 영원히 마음의 평화를 미뤄야 할 거야.」

그는 최악의 상황은 언제나 최고의 상황을 압도한다는 걸 안다. 레브도 그렇지 않았던가? 레브는 힘든 과정을 거쳐 진실을 알게 되었다.

「제 친구 레브가…… 레브 아시죠? 걔는 부모를 다시 만났어요. 부모가 걔랑 인연을 끊었고요.」

「그럼 레브의 부모는 개자식들인 거다.」

코너는 놀라서 웃음을 터뜨린다. 소니아가 그런 말을 하리

3부 참회로 가는 길 219

라고 예상하지 못했다기보다는, 그토록 노골적으로 나오리라고는 예상하지 못했기 때문이다. 어쨌든 기분은 상쾌하다.

「난 그 녀석도, 그 녀석의 부모도 만나 본 적 없지만, 그 녀석과 비슷한 아이들은 매일 본다.」 소니아가 코너에게 말한다. 「그 아이들의 세상은 박살 나 있어. 자신에 대한 확신을 얻고 싶다는 마음이 너무도 간절해서, 그 녀석들은 인정을 받고자 자폭까지 하려 들지. 그런 일을 하고, 또 하지 않은 뒤에도 그 아이와 연을 끊은 부모라면…… 자식을 키울 자격이 전혀 없는 거다. 자식을 포기할 자격은 더더욱 없고.」

코너는 레브를 떠올리며 미소 짓는다. 레브가 함께 가지 않겠다고 했을 때 코너는 화가 났다. 하지만 그때 화가 났던 건 단지 이기적인 이유에서였다. 「레브는 제 목숨을 구해 줬어요.」 코너가 소니아에게 말한다. 「지금까지 두 번이나요. 아주 멋진 녀석이에요.」

「다시 그 녀석을 보게 되면 그 얘기부터 해줘라. 부모한테 그런 짓을 당했으니, 갠 그런 말을 들어야 해. 언제까지나, 끊임없이.」

코너는 소니아에게 그렇게 하겠다고 약속한다. 그리고 자신에게도. 그런 다음 그는 지하실로 내려가는 계단을 본다. 아래로 내려갈까 생각하지만, 그랬다가는 떠나지 말아야 할 이유가 너무 많이 생기리라는 것을 안다. 마음을 다잡고 결심을 되새기기 위해 그는 뒷주머니에서 편지를 꺼낸다. 봉투는 너덜너덜하게 해지기 시작했다. 코너는 깊이 숨을 들이쉬고 봉투를 열어 안의 종이를 꺼낸다. 읽을 계획이었지만 차마 그럴 수 없다. 자신의 말들이 어떤 감정적 곡예를 일으킬지 모르기 때문이다.

고개를 들어 보니, 소니아는 코너가 무엇을 하려는지 보려고 지켜보고 있다. 「혼자 있을 시간이 필요하냐?」 그녀가 묻는다.

코너는 편지를 다시 접어 주머니에 넣는 것으로 대답을 대신한다. 「그냥 글인데요.」 그는 그렇게 말한다. 소니아는 반박하지 않는다.

「집에 도착했는데 마지막 순간에 마음이 바뀌면, 언제든 그 편지를 대신 보내도 된다.」 그녀는 여행 가방을 본다. 「그동안 나는 다른 모든 편지에 우표를 붙여 우체통에 넣어야겠구나. 저 편지들을 보내야 할 때가 왔다고 생각해 본 적은 한 번도 없었다. 하지만 애크런의 무단이탈자가 집에 가겠다니, 이제는 저 모든 아이의 목소리도 전해져야 할 때인지 모르지.」

「그레이스한테 도와 달라고 하세요.」 코너가 말한다. 「그레이스한테 필요한 일이에요. 최대한 빨리 돌아올게요. 그 사람들이 기꺼이 도와주려 하는 것 같아도 그 사람들을 데리고 오지는 않을 거예요.」 코너는 침을 꿀꺽 삼키며 억지로 실존하는 가능성을 인정한다. 「……혹시 그 사람들이 거짓말을 하는 걸 수도 있으니까요.」

「괜찮은 생각이구나.」 소니아는 코너에게 몇 발짝 다가온다. 골동품을 평가하듯 그를 살펴본다. 「이걸로 네게 평화가 좀 찾아왔으면 좋겠다. 우리 모두에게는 때때로 비극에 대한 모라토리엄이 필요하거든.」

「모라토리엄이라. 그러게요.」 코너가 말한다.

소니아는 보통 코너 또래의 아이들이 지닌 가짜 경멸감을 담아 그를 본다. 「일시 정지라는 뜻이야.」

「알거든요.」 코너는 말한다. 실은 몰랐지만.

소니아는 무시하듯 고개를 젓더니 한숨을 쉰다. 「오늘은 일요일 아침이다. 네 부모, 교회에 다니냐?」 그제야 코너는 오늘이 무슨 요일인지 깨닫는다.

「축일이랑 누가 죽었을 때만요.」

소니아가 말한다. 「뭐, 오늘은 아무도 죽지 않기를 바라자꾸나.」

23
레브

 헤네시는 죽었고 프렛웰은 법정에 설 것이다. 윌 타시네의 언와인드에 대해서는 복수가 이루어질 것이다. 레브는 그 이상을 바랄 수 없다.

 우나는 그들이 도착하기 전에 보호 구역에 미리 연락을 취한다. 그 상황을 예고하고 최대한 활용할 생각이다. 이번 이송을 위해 로열 고지 대교는 차단된다. 아라파치가 공공의 적 1호로 규정한 모턴 프렛웰이, 우나와 레브의 자동차 트렁크에서 호송 경찰의 손으로 옮겨지는 동안 경비병들이 대열을 지어 서 있다. 경찰은 프렛웰을 제약하던 재갈과 플라스틱 케이블 타이를 제거한 뒤 그의 두 손과 두 발에 강철 구속구를 채운다. 이토록 못생기고 깡마른 몸에는 과해 보이는 물건이다.

 이어 그는 강제로 다리를 건너간다. 아마 역사상 가장 긴 포토 라인일 것이다. 아라파치는 무대 장치를 빼면 시체에 불과하다.

「너와 우나가 행렬을 이끌 거다.」 찰 타시네가 전화로 말했다. 「공개 행사야. 대중이 보기에 처음으로 다리를 건너오는 사람은 너일 거다.」

그들이 도착했을 때 찰은 자리에 없다. 레브는 놀라지 않는다. 그는 부족의 유능한 변호사로서 전문가다운 겉모습을 유지하고 있을지 몰라도, 윌의 아버지로서는 차마 아들의 언와인드에 책임이 있는, 마지막 남은 장기 해적을 마주할 수 없었을 것이다. 적어도 지금은.

다리 건너편 끝에는 수많은 아라파치 사람이 모여 있다. 적어도 5백 명은 될 것 같다.

「손을 흔들거나 미소 짓거나, 그런 건 하지 마.」 다리를 건너 군중 쪽으로 향하며 우나가 레브에게 말한다. 「아무 감정도 내보이지 마. 이건 엄숙한 행사니까.」

「내가 그걸 모를 것 같아?」 레브가 대꾸한다. 「난 바보가 아니라고.」

「하지만 넌 한 번도 영웅으로서 아라파치 사람들을 마주한 적이 없잖아. 사람들이 기대하는 게 있다고. 천 년을 거슬러 올라가는 어떤 태도 같은 게.」

그들이 다리 끝에 이르자 환성이 터져 나온다. 우나가 레브에게 어떻게 처신해야 할지 말해 준 건 옳은 일이었다. 정말이지 레브는 이 영광을 만끽하고 싶은 충동을 느낀다. 그들이 점점 가까워지자 환호성은 잦아들어 야유와 비웃음으로 바뀐다. 레브는 잠시 후에야, 이런 공동체적 악의가 발이 묶인 채 따라오는 프렛웰을 향한 것임을 깨닫는다. 그의 양옆에는 경비병 여러 명이 나란히 걷고 있다.

군중은 프렛웰이 그들의 증오의 성격과 수준을 알 수밖에 없도록 아라파치어와 영어로 욕설을 퍼붓는다. 그들은 경비병들의 장벽을 밀고 들어갈 것처럼 굴지만, 레브는 그게 단지 쇼일 뿐이라고 생각한다. 물론, 그들이 프렛웰을 찢어발기고 싶어 하는 건 사실이다. 하지만 실제로 그렇게 되지는 않을 것이다. 그들은 프렛웰이 고통받기를 바라며, 그가 고통받으려면 공개적으로 모욕을 줄 기회가 더 많아야 한다.

「너희 인간들은 구려.」 프렛웰이 소리친다. 그 말에 군중은 열광한다. 그를 더욱 증오할 수 있기 때문이다.

경찰 수장이 다가와 프렛웰의 상태를 확인한다. 레브는 족장이 오지 않아서 자기도 모르게 실망한다. 어쩌면 기대가 너무 컸던 것일지도 모른다. 경찰 수장이 프렛웰을 살펴보자 장기 해적은 익숙한, 속에서 끓어오르는 듯한 소리를 내며 목 뒤쪽에서 가래를 긁어낸다.

「그걸 뱉으면 넌 지금, 여기서 죽는다.」 프렛웰을 잡고 있던 경비병 중 한 명이 말한다. 프렛웰은 상당한 가래 덩어리를 삼키고, 그의 목젖이 오르내린다.

경찰 수장은 레브와 우나를 돌아보며 둘 모두와 악수한다. 「잘했다.」 그가 말한다. 이어 프렛웰은 순찰차에 태워져 떠난다. 그렇게 파티는 끝난다. 레브는 실망감을 감추지 못한다.

「뭘 기대했어?」 우나가 묻는다. 「명예 훈장? 보호 구역 열쇠?」

「모르겠어.」 레브가 말한다. 「그래도 악수보다는 나은 걸 바랐는데.」

「적절한 사람하고 하는 악수는 여기에서 의미가 커.」

그리고 수많은 악수가 이어진다.

처음에는 흩어지기 전의 군중들과 악수한다. 다양한 연령대의 사람들이 앞으로 나와 레브와 악수하고, 감사와 축하의 말을 건넨다. 레브는 이게 공식적인 인정보다도 필요한 것이었음을 깨닫기 시작한다. 그에게 필요한 것은 아라파치 사람들이 풀뿌리 수준에서 해주는 인정이다. 한 번에 한 사람씩, 악수 한 번씩. 오직 이런 개인적이고 직감적인 수준의 지지가 있어야만, 그는 부족 의회가 진지하게 받아들일 만큼의 영향력을 발휘할 수 있다.

프렛웰의 체포 이후 며칠 동안, 레브는 마을에서 최대한 눈에 띄려 갖은 노력을 다한다.

식당과 레스토랑에서는 공짜 음식이 나온다. 그는 그런 후한 대접을 받아들이면서도 그보다 후한 팁을 남긴다. 거리에서는 레브와 사진을 찍고 싶어 하는 가족들이 그를 멈춰 세운다. 아이들은 때때로 사인을 받고 싶어 한다. 레브는 자신에게 다가오는 모든 사람에게 점잖고 친절하게 대한다. 자신의 감정을 절제하며 다룬다. 우나가 말해 준 그대로다. 그는 현대에 맞게 조정된 전쟁 영웅처럼 처신한다.

「이해가 안 가.」 엘리나 타시네가 말한다. 그녀는 윌의 어머니이자 레브가 어머니처럼 사랑하게 된 여자이기도 하다. 「너는 관심을 피하려고 여기에 왔으면서, 이제는 진흙탕에 뒹구는 돼지처럼 그 관심을 즐기는구나. 아마 네 영혼의 동물은 그 원숭이를 닮은 생명체가 아니라 돼지인 모양이다.」

「돼지가 진흙탕에 뒹구는 데는 이유가 있어요.」 레브가 지적한다. 「저한테도 이유가 있고요.」 엘리나는 그 이유를 알지만, 레브는 그녀가 자신을 걱정하고 있다는 것도 안다. 「너는 한 명의 소년일 뿐이야. 너 혼자서 하늘과 땅을 움직일 수 있으리라고 기대하면 안 된다.」

그럴지도 모른다. 하지만 레브는 지금도 달을 딸 수 있다는 꿈을 꾼다.

모턴 프렛웰은 단 하루 동안 진행된 재판에서 유죄 판결을 받는다. 재판에는 갖은 애를 써서야 깊은 원한을 감출 수 있었던 사람들이 배심원으로 참여한다. 그는 납치, 살인 예비, 살인 공모혐의로 유죄 판결을 받는다. 아라파치의 법에 따르면, 언와인드와 살인은 동일한 행위로 간주된다. 이어 누구에게도 놀랍지 않은 진행 절차에 따라, 판사는 종신형을 선고하는 대신 옛 전통으로 돌아간다.

「피해자가 유죄 판결을 받은 자에게 벌을 내리도록 하라.」 판사가 선언한다. 그 말에, 타시네 가족에게는 프렛웰에게 원하는 처벌을 할 수 있는 문이 열린다. 그 안에는 프렛웰의 삶을 대단히 고통스럽게 끝내는 일도 포함된다.

「이게 정의야?」 프렛웰은 판결 직후 감옥으로 다시 끌려가며 소리 지른다. 「이게 정의냐고?」 그의 애원에 공감하는 사람은 아무도 없다.

다음 날, 엘리나와 찰, 피베인 타시네는 프렛웰과 마주한다. 우나와 레브도 함께다. 그들은 재판 때도 법정에 있었지만, 레브는 한 번도 그들이 프렛웰과 눈을 맞추는 모습을 보지 못했다. 심지어 그들은 프렛웰을 똑바로 보지도 않았다. 아마 프렛웰에게 너무 큰 역겨움을 느꼈기 때문일 것이다. 아니면 오늘의 이 순간에 훨씬 더 의미를 실기 위해 일부러 그랬는지도 모른다.

감방의 프렛웰은 딱해 보인다. 더럽다. 아라파치 죄수들이 입는 깨끗한 베이지색 죄수복을 입고 있는데도.

피베인과 찰, 심지어 우나까지 물러나 있을 때 엘리나가 앞으로 나와 프렛웰을 본다. 그녀의 얼굴은 진정한 아라파치 전사의 교본과도 같다. 레브는 프렛웰을 내려다보는 그녀의 존재감에 경이로움을 느낀다. 그녀는 존재감만으로 프렛웰을 선 채로 떨게 만든다.

「치료는 잘 받고 있나?」 엘리나가 묻는다. 그녀는 언제나 의사다.

프렛웰이 고개를 끄덕인다.

엘리나는 아주 오랫동안 그를 살펴본 뒤에야 다시 입을 연다. 「우리는 우리 아들을 납치하고 살해한 네게 어떤 처벌을 내릴지 다양한 방법을 의논했다.」

「걘 죽은 게 아니야!」 프렛웰이 고집을 부린다. 「걔 몸의 모든 부분이 아직 살아 있어. 내가 증명할 수 있어.」

엘리나는 그의 말을 무시한다. 「우리는 처벌에 대해 의논한 끝에 너를 우리 손으로 죽이는 것은 무의미하다고 판단했다.」

프렛웰은 안도의 한숨을 내쉰다.

엘리나가 말을 잇는다. 「그러므로 너는 중앙 부족 교도소로 이송될 것이다. 너에게는 남은 세월 동안 오직 빵과 물만 주어질 것이다. 생존에 필요한 최소한의 양이다. 즐거움을 누릴 수 있는 것은 아무것도 허락되지 않을 것이다. 다른 인간과의 접촉도 금지된다. 그래서 너는 주어진 날들이 끝날 때까지 오직 너의 생각하고만 함께하게 될 것이다.」

프렛웰의 눈이 공포에 질려 부풀어 오른다. 「아무것도 안 준다고? 하지만 뭐라도 줘야지. 최소한 성경이라도. TV라든가.」

「한 가지는 주어질 것이다.」 엘리나가 말한다. 찰이 등 뒤로 손을 뻗어 감추고 있던 물건을 꺼낸다.

밧줄이다.

찰은 그 밧줄을 지키고 있던 경비병에게 건네고, 경비병은 그것을 감방 철창 사이로 프렛웰에게 전한다.

「네게 이 정도의 자비는 베풀겠다.」 엘리나가 말한다. 「네 존재가 견디기 힘들 만큼 끔찍해진다면, 이 밧줄로 네 존재를 끝내도 괜찮다.」

프렛웰은 두 손으로 밧줄을 꽉 잡고 내려다보더니 눈물을 터뜨린다. 레브와 우나, 타시네 가족은 만족스럽게 그곳을 떠난다.

다음 날 아침, 프렛웰은 감방의 천장 조명에 목을 매달아 죽은 채로 발견된다. 그의 질문에 마침내 답이 주어진다. 이것은 정의가 맞다.

레브는 바깥세상의 누군가가 프렛웰을 위해 울어 줄지 알 수 없다. 레브 자신의 마음은 굳어져 있다. 프렛웰의 포획과 판결, 딱한 최후는 레브에게 단 한 가지만을 의미한다. 기회다.

바로 그날 오후, 레브는 부족 의회에 면담을 청원한다. 그는 일주일 뒤, 소환장을 받는다. 엘리나는 의회가 레브에게 답을 주었다는 사실 자체에 놀란다. 하지만 찰은 놀라지 않는다.

「법적으로, 의회는 모든 청원인에게 답변해야 해.」 찰이 지적한다.

「그래, 하지만 어떤 청원인한테는 몇 년 동안 대답하지 않잖아.」 엘리나가 말한다.

「레브가 의회가 무시할 수 없을 만큼 큰 대중적 인물이 되었나 보지.」

레브가 자신의 체구에도 불구하고 큰 대중적 인물이 되었다는 생각은 어딘가 간지럽게 느껴지는 동시에 그를 불편하게 한다.

레브는 혼자 가고 싶어 하지만, 엘리나와 찰이 그와 함께 간다.

「그 누구도 변호사와 의사 없이 의회와 대면해서는 안 된다.」 의회 광장으로 향하는 차 안에서 찰이 말한다. 그는 레브에게 장난스럽게 미소 짓는다. 「게다가, 부족 의회를 짜증 나게 하는 게 내 기본 업무 중 하나거든.」

「맞아.」 엘리나가 짜증 난 시늉을 하며 말한다. 「그래서 당신이 부족 대표 변호사가 되지 못했지.」

「다행이지!」 찰이 말한다. 「여기 처박혀서 부족 내부의 시시한 일을 처리하느니, 바깥세상에 나가 부족의 이익을 대변하겠어.」

레브는 무릎 위에 올려놓은 무거운 가방을 움직인다. 타시네 가족은 그 안에 무엇이 들었는지 묻지 않았다. 물었다면 말해 주었겠지만, 레브는 자신이 먼저 보여 주겠다고 하지 않는 한 그들도 묻지 않을 것임을 안다. 단, 레브가 하려는 청원의 내용은 그들도 확실히 알고 있다.

「이럴 필요는 없어.」 엘리나가 레브에게 말한다. 「네가 우리한테 골칫거리를 들고 오지만 않는다면 너는 언제든 머물러도 괜찮아.」

그게 바로 문제다. 레브가 아라파치 사람들에게 가져오려는 게 바로 골칫거리니까. 아라파치 사람들의 정신과 영혼도 레브만큼이나 시달려야 한다.

아라파치 의회 회의실은 보호 구역에서 자란 훌륭한 참나무로 만든 커다란 도넛 모양의 탁자와 그 주변에 놓인 여러 개의 의자로 이루어져 있다. 탁자의 바깥쪽 원에는 족장과 핵심 씨족의 대표 몇 사람, 선출된 부족 관료 몇 명이 앉는다. 이들은 일주일에 두 번씩 공개 토론회를 열고 주민들의 제안과 민원, 청원을 듣는다.

원형 공간은 전통을 반영하기 위해 설계된 것이지만, 어느 순간부터 청원인들이 탁자의 3미터짜리 도넛 구멍 안에 서도록 결정되었다. 그 결과, 청원은 위압적인 절차가 된다. 사방에서 시선이 쏠려 돋보기 아래의 개미가 된 기분이 들기 때문이다.

찰과 엘리나에 따르면, 부족 의회는 레브가 윌의 납치범들을 포획하려고 떠나기 한참 전부터 레브가 보호 구역에 와 있음을 비공식적으로 알고 있었다. 그들은 비공식적으로 그를 모른 척하기로 선택했다. 그러나 부족 의회의 탁자에는 시선을 돌릴 〈다른 곳〉이 없다. 오늘 레브는 <u>스스로를</u> 돋보기의 열기 아래에 둔다.

「이게 현명한 일이라고는 못 하겠다.」 부족 회관으로 들어가며 엘리나가 레브에게 말한다. 「하지만 네가 하려는 일이 고귀한 것이니만큼 우린 너와 함께하마.」

하지만 두 사람은 레브와 한자리에 설 수 없다. 각 청원인은 혼자서 주장을 펼쳐야 한다. 차례가 되자 레브는 엘리나와 찰을 위쪽 객석에 남겨 두고, O 자 형태의 탁자에 난 작은 틈새를 혼자서 성큼성큼 지나 엄격한 검토의 대상이 되는 중앙에 들어간다.

그가 원에 들어서자 의회의 원로들이 못마땅한 듯 끙 소리를 낸다. 다른 사람들은 그냥 호기심을 보이고, 몇 명은 튈 것이 분명한 불똥을 즐기려는 듯 히죽거린다. 모두가 레브를 알아보고, 그가 누구인지 아는 게 분명하다. 레브의 명성은 숲의 우듬지를 가로지르던 영혼의 동물처럼 레브보다 앞서 나간다.

아라파치의 족장은 오늘날 그저 상징적인 자리에 불과하지만, 의회를 주재하는 목소리다. 지 콰나, 즉 현임 족장은 상상 속의 권력을 휘두르는 기술에 숙달되어 있다. 그는 전통적인 역할 또한 받아들인다. 그의 옷은 구식 부족 복장을 떠올리도록 신중하게 선택되었다. 회색 머리는 얼굴 양옆으로 내려오는, 기다랗게 땋은 머리로 나뉘어 각진 턱을 감싸고 있다. 현대 아라파치 문화가 오래된 것과 새로운 것의 결합이라면, 콰나 족장은 조상 쪽의 신랑이라 할 수 있다.

찰은 레브에게 탁자는 원형이지만 발언은 언제나 족장에게 해야 한다고 조언했다. 「족장에게는 선출된 관료의 실질적인 권력은 없을지 몰라도, 족장에게 마땅한 경의를 표하지 않으면 절대 상황이 매끄럽게 진전되지 않는다.」

레브는 5초를 꽉 채워 족장과 눈을 맞추고, 그가 절차를 시작하기를 기다린다.

「일단, 장기 해적을 법정에 세우는 데 기여한 네 역할에 축하를 전한다.」 콰나 족장이 말한다. 그렇게 일단 격식을 해치운 뒤 그는 말한다. 「이제 여기 온 목적을 말해라.」 이미 불쾌한 기색이 드러난다.

「의회에서 흔쾌히 들어 주신다면, 청원할 것이 있습니다.」 레브는 한 장짜리 종이를 족장에게 건넨 뒤, 모여 있는 다른 사람들에게도 사본을 나눠 준다. 약간은 서툴고 어색하다. 이 위압적인 청원 절차를 극복하기란 쉽지 않다. 탁자 주변에는 열여덟 개의 자리가 있다. 다만 오늘은 열두 명만 참석했다.

족장이 독서용 안경을 쓰고 청원서를 본다. 「〈마피 킨카주〉가 누구지?」 그가 묻는다. 알면서 그냥 하는 질문이다. 레브가 직접 말하기를 바라는 것이다.

「그 이름은 아라파치의 위탁 도망자로서 제가 받은 이름입니다. 킨카주는 제 영혼의 동물입니다.」

족장은 청원서를 훑어보기만 하고 내려놓는다. 「들어 본 적 없는데.」

「저도 마찬가지입니다. 킨카주가 저를 찾기 전까지는 그랬습니다.」

「네 이름은 레비다.」 족장이 선언한다. 「그것이 너를 칭할 때 써야 할 이름이다.」

부모를 제외하면 누구도 그를 레비라 부른 적이 없었지만, 레브는 말대꾸하지 않는다. 지금 그의 부모는 그를 어떤 이름으로도 부르지 않는다. 레브는 목을 가다듬는다. 「제 청원은…….」

하지만 족장은 그가 말을 마치게 두지 않는다. 「네 청원은 어리석으며 우리 시간을 낭비하는 것이다. 우리에게는 중요한 할 일이 있다.」

「어떤 일이요?」 레브는 말을 거를 새도 없이 대꾸한다. 「소화전의 명칭을 지어 달라는 청원과 노래방 소음이 너무 시끄럽다는 민원 말입니까? 저도 오늘의 〈중요한 일〉 목록을 보았습니다.」

그 말에, 선출된 의원 중 한 명이 웃음을 참다 반쯤 터뜨린다. 족장은 그 의원을 노려보지만, 오늘의 다른 청원 때문에 약간 당황한 듯하다.

레브는 가능한 한 말실수를 줄이며 화제를 꺼내려 잠시 뜸을 들인다. 연습은 충분히 했다. 「아라파치는 기회의 민족만이 아니라, 더 큰 세계에서도 강력한 존재입니다. 지금까지 아라파치의 정책은, 아라파치의 누군가가 무단이탈자를 위탁 도망자로 받아 줘도 묵인하는 것이었습니다. 하지만 모른 척하는 것만으로는 더 이상 충분하지 않습니다. 제 청원은, 부족이 언와인드를 피해 도망치는 아이들을 공개적이고 공식적으로 받아 달라는 내용입니다.」

「무슨 목적으로?」 레브의 오른편에 앉은 여자가 묻는다. 레브가 돌아보니, 엘리나와 비슷한 나이지만 이마에 걱정으로 인한 주름이 더 깊이 잡힌 의원이 있다. 「공식적으로 무단이탈자들에게 문을 열어 주었다간 여기에 그 애들이 흘러넘칠 거다. 악몽이 될 거야!」

「아뇨.」 레브는 예상치 못하게 주어진 발언 기회에 기뻐하며 말한다. 「이게 바로 악몽입니다.」 그런 다음 그는 배낭에 손을 집어넣어, 묶여 있는 인쇄물 꾸러미를 꺼낸다. 전화번호부처럼 묵직한 종이 묶음이다. 그는 그 종이를 콰나 족장에게, 그 다음에는 주변에 있는 모든 의원에게 나눠 준다. 「언와인드의 이름은 공개된 기록이라, 제가 손에 넣을 수 있었습니다. 이 종이에는 언와인드 합의가 이루어진 이후로 〈개괄적 분열〉을 당한 모든 사람의 이름이 적혀 있습니다. 그 모든 이름을 보면서 아무 감정도 느끼지 않으실 수는 없을 겁니다.」

「우리는 언와인드 합의에 서명하지 않았고, 앞으로도 서명하지 않을 거다.」 원로 중 한 명이 말한다. 「우리의 양심은 깨끗하다. 너는 그렇게 말할 수 없겠지.」 그가 구부러진 손가락으로 레브를 가리킨다. 「우리는 2년 전에 너를 받아 주었다. 그런데 너는 무엇을 했더냐? 너는 박수도가 되었다!」

「이 의회에서 저를 쫓아낸 다음이었지요!」 레브가 그에게 일깨운다. 그 말에 모두 잠시 생각에 잠긴다. 몇몇 의원은 종이를 획획 넘겨보며, 그 이름의 규모만으로도 슬프게 손을 내젓는다. 다른 사람들은 보려고도 하지 않는다.

족장에게 인정해 줘야 할 점이 있다면, 그가 어느 정도 시간을 들여 종이를 넘겨본 뒤에야 이렇게 말했다는 사실이다. 「언와인드라는 비극은 이 의회에서 통제할 수 없는 것이다. 게다가 워싱턴과 우리의 관계는 이미 긴박하다. 그렇지 않은가, 찰?」 족장이 객석을 올려다본다.

찰이 일어나서 대답한다. 「긴장되어 있긴 하지만 긴박하지는 않죠.」

「그런데 왜 청소년 전담국에 도전장을 내밀어 긴장을 더한다는 말인가?」

그때, 레브 쪽에서 다른 의원이 말한다. 「우리가 그렇게 하면 다른 부족들도 뒤따를지 모릅니다.」

「아닐지도 모르고.」 족장은 반박의 여지를 남기지 않는 단호한 말투로 말한다.

「언와인드에 반대하는 사람들은 많습니다.」 레브가 의회를 향해 말한다. 더는 지시받은 대로 족장에게만 말을 걸지 않고, 천천히 몸을 돌려 주변의 모든 의원과 하나하나 눈을 맞춘다. 「하지만 아주 많은 사람이 겁이 나서 목소리를 내지 못합니다. 그 사람들에게 필요한 것은 뒤따라갈 수 있는 어떤 존재입니다. 아라파치가 무단이탈자에게 공식적인 망명 기회를 줌으로써 언와인드에 반대한다는 의견을 내세우면, 바깥세상에 얼마나 많은 친구가 있는지 알고 놀라게 될 겁니다.」

「우리는 친구를 찾고 있지 않다!」 원로 중 한 명이 소리친다. 그는 말하면서 침을 튀길 정도로 화가 나 있다. 「여러 세대에 걸쳐 학대받은 우리는, 이제 가만히 남겨지는 것을 원할 뿐이다!」

「그만!」 콰나 족장이 외친다. 「표결에 부쳐 이 문제를 완전히 정리하겠소.」

「안 됩니다!」 레브가 소리친다. 그는 지금이 표결을 하기에는 너무 이른 시간임을 안다. 그러나 이런 불경한 태도에 불쾌감을 느낀 족장은 몸을 앞으로 기울이며 그와 눈을 맞춘다.

「이 문제는 표결에 부쳐질 것이고, 너는 그 결과에 따라야 한다. 알겠느냐?」

레브는 시선을 아래로 떨어뜨린다. 겸손하게 굴며 족장에게 마땅한 경의를 표한다. 「네, 알겠습니다.」

족장은 위압적인 수준으로 목소리를 높인다. 「망명을 원하는 모든 언와인드에게 공개적이고 공식적으로 보호 구역을 열어 달라는 청원을 받아들이는 데 찬성하는 사람은 전원 손을 들어 의견을 밝히시오.」

세 사람이 손을 든다. 이어 네 번째 사람도 손을 든다.

「반대하는 사람은?」

여덟 명이 손을 들어 반대한다. 그렇게, 아라파치에서 무단 이탈자에 관한 희망은 사라진다.

「청원은 기각되었다.」 족장이 말한다. 「그러나 참작할 만한 정황에 따라, 나는 레비 제더다이어 콜더-개러티를 아라파치의 전면적인 자녀로서 공개적이고 공식적으로 받아들이기로 한다.」

「그건 제가 부탁드린 일이 아닙니다, 족장님.」

「하지만 네가 받은 것이니, 고맙게 여겨라.」

레브는 만장일치의 거수투표로 부족에 받아들여진다. 이어 콰나 족장은 의원들에게 언와인드의 이름이 적힌 책을 레브에게 돌려주라고 지시한다.

「아뇨, 간직하세요.」 레브가 말한다. 「17세 연령 제한법이 무너지고 청소년 전담국이 부모 동의 없이 아동을 언와인드하기 시작하면, 새 이름을 손으로 더 적어 넣으셔야 할 겁니다.」

「그런 일은 하지 않을 거다.」 족장은 기어이 마지막 한마디를 덧붙인다. 「그런 일은 일어나지 않을 테니까.」 그는 다음 청원인을 부른다.

레브의 방 벽에는 아무 장식이 없다. 가구는 잘 만들어져 있지만 수수하다. 침실은 레브가 처음 타시네의 집에 왔을 때와도, 6주 전 이곳에 돌아왔을 때와도 똑같다. 이제 레브는 왜 이곳이 그토록 집처럼 느껴지는지 안다. 그의 영혼은 이 스파르타식 벽과 너무도 닮아 있다. 그는 박수도 시절 분노한 그라피

티로 그 공백을 채워 보려 했지만, 그라피티는 깨끗하게 씻겨 나갔다. 그는 캐버노 대저택에서 전직 십일조들을 위한 빛나는 신이 되는 방식을 받아들였지만, 분필로 그린 그 초상화도 닦여 나갔다. 레브는 코너의 목숨을 구하며 자신을 영웅으로 그려 보려 했으나 성공을 거둔 뒤에도 아무 영광도, 영예로운 완성의 느낌도 받지 못했다. 그는 자신을 십일조로 키운 부모를 저주한다. 아무리 도망쳐도, 그 운명이 레브의 정신에 너무 깊이 새겨져 있어서 그는 절대 자유로워지지 못한다. 그는 절대로 완성된 느낌을 받을 수 없다. 레브에게는 몰락할 때만 완성될 수 있는, 레브가 원한 적도 없고 이해하지도 못하는 어떤 부분이 언제까지나 존재한다. 부모가 그와 인연을 끊은 것보다도 훨씬 더 나쁜 점이 그것이었다. 그들은 레브가 자신의 존재를 부정하는 데서만 만족감을 느끼도록 키웠다.

레브가 의회에서 세상을 바꾸는 데 실패한 그날 저녁, 엘리나가 그의 방으로 들어온다. 이런 일은 거의 없다. 엘리나는 사생활과 사색적인 고독을 존중하는 여자이기 때문이다. 그녀는 레브가 침대보를 팽팽하게 당겨 놓은 침대 위에 엎드려 있는 것을 본다. 레브의 베개는 바닥에 떨어져 있다. 그는 굳이 주우려 하지 않는다.

「괜찮니?」 엘리나가 묻는다. 「저녁을 거의 먹지 않던데.」

「오늘 밤에는 그냥 자고 싶어요.」 레브가 말한다. 「내일 먹을게요.」

엘리나는 떠나지 않고 책상 의자에 앉는다. 그녀가 베개를 주워 침대에 올려놓자, 레브는 돌아누워 벽을 마주 본다. 엘리나가 그냥 나가 주기를 바란다. 하지만 그녀는 떠나지 않는다.

「네 청원에 찬성표가 네 표나 나왔어.」 엘리나가 일깨워 준다. 「의회가 언와인드에 대한 입장을 밝히기를 꺼린다는 걸 생각해 보면, 한 표만 나왔어도 놀라운 일이었을 거야. 너는 모를지 몰라도, 네 표는 진짜 쿠데타다!」

「그래 봤자 바뀌는 건 없어요. 청원은 실패했어요. 끝이라고요.」

엘리나가 한숨을 쉰다. 「넌 아직 열다섯 살도 안 됐어, 레브. 그런데 부족의 정책을 바꿀 뻔했잖아. 겨우 세 표 차이로 밀렸고. 그건 당연히 중요한 일이야.」

이제 레브는 돌아누워 그녀를 본다. 「말발굽 던지기와 수류탄.」 엘리나의 혼란스러운 표정을 보고 그가 설명한다. 「댄 목사님이 하시던 얘기예요. 그것만이 아슬아슬한 게 의미가 있는 상황이라고요.」

엘리나는 알아들었다는 듯 빙그레 웃는다. 레브는 그녀에게서 다시 돌아눕는다.

「아침이 되면 피베인과 함께 갈 수 있을 거야. 피베인이 사냥하는 방법을 가르쳐 줄 거다. 아니면 가게에서 우나를 도와도 되고. 네가 부탁하면, 분명 우나는 악기 만드는 일을 같이하게 해줄 거야.」

「그럼 저한테는 그게 전부인가요? 사냥을 나가거나, 현악기 제작자의 도제가 되는 게?」

이제 엘리나의 목소리는 꾸짖는 듯 약간 차가워진다. 「네가 여기에 온 건 좀 더 단순하고 안전한 삶의 방식을 원했기 때문이야. 그런데 이제 그런 삶을 준다고 우리에게 화를 내는 거냐?」

「전 누구에게도 화내지 않아요. 그냥…… 모르겠어요. 만족감이 들지 않아요.」

「인간으로 산다는 게 그런 거야.」 엘리나는 약간 슬퍼하는 듯, 은근히 무시하는 투로 말한다. 「배불리 먹는 것보다 배고픔을 즐길 줄 알아야 해. 그러지 않으면 음식에 집착하게 될 테니까.」

레브는 엘리나의 의미심장한 아라파치 은유를 하나 더 들으며, 그 매서움을 해석할 힘이나 의욕조차 없이 끙 소리를 낸다.

「위대한 사람은 자신이 부름을 받았을 때만이 아니라 부름받지 못했을 때가 언제인지도 안다.」 엘리나는 말한다. 「정말로 위대한 사람은, 소명만큼이나 일상적인 삶을 받아들이고 끌어안는 방법을 알지.」

「그럼 저는 언제까지나 위대해지지 못하겠네요?」

「네가 하는 말을 좀 들어 봐라! 너는 다 큰 남자인 척하지만, 어린애처럼 뾰로통해져 있어.」 꾸짖는 말이지만, 엘리나의 목소리에 너무도 큰 온기가 담겨 있어, 레브는 고마우면서도 당혹스럽다고 느낀다.

「저는 한 번도 어린아이였던 적이 없어요.」 레브는 오직 그만이 진정으로 이해할 수 있는 슬픔을 담아 말한다. 「저는 십일조였고, 박수도였고, 도망자였지만 어린아이였던 적은 한 번도 없어요.」

「그러면 이제 아이가 되렴. 네겐 그럴 자격이 있으니까. 단 하룻밤만이라도 아이가 돼.」

이런 제안을 마지막으로 한 사람은 댄 목사님이었다. 레브를 죽이려던 폭발로 사망하기 전날 밤에.

둘 다 잠시 말을 잃는다. 엘리나는 침묵이 불편하더라도 티 내지 않는다. 그녀는 레브의 등을 문지르며 아라파치어로 노래를 불러 주기 시작한다. 완전히 음정이 맞지는 않지만 목소리가 달콤하다. 레브는 아라파치 언어를 충분히 익혔기에 노래의 내용을 알 수 있다. 자장가다. 아마 윌이 아주 어렸을 때 엘리나가 자주 불러 주던 노래일 것이다. 노래는 달과 산에 대해서 이야기한다. 산은 땅에서 솟아올라, 달을 움켜쥐려는 헛된 노력으로 언제까지나 하늘로 뻗어 간다. 그러나 장난꾸러기 달은 계속해서 산의 정상 뒤로 미끄러져 숨으며 영영 닿을 수 없는 존재로 남아 있다. 레브는 영혼의 동물이 내준 도전 과제를, 달을 따는 과제를 생각한다. 엘리나가 과연 노래의 가사를 의식하고 있을지 궁금하다. 이건 자장가가 아니라 애가(哀歌)다.

엘리나가 노래를 마치자 레브의 눈은 감긴다. 호흡도 느려져 부드러운 콧소리로 바뀐다. 엘리나는 떠난다. 아마 그가 잠들었다고 생각할 것이다. 하지만 레브는 잠들지 않았다. 레브는 오늘 밤 아예 자지 못할 것이고, 설령 잔다 해도 제대로 자지는 못할 것이다. 그는 평범한 삶을 원한다고 생각하면서도 그 삶에 면역되어 있다. 그는 위험하게 흔들리는 삶에 중독되어 있다. 그는 바깥세상에 변화를 일으켜야만 한다. 팔꿈치로 양옆 사람을 치면서라도 잔칫상에 앉아 허기를 채워야만 한다.

의회는 그의 청원을 즉시 기각했다. 아마 청원은 너무 온순한 접근 방식이었을 것이다. 레브에게 필요한 것은 더 극단적인 방법일 것이다. 그는 극단을 보았다. 극단을 살았다. 그는 불을 가지고 노는 방법을 안다. 그리고 이번에는 다른 사람이 아닌 자신의 목적에 맞게 그가 아는 바를 이용할 수 있을 것이다.

레브는 이런 생각을 엘리나나 우나, 혹은 보호 구역의 그 누구와도 나누지 않는다. 하지만 그는 조용히, 혼자서 계획을 세우기 시작한다.

오늘 그는 세상을 바꾸는 데 실패했다.

내일은 어떨지, 누가 알겠는가?

24
캠

 몰로카이 단지의 보안은 최첨단이며 극단적이다. 단지에 속하지 않는 사람은 누구도 들어올 수없다. 외곽의 울타리에는 전기가 흐르고 진정탄도 탑재되어 있다. 정문에는 데오도런트 상표를 냄새를 맡아 구별하듯, DNA를 쉽게 해독할 수 있다고 뽐내는 스캐너가 장착되어 있다. 능동적 시민의 생물학 연구 시설에는 최고만이 허락된다. 불행히도, 모든 보안 시스템에는 그 시스템을 설계한 사람의 오만함 때문에 결점과 한계가 생기기 마련이다. 이번 경우, 설계자들은 너무 오만했던 나머지 외부인으로부터만 이 시설을 지키면 된다고 생각했다. 아무도 이미 울타리 안에 들어온 여우는 신경 쓰지 않았다.
 새롭게 조율되고 효과적으로 다시 동기 부여를 받은 카뮈 콩프리는 모든 의도와 목적에 있어 결함이라곤 없다. 물론 몇 가지 문제가 여전히 남아 있을지도 모르지만, 며칠만 지나면 캠은 미군의 자산이 될 것이고, 그가 가진 모든 문제도 그와 함께 떠날 것이다. 보더커 장군은 그의 신체만이 아니라 감정까지 구매했다. 캠이라는 존재만이 아니라 그의 문제까지도 사들인 것이다. 그게 무슨 문제든 간에.

캠은 단지의 광활한 부지를 매일 달린다. 그곳에서는 사탕수수와 토란 뿌리가 여전히 바다를 내려다보는 절벽 가장자리까지 바짝 자라 있다. 그 모든 작물은 지금도 수확되어 판매된다. 능동적 시민은 지역 주민을 고용해 평균보다 높은 임금을 지급한다. 그 사람들이 인류를 위한 앞선 생각TM에 동참하고 있다고 느낄 수 있도록 말이다. 로버타를 비롯해 능동적 시민에 참여하는 모든 사람은 자신들이 하는 일이 진정으로 좋은 일이라고 믿는 듯 보인다. 그들은 그 좋은 일을 하면서도 엄청난 부자가 될 수 있다고 믿는다.

캠은 혼자 달리지 않는다. 허락을 받지 못했기 때문이다. 유독 고기 방패처럼 생긴 경비원 한 명이 늘 그와 함께한다. 숫자에는 힘이 있다. 그들이 달리는 길은 밭의 가장자리를 따라 이어진다. 밭에서는 1년 내내 작물이 자란다. 추수는 조금씩 간격을 달리해 이루어진다. 어떤 밭은 깨끗이 깎여 나갔고, 어떤 밭은 아직 푸르다. 깨끗이 깎여 나간 구역에서 사탕수수가 웃자란 구역으로 이동하면서, 캠은 갑자기 속도를 높인다. 조깅 파트너는 불시에 당한다. 길이 왼쪽으로 꺾인다. 경비원의 시야에서 벗어나자마자 캠은 가파르게 방향을 틀어 사탕수수 사이로 사라진다.

「콩프리 님!」 경비원이 외치는 소리가 들린다. 여기서는 모두가 그에게 〈님〉 자를 붙인다. 캠은 자신이 어디로 향하는지 정확히 안다. 그는 사탕수수를 쓰러뜨려 눈에 띄는 오솔길을 남기지 않으려고 애쓰며 나아간다. 캠이 돌진하자 뻣뻣한 잎이 그의 얼굴을 채찍질한다. 따갑지만 상관없다. 캠은 잠시 자신이 계산을 잘못한 것인지, 밭에서 나오다가 예상치 못한 바다의 후미로 들어가게 되는 건 아닌지 고민한다. 그렇게 되면 절벽에서 날아내려 파멸하고 말 것이다.

「콩프리 님!」지금쯤 조깅 동료가 이어 피스에 대고 말하고 있으리라는 점에는 의심의 여지가 없다. 캠이 무단이탈했다는 말을 퍼뜨리고 있을 것이다.

캠은 더 넓은 길로 들어선다. 하지만 그 길을 가로질러 가지 않고, 사탕수수보다 훨씬 더 높이 자란 빽빽한 대나무 덤불로 들어간다. 대나무는 빽빽해서 뚫고 지나가기 어렵다. 이 대나무가 여기에 있는 이유가 있다. 그 뒤에 있는 시설에 환경친화적인 미적 외관을 만들어 주기 위해서다. 달리 말하면, 그 시설을 감추기 위해서다. 이곳은 지도에도 나오지 않는다. 심지어 위성 사진에도 나오지 않는다. 적어도 대중이 이용 가능한 위성 사진에는. 밖에서 보면, 이곳은 그냥 창고다. 방음 장치가 설치된 영화 스튜디오의 무대가 창고처럼 보이는 것과 마찬가지다. 크고 텅 빈 건물이지만, 내부는 그때그때 필요한 형태로 재설계될 수 있는 그런 건물 말이다.

능동적 시민이 이곳에서 무슨 장난질을 해왔는지는 알 길이 없다. 아마 그들이 아가베만 먹는 사이언 스나우트 바구미를 유전 공학으로 만들어 아가베 대멸종을 일으킨 곳이 여기인지도 모른다. 단, 이런 일은 능동적 시민이 테킬라를 대량으로 사들인 직후에 일어났다. 지금 테킬라는 한 병에 수천 달러에 팔린다. 아니면 이곳은 능동적 시민이 증인 보호 프로그램에 속한 사람들에게 새로운 얼굴을 접목해 준 곳일지도 모른다. 그 프로그램은 능동적 시민이 8년간 유지해 온, 수익성 좋은 정부

위탁 사업이었다. 결국은 예산이 삭감되면서 더 이상 사업을 지속할 가치가 없어졌지만. 아니면 이곳은 능동적 시민이 근육 무력증 치료를 가능하게 한 고강도 연구를 진행한 곳일지도 모른다. 그 세 번째 사업은 능동적 시민이 대대적으로 광고했지만, 앞의 두 가지는 캠이 그들의 컴퓨터 시스템을 해킹하다가 우연히 발견한 것이었다.

울타리 쪽, 캠의 시선이 닿는 곳에 페덱스 트럭 세 대가 정문 입구에 서 있다. 직원들이 화물을 내리고 있다. 익숙한 보라색과 검은색 셔츠에 반바지를 입은 기사 중 하나가 다름 아닌 로버타에게 클립보드를 건넨다. 로버타가 그곳에서 배달 확인증에 서명하고 있다. 캠은 능동적 시민이 공항에서 화물을 실어 오는 데 전용 배달 트럭을 이용하지 않는 게 이상하다고 생각한다. 하긴, 페덱스 CEO가 능동적 시민의 이사회에 포함되어 있을지도 모른다. 어쨌거나 능동적 시민은 미국 기업들이 선호하는 자선 단체니까. 생각할수록 캠은 그게 사실이라는 생각이 든다. 얼마나 독창적인가! 이미 있는 기간 시설을 활용해 산을 한 번에 한 조각씩 이곳으로 가져올 수 있는데, 무엇하러 산에 간다는 말인가?

캠은 봐야 할 것을 보았기에 떠난다. 그는 대나무 숲을 헤치고 되돌아가, 다른 길로 사탕수수와 토란 밭을 지나 다시 조깅로에 오른다. 그렇게 그는 집으로 돌아가는 조깅을 마친다.

똑같아 보이는 경비원 중 한 명이 별로 기분 좋지 않은 모습으로 서 있다.「찾았습니다.」그가 이어 피스에 대고 말하더니 캠에게 묻는다.「어디 가셨습니까?」

「사탕수수밭을 헤치고 지름길로 왔죠. 근데 잘못 생각했네요. 아프네.」 캠은 얼굴에 난 작은 상처 몇 군데에서 피를 닦는다.

「모두를 대신해서 제발 부탁드립니다. 다음에는 원래 길로 가주세요. 콩프리 님이 규칙을 어길 때마다 저희가 야단을 맞습니다.」

「인생이 좀 재미도 있어야죠.」

「전 지루한 것도 괜찮습니다.」

캠은 샤워하러 올라가며 자신이 본 것들에 대해 생각한다. 그 화물들은 무엇이든 될 수 있다. 단, 한 가지를 고려해야 한다. 운송 용기가 페덱스 보존 포장기였다. 냉장된. 보통 그런 용도로 쓰이지는 않지만, 살아 있는 장기를 보관하기에 딱 맞는 것이었다. 능동적 시민은 수상해 보이지 않게 일 처리를 하는 방법을 안다. 페덱스 비행기는 매일 몰로카이를 드나든다. 캠은 얼마나 많은 장기가 매일 이 단지에 유입될지 궁금하다. 그렇게 많은 장기가 들어온다면, 뭔가 나오는 건 시간문제일 뿐이다.

로버타는 예전처럼 캠을 믿지 않는다. 하지만 보안 시스템의 설계자들과 마찬가지로, 그녀 역시 속지 않는 자신의 능력을 신뢰한다. 이것이 자신보다 똑똑한 사람을 만들었을 때의 문제다. 나노 기기 〈벌레〉가 기억을 선택적으로 설정하는 상황에서도 캠은 로버타의 보안용 배지에 담긴 홀로그램 디지털 서명을 복제하는 데 아무 문제가 없다. 어려운 부분은 로버타가 두 곳에 동시에 존재한다고 보안 컴퓨터를 속이는 것이다. 같은 신분 인증이 두 장소에서 동시에 이루어진다면 경보가 울릴 게 뻔하다. 결국 캠은 다른 방법을 쓴다. 그는 오늘이 실은 어제라고 서버를 속인다. 아무도 컴퓨터에게 시간 여행이 존재한다는 말을 해주지 않았으므로, 컴퓨터는 어제와 같은 일이 다른 장소에서 반복되어도 그 차이를 알아보지 못한다.

비밀 시설, 그러니까 대나무 숲 안에 숨겨진 그 공장의 뒷문은 〈열려라 참깨〉라는 주문을 알맞게 말했을 때 알리바바의 동굴이 그랬듯 고분고분하게 열린다. 이제는 캠에게 로버타의 복제한 배지가 있기 때문이다.

캠은 자신이 이런 일을 하는 이유를 안다면, 지금 하는 일에 도움이 될지, 방해가 될지 알지 못한다. 하지만 한 가지는 의혹의 그림자조차 없이 확실하다. 사랑으로 그에게 동기를 부여하는 그 소녀에게는 그만한 가치가 있다는 것이다. 그녀가 누구인지 더 이상 알 수 없다는 사실은 중요하지 않다. 조종되기 전의 그는 그녀를 알았고, 캠은 지금의 자신보다는 그때의 자신을 더 믿는다.

새벽 5시 30분이다. 경비원들이 많지만, 그들은 전혀 고요하지 않다. 캠은 그들이 일상적인 순찰을 하며 지나가기 한참 전에 숨을 수 있다. 보안 카메라도 많지만, 캠은 이미 모니터가 조용한 복도 영상을 즐겁게 반복 재생하도록 설정해 두었다. 그는 이곳을 마음껏 탐험할 수 있다.

캠은 로버타의 위조된 보안 카드를 이용해 몇몇 방에 접근한다. 방은 모두 똑같다. 기다란 병실에는 빈 침대가 줄지어 놓여 있다. 각 방마다 침대가 50개 정도 있다. 캠이 대박을 터뜨리는 건 네 번째 방에 들어갔을 때다.

그 방의 침대에는 사람이 있다.

캠은 자신이 보게 될 광경을 짐작해 왔지만, 상상하는 것과 실제로 보는 것은 전혀 다른 차원의 일이다.

각 침대에는 리와인드가 한 명씩 있다. 캠과 비슷하지만…… 어딘가 다르다. 일부는 아직 붕대를 두르고 있지만, 훨씬 더 회복된 리와인드들은 붕대를 제거했기에 캠은 그들의 얼굴과 몸 상당 부분을 볼 수 있다. 이 리와인드들에게는 캠에게 있는 미적인 우아함이 전혀 없다. 이들은 조잡하고 추하다. 고용된 일꾼이 형식적으로 조립해 냈거나, 더 나쁜 경우에는 조립 라인에서 나온 것 같다. 대칭이나 피부색의 균형은 전혀 고려되지 않았다. 몸의 솔기는 이상한 각도로 끊겼고, 흉터는 캠의 그 어떤 흉터보다 훨씬 심하다. 캠의 흉터는 시간이 지나면서 사라지도록 처치되었으나, 캠이 생각하기에 이런 흉터에는 그런 처치가 이루어지지 않을 것 같다.

아직 누구도 깨어나지 않았다. 이들은 모두 유도된 전의식 상태에 있다. 일종의 재통합 잠복기다. 캠은 이들이 자신보다 훨씬 오랫동안 혼수상태에 있으리라 짐작한다. 수많은 부위가 알아서 치유되어 하나의 살아 있는 존재가 되도록. 이 건물은 리와인드의 자궁이다. 캠은 자신도 역시 이곳에서 시작되었음을 깨닫는다. 통로를 따라가면서, 캠은 좌우로 늘어선 이 전의식 단계의 존재들을 살펴본다. 숨을 쉬기가 어렵다. 방 안에서 산소가 전부 빨려 나간 것만 같다.

무작위적이라는 공통점 외에도 그들 모두가 공유하는 점이 하나 더 있다. 그들 모두의 오른쪽 발목에 표식이 있다. 처음에 캠은 그걸 문신이라고 생각했지만, 자세히 보니 피부를 지져 놓은 자국이다. 낙인이다. 〈미군 소유〉라는 문구와 함께 일련

번호가 새겨져 있다. 캠이 살펴본 리와인드에게는 00042라는 번호가 찍혀 있다. 0이 세 개 있다는 사실은 이들의 숫자가 결국 수만명에 이르게 된다는 암시다.

나는 개념이야. 캠은 생각한다. 하지만 이들은 현실이야. 마침내 그는 이 모든 일에서 자신이 차지한 위치를 알게 된다. 그는 세상이 보게 될 얼굴이 될 것이다. 세상이 편안하게 여길 존재. 군사 리와인드에 대한 대중의 인상. 그는 장교가 되어 칭찬받고 영예를 누릴 것이다. 그로 인해 리와인드 군대의 문이 열릴 것이고, 그들이 들어올 길이 닦일 것이다. 처음에는 소규모 병력일지도 모른다. 세계 어딘가에서 벌어지는 핵심 작전에 투입되는 특수 부대처럼 말이다. 어딘가에는 늘 보호해야 할 미국의 이익이, 처리해야만 하는 폭력적인 반란이 있으니까. 〈최후의 순간, 리와인드가 승리를 거두다!〉 헤드라인은 그렇게 적힐 것이다. 사람들은 언와인드에 느긋해지고 편안해졌듯, 리와인드에도 똑같은 태도를 보일 것이다. 참 훌륭한 물건이지 뭐야. 사람들은 그렇게 말할 것이다. 인류의 원치 않는 조각들이 개조되고 용도 변경되어 대의에 봉사할 수 있다니. 원치 않는 돼지고기 부위를 갈아서 압착해 맛있는 완자를 만드는 것처럼 말이다. 캠은 뱃속까지 역겹지만, 자신에게는 그럴 권리가 없음을 안다. 지금 이 순간, 그는 자신의 배가 자기 것이 아님을 진정으로 느끼기 때문이다.

「캠?」

돌아보니 입구에 로버타가 서 있다. 잘됐다. 로버타가 여기 있어서 다행이다.

「몰래 들어올 필요는 없었는데. 네가 부탁했으면 보여 줬을 거야.」 물론 거짓말이다. 로버타는 이미 캠에게 이 작업이 최고 기밀이라고 말했다. 캠의 본능은 그녀가 여기서 한 짓의 뻔뻔스러운 오만함을 손가락질하며 비난하라고 하지만, 대신 그는 마음속에 쌓여 가는 불쾌감을 그녀가 눈치채지 못하기만을 바라며 감정을 감추고 침착하게 대답한다. 「부탁할 수도 있었지만, 제 방식대로 보고 싶었어요.」

「그럼 지금 보고 있는 것에 대해 어떻게 느끼니?」 로버타는 가까이 다가와 캠을 관찰한다. 그래서 캠은 분노와 역겨움을 파묻는다. 대신, 받아들여질 정도의 양면적 감정만 표면에서 부글거리게 놔둔다. 「제가 당신이 하는 일의 전부이자 끝일 거라고는 생각 안 했지만⋯⋯ 눈으로 보니까⋯⋯.」

「괴로워?」

「정신이 번쩍 드네요.」 캠이 말한다. 「약간 깨달음이 찾아오는 것 같기도 하고요.」 캠은 가장 가까이 있는 리와인드를 본다. 그 리와인드는 전의식 단계의 수면 상태에서 살짝 움찔거린다. 「처음부터 군대를 만들 계획이었어요?」

「절대 아니야!」 로버타는 그 말에 약간 모욕감을 느낀 듯 말한다. 「하지만 내 꿈조차 현실 앞에서는 밀려날 수밖에 없어. 우리가 할 수 있는 일에 관심을 보인 건 군대였고, 자금을 댈 수 있는 것도 군대였어. 그래서 이렇게 된 거야.」

그때 캠은 이 모든 일을 가능하게 만든 사람이 자신임을 깨닫는다. 보더커 장군과 코브 상원 의원에게 낭만을 심어 준 존재가 캠이다. 물론, 군대에는 아홉 개 언어를 하고 시를 읊고 기타를 연주할 줄 아는 리와인드가 필요하지 않다. 군대가 원하는 건 명령에 따를 리와인드다. 급료를 줄 필요도, 권리를 주장할 이유도 없는, 법적으로 〈재산〉으로 간주되는 실재하지 않는 인간이.

「생각이 많아 보이네.」 로버타는 캠을 자세히 살펴보려고 가까이 다가온다. 캠은 움찔하지도 않고, 조금이라도 틈을 보이지 않는다.

「훌륭하다고 생각하고 있었어요.」

「정말?」

「돌아갈 가족이 없는 군인, 정체성 자체가 군에 복무하면서 시작되는 군인이라니. 천재적이에요! 분명 나를 조작한 것처럼 이 사람들도 조작할 수 있겠죠. 이 사람들이 군 복무에서 가장 큰 만족감을 느끼도록.」

로버타는 미소 짓지만, 어딘가 머뭇거리는 기색이 있다. 「이 일의 범위를 이렇게까지 빠르게 파악하다니 놀라운걸.」

「이건...... 선구적이에요.」 캠이 말한다. 「아마 언젠가는 제가 리와인드된 모든 형제를 지휘하는 장교가 될 수 있겠죠.」

「아마 그럴 거야.」

캠은 돌아서서 아무렇지 않게 문을 향해 걸어간다. 로버타가 그의 옆에서 나란히 걷는다. 언제나처럼 그를 지켜본다. 「이제 너도 알게 됐으니, 이 문제는 내버려두고 네 인생을 살아. 영예로운 인생이 될 거야, 캠. 사람들한텐 그런 영예로운 인생이 필요하거든. 너는 농노들의 왕자로 보여야 해. 보더커 장군님도 그 점을 잘 아셔. 네게 부족한 건 아무것도 없을 거야. 너는 존중받을 거야. 행복할 거야.」

그래서 캠은 로버타에게 활짝 미소 짓는다. 자신이 이미 행복하다는 인상을 주기 위해서. 로버타는 언젠가 그의 눈이 단

한 번의 시선으로 소녀의 마음을 녹여 버릴 수 있는 소년에게서 가져온 것이라고 말했다. 아마 로버타는 그 눈이 그녀를 상대로 얼마나 효과적인 무기로 쓰일 수 있을지 한 번도 생각해 보지 않았을 것이다.

「새벽이네요.」 캠이 말한다. 「당신은 어떨지 모르겠지만, 저는 이른 아침을 먹고 싶어요.」

「아주 좋아. 주방에 언제 저택으로 돌아갈지 알릴게.」

그곳을 나서며 캠은 마지막으로 전의식 단계의 리와인드로 가득한 공간을 한 번 더 돌아본다.

이들은 정말로 내 형제자매야. 그는 생각한다. 그러니 절대로 태어나서는 안 돼.

4부
이 길에서는 나가야만 한다

오래된 혈액을 젊은 혈액으로 바꾸어 노화를 역전하다
『내셔널 지오그래픽』, 2014년 5월 4일.
https://www.nationalgeographic.com/science/article/swapping-young-blood-for-old-reverses-aging

영국 최초로 양손 이식을 받은 스코틀랜드 여성
BBC 뉴스, 2014년 6월 25일.
http://www.bbc.com/news/uk-scotland-27999349

인간 이마에서 코를 자라게 한 의사들
ABC 뉴스, 2013년 9월 25일.
https://abcnews.go.com/blogs/health/2013/09/25/doctors-grow-nose-on-mans-forehead

전직 의사, 신체 부위 절도를 고백하다
『보스턴 글로브』, 2008년 3월 19일.

http://www.boston.com/news/nation/articles/2008/03/19/ex_doctor_confesses_to_stealing_body_parts

이탈리아 신경 과학자, 이제 인간의 머리 이식이 가능하다고 말해 『허프포스트』, 2013년 7월 6일.
https://www.huffpost.com/entry/head-transplant-italian-neuroscientist_n_3533391

25
스타키

 외딴 발전소 안에서 안전하게 지내는 메이슨 마이클 스타키는 특별한 중독이라는 사치를 누린다. 그는 이제 자신이 약쟁이임을 안다. 뇌의 화학 수용기가 권력이라는 황홀함에 맞춰져 버렸다. 그 황홀감은 혈관을 타고 흐르며 그의 몸과 영혼에 영양을 공급한다. 그래서 그는 언와인드 의뢰서를 받기 전에는 감히 상상조차 할 수 없었던 영광을 누리며 번영한다. 스타키는 의뢰서에 서명해, 그를 과거의 그보다 훨씬 나은 존재로 바꾸어 놓는 일련의 과정을 시작한 양부모에게 고마워해야 할 것이다. 제멋대로였던 황새는 이제 모든 황새에게 새로운 자유의 상징이 되었다.

 과거의 상징이 한물간 지금은 더더욱.

「들었어? 자유의 여신상이 옛날 팔을 투어에 내보낸대.」 가슨 더그루트가 말했다. 「투탕카멘의 묘랑, 타이태닉호에서 나온 그 모든 쓰레기를 가지고 투어를 한 것처럼. 사람들이 오래된 구리 팔을 보려고 돈을 내기라도 할까 봐.」

「낼걸.」 스타키는 말했다. 「사람들은 미쳤거든. 과거의 조각에 지금도 무슨 가치가 있는 것처럼 매달리지.」 그런 다음 그는 가슨의 눈을 똑바로 보았다. 「너라면 뭘 가질래? 과거의 파편, 아니면 미래 전체?」

「말 안 해도 알 텐데!」 가슨이 대답했다.

황새단의 모든 구성원이 그렇게 대답해야 한다. 미래는, 스타키의 미래는 독립 기념일의 불꽃놀이 같다. 환하고 대담하며 시끌벅적하고 극적이지만, 폭발물의 궤도 안에 있는 자들에게는 치명적이다. 청소년 전담국이 그를 두려워하고 온 세상이 그에 대해 이야기하고 있다. 심지어 박수도의 수상쩍은 지원까지 받는 상황이니, 그의 불꽃놀이가 솟아오를 높이에는 한계가 없다. 물론, 혁명가들은 늘 그들이 무너뜨리려는 사회에 의해 악마화된다. 그러나 역사의 관점은 다르다. 역사는 그들을 자유의 투사로 부르고, 자유의 투사에게는 동상이 세워진다. 스타키는 자신의 동상이 구리보다 나은 금속으로 만들어지게 할 작정이다.

이제는 박수도가 보낸 용병단이 무기 훈련을 감독한다. 황새단의 무기고가 너무도 복잡하고 다양해졌기 때문이다. 다 떠나서, 열세 살짜리 아이가 제대로 된 지도도 받지 못하고 휴대용 미사일 발사기를 사용해서는 안 된다. 스타키는 뱀이 그런 훈련을 제안했었다는 사실은 편리하게도 잊어버린다.

스타키는 각 무기의 사용법을 알기 위해 개인 교관과 함께 훈련한다. 황새들이 그의 학습 진도를 보는 건 바라지 않는다. 황새들은 스타키가 이미 이런 것에 대해 알고 있으리라 생각할 게 분명하다. 스타키가 뛰어난 게릴라라고 생각할 테니 말이다.

다른 모두가 그렇듯, 황새들은 각자 특정한 무기를 배정받아 하루에 네 시간씩 훈련을 받는다.

지금까지 불행한 사고는 딱 한 번밖에 없었다.

스타키는 훌륭한 황새에게는 보상해 주어야 한다고 판단한다. 가슨 더그루트는 훌륭한 황새다. 믿음직스럽다. 헌신적이다. 그는 질문하지 않고 명령에 따르며 적절한 태도를 지녔다. 그런 이유로, 스타키는 가슨에게 자신의 권력에 따르는 특권을 누릴 자격이 있다고 본다. 그래서 스타키는 애비게일이라는 이름의 소녀를 찾아간다. 가슨이 별로 비밀스럽지 않게 탐내던 소녀다.

알고 보니, 애비게일은 2주 전 스타키에게 형편없는 마사지를 해주었던 그 아이다.

스타키가 찾아갔을 때, 애비게일은 설거지를 하고 있다. 스타키는 단 한 번의 손짓으로 죽 늘어서 있는 산업용 싱크대의 다른 모든 아이를 물러나게 한다.

「뭐 필요한 거 있어?」 소녀가 소심하게 묻는다.

스타키는 의기양양하게 미소 지으며 망가진 손을 든다. 김이 나는 설거지물에 축 늘어져 있던 그녀의 머리카락을 손으로 쓸어 올린다. 장갑을 낀 스타키의 손이 소녀의 뺨에 스친다. 소녀는 장갑이 닿는 게 아픈 것처럼 입을 꾹 다문다. 아니면 겁에 질린 건지도 모른다.

「아파?」 소녀가 묻는다. 「손.」

「손 생각을 할 때만.」 스타키는 그렇게 말한 뒤 본론을 꺼낸다.「다른 황새 얘기를 하러 온 거야.」

소녀는 눈에 띄게 긴장을 푼다.「누구?」

「가슨 더그루트. 걔 좋아해?」

「아니, 딱히.」

「뭐, 걘 널 좋아해.」

소녀가 스타키를 올려다보며 이 이야기가 어디로 향할지 가늠해 보려 한다.「걔가 그렇게 말했어?」

「언뜻 얘기는 했지. 네가 거절했다는 말도 했고.」

애비게일은 어깨를 으쓱하지만, 긴장하고 불편한 모습이다. 한기를 떨치려는 것 같다.「말했지만, 난 걔가 딱히 좋지 않아.」

스타키가 손을 뻗어 행주로 접시를 닦는다. 애비게일은 그 행동을 같은 행동을 하라는 신호로 받아들인다.「가슨은 훌륭한 전사야. 충성스러운 황새지. 걘 행복할 자격이 있어. 거절당해도 싼 녀석이 아니야.」

애비게일은 손에 든 접시를 내려다본다.「그러니까, 걔한테 거짓말을 해줬으면 좋겠다는 거야?」

「아니! 난 네가 걜 좋아했으면 좋겠어.」스타키가 말한다. 「난 확실히 걔를 좋아하거든. 걘 좋아할 만한 녀석이야.」

애비게일은 여전히 그를 보지 않으려 한다.「느껴지지 않는 감정을 억지로 느낄 수는 없어.」

스타키는 멀쩡한 손으로 애비게일의 어깨를 잡는다. 부드러운 손아귀로, 설득의 저울을 기울일 정도로만 힘을 준다.「아니, 할 수 있어.」

그날 늦게, 가슨은 입이 귀에 걸린다. 스타키는 그 이유를 묻지 않는다. 오늘은 큐피드가 스테인리스 강철 석궁으로 무장하고 있음을 알기에.

가슨은 큐피드의 강철 화살이 가져다준 과실을 즐기지만, 스타키 자신은 그 화살이 여러 번 명중할수록 불쾌하게 느껴질 수 있음을 깨닫는다.

「내가 발을 건 게 아니야, 사고였어!」 마케일라가 소리친다.

「거짓말이야. 쟨 내가 아기를 잃기를 바라거든! 인정해!」 에멀리가 소리 지른다.

「어디 해봐, 서로 찢어발기라고. 그러면 우리 모두가 살기 좋아질 테니까.」 케이트린이 말한다.

스타키의 개인 하렘에 속한 세 소녀는 한때 친구였지만, 이제는 싸움밖에 하지 않는다. 스타키는 그들이 서로를 자매로 여길 줄 알았다. 처음 스타키가 셋을 선택했을 때, 그들이 공유하는 것처럼 보이던 빛은 할퀴기 경쟁 속에서 퇴색하고 말았다. 스타키는 아이 셋이 무사히 태어나기만 하면, 그들이 서로에게 어떻게 굴든 관여하지 않기로 한다. 출산은 몇 달이나 남았기에 아직 실감이 나지 않는다. 하지만 소녀들 사이의 싸움은 그렇지 않다.

아마 이건 사람이 셋이라 벌어지는 문제일 것이다. 네 번째 사람을 더하면 관계가 진정될지도 모른다. 아니면 그냥 마케일라와 에멀리, 케이트린과 아예 거리를 두는 게 최선일지도 모른다.

스타키는 최종 결과를 예상하며 위안을 얻는다. 소녀들은 아름답다. 그러니 그의 자식들도 아름다울 것이다. 또 아버지 덕분에, 아이들은 스타키를 길러 준 세상보다 나은 세상에서 자랄 수 있을 것이다. 그리고 스타키는 아이들을 무조건으로 사랑할 것이다. ……아이들의 어머니로 선택한 소녀들에게서 벗어날 수만 있다면.

「쟤는 처음 선택받았다는 이유로 자기가 나보다 낫다고 생각하지만, 내 아이가 첫째가 될 거야. 두고 봐.」

「애도 제 어미처럼 징징대는 똥 덩어리가 되겠지.」

확실히 넷째가 있어야 한다. 스타키는 네 번째 사람이 필요하다고 판단한다. 다음 하비스트 캠프 공격 이후, 그는 넷째를 선택할 것이다. 이번에는 빨간 머리로. 그는 한동안 당국의 눈을 피하기 위해 머리를 빨갛게 염색했다. 그 모습이 마음에 들었었다. 그 머리 색깔을 타고난 아이가 있다면 좋을 것이다.

〈박수 부대〉 — 헤이든이 박수도 운동의 배후 조직에 붙인 너무도 태평한 이름이다 — 가 스타키와의 면담을 요청한다. 지반이 암호화된 원격 회의를 잡는다. 스타키는 박수도 운동을 담당하는 사람들이 엄청난 자체 암호화 시스템을 여러 겹 구축했으리라고 생각하지만 말이다. 화면에 뜬 사람은 새치가 섞인, 사실 흰머리가 검은 머리보다 많은 남자다. 그가 책임자다. 스타키에게는 박수도 운동의 핵심에 있는 사람이 『월스트리트 저널』만큼 보수적으로 보인다는 사실이 여전히 이상하게 느껴진다. 스타키는 이 사람도 언젠가 10대였음을 일부러 떠올려야 한다. 왠지 이 남자가 〈아웃사이더〉라는 말의 어떤 의미에 견주어도 그와 같았던 적이 없었으리라는 생각이 든다.

그가 평소와 달리 중개자들을 거치지 않고 직접 연락해 왔다는 사실에 스타키는 신경이 쓰인다. 스타키가 이 남자를 본 건 그들이 팀원을 보내 잠들어 있던 자신을 납치했을 때뿐이다. 스타키는 자신이 청담에게 잡혔다고 생각했지만 그 헬리콥터 여행은 구애의 의식에 불과했다. 그때가 바로 박수도 운동의 배후 세력이 황새단에게 전면적 지원을 제안한 때였다. 그때부터 판이 바뀌었다. 남자는 스타키에게 자신의 이름을 알려 주지 않으려 했지만, 몇 주 전에 그의 부하 중 한 명이 실수로 그의 이름이 〈댄드리히〉라는 걸 흘렸다. 스타키는 남자의 이름을 안다는 티를 내서는 안 된다는 걸 안다. 최소한, 그게 자신의 이익에 도움이 될 때까지는 말이다.

「잘 있었나, 메이슨. 만나서 반갑군.」

「반갑습니다.」

스타키와 비슷하게, 남자는 키가 작고 전문가적인 능숙함으로 힘을 행사한다. 작은 컴퓨터 화면 너머로도 그에게는 위협적인 무언가가 있다.

「잘 지내겠지?」 댄드리히가 말한다. 한담이다. 정장을 입은 사람들은 왜 본론에 들어가기 전에 언제나 한담을 하는 걸까? 스타키는 나쁜 소식을 각오한다. 그들의 위치가 노출된 걸까? 더 나쁘게는, 박수도가 지원을 거두려는 걸까? 아니다. 하비스트 캠프 해방이 이토록 성공적인데 왜 그런 짓을 하겠는가? 수천 명이 해방되었고, 언와인드 실행자들은 처벌받았으며, 수백만 명의 가슴속에 두려움이 박혔다. 당연히 그들은 이 모든 일에 만족하고 있을 것이다.

「네, 잘 지내죠. 하지만 제 건강 때문에 연락하신 건 아닐 텐데요. 무슨 일입니까?」

댄드리히가 재미있다는 듯 빙그레 웃는다. 어쩌면 스타키의 단도직입적인 태도에 조금은 감동한 건지도 모른다. 「자네가 펜서콜라쇼어스 하비스트 캠프 공격을 고려하고 있다는 얘기가 들리던데. 우리 분석가들은 그러지 말라고 조언하는군.」

스타키는 등받이에 기대 잠시 뜸을 들이며 짜증을 다스린다. 이 모든 일을 해낸 건 자신인데, 저들은 왜 그냥 스타키의 판단을 믿지 못하는 걸까?「호스크리크에 대해서도 그렇게 말했었죠. 하지만 거긴 모래성처럼 무너졌습니다.」

댄드리히는 절대 평정심을 잃지 않는다.「그래, 위험에도 불구하고 자네가 승리했지. 하지만 펜서콜라쇼어스는 상황이 달라. 거긴 폭력적인 언와인드를 다루는, 경비가 가장 엄중한 하비스트 캠프라네. 그래서 보안이 여러 겹 더 갖춰져 있어. 자네에게는 성공할 만한 인력이 없네. 거기다, 캠프가 외진 반도에 위치해 있어서 매우 쉽게 갇힐 수 있어. 탈출할 방도도 없을 테고.」

「그래서 배를 요청한 겁니다.」

뻣뻣한 목깃 아래로 댄드리히의 얼굴이 조금 붉어진다.「우리가 배를 제공할 수 있다 한들, 멕시코만에서 함대 공격을 하면서 은폐하기는 어려울 거야.」

「바로 그겁니다.」스타키가 말한다.「구식 포위 작전만큼 극적인 게 뭐가 있겠습니까? 말하자면…… 콩키스타도르[15] 같은 거죠! 뉴스에 나올 만한 가치가 있는 일일 뿐 아니라, 그건…… 그건…….」

댄드리히가 스타키 대신 단어를 찾아 준다.「상징적이지.」

「맞습니다! 상징적인 일이 되겠죠!」

---

15 15세기부터 17세기 사이 아메리카 대륙에 침입한 스페인 사람들을 이르는 말로, 〈정복자〉라는 의미로도 쓰인다.

「하지만 어떤 대가를 치렀지? 장담하는데, 워털루와 리틀빅혼 전투가 상징적인 이유는 단지 나폴레옹과 커스터[16]가 완전히 패배했기 때문이라네. 세상은 그들의 실패를 기억하는 거야.」

「저는 실패하지 않을 겁니다.」

댄드리히는 그의 말을 무시한다. 「우리는 자네의 다음 작전 대상이 되어야 할 하비스트 캠프는 테네시주 중앙의 마우스테일 분열 아카데미라고 판단했네.」

「장난하십니까? 마우스테일에는 십일조밖에 없어요!」

「그래서 놈들은 예상하지 못할 거야. 자네는 직원을 처형하는 정책을 계속할 수 있네. 새로 먹여 살려야 할 입이 늘지도 않겠지. 거기엔 황새가 없을 테니 말이야. 해방 후에, 십일조들은 뭐든 하고 싶은 일을 하라고 두게. 그대로 남을 수도 있고 도망칠 수도 있겠지. 어느 쪽이든 자네 문제는 아니야. 이렇게 하면, 자네는 더 많은 아이를 짊어지기 전에 이미 데리고 있는 아이들을 훈련할 수 있을 거야.」

「그건 제가 일을 처리하는 방식이 아닙니다! 제 본능은 펜서콜라를 공격하라고 말하고 있습니다. 제 본능을 거스를 수는 없습니다.」

댄드리히가 몸을 더 가까이 기울인다. 그의 얼굴이 화면을 가득 채운다. 스타키는 그의 손이 공기를 가르고 뻗어 나와 어깨를 잡는 걸 사실상 느낄 수 있다. 부드러운 손아귀지만, 스타키는 지구의 중력이 미묘하게 늘어나는 듯한 압박감을 느낀다.

---

16 미국 장교로, 1876년 리틀빅혼 전투에서 무리한 공격을 감행하다 전멸한 인물이다.

「아니, 할 수 있어.」 댄드리히가 말한다.

스타키는 격분한 채 발전소를 가로지르며, 누구든 마주치는 사람에게 화풀이를 한다. 그는 마지막 공격에서 충분히 공격적이지 않았다는 이유로 지반에게 소리를 지른다.

「넌 이제 컴퓨터나 다루는 괴짜가 아니라 군인이야. 그러니 군인처럼 행동해!」

그는 무기 훈련을 마치고 웃으며 돌아오던 아이들에게도 호되게 쏘아붙인다.

「무기는 장난감이 아니야. 이건 웃을 일이 아니고!」 그는 아이들에게 무기를 내려놓고 20개를 하라고 명령한다. 아이들이 〈뭘 20개 해?〉라고 묻자 너무 짜증이 나서 말도 하지 못한 채 쿵쾅거리며 자리를 떠난다.

헤이든이 고개를 한 번 끄덕이더니 성큼성큼 그를 지나쳐 간다. 스타키는 헤이든의 태평한 걸음걸이에 너무도 분노해, 어제 저녁에 대해 불평한다. 저녁 식사가 꽤 괜찮았는데도.「음식 공급을 맡고 있으면, 빌어먹을 일을 제대로 하란 말이야!」

뱀에게도.

스타키는 약간 진정되기 전까지 뱀과 우연히 마주치지 않아서 다행이라고 생각한다. 나중에 후회할 만한 짓을 저지를지도 모르기 때문이다. 뱀은 부담스러운 존재가 되었지만, 스타키는 그녀에게 분수를 알려 줄 수 있다. 가슨 더그루트는 아직 모르지만, 그의 충성심에 대한 보답은 여자를 얻는 것만이 아니다. 스타키는 다음 임무에서 그에게 팀장을 맡기려 한다. 뱀은 그 팀의 일원이 될 것이다. 가슨의 명령을 받아야 할 테고,

그걸로 겸손을 배우게 될 것이다. 누가 대장인지 다시 깨닫게 될 것이다. 그렇게 되지 않으면, 스타키는 뱀에게 더한 단계를 밟아 가야만 한다. 정말 안타까운 일이다. 뱀은 아주 오랫동안 매우 충성스러웠다. 그러나 충성심이 다하면, 모든 지도자의 인내심도 다하게 마련이다.

스타키는 무기고에서 뱀을 발견한다. 뱀은 황새들을 무장시키는 것을 염려하면서도 다른 어느 곳보다도 무기고를 좋아하는 것 같다. 뱀은 스타키를 보고도 정신을 바짝 차리지 않는다. 심지어 하고 있던 무기 정리를 멈추지도 않는다. 그냥 힐끗 스타키를 올려다보더니 다시 일감을 내려다본다.

「대장 아저씨한테 전화가 왔다고 들었는데. 명령은 받았어?」

「명령은 내가 내려.」

「뭐든 간에.」 뱀이 이마의 땀을 닦아 낸다. 「원하는 거라도 있어, 메이슨? 무기가 제대로 조립됐는지 확인해야 하거든. 물론, 네가 물풍선을 가지고 가겠다면 상관없지만.」

스타키는 뱀에게 강등 소식을 알려 줄까 생각하지만, 그러지 않기로 한다. 공격 당일에 뱀이 직접 알아차리게 둘 것이다. 그때가 가장 타격이 클 테니까. 어쩌면 뱀은 너무 화가 나서, 이번만큼은 하비스트 캠프 직원을 죽일지도 모른다.

「생각이 바뀌었다는 말을 하려고 왔어.」 스타키가 말한다. 「지금 당장 펜서콜라를 치지는 않을 거야.」

그제야 뱀은 하던 일을 멈추고 스타키에게 온전히 시선을 준다. 「달리 생각한 곳이라도 있어?」

「북쪽으로 가려고. 테네시주에 있는 마우스테일 분열 아카데미로.」

「거긴 십일조만 있는 데 아냐? 난 네가 십일조를 싫어하는 줄 알았는데.」

스타키는 댄드리히가 충분한 신뢰를 보여 주지 않은 것에 다시 피어나는 분노를 느끼며 인상을 찡그린다. 글쎄, 스타키는 이번 사건을 펜서콜라 못지않게 상징적인 일로 만들 수 있을지도 모른다.

「십일조는 언와인드에 공감하는 더러운 놈들이야.」 스타키가 말한다. 「그래서 이번 목표는 좀다를 거야.」 그는 심호흡하고 단호하게 덧붙인다.

「이번에는 직원만이 아니야. 십일조도 모조리 죽여 버리겠어.」

26
팟캐스트

「여기는 라디오 프리 헤이든입니다. 저는 여러모로 위험한 곳에서 팟캐스트를 전송하고 있습니다. 오늘은 딱히 저다운 기분이 들지 않네요. 여기는 제게 기분 좋은 곳이 아니거든요. 그래서 오늘의 팟캐스트와 함께 나가는 이미지로 달리의 〈기억의 지속〉을 골랐습니다. 파멸해 가는 황량한 풍경 위에서 시간이 녹아내리고 있죠. 네, 그 정도로 요약할 수 있겠네요.

오늘 모든 것이 변화합니다. 아니면 아무것도 변하지 않을 수도 있습니다. 상황이 잘 풀려서 지금부터 일어나려는 일을 막을 방법을 찾는다면, 저는 지금 있는 곳보다 훨씬 나은 곳에 있게 되겠지요. 제기랄, 심지어 여러분의 귀를 즐겁게 해줄 음악도 좀 틀어 드릴 수 있을지 모릅니다. 하지만 일이 잘못되면, 여러분이 다음에 듣게 될 소리는 영원히 끝나지 않을 집단적 비명이 될 겁니다.

구체적인 내용은 말씀드릴 수 없지만, 거물급의 뭔가가 부글거리고 있다는 제 말을 그냥 믿으셔야 합니다. 이건 분명히 치명적인 변화입니다. 그러니까 앞으로 며칠 안에 저녁 뉴스에서 평소보다 더 끔찍한 이야기를 듣게 된다면, 또 감당하기 어려울 정도로 많은 아이가 죽었다는 소식을 접하게 된다면, 이 상황이 잘 풀리지 않았다고 생각하시면 됩니다.

우리가 이 과속 열차를 멈추지 못한다면 저 역시 사상자 중 하나가 될 테니, 다시는 제 소식을 듣지 못하게 되실 수도 있습니다. 하지만 그럴수록 여러분은 저를 기억하며 우리의 작은 봉기를 기억해 주길 바랍니다.

봉기 얘기가 나와서 말인데, 그 봉기가 어떻게 진행될지도 생각해 봤습니다. 그런 사건에는 집결지가 필요하죠. 날짜와 시간, 장소 말입니다. 워싱턴에서, 11월 1일 월요일에 만나면 어떨까요? 선거일 전날 말이죠. 투표용지에 적힌 몇 가지 안건을 생각해 보니, 어쩐지 올해 선거일이 핼러윈과 이토록 가깝다는 게 적절하게 느껴집니다. 현금을 받기 위한 자발적 언와인드. 범죄자의 뇌를 버리고 나머지 부분은 언와인드. 청소년 전담국이 부모의 동의 없이도 10대 범법자들을 체포해 언와인드할 수 있도록 허용하는 〈삼진 아웃〉법. 확실히 유령의 집을 여행하는 기분이에요. 수정 구슬에 들어 있는, 언와인드당한 마녀의 머리조차 그 끝이 어딜지는 예측할 수 없을 겁니다.

그래서, 제 제안은 이겁니다. 언와인드에 반대하는 모든 분은 11월 1일, 워싱턴 D. C.에 모여 주세요. 여러분에게는 그 일을 준비할 시간이 딱 3주 남았습니다. 제가 거기에 가지 못하더라도 아무 기념물에나 제 이름을 새겨 주세요. 제가 여기 있었다는 걸 세상이 알 수 있도록 말이죠.」

27
마우스테일

 살아 있는 사람은 그 누구도 확인할 수 없을 만큼 오래된 이야기에 따르면, 옛 제혁소에 불이 났을 때 그곳에는 쥐가 너무 많았고, 그 쥐 떼가 한꺼번에 불길을 피해 달려 나갔다. 어마어마한 쥐 떼가 근처 테네시강을 향해 달려가다가, 이집트를 덮친 역병에 버금갈 만한 쥐의 홍수를 일으켰다. 그 이후로 그곳은 영원히 〈쥐 꼬리 상륙지〉, 즉 〈마우스테일 랜딩〉이라 불리게 되었다.

 한때 제혁소가 있던 자리에는 이제 하비스트 캠프가 서 있다. 그곳은 풍경이 너무도 아름다워 종종 야영객들이 강 건너편에서 그리는 수채화의 주제가 되기도 한다. 현재 마우스테일에서 쥐와 가장 가까운 존재는 온통 흰옷을 입은, 온순한 태도의 소년과 소녀들뿐이다. 그들은 모두 열세 살 생일이 지난 다음 날 이곳에 도착했다. 반짝이는 눈을 가진 이 행복한 아이들은 직원들이 친절하게, 그들의 희생에 대한 존경심을 품고 편안히 그들을 분열된 상태로 이끌어 주리라 믿는다.

 마우스테일 분열 아카데미에는 오두막이 여러 채 있다. 겨울에는 열선이 깔린 바닥으로 난방이 되고 여름에는 각 십일조의 취침 구역을 원하는 온도로 정확히 유지해 주는 다구역 순환 시스템으로 냉방이 된다. 한때는 자기 이름으로 된 TV 쇼에 나왔던 주방장이 감독하고, 국제적 집사 양성 교육 기관의 졸업생들이 훌륭한 식사를 제공한다.

십일조들은 최고 명문 대학의 지원 절차와 마찬가지로 엄격하고도 경쟁적인 절차에 따라 마우스테일에 입소한다. 아카데미에 선발되는 것은 십일조 자신과 부모에게 자긍심의 원천이다. 또한 마우스테일의 장기를 이식받는 건 사회 최상류층에서도 자랑할 만한 일이다.

최근까지 이 아카데미의 정문은 잠겨 있지 않았다. 실제로 정문 바로 안쪽에는 밝은 노란색과 빨간색으로 〈분열되지 않은 상태로 떠나고 싶은 사람은 이곳으로 나가면 됩니다〉라고 적힌 안내판이 있었다. 그럼에도 14년의 운영 기간 동안 무단이탈자가 된 십일조는 겨우 네 명뿐이다. 그중 한 명은 얼마 지나지 않아 숲속에서 동사한 채 발견되었다. 그는 캠프 내 대단히 잘 보이는, 잘 관리된 무덤에 묻혔다. 그 무덤은 마우스테일이 심지어 무단이탈자를 포함한 손님들에게 제공하는 사랑과 관심을 증명했다. 한편으로는 겁쟁이가 되면 어떤 대가를 치르게 되는지를 다른 십일조들에게 일깨워 주기도 했고.

최근 몇 주, 청소년 전담국의 요청에 따라 정문이 닫히고 최소 수준이던 보안 인력에는 세 명의 무장 경비원이 추가되었다. 메이슨 스타키가 터뜨리는 분노의 표적이 될 가능성이 더 높은 곳, 그러니까 수용자들이 실제로 그곳에 들어가고 싶어 하지 않는 비자발적 하비스트 캠프에 요구되는 보안과는 비교

할 수도 없을 만큼 약한 조치다.

새로운 보안 조치에 십일조들은 겁을 먹었다. 그런 보안 조치가 세상에 악(惡)이 존재한다는 사실을 일깨워 주었기 때문이다. 하지만 그들은 그 악이 자신들을 노리지 않으리라는 확신을 위안으로 삼는다. 머잖아 이 세상의 악은 더 이상 그들의 관심사가 아니게 될 것이다. 사실 그들은 하비스트 캠프를 겨냥한 폭력을 무지의 산물로 여겨 동정하도록 교육받았다.

마우스테일 분열 아카데미의 십일조들은 지금 이 순간 남쪽에서 자라나고 있는 어두운 먹구름에 대해 알지도 못하고, 그것을 볼 수도 없다. 그 먹구름은 그들이 감히 상상할 수 있는 수준보다 훨씬 더 파괴적이며, 메스보다 먼저 그들을 끝장내겠다고 위협한다.

황새단의 공격이 예정된 전날 밤, 십일조들은 온화하게 기도하고 양치질을 한 다음 각자 잠자리에 든다. 예상치 못한 전선이 밀려와 폭풍을 잠재우지 않는 한, 맹렬한 포격과 함께 심판이 닥치리라고는 전혀 생각하지 못한다.

28
스타키

　스타키는 한밤중에 납치당한다. 박수도가 그를 잡으러 왔을 때와는 다르다. 이번에 그를 습격한 자들은 은밀한 부류다. 격한 무리와는 다르다. 그들은 일반인을 두들겨 패며 들어오는 대신 몰래 그에게 다가왔다. 경계할 만한 소동이 없었기에, 스타키는 진정탄이 허벅지를 꿰뚫을 때까지 아무런 경고를 받지 못한다. 좀 더 친절하고 온화한, 진정제가 들어간 화살이 아니다. 자동차 앞 유리에 부딪혀 터지는 벌레처럼 생긴, 약품이 끝까지 채워진 총알이다. 단, 이 벌레는 피부 속 깊숙이 파고든 뒤에야 터진다. 실제적인 피해는 입히지 않지만, 엿같이 아프다.
　그 고통에 스타키는 덜컥 깨어나지만, 자신이 진정탄을 맞았음을 깨닫자마자 다시 무의식에 삼켜진다.

　얼마나 시간이 지났을까. 스타키는 따귀를 맞고 깬다. 거센 따귀다. 이어 또 한 대를 맞는다. 첫 번째가 할 일을 제대로 못했다는 듯. 세 번째 따귀는, 누군지 모를 공격자가 아무 이유

없이 때린 것이다.

「아직 안 깼어, 황새 꼬마?」 헝클어진 머리에 잔인한 표정을 한 남자가 말한다. 「한 대 더 맞아야 하나?」

「꺼져.」 스타키가 신음을 내뱉는다. 그러자 또 한 번 따귀가 이어진다. 이번에는 손등으로, 잔인하게 때린다. 진정탄 때문에 아직도 얼얼하지 않았다면 꽤 따가웠을 것이다. 스타키는 얼굴에 피가 흐르는 것을 느낀다. 남자가 반지를 끼고 있어서, 반지가 스타키의 뺨을 베었다.

「누군지는 몰라도, 넌 죽은 목숨이야.」 스타키는 어눌하게 말을 뭉개지 않으려 애쓰며 말한다. 「황새들이 널 찾아서 죽이고, 세상의 모든 바보에게 보내는 경고로 널 매달 거다.」

「아, 그럴까?」 남자는 재미있어한다. 확신에 차 있다. 스타키에게는 좋은 징조가 아니다. 스타키는 잠시 시간을 들여 상황을 파악한다.

그는 숲에 끌려 나와 있다. 춥다. 스타키에게 보이는 것은 희미한 회색과 짙은 보라색뿐이다. 새벽이 틀림없다. 그는 묶여 있지만 재갈은 물려 있지 않다. 그 말은, 상대가 스타키가 말하기를 바란다는 뜻이다. 어쩌면 협상을 원하는 건지도 모른다. 다만 공격자는 화가 나 있다. 매우 심하게.

「놔줘. 이건 없던 일로 하자.」 스타키가 말한다. 그 말이 통하지 않으리라는 건 알지만, 남자의 반응이 스타키의 조건에 반영될 것이다.

남자의 대답은 빠르게 스타키의 갈비뼈를 걷어차는 것이다. 스타키는 적어도 갈빗대 두 대에 금이 가는 것을 느낀다. 그는 옆으로 쓰러져, 아직 체내에 남아 있는 진정제로도 수그러들지 않는 고통에 신음한다. 이제 그는 어떤 조건을 걸어야 하는지 안다. 그가 걸 수 있는 건 관의 크기에 관한 조건 정도일 것이다.

「망가뜨리지 마.」 그림자 속의 목소리가 말한다. 목소리라기보다는 유령의 거친 숨소리에 가깝다. 스타키는 나무 뒤편에서 어떤 형상이 움직이는 것을 본다. 어깨의 실루엣만 보일 뿐, 나머지는 나무에 가려져 있다. 「덜 망가질수록 더 비싸게 팔리니까.」

남자는 물러나지만, 그렇다고 조금이라도 화가 풀린 것 같지는 않다. 그는 덩치가 크지도 않고 근육질도 아니지만, 부글거리는 그의 분노가 모든 것을 대체한다. 스타키는 옆구리의 통증이 자신을 공황으로 몰아가지 않게 하려고 애쓴다. 여태 그가 빠져나오지 못한 함정은 없었다. 그는 그를 언와인드하러 온 청소년 수거반에게서 도망쳤고, 그 와중에 한 사람을 죽였다. 비록 한 손을 망가뜨려야 했지만 묘지에서도 도망쳤다. 교훈은? 어떤 상황에서도 도망칠 수 있다는 것이다. ……단, 상상조차 할 수 없는 일을 기꺼이 해야 한다.

「저놈을 죽이게 해줘!」 잔인한 남자가 말한다. 이 팀의 행동대장인 게 분명하다. 「내가 끝내게 해줘. 내가 직접 죽일 수 있게.」

「계획을 지켜.」 그림자 속에서 쉰 목소리가 말한다. 「저 녀석은 살아 있을 때 우리에게 더 큰 가치가 있어.」

스타키는 자신이 안전한 곳에서 얼마나 떨어져 있는지 계산해 본다. 점점 밝아지는 하늘은 해가 뜨고 있음을 확인해 준다. 놈들은 밤중에 그를 잡아갔다. 그는 황새들로부터 몇 시간쯤 떨어져 있거나, 그들이 집이라고 부르는 버려진 발전소 정문 근처에 있을지도 모른다. 발전소는 미시시피강 가에 있다. 스타키는 강의 소리를 들으려 귀 기울여 보지만 물살이 너무 느려 강이 바로 뒤에 있더라도 소리는 거의 들리지 않는다. 하지만 냄새는 난다. 스타키는 깊게 숨을 들이쉰다. 미시시피강 특유의 화학 물질과 섞인 부패한 유기물 냄새는 없다. 스타키는 공포가 다시 표면으로 끓어오르고 있음을 느낀다.

하필이면 가장 위대한 하비스트 캠프 공격이 예정된 날에 이런 일이 벌어지다니.

「원하는 게 뭐야?」스타키가 묻는다.

마침내 두 번째 납치범이 그림자에서 나온다. 세 번째 납치범도 있다. 다른 두 사람보다 키가 작은 그는 뒤에 머문다. 그가 손에 무언가를 들고 있다. 일종의 무기일 수도 있다. 행동 대장의 얼굴은 완전히 드러나 있지만, 나머지 두 사람은 검은색 모직 스키 마스크로 얼굴을 가렸다.

「살려 달라고 빌어.」세 번째 납치범이 마스크를 쓴 다른 납치범과 똑같이 숨소리 섞인 거친 목소리로 말한다.

「난 빌지 않아.」스타키가 선언한다. 그의 허세를 맞이하는 건 침묵이다. 팔이 등 뒤로 묶인 채 그는 꿈틀거리며 앉은 자세를 취한다.「하지만 분명 우린 이 문제를 해결할 수 있을 거야.」

「난 네가 누군지 알아.」행동 대장이 말한다.「네 머리에는 현상금이 걸려 있어. 죽이든, 살리든 간에. 난 죽이는 편이 더 좋아.」

이제 스타키는 놈들의 수작을 알 것 같다. 이들은 그를 팔아 보상금을 받을 생각이다. 하지만 그렇다면 그냥 그를 기절시켜 둘 수도 있었을 텐데. 이들은 스타키가 더 나은 제안을 하기를 기다리고 있다. 박수도 운동이 뒤를 받치고 있으니 스타키에게는 그럴 만한 자원이 있다.

「원하는 값을 불러.」 스타키가 말한다. 「내가 청소년 전담국보다 더 줄 테니까.」

행동 대장이 열을 올린다. 「이게 돈 때문인 줄 알아? 난 네 돈에도, 청담의 돈에도 관심 없어.」

스타키가 예상하지 못한 반응이다.

행동 대장은 허락을 구하듯 두 번째 납치범을 본다. 대장이 틀림없는 2호가 고개를 끄덕인다. 스타키는 그 사람이 여자일지도 모른다고 생각하지만, 그림자가 너무 짙어 확신할 수는 없다.

「버마의 다제이는 현금 이상을 주지.」 행동 대장이 말한다. 「존경심을 주거든. 경력에도 좋고.」

방금까지 신경을 갉아 대기만 하던 두려움이 이제 이빨을 꽉 조여 깊이 파고든다. 스타키는 온몸의 피가 문자 그대로 몸속에서 식어 가는 것을 느낀다. 혈관에 얼음을 문지르는 것 같다. 「진담은 아니지?」

하지만 엄숙한 침묵은 그들이 진심임을 증명한다. 세상에는 암시장이 있다. 그리고 다제이가 있다.

스타키는 침을 삼키려 하지만 목구멍이 너무 말라 있다. 「알았어…… 알았어……. 우린 이 문제를 해결할 수 있어. 이럴 필요가 없어. 우리가 같이 해결할 수 있으니까.」 어쩌면 스타키는 결국 빌게 될지도 모른다.

「그러기엔 너무 늦었어.」 행동 대장이 쏘아붙인다.

「아니.」 속삭이는 자가 쉰 목소리로 말한다. 「말하라고 해.」

스타키는 성공하기만 하면 이게 인생에서 가장 위대한 탈출이 되리라는 것을 안다. 「내가 공급해 줄 수 있어.」 그가 말한다.

「우린 식량 따윈 필요 없어.」 행동 대장이 말한다.

「내 말은 그런 뜻이 아니야. 나를 풀어 주면, 다제이한테 팔 언와인드를 공급할 수 있다고. 그 애들은 이미 언와인드가 예정된 무단이탈 황새야. 그러니까 아무도 그 애들을 찾지 않을 거야. 상상해 봐. 지속적인 공급이 이루어지는데, 그것도 그냥 애들이 아니라니까. 내가 최상품만 걸어 줄게. 가장 힘이 세고 건강하고 똑똑한 애들로. 내가 오래, 아주 오랫동안 너희를 번영하게 해줄게. 너희가 말한 존경심도 누리게 해주고.」

그들은 잠시 스타키를 보기만 한다. 이어 행동 대장이 말한다. 「그렇게 나오시겠다? 네놈을 구하기 위해서 다른 황새들을 내주겠다고?」

스타키는 망설임 없이 고개를 끄덕인다. 「너희가 이해하지 못하는 건, 걔들한테 내가 필요하다는 거야. 걔들은 서로보다 나를 더 필요로 해.」

이번에도 무거운 침묵이 흐른다. 스타키는 그들의 눈을 볼 수 있으면 좋겠다고 생각한다. 스키 마스크를 쓴 두 사람의 표정이 보이면 좋겠다.

「몇 명이나 줄 건데?」 속삭이는 자가 묻는다. 그녀의 목소리는 여전히 아무 감정도 실리지 않은 쉰 목소리다.

「몇 명이나 필요한데?」 스타키가 억지로 미소 짓는다. 「10퍼센트? 십일조처럼? 그래, 걔들은 십일조 같은 존재가 될 거야!」

스타키는 무언가 이루어져 가고 있음을 안다. 유통 문제야 나중에 해결하면 된다. 이번 탈출만 성공하면, 그 결과는 감당할 수 있다. 그 여파는 언제나 관리할 수 있다. 이 순간 중요한 건 단 하나, 탈출뿐이다.

「어떻게 걔들한테 그럴 수가 있어?」 세 번째 사람이 말한다. 속삭이던 목소리가 깨진다. 음색에 약간의 둥근 느낌이 돌아온다. 스타키는 그 목소리가 익숙하다는 걸 어렴풋이 느낀다. 하지만 너무 깊은 곳에 묻혀 있어, 아직 알아들을 수 없다.

「옳은 일이니까!」 스타키가 고집을 피운다. 「전쟁의 이념이 전사 개개인보다 중요해. 나는 그 이념 자체야!」 그는 시선을 돌리며 덧붙인다. 「너희는 이해 못 하겠지만.」

갑자기 속삭이던 여자가 더 이상 속삭이지 않는다. 「우린 네 생각보다 훨씬 많은 걸 알고 있어.」 스타키는 그녀가 스키 마스크를 벗기 직전에 누구인지 깨닫는다.

「뱀?」

그녀는 세 번째 공격자를 돌아보며 묻는다. 「됐지, 지반?」

지반도 마스크를 벗더니 손에 쥐고 있던 작은 물건을 만지작거리며 대답한다. 「응, 됐어.」

머릿속에 배반이 자리 잡는 순간, 스타키는 공포가 분노로 바뀜을 느낀다. 그는 결박을 풀려고 몸부림친다. 밧줄은 풀 수 있지만 시간이 걸릴 것이다. 그에게는 시간이 없다! 지금 당장 풀려나야 한다. 그래야 이들 모두를 찢어발길 수 있을 테니까.

「저놈은 지금 죽어야 해!」 행동 대장이 선언한다. 이제 그는 뒤에서 서성이고 있다. 「나한테 전정 가위만 있었어도, 지금쯤

저놈 심장에 꽂았을 거다!」

하지만 이곳에 있는 누구에게도 스타키의 목숨을 끊어 버릴 배짱이나 의향은 없는 듯하다. 스타키를 구하는 것은 그들의 나약함이다.

「살인은 충분히 했어.」 뱀이 말한다. 「차로 가서 기다려. 우리도 곧 갈 테니까.」

「저 광대 놈은 대체 누구야?」 스타키가 묻는다.

「저 〈광대〉는 호스크리크 하비스트 캠프의 수석 정원사야.」 지반이 말한다. 「네가 지난주에 저분 아내를 날려 버렸어. 저분이 지금 당장 네 머리를 날려 버리지 않는 게 행운인 줄 알아.」

스타키는 뱀을 돌아본다. 그는 이게 아직 협상임을 안다. 단지 매우 다른 협상일 뿐이다. 「뱀, 말로 풀자. 네 주장은 알겠으니까 대화를 하자고.」

「말은 내가 해.」 뱀이 말한다. 「넌 들어.」 뱀은 침착하다. 마음에 들지 않을 정도로. 스타키는 그녀의 분노가 통제를 벗어났을 때가 훨씬 더 좋았다. 그 분노는 말랑말랑했다. 스타키가 원하는 대로 주무를 수 있었다. 하지만 이 차가운 침착함은 테플론[17] 같다. 스타키는 자신이 무슨 말을 하든 그녀에게 달라붙지 않으리라는 걸 안다.

「넌 사라질 거야, 메이슨.」 뱀이 말한다. 「네가 어디로 가는지는 중요하지 않아. 하지만 넌 완전히 사라져야 해. 넌 마우스테일에서 십일조를 죽이지 않을 거야. 다른 하비스트 캠프를 공격하지도 않을 거고. 넌 절대 어떤 명분을 위해 싸우지 않

---

17 물질이 달라붙지 않도록 표면을 코팅하는 데 쓰이는 합성수지.

을 테고, 무엇보다도 황새단에서 멀리 떨어져 있을 거야. 지금부터 시간이 끝날 때까지. 최소한 네 비참한 인생이 끝날 때까지.」

스타키가 그녀를 노려본다. 「내가 왜?」

「이게 이유야.」 그녀는 지반을 돌아본다. 지반은 스타키가 무기로 착각했던 장치를 두 손으로 만지작거리고 있다. 무기가 아니다. 작은 녹화 장비다. 지반이 버튼을 누르자 홀로그램이 투사된다. 그들이 아직 서 있는 자리를 재현한 고해상도 이미지다. 실물처럼 선명하다. 스타키는 그 안에서 자신이 말하는 모습을 본다.

〈나를 풀어 주면, 다제이한테 팔 언와인드를 공급할 수 있다고. 그 애들은 이미 언와인드가 예정된 무단이탈 황새야. 그러니까 아무도 그 애들을 찾지 않을 거야.〉

스타키는 분노를 참을 수가 없다. 그가 몸부림치자 부러진 갈비뼈가 통증으로 울린다. 그는 결박에서 빠져나오려 애쓰다가 어깨가 거의 탈구될 뻔한다. 「이 개 같은 새끼! 네가 그렇게 말하게 한 거잖아. 네가 그딴 거래를 유도한 거야!」

그러나 뱀은 여전히 테플론 같은 냉정함을 유지한다. 「아무도 너한테 시킨 적 없어, 메이슨. 우린 그냥 밧줄을 줬을 뿐이야. 그 밧줄로 네 목을 매단 건 너야.」

지반이 그 말에 웃는다. 「멋진 말인데.」 그가 말한다. 「밧줄로 자기 목을 매달았다니.」

뱀이 말한다. 「어디서든 네가 다시 나타나면, 우린 황새들에게 이 녹화본을 틀 거야. 우리 황새만이 아니라, 저 밖에 있는 모든 황새가 보도록 공개적으로. 너는 황새의 구원자에서 자기밖에 모르는 병적인 이기주의자로 보이게 되겠지. 실제로도 그렇고.」

「병적인 이기주의자라고? 난 황새를 위해서 이 모든 일을 했어! 전부 다.」 스타키는 할 수만 있다면 지금 당장 그들을 죽여 버릴 것이다. 배신자들! 조금도 망설이지 않고 그들을 처형해 버릴 것이다. 지금 이게 무슨 짓인지 모른단 말인가? 놈들은 자신들 모두를 합한 것보다 더 큰 꿈을 살해하고 있다. 지도자 없는 세상에서, 황새들은 그들의 처지를 바꾸겠다는 희망조차 품지 못할 것이다.

그는 말없이 분노의 고함을 지르고 싶다. 하지만 최선을 다해 뱀의 냉정함에 맞서야 한다. 그는 억지로 분노를 억누르며 말한다. 「편협한 사고방식이 일을 망치는 거야. 편협하게 굴지 마, 뱀. 그렇게 바보는 아니잖아. 넌 그보다 나은 존재야.」

뱀이 미소 짓는다. 스타키는 이제야 뱀이 자신의 말에서 지혜를 읽어 내기 시작했을지도 모른다고 생각한다. 그때 뱀이 말한다. 「넌 혓바닥이 너무 잘 돌아가, 메이슨. 어디든 네가 원하는 곳으로 스르륵 들어갈 수 있지. 그런 다음 주변 사람들한테 그게 바로 그들이 바라는 거라고 믿게 만들어. 그게 네가 가장 잘하는 마술이었어. 넌 모두에게, 네가 그들을 위해서 이런 일을 하고 있다고 믿게 했지. 실제로는 그 모든 게 메이슨 마이클 스타키의 명성과 운명을 위한 거였는데.」

「그렇지 않아!」

「이런 착각이 얼마나 그럴싸한지 알아?」 뱀이 말한다. 「너조차 그렇게 믿잖아.」

스타키는 이런 비난을 받아들이지 않을 것이다. 그는 자신을 의심할 수 없다. 의심은 그의 적이니까. 그래서 뱀이 지성이라고는 없는 강연을 이어 가게 둔다. 뱀이야 자기가 원하는 대로 생각하라고 두자. 그녀는 절대 스타키가 될 수도, 스타키를 가질 수도, 스타키와 같은 부류에 속할 수도 없음을 질투하고 있을 뿐이다. 그는 황새의 복수를 해주는 자, 메이슨 마이클 스타키다. 뱀이 아무리 그 자리를 빼앗아 가려 해도, 세상은 그가 한 모든 좋은 일에 대해 보상할 것이다. 그는 명성을 위해 그런 일을 한 게 아니다. 그래도 확실히 그 명성을 누릴 자격은 있지만.

「난 절대 위대한 지도자가 되지 못할 거야.」 뱀이 말한다. 「하지만 그 사실을 안다는 것만으로도, 이미 너보다는 나은 지도자야. 좀 더 일찍 깨달았으면 좋았을 테지만.」

스타키는 결박을 풀려고 몸부림치느라 기진맥진해 버렸다. 이제 밧줄은 좀 헐거워졌다. 그는 탈출할 것이다. 지금 이 순간은 아닐지라도 10분이나 20분쯤 뒤에. 문제는 그가 뱀과 지반을 쫓을 것이냐, 아니면 그들의 협박에 굴복해 영원히 숨어 버릴 것이냐를 선택하는 일이다.

「우리 요구를 들었지? 그 요구에 따르지 않으면 무슨 일이 일어날지 너도 알 거야.」 뱀이 말한다. 「반대로 네가 우리 프로그램에 잘 따라오면, 우리는 이 녹화본을 우리끼리만 간직할 거야. 난 너한테 영웅으로 보이는 게 얼마나 중요한 일인지 알아. 그 이미지를 간직하게 해줄게. 그럴 자격이 없는데도 말이야. 황새들에게는 네가 마우스테일을 정찰하다가 잡혔다고 말할 거야. 그럼 넌 즉시 순교자가 되겠지. 그보다 더 좋은 일이 있을까?」

메이슨은 더 이상 반박할 힘이 없다. 뱃속까지 역겹다. 그게 단지 진정탄 때문만은 아니라는 걸 안다. 「누군가 너한테 이 일의 대가를 치르게 할 거야.」

「그럴 수도 있겠지. 하지만 그게 넌 아닐 거야.」 그녀는 지반을 돌아본다. 지반은 진정탄 권총을 꺼낸다. 박수도가 제공한 훌륭한 총이다. 아마 처음에 스타키를 진정시킬 때 쓴 것과 같은 종류일 것이다.

「우린 네가 너무 빨리 풀려날 위험을 감수할 수 없어.」 뱀이 말한다. 「풀려나고 나서, 우리를 찾고 싶은 충동이 들어도 굳이 그러지 마. 우린 네가 깨어나기 한참 전에 여기를 떠날 테니까.」

지반이 다가와 진정탄을 조준하지만, 아직 방아쇠를 당기지 않는다. 대신 그는 갑자기 스타키의 얼굴에 침을 뱉는다. 「나 때문에 죽은 모든 사람을 대신해서야.」 지반이 말한다. 「네가 시킨 일 때문에 죽은 사람들!」

스타키는 그를 보며 미소 짓는다. 그러고는 뱀이 했던 말을 돌려준다. 「아무도 너한테 뭘 시키지 않았어, 지반. 우린 그냥 너한테 밧줄을 줬을 뿐이야.」

지반의 대답은 그의 부러진 갈비뼈 사이에 진정탄을 곧장 발사하는 것이다.

29
헤이든

 기다림은 견디기 어렵지만, 헤이든은 그런 티를 낼 수 없다. 그랬다가는 의심을 살 테니까. 그는 뱀과 지반과 함께 가고 싶었다. 그들을 못 믿어서가 아니라, 스타키가 제압하기 어려운 강적이라는 사실을 알고 있었기 때문이다. 스타키는 수백 명의 아이를 홀려 여기까지 올 만큼, 아이들의 현실감을 완전히 지워 버릴 만큼 교묘했다. 이번에 그들이 마련한 함정이라고 해도, 스타키가 후디니처럼 빠져나갈 수 있을지 누가 알겠는가?

 헤이든은 지금도 스타키가 광신자 집단을 만들어 냈다는 사실에 놀라움을 금치 못한다. 스타키에게는 공통의 분노와 한 줌의 개인적 매력 외에는 별다른 도구가 없었다. 하긴 역사에도 그런 사례야 충분히 있지만.

 버려진 발전소에 아침이 밝았다. 7백 명에 달하는 황새의 집이 된 지금, 더 이상 버려졌다고 하기는 어렵겠지만. 아침 식사가 한창이다. 아이들은 발전소 지하에서 3교대로 밥을 먹는다. 처음 도착했을 때부터 〈박수 부대〉가 마련해 둔 접이식 의자와 식탁을 사용한다. 박수 부대는 편안한 침낭도 준비해 두었다. 무작위적 폭력 단체치고는 매우 조직적이다. 그들은 황새들을 안전하게 지켜 주겠다고 맹세했다. 하지만 헤이든의 생각은 다르다. 황새들이 안전하게 지내는 건, 박수 부대가 이제는 황새들을 희생할 때가 되었다고 판단할 때까지일 것이다. 박수 부대는 대혼란이라는 명분에 봉사하도록 화가 난 다른 아이들도 모집해 희생시켰으니까. 황새들은 물론 자폭하진 않겠지만, 결국 스타키를 따라 절벽에서 뛰어내리는 것도 자폭과 별반 다르지 않은 일이다.

  모두가 다음 임무를 안다. 스타키가 공식 발표를 하고 부대를 사열했다. 아직 그들의 궁극적 목표가 마우스테일 십일조를 말살하는 것임은 말하지 않았다. 어쩌면 황새들은 그 사실을 영영 알지 못할지도 모른다. 헤이든이 아는 건 단지 뱀이 말해 주었기 때문이다. 헤이든은 스타키가 하비스트 캠프를 점령한 직후 더러운 일을 해치울 정예 부대를 선발했으리라고 생각한다. 아니면 십일조들을 한 건물에 몰아넣고 어깨에 메는 로켓 발사기로 직접 그 일을 해치울 계획인지도 모른다. 확실히 그들에게는 단번에 그런 일을 해치울 수 있는 벙커 버스터[18]가 있으니까.

  하지만 그건 내일 일이다. 그걸로는 스타키가 오늘 여기에 없는 이유가 설명되지 않는다. 헤이든이야 그 이유를 알지만. 어쨌거나 이건 헤이든의 계획이다. 황새들은 진실을 알 수 없다.

---

18 지하의 방공호 등을 뚫고 들어가 파괴하는 폭탄.

「스타키는 특수 팀이랑 같이 정찰하러 갔어.」아이들이 스타키가 없는 이유를 묻기 시작하자 헤이든이 모두를 향해 말한다. 대부분의 아이는 그 설명을 받아들인다. 어쩌면 그 덕분에 임박한 마우스테일 공격이 하루나 이틀쯤 미뤄질지도 모른다는 생각에 안심하는 눈치다. 물론 의심하는 아이들도 있다. 가슨 더그루트는 의문으로 가득하다.

「스타키가 왜 우리한테는 말해 주지 않은 거야? 왜 박수도가 우리 대신 정찰해 주지 않는데? 그게 그 사람들 일 아니야?」물론 그의 머릿속에 가장 크게 자리 잡은 의문은 따로 있다.「왜 날 안 데려간 거지?」

헤이든은 어깨를 으쓱하며 태연한 척한다.「주인님 마음을 누가 알겠냐?」헤이든이 그에게 말한다.「널 여기 두고 간 이유는 애비게일과 좀 더 즐거운 시간을 보내라는 걸 수도 있지.」그런 다음 헤이든은 원투 펀치의 두 번째 단계로 조용히 속삭인다.「있잖아, 스타키가 자리를 비웠으니 그 녀석이 자주 찾던 사무실이 비어 있을 거야. 아주 은밀하게······.」

그 말이 떨어지자마자 가슨의 뇌에서는 모든 피가 빠져나간다. 더 이상 질문은 남지 않는다. 헤이든은 재빨리 애비게일을 찾아 수천 개의 옥수수를 터는 임무를 맡긴다. 가슨에게 내줄 시간이 없도록 한 것이다. 가슨이 애비게일 옆에서 작업 속도를 높이느라 미친 듯이 손을 놀려도 그 작업은 하루 종일 걸릴 것이다. 헤이든은 애비게일이 사무실에서 가슨의 옥수수를 터느니, 차라리 주방에서 진짜 옥수수를 터는 걸 좋아하리라고 생각한다.

헤이든은 아침 내내 1층을 돌아다니며 대화에, 혹은 말 없는 침묵에 귀 기울인다. 오늘의 분위기를 파악해 보려 한다. 헤이든은 군중이란 나쁜 부모가 생기면 가족만큼이나 위험해질 수 있음을 안다. 스타키는 그중에서도 대단히 위험한 존재다. 아마 그래서 이 많은 아이가 기꺼이 스타키를 따르는 걸지도 모른다. 스타키를 보면 집이 생각나니까.

「이 와플, 너무 구리다.」 불만분자 황새가 말한다. 그 애는 실제로 구렸던, 멀건 달걀 가루가 나왔을 때도 똑같이 말했다. 지금은 박수 부대가 황새들이 직접 구할 수 있었던 것보다 훨씬 고품질의 음식을 제공하지만 불평꾼은 언제나 있다.

「미안.」 헤이든이 말한다. 「해산물 아침 뷔페는 내일이야. 너한테는 꼭 게 다리랑 캐비아를 주라고 할게.」

아이는 헤이든에게 가운뎃손가락을 날리더니 와플을 계속 먹어 치운다. 2주 전 발전소에 도착한 이후, 헤이든은 재고 관리만이 아니라 음식 준비도 감독하고 있다. 주방을 맡았던 아이가 호스크리크 하비스트 캠프 공격에서 사망했기 때문이다. 최근에는 헤이든이 맡은 모든 업무가 해당 직위의 부재로 인해 생겨난 결과인 것처럼 보인다.

하비스트 캠프가 하나씩 점령될 때마다 황새들의 분위기는 점점 더 어둡고 불안정하게 변했다. 위협적인 시선이 늘어났고, 아무것도 아닌 일을 두고 다투는 경우도 많아졌으며, 이미 문제가 많던 아이들 사이에 더 많은 문제가 생겼다. 지난번 공격 이후로는 환상지의 통증처럼 정의할 수 없는 욱신거림과 마비가 찾아왔다. 죽은 자들이 남긴 텅 빈 공간은 새로운 얼굴들이 더해져도 채워질 수 없었다. 다음 임무가 끝난 뒤에 얼마나 많은 이름이 사라질지 예측할 수도 없었고.

스타키에게는 지금도 그가 열띤 연설로 아이들을 몰아가려 할 때마다 가장 시끄럽게 고함을 지르고 환호함으로써 가파르게 꺾여 가는 사기를 보충하려 드는 끈질긴 신봉자들이 있다. 그런 광적인 열기에서 스타키가 힘을 얻는다고 할 수 있다. 하지만 그들의 노력은 점점 더 효과를 잃어 간다.

「어디 있어, 헤이든?」

돌아보니 한 소녀가 화가 난 듯 쾅 소리를 내며 식탁 옆의 퇴식용 카트에 시끄럽게 접시를 내려놓고 있다. 질문에 물음표를 찍는 대신 그렇게 한 것 같다. 다만 그녀의 말은 질문이 아니라 비난이다. 이 소녀는 콜드스프링스 하비스트 캠프에서 해방된 아이다. 콜드스프링스 소장은 헤이든이 청담을 위해 일한다고 모두를 설득했고, 그 아이들은 지금도 헤이든이 배신자라는 믿음을 고수하고 있다. 혐오를 일삼는 아이들에게 좋은 점이 하나 있다면, 그들이 헤이든을 계속 긴장하게 만들어 그가 너무 느긋하거나 편안해지지 못하게 한다는 점이다.

「뭐가 어디 있어?」 헤이든이 묻는다. 「소시지 말하는 거야? 소시지는 다 떨어졌어. 베이컨은 아직 많이 있지만.」

「모르는 척하지 마. 넌 스타키가 팀원들을 데리고 갔다고 했지만, 내가 확인해 보니 여기 없는 사람은 스타키랑 뱀, 지반뿐이야. 스타키가 데려갈 만한 팀이 아니라고. 내 생각엔 걔들이 사라진 게 너랑 뭔가 관계가 있어.」

다른 아이 몇 명이 이 작은 시비를 알아챈다. 한 아이는 헤이든과 눈을 마주치더니 〈난 네 편이야. 콜드스프링스 애들은 돌았어〉라고 말하는 듯 눈알을 굴린다. 점점 더 많은 아이가 가세하면서, 콜드스프링스 출신 혐오자들의 목소리는 더욱 무의미해진다. 혐오자들이 있더라도, 헤이든은 자신이 원하기만 하면 이곳의 지도자가 될 수 있음을 안다. 그러고 싶지 않아서 다행이다.

「뇌가 반이라도 있는 사람이라면 누구나 스타키한테 현장을 훑어볼 돌격 대장이랑, 보안 시스템을 뚫을 해커가 필요하다는 걸 알 거야.」 헤이든이 말한다. 「그렇지 않으면 공격하다가 더 많은 사람이 죽을 수도 있으니까.」 헤이든은 일부러 〈죽는다〉는 말을 강조한다. 바람직한 효과가 따른다. 비난하는 소녀의 식탁에 앉아 있던 모든 사람이 불편해한다. 방금 식탁 아래에서 거미가 그들의 무릎 위로 기어오른 것만 같다.

「왜 다른 하비스트 캠프를 공격해야 하는 거야?」 목소리 큰 아이 중 하나인 일라이어스 딘이 묻는다. 「이미 충분히 하지 않았어?」

헤이든은 미소 짓는다. 아이들이 참았던 의견을 큰 소리로 말하기 시작했다는 사실은 아주 좋은 징조다. 「스타키는 하비스트 캠프가 모두 사라지거나, 우리가 전부 없어질 때까지 계속할 거래.」

더 많은 식탁에 더 많은 거미가 기어오른다. 사람을 무는 거미가.

「언젠가는 놈들이 우리에게 대비할 거야.」 누군가가 툴툴거린다. 「그러고는 우리가 정문을 지나기도 전에 모두를 쓸어버리겠지.」

일라이어스가 말한다. 「스타키가 천재라는 것도 맞고, 다 맞는 말이긴 한데, 좀 너무하지 않아?」

「생각하는 건 내 일이 아니야. 가끔 생각을 하긴 하지만.」 헤이든이 말한다. 「너도 생각을 한다니 기쁘다.」 헤이든이 받아 주는 건 그 정도다. 그가 불만을 퍼뜨린다는 비난은 절대 받아서는 안 되니까.

〈정찰 팀〉은 정오 무렵에 돌아온다.

「돌아왔어.」 경비병이 발전소의 녹슨 정문에 있는 초소에서 달려와 말한다. 처음에 헤이든은 작전이 통하지 실패했으리라고 생각한다. 뱀과 지반이 실행 능력 부족으로 말아먹었든지, 납치를 진짜처럼 보이게 만들 정원사가 나타나지 않았을지도 모른다고. 하지만 뱀과 지반이 돌아왔을 때 스타키는 그들과 함께 있지 않다. 관찰력이 떨어지는 보초가 알아채지 못한 사실이다.

「스타키는?」 뻔한 질문이 나온다. 황새 한 명이 아니라 여러 명이 서로에게 속삭이듯 묻는다. 그들은 감히 뱀이나 지반에게 직접 묻지 못한다. 황새들은 겁을 먹었다. 희망을 품고 있다. 화가 나 있다. 그들은 분류하기에는 너무 많은 감정으로 가득 차 있다.

헤이든은 조심스럽게 뱀과 지반에게 다가간다. 모두가 그들을 지켜보고 있다는 것도, 그들 셋 모두가 이 순간 평가당하고 있다는 것도 알고 있다.

「설마……. 산에서 길을 잃어서 도너 일행처럼 해야 했던 건 아니지?」[19] 헤이든이 말한다. 「스타키를 잡아먹은 거면, 나 먹

---

19 1846년, 조지 도너가 이끈 이주자들이 미국 네바다주의 산맥에서 눈보라에 갇혀 극심한 굶주림 끝에 생존을 위해 시신을 먹을 수밖에 없었던 사건을 말한다.

을 가슴살은 좀 남겨 뒀길 바라.」

「안 웃겨.」뱀이 말한다. 쇼를 위한 말이라는 걸 헤이든이 알 수 있을 만큼 큰 목소리로.「우린 장기 해적에게 기습당했어. 우리 몸이 아직 온전한 것만도 기적이야.」더 많은 아이가 이 기이한 비극의 중력에 이끌려 소리가 닿는 범위로 들어오자 뱀은 망설인다.「놈들은 스타키를 알아보고 지반과 나를 진정 탄으로 쏜 다음 우리를 남겨 놓고 갔어. 정신을 차려 보니 스타키는 없었어. 놈들이 잡아갔어.」

헛숨을 들이켜는 사람도, 우는 사람도 없다. 침묵뿐이다. 지반은 관심의 중심에 서고 싶지 않아 슬쩍 빠져나가려 하지만, 뱀이 그의 어깨를 꽉 잡아 떠나지 못하게 한다.

「스타키가 사라졌다고?」가장 작고 어린 황새 중 하나가 묻는다. 헤이든의 기억대로라면, 마지막 점령 때 무기를 제대로 휘두르지 못했던 아이다.

「미안.」뱀이 말한다.「우리가 할 수 있는 일은 없었어.」

헤이든으로서는 놀랍게도 뱀의 눈이 눈물로 흐려지기 시작한다. 뱀이 헤이든의 생각보다 거짓말을 훨씬 잘하거나, 최소한 그녀의 감정 일부는 진심이라는 뜻이다.

「어쩌지?」누군가 묻는다.

「스타키 없이 살아가야지.」뱀은 미묘하게 권위를 실어 말한다.「모두 터빈 층에 모이라고 해. 의논할 게 있어.」

소문은 빠르게 퍼져 나간다. 모두가 스타키 없는 세상이라는 생각과 씨름하며 어두운 절망감이 걷히기 시작한다. 스타키의 하렘에 속했던 세 소녀는 서로를 위로하다가 물어뜯기를 번갈아 한다. 그들을 위로하기란 불가능하다. 하지만 그렇게 슬퍼하는 건 그들뿐이다. 가슨 더그루트를 비롯한 스타키의 다른 지지자들조차 재빨리 슬픔을 극복하고, 이제는 새로 개편될 위계질서 내에서 자신의 입지를 굳히려 홍보에 매진한다. 하지만 그날 아침 늦게 뱀이 황새들 앞에서 연설에 나서자, 누가 대장인지 분명히 드러난다. 뱀은 위압적인 존재감을 보여 준다. 누구도 뱀의 권위에 감히 도전하지 못한다. 이제부터 모든 경쟁은 뱀의 지도하에 존재하는 자리싸움이 될 것이다.

뱀은 모두에게 연설이라기보다는 상황을 설명한다. 그녀의 말은 스타키가 했을 법한, 과장으로 가득한 선전 포고의 함성이 아니다. 그저 황새들이 스스로 각오를 다질 수 있도록 가혹하고 무거운 현실을 이야기할 뿐이다. 그녀는 세 가지 핵심적인 사실을 짚어 낸다.

「우린 머리에 현상금이 걸린, 아무도 원하지 않는 아이들로 이루어진 도망자 무리야.」

「우리의 친구라는 박수도 적보다도 더 나빠.」

「온전한 몸으로 살아 있으려면, 우리는 하비스트 캠프 공격을 중단하고 자취를 감춰야 해. 지금 당장.」

복수를 외치는 아이들이 몇 명 있기는 하다. 스타키가 원했을 법한 말이다. 하지만 그런 목소리는 약하고, 황새들 사이에 메아리를 일으키지 못한다. 뱀의 선언으로 그들의 자살 질주는 끝난다. 그들의 새로운 임무는 살아남는 것이다. 생존을 반박하기란 어려운 일이다.

「잘했어.」 헤이든은 탄약 저장고에서 뱀과 단둘이 있게 된 기회를 노려 말한다. 「나한테는 정말로 있었던 일을 말해 줄 거야?」

「무슨 일이 있었는지는 너도 알잖아. 네 계획대로 됐어. 그 녀석은 바로 함정에 빠졌고, 네가 예상한 그대로였어.」

뱀은 영상에 대해 말한다. 영상은 신중하게 녹화되고 복제된 다음, 스타키가 공격용 핵무기를 발사할 경우에 대비한 방어용 핵무기라도 되는 것처럼 다양한 가상 공간에 숨겨 두었다.

「정말 확실해? 스타키가 다시 여기로 돌아오진 않을까?」 뱀이 묻는다.

그 무엇도 백 퍼센트라고 말할 수는 없지만, 헤이든은 상당히 확신한다. 「자존심과 복수가 충돌하면, 스타키의 경우에는 자존심이 이겨. 너한테 복수하고 싶은 욕구보다 자기 이미지가 더 중요해. 물론 복수를 시도할 수야 있겠지만, 자기를 따를 새로운 황새 무리를 모은 뒤에나 그럴 거야.」

뱀은 입술을 말아 올리며 비웃듯 미소 짓는다. 전보다 덜 위협적으로 보인다. 「네가 그 녀석을 나보다 더 잘 안다니 열받네.」

「인성 판단에 있어서는 내가 현자거든.」 헤이든이 말한다. 「예컨대 사람들은 널 보면 태도 문제와 더 강한 데오도런트를 써야 할 필요밖에 느끼지 못하겠지만, 난 네가 거의 코너만큼 황새들을 잘 이끌 거라고 생각하거든.」

뱀은 반쯤 진심으로 그를 노려본다. 「모욕하지 않고 칭찬할 수는 없냐?」

「응.」 헤이든이 인정한다. 「불가능해. 그게 내 매력의 본질이거든.」

뱀은 돌아서 저장고에 쌓여 있던 무기들을 다시 정리한다.

헤이든은 모든 무기에 탄창이 빠지고 안전장치가 채워져 있는지 확인하며 그녀를 돕는다. 치명적인 자동 화기 문제에 있어서는 아무리 조심해도 지나치지 않다.

뱀은 잠시 멈춰 눈앞에 쌓인 무기들을 본다. 「저 힘이 스타키의 뇌를 날려 버린 건 분명해.」 뱀이 말한다. 「하지만 스타키가 한 일이…… 다 나쁜 것만은 아니었어. 우리한테는 언와인드될 뻔한 아이가 5백 명이 넘게 있어. 우리가 하비스트 캠프에서 해방한, 황새가 아닌 아이들은 세지도 않은 숫자야.」

헤이든은 폭군의 변명을 해주고 싶은 마음이 딱히 없지만, 어깨를 으쓱해 보이는 정도의 호의는 베푼다. 「큰 그림을 보면, 결과가 수단을 정당화하기도 하지. 아닐 수도 있고. 내가 확실히 아는 건, 이제 메이슨 스타키 식의 정의로 다른 사람이 목매달리거나 총살당하거나 처형당하는 일은 없으리라는 것뿐이야. 우리가 무고한 아이들의 대량 학살을 막았다는 것도 잊지 마.」

「이제 그 애들은 예정대로 언와인드되겠지.」 뱀이 그에게 일깨운다.

「그래도 우리가 하는 건 아니잖아.」

황새 몇 명이 무기를 두려고 저장고에 들어온다. 뱀이 고맙다고 인사하자 그들은 총을 다른 사람의 골칫거리로 만들어 안도했는지 서둘러 나간다. 그들의 계획은 방어에 필요한 최소한의 무기만 남기는 것이다. 나머지는 발전소를 떠날 때 두고 갈 것이다. 그들은 빨리 이곳을 떠나야 한다. 박수 부대의 거물들이 스타키가 사라졌음을 알아차리는 순간, 무슨 짓을 할지는 아무도 모른다. 특징 없는 헬리콥터를 잔뜩 타고 하늘에서 내려와 그들 모두를 쓸어버릴 수도 있다. 헤이든이 보기에 놈들은 충분히 그런 짓을 할 수 있다.

「난 가슨 더그루트를 부사령관으로 삼기로 결정했어. 네가 그 자리를 원하지 않는다고 분명히 밝혔으니까.」뱀이 말한다.

「장난해?」

「스타키 밑에 있을 때는 짜증스러운 녀석이었지만, 걘 권위를 존중하고 명령에 잘 따라. 스타키가 빠졌으니, 그 녀석은 자산이 될 거야. 거기다 애비게일과 헤어졌으니 그 녀석을 바쁘게 만들어야야 해.」

헤이든이 웃는다. 「옥수수를 털다 보면 어떤 관계든 깨질 수 있지.」 그러고는 드물게 진지한 얼굴로 묻는다. 「다음은 뭐야?」 그의 계획은 스타키 제거에서 끝나기 때문이다.

「황새들한테 안전한 곳을 찾아보라고 했어.」 뱀이 말한다. 「숨을 곳은 많아. 그중 하나에 웅크리고 들어간 다음, 어떻게든 해볼 거야.」

「행운을 빌어.」 헤이든이 말한다.

뱀은 예전처럼 의심스러운 눈빛으로 그를 눈여겨본다. 「넌 안 가?」

헤이든이 과장된 한숨을 내쉰다. 「너라는 놀라운 허수아비를 움직이는 실세가 될 수도 있겠지만, 이젠 나도 더 푸른 초원을 찾아갈 시간이야. 사실 나만의 작은 팀을 꾸려서 라디오 방송을 다시 시작할 생각이었어. 팟캐스트는 올린 지 몇 시간 만에 청소년 전담국한테 계속 잘리거든.」

뱀이 그 말에 웃는다. 「헤이든, 네 방송은 묘지 너머로 나간 적이 없어. 그때조차 그 방송을 들은 사람은 너밖에 없고.」

「그래, 난 내 얘기를 듣는 게 좋아. 근데 지반과 특별히 선발된 요원 몇 명이 도와준다면 더 많은 청취자를 얻을 수 있을 거야. 우린 언어 공격대[20]가 될 거야. 줄이면 VSF. 언제나 이니셜이 훨씬 더 인상적이니까.」

뱀이 고개를 젓는다.「넌 이상한 녀석이야, 헤이든.」

「라고, 밤비라는 이름의 황새가 말했습니다.」

뱀이 그에게 진짜 미소를 지어 보인다. 헤이든이 거의 본 적 없는 표정이다.「다시 그렇게 부르면 죽인다.」

---

20 원문은 Verbal Strike Force.

30
스타키

 정신을 차려 보니 밤이다. 진정탄이 하루를 통째로 앗아 갔다. 스타키는 가볍지만 끊임없이 내리는 비에 떨고 있다. 저체온증에 걸리기 일보 직전이다. 그는 억지로 생각을 가다듬는다. 이 새롭고 삼엄한 상황을 극복하기 위해서는 지금의 행동이 대단히 중요하다. 그는 타오르는 감정에서 열기를, 분노의 아드레날린을 빌려 온몸에 온기를 불어넣는다.

 누군가는 왕좌에서 쫓겨나는 것, 권력에서 뜯겨 나오는 것을 견딜 수 없는 치욕이라 여길지도 모른다. 하지만 메이슨 마이클 스타키에게는 그렇지 않다. 그라는 존재의 핵심은 야심이라는 강력한 음양의 소용돌이에서 생겨났다. 그 야심은 정당한 분노가 되었고, 이 추동력이 스타키라는 인간의 본질이 되었다. 그러한 힘은 치욕의 여지를 남겨 두지 않는다. 스타키에게 남은 감정은 배신에 대한 분노와, 그의 것인 지도자 자리를 되찾겠다는 타오르는 욕망뿐이다. 그가 정당하게 얻어 낸 지도자 자리를. 반역은 어떤 문화권에서든 가장 큰 범죄. 그는 반역자들에게 대가를 치르게 할 작정이다.

그는 다시 한번 황새들을 이끌 것이다. 오늘은 아니더라도 머잖아서. 그는 때를 기다려야 한다. 그의 배후에는 박수도 운동의 돈과 권력이 있다. 그는 그들에게 연락하는 방법을 안다. 그러니 희망도, 친구도 아직 남아 있다. 맨드리히는 그에게 비상시에 쓸 수 있는 전화번호를 주었고, 스타키는 이보다 큰 비상 사태는 생각할 수 없다.

하지만 지금 당장 필요한 일부터 처리해야 한다. 그는 추위에서 벗어나야 한다. 은신처를 찾아야 한다. 가장 암울했던 순간에도 그는 기본적인 생존 본능에 떠밀리게 되리라고는 상상하지 못했다. 놈들이 내게서 모든 것을 빼앗아 갔어. 그는 그렇게 생각한다. 하지만 그 생각이 자리 잡기도 전에 그것을 목 졸라 죽여 버린다. 그는 자기 연민에 빠진 사람들을 경멸한다. 그렇게까지 비천해지지는 않을 것이다.

스타키는 이 일이 쉽게 풀리지 않을 걸 안다. 그는 지금 미국에서 가장 중요한 수배자다. 어디서든 즉시 눈에 띌 것이다. 핸드폰을 가지고 있고 그에게 걸린 막대한 보상금을 노리는 모든 사람에게 사냥감이 될 것이다. 이제 그의 머리에 걸려 있는 현상금은 양부모가 그에게서 보았던 가치보다 훨씬 크다.

그의 미래는 오직 전화기에 달려 있다. 첫 번째 전화기는 누가 먼저 전화를 거느냐에 따라 구원이 될 수도, 파멸이 될 수도 있다. 전화를 거는 사람이 스타키라면 몰라도, 전화기의 주인이라면 경찰에 신고할 게 확실하니까.

아직 진정탄 때문에 현기증이 가시지 않은 상태에서 그는 숲을 헤치고 고속 도로로 향한다. 뻣뻣한 다리를 억지로 움직여 빠른 속도로 걷는다. 체온은 오르지만 걸음을 내디딜 때마다 몸이 떨린다. 도로를 따라 2.5킬로미터쯤 올라가자 휴게소가 나온다. 그는 편의점이라는 따뜻하고 밝은 공간에 서둘러 들어간다. 그리고 즉시 그 안에 있는 사람들을 가늠해 본다. 소름 끼치는 인상의 점원, 간식을 고르는 가족, 더러운 청바지를 입고 복권을 살 동전을 모으고 있는 노인. 아무도 그를 보지 않는다. 그는 몰래 화장실에 들어가 문을 잠근다. 옷을 입은 채 변기에 앉은 그는, 탈수가 너무 심해 소변조차 나오지 않는다. 그는 몸의 떨림을 진정시킨다. 생각한 것보다 오래 걸린다. 결국 점원이 문을 두드린다.

「어이, 안에 괜찮아요?」

「네, 금방 나갈게요.」

스타키는 잠시 더 시간을 끌며 멀쩡한 손의 손가락을 쭉 펴 본 뒤 일어선다. 마지막까지 남아 있던 진정탄의 기운이 이제 잦아들었다. 그런 다음, 스타키는 다시 편의점으로 나온다. 다른 가족이 간식을 고르며 다투고 있다. 여자 하나가 커피 머신 앞에서 허둥대며 어떤 게 디카페인이고 어떤 게 일반 커피인지 알아내려 애쓰고 있다. 점원은 뚱뚱한 남자가 주유한 휘발 윳값을 계산하느라 바쁘다. 스타키는 일에 착수한다.

그는 밖으로 나간다. 거기에는 뚱뚱한 남자의 자동차가 기다리고 있다. 주유기 호스는 여전히 연료 탱크에 꽂혀 있다. 그리고 자동차 안의 콘솔에는 충전기에 연결된 핸드폰이 보인다. 스타키는 문을 열고 핸드폰에 손을 뻗지만, 그 순간 뒷자석의 어둑한 곳에 있던 아이가 소리친다. 「너 뭐야! 나가! 아빠! 도와줘요!」

스타키는 움찔하지만, 이제 와서 그만두기에는 너무 늦었다.

「미안하다, 꼬마야.」 그는 핸드폰을 낚아채 충전기에서 뽑는다. 하지만 아이가 계속 비명을 지르고, 아버지가 가게에서 뛰쳐나온다.

스타키는 자신이 이렇게 서툰 도둑질을 했다는 사실에 욕이 나온다. 마술사로서, 그는 언제나 손목시계나 지갑, 핸드폰 같은 물건을 눈에 띄지 않고 주머니에 넣었다 뺄 수 있는 자신의 능력을 자랑스럽게 여겼다. 하지만 지금은 너무도 간절한 나머지 이렇게 우아하지 못한 도둑질을 했다는 데 사기가 꺾인다.

남자가 쫓아오기에 스타키는 전력으로 달린다. 그는 덤불이 우거진 편의점 뒤편의 어두운 들판으로 몸을 숨긴다. 아이의 고함과 분노했지만 둔하고 느린 아버지의 고함이 들리지 않게 된 뒤에도 한참을 더 달린다.

목격되거나 추적당하기에는 너무 멀리 왔다는 확신이 들었을 때 스타키는 핸드폰을 확인한다. 처음에는 핸드폰이 잠겨 있어 사용할 수 없으리라고 생각하지만, 운 좋게도 남자는 자동차라는 안전한 공간에서 핸드폰을 빼앗기리라 예상하지 못했다. 스타키는 다이얼 화면을 켜고 자신이 받은 비상용 번호를 입력한다. 신호가 두 번 울리더니, 특징 없는 목소리가 평범한 말로 전화를 받는다. 「여보세요?」

「메이슨 스타키입니다.」 그가 말한다. 「일이 좀 있었습니다. 도움이 필요합니다.」

그는 단숨에, 상황을 최대한 간결하게 설명한다. 그러자 상대방은 침착한 목소리로 말한다. 「그대로 계세요. 데리러 가겠습니다.」

스타키는 받은 지시에 따라 핸드폰 전원을 켜둔다. 그게 위치를 알리는 신호가 될 것이다. 한 시간도 지나지 않아, 밤하늘에서 헬리콥터 한 대가 우화 속 황새처럼 내려와 그를 더 안전한 곳으로 데려간다.

스타키는 그들이 자신을 어디로 데려가는지 전혀 모른다. 도시다. 그가 아는 건 그게 전부다. 그는 새벽이 올락 말락 하는 아주 이른 시각에 스카이라인의 실루엣을 알아볼 만큼 세련되지 않다. 그가 확실히 아는 것은, 이곳이 넓은 물가에 있으며 자신이 있던 곳보다 춥다는 것뿐이다. 사람들이 헬리콥터 문을 열고 그를 옥상의 착륙장에서 안내해 갈 때 밀어닥친 차가운 공기가 그 증거다. 높은 빌딩이지만, 가장 높은 빌딩은 아니다. 이 도시의 고층 빌딩들 사이에서는 평균적인 높이다.

스타키는 박수도 운동이 자금과 조직력을 충분히 갖추고 있다는 것을 알았지만, 그들이 이토록 뻔히 보이는 곳에 본부를 두고 있을 줄은 몰랐다. 잠시 멈춰 생각하게 된다. 스타키의 상상 속에서 박수도 운동은 훨씬 투박한 반문화 운동이었다. 수상한 클럽의 위험한 뒷방 같은 데 숨어 있을 줄 알았다. 하지만 그들이 자체 사무용 빌딩을 차지하고 있다는 사실이 어쩐지 더 불안하게 느껴진다. 헬리콥터가 빌딩에 접근할 때 스타키가 본 로고는 그가 모르는 단순한 디자인이었다. 〈PC〉라는 머리글자로 이루어져 있었는데, 상당히 일반적이고 아주 많은 것을 뜻할 수 있을 듯했다.

스타키는 몇 층이나 되는 계단을 내려가, 가슴이 너무 발달되어 있어 보안 요원으로밖에 볼 수 없는 검은 정장 차림의 남자 두 명에 의해 엘리베이터로 안내된다. 엘리베이터가 그를 37층으로 데려간다. 스타키는 검은 가죽 의자와 파란색 대리석으로 된 긴 탁자가 있는 회의실로 안내된다. 아무도 없다.

「여기서 기다리세요.」 보안 요원 중 한 명이 말한다. 「곧 누가 올 겁니다.」

회의실에는 문이 하나밖에 없고, 남자들은 나가면서 그 문을 잠근다. 스타키는 혼자 남겨진다. 동쪽을 바라보는, 바닥에서 천장까지 이어지는 창문들이 있지만, 그 창은 빛을 산란시키는 뿌연 유리로 되어 있어 바깥 풍경은 보이지 않는다. 투명하다기보다는 반투명하다. 떠오르는 태양은 황금빛 아지랑이에 지나지 않는다.

스타키는 헬리콥터에서도 혼자였다. 조종석에 격리되어 있던 조종사는 그를 태운 뒤 〈안전벨트 매세요〉라는 말 외에는 아무 말도 하지 않았다. 이들이 이토록 빠르게 구출용 헬기를 보냈다는 사실, 그를 내부자들의 성소에 있는 호화롭게 장식된 방에 두었다는 사실은 스타키에게 자신이 존중받고 값지게 여겨진다는 정보를 전달한다. 그러나 스타키의 마음속에는 잘 규정되지 않는 어떤 불안이 뿌연 유리로 들어오는 빛처럼 퍼져 있다.

아무도 오지 않는다.

한 시간 뒤, 스타키는 바닥에서 주워 든 종이 클립으로 문의 자물쇠를 따보려 하지만 실패한다. 자물쇠를 다루는 솜씨가 뛰어난 편이지만 이 자물쇠는 열리지 않는다.

「어이!」 그가 소리친다. 「혹시 잊었을까 봐 하는 말인데, 난 여기 있어! 빌어먹을, 누군가 와서 날 내보내 줘!」

그는 문을 두드리기 시작한다. 누군가 그를 조용히 시키기 위해서라도 다가오도록 소동을 일으키려 한다. 아무 소용이 없다. 이 층 전체가 텅 빈 듯하다. 방음 처리도 되어 있는 것 같다. 스타키는 격분해 의자를 걷어차며 소란을 피우기 시작한다. 하지만 정말로 그의 소리를 들을 사람이 아무도 없다면, 이 모든 소란과 분노는 아무 의미가 없을 것이다. 결국 스타키는 이런 소동을 일으킨 사람으로 보이고 싶지 않아, 의자를 원래 자리에 세워 놓고 기진맥진한 채 탁자에 앉아 두 팔에 머리를 묻는다. 그는 금세 잠든다.

꿈에 뱀이 나온다. 뱀은 그를 비웃고, 다른 아이들도 부추겨 비웃게 한다. 스타키가 뱀에게 기관총을 쏘지만 나오는 것은 꽃잎과 젤리, 팝콘뿐이다. 그 모습에 모두가 더 웃을 뿐이다. 헤이든이 그에게서 기관총을 빼앗아, 총구를 그의 콧구멍에 쑤셔 넣는다. 너무 깊이 넣어서 총이 뇌에 닿는 것을 느낄 수 있도록. 〈이거면 코 청소가 될 거야.〉 헤이든이 그렇게 말하자 경기장을 가득 채우듯 사방에서 웃음이 터진다.

스타키는 어깨를 가만히 흔드는 손길에 깬다. 그는 자비롭게도 꿈에서 끌려 나온다.

「스타키 군?」

흐릿한 눈을 들어 보니, 단정한 차림새에 희끗희끗한 검은색 턱수염을 바짝 다듬은 남자가 보인다. 댄드리히다.

「이제야 만나네요.」 스타키가 쉰 목소리로 말한다.

「내가 도착할 때까지 쉴 수 있는 곳에 자네를 데려다 놓으라고 명령했네.」 그가 친절하게 말한다. 「하지만 명령에는 해석의 여지가 생기게 마련이지.」

「누군가는 해고하셔야겠습니다.」

댄드리히는 잠시 생각해 보더니 말한다. 「최소한 꾸짖기는 해야겠지. 그건 그렇고, 자네가 좀 쉬었길 바라네. 대단한 성공으로 맥이 빠졌을 텐데.」

스타키는 목을 돌려 뭉친 근육을 푼다. 댄드리히는 전에는 없던 투명한 주전자에서 물 한 잔을 따라 준다. 「여긴 어딥니까?」

댄드리히가 그에게 물잔을 건넨다. 「보통 〈비공개 장소〉라 불리는 곳이지.」

「도시 한복판에 있으니 제가 보기에는 꽤 공개된 것 같은데요.」

「도시라는 환경 속으로 사라질 수 있는 건 무단이탈자만이 아니라네, 친구.」 댄드리히는 태평하게 스타키 맞은편에 앉으며 말한다. 「도시에 사는 사람들에게는 대부분의 빌딩이 크기와 상관없이 집과 사무실 사이를 가로막는 장애물에 불과하지. 도시에서는 편리함과 익명성이 함께 가는 거라네. 하지만 우리가 본부 얘기를 하려고 만난 건 아니지. 안 그런가?」

「배신자들이 있습니다.」 스타키가 본론을 꺼낸다. 「황새단을 구하려면 그놈들을 제거해야 합니다.」

댄드리히는 놀라지 않는다. 「쿠데타는 언제나 불행한 일이지. 물론, 쿠데타를 실행하는 쪽은 그렇게 생각하지 않겠지만.」

스타키는 자신이 묘지에서 일으킨 쿠데타를 떠올린다. 준대로 받는다지만, 타이밍만큼은 최악이다.

「호스크리크 하비스트 캠프에서 그런 축제를 벌였으니, 수

많은 황새가 마법에서 풀려난 것도 놀랄 일이 아니야.」 후원자가 말한다.

「배신자들은 저를 범죄자로 보이게 할 영상을 녹화했습니다. 하지만 저를 도와주신다면, 그 영상이 조작된 거라고 모두를 설득할 수 있습니다. 더 많은 무기와 함께 저를 돌려보내 주세요. 제가 다시 황새단을 장악하고 대의에 따르게 하겠습니다.」

「그럴 필요 없네.」 댄드리히가 말한다. 「자네의 최근 공격들이 너무도 성공적이라, 우리는 자네 쪽에서 더 이상 행동할 필요가 없다고 판단했네.」

「하지만 마우스테일은요?」

「불필요해. 자네가 호스크리크에서 해낸 일이 있으니 마우스테일을 쳐봤자 김빠진 일일 걸세. 자넨 호스크리크에서 훌륭했거든.」 그가 미소 지으며 말한다. 그 미소가 무표정으로 바뀐다. 「자네는 훌륭했지만, 이젠 끝이야.」

스타키는 고개를 젓는다. 「저 밖에는 아직 92곳의 하비스트 캠프가 있습니다. 제가 그곳들을 무너뜨려야 한다면서요.」

「메이슨, 자네는 우리의 목표가 모든 하비스트 캠프를 무너뜨리는 것이 아님을 잊고 있네.」

스타키가 일어선다. 「글쎄요, 제 목표는 그것입니다!」

이제는 댄드리히의 표정이 얼음처럼 차가워진다. 「우린 청소년을 권력 망상 속에 뒹굴게 하는 사업 따위 하지 않아.」

댄드리히는 깡말랐고 중년치고도 힘이 빠져 가는 나이지만, 스타키는 그 흔들림 없는 시선에 위압감을 느낀다.

「그럼 이게 다입니까? 저한테는 볼일이 끝났다는 건가요?

그냥 저를 거리로 내버릴 생각이십니까?」

그 말에 댄드리히가 웃는다. 그의 표정이 다시 부드러워진다.「아니, 당연히 아니지. 우린 자네처럼 값진 사람을 절대 버리지 않아. 자네는 여전히 우리 명분을 위해 봉사할 수 있어.」

「당신 명분 따위는 집어치우시죠! 내 명분은요?」

「현명한 장군은 자신의 작전이 언제 끝났는지 아는 법이네.」 그는 두 손을 들어 주위를 넓게 훑으며 말한다.「자네가 해낸 일을 보게! 자네가 늘 꿈꿔 온 전설이 되었다는 데 만족하도록 하게. 수백 명의 언와인드를 해방했다는 점에. 그토록 많은 황새를 구하고, 자네 신념을 위해 한 방을 날렸다는 점에 말일세.」

그의 말이 맞을지도 모르지만, 스타키는 자신이 버려졌으며 이제는 복수할 권리마저 부정당하고 있다는 생각을 참기 어렵다. 그는 주먹으로 탁자를 쾅 친다.「놈들은 자신들이 저지른 짓에 대해 대가를 치러야 합니다!」

댄드리히는 절대 평정심을 잃지 않는다.「치르게 될 거야. 때가 되면.」

스타키는 마음을 가라앉힌다. 인내심은 묘지에서 그의 가장 큰 자산이었다. 언제부터 인내심을 잃고 만 걸까? 그는 심호흡을 한 번, 또 한 번 한다. 복수에 대한 갈증을 잡아맬 수만 있다면, 그 순간이 왔을 때 복수가 더더욱 만족스럽고 파괴적으로 느껴질 것이다. 배신도 그가 이룬 성과를 없애지는 못했다. 그 점을 기억해야 한다. 혼란과 파괴라는 미덕을 옹호하는 이 해괴한 조직에서, 스타키는 자신의 자리를 찾을 것이다. 여기서도 기어를 작동시킬 방법을 알아낼 것이다. 묘지에서 그랬듯이.

「자네는 수많은 논의의 대상이었네.」 댄드리히가 말한다. 「우리는 자네의 가장 큰 잠재력이 모금 부서에서 발휘될 수 있다고 판단했지.」

「모금이요?」

「세상에는 자네를 자세히, 개인적인 차원에서 알고 싶어 하는 사람들이 있어.」 댄드리히가 말한다. 「중요한 사람들이야. 어떤 사람은 아주 돈이 많고, 어떤 사람은 아주 힘이 세지.」

「그러니까…… 저를 그 사람들에게 소개해 주시겠다는 겁니까?」

「개인적으로는 아니지만, 장담하는데 자네는 훌륭한 손길에 맡겨질 거야.」 댄드리히가 문을 열자 정장 차림의 덩치 좋은 남자 두 명이 기다리고 있다. 「여기, 내 관계자들이 자네를 새로운 업무 공간으로 데려다줄 걸세.」 그는 스타키와 악수한다. 「지금까지 해준 모든 일에 감사하네. 우리가 각자의 길에서 서로를 만날 수 있었던 것도, 한동안 우리의 목표가 서로에게 도움이 되었다는 것도 기쁘군. 몸조심하게, 메이슨.」 그러더니 그는 두 명의 건장한 남자에게 스타키를 남겨 두고 떠난다. 남자들은 그를 다시 엘리베이터로 데려간다.

「혹시 어디로 가는 건지 물어봐도 됩니까?」 스타키는 두 보안 요원 중 머리가 좀 더 좋아 보이는 사람에게 묻는다. 엘리베이터는 옥상의 헬기 착륙장으로 올라간다.

「어…… 제가 알기로는 아주 많은 곳에 가게 될 겁니다.」

그야 괜찮다. 이런 호화로운 여행이라면 익숙해질 수 있을 것이다.

31
그레이스

한 번에 처리하기에는 편지봉투가 그야말로 너무 많다. 그레이스는 세 번에 걸쳐 배달 여행을 떠나기로 한다. 매번 다른 우체국에 갈 것이다. 그레이스는 여러 우편번호가 적용되는 구역으로 여러 번 갈 계획을 세우고, 별다른 특징이 없지만 지나치게 큰 쇼핑백을 찾아낸다. 세 번의 이동으로 일 처리를 끝낼 수 있을 만큼 크고 튼튼한 쇼핑백이다.

「이게 덜 의심스러워요.」 그레이스가 소니아에게 말한다. 「이렇게 하면, 우체국장인지 뭔지가 이 모든 편지를 추적해 봐야겠다는 생각을 하더라도 애크런 어딘가라는 것밖에는 알 수 없을 거예요. 애크런 어딘가는 넓은 지역이고요. 뉴욕만큼 크지는 않지만 충분히 크죠.」

소니아는 손을 내저으며 말한다. 「마음대로 해라. 네 얘기 듣다가 귀 떨어지겠다.」 그야 불만 없다. 그레이스는 혼자서 자기 방식대로 처리하는 걸 좋아한다. 그 방식에 장기 프린터 같은 전자 장치가 너무 많이 포함되지만 않는다면. 그레이스는 이런 식으로 일을 처리하려면 꼬박 하루가 걸리리라는 걸 알지만 괜찮다. 이건 해야 할 일이고, 중요한 일이다. 게다가 하루 종일 지하실 밖에서 지낼 수도 있고.

처음 두 곳에서는 문제없이 일이 진행된다. 일요일이라 우체국은 문을 닫았지만, 그렇다고 그레이스가 전략적으로 무작위로 선정한 여러 장소의 다양한 우체통을 방문할 수 없는 건 아니다. 해 질 녘에 그녀는 서로 다른 우편번호가 적용되는 세 구역의 우체통 12곳을 방문한 뒤다.

상황이 달라지는 건 쇼핑백을 완전히 비우고, 마지막 편지들을 부치러 돌아가던 길이다. 이미 노을이 져서 낮보다는 밤이 더 가까운 시간이다. 세 번째 편지 꾸러미는 내일 보내야겠다는 생각이 들기 시작한다. 가로등이 켜지면서 노을은 곤두박질쳐 밤이 된다. 거기, 소니아의 가게에서 겨우 몇 집 떨어진 모퉁이의 가로등 아래에 낯익은 누군가가 서 있다. 매우 익숙한 얼굴이다. 그레이스에게는 옆모습만 보이지만, 그걸로 충분하다.

「아전트?」 그레이스는 자제할 겨를도 없이 말한다. 「아전트, 너야?」

처음에 그레이스는 반가움이 앞서지만, 그다음에는 마지막으로 동생을 보았을 때의 상황이 떠오른다. 아전트는 그녀를 용서하지 않았을 것이다. 아전트는 용서하는 타입이 아니다. 가까이 다가가자 그레이스는 아전트에게서 뭔가 이상한 기색을 느낀다. 그의 태도가 평소와 다르다. 마치 아전트가 아닌 것처럼……. 하지만 그는 아전트가 분명하다. 얼굴만 확인하면 된다.

그때, 그가 그레이스를 돌아보며 미소 짓는다. 「안녕, 그레이스.」

 그레이스는 비명을 지르기 시작한다. 눈앞에 보이는 것 때문이 아니라 보이지 않는 것 때문이다. 그레이스는 비명을 지르는 데 너무 몰두해 있어서, 진정탄 화살이 꽂히는 것조차 느끼지 못한다. 그녀는 다리가 풀썩 꺾이고 인도에 부딪히며 쓰러질 때까지도 계속 비명을 지른다. 시야가 흐릿해져 가는데도 계속 비명을 지른다. 진정제가 그녀를 무의식으로 끌고 들어가는데도 계속 비명을 지른다.

 그가 고개를 돌려 그레이스를 보았을 때, 그레이스는 아전트의 나머지 얼굴 반쪽을 보지 못했다. 나머지 얼굴은 완전히 다른 사람이었다.

32
소니아

 소니아는 전쟁 이전 시대의 록 음악으로 이루어진 가장 좋아하는 플레이리스트에 몰입해 있어, 겨우 20미터 떨어진 거리에서 들려온 그레이스의 비명을 듣지 못했다.

 노래 한 곡이 지나가고, 바깥이 막 어두워진 직후에 한 남자가 가게 안으로 들어온다. 소니아는 이어폰을 빼고, 즉시 그 남자를 이상한 인물이라 평가한다. 그는 불쾌한 방식으로 이상하다. 소니아는 바보 같은 손님이 스치고 지나갈 때마다 넘어지지 않도록 그림을 다시 배치하고 있었고, 계산대와 너무 멀리 떨어져 있었다. 소니아는 계산대 아래에 권총을 보관하고 있다. 그 권총을 꺼내야 했던 적은 단 한 번, 밑바닥 깡패가 현금 출납기 안의 현금을 요구했을 때뿐이다. 당시에 소니아는 권총을 꺼내 들었고, 놈은 쏜살같이 줄행랑쳤다. 권총을 쓸 필요조차 없었다. 그러나 지금 이 순간, 남자는 소니아와 권총 사이에 서 있다.

 소니아는 들고 있던 그림을 내려놓고, 아픈 고관절을 생각하며 최대한 곧게 서려 애쓴다. 「뭘 도와드릴까?」

그가 다가오며 초점이 또렷해지자, 소니아는 그에게서 왜 불쾌감을 느꼈는지 알아챈다. 남자의 얼굴 왼쪽은 중년 남자의 얼굴이다. 하지만 오른쪽 얼굴은 턱선 바로 위에서부터 다른 사람의 얼굴이다. 더 젊은 누군가의 얼굴. 안면 이식이 아주 드문 일은 아니지만, 공여자의 얼굴을 온전히 보존하는 경우는 드물다. 어떤 이유에서인지 이 남자는 일부러 피부만이 아니라 그 아래에 있던 골격 구조까지 그대로 가져다 썼다. 그의 모습은 대단히 불안한 느낌을 준다. 그게 그의 의도인 게 분명하다.

「도와줄 수 있으면 좋겠는데.」 그는 그렇게 말하며 소니아에게 천천히 다가온다. 「세트를 맞출 만한 아주 특별한 의자를 찾고 있어요. 틀은 튼튼한데, 약간 균형이 안 맞는 의자지. 단단하지만 지나치게 속이 꽉 차 있고. 말하자면, 약간 자만심에 차 있달까.」

「식탁 의자는 3번 통로 쪽에 있어요.」 소니아가 대답하지만, 그녀는 이 남자가 정말 의자를 찾는 게 아님을 안다.

「3번 통로에는 없을 텐데.」 남자는 눈에 띄게 어울리지 않는 두 눈으로 소니아와 시선을 맞춘다. 한쪽 눈은 이식받은 얼굴에서 가져온 게 분명하다. 「근데 여기 어딘가에 있긴 할 거야. 내가 찾는 그 허섭스레기의 이름은 코너 래시터요.」

「흠.」 소니아는 어떤 긴박함이나 두려움도 내색하지 않고 포커페이스를 유지한 채 그를 밀치고 지나간다. 「애크런의 무단이탈자가 왜 골동품 가게에 있겠수? 어디에 있는지는 몰라도, 내 가구에 윤을 내는 것보다는 나은 할 일이 있을 텐데.」

「그럼 그레이스 스키너한테 물어봐야겠군.」 그가 말한다.

「걔가 다시 정신을 차리면.」

이제 남자는 뒤에 있고 계산대는 앞에 있다. 소니아는 계산대로 몸을 날린다. 하지만 지팡이를 짚고 빠르게 움직이는 데는 한계가 있다.

갑자기 총성이 울린다. 총알이 그녀의 지팡이를 맞혀 조각조각 쪼개 버린다. 그녀는 옆으로 넘어지며 단단한 나무 바닥에 부딪힌다. 고관절에서 통증이 폭발하듯 솟구친다. 그녀는 엉덩이뼈가 부러졌다고 확신한다. 이어 벌어진 일은 눈에 보이지 않을 만큼 빠른 동시에, 어쩐지 슬로 모션으로 펼쳐진다. 통증이 시간의 흐름을 뒤섞어 버린 듯하다.

소니아는 뒷방으로 끌려간다. 무슨 일이 일어난 건지 알아채기도 전에, 그녀는 책상 의자에 고꾸라져 꼼짝하지 못한다. 고관절이 고통에 비명을 지른다. 남자는 오래된 걸이식 램프의 사슬을 가져다 그녀를 묶는다. 굵은 밧줄을 자르는 가위를 가져오지 않으면 풀 수 없을 만큼 여러 번 단단히.

공격자는 이제 자신이 가진 것이라고는 시간뿐이라는 듯, 한가롭게 다시 가게로 나간다. 소니아가 모르는 노래를 휘파람으로 불어 댄다. 그는 앞문을 잠그고 돌아와 오래된 여행 가방 가장자리에 걸터앉는다. 저 아래에서 총성이 들렸을까? 소니아는 궁금하다. 아이들은 조용히 있을 만큼 똑똑할까? 소니아가 걱정하는 것은 자신의 목숨이 아니다. 아이들의 목숨이다.

「자, 그럼.」 남자의 끔찍한 얼굴 양면이 동시에 말한다. 「우리 공통의 친구에 대해 말해 보지.」

33
넬슨

감염되고 햇볕에 그을려 흉터가 생긴 얼굴 한쪽을 교체하고 나니, 재스퍼 토머스 넬슨은 새로운 사람이 된 기분이다. 물론 아전트 스키너는 딱히 협조적인 공여자가 아니었다.

「네가 직접 말했잖아.」 다이밴이 젊은 얼굴에서 망가지지 않은 쪽을 채취하기 전에 그는 아전트에게 말했다. 「내 왼쪽 얼굴과 네 오른쪽 얼굴이 만나 전체를 이룰 거라고.」 아전트는 자기 말뜻은 그런 게 아니었다고 항변했지만, 공여자의 불평은 사실 그리 중요하지 않다.

넬슨을 보았을 때 그레이스 스키너의 얼굴에 떠올랐던 표정을 본 것도 이 얼굴에 따라온 추가적인 특권이었다. 래시터를 만났을 때 그의 표정을 보는 건 더욱 보람 있을 것이다.

넬슨은 그레이스에게 빠르게 작용하는 단기 진정탄을 썼다. 품질도 좋은 것이었다. 강하고 느린 진정탄을 사용했다면, 그녀는 주변의 관심을 끌 만큼 충분히 오랫동안 비명을 질렀을 것이다. 하지만 실제로는 아무도 그녀를 도우러 오지 않았다. 넬슨은 그녀를 눈에 띄지도 않고 생각도 나지 않도록 빽빽한 산울타리 안쪽에 던져 넣을 수 있었다. 그런 다음, 그는 추적 칩이 그레이스가 모든 시간을 — 그러니까 그레이스가 애크런 곳곳을 돌아다닌 오늘 이전까지 모든 시간을 — 보낸다고 알려 준 곳인 골동품 가게로 갔다.

가게의 늙은 여자를 본 순간, 넬슨은 그녀의 얼굴에서 알아야 할 모든 것의 예고편을 확실히 보았다. 래시터는 이곳에 있거나, 이곳에 있었거나, 혹은 근처 어딘가에 숨어 있다. 넬슨은 그 구린내 나는, 박수도가 된 십일조도 이곳에 있으리라고 기꺼이 내기를 걸 수 있다. 애크런의 무단이탈자를 잡아 언와인드하는 것과, 묘지에서 저지른 짓에 대해 레브 콜더를 천천히 죽이는 것 중 어느 쪽이 더 만족스러울지 모르겠다. 후자는 넬슨에게서 래시터를 훔쳐 가고, 진정탄에 맞은 넬슨을 포식자와 애리조나의 태양이라는 이글거리는 눈길에게 넘겨주듯 길가에 버리고 간 것에 대한 처벌이다.

넬슨이 가게에서 늙은 여자에게 했던 모든 말은 불시에 그녀를 습격하기 위해서, 그녀가 의도치 않게 내줄 단서를 캐내기 위해서 한 말이었다. 그녀의 반응은 넬슨에게 과녁의 정중앙을 맞혔음을 알려 주었다.

지금, 이 뒷방에서 그는 늙은 여자를 자신의 온화한 자비 아래 두고 있다. 이제 남은 것이라고는 필요한 정보를 뽑아내는 일뿐이다. 그편이 비행기 묘지에서 래시터를 잡는 것보다 확실히 더 쉬울 것이다. 이번 일은 식은 죽 먹기다. 그토록 많은 경험을 했으니, 하늘도 알겠지만 넬슨에게는 이 기회를 누릴 자격이 있다.

34
소니아

 이 남자는 청담 경찰이 아니다. 심지어 제대로 된 장기 해적도 아니다. 소니아는 이 남자에게 뭔가 근본적으로 잘못된 점이 있음을 안다. 그의 끔찍한 얼굴이 보여 주는 것 이상으로, 망가진 무언가가 내면에 있다.
 「언론 보도가 맞는다면, 세 가지 위협이 다시 한자리에 모였겠지.」 그가 말한다. 「코너 래시터, 레브 콜더, 리사 워드. 당신이 확인해 주면 좋겠는데.」
 소니아는 그가 뒷방 가장자리에 쌓아 놓은 식료품을 눈여겨보는 모습을 포착한다. 그녀는 식량을 아래로 내려놓지 않은 자신을 저주한다.
 「확실히 꽤 많은 녀석을 먹여 살리고 있는 모양이야. 여긴 ADR의 안전 가옥이군. 그런 게 아직 남아 있는 줄 몰랐는데.」
 소니아는 아무 말도 하지 않는다. 여행 가방은 양탄자 위에 놓여 있고, 양탄자는 주름 없이 펼쳐져 있다. 둘 다 움직인 흔적이 없다. 그 아래에 바닥 문이 있다는 건 티도 나지 않는다. 남자는 소니아가 무단이탈자에게 은신처를 제공한다는 건 알지 몰라도, 그 은신처가 어디에 있는지는 전혀 알 수 없을 것이다.

소니아가 대답하지 않자 남자는 한숨을 쉬고는 일어나 그녀에게 다가온다. 「내가 곧 하려는 일을 즐길 거라고는 생각하지 마.」 그가 말한다. 「이런 일을 하는 건 그냥 필요해서야.」 그는 소니아에게 손을 뻗어, 그녀의 부러진 왼쪽 고관절을 엄지로 누른다. 그 누구도 흉내 낼 수 없을 만큼 강한 힘으로.

통증은 견딜 수 없는 수준을 넘어서서 생각조차 할 수 없는 지경이다. 소니아는 이를 악물고 고통을 삼키려 하지만, 통증은 악문 치아 사이로 희미한 울부짖음이 되어 떨리듯 새어 나온다. 검은 지렁이들이 그녀의 눈앞을 가로질러 꿈틀꿈틀 기어간다. 그녀를 삼켜 버릴 것처럼 위협한다. 남자가 엄지를 떼고 물러나자, 지렁이들도 주변으로 물러난다. 남자는 그녀를 살핀다. 통증은 여전하다. 소니아는 그 어느 때보다 약해진 기분이다. 그녀는 부서진 지팡이의 뾰족한 끝을 놈의 훔친 눈에 박아 넣을 수 있으면 좋겠다고 생각한다.

「한 번 더 물을게. 코너 래시터.」

소니아는 아무 말도 하지 않는다. 죽이라지. 그래도 아무 말도 하지 않을 것이다. 소니아는 남자가 다시 다가와 더 큰 고통을 주리라 생각한다. 하지만 남자는 여행 가방 쪽으로 돌아선다. 일말의 망설임도 없이 여행 가방을 옆으로 차버리고, 양탄자를 뒤로 젖혀 바닥 문을 드러낸다.

「내가 바보인 줄 알았어? 난 이 방에 들어온 순간부터 은신처 냄새를 맡았어. 얼마나 오랫동안 청담 경찰로 살았는데. 저 아래에 고약한 무단이탈자들이 몇 명이나 숨어 있을지 궁금하군. 열 명? 스무 명?」

소니아에게는 고통보다 이런 방식이 훨씬 더 효과적인 전략이다. 이 개자식이 그 사실을 알고 있다. 「애들은 놔둬! 걔들을 잡으러 온 게 아니잖아.」 소니아가 일깨워 준다.

「맞는 말이야.」 이제 그는 소니아의 책상 가장자리에, 그녀와 가까운 곳에 걸터앉는다. 소니아의 책상 위에는 그녀가 가게에 전시하려고 윤을 내 닦아 둔 구식 라이터들이 그릇에 잔뜩 담겨 있다. 남자가 그중 하나를 집어 든다. 은색 바탕에 붉은 에나멜 장미가 박혀 있고, 불꽃 모양의 꽃잎이 새겨진 라이터다.

「당신이 정말 불쌍해.」 그가 말한다. 「당신은 비둘기한테 먹이를 주면서, 비둘기들이 번식하고 질병을 퍼뜨리게 만드는 늙은이야.」 그는 라이터를 탁 켜더니 춤추는 불꽃을 지켜본다. 「당신은 쥐가 멸종 위기종이라 믿고 그것들이 온 도시를 휘젓고 다니게 놔두는, 뭘 잘못 아는 인간이라고.」 남자가 소니아 앞에서 라이터를 흔들어 댄다. 위험할 만큼 가깝게, 약 올리듯이. 소니아는 아무것도 할 수 없다. 「당신은 분명 예전이 어땠는지 기억할 만큼 나이가 많지. 사람들은 10대 무법자가 두려워서 집 밖에 나가지도 못했어. 또 다른 사람들은 심장병이나 폐암 같은 온갖 병으로 쓸데없이 고통받았고!」 그가 라이터를 탁 닫아 불꽃을 끈다. 하지만 라이터를 내려놓지는 않는다. 「당신 같은 사람들은 나를 당황하게 해. 어떻게 언와인드의 좋은 점을 보지 못하는 거지?」

소니아는 그딴 질문에 대답조차 하고 싶지 않지만, 참을 수가 없다. 「그 애들도 인간이야!」

「전에는 인간이었지.」 그가 소니아의 말을 고쳐 준다. 「그런데 사회가, 심지어 걔들 부모가 걔들을 무가치한 존재로 보았어. 어째서 당신이 더 잘 안다고 생각하는 거지?」

「말 다 했냐?」

「경우에 따라 다르지. 코너 래시터도 나머지 비둘기들이랑 같이 저 아래에 있나?」

소니아는 어떻게 대답해야 할지 고민하다가, 절반의 진실이 그들을 구할지 모른다고 판단한다.

「걘 새장에서 날아갔어. 여기에 있었지만 떠났다. 그 녀석은 어디에도 오래 머무르지 않아.」

「그럼 내가 아래층을 확인해 봐도 상관없겠네?」 그는 라이터를 주머니에 넣고 총을 꺼낸다. 이어 두 번째 권총을 꺼내 탄창을 확인한다. 하나는 진정탄, 다른 하나는 실탄이 장전되어 있을 게 틀림없다. 그가 지팡이를 박살 낸 과격한 행동으로 미루어 볼 때, 놈의 실탄은 끝이 오목한 치명적인 종류일 것이다. 접촉 시 폭발하는 초소형 수류탄. 그녀의 무단이탈자들에게는 아무 가망이 없을 것이다.

그때, 소니아는 절박한 아이디어를 떠올린다.

「코너는 떠났지만…… 레브 콜더는 여기 있어. 내가 올라오라고 할게. 네가 나머지 무단이탈자들을 놔두겠다면.」

남자가 미소 짓는다. 「그것 봐. 별로 어렵지 않잖아. 당신이라면 말이 통할 줄 알았어.」 그는 바닥 문으로 가서 아래로 손을 뻗는다. 「잘해.」 그가 소니아에게 말한다. 「그럴싸하게. 내가 여기서 레브를 데리고 나갈 수 있다면, 나머지 무리는 안전할 거라고 약속하지.」 그는 바닥 문을 당겨 열고 소니아에게 고갯짓한다.

「레브!」 그녀가 소리친다. 「레브, 올라올 수 있냐? 도와줄 게 있다.」

답이 없다.

「그것보단 잘할 수 있을 텐데.」 얼굴이 나뉜 남자가 속삭인다.

「레브! 이 망할 놈아, 올라와!」 소니아가 훨씬 더 큰 소리로 외친다. 「하루 종일 기다리라는 거냐?」 소니아는 눈을 감고 아래층의 아이들이 상황을 판단할 만큼, 그리고 해야 할 일을 할 만큼 똑똑하기를 조용히 기도한다.

35
리사

 바닥 문이 열리기 4분 전, 리사는 총성과 함께 무언가가 ─ 혹은 누군가가 ─ 바닥에 쿵하고 쓰러지는 소리를 듣는다. 모두가 그 소리를 듣는다. 그들은 하던 일을 멈추고 얼어붙는다.
 「쉿! 아무도 움직이지 마.」 보가 말한다. 그리고 더 조용히 덧붙인다. 「아무도 말하지 말고.」
 갑자기 발밑의 바닥이, 더 정확히는 머리 위의 바닥이 무게가 아주 조금만 움직여도 깨질 수 있는 얼음으로 변한다. 리사가 가장 먼저 한 일은 반사적으로 코너를 찾는 것이다. 하지만 다음 순간, 그녀는 코너가 여기에 없음을 깨닫는다. 소니아의 말에 따르면, 코너는 〈끝나지 않은 일〉을 처리하러 갔다. 소니아는 그게 무엇인지를 구체적으로 말하려 하지 않았지만, 리사는 그게 무슨 일인지 안다. 코너는 문 앞에서 디디를 구했을 때처럼 충동적으로 옳은 일을 할 잘못된 시간을 선택한 것이다. 리사는 코너를 욕하면서도 동시에 그를 위해 기도한다. 최소한 지금 이 순간 코너는 여기에 없으니까.
 모두가 고개를 들어 위를 본다. 그들은 뭔가 무거운 것이 가게에서 뒷방으로 끌려가는 소리를 따라간다. 소니아가 끌려가는 걸까? 그레이스일까? 그레이스도 〈끝나지 않은 일〉을 처리하러 나가지 않았던가? 둘 중 한 명이 총에 맞았다면? 둘 중 한 명이 죽었다면?

보는 지하실 한가운데에 매달린 어둑한 조명 하나만 빼고 모든 조명을 끈다. 그마저 없으면 어둠을 견딜 수 없을 테니까.

「어쩌지?」 언제나 리사가 이끌어 주길 바라는 엘리가 말한다.

「보 말을 들어.」 리사가 속삭인다. 「조용히 하고 가만히 있어!」

하지만 겁에 질려 얼어붙은 순간을 가장 먼저 깨뜨린 사람은 리사다. 그녀는 무기로 쓸 만한 것을 찾기 시작한다. 그리고 노루발장도리를 발견한다. 다른 아이들은 리사가 뭘 하는지 보고, 조용히 움직여 각자 임시 무기를 찾는다.

리사는 보가 지하실에 있는 단 하나의 창문을 눈여겨보는 모습을 본다. 그 창문은 벽 위 높은 곳, 반대쪽 구석에 있는 작은 창이다. 유리에는 밖에서든 안에서든 아무것도 보이지 않을 만큼 기름때가 잔뜩 묻어 있다.

「저 창문은 절대 열지 마라.」 소니아는 늘 말했다. 「바깥 골목에 누가 있을지 절대 알 수 없으니까.」 그 누구도 충동을 느끼지 않도록, 창문은 창틀에 박힌 못으로 고정되어 있다.

보가 리사의 장도리를 가져가고, 그녀에게는 대신 렌치를 건넨다. 리사는 이해한다는 뜻으로 고개를 끄덕인다. 보가 창문으로 다가가 장도리의 갈고리 끝으로 못을 움켜쥐고 나무에서 뽑아내려 애쓴다.

보가 창문을 여는 동안, 리사는 조용히 계단으로 향한다. 한 아이가 그녀를 막으려 하지만, 리사는 그 아이가 물러날 정도로 매서운 눈길을 보낸다. 그리고 바닥 문 바로 아래의 어두운 공간까지 올라간다. 문이 당겨 열리기 전에 조짐이 있을 것이다. 여행 가방이 미끄러지는 소리가 들릴 테니까.

리사는 고개를 기울이고, 위층에서 들리는 모든 소리에 온 신경을 집중한다. 조금 전까지만 해도 격렬했던 소리는 멎었다. 이제는 대화 소리만 들린다. 한 남자가 소니아와 대화하고 있다. 리사는 소니아가 아직 살아 있다는 걸 아는 것만으로도 깊은 안도의 한숨을 쉰다. 위층으로 올라가 소니아를 돕고 싶지만, 리사가 할 수 있는 일은 없다. 바닥 문은 오직 반대편에서만 열린다. 리사가 계단 아래를 내려다보니 다양한 지하실 물건으로 무장한 아이들이 보인다. 파이프, 가위, 벽돌, 널빤지.

그때, 소니아가 비명을 지른다.

바닥에 가로막힌 소리지만, 그게 고통의 비명임을 부정할 수는 없다. 그리고 여행 가방이 미끄러져 밀려난다. 리사는 소리보다는 느낌으로 그 사실을 안다. 계단의 나무가 진동하며 뼛속까지 울린다. 리사는 빠르게 계단 아래로 내려와, 다른 아이들과 함께 그림자 속으로 물러난다.

보가 지하실 창문에서 물러선다. 그는 못을 한 개밖에 뽑지 못했다. 「이제 끝이야.」 그가 리사에게 말한다. 「제대로 해내지 못하면, 이게 우리 모두의 끝이야.」

리사는 그 숙명론적인 관점에 반박하고 싶지만, 그럴 수 없다. 보의 말이 맞기 때문이다. 어쩌면 코너가 딱 맞게 돌아올지도 몰라. 그녀는 생각한다. 코너가 위층에서 벌어지는 일을 보고 뭔가 할지도 몰라. 어쨌거나 코너에게 나쁜 상황의 한복판으로 뛰어드는 재능이 있는 건 사실이니까.

「뭐든 간에, 우리는 싸울 거야.」 보가 말한다.

바닥 문이 열리며, 위쪽에서 거친 노란빛이 계단을 타고 내려온다. 하나밖에 없는, 매달린 전구에 비하면 너무 밝다. 그때 위층에서 소니아가 대단히 이상한 말을 한다.

「레브!」 그녀가 소리친다. 「레브, 올라올 수 있냐? 도와줄 게 있다.」

리사는 소니아의 말을 이해하는 데 잠깐 시간이 걸린다. 레브라니? 왜 레브를 부를까? 보가 고개를 저으며 그녀를 본다. 보 역시 이해하지 못한다.

「레브! 이 망할 놈아, 올라와!」 소니아가 훨씬 더 큰 소리로 외친다. 「하루 종일 기다리라는 거냐?」

그때 문득 리사는 소니아가 무슨 일을 하고 있는 건지 정확히 깨닫는다. 너희를 유리하게 해주려는 거야. 소니아는 그렇게 말하고 있다. 뭔가 끔찍하게 잘못됐지만, 내가 너희를 유리하게 해주려 하니 받아들여!

리사는 아이들을 살펴보다가, 5초 정도는 레브로 보일 법한 금발에 조용한 아이인 잭에게 초점을 맞춘다. 리사가 잭을 붙잡자 그가 놀라서 만화 캐릭터처럼 눈을 크게 뜬다.

「곧 올라갈 거라고 말해!」

「뭐?」

「그냥 그렇게 말해!」

잭은 목을 가다듬더니 계단 위로 소리친다. 「가요! 바로 올라갈게요.」 그는 리사를 향해 눈으로 간청한다. 애걸한다. 하지만 리사는 그의 어깨에 손을 얹는다. 「넌 괜찮을 거야.」 리사가 말한다.「내가 약속할게. 바로 따라갈게!」

보가 리사에게 고개를 끄덕이고, 다른 모든 아이에게 그림자 속에 숨어 있으라고 신호한 다음 리사 뒤로 간다.「너는 잭의 뒤를 받쳐 주고, 나는 네 뒤를 받쳐 주는 거야.」그가 말한다.

잭을 앞세워, 그들은 무엇인지 몰라도 그들을 기다리고 있을 대상을 향해 계단을 오른다.

36
넬슨

 넬슨은 얼마든지 소니아와의 거래를 존중할 생각이다. 어쨌거나 그는 양심이 있는 사람이다. 자기 말을 지키는 사람. 그가 레브라고 생각하는 소년이 계단을 올라오자, 넬슨은 이 절반의 승리를 만끽할 짧은 순간을 자신에게 허락한다. 그는 레브에게 진정탄을 쏜 다음, 아무도 그의 비명을 들을 수 없는 곳으로 데려가 래시터가 어디로 갔는지 불게 만들 것이다. 늙은 여자는 몰라도 레브는 분명히 알 테니까. 그리고 필요한 정보를 얻고 나면 레브를 가장 고통스러운 방식으로 죽일 것이다. 아직 그 방식은 정하지 못했다. 복수는 그 순간에 창의적으로 경험하는 게 가장 좋으니까.

 「부르셨어요?」 소년이 말한다. 그가 넬슨을 향해 돌아서는 순간, 넬슨은 자신이 속았음을 깨닫는다. 바로 그때, 아래에서 올라오던 누군가가 그의 다리에 렌치를 휘두른다. 렌치가 정강이에 닿는 순간 통증이 폭발하고, 넬슨은 자신의 실수를 즉시 깨닫는다. 당연히 놈들은 이게 계략임을 알았을 것이다! 총성을 들었을 테니까. 넬슨의 통증은 그가 한 오판의 척도가 된다.

 넬슨은 아래로 손을 뻗어 자신을 공격한 소녀를 무장 해제하려 하지만, 그녀가 팔을 뒤로 들었다가 다시 휘두른다. 이번에는 그의 손등에 맞는다. 더 아프지만, 넬슨은 고통을 감당할 줄 안다. 그는 이 정도로는 망가지지 않는다. 소녀가 세 번째로 렌치를 휘둘렀을 때, 그는 그것을 붙잡아 멀리 던져 버리는 데 성공한다. 하지만 다른 누군가가 소녀의 뒤에서 계단을 올라온다. 그는 망치를 휘두른다. 넬슨은 타격을 피하며 물러나, 망치를 휘두르는 무단이탈자를 향해 여행 가방을 걷어차 진로를 막으려 한다. 그러자 여행 가방이 홱 열리며 바닥에 최소 백 통의 편지를 쏟아 낸다. 아이가 한 걸음 앞으로 나왔다가 바나나 껍질이라도 밟은 듯 봉투를 밟고 미끄러진다. 그야말로 넬슨에게 필요하던 기회다. 넬슨은 균형을 잃은 아이의 가슴을 손바닥으로 떠민다. 그 바람에 아이는 구멍으로, 지하실 안으로 굴러떨어진다. 넬슨은 재빨리 바닥 문을 걷어차 닫고 무거운 책장을 끌어온다. 책장이 바닥 문 위로 쾅 쓰러지며 꽂혀 있던 책들을 쏟아 낸다. 그쪽으로는 더 이상 아무도 올라올 수 없다.

 이제는 넬슨과 소녀, 금발의 아이, 늙은 여자뿐이다. 늙은 여자는 아이들에게 도망치라고 말하지만, 아이들은 자기 목숨을 구할 만큼 똑똑하지 않다. 소녀가 렌치를 잡으려고 바닥에서 빠르게 움직인다. 금발 아이는 책상에서 봉투 칼을 찾아 넬슨을 향해 달려오고 있다. 넬슨이 총을 꺼내 금발 아이를 겨눈다. 그가 가장 가깝기 때문이다. 아이가 레브가 아니라는 사실에 깊이 화가 났기도 하고.

 넬슨은 진정탄이 장전된 총을 꺼내려 했지만, 이런 소란통에 잘못된 총을 꺼냈다 한들 누가 넬슨을 탓할 수 있겠는가?

넬슨이 방아쇠를 당기자 아이의 가슴이 찢어지며 충격적인 붉은색의 로르샤흐[21] 얼룩이 된다. 사방에 피가 튄다. 아이는 바닥에 닿기도 전에 죽는다.

「안 돼!」 소녀가 소리친다. 「이 개자식!」

넬슨은 총을 쥐고 있고, 소녀는 렌치를 들고 공격할 준비를 마쳤다. 바로 그 순간, 넬슨은 그녀가 누구인지 깨닫는다. 머리와 눈 색깔이 다르지만 그는 그녀를 알아본다. 오늘 새로운 상품을 얻게 되었음을, 아주 유용한 상품임을 안다. 다이밴에게 리사 워드의 가치는 얼마나 될지 궁금하다.

리사는 넬슨이 다른 총을 꺼내려는 순간, 그에게 달려든다. 그녀가 넬슨의 머리를 향해 렌치를 휘두른다. 넬슨이 귀를 맞는다. 제대로 맞았지만, 다른 모든 공격이 그랬듯 맞고도 살아남을 만한 공격이다. 그는 리사의 배에 진정탄 권총을 쑤셔 박고 방아쇠를 당긴다. 진정탄이 깊이 박히자 리사가 신음한다. 넬슨은 의식을 잃고 무력하게 미끄러지는 그녀를 붙잡는다. 렌치가 리사의 손에서 바닥으로 쿵 소리를 내며 떨어진다.

넬슨은 죽은 소년 옆에 리사를 가만히 내려놓는다. 그런 다음 늙은 여자를 돌아본다. 여자는 의자에 사슬로 묶인 채 흐느끼고 있다. 「네 잘못이야.」 넬슨이 말한다. 「완전히 네 잘못이야. 저 남자애의 목숨을 빼앗은 건, 네가 나한테 거짓말한 대가라고!」

여자가 할 수 있는 일은 흐느끼는 것뿐이다.

---

[21] 좌우 대칭의 불규칙한 잉크 얼룩이 어떤 모양으로 보이는가에 따라 그 사람의 성격이나 정신 상태를 판단하는 인격 진단 검사.

전투가 끝난 지금, 넬슨은 렌치로 인한 부상을 살핀다. 정강이가 골절되었을지도 모른다. 부어오른 정강이 안에서는 맥박을 느낄 수 있다. 오른쪽 귀도 뜨겁다. 손등은 퍼렇게 멍들어 부어올랐다. 이 모든 게 하루 만에 벌어진 일이다. 하지만 이 통증은 그에게 좋은 작용을 할 것이다. 엔도르핀이 분비될 테니까. 넬슨이 더욱 경계할 수 있도록.

「제발 가…….」 여자가 울부짖는다. 「그냥 가…….」

넬슨은 떠날 것이다. 하지만 그 전에 여기서 마무리해야 할 일이 있다.

그는 책상에서 봉투를, 주머니에서 라이터를 하나씩 챙긴다. 그는 이 방에 있는 모든 것이, 넘어진 책장과 거기서 쏟아진 책과 책상 위에 쌓여 있는 서류와 다양한 목재 골동품까지 모든 게, 사실 이 가게에 있는 모든 물건이 대단히 잘 타는 것임을 알아본다.

그는 봉투를 들고 라이터를 꺼낸다. 아주 작은 불꽃이 나올 때까지 몇 번이나 딸깍댄다.

「그만!」 여자가 눈물을 흘리며 소리친다. 「래시터를 넘겨줄게! 이제 그만하고 다른 아이들을 놔주면 래시터를 넘길게!」

넬슨은 망설인다. 그는 이것도 또 하나의 게임일 뿐임을 알지만, 기꺼이 그 게임에 응할 생각이다. 그가 이제 막 하려는 일의 심각성을 생각해 볼 시간을 벌기 위해서라도.

「하나님, 용서해 주세요.」 여자가 중얼거린다. 「주님, 저를 용서해 주세요…….」

넬슨이 그녀에게 일깨워 준다. 「이 순간에 네게 필요한 건 내 용서야.」

여자는 고개를 끄덕인다. 넬슨을 보지도 못한다. 그래서 넬슨은 그녀가 진실을 말할 것임을 안다. 하지만 그 진실이 과연 충분한 것일까?

「래시터는 네 손안에 있어.」 여자가 말한다. 「래시터는 네 손안에 있는데, 넌 알지도 못하고 있어.」 그러더니 여자는 패배감에 고개를 숙인다. 어쩌면 자기혐오 때문일지도 모른다.

넬슨은 그녀의 말이 무슨 뜻인지 이해하지 못한다. 그러다가 들고 있던 봉투를 보고, 거기에 손 글씨로 적힌 주소를 읽는다.

클레어와 커크 래시터
오하이오주 콜럼버스 로즌스톡 로드 3048번지 (43017)

그는 바닥에 떨어진 다른 봉투들을 본다. 손 글씨다. 그는 그 모든 주소가 아이들이 직접 적은 것임을 알 수 있다.

「무단이탈자들에게 부모한테 편지를 쓰도록 했어?」

여자가 고개를 끄덕인다.

「참 무의미한 짓이군.」

여자가 다시 고개를 끄덕인다.

「그런데 우리 친구 코너는 자기 편지를 직접 배달하러 갔다?」

그제야 여자가 그를 본다. 그녀의 얼굴에는 봐줄 만한 증오가 담겨 있다. 타오르는 화산처럼 강력한 증오다. 「필요한 걸 얻었잖아. 이제 여기서 꺼져.」

재스퍼 넬슨의 인생에는 선택권을 빼앗긴 순간이 여러 번 있었다. 2년 전의 운명적인 그날, 코너 래시터에게 진정탄을 맞은 건 그의 선택이 아니었다. 치욕스럽게 청소년 전담국에서 쫓겨난 것도 그의 선택이 아니었다. 평범하고 존중받을 만한 인생을 잃게 된 것도 그의 선택이 아니었다. 하지만 지금은 그에게 선택권이 있다. 경이감이 느껴지는 순간이다. 그는 오늘의 선택이 결정적인 선택이 되리라는 걸 안다.

그는 이곳을 떠나 래시터를 찾으러 갈 수도 있고⋯⋯ 떠나기 전에 약간의 고통을 남길 수도 있다.

결국은 그의 사회적 의식이 승리를 거둔다. 선량한 시민으로서 이 세상에서 해충을 제거하는 것이 그의 책임 아니겠는가?

넬슨은 주소를 외우고 봉투에 불을 붙인 뒤, 그것을 바닥에 쌓인 봉투 더미 위에 던진다.

「안 돼! 무슨 짓이야! 무슨 짓이야!」 늙은 여자가 소리친다. 불이 붙어 불꽃이 솟구치기 시작한다.

「그저 필요와 양심에 따른 일일 뿐이야.」 넬슨이 말한다. 그는 기절한 채 축 늘어진 리사 워드의 몸을 들고, 일말의 후회조차 없이 뒷문으로 나간다.

37
소니아

 어떻게 그럴 수 있었을까? 어떻게 놈이 원하는 걸 얻으면 아이들을 보내 줄 거라고 바보처럼 믿었을까? 소니아는 아무 이유 없이 코너를 넘겨준 셈이었다. 그걸로는 지하실의 아이들을 구하지 못했다. 아무도 구하지 못했다.
 불꽃이 커튼을 타고 기어오른다. 구석에 쌓여 있던 신문은 휘발유로 적셔 놓은 것처럼 타오르기 시작한다. 소니아는 사슬을 풀어 보려고 몸부림치지만, 그래 봤자 의자만 엎어질 뿐이다. 의자에 묶은 채 바닥에 쓰러지자 고관절이 신랄하게 불평해 댄다. 그녀가 넘어진 곳은 생겨나고 있는 불지옥과 불과 몇 뼘 떨어진 곳이다.
 소니아 라인실드는 자신이 죽을 것임을 안다. 사실 ADR의 그토록 많은 요원이 〈무작위〉 박수도 공격으로 사망했는데 자신만은 이렇게 오래 살아남았다는 게 놀라웠다. 그러나 지하실의 아이들을 잃게 된 것만은 견디기 힘들다. 소니아의 옆에 누워 있는 가엾은 잭은 어쩌면 지금부터 아이들이 견뎌야 할 일에 비하면 쉽게 떠난 셈이다.

그때, 주변이 열기로 가득 차고 사방이 연기로 새까맣게 물들어 갈 때 소니아는 지금껏 들어 본 은혜로운 소리 중에서도 가장 경이로운 소리를 듣는다. 모든 것을 바꾸는 소리다.

그 순간 소니아의 두려움과 후회는 사라진다. 그녀는 미소 지으며 깊이, 반복해서 숨을 들이쉬기 시작한다. 자신의 몸이 연기에 굴하기를 바라며 기침하려는 충동에 저항한다. 그래야 불길을 느낄 필요가 없을 테니까.

그녀는 이제 남편에게 갈 것이다. 어딘지는 몰라도, 그런 곳이 없을지도 모르지만 잰슨과 함께할 것이다. 살아 있는 모든 것이 언젠가는 가는 곳으로. 그녀는 평화롭게 떠날 것이다.

……그녀가 지하실에서 들은 경이로운 소리는 창문이 깨지는 소리였으니까.

38
그레이스

춥고 혼란스러우며 긁힌 상처로 뒤덮인 채 그레이스는 가시투성이 덤불에서 기어 나온다. 머리가 핑핑 돈다. 처음의 짧은 순간 동안 그녀는 자신이 왜 여기에 있는지 알 수 없어서 겁에 질린다. 차에 치여 덤불에 내던져진 것일 수도 있다. 노상강도를 당한 것일 수도 있다.

기억이 돌아오기 시작하자 그레이스는 그것에 저항한다. 기억이 의식으로 스며 나오기도 전에 그게 나쁜 기억임을 느끼기 때문이다. 그리고 그레이스의 예감은 틀리지 않는다.

그녀는 아전트를 보았다. 그 사람은 아전트가 아니었다. 하지만 아전트였다. 그레이스는 비명을 지르다가 기절했다. 놀라서 그런 것일지도 모르고, 다른 이유 때문일지도 모른다. 지금은 하늘이 의식을 잃기 전보다 더 어두워져 있다. 그래도 아직 저물녘이다. 얼마나 오래 기절해 있었던 걸까? 10분? 20분?

그레이스의 시선은 무작위로 솟구치며 물러났다가 흘러넘치는 주황색 불빛에 끌린다. 모퉁이의 어딘가에 불이 났다.

그레이스는 힘이 풀린 무릎에 애써 힘을 주며 가로등을 붙들고 균형을 잡는다. 그러고는 모퉁이를 돈다. 그 순간 소니아의 가게가 불타고 있는 걸 본다. 길 건너편에서도 화염의 열기를 느낄 수 있을 정도다. 그녀는 겁에 질려 타오르는 건물을 향해 달려가지만, 도로 연석에 닿기도 전에 가게의 판유리 창문이 터져 버린다. 그레이스는 뒤로 날아가 맨홀 뚜껑에 떨어진다. 단단한 강철에 쓸려 팔꿈치가 벗겨진다.

사람들이 거리로 나와 구경하고 있다. 아마 도와주고 싶겠지만, 할 수 있는 일이 없다. 그들이 할 수 있는 일이라고는 귀에 핸드폰을 댄 채 서 있는 것뿐이다. 911에 열두 통의 신고가 동시에 접수된다.

「소니아!」 그레이스는 일어서며 소리친다. 그런 다음 그녀는 구경꾼들을 둘러본다. 「소니아 본 사람 있어요?」

사람들은 무력한 표정으로 대답을 대신한다.

「당신들은 쓸모없어! 당신들 모두!」

그레이스는 불꽃 안을 들여다보려 하지만, 보이는 것이라고는 타는 골동품뿐이다. 그때 시야 가장자리에서 아이들이 가게 뒤편 골목으로 몰래 빠져나오는 모습이 보인다. 그레이스는 서둘러 골목으로 달려간다. 그녀가 바랐던 대로 그들은 소니아의 지하실에 숨어 있던 무단이탈자들이다.

「어떻게 된 거야? 무슨 일이야?」 그레이스가 묻는다.

「몰라! 우리도 몰라!」

골목 저쪽에서, 보가 깨진 지하실 창문으로 몸을 끌어 올린다. 그가 마지막이다. 그레이스는 모여 있는 아이들을 훑어보지만 코너가 보이지 않는다. 그 말은, 코너가 정체 모를 소니아의 비밀 임무에서 아직 돌아오지 않았다는 뜻이다. 리사도 없다.

「그레이스, 너 살아 있었구나!」 보가 기뻐하며 말한다. 「소방차가 도착하기 전에 여기서 벗어나야 해.」

「리사는 어디에 있어? 소니아는?」

보가 고개를 젓는다. 「죽었어.」 그가 말한다. 「미친놈이었어. 우리가 막아 보려 했지만 막을 수가 없었어. 그놈이 여기에 불을 질렀어.」

「얼굴이 망가진 남자?」

「아는 사람이야?」

「아니. 근데 얼굴은 알아. 얼굴의 일부는.」

이제는 공허한 사이렌의 울음소리가 나무 꼭대기 너머에서 울리기 시작한다. 아직 멀리 있지만 점점 가까워지고 있다. 이 모든 일은 지금 그대로도 나쁘다. 하지만 그레이스에게는 이 상황을 더 나쁘게 만들 다른 생각이 문득 떠오른다.

「프린터는 어디에 있어?」

보는 불을 구경하던 사람들처럼 멍하게 그녀를 본다. 「뭐? 그 멍청한 걸 지금 대체 왜?」

보는 모른다! 그들은 프린터가 얼마나 중요한지 누구에게도 말하지 않았다. 게다가 지금 이곳에는 리사와 코너가 없기에 프린터를 구할 사람이 없다. 코너는 기계 부품과 기어가 망가졌지만 중요한 부분, 인쇄하는 부분은 아직 괜찮다고 했었다. 어쩌면 괜찮을지도 모른다고. 하지만 프린터가 타버린다면 더 이상 〈어쩌면〉은 존재하지 않게 된다.

보가 그레이스를 붙잡는다. 「우리랑 같이 가, 그레이스. 내가 숨을 곳을 찾을게. 우린 괜찮을 거야. 내가 맹세할게.」

그레이스는 부드럽게 그의 손아귀에서 빠져나온다. 「저 애들을 잘 돌봐 줘, 보. 북쪽으로 도망쳐. 동쪽도 괜찮을지 모르고. 대부분은 남쪽이나 서쪽으로 도망치거든. 똑똑하게 굴고 아이들을 온전하게 지켜 줘. 알았지?」

보가 고개를 끄덕인다. 그레이스는 돌아서서 뒤도 돌아보지 않고 타오르는 건물 뒤편 골목을 향해 달려간다.

열기가 너무 강해 뒷문 근처에는 다가갈 수 없다. 몇 발짝 떨어진 곳, 땅에 바짝 붙어 있는 곳에 지하실로 통하는 단 하나의 창문이 있다. 창문은 연기를 뿜어내는 대신 공기를 빨아들이며 위쪽의 불꽃에 먹이가 될 산소를 흡입하고 있다.

그레이스는 무릎을 꿇고 창문 안을 들여다보지만 아무것도 보이지 않는다. 그 말은, 아래쪽에 불이 번지지 않았다는 뜻이다!

어쨌든 아직은 말이다. 소니아와 리사를 구하기에는 너무 늦었을지 모른다. 그레이스가 아는 한 코너도 죽었을 수 있다. 이제 프린터의 존재를 아는 사람은 그레이스뿐일지도 모른다.

가게에서 묵직한 무언가가 부서지는 소리가 들린다. 불꽃이 고약하고 악랄한 탐욕과 함께 타닥거리며 타오른다.

창문은 너무 작고 그레이스는 골격이 크다. 그녀는 이 창문을 통과해 들어갈 수 없으리라 확신한다. 그래도 시도해야 한다. 창문이 너무 작고 자신은 너무 커서 모든 걸 잃는다면, 얼마나 끔찍한 일이겠는가. 그녀가 창문을 통과할 가능성이 반, 머리 위의 바닥이 무너져 내리기 전에 프린터에 다가갈 가능성이 반이다. 그러니까 확률은 25퍼센트다. 형편없는 확률이지만 망설일수록 그마저 낮아진다.

그레이스는 생존 본능을 차단하고, 작은 직사각형 구멍으로 머리부터 뛰어든다.

그녀가 예상했듯, 몸은 일부만 창문을 통과한다. 엉덩이가 단단한 나무 틀에 걸린다. 그녀는 몸을 비틀고 움찔거린다. 머리 주변의 열기가 견딜 수 없을 만큼 뜨겁다. 게다가 이제 빛이 보이기 시작한다. 분노의 화염이 위쪽의 널빤지 사이로 그녀를 엿본다. 닫힌 블라인드 틈새로 훔쳐보는 햇빛 같다.

그레이스는 버팀목을 붙잡고 온 힘을 다해 당긴다. 결국 그녀는 지하실에 떨어진다. 바닥의 깨진 유리에 베여 상처가 난다.

이 아래의 공기는 거의 맑다. 연기는 오직 위로만 올라가기 때문이다. 하지만 그 열기라니! 그레이스는 두피에 물집이 잡히는 것을 느낄 수 있다. 그녀는 최대한 자세를 낮추고 모퉁이를 돈다. 거기에, 코너가 놔둔 자리에 장기 프린터의 모든 망가진 부품이 담긴 상자가 있다. 타오를 기회를 인내심 있게 기다리고 있다. 그럴 일은 없을걸. 그레이스는 상자를 들고, 가져가기에는 너무 큰 보존 용기의 뚜껑을 연 다음 걸쭉한 초록색 젤을 휘저어 끈적거리는 귀를 꺼낸 뒤 블라우스 주머니에 쑤셔 넣는다. 그런 다음 프린터 부품이 든 상자를 들고 작은 창문으로 돌아간다.

그녀 뒤에서 대들보가 무너진다. 위층 가게의 잔해가 지하실로 떨어진다. 불꽃은 산소 농도가 높은 공기를 먹고 앞으로 펄쩍 솟구치며, 물결처럼 지하실에 홍수를 일으킨다. 그레이스는 창문으로 다가가 프린터를 그 너머로 밀어 넣은 뒤, 들어

왔던 길로 나간다는 어마어마한 작업을 시작한다.

밖에는 잡을 것이 없다. 붙들 것이 없다. 그레이스의 몸은 절반은 안에, 절반은 밖에 걸려 있다. 발에 닿아 신발을 녹이는 불길이 느껴진다.

「안 돼!」 그녀는 격렬하게 저항하며 비명을 지른다. 「이렇게 죽지는 않을 거야! 안 죽어, 안 죽어, 안 죽어!」

그 순간, 구원이 팔을 잡고 당기는 낯선 사람의 형태로 나타난다. 「잡았어!」 그가 외친다. 그는 한 번, 두 번, 세 번 당긴다. 그리고 네 번째에 그레이스의 몸이 빠진다.

밖으로 나온 순간, 그레이스는 타는 신발을 발버둥 쳐 벗어 버린다. 남자가 그녀의 청바지 바짓단에 붙은 불을 밟아 꺼준다. 그레이스는 이 사람이 누구인지 전혀 모른다. 그냥 이웃 남자다. 하지만 참지 못하고 두 팔로 그를 꽉 끌어안는다. 「감사합니다!」

이제는 사이렌 소리가 사방을 가득 채운다. 여러 방향에서 들려오는 소리다.

「금방 구급차가 올 거야.」 남자가 말한다. 「도와줄게.」

그러나 그레이스는 이미 일어나, 프린터 부품 상자를 아기처럼 가슴에 끌어안고 어둠 속으로 사라진다.

39
코너

「갈 만한 곳이 있어.」 아리아나는 그에게 말했다. 「넌 똑똑하니까 열여덟 살까지 살아남을 수 있을 거야.」

코너는 고속 도로의 고가에, 출구 표지판 뒤의 난간에 돌아와 있다. 한때 이곳은 그가 가장 좋아하는 탈출구이자 키스 장소, 위험을 즐기기 위한 공간이었다. 하지만 이번에는 전혀 그렇게 느껴지지 않는다. 그리고 그는 혼자다.

코너는 아리아나가 말했던 〈갈 만한 곳〉 중 아주 많은 곳에 가보았다. 그중 어느 곳도, 코너가 원했던 만큼 안전하지 않았다. 그래도 그는 열여덟 살까지 살아남았다. 그걸로 충분해야 하는데, 그렇지 않다. 코너가 고가 위에 자리 잡고 용기를 끌어 모으는 동안 노을은 밤에 자리를 내준다.

사랑이 무엇인지 제대로 알기도 전에 사랑한다고 믿었던 소녀, 아리아나는 코너가 무단이탈자가 되면 함께 도망치겠다고 약속했었다. 하지만 코너가 한밤중에 그녀의 문 앞에 나타났을 때 아리아나는 문턱조차 넘지 않았다. 둘 사이에 넘을 수 없는, 보이지 않는 장벽이라도 있는 것처럼. 아리아나는 양심의 가책을 느끼긴 했지만 그보다는 문 안쪽에 있어서, 아직 집에서 환영받는 존재여서 안심하는 듯했다. 그 순간, 코너는 자신이 정말로 혼자가 되었음을 아프도록 선명하게 알 수 있었다.

그날 밤 코너는 아리아나에게 화가 났고, 오랫동안 그 분노를 간직했다. 하지만 지금은 자신에게 더 화가 난다. 이토록 지저분한 도망자의 삶에 함께해 주기를 바랐다니, 순전히 이기적인 일이었다. 코너가 정말로 그녀를 아꼈다면, 그녀를 이런 일에 끌어들이기보다는 이런 일을 당하지 않도록 지켜 주었을 것이다.

그 이후로 너무도 많은 것이 바뀌었다. 코너는 예전에 한 사람의 몸에서 생물학적 물질이 전부 정화되고 새로운 물질로 바뀌기까지 7년이 걸린다는 말을 들었던 적이 있다. 7년마다 모든 사람은 문자 그대로 새로운 사람이 된다. 코너의 경우에는 2년 만에 그 이상 달라질 수 없을 만큼 달라졌다. 그는 언와인드되었다가 다시 맞춰진 것과 다름없었다.

부모가 그 변화를 알아볼까? 신경 쓰기나 할까? 아마 그들은 문 앞에 낯선 사람이 서 있는 것을 보게 될 것이다. 아니면 코너가 부모를 낯설게 느낄 수도 있다. 코너의 동생, 루커스도 있다. 코너는 과거 열세 살짜리 소년 루커스를 상상할 수밖에 없다. 지금 루커스는 그 소년이 아닐 것이다. 악명 높은 애크런의 무단이탈자를 형으로 둔다는 건 어땠을까? 루커스는 그를 경멸할 게 틀림없다.

이 여행의 시작은 그럭저럭 순조로웠다. 물론 소니아가 그에게 자동차를 내준 건 아니었다. 둘 다 코너가 잡힐 경우에 대비해 골동품 가게와 아무런 연결점을 남겨서는 안 된다는 걸 알고 있었다. 대신 코너는 타이어 사이에 흘러넘친 진흙이 작은 둔덕을 이룰 만큼 끼어 있던 자동차를 훔쳤다. 그 진흙은 자동차가 한동안 움직이지 않았으며, 당장은 아무도 그 차를 찾을 리 없다는 명백한 신호였다. 코너가 자동차를 다시 제자리에 갖다 놓으면, 주인은 차가 사라졌었다는 것조차 모를 수도 있었다.

애크런에서 콜럼버스까지 차를 몰고 가는 데는 두 시간이 채 걸리지 않았다. 그건 쉬운 부분이었다. 하지만 실제로 옛집 문 앞까지 가는 것은 전혀 다른 이야기였다.

그날 오후 일찍, 차를 몰고 정찰 삼아 동네를 한 바퀴 돌면서도 이 일이 얼마나 어려워질지를 보여 주는 첫 번째 신호들이 이어졌다. 무단이탈자가 되기 전의 기억이 너무도 생생하게 덮쳐 와, 코너는 때때로 그런 기억이 길을 막는 장애물이라도 되는 것처럼 방향을 틀었다. 리사와 보와 함께 줄기세포를 되찾아 왔을 때처럼 말이다. 프린터를 고치지 못한다면 그 여행이 얼마나 쓸모없는 것이 되겠는가. 코너는 집에 가는 이유가 아버지에게 프린터 수리를 부탁하기 위해서라고 자신을 타이를 수 있었다. 하지만 리사의 말이 옳았다. 그건 그냥 핑계였다. 그래도 코너가 꿈꿔 왔던 대로 부모의 마음이 바뀌었다면, 프린터 수리도 불가능한 일은 아닐 것이다.

오늘 코너가 동네를 차로 가로질러 갔을 때, 동네는 놀랄 만큼 예전과 똑같아 보였다. 코너는 어렴풋이 이 동네가 종말 이후의 모습이 되어 있으리라 상상해 왔다. 잡초로 뒤덮이고, 물에 잠기고, 버려진 모습일 거라고. 코너 없이 이 교외 전체가 괴로워했을 거라고. 하지만 그렇지 않았다. 잔디와 산울타리는 모두 훌륭한 이웃의 기준에 맞게 정돈되어 있었다. 코너는 아리아나의 집이 있는 거리로 가볼까 생각했지만 그러지 않기로 했다. 과거의 어느 부분은 그 자리에 그대로 놔두어야 한다.

마침내 집이 있는 거리로 접어들었을 때, 코너는 흔들리지 않도록 두 손으로 운전대를 단단히 잡고 있어야만 했다.

사랑하는 나의 집.

겉보기에는 완벽하게 아늑해 보인다. 다만 그 아늑함은 가짜일지도 모른다. 잠시 코너의 머릿속에 가족이 이사했을지도 모른다는 생각이 스친다. 그때 그는 진입로에 있는 반짝이는 새 니산 쿠페의 번호판에서 〈LASITR1〉이라는 글자를 발견한다. 동생의 차일까? 아니, 루커스는 열다섯 살이니 아직 운전면허를 따기에는 너무 어리다. 아마 부모 중 한 사람이 타던 세단의 크기를 줄였을 것이다. 자리를 차지할 아들이 한 명 줄었으니까.

위층 창문이 열려 있다. 전자 기타의 리프가 들려온다. 그제야 코너는 부모가 그의 언와인드 의뢰서에 서명했을 즈음 동생이 기타를 사달라고 졸랐다는 사실을 떠올린다. 그 음악에는 캠의 음향학적 재능이 전혀 깃들어 있지 않다. 시끌벅적한 불협화음이다. 아버지를 짜증 나게 할 만한, 바로 그런 음악이다. 루커스에게는 잘된 일이다.

코너는 두 번이나 집 앞을 지나친다. 혹시 숨어 있는 경찰차는 없는지 눈여겨본다. 아무도 없다. 지금 여기에서 코너를 찾는 사람은 없을 것이다. 청소년 전담국은 호피족이 미국을 절반 정도 가로질러 간 곳에서 코너에게 정치적 망명 기회를 주었다고 믿고 있으니까.

코너는 그때 모습을 드러낼 수도 있었다. 시간을 끌 만한 그럴싸한 이유가 없었다. 하지만 그는 어쨌든 시간을 끌기 위한 전략으로 빙 돌아왔다.

그는 집에 가는 것에 대해 리사가 했던 엄중한 경고를 무겁게 받아들여야 했다.

정말로 이런 위험을 감수할 만한 일인지 마음속을 탐색해봐야 했다.

그래서 그는 고가로 갔다. 과거에도 생각을 정리할 필요가 있으면 아주 여러 번 그렇게 했듯이.

고가의 난간은 비좁다. 그 위에는 이 고가보다 큰 세상에 대해서는 아예 개념이 없는, 아무것도 모르는 거미들의 거미줄이 이리저리 얽혀 있다. 우습지만, 인생이 얼마나 불공평한지에 관해 생각하며 이곳에서 보내던 당시는 삶이 실제로 불공평해지기 전이었다. 그 시절에 코너는 표지판 반대쪽에 뭐라고 적혀 있는지 몰랐다. 리사와 보와 함께 그 표지판을 지나쳐 갈 때에야 알게 되었다.

나가는 차선.

그 생각을 하니 웃음이 나온다. 정확한 이유는 모르겠다.

지금 바깥은 어둡다. 이미 한참 전부터 어두웠다. 할 거라면 더 오래 기다릴 수는 없다. 코너는 가족이 자신을 맞아들일지, 만일 맞아들인다 해도 그 초대를 받아들일 것인지 고민한다. 방문은 짧게 끝내야 한다. 혹시라도 가족이 몰래 경찰을 부를 수도 있기 때문이다. 코너는 그들을 지켜보아야 한다. 집에 있는 내내 부모 두 사람이 다 눈에 보이는 곳에 있어야만 한다. 그러니까 집 안에 들어간다면 말이지만. 그는 지금도 마지막 순간에 이 모든 일을 중단할 가능성도 배제하지 않고 있다.

마침내 그는 난간 너머로 몸을 넘긴다. 고가의 가장자리를 떠나와 근처에 주차해 둔 자동차로 돌아간다. 코너는 서두르지 않고 시동을 건다. 집이 있는 거리로 향할 때도 서두르지 않는다. 뭐든 천천히 하는 것은 코너답지 않지만, 집에 돌아간다는 이 행위에는 너무도 큰 관성이 걸려 있다. 큰 바위를 언덕 위로 밀어 올리는 일처럼 느껴진다. 코너는 그 바위가 다시 굴러 내려와 자신을 뭉개지 않기만을 바랄 뿐이다.

집 안에는 조명이 몇 개 켜져 있다. 아래층 거실 조명과 위층 루커스의 방 조명이다. 한때 코너의 것이었던 방은 불이 꺼져 있다. 지금은 그 방이 어떤 용도로 쓰일지 궁금하다. 바느질하는 방? 아니, 그건 바보 같은 생각이다. 어머니는 바느질을 하지 않는다. 어쩌면 그냥 집 안에 점점 쌓여 가는 온갖 잡동사니를 보관해 두었을지도 모른다. 아니면 그대로 놔두었을지도 몰라. 코너의 마음 어딘가에 정말 그러기를 바라는 부분이 있을까? 그는 그런 가능성이 바느질 방이 생겼을 가능성보다 낮음을 알고 있다.

코너는 집을 지나 거리를 조금 내려간 곳에 차를 세우고, 주머니에서 네 장짜리 편지를 꺼낸다. 그는 이 순간에 대비하기 위해 고가에서 편지를 여러 번 읽었다. 그러나 마음의 준비가 되지는 않았다.

그는 걸어서 진입로를 지난 뒤 현관으로 이어지는 작은 판석 길을 따라간다. 기대감에 심장이 쿵쾅거린다. 꼭 심장이 가슴속에서 튀어나오려는 것 같다.

어쩌면 그냥 편지만 건네주고 돌아설지도 모른다. 그들에게 말을 걸지도 모른다. 아직 모르겠다. 이 일이 이토록 어려운 이유가 바로 그것이다. 부모가 어떻게 나올지를 모르기에. 더 나쁘게는, 자신이 무슨 말을 하게 될지도 전혀 모르기에.

그러나 무슨 일이 일어나든, 좋은 일이든 나쁜 일이든, 그걸로 한 단락이 맺어질 것이다. 그것만큼은 코너도 안다.

코너가 현관에 반쯤 다가갔을 때, 현관의 그림자 속에서 누군가 나와 그의 앞길을 막아선다. 갑자기 가슴에 날카롭고 따가운 통증이 느껴진다. 진정탄에 맞았다는 사실을 깨닫기도 전에 코너는 땅에 쓰러진다. 시야가 흐려진다. 그는 다가오는 공격자가 누구인지조차 알아볼 수 없다. 잠깐 아전트 스키너의 얼굴이 스치지만 상대는 아전트가 아니다. 전혀 아니다.

「참 시시하네.」 남자가 말한다. 「이 순간은 더 멋졌어야 하는데.」

편지를 아주 꽉 쥐고 있던 롤런드의 주먹이 풀린다. 코너가 화학적 진공 상태로 곤두박질치며 편지는 아무렇게나 바닥에 떨어진다.

40
엄마

클레어 래시터는 아무렇지 않은 척하던 진 빠지는 작업을 잠시 멈춘다. 밖에서 무슨 소리가 들린 것 같다. 그렇게 생각하자 묘하게도 미래를 알 것 같은 기분이 든다. 이유는 모르겠다. 새삼스러운 일도 아니다. 그녀는 지붕에 솔방울이 떨어지거나 다람쥐가 빗물받이 위로 빠르게 지나갈 때마다 움찔한다. 너무 오랫동안 너무도 초조했기에, 마지막으로 평온함을 느낀 게 언제였는지도 기억나지 않는다.

확실히 그들 모두에게 휴가가 필요하다. 하지만 휴가를 떠나지는 않을 것이다. 위층 어딘가의 서랍 안에는 떠나지 않은 휴가를 위한 비행기표가 있다. 그냥 버려야 한다고 생각하면서도 버리지 못한다. 그들의 인생이 온통 무기력으로 가득 차 버리다니 우스운 일이다.

바깥에서 또다시 소리가 난다. 그래, 집 앞 잔디밭에서 확실히 무슨 일이 일어나고 있다. 클레어는 성큼성큼 걸어 나가 문을 연다. 아마 루커스의 친구들이지도 모른다. 아니면 목줄이 풀린 개라든지. 아니면…… 혹시라도…….

아무것도 없다. 바람에 날려 잔디밭을 가로지르는 쓰레기를 제외하면 보이는 게 아무것도 없다. 클레어는 잠시 문간에 서서 어둠을 향해 더 나은 것을 내놓으라고 무모하게 도발하지만, 어둠은 그 요구에 따르지 않는다. 거기에 서 있는 것이 어쩐지 운명을 시험하는 행동처럼 느껴져 불안해진다. 결국 문을 닫는다.

「왜 그래?」 남편이 묻는다. 「누가 왔어?」

「아니.」 그녀가 말한다. 「무슨 소리가 난 것 같아서. 아마 지붕에서 솔방울이 하나 더 굴러떨어진 것 같아.」

한편 그들의 앞뜰에는 종이 몇 장이 산들바람에 붙잡혀 덤불과 스프링클러와 자동차 타이어에 걸려 피해자가 되고 있다. 이내 읽을 수 없는 종이 곤죽이 되고, 그것들은 새 둥지의 안감이 되거나 내일 아침 거리 청소차의 가차 없이 돌아가는 빗자루 휩쓸릴 운명만을 기다린다.

5부
괴물의 입

신체 예술: 인간의 살과 피, 뼈로 만들어진 창작물
SA 로저스, 『웹어버니스트』, 2010년 8월 23일.

(……) 인간의 신체는 온갖 예술의 캔버스로 활용되어 왔다. 그러나 그보다 흥미롭고 희귀한 일은 (……) 인간의 신체 부위를 예술 매체로 활용하는 일이다. 여기에 소개된 열두 명의 예술가는 자주 논란의 대상이 되었으며, 때로는 충격적일 만큼 신랄한 인체 예술을 선보였다.

마크 퀸
자화상을 만들 거라면, 극단까지 나아가 자신의 얼린 피로 조각상을 만드는 건 어떨까? 조각가 마크 퀸은 실제로 그렇게 했다. (……) 영국 국립 초상화 미술관은 퀸의 2006년 작품 「자아」를 46만 5천 달러가 넘는 가격에 구매했다.

앤드루 크래스노

논란의 중심에 선 앤드루 크래스노의 피부 예술은 과연 인간의 잔혹성을 민감하게 반영한 작업일까? 크래스노는 의학 연구를 위해 시신을 기증한 사람들의 피부를 이용해 깃발, 등갓, 장화를 비롯한 일상용품을 만든다. 그는 이 작품들이 미국의 윤리에 대한 선언이라고 말한다. (……)

귄터 폰 하겐스

인간의 육신을 매체로 삼은 예술가 중 귄터 폰 하겐스만큼 유명한 인물은 없을 것이다. 그는 플라스틱 처리한[22] 인간의 시신을 전시하는 「인체의 신비전」의 창시자다. 폰 하겐스의 인체 활용이 〈불경〉하다는 항의가 잇따랐지만, 그만큼 이 전시에 매료된 관객도 많았다. (……)

프랑수아 로베르

프랑수아 로베르는 특이한 발견으로 인간의 뼈에 매료되기 시작했다. 그가 구매한, 비어 있어야 할 로커 안에 관절로 연결된 인간의 뼈가 숨겨져 있었던 것이다. 여기서 예술적 가능성을 본 로베르는 이 뼈들을 해체하고 재배열해 형태와 디자인에 따라 배치한 작품을 만들기 시작했다. (……)

---

22 〈플라스틱 처리〉는 하겐스가 직접 개발한 시신 보존 기법으로, 인체 조직의 수분과 지방을 특수한 플라스틱으로 대체해 부패 없이 오랜 시간 형태를 유지할 수 있도록 하는 기술이다.

앤서니노엘 켈리

영국의 예술가 앤서니노엘 켈리는 미켈란젤로를 비롯한 고전 예술가의 발자취를 따라, 작품에 활용할 수 있도록 인체 부위를 면밀히 연구했다. 다만 다른 예술가와 달리 켈리는 영국 왕립 외과 대학에서 불법적으로 인간 유해를 밀수한 뒤 이를 석고로 본떠 은색 물감으로 칠한 조각 작품을 만들었다. 이런 특이한 범죄로 켈리는 1998년에 유죄 판결을 받고 9개월간 복역했다. (……)

팀 호킨슨

아주 작고 섬세하며 거의 투명한 이 작은 새의 뼈대는 처음 보면 새 뼈의 약한 특성에도 불구하고 너무도 정교하게 보존되었다는 이유만으로 놀라워 보인다. 그러나 이는 뼈가 아니다. 예술가 팀 호킨슨이 자신의 손톱으로 만든 작품이다. (……)

비키 소머르스

콘크리트 조각처럼 보이는 비키 소머르스의 조각상은 색깔이 없지만 무게감이 있고 대단히 사실적이다. 그러나 이 일상적 조각들은 (……) 보기보다 유기적이다. 인간의 유골로 만들어졌기 때문이다. (……) 〈우리는 할아버지에게 쓸모 있는 흔들의자나 진공청소기, 토스트기로서의 두 번째 삶을 줄 수 있어요.〉 소머르스는 『헤럴드 선』과의 인터뷰에서 말했다. 〈그러면 이런 물건에 더 애착을 가지게 될까요?〉

기사 전문은 다음에서 확인할 수 있다.
https://weburbanist.com/2010/08/23/body-art-creations-made-of-human-flesh-blood-bones

41
방송

좁은 대역폭. 높은 안테나. 끝없는 옥수수밭. 옥수수가 중서부를 점령했다. 중부 전체가 이제는 대중이 먹기 좋게 유전자를 변형한 옥수수로 뒤덮였다.

다섯 명으로 이루어진 팀이 시골길에 차를 세운다. 그들은 무장하고 있다. 원래는 물자를 공급하고, 자금을 제공하고, 박수도를 조종하는 사람들이 제공한 무기다. 이제 그 무기는 부유한 공급자들의 의도와는 정반대의 목적에 쓰인다. 그 의도가 무엇이었든 간에.

다섯 명으로 이루어진 팀은 언제나 목적지를 신중하게 고른다. 두 블록짜리 주요 시가지에 있는 덤프트럭에서 방송하는 싸구려 구식 라디오 방송국이라든가, 아니면 이곳처럼 옥수수밭 가장자리에 뜬금없이 있는 방송국이면 더 좋다. 외진 곳일수록 유리하다. 계산에 따르면, 지역 보안관이 아침 식사를 하던 카페에서 이 특정한 장소까지 오는 데는 약 9분이 걸린다. 그가 사이렌을 울리며 최고 속도로 날아온다고 해도.

그들은 아직 도난 신고가 되지 않은 훔친 밴을 몬다. 그게 유일한 이동 수단이다. 이처럼 고된 시절은 정직한 아이들이 범죄에 기대게 하고, 범죄자들은 살인자가 되게 한다. 다행히도 이 무리에 진짜 범죄자는 없다. 아마 그들이 뒷문이 아니라 앞문으로 들어가는 이유가 그래서일 것이다.

「좋은 아침입니다. 기쁘게도, 오늘은 커피 타임이 일찍 시작됐음을 알려 드립니다.」

전함의 갑판에서 뜯어 온 것처럼 생긴 총을 들고 최소한의 인력만 배치된 방송국에 들어가면 아무도 맞서 싸우지 않는다. 총이 진짜로 장전되어 있는지는 중요하지 않다. 사실 그중 한 자루에는 탄약이 들어 있다. 하지만 그건 심각한 비상 상황에 대비한 것일 뿐이다.

「제 관계자는 들고 있는 무기보다 작아 보일지 몰라도, 방아쇠 당기기를 좋아해요. 그러니까 제가 여러분이라면 절대 갑자기 움직이지는 않겠습니다.」

방송국의 안락의자에 앉아 TV 프로그램을 볼 때마다 자신이 그 주인공이라고 자부하던 전문 요원조차 충격을 받고 기가 죽어 침묵한다. 그들은 대사 없는 엑스트라를 흉내 내 두 손을 든다.

「창고로 들어가 주시면 감사하겠습니다. 모두가 들어갈 공간이 충분하네요. 원하신다면 노트를 하나 가져가셔도 돼요. 우리의 무자비한 손에 겪은 괴로운 경험을 회고록으로 작성하시고요.」

누군가 주머니의 핸드폰으로 은밀히 전화를 걸려 한다. 예상한 일일 따름이다.

「물론 핸드폰을 사용해 도움을 요청하셔야겠죠. 저희가 발신 신호를 차단하긴 했지만, 여러분의 헛된 희망을 꺾고 싶지는 않습니다.」

침입자들은 라디오 방송국 직원들을 창고에 가둔다. 좁은 공간에서 직원들은 최고의 시간을 보낸다. 방송국 관리자는 열을 낸다. 비서는 운다. 다른 사람들은 선반에서 간식거리를 꺼내 긴장한 채 먹으며 누구도 피할 수 없는 죽음에 대해 생각한다.

직원들을 안전히 가둔 뒤, 침입자들은 도합 5분간 방송을 장악한다. 그들은 라디오 전파망에 연결해 실제 방송 범위를 1천 6백 킬로미터까지 늘린다. 다섯 명의 무단이탈자치고는 나쁘지 않다.

나가는 길에 그들은 조용히 창고 문을 연다. 방송국 직원들은 1분 뒤에 그 사실을 알게 된다. 그들은 등껍질에서 나오는 거북이처럼 나왔다가 침입자들은 사라졌지만 방송은 여전히 나가고 있음을 알게 된다. 전파가 비어서는 안 된다. 그 어떤 방송국도 라디오의 침묵이라는 천인공노할 상태를 허용해서는 안 되기 때문이다. 대신 라디오에서는 헤이든의 게릴라 방송 팀이 자신들의 흔적을 남기기 위해 늘 틀어 놓는 특징적인 노래가 흘러나오고 있다. 웅장한 선율이 전파를 타고 매끄럽게 흐른다.

너는 내 안에…… 깊이 박혀 있지…….

42
레브

 아라파치 보호 구역에서는 별다른 팡파르 없이 하루가 찾아오고 흘러간다. 삶이 단순한 건 아니다. 현대 세계에서 삶이 단순하다고 할 수 있는 곳이 어디 있겠는가? 하지만 이곳의 삶은 방해를 받지 않는 삶이다. 아라파치는 고립을 선택했기에 성공적으로 자신을 지켰고, 그렇기에 망가진 세상에서 안전하게 제정신으로 남아 있다. 그들은 부족 국가 중에서 가장 부유하다. 그래서 세상 사람들은 아라파치 보호 구역을 관문을 통과해야 하는 궁극의 공동체라 부른다. 아라파치 사람들은 담장 너머에서 벌어지는 일을 모르지 않지만, 확실히 그런 일들과는 몇 도쯤 거리를 두고 있다.

 당연히 세상을 그들에게 몇 도쯤 가까이 끌어오려는 시도는 강한 저항에 부딪히게 마련이다. 그러나 레브는 자신이 변화를 만들어 낼 수 있으리라 진심으로 믿었다. 그 모든 일을 겪고도 레브는 여전히 실망감을 받아들이지 못한다. 이런 성향이 그의 인간성을 지켜 주는 것인지, 아니면 그의 인성의 결함인지는 모르겠다. 어쩌면 결함 중에서도 위험한 것이리라.

레브는 욕실 문을 잠근 채 타시네 가족의 집 욕실 거울 앞에 서 있다. 그는 거울에 비친 자신과 눈을 맞추며, 다른 모습의 자신과 연결을 시도한다. 과거의 자신, 현재의 자신, 아니면 아직 그 안에 남아 있을지 모르는 자신.

켈레가 문을 두드린다. 열두 살짜리답게 조바심을 낸다. 「레브, 지금까지 안에서 뭘 하는 거야? 나, 들어가야 해!」

「다른 화장실에 가.」

「못 가!」 켈레가 징징거린다. 「내 칫솔이 이 화장실에 있다고.」

「그럼 다른 사람 칫솔을 써.」

「역겨워.」

켈레는 쿵쿵거리며 멀어져 간다. 레브는 다시 거울 속의 자신에게 집중한다. 거울 속 얼굴은 보면 볼수록 낯설어 보인다. 단어 하나를 모든 의미를 잃을 때까지 곱씹는 것과 비슷하다.

레브는 늘 노력할 대상이 있을 때 가장 상태가 좋았다. 깔끔하게 다듬어지고 잘 정의된 목표, 측정할 수 있는 승리. 순진했던 과거에 가장 중요한 것은 야구였다. 공을 잡고, 때리고, 달린다. 심지어 박수도였을 때조차 그는 과한 성취를 이루었다. 그들의 명분을 대표하는 모범생이었다. 그러니까 폭발하지 않기로 선택하기 전까지는 말이다.

그는 아라파치 부족 의회의 바위처럼 단단한 비타협적 태도 앞에서 자신이 패배했음을 안다. 아라파치는 언와인드를 상대로 전쟁을 벌이지 않을 것이다. 그들은 언와인드에 맞서 싸우는 대신 언와인드가 들어오지 못하게 차단하는 방식으로만 저항할 것이다.

코너는 레브에게 순진하다고 했다. 그 말이 옳았다. 그 모든 일을 겪고도 레브는 여전히 이성과 결단력이 승리를 가져오리라 믿을 만큼 어리석었다. 「넌 하나의 목소리를 가진 한 명의 소년일 뿐이야.」 엘리나는 그가 부족 의회에서 패배한 뒤 말했다. 「계속 합창단이 되려고만 하면 그 목소리마저 잃게 될 거다. 그러면 누가 네 말을 듣겠니?」

엘리나는 레브를 안아 주었지만, 레브는 그녀를 마주 껴안지 않았다. 그는 위로를 바라지 않았다. 이 분노는 그의 분노였다. 그는 이 분노를 온전히 자신의 것으로 소유하고 싶었다. 그래야만 했다. 이 분노에서 새로운 무언가가 자라날지도 모른다는 걸 알았기 때문이다. 무의미한 청원보다 효과적인 무언가가.

그 이후로 며칠 동안 레브는 많은 생각을 했다. 실은 그 생각밖에 하지 않았다. 그리고 한 가지 결론에 이르렀다. 그에게 필요한 것은 전적으로 자신에게만 달려 있는 새로운 접근법이다. 다른 사람들의 도움에 기대하는 건 이만하면 됐다. 다른 사람들은 실망을 안겨 줄 가능성이 너무 높으니까. 이번만큼은 완전히 스스로 해결해야 한다.

그래서 그는 거울 속 자신을 살펴보며, 전보다도 깊고 확고한 새로운 결단력을 탐색한다. 레브의 얼굴에는 너무 많은 것들이 얽혀 있어 읽을 수가 없다. 하지만 그는 그것들을 단순화할 수 있음을 안다.

레브는 수납장으로 손을 뻗어 욕실로 가지고 들어온 가위를 집어 든다. 망설임 없이 포니테일을 잘라 바닥에 떨어뜨린다. 들쭉날쭉하고 헝클어진 금발의 더벅머리만 남는다. 그런 다음 레브는 머리 한 움큼을 최대한 뿌리 가까이에서 움켜쥐고 잘라 버린다. 또 한 움큼을 잡아 똑같이 하고 또 한다. 결국 욕실 바닥은 머리카락으로 뒤덮이고, 그의 머리는 방금 수확한 건초밭처럼 보인다.

켈레가 다시 문을 두드린다.

「레브, 들어가야 한다고!」

「조금만 기다려.」 레브가 말한다. 「곧 끝나.」

레브는 가위를 내려놓고, 고르지 않게 남은 짧은 머리에 거품을 낸다. 그런 다음 면도칼을 집어 든다.

요즘 문신을 새기는 사람들은 대체로 보호 구역을 떠날 계획인 젊은 아라파치 남자들이다. 더 큰 세상으로 나가기로 했지만, 자신의 뿌리를 언제까지나 떠올리게 해줄 무언가를 가져가고 싶어 하는 사람들 말이다. 자랑스럽게 내보일 수 있는 상징을.

보호 구역에 문신 기술자는 몇 명밖에 없다. 그중 진짜로 재능이 있는 사람은 한 명뿐이다. 나머지는 죄다 틀에 박힌 그림을 그려 주는 식이다. 레브는 재능 있는 사람인 제이스 타자를 찾아간다. 제이스의 마지막 손님이 떠날 때까지 가게 밖에서 기다린다.

레브가 안으로 들어가자 제이스가 그를 바라본다. 곤란해해야 할지, 즐거워해야 할지 감을 잡지 못하는 듯하다. 「너, 타시네의 위탁 도망자구나? 장기 해적을 잡았다는 그 녀석, 맞지?」 그가 말한다.

레브는 고개를 젓는다. 「못 들으셨어요? 전 더 이상 위탁 도망자가 아니에요. 부족의 정식 구성원이라고요.」

「잘됐네.」 그는 레브의 빡빡 민 머리를 가리키며 묻는다. 「머리카락은 왜 그렇게 된 거야?」

「필요 없어서요.」 레브가 말한다. 그게 타시네 가족을 비롯한 사람들에게 그가 내놓는 답이다. 그의 밀어 버린 머리는 엘리나의 마음을 어지럽혔다. 레브가 예상한 그대로였다. 하지만 엘리나는 레브의 선택을 받아들였다.

「뭘 해주면 될까?」 제이스가 묻는다.

레브는 그에게 종이 몇 장을 보여 주며 자신이 원하는 바를 설명한다. 제이스는 종이를 훑어보더니 미심쩍다는 듯 레브를 본다. 「진심으로 하는 말은 아니지?」

「제가 농담하는 것처럼 보여요?」

제이스는 종이를 보고 또 본다. 「정말 이걸 원해?」

「확실하게요.」

「이렇게 많은 잉크를 한 번에 쓰겠다고?」

「네.」

「아플 거야. 아주 많이.」

레브는 이미 그 점을 생각해 두었다. 「아픈 게 맞아요.」 그가 말한다. 「아파야만 해요. 안 아프면 아무 의미가 없어요.」

제이스는 가게 안을 둘러보며, 자신의 독창적인 디자인 몇 가지를 가리킨다. 「멋진 독수리나 곰은 어때? 넌 아라파치 태생이 아니니까 네 영혼의 동물을 직접 고를 수 있어. 퓨마도 잉크로 새겨 놓으면 좋아 보이고.」

「전 영혼의 동물이 이미 있어요. 그걸 새기고 싶지는 않고요. 전 이걸 새기고 싶어요.」 그는 제이스의 손에 들린 종이를 가리킨다.

「여러 날에 걸쳐서 오랫동안 해야 해.」

「괜찮아요.」

「내가 들이는 시간에 대한 돈도 내야 할 테고. 난 그렇게 싸지 않은데.」

「돈은 얼마든지 낼게요.」 타시네 가족은 레브에게 한동안 버틸 만큼 용돈을 주었다. 제이스의 재능과 시간에 값을 치르고도 남을 돈이었다. 그런 뒤에는 아라파치의 돈이 필요하지 않을 것이다. 아라파치의 돈은 보호 구역이 아닌 곳에서는 쓸모가 없으니까.

그는 엘리나와 찰에게 떠날 거라는 말을 하지 않았다. 아무에게도 말하지 않았다. 누구에게든 말하면 그 사람은 그러지 말라고 설득하려 들 테니까. 적어도 그가 어디로 가려 하는지 알아내려 들 테니까. 그의 목적지를 아무도 모르게 하는 것이 매우 중요하다.

레브는 지갑에서 돈을 꺼내 제이스의 앞에 휙 보여 준다. 세상 어디에서나 그렇듯, 돈에는 힘이 있다.

첫 시술은 몇 분 뒤에 시작된다. 레브는 제이스가 마음껏 창의적인 표현을 하도록 허락한다.

「어디서부터 시작할까?」

「맨 위에서 시작해서 내려와 주세요.」 레브가 말한다. 그런 다음 그는 의자 등받이에 기댄 채 눈을 감고 다가올 시련에 정신적으로 대비한다.

43
리사

리사는 웬 기계의 숨소리가 섞인 듯한, 질질 늘어지는 소리에 눈을 뜬다. 시끄러운 동시에 뭔가에 가로막힌 듯 식식대는 소리다. 그녀는 윤이 나는 삼나무와 황동으로 마감된 침실의 킹사이즈 침대에 누워 있다. 현기증이 난다. 토할 것 같다. 침대 자체가 움직이는 것 같지만, 리사는 이런 느낌이 단지 진정제 때문임을 안다.

「천천히 하게.」 낯선 남자의 목소리가 말한다. 「자네는 진정탄을 연달아 여덟 발인가, 아홉 발 맞았네. 회복하는 데 시간이 좀 걸릴 거야. 나였다면 다르게 했겠지만. 나라면 자네를 더 편하게 해줬겠지.」

남자는 진주처럼 경쾌한 느낌이 섞인 동유럽 억양으로 말한다. 러시아 사람일지도 모른다. 아니, 그건 아니다. 하지만 비슷한 억양이다.

눈에 초점이 잡히기 시작하면서, 리사는 방 건너편에 있는 전신 거울 앞에 서서 머리를 매만지는 남자를 본다. 늘씬하고, 검은 머리카락에, 좋은 옷을 입고 있다. 리사는 몸을 보호하듯 두 무릎을 당겨 안으며, 자신이 의식을 잃은 사이 무슨 일이 벌어졌는지 궁금해한다.

남자가 리사 쪽을 힐끗 보더니 그녀의 몸짓을 읽고 빙그레 웃는다.

「걱정하지 말게.」 그가 말한다. 「자네가 자면서 진정탄의 약효를 떨어뜨리는 동안 아무도 자네를 해치지 않았으니까.」

리사는 머리가 거품으로 가득 찬 느낌이다. 실제로는 아무것도 없는데 부글거리는 것 같다. 그녀는 뻔한 질문밖에 할 수 없다. 「여기가 어디죠?」

「레이디 루크레치아.」 그가 대답한다. 「내 하비스트 캠프지.」

이제 리사는 적어도 퍼즐 조각 몇 개는 맞춰 볼 수 있을 만큼 정신이 돌아왔다. 골동품 가게의 남자는 장기 해적이었고, 지금 그녀는 암시장 상인의 손에 있다. 장기 해적이 잭을 죽였다. 리사가 보호하겠다고 약속했던 아이를, 그녀가 위험에 빠뜨린 아이를. 소니아는 어떻게 됐을까?

「내가 하비스트 캠프에 있다고…….」 리사는 그에게서 더 많은 말을 끌어내려 되풀이한다.

「그래. 자네랑 자네 친구 코너도.」

리사가 전혀 예상하지 못한 말이다. 그녀는 믿기지 않아 고개를 젓는다. 「거짓말! 코너는 거기 없었어!」

남자는 신기하다는 듯 그녀를 본다. 「그래? 난 자네들이 같이 잡힌 줄 알았는데. 하긴 자네 둘을 내게 맡겨 놓고 떠날 때, 넬슨이 자세한 상황을 설명하진 않았지.」

넬슨? 설마 그 넬슨일 리가……. 하지만 그 장기 해적을 떠올리는 순간, 리사는 그의 얼굴을 안다는 사실을 깨닫는다. 적어도 그 얼굴의 절반은. 갑자기 방 전체가 들썩이는 것만 같다. 방이 한 방향으로 돌아가고, 리사의 뱃속은 반대 방향으로 움직이는 것처럼 느껴진다. 리사는 아무 경고도 없이 침대 가장자리 너머로 바닥에 토한다.

외국인은 그녀 옆에 앉아 그녀의 등을 가만히 쓸어 준다. 리사에게는 그에게서 몸을 움츠릴 힘조차 없다. 「내 이름은 다이밴이네. 내가 돌보는 동안 자네에게는 아무 해도 없을 걸세.」 다이밴은 침대 옆 미니바에서 소다수를 꺼낸다. 「받아들여야 할 게 너무 많겠지. 참지 못하고 토해야 할 것들이 있다는 것도 놀랄 일은 아니야.」 다이밴은 탄산수를 남겨 두고 일어선다. 「사람을 보내 청소하게 할 테니 걱정하지 말게. 그동안 나는 할 일이 있어서. 잠을 자두게, 리사 양. 자네가 준비되면 다시 이야기하지.」

다이밴은 문 앞까지 가지만, 나가기 직전 뒤를 돌아본다. 「다시 메스꺼워지면, 창밖을 보는 게 도움이 될 거야.」

그가 떠나자마자 리사는 침대를 가로질러 커튼에 다가간다. 커튼을 젖히자 창문이 드러나지만 그녀가 예상한 창문과는 다르다. 타원형 창문이다. 그 너머에는 구름이 있다. 오직 구름만이.

44
레이디 루크레치아

간단히 말해, 안토노프 AN-225 므리야는 지금껏 만들어진 가장 큰 비행 물체다. 이 거대한 화물 비행기의 엔진 여섯 개는 나폴레옹의 기병대 전체를 합한 것보다도 더 큰 마력을 자랑한다. 산을 옮긴다면, 이 비행기야말로 그런 일을 할 수 있다. 이 기종은 단 두 대밖에 제작되지 않았다. 첫 번째 비행기는 우크라이나의 항공 박물관에 있다. 두 번째 비행기는 부유한 체첸 출신 사업가 다이밴 우마로프의 소유다. 현재 그는 다른 한 대를 손에 넣기 위해 협상 중이다.

밖에서 보면, 이 비행기는 분비샘에 문제가 있는 747기처럼 생겼다. 하지만 휑뎅그렁한 화물칸 안에 서 있으면 종교적인 경험을 하는 듯한 기분이 든다. 화물칸이 대성당에서나 볼 수 있을 듯한, 숨이 멎을 만큼 극적인 구조로 솟아 있기 때문이다. 단, 이 대성당은 천국에 13킬로미터쯤 더 가까이 갈 수 있다.

하지만 다이밴이 붙인 이름에 따라 〈레이디 루크레치아〉라 불리는 이 비행기의 내부는, 원래의 텅 빈 껍데기와 전혀 닮지 않았다. 이곳은 화려한 주거지인 동시에 완벽하게 기능하는 하비스트 캠프로 치밀하게 재설계되었다. 레이디 루크레치아가 착륙하는 건 연료를 공급받을 때와 다이밴이 구축한 국제적인 장기 해적 네트워크로부터 신선한 언와인드를 받아들일 때뿐이다. 물론 언와인드의 다양하고 자질구레한 부산물을 내릴 때도 착륙한다. 이런 부산물은 아이들 자체보다 훨씬 더 큰 가치를 지닌다.

최근에 다이밴은 하늘에서 더 많은 시간을 보내고 있다. 적들의 무자비함을 고려하면, 최대한 이동하며 지내는 것이 더 안전하다. 게다가 이번 화물은 거의 값을 매길 수 없을 만큼 희귀하기에 그가 직접 관심을 기울여야 한다. 그가 미국 청소년 전담국이나 경멸스러운 다제이보다 먼저 코너 래시터를 잡았다니, 모자에 깃털처럼 꽂고 자랑할 만한 일이다. 그는 코너 래시터가 경매에서 팔리고, 그의 부위가 만족한 고객들에게 분배될 때까지 비행기에 머무르며 사업을 면밀히 감독해야 한다.

45
리사

 리사는 다시 눈을 떴을 때 조금 더 기운이 돌아온 느낌을 받는다. 가장 가까운 곳을 둘러보고 시험해 볼 만큼 힘이 생겼다. 침실은 물론 밖에서 잠겨 있다. 창문 밖 풍경으로 미루어 보아, 그들은 여전히 고고도에 있다. 노을, 아니면 새벽이 꼬리를 길게 끌고 있다. 리사는 정확한 시간도, 이 비행기가 몇 개의 시간대를 지나온 건지도 전혀 파악할 수 없다.

 방 건너편에는 리사를 위한 음식이 놓인 작은 탁자가 있다. 가벼운 음식이다. 대니시 같은 것들. 리사는 그들이 주는 것은 아무것도 받고 싶지 않다는 저항감을 느끼면서도 먹는다.

 암시장 상인은 돌아왔을 때, 그녀가 음식을 먹은 것을 보고 기뻐한다. 그 모습에 리사는 그저 먹은 것을 모조리 놈의 얼굴에 토하고 싶은 충동을 느낀다.

「원한다면 구경을 시켜 주지.」 다이밴이 제안한다.

「난 포로야.」 리사가 딱 잘라 말한다. 「왜 포로에게 구경을 시켜 주겠다는 거지?」

「난 포로를 잡지 않아.」 그가 말한다. 「손님을 받지.」

「당신이 언와인드하는 아이들을 그렇게 불러? 손님이라고?」

다이밴이 한숨을 쉰다. 「아니, 그 애들은 뭐라고도 부르지 않네. 알다시피, 무언가로 부르면 내 일이 훨씬 더 어려워질 테니까.」

그는 리사가 일어나도록 손을 내민다. 하지만 리사는 그 손을 잡지 않는다. 「나는 〈손님〉이고, 그 애들은 한 명도 손님이 아닌 이유가 있어?」

다이밴이 미소 짓는다. 「자네도 알면 즐거워하겠지만, 워드 양. 자네에게 관심이 있는 내 고객들은 자네의 코르푸스 토투스[23]에만 관심이 있네. 자네의 존재 전체에 말이지. 이 비행기에 있는 모든 사람 중에서 분열된 것보다 온전한 상태로 남아 있을 때 더 가치가 높은 사람이 자네뿐이라니 좋지 않나?」

그 말에도 리사는 전혀 마음이 놓이지 않는다. 「어떤 고객이 사람을 코르푸스 토투스로 사지?」

「수집 취미가 있는 부유한 사람들. 특히 자네한테 집착하는 사우디 왕자가 한 명 있거든. 이미 수백만 달러를 제시했지.」

리사는 역겨움을 숨기려 애쓴다. 「상상도 안 되는데.」

「걱정하지 말게.」 다이밴이 말한다. 「난 자네가 생각하는 만큼 그 거래를 하고 싶진 않으니까.」

그는 다시 한번 손을 내민다. 이번에도 리사는 그 손을 잡지 않는다. 대신 그녀는 자리에서 일어나 문으로 향한다.

「구경하다 보면, 적어도 안목이 트일 테지.」 다이밴이 문을 열며 말한다. 「가는 길에 탈출 방법이나 나를 죽일 방법을 계획

---

23 〈온전한 몸〉이라는 뜻의 라틴어.

하면서 즐길 수도 있을 테고.」

리사는 처음으로 그와 눈을 맞춘다. 약간은 충격을 받았다. 그게 바로 그녀가 하던 생각이었기 때문이다. 다이밴이 돌려주는 시선은 리사가 예상한 것보다 훨씬 따뜻하다.

「그렇게 놀라지 말게.」 그가 말한다. 「자네가 지금 무슨 생각을 하는지 내가 어떻게 모를 수 있겠나?」

계속 단조롭게 이어지는 엔진 소리와 이따금 마주치는 난기류를 제외하면, 이 모든 것이 단 한 대의 비행기 안에 욱여넣어져 있다는 걸 믿기가 어렵다. 침실은 천장이 높은 생활 공간으로 이어진다. 그 기하학적 형태는 비행기의 폭과 동체의 돔에 따라 결정된다. 그곳에는 소파와 식탁, 화면이 여러 개 달린 엔터테인먼트 기기가 있다.

「주방과 식량 저장고는 아래에 있네.」 다이밴이 말한다. 「내 주방장은 세계적인 수준이야.」

리사는 잠깐 시간이 지나서야 그 방의 반대쪽 끝에서 이 공간을 점령하다시피 자리하고 있는 것을 알아본다. 악기다. 파이프 오르간이다. 다만 반짝이는 놋쇠 파이프 대신, 이 파이프에는 얼굴이 달려 있다. 수십 개의 얼굴이.

「인상적이지?」 다이밴이 자랑스러워하며 말한다. 「브라질의 예술가에게서 샀다네. 신체 작업으로 경력을 쌓아 온 사람이지. 그 사람은 자신의 예술이 언와인드에 저항하기 위한 행위라고 주장하지만, 글쎄, 그 사람 자체가 예술에 언와인드를 활용하는데 과연 저항이 얼마나 이루어질 수 있을까?」

리사는 자동차 사고를 목격한 사람처럼 파이프 오르간에 시선을 빼앗긴다. 전에 본 적이 있다. 그녀는 이 모습을 꿈속에서 보았다고 생각했다. 계속 반복되는 꿈에서. 이제야 그녀는 그 꿈이 현실의 한 장면에 토대를 두고 있었음을 깨닫는다. 정확히 언제인지 짚을 수는 없지만 TV에서 본 것이다.

「그 사람은 저 파이프 오르간을 〈오르갸오 오르갸니코〉라 부른다네. 〈장기 오르간〉이란 뜻이지.」

박박 깎인 머리들은 전혀 움직이지 않는다. 그저 건반 위에 대칭적으로, 여러 층으로 배치되어 있으며, 원형의 관과 도관으로 건반에 연결되어 있다. 혐오감 그 자체다. 리사는 그 파이프 오르간이 너무도 기괴해, 적절한 감정을 불러일으키기조차 어렵다. 뭔가를 느끼기에는 너무 끔찍스럽다. 그녀는 천천히 손을 뻗어 건반을 누른다.

그녀의 눈 바로 앞에서, 몸이 없는 얼굴이 입을 벌리며 완벽한 가온음 도를 목소리로 낸다.

리사는 꺅 비명을 지르며 뒤로 펄쩍 뛰다가 다이밴에게 부딪힌다. 다이밴이 리사의 어깨를 잡지만 리사는 몸을 빼낸다.

「무서워할 것 없네.」 다이밴이 말한다. 「장담하는데 뇌는 다른 곳에 있어. 아마 부유한 브라질 아이들이 생각을 더 잘할 수 있게 돕고 있겠지. 다만 가끔 눈이 뜨이는 건 좀 불안하게 느껴질 수 있어.」

마침내 리사는 의견을 내보려 한다. 그 의견은 가온음 도와는 한참 떨어져 있다. 「이건…… 이건…….」

「생각조차 할 수 없지. 나도 알아. 나조차도 처음 봤을 때는 주춤했으니까. ……하지만 보면 볼수록 갖고 싶다는 강박이 생기더군. 저렇게 아름다운 목소리는 들어 줘야 하지 않을까? 아이러니한 느낌이 없는 건 아니야. 레이디 루크레치아는 나의 노틸러스호거든. 그러니 나는 훌륭한 네모 선장처럼 나만의 오르간을 가져야 한다네.」[24]

리사는 이미 고개를 돌렸지만, 자기도 모르게 시선이 다시 파이프 오르간으로 이끌리는 것을 느낀다. 그것이 자신을 마주 볼지도 모른다는 생각에 겁에 질리면서도 시선을 뗄 수 없다.

「연주해 보지 않겠나?」 다이밴이 묻는다. 「내가 연주하면 악기가 아까울 것 같아서. 자네는 제법 훌륭한 피아니스트라고 알고 있네.」

「저걸 다시 건드리느니 두 손을 잘라 버릴 거야. 저게 없는 데로 가.」

「얼마든지.」 다이밴이 말한다. 그는 언제나 그렇듯 고분고분하지만 눈에 띄게 실망한 기색이 역력하다. 그는 리사를 데리고 방 건너편의 계단으로 향한다. 「투어는 이쪽으로 이어진다네.」

리사는 오르갸오 오르갸니코에서 멀어지고 싶은 마음이 굴뚝같다. 그러나 다이밴이 말했듯, 그 이미지는 기이하고 강박적인 느낌과 함께 머릿속에 남는다. 꼭 높은 절벽 위에서 아래를 내려다보며 균형 감각을 훔쳐 보라고 중력을 도발하는 느낌이다. 리사는 88개의 얼굴로 이루어진 그 기괴한 형상에 경악하면서도, 정말 그것을 연주하고 싶어질지도 모른다는 생각에 더욱 경악한다.

---

24 노틸러스호는 쥘 베른의 『해저 2만 리』에 등장하는 잠수함으로, 네모 선장이 지휘하며, 그가 파이프 오르간을 연주하는 장면은 내면의 고독함을 드러낸다.

그들은 다이밴의 비행 별장이라는 아늑한 공간에서 나와 거대한 비행기의 아래쪽 구역으로 들어간다. 이곳의 복도와 통로에는 윤을 낸 나무나 가죽이 없다. 그저 실용적인 알루미늄과 강철뿐이다.

「하비스트 캠프가 레이디 루크레치아의 앞쪽 3분의 2를 차지하고 있지. 공간의 효율적 활용을 보면 감탄할걸.」

「어째서?」 리사가 묻는다. 「왜 나한테 이 모든 걸 보여 주는 거야? 대체 무슨 목적으로?」

다이밴은 커다란 문 앞에 잠시 멈춘다. 「자네가 처음의 충격에서 빨리 벗어날수록 더 빨리 편안한 공간에 도달하게 되리라 믿으니까.」

「난 이런 것에 절대 편안함을 느끼지 않아.」

다이밴이 고개를 끄덕인다. 그녀의 말은 받아들이면서도 그 타당성은 받아들이지 않는 것 같다. 「내가 제대로 이해한 게 하나 있다면, 그건 인간의 본성이지.」 다이밴이 말한다. 「우리는 최정점에 선 종족이야. 그렇지 않나? 그 이유는 우리에게 놀라운 적응력이 있기 때문이지. 신체적으로만이 아니라 감정적으로도. 심리적으로도.」 그는 문손잡이로 손을 뻗는다. 「자네는 뛰어난 생존자야, 리사 양. 난 자네가 훌륭한 방식으로 적응하리라 단단히 믿고 있네.」 그가 문을 홱 열어젖힌다.

리사는 예전에 주립 보호 시설에서 심화 학습 프로그램의 일환으로 볼링공 제조 공장을 견학한 적이 있다. 주된 이유는 그곳이 주립 보호 시설의 아이들을 데려가기에 가장 편한 공장이었기 때문이다. 그곳에서 가장 인상 깊었던 건 인간의 개

입이 전혀 없다는 사실이었다. 고무로 된 중심부를 밀어내고, 외피를 광택 처리하고, 컴퓨터로 계산한 정확한 규격에 따라 구멍을 뚫는 일까지 모든 과정을 기계가 했다.

리사는 문턱을 넘는 순간, 다이밴이 운영하는 곳이 하비스트 캠프가 아님을 알아차린다. 그가 운영하는 것은 공장이다.

유쾌한 숙소도, 기운 넘치는 상담사도 없다. 대신 지름이 최소 6미터는 되는 거대한 드럼통들이 비행기 외벽을 따라 늘어서 있다. 그 안에는 백 개가 넘는 홈이 파여 있고, 각 홈에는 지하 묘지의 시신처럼 언와인드들이 누워 있다.

「겉모습에 속지 말게.」 다이밴이 말한다. 「저 애들은 최고급 실크 침대에 누워 있고, 기계가 저 애들의 모든 욕구를 돌보고 있지. 영양 공급도 충분하고, 먼지 하나 없이 깨끗하게 관리되고 있어.」

「의식이 없는데 무슨.」

「반의식 상태야. 저 애들은 꿈과 현실 사이의 순간에 언제까지나 머물 수 있도록, 일종의 황혼 같은 상태를 유지해 주는 약한 진정제를 투여받거든. 아주 기분이 좋지.」

원통형 공간의 반대쪽 끝에는 구시대의 철제 호흡 보조 장치만 한 거대한 검은 상자가 놓여 있다. 리사는 그 용도를 상상하기 전에 생각의 흐름을 차단한다.

「코너는 어디 있어?」

「여기에.」 다이밴은 주변의 언와인드 방들을 애매하게 가리키며 말한다.

「보고 싶어.」

「현명하지 않은 생각이야. 다음에는 볼 수도 있겠지.」

「코너가 언와인드된 다음에?」

「하나 알려 주자면, 코너는 최소한 며칠은 언와인드되지 않을 거야. 애크런의 무단이탈자의 신체 부위를 경매하는 건 엄청난 일이니까. 모든 걸 제대로 준비하려면 시간이 걸리지.」

리사는 주변 사방에 있는 반의식 상태의 언와인드들을 보다가, 체내에 진정제가 남아 있었을 때처럼 다시 무릎에서 힘이 풀린다. 반면 다이밴은 태평하고 자신감 있게 그 공간을 한가로이 가로지른다.

「버마의 다제이는 자네들이 암시장이라 부르는 것의 어두운 끝을 상징하지. 마취제도 없이, 비위생적인 환경에서 천천히 언와인드를 진행하거든. 개탄스러운 일이야! 반면에 나는 더 나은 환경을 위해 노력한다네. 나는 언와인드들에게 공식적 허가를 받은 어느 하비스트 캠프보다도 나은 고품질 처치를 해주지. 편안한 휴식, 고통 없이 근육을 개선해 주는 전기 자극, 언와인드를 기다리는 동안 지속되는 황홀감. 수많은 세계 지도자가 내게서 부위를 사 갔어. 그들은 절대 인정하지 않지만 말이야. 자네 나라의 지도자도 몇 명 포함돼 있다는 말을 덧붙여야겠군.」

갑자기 드럼이 작동하며 그들을 중심으로 회전하기 시작한다. 언와인드들의 위치가 재조정된다. 기계 팔이 뻗어 나와, 어머니의 손길처럼 부드럽게 그들 중 한 명을 살핀다.

「투어는 끝이야? 아니어도 상관없어. 볼 만큼 봤어.」

다이밴은 리사를 다시 생활 공간으로 데려간다. 리사는 오르간을 보지 않으려 애쓰지만, 거울에 비친 그 형태가 언뜻 보인다. 그들이 리사의 침실에 도착했을 때 누군가 그녀의 침대를 정리하고 있다. 그는 두 사람을 보더니 더욱 분주하게 손을 놀린다.

「거의 다 됐습니다.」

청년은 약해 보이고 약간 겁을 먹은 듯하다. 마치 해서는 안 될 일을 하다가 들키기라도 한 것 같다. 그는 리사보다 많아야 몇 살 위로 보인다. 그가 돌아서서 리사를 힐끗 보았을 때, 리사는 그의 겉모습에 깜짝 놀란다. 얼굴 일부가 사라지고 없다. 대신 그 자리에는 꼭 맞는 바이오 밴드가 붙어 있다. 실제 피부보다 연한 분홍색의 그 밴드는 그의 눈구멍과 오른쪽 뺨 대부분을 덮고 있다. 눈이 하나뿐인 오페라의 유령과 닮아 보인다. 그의 얼굴 왼쪽도 별로 나아 보이지 않는다. 왠지 생긴 듯한 흉터가 몇 개 있다.

「당신 졸개인가 보네.」 리사가 말한다.

다이밴은 모욕감을 느낀 듯하다. 「나는 졸개를 둘 만큼 유치한 인간이 아니야. 이쪽은 내 보조원, 스키너지.」

리사는 자기도 모르게 씁쓸한 미소를 짓는다. 「스키너라 부르다니 적절하기도 하지.」[25]

「그저 우연일 뿐이야.」 다이밴이 말한다. 「스키너는 그의 실제 이름이니까.」

스키너는 아첨하듯 재빨리 문을 닫고 사라진다. 문득 리사는 스키너가 그레이스의 성이라는 사실을 떠올린다. 그레이스가 자주 이야기하던, 말썽쟁이 남동생이 저 사람일 수도 있을까? 방금 본 얼굴 반쪽을 떠올릴수록 둘이 닮았다는 확신이

---

25 원문인 skinner에는 〈가죽 가공인〉이라는 뜻이 있다. 스키너의 얼굴을 보고 하는 말이다.

든다.

「나한테 바라는 게 뭐야?」 리사는 답을 듣기가 두려우면서도 묻는다.

「간단해.」 다이밴이 말한다. 「적어도 자네한테는. 난 자네가 내게 오르갸오 오르갸니코를 연주해 주기를 바라네. 나는 그런 재능이 없지만, 그 악기는 솜씨 있는 누군가가 연주해 주기를 간절히 기다리고 있거든.」

그는 자신의 제안이 허공에 맴돌도록 놔둔다. 리사는 감히 그 물건 앞에 앉아 있는 자신의 모습을 상상조차 할 수 없다.

「내가 아무리 잘 연주해도 당신은 음악에, 그리고 내게 질릴 거야.」 리사가 말한다. 「그럼 난 어떻게 되는 거지?」

「우리의 합의가 효력을 잃으면, 자네를 보내 주지.」

「몇 조각으로?」

다이밴은 리사의 빈정거림에 눈알을 굴려 댄다. 「리사 양, 나는 악당이 아니라네. 내 사업이 불쾌하게 느껴질 수 있지만, 나는 그런 사람이 아니야. 고베 소를 키우는 농부를 생각해 보게. 그가 소들을 도축한다고 해서 그 사람을 비난해야 할까? 당연히 아니지! 나도 마찬가지야. 난 그저 다른 종류의 상품을 제공하는 것뿐이야. ……그것도 훨씬 더 인간적인 방식으로.」 그가 리사에게 다가온다. 「자네를 잡아 온 내 관계자와 달리, 나는 내 일과 나 자신을 분리할 수 있었네.」

리사는 뒤로 물러나라는 무언의 강요를 거부하면서도 다이밴과 안전한 거리를 유지하려고 옆걸음질 친다.

「선택지는 간단해.」 다이밴이 말한다. 「자네는 여기에 남기를 선택할 수도 있고, 경매에 넘겨지기를 선택할 수도 있어. 여기에 있으면 자네에게 평화와 인내, 존중을 약속하지. 사우디 왕자가 줄 수 있는 것보다 훨씬 많은 것들이지.」

한 겹 가려진 위협은 바라던 대로 효과를 발휘한다. 리사는 그러고 싶지 않지만, 갑작스레 밀려드는 폐소 공포증을 느낀다. 그럼에도 그녀는 자신만의 제안을 할 용기를 끌어낸다.

「한 가지 조건만 들어준다면, 당신이 원하는 대로 할게.」
「뭐지?」
「코너를 보내 줘.」

다이밴은 지나치게 기뻐하며 손뼉을 친다. 「훌륭하군! 자네가 협상에 들어왔다는 것만으로도 우리는 올바른 방향으로 한 발 나아간 셈이야. 불행히도 코너를 풀어 주는 것은 선택지가 아니지만.」

「그럼 지옥에나 떨어져.」

다이밴은 불쾌해하지 않는다. 즐거워할 뿐이다. 「다시 생각할 시간을 주지. 그동안 경매에 붙일 유명한 언와인드가 하나 더 있어서.」

리사는 물을 수밖에 없다. 「그게 누군데?」

「미국에서 가장 중요한 수배자.」 그가 대답한다. 「나는 그 녀석을 사느라 능동적 시민에 상당한 값을 치렀어. 하지만 벌어들일 이윤을 생각하면 그만한 가치가 있지. 세상에는 메이슨 마이클 스타키의 한 조각을 가지고 싶어 하는 사람이 많거든.」

46
아전트

 똑똑하게 굴어야 한다. 영리하게 굴어야 한다. 하지만 무엇보다도 그는 고분고분하게 굴어야 한다.

「난 자네가 가엾었네.」 그의 얼굴에서 멀쩡한 절반이 채취되어 넬슨에게 주어진 뒤, 다이밴이 말했다. 「다른 사람이라면 자네의 남은 몸도 언와인드했겠지만, 내가 진정한 동정심을 느끼는 경우는 드물어. 그래서 그 동정심을 실천하기로 했지.」

그러나 그 동정심은 그리 후하지 않았다. 아전트의 사라진 얼굴 반쪽을 대신할 얼굴을 제공하는 대신, 다이밴은 망가진 석고 보드 벽에 퍼티를 바르듯 그 얼굴에 바이오 밴드를 붙였다.

「자네에게 필요한 건, 공짜로 주기에는 너무 비싸거든.」 다이밴은 그렇게 말했었다. 「하지만 내 밑에서 6개월간 일하면, 내가 비축해 둔 얼굴 중에서 골라 가질 수 있게 해주지. 그 뒤에 내 보조원으로 계속 일할 것인지, 예전 삶으로 돌아갈 것인지는 자네가 선택하게.」

아전트는 말하지 않았지만, 예전의 삶으로 돌아갈 생각이 전혀 없었다. 새로운 삶을 살 것이다. 어쩌면 새로운 도시에서, 새로운 얼굴로……. 하지만 레이디 루크레치아에 자리 잡은 뒤로 아전트는 살아가고자 하는 의지가 6개월이라는 시간 안에 완전히 빠져나가, 이곳에 머물게 될지도 모른다고 생각하기 시작했다. 아전트는 그런 생각을 떨쳐 내려 노력했다. 대신 그는 매일의 업무에 몰두하며 바쁘게 지내려 했다. 그런 일에는 더러워진 것을 정리하고 빨래를 하고 다이밴의 인생 강의를 듣는 일 등이 포함되었다. 다이밴은 자신의 설교를 들어 주는 것을 무엇보다도 좋아한다. 아전트는 완벽한 청중이다. 절대 그에게 이의를 제기하지 않고, 단 한 번도 자신의 의견을 내세운 적 없기 때문이다. 사실 그는 〈의견 부족〉을 이 직업의 핵심 자질로 여기게 되었다.

하지만 코너 래시터의 도착은, 아전트의 머릿속 기어를 작동시키는 중요한 멍키 스패너나 마찬가지였다.

아전트는 창문 너머로, 넬슨이 활주로에서 코너를 옮기는 모습을 지켜보았다. 넬슨이 그의 멀쩡한 얼굴 절반을 자기 얼굴처럼 달고 있는 모습이 너무도 불쾌해, 사타구니에 힘이 빠질 지경이었다. 아전트는 코너가 저지른 짓 때문에 그를 증오한다고 생각했지만, 그 증오조차 넬슨에 대한 증오에 비하면 빛이 바랬다.

아전트는 다이밴이 넬슨에게 사냥감과 함께 비행기에 오르라고 할까 봐 두려웠지만, 다이밴은 그러지 않았다.

「넬슨은 훌륭한 장기 해적이야. 어쩌면 최고일지도 모르지.」 다이밴이 아전트에게 말했다. 「그렇다고 내가 넬슨과 함께하는 걸 좋아하는 건 아니야.」

그러면서도 다이밴은 코너의 눈을 직접 가져다주겠다고 약속했다. 채취 장치는 완전히 자동화되어 있어, 다이밴의 직원들은 그 안에 들어가는 일이 거의 없었다. 심지어 언와인드를 기다리는 아이들의 돌봄을 담당하는 의사조차 거의 안에 들어가지 않았다. 기계가 모든 일을 처리하기 때문이다.

아전트는 의사 라일의 예비 열쇠를 다이밴의 개인 욕실 예비 열쇠와 바꿔치기했다. 그러나 의사는 그 사실을 전혀 모른다. 때로 아전트는 채취 장치가 감시당하고 있지 않을 때, 훔친 열쇠를 들고 몰래 들어가 그곳의 언와인드들을 지켜보며 그들의 사연을, 그들의 삶을 상상하곤 했다. 그들 중 하나의 얼굴을 차지하면 어떤 기분일지도. 그는 법적인 언와인드 연령을 겨우 세 살 지났지만, 실제로는 훨씬 더 나이가 든 기분이었다. 다시 젊은 얼굴을 가질 수 있다면 멋질 것이다.

하지만 오늘, 채취 장치에 온 아전트에게는 다른 목적이 있다.

다이밴이 전 세계에서 접속한 입찰자들을 엔터테인먼트 기기의 화면에 띄워 놓는 동안, 아전트는 몰래 채취 장치로 들어가 원통형 격자 안의 언와인드 중에서 코너를 찾는다. 코너가 자신의 바로 옆으로 올 때까지 드럼을 회전시킨다. 이어 아전트는 기계의 감시 시스템에서 코너를 떼어 내고, 그를 축복받은 반의식 상태로 유지해 주던 진정제 주입을 차단한다.

「이건 전부 네 잘못이야! 내 말 들려?」

코너의 반응은 그저 나른하고 말이 되지 않는 중얼거림에 불과하지만, 그건 지나갈 것이다.

「넬슨이 너를 잡으려다가 나한테 이런 짓을 했어. 애초에 네가 그런 짓을 하지 않았으면 넬슨도 이런 짓을 하지 않았을 거야!」 그는 코너가 움찔거릴 만큼 세게 그를 친다. 「왜 그랬어? 우린 한 팀이 될 수 있었는데!」 이번에는 더 세게 때린다. 「우린 위대한 일을 할 수 있었어! 멋진 무법자가 될 수 있었다고. 하지만 이제 나는 얼굴조차 가질 수가 없어! 한쪽은 망가진 흉터투성이 얼굴이고, 다른 한쪽은 아예 아무것도 없다고.」

그는 코너를 꽉 잡고 흔든다. 「빌어먹을, 우리 누나는 어디 있어?」

코너가 몸을 돌려 그를 마주 보고 눈을 깜빡인다. 하품한다. 처음으로 아전트를 제대로 본다. 「아전트?」

「그레이스는 어디 있느냐고? 넬슨이 그레이스를 해치게 놔뒀다면, 맹세하는데 내가 널 죽여 버릴 거야!」

코너는 아전트가 하는 말을 아직 완전히 이해하지 못하는 듯하다. 「네가 여기 있는 걸 보니까, 여긴 지옥인가 보네.」 코너가 말한다.

「그래, 그렇게도 말할 수 있겠지.」

코너는 일어나 앉으려다 좁은 틈새의 천장에 머리를 부딪힌다. 아전트는 그게 아프기를 바란다.

「내가 널 깨운 건, 네가 잡혔고 언와인드당하리라는 걸 알려 주기 위해서야. 나야 상관없지만, 넌 알아도 싸니까. 다이밴이 리사도 잡았어. 보아하니 걘 온전하게 남아 있을 것 같지만.」

「리사가 여기에 있다고? 놈이 리사를 잡았어? 다이밴이 누군데?」

아전트는 이미 한 말을 되풀이할 필요를 느끼지 못한다. 그는 코너의 옆구리를 세게 때린다. 코너는 아직 방어하기에는 너무 약하다. 아전트에게는 딱 좋은 일이다. 「내 얼굴을 망가뜨리면서 네가 아주 똑똑하다고 생각했겠지. 그래서 지금은 얼마나 똑똑한 것 같은데? 우리 누나는 어디에 있어?」

「골동품 가게에.」 코너가 웅얼거린다. 「내가 마지막으로 그레이스를 본 곳은 거기야.」 코너가 힘없이 두 팔을 든다. 「내가 뭘 입고 있는 거지? 거미줄에 뒤덮인 기분이네.」

「그건 철제 마이크로 섬유 보디 슈트야. 긴 속옷과 비슷한데, 그걸 입고 언와인드당하는 거지. 우린 그걸 〈긴 분열〉이라 불러.」

갑자기 언와인드 드럼이 삐걱거리며 저절로 움직인다. 코너가 회전해 멀어진다. 드럼은 4분의 1 바퀴를 돈 뒤 멈춰 선다. 한 쌍의 기계 팔이 펼쳐지더니, 음반을 고르는 구식 주크박스처럼 언와인드 한 명을 들어 올려 언와인드실로 가는 문까지 이어지는 짧은 컨베이어 벨트에 내려놓는다. 아전트는 언와인드실의 내부를 절대 보고 싶지 않다. 그는 다음으로 무슨 일이 벌어질지 안다. 아이는 의식을 되찾고, 몸이 움직이지 않음을 깨닫고, 도와 달라고 울부짖을 것이다. 하지만 아무도 대답하지 않을 것이다. 기계가 아이의 의식이 완전히 돌아왔다고 판단하면, 언와인드실의 문이 열리고 컨베이어 벨트가 돌아가며 아이를 안으로 데려갈 것이다.

「완전히 의식이 있지 않으면 언와인드가 아니지.」 언젠가 다이밴이 말했다. 「언와인드는 고통이 없고 인간적이어야 하지만, 언와인드당하는 사람은 모든 단계에서 자신에게 무슨 일이 벌어지는지 의식해야 해.」 한번은 아전트가 어떤 아이 옆에 서서 그 아이를 진정시키려 노력한 적이 있다. 부모가 너를 정말로 사랑했다느니 하는, 따지고 보면 쓰레기 같은 위로의 말을 해주었다. 하지만 아이는 그냥 겁에 질리기만 했고, 결국 다른 모든 아이와 똑같이 언와인드로 끌려 들어갔다. 그 이후로 아전트는 누구에게도 말을 걸지 않았다.

드럼이 멈추자 아전트는 다시 코너를 찾아, 수동으로 그를 원래 자리로 돌려놓는다.

「이게 무슨 일이야?」 코너가 묻는다. 조금 전보다는 또렷하게 말한다.

「오늘은 경매가 열리는 날이야.」 아전트가 설명한다. 「네 명의 아이가 도마 위에 올라. 평소보다 수는 적지만, 4번 아이한테 큰돈이 걸려 있어. 다이밴은 입찰자들이 주요 이벤트까지 열기를 유지하도록 처음 세 아이를 경매로 파는 거야. 네 차례가 되면 너도 똑같은 꼴을 당하겠지! 지금은 네가 나보다도 신세 조진 거야. 마음에 들었으면 좋겠네!」 그는 코너를 세게 떠밀고, 진정제를 주입한 뒤 떠난다.

코너가 아직 팔에서 링거를 뽑을 만큼 정신을 차렸으리라고는 전혀 생각하지 못한다.

47
코너

아전트가 떠나자마자 코너는 움직인다. 하지만 깨어 있고 경계심이 드는 상태에서도 이 상황을 유리하게 활용할 방법은 생각나지 않는다. 온전한 몸으로 채취 장치에서 빠져나갈 방법도 떠오르지 않는다. 아전트가 들어왔다 나간 문에는 열쇠가 필요하다. 비밀번호나 카드 키가 아니라, 진짜 구식 열쇠 말이다. 코너는 피라미드 안에 봉인된 것이나 마찬가지다. 기계는 영혼 없는 존재다. 난기류로 인해 예기치 못한 움직임이 발생해도 충격을 흡수할 수 있도록 스프링 지지대에 매달린 검은 직사각형 상자다. 꼭 거대한 장님거미처럼 보인다. 계기반이 있지만, 코너는 거기에 접근하는 방법조차 알아낼 수 없다.

「도와줘! 제발 도와줘! 뭐라도 해봐!」

컨베이어 벨트 위에서 언와인드를 기다리던 소녀가 지금 상황을 조금이나마 이해할 만큼 정신을 차리자, 코너는 소녀가 놓여 있는 강철 썰매에서 그녀를 들어 올리려 애쓴다. 하지만 아이는 꼼짝하지 않는다. 코너는 아주 가까이 다가가서 그 이유를 알아챈다. 자신의 손목이 강철에 달라붙는다. 썰매에는 강력한 자력이 있다. 그 자력이 작용하면, 아전트가 말한 철제 섬유 보디 슈트인 〈긴 분열〉은 사슬로 묶은 것보다 강하게 사람을 붙든다. 코너는 온 힘을 끌어다 써서 손목을 겨우 떼어 낸다. 결국 그는 소녀의 죽음을 지켜볼 수밖에 없다. 벨트가 돌아가기 시작하고 아이는 언와인드실로 끌려 들어간다. 문이 닫히고 기계의 방음벽이 아이의 소리를 삼킨다. 기계 옆면에는 작고 둥근 창문이 있지만, 코너는 차마 그 안을 들여다볼 수 없다. 그 안에서 벌어지는 일을 보고 싶어 할 사람은 없을 것이다.

15분 뒤, 다양한 크기의 보존 용기들이 언와인드실의 반대편에서 굴러 나오고 기계 팔에 의해 화물칸에 깔끔히 쌓인다. 아이의 언와인드는 15분 만에 완료됐다. 일반적인 도살장과는 비교도 할 수 없을 만큼 훨씬 빠르다. 이게 언와인드의 미래일 수도 있을까? 이런 기계의 사용이 결국 합법화될까? 거대한 언와인드의 거대한 드럼이 다시 돌기 시작한다. 다음번 불행한 당첨자를 선택하는 운명의 바퀴가 회전한다.

「야! 너 애크런의 무단이탈자구나! 네가 그 녀석이야! 너라면 날 구할 수 있어! 구해 줘야 해!」

코너는 두 번째 아이가 첫 번째 아이의 길을 따라가는 모습을 지켜본다. 이번에도 그는 이 과정을 멈추기 위해 뭔가를, 뭐라도 해보려 애쓰지만 기계는 그를 개의치 않는다. 언와인드실의 문이 닫힐 때, 코너의 손이 그 문에 끼인다. 거의 잘릴 뻔한다. 채취 장치에는 외부의 간섭에 대응하는 절차가 없는 듯하다. 심지어 그런 간섭을 인식하지도 못하는 것 같다. 한 대밖에 없는 보안 카메라가 계속해서 이 공간을 훑지만, 그 화면을 아무도 지켜보지 않는 게 분명하다. 코너는 자신이 카메라에 한두 번은 찍혔을 거라고 확신하지만, 아무도 살펴보러 오지 않는다. 이곳의 보안은 무덤에 필요한 수준에 머물러 있다. 아무도 들어오지 않고, 이 안에 있는 자들은 말썽을 일으키지 않으니까.

「알레드! 알레드! 즈 느 브뵈 파 무히르!」[26]

다음 희생자는 영어를 못 하는 소녀다. 그 아이는 코너의 온갖 노력에도 불구하고 기계에 끌려 들어간다. 코너는 이런 시도가 무의미하다는 걸 알지만, 뭘 어쩔 수 있겠는가? 그렇게 처음 세 아이가 언와인드당하고 입찰자들이 준비되자, 그날의 마지막 표본이 유압식 기계 팔에 의해 틈새에서 뽑혀 나온다. 그 아이가 기계의 입구 앞에 놓인다. 처음에 코너는 자신이 본 것이 아직 체내에 남아 있는 약물로 인한 환각이 틀림없다고 생각한다. 하지만 가까이 가서 보니, 그 얼굴을 잘못 알아볼 수는 없다. 스타키다.

코너는 스타키가 완전히 정신을 차리고, 코너가 아전트를 보았던 것과 거의 비슷하게 그를 보는 동안 마비된 듯 꼼짝하지 않는다. 스타키의 표정은 믿을 수 없겠다기보다는 묘하게 현실과 괴리된 눈빛이다.

「네가?」 스타키가 말한다. 「여긴 어디야? 넌 여기에 왜 있는 거야?」

하지만 스타키는 이내 자신의 위기를 알아챈다. 그 순간 코너는 그의 숙적에서 구원자가 된다. 스타키는 다른 아이들처

---

26 〈도와줘! 도와줘! 난 죽고 싶지 않아!〉라는 뜻의 프랑스어.

럼 빌기 시작한다.

「제발, 코너! 네가 날 아무리 싫어해도 뭔가 해야지!」

처음에 코너는 실제로 그를 풀어 주려는 여러 움직임을 거친다. 하지만 그저 스타키를 위한 연기일 뿐이다.

코너는 자신이 아무것도 할 수 없음을 안다. 스타키 같은 탈출 기술자도 못 하는 일을 코너가 무슨 수로 하겠는가? 지금까지의 상황을 보면 스타키가 언와인드당할 때까지 겨우 5분밖에 남지 않았다. 코너가 할 수 있는 일은 스타키 옆에 서서, 그의 마지막 가는 길을 지켜 주는 것뿐이다. 절망감을 넘어서는 무력감이다.

「모금!」 스타키가 울부짖는다. 「박수도가 나한테 모금 부서에서 새로 할 일이 있다고 했어. 어떻게 이렇게 멍청하게 군 거지!」

스타키는 다른 아이들과 마찬가지로 자기장을 이용한 구속에서 벗어나려고 몸부림친다. 그는 눈물을 흘리며 말한다. 「내가 원한 건 황새들에게 싸울 기회를 주는 거였어! 모든 학대와 불공정에 복수하는 거였다고. 난 그렇게 했어. 아니야? 난 변화를 일으켰어! 내가 변화를 일으켰다고 말해 줘!」

코너는 어떻게 대답해야 할지 생각하다가 말한다. 「넌 사람들이 관심을 갖게 만들었어.」

스타키를 구할 수 있다면 구했을까? 스타키가 일으킨 그 모든 죽음과 파괴를 알면서도? 그의 복수가 향한 광기 어린 방향을 알면서도? 스타키의 개인적 전쟁이 실제로는 언와인드라는 대의를 더 강화했다는 걸 알면서도? 언와인드당해도 싼 사람이 있다면 그건 스타키였다. ……그럼에도 코너는 할 수만 있었다면 스타키의 언와인드를 막았을 것이다.

그는 스타키의 어깨를 단단히 잡는다. 「이번만큼은 절대 탈출할 수 없어, 메이슨. 긴장을 풀도록 해봐. 이 시간을 이용해서 각오를 다져.」

「안 돼! 이게 끝일 리 없어. 나갈 길이 있을 거야!」

「너는 대체 어디 있는지도 모르는 비행기에 있어!」 코너가 소리친다. 「넌 멈출 수 없는 기계 앞에 있다고. 마지막 몇 분을 집중하는 데 써, 메이슨. 너한테 남은 시간을 네 인생을 정리하는 데 쓰라고!」

그 순간 코너는 이 말이 스타키에게만 하는 것이 아님을 깨닫는다. 자기 자신에게도 하는 말이다. 코너는 깨어났으니 유리할 거라 생각했지만, 오히려 상황의 긴박함이 더욱 드러났을 뿐이다. 그는 이보다 나쁜 상황도 거쳐 왔다고 자신을 타이르려 하지만, 직감적으로 느낀다. 이번에는 그들을 싣고 하늘을 가로질러 가는 이 비행기만큼이나 단호하게, 온전한 몸으로 빠져나갈 수 없다고. 괴물의 입 앞에 놓는 사람이 되는 건 그저 시간문제다.

스타키는 간신히 마음을 가라앉힌다. 눈을 감고 깊이 숨을 들이쉰다. 다시 눈을 떴을 때, 그의 눈에는 전에 없던 결심이 깃들어 있다.

「네가 나를 언와인드당하지 않게 할 방법이 생각났어.」 그가 말한다.

코너가 고개를 젓는다. 「말했잖아, 내가 할 수 있는 일은 아무것도 없어!」

「아니, 있어.」 스타키는 목소리에 강철 같은 확신을 담아 말한다. 「날 죽이면 돼.」

코너는 한 발 물러나 스타키를 본다. 대답할 수가 없다.

「날 죽여, 코너. 네가 죽여 주면 좋겠어. 네가 날 죽여야만 해.」

「그렇게는 못 해!」

「할 수 있어!」 스타키가 고집을 부린다. 「묘지를 생각해 봐. 내가 그 비행기를 훔쳐 갔다는 걸. 난 트레이스 뉴하우저도 죽였어. 그거 알고 있었어? 트레이스를 구할 수 있었지만, 그 녀석이 물에 빠져 죽게 놔뒀어.」

코너가 이를 간다. 「그만해, 스타키.」

「내가 한 짓을 생각해서라도 날 죽여, 코너! 내가 그런 일을 당해도 싼 놈이라고 생각하는 거 알아. 난 저 기계에 들어가느니 차라리 네 손에 죽을 거야!」

「그게 무슨 소용이라고? 어차피 저 기계에 들어가게 될 텐데!」

「아니, 안 들어가. 내 몸은 들어가겠지만 나는 떠나고 없을 거야. 내 몸은 채취당하겠지만, 나는 언와인드당하지 않을 거야!」

코너는 스타키의 애원하는 눈을 더 이상 바라볼 수 없다. 그는 시선을 돌린다. 그의 눈길이 상어에 닿는다. 잔인하고 화가 난, 포식자로서의 상어. 코너는 그 팔 끝에 달린, 습관적으로 주먹을 쥔 손을 내려다본다. 그는 손가락에 힘을 풀었다가 다시 꽉 쥔다. 손안에서 힘이 느껴진다.

「그거야, 코너. 빨리해 줘. 저항하지 않을게.」

코너는 기계의 입구를 힐끗 본다. 언제든 문이 열릴 수 있다.

「생각 좀 하자!」

「시간이 없어! 날 위해서 해줘. 부탁이야!」

냉정한 살인이 정당할 수 있을까? 이런 살인이 잔인함이 아니라 연민에 따른 행위일 수 있을까? 이런 일을 저지르고도 코너는 예전과 같은 사람으로 남을 수 있을까? 스타키가 살아 있다면, 그는 언와인드될 것이다. 스타키가 죽는다면, 그건 그저 채취일 뿐이다. 스타키의 말이 옳다. 코너에게는 이 언와인드를 막을 수 있는 힘이 있다. 끔찍한 힘이다. 하지만 어쩌면 필요한 힘일 것이다.

「너였으면?」 스타키가 묻는다. 「너라면 뭘 원했을 것 같은데?」

그렇게 생각하자 선택은 분명해진다. 코너는 저 끔찍한 검은 상자 안에 무엇이 숨겨져 있는지 절대 알고 싶지 않다. 그러기 전에 죽고 싶다.

코너는 생각이 바뀌기 전에 롤런드의 손으로 스타키의 목을 꽉 쥔다. 스타키는 헐떡이지만, 약속한 대로 저항하지 않는다. 코너는 힘을 준다. 더 세게, 더 세게…… 그리고 스타키의 기도가 닫히는 순간, 전혀 예상하지 못한 일이 일어난다.

롤런드의 손에서 힘이 빠진다.

「멈추지 마.」 스타키가 식식거린다. 「이제 와서 멈추지 마!」

코너는 다시 스타키의 조인다. 손가락 끝으로 스타키의 맥박을 느끼며 힘을 준다. 이번에도 설명할 수 없는 이유로 손이 풀린다. 코너는 자신이 스타키와 함께 숨을 참고 있었다는 것조차 깨닫지 못하고 헐떡이기 시작한다.

「이 겁쟁이!」 스타키가 울부짖는다. 「넌 언제나 겁쟁이였어!」

「아냐.」 코너가 말한다. 「그게 아니야.」

마침내 코너는 무엇이 잘못되었는지 떠올린다.

롤런드는 언와인드당하기 전날, 바로 이 팔로 코너의 목을 목 졸라 죽이려 했지만 그러지 못했다.

롤런드는 살인자가 아니니까.

코너는 천천히 오른손에서⋯⋯ 왼손으로 시선을 돌린다. 그 자신의 손으로. 태어날 때부터 가지고 있었던 손으로. 바로 그 손을, 코너는 스타키의 목으로 가져간다. 스타키의 기도가 닫히는 것을 느낄 때까지 그의 목을 파고드는 건 바로 그 손이다. 해야만 하는 일을 해낼 수 있을 만큼 집요하고 결단력 있는 손은 바로 그 손이다.

롤런드한테는 애초에 사람을 죽일 수 있는 뭔가가 없었어. 코너는 생각한다. **하지만 나한테는 있어.**

코너가 상상한 것보다 훨씬 어렵다. 눈물이 시야를 가린다. 「미안.」 그가 말한다. 「정말 미안해.」 누구에게 사과하는지조차 알 수 없다. 그는 스타키와 시선을 맞춘다. 스타키의 눈은 불거져 나와, 생리적인 공포로 빠르게 움직이기 시작한다. 팔다리가 떨리고, 얼굴은 멍든 것과 비슷하게 짙어진다. 그런데도 스타키는 억지로 입꼬리를 말아 올려 희미하게 승리의 미소를 짓는다.

조금만 더⋯⋯ 조금만 더⋯⋯.

코너는 스타키가 죽는 순간을 정확히 안다. 스타키의 눈에서가 아니라, 그의 발목에 달린 활력 징후 전송 장치가 귀청을 찢을 듯한 경보음을 울리기 때문이다. 코너는 스타키의 목에서 손을 뗀다. 바깥 문이 열리는 소리가 들리자, 언와인드들이 있는 벽으로 펄쩍 뛰어올라 자기 틈새에 기어오른다. 그곳에 몸을 집어넣는 순간, 안쪽 문이 열린다.

처음으로 들어온 사람은 의사다. 그다음에는 다이밴일 게 틀림없는 남자가 들어온다. 코너는 틈새에 들어간 채 숨을 느리게 쉬려고 애쓴다. 아래에서 펼쳐지는 드라마를 지켜보며, 그들이 자신의 소리를 듣지 못하도록 한다.

「어떻게 이럴 수가 있지?」 다이밴이 말한다. 「어떻게 이럴 수가 있나?」

「모르겠습니다.」 긴장한 의사가 말한다. 「혹시 심장 마비일까요? 우리가 몰랐던 선천적인 질병이라든지요?」

「방금 경매했단 말이야! 내가 얼마나 많은 돈을 잃게 됐는지 알기나 해? 살려 내! 당장!」

의사는 서둘러 자리를 떴다가 제세동기를 가지고 돌아온다. 그는 스타키를 살리려고 다섯 번이나 시도한다. 전기 충격이 가해질 때마다 스타키의 가슴은 휘어지지만 결과는 같다. 피에 굶주린 황새의 군주, 메이슨 마이클 스타키는 죽었다.

스타키를 되살리려는 노력이 이루어지는 내내 다이밴은 어슬렁거린다. 마지막 시도 이후에는 그의 분노가 하나의 방향으로 굳어진다. 「좋아, 놈은 죽었어. 하지만 채취는 아직 가능하지.」

「뇌는 불가능합니다.」 의사가 말한다. 「뇌는 이미 망가지기 시작했을 겁니다.」

「뇌의 생존 가능성은 나중에 판단하지. 하지만 뇌를 잃는다 해도, 빠르게만 처리하면 나머지는 전부 건질 수 있어. 기계를 급속 모드로 돌리고, 마취는 생략해. 온도를 36도로 낮추고.」

의사가 계기반의 잠금장치를 풀고 필요한 조율을 시작한다. 그런 다음, 언와인드실 문이 열리자 다이밴은 직접 스타키의 시신을 안에 밀어 넣는다. 컨베이어 벨트가 대신해 주기를 기다리지 않는다.

언와인드실 문이 닫히고 시술이 시작된다. 두 사람은 긴장을 푼다.

「안됐네요.」 의사가 말한다. 「거의 어르신께 복수하려고 죽은 것 같습니다.」

「의도적인 거였다면 도와준 사람이 있겠지.」 다이밴은 시선을 들어, 사방을 둘러싼 드럼 속 언와인드들을 바라보며 말한다.

코너는 눈을 감고 꼼짝도 하지 않는다.

「통제실로 돌아가. 이곳 모든 언와인드의 원격 측정 수치를 확인해 줘야겠네.」 코너는 다이밴이 떠나며 남긴 말을 듣는다. 「특이하게 활력 징후가 올라간 사람이 있는지 알아봐.」

10분 뒤, 그들은 코너를 잡으러 온다. 세 명이다. 의사, 이곳에 있는 것만으로도 초조해 보이는 승무원, 그리고 겁을 주기 위해 태어난 것처럼 생긴 조용하고 뾰족한 얼굴의 고기 방패다. 코너는 준비되어 있다. 적어도 준비할 수 있는 한은. 시야를 벗어난 문 근처에 숨어 있다가, 코너는 그들이 들어서는 순간 소화기를 발사하고 그들의 무기 중 하나를 낚아챈다. 진정탄 권총이다. 그들은 오직 진정탄으로만 무장하고 있다. 코너는 진정탄을 발사해, 초조한 남자를 쓰러뜨리는 데 성공한다. 그러나 다음 순간, 누군가가 코너의 손을 쳐 무기를 떨어뜨린다.

이어 코너는 다른 사람들의 손아귀를 피해 달려간다. 언와인드실 맞은편 끝, 의료용 보존 용기가 배분될 준비를 마치고 쌓여 있는 곳에 몸을 숨긴다. 그는 이 싸움이 그저 쇼에 불과하다는 것을 안다. 탈출은 불가능하다. 하지만 낚싯줄 끝에 매달려 몸부림치는 것으로 낚시꾼에게 슬픔을 안길 수 있다면, 그만한 가치가 있을 것이다.

의사는 〈다이밴은 그냥 이야기하고 싶어 하는 거야. 두려워할 건 없어〉 같은 형편없는 거짓말로 그를 꾀어내려 한다.

코너는 대화에 응하려 하지 않는다. 잠깐은 경첩이 달린 노즈콘[27]을 열어야겠다는 미친 생각까지 한다. 노즈콘은 언와인드실 바로 앞부분에 있다. 이 비행기는 10대들이 아니라 탱크를 화물로 싣기 위해 설계되었다. 비행 중에 코너가 노즈콘을 개방하면, 3만 7천 피트 상공의 얼음처럼 차가운 진공이 그들 모두를 빨아낼 것이다. 비행기는 추락할 게 대단히 확실하다. 조종 스위치가 충분히 가까운 곳에 있다. 다른 모든 아이가 채취 장치 안에 있지 않았다면 코너는 실제로 그렇게 했을 것이다. ……이 비행기 어딘가에 리사가 있지 않았다면.

결국 코너는 구석에 몰리고, 놈들이 그를 쓰러뜨린다. 하지만 그 전에 코너는 놈들에게 제대로 몇 방 먹인다. 공격자들은 맞서 싸우지 않는다. 상품을 손상해서는 안 되기 때문이다. 진정제를 쏘지도 않는다. 어쩌면 그들이 코너에게 완전히 거짓말을 한 건 아닐지도 모른다. 다이밴은 정말로 코너와 이야기

---

27 비행기의 앞부분의 공기 저항 감소용 구조물.

하고 싶어 하는지도 모른다. 진정타니스탄에 들른 다음이 아니라 바로 지금.

그들은 케이블 타이로 코너의 두 손을 꽉 묶는다. 타이가 제 역할을 할 만큼이지만, 그의 피부를 파고들 정도는 아니다. 그리고 진정탄을 맞아 쓰러진 승무원의 몸을 넘어 그를 끌고 간다. 승무원은 잠든 상태라 전혀 긴장한 기색이 없다.

코너는 비행기 안쪽에 있는 크고 화려한 방으로 끌려간다. 거기에서 다이밴이 기다리고 있다. 그의 등 뒤 벽에는 심란하게도 얼굴들이 모여 있다. 그 모습이 어째서인지 다이밴의 존재에 어두운 중력을 더한다.

「안녕하신가, 코너 군.」 그는 스타키가 죽었을 때는 보여 주지 않던 침착함을 담아 말한다. 「내 이름은 ─」

「난 네가 누군지 알아.」 코너는 그렇게 말한 뒤, 이어서 수습한다. 「너는 암시장의 쓰레기야. 내가 알아야 할 건 그게 전부야.」

「다이밴 우마로프네.」 그는 코너의 말을 못 들은 체하고 말을 잇는다. 「자넨 성미가 급하더군. 안 그런가? 대체 어떻게 깨어난 건가?」

「링거가 터진 게 틀림없습니다.」 의사가 말한다. 그의 눈은 코너의 주먹에 맞아 부어오른 채 거의 감겨 있다. 「기계에서 경고가 울렸어야 하는데요.」

다이밴 뒤에서, 아전트가 허둥대며 식탁을 닦고 있다. 자기 목숨을 잃을까 봐 너무 두려운 나머지, 코너와 눈조차 마주치지 못하는 게 분명하다. 정말로 코너가 자기를 밀고하리라 생각하는 걸까? 지금 존재하는 동맹과 가장 가까운 사람을 코너가 그런 식으로 잃을까 봐?

「잠깐.」 코너는 완전히 충격을 받은 듯 말한다. 「저거 아전트 스키너야?」 그는 못 믿겠다는 듯 아전트를 본다. 「저놈은 여기서 뭘 하고 있는 거야? 얼굴은 또 왜 저래?」

「닥쳐!」 아전트는 코너의 작은 연극에 장단을 맞추며 말한다. 다만 설득력은 조금 떨어진다. 「내가 여기에 있는 건 너 때문이야. 그러니까 그냥 닥쳐.」

다이밴은 코너가 바란 대로 두 사람 사이의 불쾌한 역사를 아는 듯하다. 다이밴은 아전트가 비행기에 타고 있다는 사실을 코너가 이제야 알았다는 생각을 받아들인다. 누군가 아전트에게 아주 조금만 관심을 기울였더라도 그가 내쉰 안도의 한숨은 수상해 보였겠지만.

다이밴이 코너를 본다. 「자네가 메이슨 스타키를 언와인드 전에 보내 버렸다는 내 짐작이 맞는가?」 코너가 대답하지 않자 그는 다시 말한다. 「자, 어서. 할 말이 아무것도 없나?」

코너는 어깨를 으쓱하고 그의 말에 따른다. 「양말 멋지네.」 그는 만족스러운 미소를 지으며 말한다.

다이밴은 코너에게서 시선을 떼지 않는다. 「실제로 좋은 양말이지. 서벨트야. 뉴질랜드산 사슴 털이네. 한 켤레에 천 달러면 저렴하게 산 셈이지.」 그는 코너에게 마주 미소 짓는다. 코너의 만족감이 훨씬 적어진다.

「스키너! 코너에게 마실 것을 가져다주게. 레모네이드를.」

아전트는 피아노 건반 먼지를 털다가 움찔하는 바람에 건반 몇 개를 누른다. 그러자 그의 뒤쪽 벽에 가까이 붙어 있던 얼굴 세 개가 입을 열고, 목소리로 불협화음을 낸다. 코너는 침을 삼킨다. 방금 본 광경을 부정하라고 합리적인 정신으로 설득하려 한다.

「고백하지.」 다이밴이 말한다. 「나는 고객들의 기대감을 높이기 위해 자네 경매에 일주일쯤 더 시간을 들이려고 했네. ……하지만 자네가 스타키 군의 일을 방해했다는 점을 고려하니, 지금은 그냥 자네를 제거하고 싶군.」

다이밴은 고기 방패와 의사에게 코너를 데려가라고 손짓한다. 그들이 다가와 코너를 붙잡는다. 「리사는 어디에 있어?」 코너가 묻는다. 「리사랑 이야기하고 싶어. 나를 언와인드할 거라면, 적어도 작별 인사는 하게 해줘.」

「어리석은 짓이야.」 다이밴이 말한다. 「리사의 슬픔을 더욱 복잡하게 만들 필요는 없네.」

아전트가 레모네이드를 가져온다. 하지만 그는 의자 때문에 앞을 보지 못한다. 결국 의자에 부딪혀 유리잔을 바닥에 떨어뜨린다. 그 바람에 다이밴에게서 오랫동안 참아 온 한숨이 나온다.

「죄송합니다! 죄송합니다!」

「코너에게 사과하게. 코너가 마실 것이었으니.」

「미안해, 코너.」

「괜찮아, 아전트.」 코너가 말한다. 「다 괜찮아.」 그는 다이밴에게 보이지 않을 만큼만 고개를 돌려 아전트에게 윙크한다.

다이밴은 코너를 구속하는 데 그치지 않고 격리하라고 명령한다.

「이젠 진정탄을 쏴야 할까요?」 고기 방패가 영어와 비슷한 무슨 말을 한다. 다이밴보다 억양이 훨씬 강하다.

「아니.」 다이밴이 그에게 말한다. 「코너를 생각만 하게 남겨 두는 것보다 큰 벌은 없을 것 같군.」

48
아전트

 지구에서 보낸 20년 동안, 아전트 스키너는 단 한 번도 자신의 꿈을 현실적인 무언가와 연결할 수 없었다. 어렸을 때 그는 미식축구 스타가 되고 싶었지만, 신체 조건에 가로막혀 기대를 낮췄고 결국 목소리만 큰 관중이 되었다. 청소년기에는 농구 스타가 되고 싶었다. 재능은 좀 있었지만, 끝까지 밀어붙일 추진력이 부족했다. 그래서 그는 기대치를 낮춰, 실제로 팀에 들어갔던 한 시즌 동안 벤치를 데우는 역할을 받아들였다.

 코너 래시터가 그의 계산대 줄에 나타난 것은 아전트가 고등학교를 졸업한 지 거의 2년이 지난 뒤였다. 그 시기에 아전트는 어린 시절과 마찬가지로 어른으로서의 목표를 이루지 못하고 있었다. 아전트는 부자가 되고 싶었다. 존중받고 싶었다. 자신을 사랑해 줄 아름다운 여자들에게 둘러싸이고 싶었다. 하지만 다른 모든 경우와 마찬가지로, 그에게는 그런 일을 실현하기 위한 비전이 없었다. 그래서 그는 한 번 더 기대치를 낮췄다. 이제 그가 원하는 것은 단지 자동차를 굴릴 수 있을 만큼의 월급을 벌게 해주는 일자리, 기대치가 낮은 다른 친구들과 어울릴 수 있을 만큼의 맥주, 그리고 꿈을 이룬 사람들에 대한 험담뿐이었다.

그때 코너가 나타났다. 아젠트는 그의 마음만 얻는다면, 코너라는 혜성에 자신을 비끄러매 평범한 삶에서 폭발하듯 벗어날 수 있으리라고 진심으로 믿었다.

잘 풀리지 않았다.

그런 다음 아젠트는 노련한 장기 해적에게 자신을 연결하면 흥미롭고 목적의식이 있는 인생을 얻을 수 있으리라 생각했다. 어쨌거나 그는 이미 좀도둑질한 식료품을 비밀리에 거래하고 있었으니까. 그것도 암시장 경험으로 칠 수 있지 않을까? 그는 장기 해적으로서의 미래에 대해 큰 꿈을 품었다.

그것도 잘 풀리지 않았다.

그래서 지금 아젠트는 이곳에 있다. 부유한 신체 거래자의 가정부 노릇이라면 아젠트가 감당할 수 있었던 일들보다는 나은 편이었다. 게다가 얼굴을 되찾는다면 다이밴이 그를 그나마 보람 있는 자리로 승진시킬지도 모른다. 하지만 과연 그럴까? 아젠트는 다이밴을 오래 지켜보았다. 그가 어떻게 일하는지 안다. 일을 심하게 망치면, 아젠트는 소리 소문 없이 언와인드당할 것이다. 일을 망치지 않는다면, 다이밴은 약속했던 바를 명예롭게도 실현하겠지만…… 그게 전부일 것이다. 아젠트는 종살이 계약을 마친 뒤, 새로운 얼굴을 가지고 어딘가의 공항에 남겨질 것이다. 다이밴과 악수하고, 처음 시작했던 것처럼 미래 없이 살아가게 될 것이다.

그러니 그의 인생 전체가 한 번의 윙크로 바뀔 수 있다는 것은 얼마나 놀라운 일인가?

코너가 다이밴에게 끌려왔을 때, 아전트는 겁에 질렸다. 코너가 자신을 깨운 사람이 아전트라고 고자질하리라 확신했다. 어쨌거나 아전트라면 그렇게 했을 테니까. 비난을 피하고, 비극을 퍼뜨리려고. 처음에 그는 자신을 보호하려는 코너의 선택을 이해하지 못했다. 어쩌면 그게 더 나쁜 일을 위한 준비 작업일지도 모른다고 생각했다.

그러나 그 순간, 코너가 끌려 나가며 아전트에게 윙크했다. 그 윙크가 모든 것을 설명했다. 아전트는 애크런의 무단이탈자와 한 팀이 되는 것을 늘 꿈꿔 왔다. 그 희망은 이미 사라졌다고 생각했지만, 윙크는 다른 이야기를 전했다. 그들은 단순한 팀이 아니라 비밀 팀이었다. 그것이야말로 최고의 팀이었다. 그 순간 아전트는 신체 거래자의 하인에서 내부자로 옮겨 갔다! 아첨꾼으로 위장한 높은 등급의 스파이로! 난 네가 필요해, 아전트. 난 네가 필요해. 윙크는 그렇게 말했다. 너에게 내 목숨을 맡길게.

그 윙크로, 아전트와 그의 영웅은 둘 다 구원받았다.

아전트는 남은 시간 동안 평소답지 않게 통통 튀는 발걸음으로 할 일을 이어 간다. 그는 다이밴이 모르는 무언가를 알고 있기 때문이다. 그는 이 거대한 비행기보다도 더 큰 무언가에 참여하고 있다.

아전트는 자신의 얼굴을 망친 코너 래시터를 한때 증오했지만, 이제는 그를 형제처럼 사랑한다. 아전트가 게임을 제대로 해내기만 한다면, 그의 삶과 이야기는 영원히 코너와 엮이게 될 것이다. 그러기 위해서라면, 아전트는 당연히 모든 것을 걸 수 있다!

49
방송

「여기는 라디오 프리 헤이든, 여러분의 귀를 즐겁게 해드리기 위해 방송을 진행하고 있습니다. 썩은 내가 나는 농장에서요.

바깥세상에서는 너무도 많은 일이 벌어지고 있습니다! 박수도에 무단이탈자에 황새라니. 세상에! 청소년 전담국에 관한 새로운 정보도 쏟아지고 있습니다. 예를 들면, 새로 발표된 예산으로 청담의 길거리 병력이 20퍼센트나 늘어난다는군요. 현대 역사상 평화 시기에, 치안 병력을 이렇게까지 늘린 적은 없습니다. 그래서 지금이 〈평화 시기〉가 맞긴 한 건지 궁금해지죠.

하지만 청담 애기는 됐고, 메이슨 마이클 스타키 이야기를 해보죠. 반정부 인사이자 자유의 투사, 소시오패스적 대량 학살자 말입니다. 여러분이 그를 뭐라고 부르든, 그에 대한 개인적 의견이 어떻든 간에 다음은 객관적인 사실입니다.

첫 번째 사실. 스타키가 자취를 감추기 전에 수행한 두 번의 임무에는 자기 파괴적 10대들을 여러분에게 안내한 사람들이 돈을 댔습니다. 일상적인 녀석들 말고, 실제로 자기 몸을 폭발시키는 녀석들 말입니다. 네, 여러분. 메이슨 스타키는 하비스트 캠프 공격 때 박수도를 이용했을 뿐 아니라 박수도에게서 자금 지원을 받았습니다.

두 번째 사실. 스타키의 하비스트 캠프 해방 이후, 청소년 전담국에 대한 지지는 실제로 높아졌습니다. 생각해 보세요. 스타키가 하비스트 캠프를 해방할수록 대중은 자유로운 10대를 덜 원하게 됩니다!

세 번째 사실. 올해 워싱턴에서는 언와인드의 미래를 결정하기 위한 기록적으로 많은 수의 법안과 표결이 예정되어 있습니다. 수감자를 언와인드해야 할까? 성인의 자발적 언와인드를 허용해야 할까? 청소년 전담국에 부모 동의 없이도 아동을 언와인드할 권한을 줘야 할까? 이런 문제들은 저들이 우리에게 결정해 달라고 하는 사안 중 일부에 불과합니다.

그렇다면 이 모든 일이 파라과이의 장기 가격과 무슨 상관일까요? 글쎄요, 우리는 그동안 박수도가 우리 세계를 불안정하게 만들고 싶어 한다는 믿음에 따라 살아왔습니다. 그들이 그저 혼란을 위해 혼란을 만들어 낸다고 말이죠. 하지만 메이슨 스타키에게 힘을 실어 주면서, 그들은 중대한 실수를 하고 말았습니다. 그 바람에 손동작이 드러났거든요. 덕분에 우리는 그들의 진짜 의도를 엿볼 수 있었습니다.

사람들이 겁을 먹을수록 문제 해결을 위해 청소년 전담국에 의지하게 된다니 우스운 일이죠. 〈악당들을 언와인드하라!〉 〈우리 아이들을 저 애들한테서 보호하라!〉 〈법을 준수하는 시민들에게 더 안전한 세상을 만들어라!〉

그게 말이죠, 청소년 전담국이 점점 더 큰 지지를 얻게 만들고 싶었다면 저는 화난 10대들을 속여 자폭하게 한 다음 그들을 비난했을 겁니다! 지저분할 것도 없고 신경 쓰일 것도 없죠. 뭐, 지저분할 게 많긴 하겠지만, 무슨 말인지 아시잖아요.

지금 이 순간, 여러분 앞에 한 가지 진실을 밝힙니다. 박수도의 공격은 혼란스럽지도, 무작위적이지도 않습니다. 박수도 공격은 의료 이식 업계에서 언와인드의 미래를 지금 그대로 영원히 보장하기 위한, 잘 조직된 노력입니다.

제 말을 못 믿으시겠다고요? 그럼 직접 확인해 보세요. 돈을 따라가 보시죠. 청소년 전담국이 강해질수록 누가 부자가 됩니까? 장기적으로, 박수도 공격으로 이득을 보는 쪽은 누구입니까? 결정적인 증거는 찾기 어려워도 존재합니다. 뭔가 발견하시면, radiofreehayden@yahoo.com으로 알려 주세요.

뭐, 멀리서 사이렌 소리가 가까워지고 있으니 아쉽지만 우리가 함께할 시간은 여기까지입니다. 그래도 마지막으로 손가락을 튕기며 듣기에 딱 좋은 노래 한 곡을 틀어 드리죠. 방송은 끝, 다음 주에 만나요! 그리고 기억하세요, 진실은 여러분을 완전하게 해줍니다!」

너는 내 안에…… 깊이 박혀 있지…….

50
레브

덴버의 유니언 역. 동쪽으로 가는 제퍼 열차의 열여덟 번째 정거장이다. 제퍼는 지금도 정기적인 시간표에 따라 운행되는, 아메리카 대륙을 횡단하는 몇 안 되는 여객 열차 중 하나다. 레브는 현금으로 표를 구입한다. 매표원은 그를 힐끗 보더니, 노골적으로 못마땅하다는 기색을 드러내며 웃음을 섞어 고개를 젓는다. 그러고는 마지못해 유리창 아랫부분의 작은 구멍으로 표를 건넨다. 줄에서 벗어난 뒤에야 레브는 매표원이 다음 손님에게 하는 말을 듣는다. 「여긴 온갖 인간이 다 온다니까요.」

역에는 청담 경찰이 있다. 무단이탈자들은 언제나 기차를 타려 한다. 타는 데 성공하는 경우는 드물다. 한 청담 경찰이 수상하다는 듯 레브를 눈여겨보더니, 그가 기차에 오르기 직전 그에게로 다가온다.

「신분증 좀 보여 줄까?」

「보안 요원이 이미 신분 확인을 했는데요. 청소년 전담국에는 정당한 이유 없이 신분증을 요구할 권리가 없어요.」

「좋아.」 청담 경찰이 말한다. 「그럼 나한테 신분증을 보여 준 다음, 청소년 전담국에 정식으로 권리 침해 민원을 넣으면 된다.」

레브는 지갑을 꺼내 경찰에게 신분증을 건넨다. 신분증에는 새 사진이 붙어 있다. 지금 레브의 모습이 담긴 사진이다. 경찰은 즉시 레브를 체포할 수 없다는 사실에 실망한 게 분명한 표정으로 그 사진을 자세히 살핀다.

「마피 킨카주라. 나바호 이름인가?」

함정 질문이다. 「아라파치인데요. 그렇게 적혀 있지 않나요?」

「내가 잘못 봤네.」 경찰은 신분증을 돌려주며 말한다. 「여행 잘해요, 킨카주 군.」 경찰은 이제 그를 건드리면 안 된다는 걸 안다. 아라파치는 보호 구역에서 벗어난 부족의 청년이 당국으로부터 괴롭힘을 당하면 매우 적극적으로 소송을 제기한다.

레브는 경찰의 명찰을 힐끗 본다. 「목적지에 도착하면 권리 침해 신고는 반드시 하도록 하겠습니다, 트리플릿 경찰관님.」 레브는 신고할 생각이 없다. 하지만 경찰관은 약간 마음을 졸여도 싸다.

레브는 기차를 발견하고 올라탄다. 낯선 사람들의 힐끔거리는 눈길과 노골적인 시선은 무시한다. 가끔은 낯선 사람이 시선을 돌릴 수밖에 없을 만큼 불편하게 마주 보기도 한다. 아무도 그를 알아보지 못한다. 아무도 알아볼 수 없을 것이다. 그의 새로운 모습이 그 점을 보장한다.

이미 자리를 잡고 앉아 있던 승객들이 통로를 따라 움직이는 레브 쪽을 힐끔거린다. 한 여자는 자기 옆 빈자리에 재빨리 핸드백을 둔다. 「여긴 앉을 사람이 있어서.」 그녀가 말한다.

레브는 기차 세 칸을 지나 덜 붐비는 곳에 이른다. 마침내 혼자 앉을 수 있는 자리를 발견한다. 하지만 통로 건너편에는 자신이 징발한 좌석 두 개에 거의 캠프를 차린 소녀가 있다. 그녀의 검은 머리카락에는 암청색 하이라이트가 들어가 있다. 손톱은 서로 어울리지 않는 색으로 알록달록 칠해져 있다. 그녀는 열일곱 살, 어쩌면 열여덟 살일 것이다. 아마 합법적인 나이가 될 때까지 살아남은 무단이탈자거나, 사회에 순응하지 않는 놀이를 하는 합법적인 아이일 것이다. 그녀는 레브를 한번 보더니, 비슷한 영혼의 소유자를 발견했다는 듯한 눈빛을 띤다.

「안녕.」 그녀가 말한다.

「안녕.」 레브도 따라 말한다.

잠시 어색한 침묵이 흐르고 그녀가 묻는다. 「그래서, 그 사람들은 누구야?」

레브는 아무것도 모르는 척한다. 「누가 누구야?」

「재커리 바스케스, 코트니 라이트, 매슈 프레이버.」 그녀는 레브의 이마에 적힌 이름들을 그대로 읽는다. 「나머지 이름도.」

레브는 거짓말할 이유가 없다. 남들 보라고 문신한 이름들이다. 숨어 지내던 나날은 끝났다. 「언와인드들이야.」 레브가 말한다. 「이 애들한테는 슬퍼해 줄 사람이 아무도 없었어. 하지만 이젠 내가 있지.」

그녀는 무조건 지지한다는 듯이 고개를 끄덕인다. 「아주 멋지네. 용기 있는 행동이기도 하고. 마음에 들어.」 그녀는 창가 자리에서 통로 자리로 옮겨 온다. 「온몸에 새긴 거야?」

「머리끝에서 발끝까지.」 레브가 말한다.

「와! 이름이 몇 개나 있는데?」

「312개.」 레브는 그렇게 말하고 씩 웃으며 덧붙인다. 「더 새기면 너무 어수선해 보일 것 같아서.」

그 말에 소녀가 웃는다. 그녀는 레브의 얼굴과 깨끗이 밀어 버린 머리를 자세히 살펴보더니 말한다. 「있지, 결국 머리는 다시 자랄 거야. 사람들이 이름을 보기를 원한다면 계속 깎아야 할걸.」

「그야 문제 될 거 없지.」

기차가 출발하자, 소녀는 통로를 건너와 레브 옆에 앉는다. 그녀는 레브의 두 손을 잡고 아래팔과 손, 손가락에 새겨진 이름들을 살펴본다. 레브는 못마땅해하는 사람들의 부정적 관심만큼이나 이런 긍정적 관심도 즐긴다. 그래서 소녀를 가만히 둔다.

「색깔 선택이 마음에 든다. 얼굴을 남겨 두지 않았다는 점도. 대담한 선택이었어.」

「이 사람들 중에도 남은 사람은 없어. 근데 내 몸 일부를 남겨야 할 이유가 있을까?」

그는 언와인드의 이름으로 덮이지 않은 부분이 조금도 없도록 했다. 유일하게 후회되는 점은 이름을 더 새기지 못했다는 것이었다. 제이스의 말이 맞았다. 너무 많은 잉크를 너무 빨리 주입하다 보니 아팠고, 며칠간 밤잠을 잘 수 없었다. 하지만 그는 고통을 견뎌 냈고, 그 이상도 견뎌 낼 생각이다. 빨간색, 검은색, 파란색, 초록색으로 새긴 단순한 이름들은 멀리서 보면 전쟁을 위한 위장 무늬처럼 보인다. 하지만 레브의 눈이 보일 정도로 가까이 다가오면 그것은 언와인드의 여러 이름으로 선명해진다. 제이스는 진정한 예술가다.

「아름답다고 생각해.」 암청색 하이라이트의 소녀가 말한다. 「나도 너를 따라 해야 할지도 모르겠어.」 그녀가 자기 오른팔을 본다. 「바로 여기에 언와인드 한 명을 문신으로 새길 수 있겠다. 근데 한 명만. 적을수록 효과적인 경우도 있거든.」

「사브리나 팬셔.」 레브가 제안한다.

「뭐라고?」

「사브리나 팬셔. 내가 계속 문신을 새겼다면, 그 애가 313번째가 됐을 거야.」

소녀가 인상을 찡그린다. 「그게 누구였는데?」

「나도 알았으면 좋겠어. 나한테 있는 건 걔들 이름뿐이야.」

소녀가 한숨을 쉰다. 「그 애 기억은 바람에 흩어져 버렸네. 슬픔 이상으로 슬픈 일이야.」 그리고 고개를 끄덕인다. 「사브리나 팬셔로 해야겠어.」

그녀는 자신을 어밀리아 사바티니라고 소개한다. 이탈리아계인 그녀의 성을 들으니 미라콜리나가 생각난다. 이어 어밀리아는 레브의 이름을 묻는다. 레브는 잠시 망설인 뒤에야 말한다. 아직 새로운 가명에 완전히 익숙해지지 않았기 때문이다. 「마피.」 그가 말한다. 「마피 킨카주야.」

「흥미로운 이름이네.」

「기회의 민족 이름이거든. 〈마〉라고 부르면 돼.」

「〈피〉보다는 그게 낫네. 〈킨키〉나.」[28] 어밀리아가 키득거린다. 레브는 그녀가 마음에 든다고 느낀다. 하지만 그건 문제가

---

28 pee는 소변을 의미한다. kinky는 배배 꼬였다는 뜻이다.

될 수 있다. 그의 계획에는 우정을 위한 자리가 없다.

「넌 어디까지 가?」 레브가 묻는다.

「캔자스시티. 넌?」

「종점까지 쭉 가.」

「뉴욕?」

「아니면 가다 죽든지.」

「뭐, 죽지는 않길 바라.」 어밀리아가 다시 키득거리며 말한다. 이번에는 조금 긴장한 웃음이다. 「뉴욕에 뭐가 있길래?」

어밀리아의 질문은 탐색적이다. 사생활을 침해한다. 그런 질문이 하나 나올 때마다 레브는 그녀가 점점 마음에 들지 않는다. 그는 대신 질문을 돌려준다. 「캔자스시티에는 뭐가 있는데?」

「날 참아 줄 수 있는 언니.」 어밀리아가 말한다. 「뉴욕에는 가족이 있는 거야? 친구? 그리로 도망치는 거야?」 어밀리아는 레브의 답을 기다린다. 듣지 못하겠지만.

「네 인생에 널 참아 줄 수 있는 사람이 있다니 다행이네.」 그가 말한다. 「모두에게 그런 사람이 있는 건 아니거든.」

레브는 고개를 돌려 창밖을 본다. 소녀가 다시 통로를 건너편 자리로 갈 때까지 계속해서.

51
활주로

세계에는 3천 개가 넘는 버려진 비행장이 있다. 일부는 전쟁의 유물로, 평화 시기에 버려진 곳들이다. 일부는 항공 교통량을 처리하기 위해 건설되었지만 해당 지역의 인구 감소로 폐쇄된 곳들이다. 또 일부는 투자자들의 오판으로 절대 오지 않을 호황의 둔덕에 지어졌다.

그중 약 9백 개의 비행장은 여전히 사용할 수 있다. 그 9백 개 중 약 150개는 레이디 루크레치아 크기의 비행기를 수용할 수 있을 만큼 긴 활주로를 가지고 있다. 그 150개 중 열두 개는 레이디 루크레치아가 정기적으로 착륙하는 곳이다. 그 열두 개는 인간이 사는 모든 대륙에 흩어져 있다.

오늘의 착륙지는 북유럽이다.

덴마크 롬 비행장의 잡초투성이 활주로에는 이미 여섯 대의 소형 개인 비행기가 있다. 엄마 닭을 기다리는 병아리처럼 줄지어 서 있다. 이곳에서는 한 달에 몇 번씩 이런 의식이 이루어진다. 정부의 간섭은 없다. 적절한 사람에게 손바닥을 비벼 댄 덕분이다.

배송은 실제 언와인드보다 훨씬 단순한 절차다. 레이디 루크레치아가 착륙한다. 경첩으로 연결된 노즈콘이 위로 열리며 널찍한 화물칸이 드러난다. 이미 다양한 목적지에 따라 분류된 컨테이너들이, 구매한 물건을 초조하게 기다리는 구매자를 대신해 이곳에 온 작은 비행기들에 실린다. 작은 비행기는 이보다 효율적인 전 세계 단위의 배송 서비스는 존재하지 않는다. 어떤 사업가도 다이밴 우마로프만큼 자신의 사업을 자랑스러워하지는 않는다.

52
리사

 리사는 손님방 창문 너머로 하역 작업을 지켜본다. 그래 봤자 보이는 건 얼마 되지 않지만. 리사가 정신을 차린 이후로 이번이 세 번째 착륙이다. 처음 두 번은 레이디 루크레치아가 10분도 채 되지 않아 활주로를 박차고 다시 속도를 높였다. 리사는 이번에도 마찬가지리라 생각한다. 다이밴은 화물을 언와인드하는 것보다도 빠른 속도로 내보낸다.

 문 앞에서 인기척이 들려오자 리사는 돌아본다. 다이밴이리라 예상한다. 어쩌면 그가 결국 리사를 팔아 버렸고, 구매자가 상품을 평가하려고 활주로에서 기다리고 있는 걸지도 모른다. 리사는 사타구니를 걷어차 수령자의 눈이 툭 불거지면, 그 눈으로 보는 자신의 가치가 조금은 떨어질지 궁금하다. 그러나 문 앞에 서 있는 사람은 다이밴이 아니라, 얼굴이 반만 남은 그레이스의 동생이다.

「날 탈출시키려고 온 거 아니면, 관심 없어.」

「그렇게는 못 해.」 아전트가 말한다. 「하지만 코너를 보게 해줄 수는 있어.」

갑자기 아젠트는 그녀의 가장 친한 새 친구가 된다.

「조용히, 빨리 해야 해.」 아젠트는 리사를 방에서 데리고 나가며 말한다. 그레이스와 비슷한 말투다. 「다이밴이 밖에서 하역을 감독하고 있어. 하지만 몇 분 뒤면 돌아올 거야.」

아젠트는 리사를 비행기 안쪽 더 깊숙한 곳으로 데려간다. 거의 리사의 침실만큼 화려하게 장식된 다른 손님방이다. 처음에는 코너가 그냥 잘 정돈된 침대에 틀어박혀 있는 것처럼 보인다. 그러다가 리사는 코너가 덮고 있는 것이 이불이 아니라, 수십 개의 두꺼운 캔버스 끈임을 알아차린다. 그 끈들은 침대 양옆 바닥 널빤지에 박힌 강철 고리에 걸려 있다. 코너를 탈출하지 못하게 막고 있을 뿐 아니라, 몸을 움직이는 것조차 불가능하게 만든다.

하지만 그런 상황에서도 코너는 여전히 리사를 보고 미소 지으며 말한다. 「여기 마사지 서비스는 전단지에서 광고한 것과 좀 다른걸.」

리사는 코너에게 눈물을 보이지 않겠다고 맹세했지만, 얼마나 더 참을 수 있을지 모르겠다.

「우리가 널 여기서 데리고 나갈 거야.」 리사는 끈이 어떻게 고정되어 있는지 살피느라 무릎을 꿇고 말한다. 「아젠트, 도와줘!」

하지만 아젠트는 움직이지 않는다. 「그렇게는 못 해.」 그가 말한다. 「우리가 풀어 줄 수 있다해도 코너를 내보낼 만큼 오래 착륙해 있지는 않을 거야.」

「그렇다고 시도조차 안 할 순 없지!」

「리사, 그만.」 코너가 조용히 말한다.

「날카로운 칼만 있으면…….」

「리사, 그만해!」 코너가 좀 더 큰 소리로 말한다. 「진정하고 내 말을 들어야 해!」

리사가 눈에 담아 두었던 눈물은 대신 그녀의 생각으로 흘러넘쳐, 그녀를 두려움으로 가득 채운다. 「너한테 이런 일이 일어날 수는 없어! 내가 그렇게 안 놔둬!」 그녀는 계속해서 코너를 묶은 끈과 싸운다. 결국 아전트가 말한다. 「내가 앤 쓸모없을 거라고 했잖아.」

다른 무엇보다도 그 말에 리사는 정신이 맑아져 코너가 하려는 말을 들을 수 있게 된다.

「계획이 있어, 리사.」

리사는 진정하려 깊이 숨을 들이쉰다. 「말해 봐. 듣고 있어.」

「그 계획은…… 너는 온전하게 남아 있고, 나는 언와인드되는 거야.」

「그건 계획이 아니야!」 그녀가 소리친다.

「쉿!」 아전트가 말한다. 「비행기 전체에 네 목소리가 들리겠다!」

대답이라도 하듯, 비행기 전체가 떨리며 금속이 갈리는 소리를 낸다.

「리사, 이건 계획이 맞아. 대단한 계획은 아닐지 몰라도, 적어도 계획이긴 해. 자세한 내용은 아전트가 알아. 아전트가 너한테 알려 줄 거야.」

「노즈콘이 닫히고 있어!」 아전트가 징징댄다. 「다이밴이 언제든 다시 비행기에 탈 거야. 이미 타지 않았다면 말이지만. 난 여기 있다가 걸리면 안 돼!」

하지만 리사는 아직 떠날 수 없다. 너무도 꺼내기 힘든 말이지만, 지금 그 어떤 말보다도 많은 의미를 지닌 그 말을 하지 않고는. 지금 하지 않으면, 다시는 할 수 없을지도 모른다는 두려움이 생기는 한마디다. 「코너, 난—」

「하지 마!」 코너의 아랫입술이 떨린다. 「네가 그 말을 하면 너무 작별 인사처럼 들릴 거야. 그건 견딜 수 없을 것 같아.」

그래서 리사는 그 말을 입 밖에 내지 않는다. 하지만 그 말은 둘 사이에 있다. 둘 중 누구도 말할 수 없을 만큼 강력하게.

리사는 허리를 숙여 코너에게 입을 맞춘 뒤, 아전트가 기다리고 있는 문으로 서둘러 간다. 그의 반쪽짜리 얼굴은 두려움에 붉어져 있다. 그들이 떠나는 순간, 코너는 무너져 내리며 차마 들려주지 못했던 말을 내뱉는다.

「널 사랑해, 리사.」 그가 말한다. 「나의 모든 부분, 마지막 한 조각까지도.」

53
코너

「배가 고프기를 바라네.」

코너는 목을 쭉 뺀다. 쟁반을 들고 방 안으로 들어오는 다이밴을 본다. 코너는 그를 향해 매서운 눈빛을 보낸다.

「아니, 안 고픈가 보군.」 다이밴이 말한다. 「그래도 어쨌든 이 식사를 했으면 좋겠군. 맛있게 먹으면 더 좋겠고.」

다이밴은 방의 유일한 의자에 앉아, 작은 책상에 쟁반을 올려놓는다. 그리고 음식을 덮고 있던 은색 돔을 걷어 낸다. 천장으로 증기가 피어오른다.

「좋아.」 코너가 말한다. 「그러면 24시간 동안은 네가 날 언와인드할 수 없겠지. 안 그래? 배가 꽉 찬 상태로는 언와인드할 수 없을 테니까.」

「아, 그래.」 다이밴은 냅킨에 말려 있던 은식기를 꺼내 놓으며 말한다. 「청소년 전담국의 수많은 규칙과 규제가 있었지. 글쎄, 여기서는 다르게 한다네.」

「그건 그렇더라.」

이제 버터와 마늘의 풍성한 향이 난다. 코너는 자기도 모르게 침을 삼킨다. 자신의 감각이 반란을 일으키게 만든 다이밴이 더욱 경멸스러워진다.

「랍스터 먹어 본 적 있나, 코너?」

「멸종한 줄 알았는데.」

「어디서 찾아야 하는지만 알면, 아직 개인이 운영하는 양식장이 있지.」

코너는 시야 가장자리로 다이밴이 빨간 바닷가재를 해체하는 모습을 본다. 다이밴은 김이 나는, 주먹만 한 흰 살덩어리를 떼어 낸다.

「내가 먹기를 바라면, 내 손을 풀어 줘야지.」

다이밴은 살짝 미소 짓는다. 「자네 손을 풀어 주었다가는 자네 생각까지 풀어 주게 되지. 그리고 생각은 자네에게 절망적인 상황에서도 희망을 품게 할 테고. 이 시점에서 자네에게 희망을 주는 건 잔인한 일이 될 테니, 안 돼. 자네의 두 손은 몸의 나머지 부분처럼 구속되어 있어야 하네.」 다이밴은 살덩어리를 자르고, 작은 포크로 찍어 코너의 입 쪽으로 내민다. 「내가 먹여 주겠네. 자네가 해야 할 일이라고는 이 경험을 즐기는 것뿐이야.」

코너는 입술을 꽉 다문다. 하지만 다이밴은 코너의 입 앞에 포크를 댄 채 아무 말도 하지 않고 묵묵히 기다린다. 그저 기다리기만 한다. 코너는 이 식사 역시 언와인드처럼 피할 수 없음을 깨닫는다. 잠시 후 그는 입을 연다. 평생 먹어 본 것 중 가장 비싼 음식을 다이밴이 먹여 주게 놔둔다.

「내가 자네 적이 아니라는 점을 이해해야 하네, 코너.」

그 말은 랍스터보다 훨씬 더 삼키기 어렵다. 「어째서?」

「자네가 스타키 때문에 내게 끼친 손해에도 불구하고, 내게는 자네한테 감탄하는 마음밖에 없기 때문이지. 넬슨은 자네에게 복수심을 품었을지 모르지만 나는 아니라네. 사실, 자네에게 수백만 달러의 가치가 없었더라면 난 진지하게 자네를 놓아주는 방법을 고려했을 거야.」

자신의 언와인드된 장기에 수백만 달러의 가치가 있다는 생각은, 코너로서는 상상조차 하기 어려운 것이다. 코너는 다이밴이 농담을 하는 건 아닌지 그를 힐끗 본다. 그러나 다이밴은 무표정한 얼굴로 랍스터를 한 조각, 코너의 입에 넣어 준다.

「놀란 것 같군. 놀라서는 안 되네. 자네는 전 세계 민중의 영웅이야. 사실 자네를 경매해서 나는 예상했던 돈의 두 배를 벌었네.」

「그러니까 내가 이미 경매로 팔렸다는 말이야?」

「한 시간 전에 확정됐지. 모든 대륙의 구매자들에게 팔렸다네.」 다이밴이 미소 짓는다. 「자네가 있는 곳에서는 절대 태양이 지지 않을 걸세, 코너 래시터. 그런 말을 들을 수 있는 사람은 많지 않아.」 그는 사랑하는 부모처럼 코너의 머리를 쓰다듬는다. 코너는 고개를 돌리지만, 그래도 다이밴은 멈추지 않는다.

「음식을 먹여도 괜찮다고 했지, 만져도 된다고는 안 했어.」

「용서하게.」 다이밴은 향이 강한 마늘과 질감이 느껴지는 채소를 그에게 먹이며 말한다. 「난 나의 언와인드들에게 친밀함을 느낀다네. 자네야 이해하지 못하겠지만. 내가 종종 언와인드들 옆에 앉아서, 언와인드실로 실려 가는 그 애들을 위로한다는 걸 아나? 대부분의 아이는 도저히 위로를 받아들이지 못하지. 하지만 가끔은 아이들이 받아들이고 이해한다는 눈으로 나를 볼 때가 있어. 그보다 보람찬 일은 거의 없지.」

「오늘 네가 경매에 부친 다른 애들은? 그 애들이 있는 곳에서는 태양이 질까?」

「모든 언와인드가 다르게 분열된다네.」 다이밴이 설명한다. 「오늘은 다섯 명이 있었는데 빠르게 팔렸지.」 그가 덧붙인다. 「자네 앞의 소년은 고작 세 명의 구매자에게 한 조각씩 판매됐네. 물론 그 사람들은 아이를 되팔겠지만, 나한테 값을 지불하기만 한다면 상품으로 뭘 하든 그건 그 사람들 일이지.」

코너는 떨리는 숨을 깊이 들이쉰다. 다이밴이 눈치채지 못하기를 바란다. 다이밴은 알아채지 못한다. 다행히 그는 식사에 더 관심이 있다. 그가 코너에게 쫄깃한 흰 살을 한 번 더 먹인다.

「랍스터는 어떤가?」

「반항적인 새우 같네.」 코너는 덧붙인다. 「하지만 결국, 아무리 잘난 척해 봐야 바다 밑바닥을 기어다니는 놈일 뿐이야.」

다이밴은 실크 냅킨으로 코너의 입술을 닦는다. 「글쎄, 우리처럼 밑바닥을 기어다니는 존재들도 생태계에서는 자기 자리가 있지.」

논리적으로 식사 시간이 길어질수록, 다이밴이 오랫동안 말을 하게 할수록 언와인드되기까지의 시간도 길어진다는 걸 코너는 안다. 하지만 다이밴에 대한 호기심은 진짜다. 인간이 어떻게 다이밴이 하는 것 같은 일을 하면서, 자신을 사탄의 화신이 아닌 존재로 여길 수 있을까?

「알겠지만, 나는 폭력을 혐오한다네.」 다이밴이 말한다. 「난 폭력에 둘러싸인 채 자랐어. 가족이 병장기를 팔았거든. 내 차례가 되었을 때, 나는 죽음을 만들어 내는 대신 삶을 유지하는 쪽으로 그 유산의 방향을 틀기로 했다네.」

「그래서 지금은 병장기 대신 장기를 파네.」 코너가 말한다. 「팔도 팔고, 다리도 팔고. 이것저것 다 팔고.」

다이밴은 고개를 끄덕인다. 전에도 그런 말을 들어 본 적이 있는 듯하다. 「자네가 죽음을 앞둔 순간에도 유머를 유지할 수 있다니 기쁘군.」 그는 다시 코너에게 음식을 먹이고 입을 닦아 준 뒤 강박적으로 정확하게 냅킨을 접는다. 「리사 걱정은 할 필요 없다는 걸 알려 주고 싶군. 리사는 잘 돌봐 주겠네.」

「돌봐 준다.」 코너가 조롱한다. 「그걸로 내가 기분이 나아져야 하는 건가? 네가 리사를 돌본다고 해서?」

「그보다 나쁜 일도 있으니까.」

그 말에 코너가 말한다. 「지옥의 더 높은 층도 결국 지옥이야.」

다이밴은 쟁반을 내려다보며 포크를 내려놓는다. 「축하하네, 코너. 접시를 다 비웠군. 자네 어머니가 자랑스러워하시겠어.」

코너는 눈을 감는다. 어머니. 잡혀 오기 전, 현관에서 얼마나 떨어져 있었을까? 어머니가 나를 그저 수치스러운 존재로만 보았는지 알아낼 순간이 얼마나 가까웠을까? 이제는 영영 알 수 없겠지.

다시 눈을 떠보니 다이밴이 가까이 허리를 숙이고 있다. 그의 눈에는 언와인드의 절망감이 묘하게 비친다. 「나를 나쁘게 생각하지는 않았으면 좋겠네, 코너.」

코너가 느끼는 온갖 감정 중에서도 가장 먼저 솟아오르는

5부 괴물의 입 **423**

것은 분노다.「내가 뭐라고 생각하든 왜 신경 쓰지? 넌 나를 갈기갈기 찢어서 팔아 버리기 직전이잖아. 내가 너를 용서하면, 우리 중 누구라도 너를 용서하면 네가 용서받을 자격이 있는 사람이 된다고 생각해? 미안하지만 그렇지 않아.」

다이밴은 허리를 젖힌다. 냉담하고 세련된 겉모습이 바깥 공기만큼 차갑고 텅 빈 절망으로 바뀐다. 코너는 그 모습을 잠깐밖에 보지 못하지만, 그럼에도 본다. 그 순간 코너는 자신에게 이 남자가 움켜쥐려 노력할 수는 있어도 절대 가질 수 없는 무언가가 있음을 깨닫는다. 자존감이다.

「이제 끝났어.」 코너는 그렇게 말하면 피할 수 없는 일을 재촉할 뿐임을 알지만, 정말이지 더는 신경 쓰고 싶지 않기에 말한다. 「널 보는 게 지겨워. 날 언와인드해.」

다이밴은 일어선다. 그의 완벽한 자세와 어마어마한 존재감은 이제 어딘가 절름거리는 것처럼 보인다. 그는 코너에게서 시선을 돌린다. 코너와 눈을 맞추지도 못한다.「뜻대로 하게.」

54
리사

 한 시간 뒤, 리사는 오르갸오 오르갸니코 앞에 앉아 있다. 머릿속에서 모차르트의 에튀드가 연주된다. 그녀는 두 손을 몸 옆에 붙인 채 마지막 희망의 실오라기에 매달린다. 그 뒤에서는 다이밴이 소파에 기대 그녀를 지켜보고 있다. 비행기가 난기류에 흔들린다.
 「지금 진행되는 거야?」 리사가 묻는다. 그녀는 다이밴을 보지 않는다. 고개를 들어, 눈앞에 있는 얼굴들의 비난을 바라보지 않는다. 그녀는 건반만을 본다. 무자비한 잿빛 세상 속, 검은색과 흰색을.
 「코녀는 곧 그 방에 들어가게 될 거야. 이미 들어가지 않았다면.」 다이밴이 말한다. 「그 생각은 하지 않도록 노력하게. 활기찬 걸 연주해.」
 리사의 목소리는 속삭임에 가깝다. 「싫어.」
 다이밴이 한숨을 쉰다. 「대단히 무의미한 저항이군. 자네의 이 도덕적 우월감은 그저 늪일 뿐이야.」
 「그럼 내가 그 늪에 빠져 죽게 놔둬.」

「아니. 늙은 자네를 죽이지 않을 거야. 자네가 그렇게 놔두지 않을 테니까. 자네는 연주를 하게 될 거라네. 오늘은 아닐지 몰라도 내일이나 그다음 날에는. 자네 본성에는 생존 본능이 있거든. 그게 말이지, 리사 양. 생존이란 욕구와 양심 사이의 춤이야. 욕구가 충분히 커지고 음악이 충분히 시끄러워지면, 양심은 땅에 대고 밟아 버릴 수 있지.」

리사는 눈을 감는다. 그녀는 그 춤을 안다. 능동적 시민 편에 서서 언와인드를 지지하는 발언을 해주기로 했을 때, 그 춤을 춰보았다. 그래, 리사가 협박을 당한 것은 사실이다. 그녀가 그런 행동을 한 건 묘지의 아이들을 보호하기 위해서였다. 그렇다고 해도 리사는 그 춤에 합류했다.

「그게 세상의 이치야.」 다이밴이 말을 잇는다. 「언와인드를, 사회가 추는 멋진 부정의 가보트[29]를 보게나. 언젠가는 사람들이 서로를 보며 〈세상에, 우리가 무슨 짓을 한 거지?〉라고 말하는 날도 오겠지. 그건 확실해. 하지만 나는 그날이 금방 오리라고는 믿지 않아. 그때까지 춤에는 음악이 필요하고, 합창단에는 목소리가 필요해. 그 목소리를 내게, 리사 양. 나를 위해 연주해.」

하지만 리사의 손가락은 그에게 아무것도 내주지 않는다. 오르갸오 오르가니코는 완고하게, 물러서지 않고 무덤의 침묵을 지킨다.

---

29 프랑스의 경쾌한 춤곡.

55
유니스

검은 상자의 안쪽은 밝다. 너무 밝아서, 코너는 눈을 가늘게 뜨고 적응되기를 기다린다.

「안녕하세요, 코너 래시터 님. 분열을 경험하게 되신 걸 환영합니다! 저는 완전히 자동화된 언와인드 지능 시스템[30]입니다. 유니스라고 불러 주세요.」

목소리는 성별이 없다. 꾸밈도 없다. 유니스는 정말로 오늘을 코너의 인생에서 가장 행복한 날로 만들고 싶어 한다.

「코너 래시터 님, 시작하기 전에, 이 경험을 매끄럽고도 긍정적인 분열 상태로의 이행으로 만들기 위해 몇 가지 질문을 드리겠습니다. 첫째, 귀하의 편안함 정도를 확인하겠습니다. 1점부터 10점까지 척도로 현재의 편안함 수준을 평가해 주세요. 10점이 가장 편안한 상태입니다.」

코너는 기계에 대답이라는 은혜를 베풀어 주지 않기로 결심한다.

---

30 원문은 Unwinding Intelli-System.

「죄송합니다, 잘 들리지 않았습니다. 1점부터 10점까지 척도로 현재의 편안함 수준을 평가해 주세요. 10점이 가장 편안한 상태입니다.」

코너의 심장이 통제 불능으로 빠르게 뛴다. 그는 자신이 이런 방식으로 세상을 떠난 수많은 사람 중 한 명일 뿐이라는 생각을 떠올리며 마음을 가라앉히려 한다. 언와인드 의뢰서에 서명된 이후로 2년 넘게 살아남았다는 사실을, 그건 대부분의 사람보다 나은 경우였다는 사실을 떠올린다.

「알겠습니다. 귀하가 충분히 편안한 상태라고 가정하겠습니다. 지금부터 귀하의 분열을 용이하게 하고, 어떤 통증도 겪지 않도록 마취용 합성 혈장을 주입하겠습니다. 잠시 목 양옆에서 살짝 따가운 느낌이 들 수 있습니다. 그동안 시간을 내서 귀하의 경험을 귀하만의 것으로 만들어 보세요. 저는 귀하를 위해 다양한 풍경을 투사할 수 있습니다. 다음 중 하나를 선택해 주세요. 산 위의 저공비행, 평온한 바다, 생동감 있는 도시의 풍경, 혹은 세계의 유명 관광지입니다.」

코너는 공포를 부정하고 싶지만, 그럴 수 없다. 그는 자신이 더 강하다고 생각했다. 그가 스타키에게 해준 일을 누군가 자신에게 해주면 좋겠다. 유니스가 그에게 발톱을 대기 전에 그를 죽여 주면 좋겠다.

「선택지를 다시 불러 드릴까요? 〈예〉 또는 〈아니오〉로 대답해 주세요.」

「닥쳐!」 코너는 자제하지 못하고 소리친다. 「제기랄, 그냥 닥치라고!」

「죄송합니다. 유효한 응답이 아닙니다. 선택에 어려움이 있는 것으로 판단되어, 제가 대신 선택해 드리겠습니다. 귀하를 위한 선택은…… 세계의 유명 관광지입니다.」

이미지가 코너의 눈앞을 날아다니며, 느리고도 가차 없는 박자에 맞춰 바뀐다. 러시모어산. 에펠 탑. 금문교. 마취 때문에 코너의 일부와 코너가 아닌 것의 경계선이 흐려진다. 이미지는 그의 머릿속에 투사되는 것처럼 그의 정신에 침입해 들어온다.

「지금부터 몸의 끝부분에서 여러 감각이 느껴질 수 있습니다. 가장 주목할 만한 감각은 손목과 팔꿈치, 무릎, 발목에서 느껴질 수 있습니다. 이는 지극히 정상적인 현상이므로 경계하실 필요는 없습니다.」

중국의 만리장성. 지브롤터 암벽. 앙코르 와트. 코너 래시터에게는 절대 해가 지지 않아. 내 모든 신체 부위는 수천 킬로미터씩 떨어져 있겠지. 통곡의 벽. 피사의 사탑. 나이아가라 폭포. 내가 저런 곳에 가게 되는 걸까? 할 수만 있다면 가기 싫은데.

「저는 또한 귀하가 선택하는 장르의 음악도 재생할 수 있습니다. 지금 선택해 주세요, 코너 래시터 님. 〈테크노 댄스〉나 〈전쟁 이전 시대의 록 음악〉처럼 말씀해 주시면 됩니다.」

이제 모든 희망은 아전트와 리사에게 달려 있다.

리사…….

코너는 리사의 이미지에 매달린다. 세상이 그의 안으로 투사되어 들어오는 와중에도 리사의 모습을 밖으로 투사한다. 다이밴이 그를 잡아 두었던 방에서, 그는 침대에 너무 꽉 묶여 있었기에 리사를 만질 수 없었다. 리사의 뺨을 마지막으로 한 번이라도 어루만질 수만 있었다면, 무엇이든 내놓았을 텐데.

자신의 손으로든, 롤런드의 손으로든 상관없이.

「지금 음악을 선택해 주세요…….」

코너는 자신의 삶이 가치가 있는 삶이었으며, 지난 2년간 끔찍하게 형편없는 카드 패를 들고도 놀랍도록 잘 살아왔음을 안다. 그는 무수히 많은 목숨을 구한다는 게 어떤 의미인지 안다. 목숨을 끊는다는 게 어떤 의미인지도 안다. 그리고 무엇보다도 그는 사랑한다는 게 무슨 의미인지 안다. 이제부터 가게 될 곳이 어디든, 그 사랑만은 지니고 가게 되리라 믿어야 한다. 그가 향하는 곳이 망각이든, 흔히 말하는 〈더 나은 곳〉이든, 전 세계 여러 목적지로 이루어진 불가능한 거미줄이든.

「좋습니다, 제가 선택해 드리겠습니다. 귀하의 음악 장르는…… 20세기 디스코입니다.」

이제는 전쟁터를 떠날 시간이다. 다른 사람들이 그 싸움을 이어 가도록 맡겨 두어야 한다. 이 모든 시간 동안 그는 애크런의 무단이탈자라 불리지 않으려고 뒷걸음질 쳐왔다. 이제 그는 그 이름을 받아들인다. 언와인드에 대한 반항으로, 그는 코너 래시터라는 정체성에서 전설이라는 정체성으로 나아간다. 그가 사라지면, 그의 존재감은 더욱 거대해질 것이다.

나를 데려가줄래…… 펑키타운으로?

코너는 장기 프린터가 어떻게 되었는지 모른다. 그것이 수리되어 올바른 사람의 손에 닿기만을 바랄 뿐이다. 캠이 능동적 시민을 무너뜨리고, 레브는 평화를 찾기를. 모든 것이 바랄 만한 가치가 있는 일이다. 이곳에서조차, 이 짐승의 뱃속에서

조차 희망을 찾을 수 있다니 놀랍다.

「갑자기 숨을 쉴 수 없어 불안하다고 느낄 수 있습니다. 놀라지 마세요. 귀하에게는 더 이상 호흡이 필요하지 않습니다.」

마취제 때문이겠지만, 침착한 느낌이 코너를 덮기 시작한다. 코너는 무언가가 사라져 간다는 절망감 대신 그것들을 놓아 버릴 때의 힘을 느낀다.

「곧 귀하의 시청각 경험이 종료됩니다. 그 전에, 특별한 날 귀하를 모실 수 있어서 대단히 기뻤다고 말씀드리고 싶습니다, 코너 래시터 님.」

코너는 더 이상 느껴지지 않는 부위를 상상하지 않고, 여전히 느껴지는 것에 집중한다. 각각의 순간이 사라지기 전까지 그 순간 안에 머문다. 그의 심장 박동이 기억이 될 때까지. 기억마저 기억이 될 때까지. 그를 이루는 모든 것의 핵심이 원자처럼 쪼개져, 기다리고 있는 우주로 에너지를 방출할 때까지.

56
렘수면

 이미 언와인드된 언와인드도 꿈을 꿀까? 존재하는 것과 다른 존재의 일부가 되는 것 사이, 그 차가운 황혼 속에서, 언와인드의 파편화된 정신은 그 거리를 메우려 노력할까? 이미 언와인드된 언와인드에게, 그 거리는 별 사이의 간격보다도 클 것이다.
 하지만 법률이 고집스럽게 주장하는 대로 그들이 여전히 살아 있다면, 그들도 다른 모든 사람과 마찬가지로 꿈을 꿀 게 틀림없다. 수많은 〈전통적 인간〉들은 언와인드가 꿈을 꾸지 않는다고 주장하지만, 그건 단지 그들이 리와인드된 희망과 두려움, 기억으로 이루어진 자신만의 초현실적 세상을 기억하지 않으려 하기 때문이다.

 코너가 언와인드된 날, 리사에게는 밤이 빠르게 찾아온다. 레이디 루크레치아가 동쪽으로 날아가고 있기 때문이다. 그날 밤, 리사의 꿈은 발작적이며 절망으로 가득하다. 그녀는 소니아의 가게 한가운데에서, 지진이 난 와중에 그녀와 차를 마시는 꿈을 꾼다. 약한 도자기 인형들이 선반에서 떨어져 박살 나지만 소니아는 관심을 기울이지 않는다. 가게 곳곳에는 온갖 형태와 크기의 매우 오래된 시계들이 있다. 그 모든 시계가 부정맥을 일으킨 듯 불안하게 째깍거린다.

「놈들이 코너를 언와인드했어요.」 리사가 떨리는 목소리로 소니아에게 말한다. 「코너를 언와인드했다고요.」

「안다, 얘야. 나도 알아.」 소니아의 목소리는 연민과 위로로 가득하지만, 그 모든 위로는 리사의 괴로움이라는 구덩이에 삼켜진다.

소니아가 말한다. 「때로는 내가 말했던 무작위적 사건들이 우리에게 불리하게 작용하지. 그럴때 할 수 있는 일은 아무것도 없어.」

「전 프린터를 되찾아야 해요!」 리사가 시계와 부서져 가는 물건들의 소음을 뚫고 고집스럽게 말한다. 「코너도 그러기를 바랄 거예요.」

「더는 네가 신경 쓸 일이 아니다.」 소니아가 말한다. 「하지만 이것만은 알아 두렴, 얘야. 이 폐 안에 공기가 남아 있는 한 나는 제대로 된 싸움을 할 거야.」

리사는 더욱 깊은 고통에 휩싸인다. 문득 소니아의 폐 안에 더 이상 공기가 남아 있지 않다는 것을 깨달았기 때문이다. 소니아는 이미 죽었다. 그들을 공격한 사람은 목격자를 남겨 두는 종류의 인간이 아니었다.

「코너가 여전히 널 믿고 있다는 걸 잊지 마라.」 죽은 소니아가 일깨워 준다. 「모든 게 너와 그레이스의 쓸모없는 동생에게 달려 있다. 코너에게는 계획이 있었어. 코너를 위해 그 계획을 성공시키렴!」

 땅이 다시 흔들린다. 머리 위의 샹들리에가 딸그랑거리며 떨어질 듯 위태롭게 보인다. 갑자기 골동품 가게의 다른 무언가에 초점이 맞춰진다. 지금 소니아의 뒤에서 불안하게 다가오는 것은 다이밴의 끔찍한 얼굴 여든여덟 개짜리 악기다.

「무슨 문제 있니, 애야?」

 하지만 리사가 입을 열기도 전, 모든 눈이 동시에 뜨이고 소리 없이 그녀를 비난하며 쏘아본다.

 리사는 벌떡 잠에서 깬다. 숨을 고를 수가 없다. 그녀는 난기류로 가득한 어두운 허공의 밤하늘에 혼자 있다.

 보통 다른 사람들의 꿈보다 훨씬 혼란스러운 캠의 꿈은, 오늘 밤 내적 공동체의 무의미한 기억 파편들을 재료 삼아 거의 손에 닿을 듯한 무언가로 합쳐진다. 그의 눈앞에는 끝이 보이지 않는 대리석 계단이 있다. 캠은 그 계단을 올라 어느 신전에 이른다. 빛나는 흰색 파르테논이다. 신전 기둥들은 일정한 간격으로 완벽하게 조각되어 있다. 건물 전체가 하나의 덩어리처럼 보인다. 마치 산을 그대로 깎아 만든 것 같다. 안에는 실제 크기보다 큰, 능동적 시민의 신들을 새긴 황금 조각상이 있다. 그리고 반대편 끝, 로버타의 조각상이 있다.

「내 제단에 몸을 눕히렴.」 그녀가 명령한다. 「수많은 사람의 피가 흘러야 해. 그리고 캠, 너는 수많은 사람의 피를 담고 있어.」 그녀의 목소리는 너무도 강압적이라 캠은 얼마나 더 저항할 수 있을지 알 수 없다.

그레이스는 다시 다이빙대에 올라 있는 꿈을 꾼다. 어렸을 때 뛰어내리기를 거부했던 그 다이빙대다. 다만 이번에는 높이가 너무 높다. 비행기의 순항 고도다. 아전트가 아래에서 그녀에게 뛰라고 부추기고 있지만, 그녀는 품에 아기를 안고 있기에 그럴 수 없다. 누군가가 그녀에게 아기를 황새 배달했다. 왜 그녀에게 그런 짓을 한단 말인가? 그레이스는 다이빙대 가장자리로 다가간다. 그러면서 자신의 품 안에 있는 것이 아기가 아님을 깨닫는다. 그녀는 장기 프린터를 안고 있다.

「뛰어, 그레이스.」 아전트가 보이지 않을 만큼 먼 곳에서 소리친다. 「네가 모두를 망치고 있어.」

그래서 그레이스는 프린터를 안은 채, 너무도 먼 아래에 있기에 우표 크기로 보이는 수영장을 향해 뛰어내린다.

레브의 꿈은 그날의 어떤 꿈보다도 훨씬 단순하다. 그는 어느새 도시의 공원에 있는, 노랗게 물들어 가는 나무 꼭대기에 있다. 그가 실제로 자고 있는 공원 벤치 위쪽의 나무다. 꿈에서 그는 무게 없이 이 가지에서 저 가지로, 더 이상 갈 곳이 남지 않을 때까지 뛴다. 나무들이 드넓은 물가로 자리를 내준다. 그는 마지막 나무를 꽉 잡고, 물 위에서 춤추는 달빛을 바라본다. 그의 시선은 항구에 있는 작은 섬 위 조각상에 끌린다. 그는 곧 새벽이 올 것임을 알고 있다.

57
방송

「친구들, 부모 동의권 기각 법안이 방금 하원에서 통과되었음을 대단히 유감스러운 마음으로 알려 드립니다. 이제 법안은 상원으로 가 있습니다. 거기서도 통과될 것으로 예상되고요. 어느 동굴에 살고 있는 분들, 숨어 있거나 돌에 머리가 깨진 분들은 잘 들으세요. 이 말은 청소년 전담국이 아무 집에나 들어가 열세 살에서 열일곱 살 생일 사이에 있는 사람을 아무나 잡아서 부모의 동의 없이 언와인드할 수 있게 하는 권한에 한 걸음 가까워졌다는 뜻입니다. 청소년 전담국에 필요한 것은 법적으로 허술하게 정의된 〈교정 불가능성〉의 증명뿐입니다.

좋은 소식은, 이런 걸 좋은 소식이라고 할 수 있다면 말입니다만, 부모 동의권 기각 법안이 아직 그냥 법안에 불과하다는 겁니다. 이 법은 상원에서 통과되고, 대통령의 서명을 거쳐야만 실제 법률이 됩니다. 하지만 분명히 말씀드립니다. 우리가 이 법안을 막기 위한 조치를 취하지 않는다면, 그런 일이 일어날 겁니다.

오늘 저는 이 법안을 지지하는 사람들에게 말하는 게 아닙니다. 또한 반대자들에게 말하는 것도 아닙니다. 저는 조용히 앉아 있는 여러분, 이런 일이 벌어지도록 허용하는 여러분에게 말합니다. 이게 잘못된 일이라는 걸 알지만, 박수도와 여러분 동네 어귀의 화난 아이들이 너무 두려워서, 심지어는 여러분 자신의 아이가 너무 두려워서 반대 의견을 말하지 못하는 여러분 모두에게 말입니다. 여러분은 이 법안이 이미 여러분의 손을 떠났다고 생각하지만, 그건 사실이 아닙니다! 이런 일은 정부의 거대한 음모 때문에 일어나는 게 아닙니다. 물론, 당연히 큰돈이 걸린 이해관계자들이 로비하며 법안 통과를 압박하고 있을 겁니다. 워싱턴에는 언제나 그런 사람이 있습니다. 그건 놀라운 일도, 새로운 일도 아닙니다. 이런 일이 일어난다면, 그건 우리가 그렇게 만든 겁니다. 우리가 희망이 아닌 두려움을 선택한 겁니다. 우리가 아이들을 두들겨 패서 굴복하게 한 겁니다. 그게 여러분이 살고 싶은 세상인가요?

이 법안에 대한 상원 표결은 11월에나 이루어질 예정입니다. 그 말은, 우리에게 아직 목소리를 낼 기회가 있다는 뜻입니다. 지금 우리는 그 어느 때보다도 단결해야 합니다. 기억하세요. 우리는 11월 1일 월요일, 모든 성인의 날 새벽에 내셔널 몰에서 만납니다. 국회 의사당 건물과 워싱턴 기념물 사이입니다. 우리 봉기에 열 명이 참여하든, 만 명이 참여하든 우리는 우리 목소리가 들리게 해야 합니다. 그렇지 않으면, 다음번에 여러분이 듣는 목소리는 다른 누군가의 입에서 나오는 것일지도 모릅니다.」

58
뉴저지의 여인

 리버티섬으로 가는 연락선은 백 년 동안 별로 달라지지 않았다. 배가 더 새것이 되기는 했겠지만, 새 배조차 지나간 시절의 물건처럼 보인다. 한때 만(灣)의 아래쪽에 여신상을 본토와 연결하는 지하철을 뚫자는 이야기가 있었지만, 이번만큼은 제정신인 사람들이 이겨서 프로젝트가 철회되었다. 그래서 조각상은 지금도 지나치게 붐비고, 지나치게 비싼 연락선을 타야만 갈 수 있다. 이 연락선은 여전히 뉴욕 관광의 핵심적인 의례로 남아 있다.

 사람들의 이목이 집중되는 장소답게, 이곳에는 수많은 보안 인력이 배치되어 있다. 뉴욕시 경찰, 청담 경찰, 각종 청원경찰이 연락선은 물론이고 연락선 탑승장인 배터리 공원 전체에 퍼져 있다. 당연히 리버티섬에도 있다. 다만 섬에서는 뉴욕시 경찰이 뉴저지주 경찰로 바뀐다. 자유의 여신은 엄밀히 말하면 뉴저지주에 속하기 때문이다. 리버티섬이 사실 뉴저지에 속한다니, 뉴욕 사람들은 인정하지 않으려 하는 사실이다. 어쨌거나 이곳의 위협적인 화력은 결코 부족하지 않다. 자유는 진정탄으로 지켜지는 것이 아니기 때문이다. 대체로 자유는 치명적인 도자기 총알로 지켜진다. 살상 과정에서 박수도를 폭발시키지 않고 죽이도록 특별히 고안된 총알로.

여러 해 동안 자유의 여신상은 박수도의 공격 대상이 될 수 있다는 우려에 시달렸지만, 지금까지 박수도는 여신상을 내버려두었다. 당국은 박수도가 공격을 하지 않음으로써 실제로 여신상을 폭파할 때보다 더 큰 공포를 조장하고 있다고 추측했다. 하지만 진실은 다르다. 능동적 시민은 스스로를 애국 단체로 본다. 그래서 자유의 여신상을 산산조각 내는 것 같은 끔찍한 일은 절대 하지 않는다.

리버티섬에서는 언제나 이런저런 시위가 벌어진다. 사람들은 다양한 이유로 이 섬에 모여든다. 대개는 더할 나위 없이 평화로운 시위다. 현수막과 확성기를 든 수십 명의 사람이 언론의 관심을 좀 얻어 보려는 것이다. 폭력적인 시위자들은 이곳에 분노를 가져오는 게 바보짓임을 잘 안다. 그들은 이보다 덜 상징적이면서 더 효과적인 곳에서 시스템을 상대로 분노를 터뜨리곤 한다.

10월 초의 어느 화창한 날, 머리를 밀고 온몸에 이름을 문신으로 새긴 소년이 오후 3시 정각에 리버티섬으로 향하는 연락선에 오른다.

59
레브

배터리 공원에서 바라보면, 자유의 여신상은 레브가 생각했던 것보다 훨씬 작고 훨씬 멀리 있다. 연락선을 타는 시간도 그가 생각했던 것보다 훨씬 길다.

레브는 신분증을 보여 달라는 요구를 세 번이나 받는다. 한 번은 배터리 공원에서, 또 한 번은 연락선을 타기 직전에, 세 번째는 배에 타고 나서. 경찰관은 매번 신분증이 아라파치에서 발급한 것임을 확인하고 물러선다. 그 누구도 부족의 분노를 자극하고 싶어 하지 않는다.

연락선은 여신상에 가까워지자 리버티섬을 한 바퀴 돌며 조각상을 360도 각도로 보여 준다. 모두에게 사진 찍을 기회를 주기 위해서다. 레브에게는 그 순간을 기록할 카메라가 없지만, 그 역시 다른 사람들과 마찬가지로 여신상을 바라본다.

여신상의 너울거리는 청록색 구리 가운 주름 사이로 최신 알루미늄/티타늄 팔이 뻗어 나온다. 그 팔은 밝은 햇빛을 받아 은회색으로 번쩍이며 새 횃불을 들고 있다. 새 팔과 횃불은 이전 팔 무게의 절반에 불과하다. 레브는 그 팔이 여신상의 나머지 몸과 어울리도록 산화 구리 페인트로 칠할 계획이었다는 이야기를 들은 적이 있다. 그러나 시험해 보니 결함이 있었다. 페인트는 합금과 결합되지 않아, 금세 벗겨질 터였다. 그렇게 되면 여신상의 팔은 썩어 가는 살처럼 보이게 될 것이었다. 그래서 결국 광택이 나는 스테인리스 강철 팔을 그대로 남겨 놓기로 했다. 여신상의 팔을 나머지 몸과 어울리게 만드는 방법을 찾아내든지, 아니면 사람들이 지금 모습에 익숙해질 때까지 기다리든지. 새 팔의 합금은 절대 녹슬지 않도록 설계되었다. 다만 판을 결합한 볼트는 보호용 페인트가 없으면 바닷바람에 쉽게 부식된다.

연락선이 섬에 가까워지면서, 레브는 그 볼트가 벌써 녹슬기 시작한 것을 알아본다. 설치한 지 한 달도 채 안 됐는데, 팔을 따라 저 위의 손가락 끝과 횃불까지 변색된 솔기가 눈에 들어온다. 아마 기술자들이 해결책을 찾느라 고심하고 있을 것이다.

연락선이 정박하자, 흥분한 관광객들은 섬을 탐험하고 조각상 안으로 올라갈 수 있는 긴 줄에 합류한다. 저 위의 왕관과 새 횃불까지 갈 수 있다. 여러 해 동안 이전 팔의 불안정성 때문에 금지되었던 일이다. 레브는 관광객 무리에 섞여 연락선에서 내린다.

「그럼 한번 끝내주네, 괴물 같은 놈.」 그의 뒤에서, 군중의 익명성에 가려진 누군가가 말한다. 너무도 많은 사람이 익명의 군중에 숨어 있으면 무슨 짓을 하고도 빠져나갈 수 있다고 생각한다. 뭐, 비웃으라지. 경멸하라지. 레브는 아주 오래전부터 사람들이 자신을 어떻게 생각하든 신경 쓰지 않게 되었다.

적어도 낯선 사람들의 생각은.

 오늘은 자유의 여신상의 그림자에서 시위가 벌어지고 있다. 50명 정도의 사람들이 알바니아인의 권리를 외치며 집회를 벌인다. 레브는 알바니아인의 권리를 빼앗아 간 게 누구인지 잘 모르지만, 누군가 빼앗아 간 건 분명하다고 느낀다. 소수의 취재진이 와 있다. 아직 방송에 나가지 않은 기자는 섬 전체를 휘몰아치는 바람에 저항할 수 있도록 산업용 초강력 스프레이를 머리에 뿌리게 한다. 부하 직원은 기자의 머리가 플라스틱처럼 딱딱해질 때까지 스프레이를 계속 분사한다.

 시위대의 주요 연설자를 위한 작은 무대가 마련되어 있다. 레브는 군중을 헤치고 무대로 나아간다.

 레브는 코너에게 아무 도움이 될 수 없었다. 아라파치 의회를 움직여 보겠다는 그의 노력은 무용지물이었다. 하지만 오늘, 여기서 그는 입장을 밝힐 것이다. 변화를 만들어 낼 것이다. 오늘은 그의 평생에 작용해 온 모든 힘이 결집하는 날이다. 그에게는 두려움도, 분노도 없다. 이게 옳은 일이라는 걸 알고 있기 때문이다. 군중을 밀치고 나아가며, 레브는 꿈에서 본 킨카주를 떠올린다. 즐거운 목적을 품고 정글의 캐노피를 가르며 뛰어다니던 모습을.

 차가운 바람이 옷 속을 파고든다. 그래도 레브는 셔츠를 벗는다. 어깨와 가슴, 등에 새겨진 160개의 이름이 드러난다. 소름이 돋는 것은 무시한다. 무대에 가까워지자 그는 운동화를 벗고 청바지 단추를 푼다. 잠시 시간을 들여 넘어지지 않게 바지를 벗는다. 그제야 그가 밀치고 지나온 사람들이 알아본다. 옷을 다 벗고 무대로 향하는, 몸에 그림을 새긴 아이를. 아직 아무도 그것이 무엇을 의미하는지 모른다. 아마 그것도 시위의 일부일 것이다.

무대에 이르렀을 때, 레브는 속옷만 입고 있다. 그의 몸에 새겨진 312개의 이름 전부, 적어도 대부분이 세상과 촬영 팀 앞에 드러난다. 촬영 팀은 레브에게 관심을 보인다. 무대에 오르는 그를 촬영하기 시작한다. 알바니아인의 권리를 옹호하던 연설자가 말을 멈춘다. 관중은 웃거나 헛숨을 들이켜거나 웅성거린다. 레브는 아무 말도 하지 않는다. 그저 두 손을 넓게 펼치고…… 한데 부딪힌다.

반응은 즉각적이다. 군중이 겁에 질려 도망치기 시작한다.

레브는 다시 한번 두 손을 펼쳤다가, 바람에 맞서 날갯짓하는 새처럼 다시 손을 휘둘러 부딪힌다. 또 부딪힌다. 이제 사람들은 비명을 지르며 서로를 타고 넘으려 한다. 아무리 빨리 도망쳐도 부족하다는 듯이.

레브는 계속해서 손을 휘둘러 부딪힌다. 하지만 아무 일도 일어나지 않는다. 그의 피에는 피밖에 없기 때문이다. 화학 물질도, 폭약도 없다. 그는 폭발하지 않는다. 그렇다고 해도 보안 병력이 가만있을 리는 없다. 레브도 알고 있었다시피.

첫 총성이 섬을 지키던 청담 경찰 중 한 명의 총에서 울려 퍼진다. 도자기 총알이 레브의 오른쪽 가슴을 뚫고 지나간다. 그 충격에 레브는 한 바퀴 휙 돈다. 그는 누가 두 번째, 세 번째 총알을 쐈는지 알 수 없다. 총알 두 발이 모두 등에 박히기 때문이다. 무릎이 꺾인다. 레브는 쓰러진다. 네 번째 총알이 그의 배에 맞는다. 다섯 번째 총알은 빗나가 귀를 스쳐 지나간다. 하지만 괜찮다. 처음 네 발의 총알이 일을 마쳤으니까.

세상은 오늘, 이곳에서 무슨 일이 벌어졌는지 알게 될 것이다. 아무 무장도 하지 않은 소년이 대낮에, 수백 명의 목격자 앞에서 총에 맞았다. 그 소년이 누구인지 알게 되는 순간, 모두가 오랫동안 고통스럽게 발걸음을 멈추게 될 것이다.

〈왜, 레브, 왜?〉 헤드라인은 다시 한번 그렇게 물을 것이다. 하지만 이번에는 모두가 답을 알게 될 것이다. 답은 그의 몸에 새겨진 이름들에 있을 테고. 그러면 사람들의 분노는 눈 한번 깜빡이지 않고 자유의 눈앞에서 그를 쏘아 버린 자들에게 향할 것이다. 그의 희생이 세상을 바꿀 것이다.

레브는 총알구멍에서 피를 쏟으며 누워 있다. 아파서 눈을 휘둥그렇게 뜬 채 하늘을 쳐다본다. 저 위, 높은 곳에서 위대한 조각상의 횃불이 달을 가리킨다. 거의 레브의 머리 바로 위에 떠 있는 허연 유령을.

레브는 그 달을 향해 손을 뻗는다. 피로 젖은 손가락이 끈적끈적하다. 그가 흐려져 가는 시선을 달에 고정하자, 달이 부풀어 오르는 것처럼 보인다.

레브는 행복하다. 이제야 달을 잡아, 하늘에서 끌어내렸다는 것을 알기에.

60
편지

소니아의 여행 가방에는 2,162통의 편지가 들어 있었다. 그중 751통은 화재로 소실되었지만 나머지 1,411통은 그레이스 스키너가 우표를 붙여 발송했고, 전국의 우편 서비스를 통해 미국 전역으로 충실히 배달되었다. 오랜 세월에 걸쳐 소니아의 지하실을 거쳐 간 무단이탈자들의 출신지가 온갖 지역에 흩어져 있었기 때문이다.

오리건주 애스토리아에 사는 한 여자는 반송 주소가 없는 편지를 열어 본다. 딸이 언와인드 의뢰서를 발견하고 무단이탈자가 된 지 거의 3년이 지났기에 처음에는 손 글씨를 알아보지 못한다.

여자는 편지를 읽기 시작한다. 첫 줄을 읽는 순간, 그녀는 편지를 쓴 사람이 누구인지 알아챈다. 그녀는 달려 나가고 싶지만 주방 의자에 풀로 붙여 놓은 듯 앉아 있다. 읽기를 멈출 수가 없다. 다 읽은 뒤, 그녀는 조용히 그 자리에 앉아 있다. 다음에 무엇을 해야 할지는 모르지만, 뭔가 해야 한다는 건 알고 있다.

 버몬트주 몬트필리어에 사는 한 남자는 오늘 아내보다 먼저 집에 도착한다. 그는 각종 청구서와 탄원서를 훑어보다가 희한한 봉투를 마주한다. 그는 아들의 손 글씨를 알아본다. 거의 5년 전, 강제로 끌려갔던 아들의 손 글씨다. 청소년 전담국은 공식적으로 인정하지 않았지만, 그와 아내는 아들이 지정된 하비스트 캠프에 도착하기 전에 탈출했음을 알아냈다.
 남자는 응접실의 꽃병에 봉투를 기대어 세워 놓고, 앉은 자리에서 10분을 꽉 채워 그것을 바라본 다음에야 비로소 열어 볼 용기를 낸다.
 처음 읽기 시작했을 때, 그는 편지가 최근에 쓰인 줄 알았다. 하지만 아니다. 첫 장에 날짜가 적혀 있다. 아들이 편지를 쓴 지 3년이 더 지났다. 아들은 지금도 저 바깥 어딘가에 있다. 있을지도 모른다. 집에 오기 두려운 걸까? 집에 오는 걸 거부한 걸까? 아니면 결국 누군가가 아들을 잡은 걸까? 한동안 그와 가족은 아들이 돌아와 보복할까 봐 두려워 이사를 고려하기도 했다. 지금은 그런 생각을 한 것만으로도 얼마나 치욕스러운지.
 이제 곧 아내가 퇴근해 돌아올 것이다. 아내에게 이 편지를 보여 줘야 할까? 딸이 수영 연습을 마치고 돌아오면, 딸에게는 보여 줘야 할까? 남자는 딸이 오빠를 기억하고 있는지조차 알 수 없다.
 그 방에는 개 한 마리밖에 없지만, 남자는 울면서 눈을 가린다. 놈들이 아들을 데려간 날 이후로 부정해 온 슬픔을 흘린다.

아이오와시티의 한 부부가 난롯가에 앉아 있다. 두 사람은 여행하는 동안 쌓인 우편물을 나눠서 확인하고 있다. 남자가 겉보기에는 전혀 해롭지 않아 보이는 편지를 마주한다. 그는 편지를 열어 읽다 말고 갑자기 멈춘다. 그리고 편지를 다시 접어 봉투에 넣는다.

「뭔데?」 그의 얼굴이 순식간에 창백해진 것을 본 아내가 묻는다.

「아무것도 아니야.」 남자가 말한다. 「스팸이야.」

하지만 그녀는 자신이 편지를 읽기라도 한 듯, 남자의 얼굴에서 진실을 읽어 낸다. 그녀는 해야 할 일이 한 가지뿐임을 안다. 「불에 던져.」 여자가 말한다.

남자는 그렇게 한다. 이 모든 문제를 완전히 끝내 버린다.

인디애나폴리스에서는 한 여자가 이혼이 확정된 바로 그날, 편지를 받는다. 여자는 편지를 읽으며, 떨리는 손을 멈출 수가 없다. 그녀는 아들이 자신의 남편, 그러니까 의붓아버지와 끔찍한 싸움을 벌인 뒤에 아들의 언와인드 의뢰서에 서명했다. 그녀는 그 싸움에서 잘못된 사람 편을 들었다는 걸 거의 2년이 지나서야 깨달았다. 하지만 이 편지는 그녀에게 희망을 준다. 아들이 아직 온전하게, 저기 어딘가에 살아 있을지 모른다는 뜻이기 때문이다. 만일 그렇다면, 여자는 단숨에 아들을 맞아들일 것이다. 상어 문신까지 전부 다.

1,411통의 편지를 받아 든 사람들 가운데 일부는 여전히 매정하다. 그냥 단호하게 부정해 버린다. 그러나 천 명이 넘는 사

람들에게, 잃어버린 아들이나 딸의 편지를 읽는 건 인생을 바꿔 놓는 사건이다. 수억 명의 인구에서 그렇게 적은 수의 사람은 양동이에 떨어진 물 한 방울에 불과하지만…… 물방울이 모이면 어떤 양동이든 넘칠 수 있다.

61

넬슨

 캐나다 캘거리 외곽에 있는 외딴 비행장의 활주로에서 12대가 넘는 작은 개인용 비행기들이 줄지어 기다리고 있다. 이 북쪽 지역에서는 나뭇잎이 완전히 변색되어 떨어지기 시작했다. 바람이 쓸고 지나가자, 활주로 근처의 숲이 불붙은 듯한 주황색과 노란색, 빨간색으로 물결친다. 그런 뒤에는 바람이 잦아든다. 바람조차 4832번 화물의 도착을 기다리고 있는 듯하다. 분열된 상태의 코너 래시터를.

 매끈한 비행기들 사이에 포르셰 한 대가 어울리지 않게 서 있다. 운전자는 다이밴의 거대한 비행기가 낮게 깔린 구름을 뚫고 내려와 활주로로 다가오는 모습을 지켜본다. 멀리서 봐도 그 비행기는 어마어마하게 크다.

 재스퍼 넬슨은 차 안에서, 애크런의 무단이탈자를 잡은 대가로 다이밴이 줄 보상인 새로운 한 쌍의 눈을 초조하게 기다리고 있다. 코너 래시터의 나머지 부위야 전 세계의 다양한 억만장자들에게 분배되라지. 넬슨은 코너의 눈을 갖는 것으로 만족한다. 이로써 모든 것이 원점으로 돌아올 것이다. 그 눈을 통해 세상을 보게 되면, 넬슨은 드디어 씩어 가는 가장자리에서 존중받는 자리로 삶을 돌려놓을 수 있을 것이다. 오늘, 한때 코너 래시터였던 말썽 많은 청년은 숲의 잎사귀가 지듯 떨어질 것이다. 그러나 재스퍼 넬슨의 불만족스러웠던 긴 겨울은 그의 인생을 빼앗아 간 소년의 눈을 갖게 되는 순간 다시 한번 영광스러운 여름을 맞이할 것이다.

비행기는 떠다니는 아마겟돈에 어울릴 만한 어마어마한 굉음을 내며 착륙한다. 비행기가 구르다가 멈추는 순간, 지상에서 다이밴의 직원들이 연료를 채우는 작업에 착수한다. 옆면의 승객용 해치가 열리고, 다이밴을 위한 계단이 펼쳐진다. 넬슨이 다이밴의 북아메리카 비행장에 온 건 이번이 겨우 두 번째다. 사업이 너무 잘돼 다이밴이 직접 사업을 관리해야 하거나, 다이밴에게 한곳에 오래 머물러서는 안 되는 이유가 있는 것이다. 잠시 후 다이밴이 모습을 드러낸다. 그 옆에는 의사가 함께 있다. 의사는 작은 의료용 보존 용기를 들고 있다. 그들은 곧장 넬슨에게로 다가온다.

「건강하게 사용하게, 친구.」 다이밴이 말하는 동안 비행기의 노즈콘이 남은 화물을 옮기기 위해 삐걱거리며 열린다. 그런데 노즈콘이 완전히 열리기도 전에 뭔가 아주 잘못되었음이 분명해진다.

아이들이 화물칸에서 쏟아져 나온다. 그들은 전력 질주하고, 달리고, 사방으로 절뚝거리며 흩어진다. 몇 명이 아니라 수십 명이다. 아이들 전부다!

갑자기 다이밴에게는 넬슨을 신경 쓰는 것보다 더 시급한 일이 생긴다. 그가 경호원에게 손가락질하며 외친다. 「막아!

당장!」 살집 좋은 남자가 허둥대며 진정탄 권총을 꺼내고, 달려가는 동시에 총을 쏜다. 한 명을 맞힐 때마다 한 명을 빗맞힌다. 무단이탈자에게 진정탄을 쏘는 것은 이 남자의 일이 아니다. 넬슨의 일이다.

「제가 처리하죠.」 넬슨이 다이밴에게 말한다. 그는 진정탄 권총을 꺼내 조준한다. 「사격을 좋아해서요.」 아니나 다를까, 넬슨이 쏜 진정탄은 전부 표적에 맞는다. 10초 만에 그는 아이 열 명을 쓰러뜨린다. 하지만 넬슨조차 감당할 수 없을 정도로, 아이들이 너무 많다.

「누구 짓이지?」 다이밴이 묻는다. 그는 직원들에게 도움을 지시하며 달려간다. 넬슨은 다이밴의 질문에 대한 답을 눈으로 확인한다. 그 애는 한눈에 알아볼 수 있다. 도망치는 아이들 사이에서, 회색 보디 슈트를 입지 않은 건 그녀뿐이기 때문이다. 리사 워드가 또다시 수작을 부리고 있다. 하지만 오래가진 못할 것이다.

넬슨은 다른 아이들을 무시하고 목표물을 조준한다.

그때, 넬슨이 방아쇠를 당기는 순간 누군가가 그를 뒤에서 붙잡는다. 공격자가 능숙하게 초크를 걸자 진정탄이 엉뚱한 곳으로 날아간다. 초크가 너무 세서, 넬슨의 뇌로 향하던 피의 흐름이 끊긴다. 어둠이 그의 시야에서 꿈지럭거리며 밀려온다. 다리가 꺾인다. 의식을 잃기 직전, 그는 공격자의 얼굴을 잠깐 엿본다.

그리고 끔찍하게도, 넬슨은 그 얼굴을 거의 얼굴이라고 부를 수 없음을 알아차린다.

62
아전트

의사는 여전히 아전트가 채취 장치의 여분 열쇠를 가져갔다는 걸 모른다.

다이밴은 아전트가 유니스의 제어반 접근 암호를 안다는 걸 모른다. 아전트는 다이밴의 침대 옆 탁자에 놓인 작은 노트에서 그 암호를 베껴 두었다.

아전트는 살면서 사람들이 상대를 멍청하다고 여길 때만큼 아무것도 모를 때가 없음을 여러 번 경험했다.

레이디 루크레치아가 착륙하기 30분 전, 의사는 〈4832-안구-좌/우〉라는 라벨이 붙은 작은 보존 용기를 화물칸에 놔두었다. 아전트는 참지 못하고 혼자 킬킬 웃었다. 식료품 계산원 출신으로서, 그는 라벨이란 라벨을 붙이는 머저리에게나 소용이 있는 것임을 누구보다 잘 안다.

비행기가 하강을 시작했을 때, 아전트는 몰래 채취 장치에 안으로 들어갔다. 그는 그 불행한 의사가 사실상 고도 3만 7천 피트 상공에 살면서도 비행을 불안하게 여겨 늘 승무원 라운지의 의자에 안전벨트를 맨 채 앉아 있다는 걸 알고 있었다. 그래서 아전트에게는 해야 할 일을 할 수 있는 시간이 생겼다. 그가 해야 할 일이란, 코너 래시터가 그렇게 엄청나게 많은 조각으로 나뉘어 있지만 않았으면 했을 법한 일이었다. 아전트는 모든 언와인드에게 투여되는 진정제 시스템을 껐고, 벽을 마주 보도록 보안 카메라를 돌려놓았다. 혹시 누군가가 카메라를 살펴봐야겠다는 반짝이는 아이디어를 낼지 모르니까. 그는 첫 번째 아이가 깨어나기를 기다렸다. 여기가 어딘지, 자신에게 무슨 일이 벌어졌는지 알게 되자 눈이 약간 멍해진 엄버 아이였다.

「나머지 애들이 깨어나면 조용히 시켜.」 아전트는 말했다. 「애들이 미쳐 날뛰게 하면 안 돼. 그리고, 노즈콘이 열리면 세상이 끝난 것처럼 도망치라고 해. 안 그러면 정말 세상이 끝날 테니까.」

그런 다음 그는 채취 장치를 떠나, 평범한 하루인 것처럼 의사 옆에 딱 붙어 다녔다.

하지만 그의 일은 아직 끝나지 않았다.

비행기가 착륙하고 다이밴이 활주로로 내려가자마자, 그는 잠겨 있던 리사의 방 문을 열고 그녀를 채취 장치로 데려가 엄버 아이에게 했던 것과 똑같은 말을 전했다. 그때쯤은 화물칸 전체가 정신을 차리고 겁먹은 아이들로 들끓었지만, 리사에게는 그들을 조용히 통제할 수 있는 어떤 존재감이 있었다.

「코너는?」 리사가 물었지만, 그때는 질문할 시간이 아니었다.

「내가 처리했어. 그냥 날 믿어.」

「그게 문제야.」 리사가 말했다. 「내가 널 믿지 않는다는 거.」

「뭐, 엿 같네.」

아전트는 더 이상 머물 수 없었다. 언제든 다이밴이 그에게 무언가를 요구할 수 있었기 때문이다. 산 펠레그리노 한 잔이라든가, 민감한 피부에 바를 선크림이라든가. 다이밴은 언제나 무언가를 원했다.

「풀려나면, 우리 누나를 만나.」 아전트가 리사에게 말했다. 「누나한테 내가 널 구했다고 말해. 아마 짜릿해할 거야.」

「잠깐…… 넌 우리랑 같이 안 가?」

그 질문에 아전트는 아무 대답하지 않고 자리를 떴다. 답은 뻔했으니까. 그는 다이밴과 거래했다. 6개월간 일한 대가로 얼굴을 받기로. 다이밴의 가장 친한 친구가 되어야 할 필요는 없지만, 거래에서 지켜야 할 부분은 끝까지 지켜야 한다. 아전트가 바보 같은 보조원 역할을 제대로 해내기만 한다면, 다이밴은 오늘 일어난 일의 배후에 아전트가 있었음을 영영 모를 것이다. 아전트 스키너에게는 멍청함이 가장 좋은 위장이다.

무단이탈자들이 모두 무단이탈을 하고 있는 마당이기에, 다이밴은 아전트가 넬슨에게 초크를 걸었다는 사실조차 눈치채지 못한다.

63
다이밴

신체 거래를 해온 세월 동안 다이밴 우마로프는 수많은 고약한 상황을 마주해야 했다. 불같은 성질의 불만족한 구매자들, 그가 직접 처리해야만 했던 파렴치한 경쟁자들, 그리고 물론 그의 사업과 개인적 안녕을 끊임없이 위협하는 다제이도 있었다.

그 모든 것을 겪어 내는 동안에도 다이밴은 승리를 거두었고 신사로 남는 데 성공했다. 역경을 다루는 데 있어서, 다이밴은 침착한 객관성이 언제나 최종적인 승리를 거둔다는 것을 알고 있었다. 스타키가 죽었을 때는 성질을 터뜨리고 말았지만, 오늘은 감정에 지배당하지 않을 작정이었다.

그는 큰 그림을 본다. 아이들이 사방으로 달아나고 있다. 지상의 직원들은 그들을 따라 뛰고 있다. 아이들 절반은 이미 울타리를 넘었다.

「놔주게.」 다이밴이 말한다. 그런 다음 더 크게 말한다. 「놔줘!」

그의 경호원이 혼란스러워하며 그를 돌아본다.

「하지만 탈출하는데……」

「은을 쫓을 이유가 뭔가?」[31] 다이밴이 말한다. 「우리한테는 옮겨야 할 금이 있는데.」

그는 보조원을 돌아본다. 외눈박이 무능력자가 이 광경을 멀거니 지켜보고 있다. 다이밴이 그를 후려치지 않은 것만도 다행이다. 「스키너! 가서 우리가 진정탄으로 쓰러뜨린 놈들을 모아 다시 화물칸에 집어넣게. 나머지는 더 이상 우리 문제가 아니야.」 이어 그는 아래를 본다. 넬슨이 땅에 고꾸라져 있다. 「넬슨은 어떻게 된 거지?」

「모르겠습니다.」 스키너가 말한다. 「진정탄에 맞았나 봐요.」

글쎄, 넬슨도 더는 그의 문제가 아니다. 「뭘 기다리는 건가?」 그가 스키너에게 묻는다. 「일하게!」

스키너는 뛰어간다. 다이밴은 그날의 진짜 업무에 온전히 관심을 기울인다. 그는 활성화된 보존 용기들의 이동을 감독하며, 〈4832〉번이라고 표시된 것들에 주의를 기울인다. 거물급 물건이다. 코너 래시터의 다양하고 자질구레한 부산물.

모든 컨테이너가 각각의 구매자들에게로 향하는 비행기에 실린 뒤에야 그는 긴장을 푼다. 스키너는 117명의 언와인드 중 열아홉 명을 회수해 다시 실었다고 보고한다. 잃어버린 언와인드야 잠깐 타격이 되겠지만, 그걸 좌절이라고 하기는 어렵다. 세계를 한 바퀴 돌기만 하면, 그의 공급자들이 또 한 번 더 채취 장치를 채워 줄 것이다. 다이밴은 주위를 둘러본다. 모든 것이 정돈되어 있다. 비교적 작은 비행기들은 이륙하려고 줄을 서고 있고, 넬슨의 자동차는 여전히 이곳에 있지만, 넬슨은 어디에

---

31 아전트의 이름에는 프랑스어로 〈은〉이라는 뜻이 있다.

도 보이지 않는다. 다이밴은 굳이 그 문제를 깊이 생각하지 않는다. 이곳에서 그가 해야 할 일은 끝났다. 그는 스키너의 어깨를 잡는다.「잘했네.」그가 말한다.「이제 목욕물을 받아 주게.」

스키너는 종종걸음으로 충실히 계단을 오른다. 다이밴은 비행기에 오르기 전, 방금 벌어진 사건들에 대해 잠시 생각해 본다. 이건 다제이의 방해 공작임이 분명하다. 의심의 여지가 없다. 그 말은, 직원 중에 배신자가 있다는 뜻이다. 다이밴에게는 이번 공격이 최후의 한계선이다. 다제이가 전쟁을 원한다면 전쟁을 해줘야지. 그는 숙련된 용병으로 이루어진 군대를 소집해, 죽을 때까지 다제이와 싸울 것이다.

하지만 그 전에, 다이밴은 배신자를 처리해야 한다. 그게 누구인지 확신이 든다. 스타키가 죽은 날과 오늘, 채취 장치에 들어갈 수 있었던 사람은 의사뿐이다. 다이밴은 충성심과 성실함에 보상을 주는 것을 자랑으로 여긴다. 그러나 불충과 방해 공작에는 신속하고도 단호한 조치로 대응해야 한다. 이번에는 분재를 만들 시간이 없다. 그래서 그는 비행기에 오르기 직전, 경호원에게 명령한다.「지금 즉시 의사의 고용을 해제해 주게.」

경호원이 되묻는다.「고용을 해제한다면, 진정탄을 사용하라는 말씀이십니까?」

다이밴이 말한다.「진정탄은 무단이탈자 같은 못된 아이들에게 쓰는 것이지. 의사에게는 더 영구적인 것이 필요하네. 다음 기착지가 어디지? 한국이었나? 거기서 새 의사를 태우지.」

그런 뒤에야 폭력을 혐오하는 다이밴은 비행기에 오른다. 그가 없는 곳에서 처리되기만 한다면, 경호원이 알아서 일 처리를 하는 것에 만족한다.

64
넬슨

 넬슨은 초크로 족히 20분간 정신을 잃고 있었다. 이제 그는 더 이상 비행장 활주로에 있지 않다. 이곳은 그에게 익숙한 곳이 아니다. 넬슨이 정신을 차려 보니, 그는 폐소 공포증을 일으킬 만큼 좁은 공간에 누워 있다. 관보다 조금 크지만 훨씬 더 나쁜 곳이다.

 「안녕하세요, 머저리 똥퉁 님.」 기운찬 컴퓨터의 목소리가 들려온다. 「분열을 경험하게 되신 걸 환영합니다! 저는 완전히 자동화된 언와인드 지능 시스템입니다. 유니스라고 불러 주세요.」

 「안 돼! 이럴 리 없어!」 넬슨은 팔다리를 들어 보려고 하지만 꼼짝하지 않는다. 그는 언와인드들이 입는, 그 암회색 보디슈트를 입고 있다. 이제야 그는 이 보디 슈트가 금속 섬유로 만들어져 있으며, 자신이 자석으로 고정되어 있음을 깨닫는다.

 「머저리 똥퉁 님, 시작하기 전에, 이 경험을 매끄럽고도 긍정적인 분열 상태로의 이행으로 만들기 위해 몇 가지 질문을 드리겠습니다.」

「밖에 누구 없어? 나 좀 여기서 꺼내 줘!」 넬슨은 목을 간신히 들어 언와인드실의 작은 창문으로 누군가 안을 들여다보는 걸 본다. 「다이밴, 당신입니까? 제발 도와주세요!」

「첫째, 귀하의 편안함 정도를 확인하겠습니다.」 유니스가 말한다. 「1점부터 10점까지 척도로 현재의 편안함 수준을 평가해 주세요. 10점이 가장 편안한 상태입니다.」

그때, 넬슨은 상당히 경악하며 관찰자의 정체를 알아챈다.

「아전트!」 그가 외친다. 「아전트, 네가 이럴 수는 없지!」

하지만 아전트는 무감정한 외눈박이 시선으로 그를 바라볼 뿐이다.

「죄송합니다, 잘 들리지 않았습니다.」 유니스가 말한다. 「1점부터 10점까지 척도로 현재의 편안함 수준을 평가해 주세요. 10점이 가장 편안한 상태입니다.」

「아전트, 뭐든지 하마! 뭐든지 줄게!」 하지만 넬슨은 아전트가 무엇을 원하는지 안다. 그는 얼굴의 오른쪽 절반을 돌려받고 싶어 한다. 지금 당장.

「알겠습니다.」 유니스가 말한다. 「귀하가 충분히 편안한 상태라고 가정하겠습니다. 확인 결과, 마취용 합성 혈장을 사용하지 않는 급속 언와인드가 설정되어 있습니다. 그 말은 지금 바로 시작할 수 있다는 뜻입니다!」

「뭐? 뭐라고 했어?」 아드레날린으로 인한 공황에 넬슨의 온몸이 떨리기 시작한다. 「기다려. 그만! 멈춰!」

「머저리 똥통 님, 유감이지만 마취제가 없기 때문에 귀하는 극도의 불편함을 경험하게 됩니다. 불편감은 손목, 팔목, 발목, 무릎에서 시작해 빠르게 몸 안쪽으로 퍼져 나갈 것입니다. 기기의 현재 설정상, 이는 지극히 정상적인 일입니다.」

시술이 시작되자, 넬슨은 아전트의 무감정한 눈에 시선을 고정한다. 그는 문득 깨닫는다. 아전트가 그를 언와인드할 뿐 아니라, 언와인드의 모든 순간을 지켜보리라는 것. 아전트는 그 과정을 즐길 것이다.

유니스가 말한다.「불편감에서 생각을 돌릴 수 있도록, 저는 귀하를 위해 다양한 풍경을 투사할 수 있습니다. 다음 중 하나를 선택해 주세요. 산 위의 저공비행, 평온한 바다, 생동감 있는 도시의 풍경, 혹은 세계의 유명 관광지입니다.」

하지만 넬슨의 입에서 나오는 건 날카롭고도 피가 얼어붙을 것 같은 울부짖음뿐이다.

「죄송합니다.」 유니스가 말한다. 「유효한 응답이 아닙니다.」

65
방송

「여기는 라디오 프리 헤이든, 방송국에서 쫓겨날 때까지 한 번 더 생방송을 진행하고 있습니다. 오늘은 청취자 여러분에게 특별한 소식을 전합니다. 전국 주요 신문에 실린 기사입니다. 오늘 아침 사방에서 이와 비슷한 기사들이 인쇄물과 온라인 버전으로 쏟아져 나왔는데요. 물론 어떤 신문은 이 기사를 12면 매트리스 판매 광고 사이에 숨겨 두기도 했습니다. 하지만 저는 이 기사를 1면에 멋진 헤드라인과 함께 실은 신문을 칭찬해 주고 싶네요. 바로 이 신문처럼요.

아라파치, 언와인드에게 망명 기회 제공
 미국에서 가장 부유하고 영향력이 큰 기회의 민족 부족인 아라파치 부족 의회는 어제 실시된 표결에 따라, 온전한 상태를 유지하고자 하는 모든 언와인드에게 보호적 망명 기회를 제공하겠다고 만장일치로 공식 선언했다. 청소년 전담국 대변인은 아라파치에는 무단이탈자에게 망명 기회를 제공할 권리가 없다며, 아라파치 영토의 모든 도망자 언와인드를 되찾아 오겠다고 맹세했다. 부족 변호사인 찰 타시네는 이렇게 답했다. 〈청소년 전담국이 부족의 주권 영토에 어떤 식으로든 침입하는 행위는 아라파치 민족을 상대로 한 전쟁 행위이며, 치명적인 무력과 맞닥뜨리게 될 것입니다.〉

 여러분이 어느 편에 서 있든 상관없이, 기회의 민족이 판을 뒤집어 올인한 데 엄청난 배짱이 필요했다는 점만은 인정해야 합니다. 청소년 전담국이 한때 위대한 전사였던 이 부족이 겁을 먹고 물러나리라고 생각한다면 대단히 놀라게 될 거예요.
 그래서 이번 주의 노래는 — 여러분도 다 아는 노래지만 — 우리의 아라파치 친구들에게 바칩니다. 11월의 시위에서 여러분을 한두 분이라도 볼 수 있으면 좋겠네요. 하지만 그때까지는……」

 너는 내 안에…… 깊이 박혀 있지…….

66
캠

 어여쁜 보라색 투구꽃은 능동적 시민의 몰로카이 단지 내 장식적인 정원의 포인트다. 정원사들은 장미 덤불의 가시만이 아니라 투구꽃으로부터 몸을 지키기 위해서도 장갑을 낀다. 투구꽃은 호흡기를 마비시키는 치명적인 독극물인 아코니틴으로 가득 차 있다는 걸 알기 때문이다. 그중에서도 가장 위험한 부분은 이 식물의 뿌리다. 특히 끓여서 농축된 독을 증류해 냈을 때 그렇다.

 이번에도 카뮈 콩프리는 보안 컴퓨터를 톡톡 건드려 시선을 다른 곳으로 돌리는 방식으로 몰로카이 단지의 보안을 무력화한다. 지금은 밤이다. 너무 늦은 시각은 아니지만 10시 정각이면 의료 연구 동의 활동이 최소화될 만큼 늦은 시간이긴 하다. 처음에 캠이 영상 감시 시스템을 무력화했을 때, 그들은 그 방법을 끝내 알아내지 못했다. 그래서 캠은 다시 같은 방법을 쓴다. 다만 이번에는 목표가 다르다. 그는 신호를 15분 지연시킨다. 그 15분이 누군가가 무슨 일이 벌어지는지 알아채기 전에 일 처리를 끝내야 하는 시간이다.

캠은 눈에 띄지 않게 전의식 상태의 리와인드 병동에 슬쩍 들어간다. 그의 두 손에는 특별히 제조한 투구꽃 추출물이 담긴 약병과 주사기가 든 가방이 들려 있다. 이 약물을 리와인드의 주사형 PICC 줄 투입구에 이 약물을 직접 주입하면, 리와인드들은 1분 이내에 사망할 것이다. 캠은 일단 손에 익으면 50명 전체를 안락사하는 데 12분이 걸리리라고 추산한다.

캠은 자신이 이 모든 일을 통제하고 있다고 생각한다. 계획이 잘못될 리 없다고 확신한다. 그는 중대한 실수를 한다. 병실의 반대편 끝, 아직 붕대에 칭칭 감긴 채 의식 근처에도 오지 못한 가장 새로운 리와인드들이 누워 있는 곳이 아니라 문과 가장 가까운 곳, 붕대가 풀리고 리와인드가 더 진행된 곳부터 작업을 시작한 것이다. 리와인드가 훨씬 더 많이 진행된 곳부터.

치명적인 액체로 첫 번째 주사기를 채우다가, 캠은 문득 리와인드를 힐끗 내려다본다.

리와인드가 그를 마주 보고 있다.

리와인드는 일종의 경계심 어린 공포를 담아 캠을 살핀다. 도망치기 직전의 토끼 같다. 캠은 서로 전혀 어울리지 않는 두 눈에 최면이라도 걸린 듯하다. 한쪽 눈은 초록색, 다른 한쪽 눈은 거의 까맣게 보이는 짙은 갈색이다. 얼굴에 난 흉터 자국이 오래된 도시의 골목 같다. 무작위적이고 이해하기도 어렵다. 하나는 시에나, 하나는 엄버인 그의 두 손이 자신을 침대에 묶어 둔 끈을 당겨 본다.

「파리?」 그가 애원하듯 말한다. 「파리? 거미줄? 파리?」

대부분의 사람에게는 아무 의미가 없는 말이겠지만, 캠은 리와인드가 생각하는 방식을 안다. 그는 이 기워 붙인 뇌가 구체적인 내용 대신 오직 인상만으로 소통하려 만들어 내는 이상한 은유적 연결 방식을 이해한다. 캠이 아는 수많은 언어 중에서, 그가 가장 먼저 배운 것은 은유였다. 리와인드된 정신의 내적 언어.

캠은 그가 무엇을 말하는지 안다. 오래된 영화 속 장면. 파리 몸에 달린 인간의 머리. 〈도와줘.〉 그 머리는 거미줄에 걸려 몸부림치며 말했다. 〈도와줘, 도와줘.〉 그런 다음 잡아먹혔다.

「그래.」 캠이 그에게 말한다. 「난 널 도우러 왔어. 말하자면.」 그는 주사기에서 공기를 빼낸다. 진흙탕 같은 독액이 바늘 끝에서 아주 조금 뿜어져 나온다. 그는 주사액 투입구를 찾으며, 이 가엾은 리와인드의 목숨을 끝낼 준비를 한다.

「숲의 하이킹.」 리와인드가 말한다. 「내가 긴 바지 입으랬지. 분홍색 로션이 어디에나.」

「그래, 가렵겠지. 근데 이건 옻이 아니야.」 캠이 말한다. 「온몸이 가려운 건 미안해. 원래 그런 거야.」

그때 리와인드의 검은 눈에 눈물 한 방울이 맺히더니, 흉터의 거친 등성이를 따라 흐른다. 결국 그 눈물은 귓속으로 흘러 들어간다. 「내 옷 뒤? 지갑의 카드? 거기, 내 생일 케이크에, 파란색으로?」

「아니!」 캠은 분노에 찬 자신의 목소리에 놀라 말한다. 「아니, 난 네가 누군지 몰라. 네 이름을 말해 줄 수 없어. 아무도!」 그는 주사기를 쥔 손이 떨리기 시작했음을 알아차린다. 빨리 끝내는 게 최선이다. 지금 끝내야 한다. 그런데 왜 기다리는 걸까?

「파리…… 파리…….」

그 절망감을, 리와인드의 눈에 어린 절대적인 무력감을 캠은 견딜 수 없다. 캠은 무슨 일을 해야 하는지 알지만…… 할 수 없다. 그는 주사기를 치우고 뚜껑을 씌운다. 자신의 동정심에 화가 난다. 이건 내가 정말 온전한 인간이라는 뜻일까? 그는 궁금하다. 연민은 영혼을 가진 사람만의 미덕일까?

「괜찮아.」 캠이 말한다. 「넌 거미에게 잡히지 않을 거야.」

리와인드의 눈이 휘둥그레진다. 두려움이 아니라 희망 때문이다. 「집으로 미끄러져? 골인?」

「그래.」 캠이 말한다. 「넌 안전해.」

67
로버타

 때로 우리는 자식을 죽여야 한다. 그것이 모든 창의적 혹은 과학적 노력의 기본 원칙이다. 연구 대상의 단일한 특성에 지나치게 애착을 품으면 실패할 위험이 생긴다. 그건 나무만 보고 숲을 보지 못할 때의 결과다.

 캠의 미래에 대한 희망은 워싱턴에서 코브와 보더커를 만났던 그 심란한 모임 이후로 흔들리기 시작했다. 그때 캠은 폭력적으로 굴었다. 행동은 아니더라도 생각으로. 두 사람은 캠이 그동안 내내 몰로카이에 격리되어 있었다는 꾸며 낸 이야기를 받아들이는 것처럼 보였지만, 로버타는 캠이 무단이탈했다는 사실을 상원 의원과 장군에게 알린 스파이가 직원 중에 있으리라고 의심한다.

 「우리는 그것이 우리 목적에는 너무 불안정하다고 판단했소.」 보더커가 오늘 이른 시각에 말했다. 그는 언제나 캠을 〈그것〉이라 부른다. 로버타는 그 점이 언제나 짜증 났지만, 이제는 그가 취하는 접근 방식의 실용성을 이해하기 시작한다. 「우리는 투자금 전체를 재통합 보병단에 들이고 싶소.」 〈재통합 보병단〉은 군에서 의뢰한 리와인드 군대를 돌려 부르는 말이다. 로버타가 아는 대로라면 이 재통합 보병단은 〈모자이크 팀〉이라는 믿음으로 대중에 소개될 것이다. 리와인드를 가장 매력적인 방식으로 제시하려는, 아주 완곡한 표현이다.

캠의 경우는 뜨거운 물에 담가 본 발가락이었다. 대중은 그에게 흥미를 느꼈다. 심지어 매료되기까지 했다. 캠 덕분에 사람들은 목욕물이 괜찮다고 느끼게 되었다. 이제 남은 일은 대중이 신중하게 계획된 방식으로 편안히 욕조에 몸을 담그는 것뿐이다. 그렇지 않으면 열기에 주춤하게 될 테니까. 능숙하게 변주된 모자이크 팀은 군대의 한 면모로 받아들여질 것이다. 아무도 그런 일이 어떻게 벌어진 것인지 정확히 모르는 채로.

「당신의 비전은 칭찬받아 마땅합니다.」 보더커가 로버타에게 말했다. 「하지만 카뮈 콩프리는 이제 우리 방정식에서 빠져야겠소. 그것이 할 일은 끝났소.」

로버타는 왜 이렇게까지 후회가 밀려드는지 모르겠다. 이게 모든 것의 이치다. 베타 테스트 제품은 늘 최종 생산품에 자리를 내주어야 한다. 최종 생산품이 기능도 떨어지고 멋도 없다는 건 사실이지만, 그건 로버타의 관심사가 아니다. 언제나 절충은 필요하기 마련이다.

그렇기에 그날 저녁, 보안 팀에서 캠이 다시 한번 재통합 연구 동에 들어갔다는 연락을 해왔을 때 그녀가 취해야 할 행동은 분명해진다. 그녀는 리넨 블레이저를 걸친다. 열대의 더위에는 말도 안 되게 무겁지만, 그 옷의 겉에는 어떤 물건이든 숨길 수 있을 만큼 깊은 주머니가 달려 있다. 로버타는 무엇을 해야 하는지 안다. 이번 일은 어느 모로 보나 쉽지 않겠지만 꼭 필요하다. 자신의 비전을 실현하기 위해 필요한 모든 단계를 밟지 않는다면, 그녀를 어찌 선구자라고 할 수 있겠는가?

로버타가 재통합 건물에 도착해 보니, 경비원과 의료 기술자 몇 명이 리와인드 병실의 문 근처에 서서 당황한 듯 엄지를 비틀어 대고 있다. 로버타가 다가오자 그들은 문에서 물러난다.

「무슨 상황이죠?」 그녀가 묻는다.

「그냥 저기에 앉아 있습니다.」 의료 기술자 중 한 명이 말한다. 로버타의 미심쩍은 표정을 보더니 덧붙인다. 「직접 확인해 보세요.」

로버타는 잠긴 문 옆 작은 창문으로 안을 들여다본다. 아니나 다를까, 캠이 기다란 방 한가운데 바닥에 앉아 두 팔로 무릎을 감싸안은 채 가만히 몸을 앞뒤로 흔들고 있다. 로버타가 카드 키를 꺼낸다.

「소용없습니다.」 경비원 중 하나가 말한다. 「캠이 아무도 못 들어오게 잠가 버렸습니다.」

그럼에도 로버타는 카드 키를 긋는다. 그러자 문이 열린다. 「당신들이 못 들어오게 잠근 거예요.」 그녀가 말한다. 캠은 그녀를, 오직 그녀만을 기다리고 있었던 게 분명하다. 「각자 위치로 돌아가세요.」 로버타가 말한다. 「내가 처리하죠.」 사람들은 마지못해 자리를 뜬다. 로버타는 문을 밀고 조심스레 들어간다.

방 안은 의료 모니터의 백색 소음과 아직 삽관된 상태인, 비교적 새로운 리와인드의 호흡기에서 나는 식식대는 소리로 가득하다. 베타딘 소독약 냄새와 갈아 줄 시간이 지난 붕대에서 희미하게 시큼한 악취가 난다. 간호사와 의료 기술자들을 매섭게 야단쳐야겠다고 그녀는 생각한다.

「캠?」 로버타가 가까이 다가가며 부드럽게 묻는다. 캠은 아무런 반응도 보이지 않는다. 고개조차 들지 않는다.

가까이 다가가자 캠의 옆에 있는 가방이 보인다. 바닥에는 흐릿한 액체가 담긴 주사기가 놓여 있다. 바늘에 뚜껑이 씌워져 있다. 잠시 그녀는 최악의 사태를 두려워하며 리와인드들을 둘러본다. 괴로운 신호를 보내는 모니터는 없지만, 캠이 활력 징후 모니터를 망가뜨렸을 을 수도 있다.

그때 캠이 로버타의 생각을 읽은 것처럼 말한다. 「죽일 수 없었어요. 죽이러 왔는데, 죽일 수가 없었어요.」

로버타는 캠을 조심히 다루어야 한다는 걸 안다. 아이용 장갑을 끼고서 다루어야 한다. 「당연히 못 죽이지.」 로버타가 말한다. 「이 애들은 네 영혼의 형제자매인걸. 이들의 목숨을 끊는 건 네 목숨을 끊는 것이나 마찬가지야.」

「영혼이라……」 캠이 되풀이한다. 「당신 입에서 그런 단어가 나올 줄은 몰랐는데요.」

「난 생명의 불꽃을 부정하지 않아.」 로버타가 말한다. 「하지만 그 불꽃이 무엇인지, 무엇을 의미하는지에 대해서는 언제까지나 논란이 있겠지.」

「네, 그렇겠죠.」 그제야 캠은 로버타를 본다. 붉어진 눈으로 애원하듯 바라본다. 「저는 알고 싶지 않은 것들을 너무 많이 알아요. 그 소녀를 없애 버린 것처럼 그것들도 없애 버릴 수 있을까요?」

「그야 문제의 본질에 따라 다르지.」

「능동적 시민과 능동적 시민의 진실에 대해서 말하는 거예요.」 캠이 말한다. 「저는 능동적 시민의 컴퓨터 네트워크에 침입했어요. 그래서 모든 걸 알아요. 능동적 시민이 청소년 전담국을 통제하고 있다는 것, 그리고 능동적 시민이 문제아로 판정된 모든 아이를 당신이 만들고 있는 이 군대에 넣을 수 있도록 언와인드의 규모를 확장하고 있다는 것도요.」

로버타가 한숨을 쉰다. 「우린 청소년 전담국을 통제하지 않아. 그냥 상당한 영향력을 가지고 있을 뿐이야.」

「〈우리〉…….」 캠이 말한다. 「그러니까 다시 〈우리〉로 돌아갔네요. 〈그들〉이 아니고. 능동적 시민의 연옥에서 벗어나셨나 봐요.」

「난 언제나 능동적 시민에서 높은 평가를 받아 왔어, 캠.」 로버타가 말한다. 「내 업적이면 다른 말이 필요 없거든. 늘 그랬단다.」

「당신 작업이 박수도와도 관련되어 있나요?」 캠이 묻는다. 「능동적 시민이 박수도도 만들었다는 거, 알죠?」

로버타는 그 말을 부정해 봤자 둘의 신뢰 관계에 쐐기가 박힐 뿐임을 안다. 지금 로버타에게는 그 신뢰 관계가 필요하다. 캠이 그녀를 무조건적으로 믿어야 한다. 그래서 로버타는 모든 규정을 위반하고 그에게 진실을 말한다.

「첫째, 그건 내 소관이 아니야. 둘째, 우리가 박수도를 만들지는 않았어. 박수도는 우리랑 조금이라도 얽히기 한참 전부터 자폭하고 있었어. 능동적 시민은 그냥 그들에게 돈을 대고 방향성을 제시했을 뿐이야. 우리는 박수도의 폭력을 특정한 목적에 복무하도록 하는 거야. 그렇게 대의에 봉사하도록 하는 거지.」

캠은 전적으로 동의하지는 않더라도 그 말을 받아들이며 고개를 끄덕인다. 「두려움으로 대중을 조종해 온 역사적 전례가 있는 건 확실하죠.」

「사람들이 계속해서 언와인드의 의미를 인식할 수 있도록 그들의 눈을 뜨이게 하는 거라고 말하고 싶구나.」

캠은 다시 아래를 보며 천천히 고개를 젓는다. 「저는 눈이 뜨이는 걸 원하지 않아요. 감고 싶어요. 이런 건 전혀 알고 싶지 않아요. 제발, 저를 다시 고쳐 줄 수 없나요, 로버타? 이 모든 걸 사라지게 할 새로운 벌레를 심어 줄 수 없어요?」

로버타는 캠 옆에 무릎을 꿇고, 그의 어깨에 팔을 두른다. 그를 가까이 끌어당긴다. 「가엾은 카뮈…… 너무 아파하는구나. 우리가 그 고통을 없앨 방법을 찾아볼게.」

캠은 로버타의 어깨에 머리를 기댄다. 로버타는 캠의 안도감을 느낄 수 있다. 제대로 되고 있다. 이렇게 되어야만 한다. 「고마워요, 로버타. 당신이 날 돌봐 주리라는 걸 알고 있었어요.」

로버타는 블레이저 주머니에 손을 넣는다. 「늘 그랬잖아?」

「난 당신이 내 곁에 있어 줬다는 걸 알아요.」 캠이 말한다. 「내 생각이 엉뚱한 곳으로 향하면, 당신이 그걸 바로잡아 줬죠. 내가 도망치면, 당신은 날 찾아서 집으로 데려왔어요.」

「난 지금도 네 곁에 있어.」 로버타는 그렇게 말하며 권총을 꺼낸다. 그녀가 늘 침대 옆 탁자에 놔두었지만, 지금까지는 쓸 일이 없던 권총이다.

「전부 다 고쳐 주겠다고 약속해요.」

「약속할게, 캠.」 그녀는 총구를 캠의 이마에 댄다. 이렇게 하면 모든 걸 고칠 수 있으리라는 것을 안다. 「약속해.」

그렇게 로버타는 방아쇠를 당긴다.

68
캠

 캠은 이 상황이 어떻게 끝날지 확신할 수 없었다. 하지만 그때 그는 로버타가 주머니에서 꺼낸 권총의 금속성 섬광을 보았다. 로버타가 진정시키는 말투로 속삭이며 총구를 그의 이마에 들이대자, 캠은 눈을 감는다. 이렇게 될지도 모른다는 생각은 했지만 믿고 싶지 않았다. 이제는 선택지가 없다.

 캠은 결정했다. 그는 로버타를 막지 않을 것이다. 저항하지 않을 것이다. 캠은 로버타가 그 치명적인 뜻을 이루도록 놔둔다.

 방아쇠가 당겨진다.

 공이치기가 밀려난다.

 공이치기는 약실로 날아가 타격을 가한다.

 하지만 총성 대신 전혀 해롭지 않은 찰각 소리가 난다. 그 작고도 무력한 소리는 총알만큼 효과적으로 캠의 뇌를 찢어발긴다. 로버타는 그를 실망시켰다. 캠은 놀라지 않지만 깊이 실망한다.

 로버타가 반응하기도 전에 캠은 그녀의 두 손에서 총을 비틀어 빼앗는다.

「정말로 내가 여기 가만히 앉아서, 당신이 날 죽이게 놔둘 만큼 한심한 천치인 줄 알았어?」

캠은 일어선다. 살인을 하려고 웅크리고 있던 로버타는 균형을 잃고 휘청거린다. 그 바람에 신발 굽 하나가 부러진 뒤에야 일어서서 그를 마주 본다.

「당신 총에는 우리가 여기 온 이후부터 실탄이 없었어. 내가 당신만큼이나 거짓된 총으로 만들어 놨거든.」

「캠, 부탁이야. 설명하게 해줘.」

「설명할 필요 없어.」 캠이 말한다. 「당신이 하는 행동이 당신 거짓말보다 목소리가 크거든. 늘 그랬어. 오히려 내가 당신에게 설명해 줄 게 있어.」 그는 총을 흔들며 방을 가리킨다. 「이 방에는 감시 카메라가 가득해. 보면 알겠지만, 그중 몇 개는 바로 이 자리를 비추도록 재배치됐어. 방금 벌어진 일을 다양한 각도에서 볼 수 있도록 말이야. 나머지 카메라는 아직 리와인드를 비추고 있지. ……모든 카메라 영상이 지금 공공 님버스에 실시간으로 전송되고 있어.」

로버타는 소리가 들릴 정도로 헛숨을 들이쉰다. 로버타 그리즈월드가 말을 잃다니! 그녀가 말을 잃다니 너무도 기적적인 일이라 캠은 미소 짓는다. 얼굴의 모든 솔기가 승리감에 얼얼하다. 「난 이미 언론이 이 영상을 발견하도록 확실히 조치해 뒀어. 물론 무음 영상만 공유하는 건 의미가 없겠지. 그래서 내가 당신 핸드폰을 조작해서 음성까지 스트리밍되도록 한 거야. 방금 당신이 한 모든 말, 능동적 시민이 이 군대를 만들었다는 얘기나 능동적 시민이 박수도에 자금을 대고 〈방향성〉을 제시한다는 얘기가 이젠 모두 공개적인 정보가 됐어. 수천 명, 어쩌면 수백만 명이 우리가 하는 말을 들었을 거야. 당신은 당신 작업으로 세상에 손을 뻗고 싶어 했지. 방금 성공하셨네요, 사랑하는 어머니.」

로버타는 방금 어항에서 튀어나온 금붕어처럼 입을 몇 차례 벌렸다 다문다.「안 믿어.」마침내 그녀가 말한다. 하지만 목소리가 떨린다.「넌 그렇게까지 음흉한 애가 아니야!」

「처음엔 그랬지.」캠이 인정한다.「근데 당신한테 배웠어.」캠은 양옆의 리와인드들을 바라본다.「차마 저 애들을 죽일 수는 없었지만, 이 프로그램을 중단시키기 위해 꼭 저 애들을 죽일 필요는 없잖아?」

그때 로버타의 핸드폰이 울린다.

캠이 그녀에게 윙크한다.「반작용이 벌써 시작됐네. 자, 받아 봐. 통화 내용도 생중계될 거야. 당신 상관들이 이 모든 일에 대해 뭐라고 말하는지 듣고 싶어 하는 사람들이 분명히 많을걸.」

로버타가 핸드폰을 꺼내 번호를 확인한다. 캠은 누가 전화를 걸었는지 모르지만, 누군지 몰라도 로버타가 겁을 먹은 건 분명하다. 그녀는 핸드폰을 떨어뜨리고 멀쩡한 신발 굽으로 그것을 뭉개 버린다.

「스트리밍 끝.」캠은 한쪽 눈썹을 치켜올리며 말한다.「그래도 괜찮아. 피해는 이미 발생했으니까.」캠은 잠시 시간을 들여 총의 탄창을 빼내고, 주머니에서 실탄으로 채워진 새 탄창을 꺼낸다. 그는 총구가 그의 이마에 닿아 있었을 때 공이치기에서 난 무력한 소리보다 훨씬 더 만족스러운 찰칵 소리와 함께 탄창을 끼운다.

「무너져 내리는 소리가 들려, 로버타? 당신 작업만이 아니라, 능동적 시민을 떠받치고 있던 매끄럽고 흰 기둥까지 말이야. 당신이 대단히 오만하게도 절대 무너지지 않으리라고 생각했던 그 기둥이 무너지고 있어. 그게 다 당신 때문이야. 다들 당신한테 무슨 짓을 할지 상상도 안 되네. 대중만이 아니라, 능동적 시민에 있는 당신 관계자들까지도.」

그는 장전된 총을 로버타에게 던진다.

「하지만 당신은 운이 좋아. 저 카메라가 아직도 스트리밍되고 있거든. 그 말은 쇼가 아직 끝나지 않았다는 거야.」 그는 고개를 끄덕인다. 더 이상 고소해하지 않는다. 이제는 세상과 그리고 그녀 자신에 대한 로버타의 마지막 책임을 엄숙하게 인정한다. 「적절한 결말을 보여 줘, 로버타.」

그는 돌아서서, 뒤도 돌아보지 않고 문을 향해 성큼성큼 나아간다.

69
로버타

로버타는 캠이 떠나는 모습을 지켜본다. 그가 문을 나서기 직전, 그녀는 그의 뒤통수에 총을 겨눈다. 손은 단단히 쥐었지만…… 쏘지 않는다. 지금 캠을 죽이면 그녀의 처지는 더 나빠질 뿐이다. 그래서 그녀는 캠이 떠나게 놔둔다. 문이 닫히고, 그녀는 혼자 남는다.

아니, 혼자가 아니다. 그녀는 자신이 만든 노력의 결실에 둘러싸여 있으니까. 이제는 그 어떤 군대에도 들어갈 수 없는 50명의 끔찍한 리와인드. 이들을 대중에게 조심스레 소개할 수는 없다. 그 어떤 미디어 전문가도 이 상황을 미화해 실제보다 덜 끔찍하게 보이도록 만들 수는 없다. 대중은 그들의 창조물을 기회가 아니라 잔혹 행위로 볼 것이다. 이 리와인드들은 기피 대상이 될 것이고, 로버타는 경멸당할 것이며, 능동적 시민은 그녀의 피를 말릴 것이다. 그나마 살려 준다면 말이지만.

캠이 그녀에게 총을 건넨 것은 옳은 일이었다. 쓰라린 자비의 행위였다. 어느 쪽이든, 그녀의 인생은 끝났으니까.

그래서 온 세상 사람들이 지켜보는 가운데, 로버타 그리즈월드는 무릎을 꿇고 총구를 관자놀이에 댄다.
  ······그대로 있다.
  그대로 있다가······.
  그대로 있다가······.
그것이 쓸모없는 일이라는 걸 깨닫는다. 그녀는 방아쇠를 당길 용기를 끌어내지 못한다. 마침내 사람들이 그녀를 데리러 왔을 때, 그녀는 여전히 무릎을 꿇고 머리에 총을 댄 채로 있다. 누구도 그녀를 구할 수 없는 죽음보다 못한 운명에서, 바다 건너에서 쓰나미처럼 확실하게 그녀를 잡으러 오는 파도에 휩쓸린 채로.

70
그레이스

「제 이름은 그레이스 엘리너 스키너예요. 하지만 스키너 씨나 그레이스 씨로 부르셔도 돼요. 〈씨〉는 꼭 붙여 주셔야 해요. 예의의 표현이니까요. 제가 가져온 물건을 생각하면 저를 존중해 주셔야 해요.」

영업부장 존 리프킨은 사무실의 커다란 가죽 의자에 앉아 있다. 돈 냄새가 풍기는 멋진 의자는 아니다. 그냥 사무실 냄새가 난다. 그의 책상도 괜찮지만, 그레이스는 그 책상이 앨런 렌치로 조립한 것임을 알 수 있다. 그레이스가 생각하기에는 이 모든 것이 적절하다. 회사는 굶주려 있어야 한다. 딱 맞아떨어져야 한다.

남자는 자신의 사무실에 들어선 그레이스를 재미있어하는 듯하다. 괜찮다. 그의 부하들이 그레이스를 이 사무실에 들여보낸 건 어떤 면에서는 따분한 하루에 약간의 흥밋거리가 될지도 모른다고 생각했기 때문이다. 아무것도 모르고서.

「그래서 상자에는 뭐가 들어 있는 겁니까, 스키너 씨?」

그레이스는 조심스레 부품을 꺼내 크기 순서대로 책상 위에 올려놓기 시작한다. 왼쪽에서 오른쪽으로. 남자는 가볍게 미소 지은 채 의자를 빙글빙글 돌린다. 아마 이걸 사실상 장난이라고 여기는 건지도 모른다. 하지만 그것도 괜찮다. 남자가 이번 일을 수락하기만 한다면.

「프린터의 망가진 부품 같은데요. 그것도 아주 오래된.」 영업부장 존 리프킨이 말한다. 아이들과 저피질 성인들을 위해 아껴 두는, 은근히 무시하는 말투다. 「저는 이런 물건을 수집하지 않습니다. 엉뚱한 곳에 오신 것 같네요.」

「전혀 엉뚱하지 않습니다. 제가 당신 회사를 찾아온 건, 당신네 회사보다 더 크고 성공적인 의료 기기 제조 회사가 여섯 곳 있기 때문이에요. 제가 찾아봤어요.」

영업부장 존 리프킨은 약간 놀란 듯하다. 「당신이 찾아봤다고요?」

「네, 제가 찾아봤어요. 그리고 그 여섯 곳과 달리 리프킨 의료기 회사는 능동적 시민과 아무 관련이 없더군요.」

「네, 맞습니다. 아마 그게 우리가 7위인 이유겠죠.」 그는 스스로 이 사실을 인정한 데 대해 짜증을 내며 말한다.

「당신에 대해서도 찾아봤어요.」 그레이스가 말을 잇는다. 「이 회사에는 당신 이름이 붙어 있죠. 리프킨 의료기 회사라고. 하지만 지금은 당신이랑 이름이 같지 않은 사람이 사장이던데요. 그 말은, 당신이 그 자리를 노리고 있고 그 자리에 올라갈 사다리가 있으면 좋겠다고 생각한다는 뜻이겠죠. 맞나요?」

이제 그는 불편한 기색을 드러낸다. 「누가 시킨 일입니까? 밥이에요? 밥 맞죠?」

「밥 같은 사람은 없어요, 저밖에.」 그녀는 눈앞에 늘어놓은 부품들을 가리킨다. 「여기, 이건 장기 프린터예요. 지금은 뭐랄까, 언와인드되어 있지만 대단한 물건이죠.」

존 리프킨은 긴장을 조금 풀고 그레이스에게 우월감을 담아 히죽거린다. 「스캐너 씨, 장기 프린터 기술은 몇 년 전에 사기로 드러났습니다. 아이디어는 괜찮았지만 실제로 작동하지 않았어요.」

「그야 놈들이 당신이 그렇게 생각하기를 바랐던 거고요.」 그레이스가 속삭인다. 「하지만 잰슨 라인실드는 그렇게 바보가 아니었죠.」

갑자기 존 리프킨은 허리를 세워 앉는다. 학교에 온 첫날의 유치원생 같다. 「잰슨 라인실드라고 했습니까?」

「들어 봤어요?」

「제 아버지가 그 이름을 말한 적 있어요. 천재였지만 미쳤다고요. 아닙니까?」

「아니면 그렇게 몰렸을지도 모르죠. 하지만 그 전에 라인실드는 이걸 만들었어요.」

이제 존 리프킨은 관심을 보이기 시작한다. 그는 책상을 펜으로 톡톡 두드린다. 마침내 그레이스의 말에 진지하게 고려해 볼 만한 가치가 있을지도 모른다고 생각한다. 「라인실드가 만들었다면, 왜 당신이 그걸 가지고 있는 겁니까?」

「잰슨 라인실드의 사별한 부인에게서 받았어요. 오하이오주의 나이 든 여자분이었죠. 골동품 가게를 운영했고요.」

존이 전화기를 집어 든다.

「굳이 안 그러셔도 돼요. 그분은 돌아가셨으니까. 큰불이 났어요. 하지만 저는 그분이 가게에 있던 모든 물건 중에서 이것만큼은 지켜 주기를 바라셨다는 걸 알았죠. 그래서 그렇게 했고요. 지금은 당신에게 주려고 이걸 가져온 거예요.」

존이 부품 하나로 손을 뻗다가 망설이며 묻는다. 「만져 봐도 될까요?」 그레이스가 고개를 끄덕인다. 그는 프린터 부품을 가만히 집어 들고 두 손으로 돌려 보며 모든 각도에서 살핀다. 「이게 작동했다고요.」

「제가 본 걸로는 한 번이요. 이걸 계단 밑으로 떨어뜨리기 전이었죠.」 그레이스는 주머니에서 거래를 마무리할 물건을 꺼낸다. 썩어 가는 귀가 들어 있는 작은 비닐봉지다. 「프린터가 이걸 만들어 내는 걸 봤어요.」

리프킨은 경이로워하면서도 메스껍다는 표정으로 귀를 보더니 비닐봉지로 손을 뻗는다.

「아마 여기서 꺼내면 안 될걸요.」 그레이스가 경고한다. 「보존이 잘 안 돼서요.」

그는 손을 거두고, 그냥 계속 보기만 한다.

「제가 장담하는데, 당신은 프린터를 고쳐서 훨씬 더 많이 만들어 낼 수 있을 거예요. 온갖 형태와 크기와 색깔로.」

그레이스는 귀와 부품, 심지어 빈 상자까지 살펴보는 그를 바라본다. 사업가치고 그다지 포커페이스는 아니다. 그레이스는 그가 계산하고 있음을 알아챈다. 「얼마나 받고 싶으십니까?」

「그냥 드릴게요.」

그러자 존은 잠시 그녀를 바라본다. 누군가 지켜보고 있을지도 모른다는 듯 문을 힐끗 보더니 책상으로 돌아와 그레이스 바로 옆 의자에 앉는다.

「그레이스…….」

「그레이스 씨예요.」

「그레이스 씨…… 이 물건이 정말 당신이 말한 대로라면 그냥 줘버려서는 안 됩니다. 하나 말해 드리죠. 제가 이걸 연구 개발 부서에 넘겨주겠습니다. 이게 당신 말대로 〈대단한 물건〉이라면, 우리가 정당한 값을 치를게요.」

그레이스는 존이 마음에 들어서, 하지만 자신이 더 마음에 들어서 등받이에 몸을 기댄다. 그녀는 존의 손을 잡고 힘차게 흔든다. 「축하합니다, 존 리프킨 씨. 시험을 통과하셨네요.」

「네?」

「당신이 저를 등쳐 먹을 정도로 너저분한 인간이었다면 그냥 나갔을 거예요. 하지만 당신은 그러지 않았죠. 그 말은 당신 회사가 업계 1위로 도약할 자격이 있다는 뜻이에요. 당신이 제대로 게임을 하기만 한다면 그렇게 되겠죠. 아마 당신이 사장이 될 수도 있을 거예요.」 그러더니 그녀는 핸드폰을 꺼낸다.

이제 존 리프킨은 약간 당황한 표정이다. 「잠깐만요……. 누구한테 전화하는 겁니까?」

「제 변호사요.」 그레이스가 윙크하며 말한다. 「밖에서 협상하려고 기다리고 있거든요.」

71
방송

「여기는 라디오 프리 헤이든, 젖소들이 보이는 곳에서 방송하고 있습니다. 저만 그런 건가요, 아니면 하와이의 군용 리와인드 영상을 보고 여러분도 나 같은 사람한테서 받은 장기를 모두 내던져 버리고 싶어졌나요? 혹시 놓치셨을까 봐, 해당 프로젝트의 책임자인 에드워드 보더커 장군의 말을 조금 잘라 왔습니다.

모자이크 팀은 할당되지 않은 채 남아 있는 언와인드 부위를 이용함으로써 사회 자원에 영향을 미치지 않고 군대를 만드는 방법의 유효성을 확인하기 위한 시범 프로그램입니다.

제기랄, 인상적인 비전이네요! 이런 말을 내뱉기가 무섭게, 에드워드 보더커는 끌려가 군사 재판을 받게 되었습니다. 펜타곤에서는 다음과 같은 입장을 내놓았고요.

이번 미허가 프로젝트는 미국 국군에 알리거나 국군의 동의를 받지 않은 채 보더커 장군이 독자적으로 진행한 것입니다. 보더커 장군과 바턴 코브 상원 의원을 포함한 관련자들은 수사를 받고 법에 따라 가장 강도 높은 기소를 받게 될 것입니다.

이이런! 파편이 계속 튀고 있습니다. 군대에서는 그럴싸하게 부정해 약점을 가리고, 이 모든 일을 보더커 탓으로 돌렸습니다. 군의 해명이야 진짜일 수도, 아닐 수도 있겠죠. 하지만 적어도 이들은 훌륭한 리와인드 인간을 찾아다니진 않을 것 같네요. 그래도 한 명의 훌륭한 리와인드 인간, 카뮈 콩프리는 칭찬합시다. 카뮈 콩프리는 이 고약한 아이디어가 뿌리를 내리기 전에 그 정체를 폭로했으니까요. 하지만 다음 고약한 아이디어는 뭘까요? 이제는 감이 잡히네요. 아무도 하고 싶지 않은 더럽고 사소한 일을 위해 맞춤 제작된, 리와인드로 이루어진 하인 계급이라.

그런 세상에 살고 싶은 게 아니라면, 함께 소리를 내봅시다! 11월 1일 월요일, 내셔널 몰에서 뵙겠습니다. 하긴 내셔널 몰이 아니라 쇼핑몰에 계신다면 언와인드가 여러분에게는 최선의 선택일지도 모르겠네요. 이제 모두가 가장 좋아하는 노래로 방송 마무리하겠습니다. 기억하세요, 진실은 여러분을 온전하게 합니다.

너는 내 안에…… 깊이 박혀 있지…….

72
낯선 사람들

그는 35세의 회계사다. UCLA에서는 육상을 했지만, 지금은 앉아서 일을 하며 뱃살이 늘었다. 그는 동네 헬스장의 낯선 사람들 옆에서 꾸준한 속도로 러닝머신을 달리고 있다. 창밖의 야자수는 아무리 달려도 가까워지지 않는다.

「말도 안 되죠?」 옆 러닝머신에서 달리던 사람이 말한다. 「그 가엾은 아이 말이에요.」

「그러게요.」 회계사는 숨을 고르며 말한다. 그는 남자가 무슨 이야기를 하는지 정확히 안다. 「그냥…… 그렇게…… 쏴버리다니.」

물론, 그들이 이야기하는 아이는 십일조-박수도인 레비 뭐라는 아이다. 어딘가에서 조용히 살던 그 아이는 세상에 나오고 얼마 지나지 않아, 총싸움을 좋아하는 경찰들에게 총격을 당했다. 그들의 머리 위에 걸려 있는 헬스장 TV 절반에서는 실제 사건이 벌어지고 며칠이 지난 지금까지도 그 사건을 보도하고 있다.

낯선 사람이 말한다. 「제 생각에는 청소년 전담국 전체를 조사해야 할 것 같아요. 대가리 몇 놈을 치든지 해야지.」

「그러게요.」

아이를 쏜 경찰 세 명 중 한 명만이 청소년 전담 경찰이었지만, 이 사건으로 인한 분노는 청담이 고스란히 받고 있다. 그래야 마땅하다. TV 화면에서는 총격 이후로 벌어진 다양한 시위를 보여 주고 있다. 사람들이 사방에서 들고일어난 것 같다.

회계사는 숨을 고르고 달리기 동지에게 묻는다. 「이제야 아이한테 장기를 준다네요?」

「설마요. 청소년 전담국이 멍청해도 그렇게까지 멍청하지는 않겠죠.」

처음에 청담은 격노한 대중을 달래기 위해 아이의 목숨을 살리는 데 필요한 장기를 제공하겠다고 약속했다. 하지만 물론, 그 장기는 전부 언와인드의 장기일 터였다. 불에다 기름을 붓는 격이었다. 언와인드에 저항한 아이에게 다른 아이들의 장기를 준다고? 대체 무슨 생각이었을까?

「안 줄 거예요.」 회계사의 옆에서 달리던 다른 사람이 말한다. 「사람들이 잊어버릴 때까지 애한테 기계를 잔뜩 달아 놨다가, 조용히 연결을 끊어 버리겠죠. 개자식들.」

「그러게요.」

다만 회계사는 사람들이 그리 쉽게 잊지는 않으리라 생각한다.

한 여자가 시카고행 통근 열차에 앉아 있다. 오늘도 부동산에 대해 알아야 할 모든 것을 안다고 생각하는, 잘난 척 심한 인간들과 무의미한 회의를 하며 하루를 보낼 예정이다.

그런데 오늘 열차에서는 이상한 일이 벌어진다. 대중교통에서는 한 번도 본 적 없는 일이다. 사람들이 이야기하고 있다. 서로를 아는 사람들이 아니라, 완전히 낯선 사람들이. 그녀의 맞은편에 앉아 있던 낯선 남자가 신문을 보다 말고 고개를 들더니 아무나 들을 만한 사람에게 말한다.「내가 이런 말을 하게 될 줄은 몰랐는데, 어제 시내에서 박수도 공격이 벌어져서 좋네요.」

「뭐, 저는 딱히 좋다고는 말할 수 없어요.」서서 기둥을 잡고 가던 여자가 말한다.「근데 확실히 눈물은 안 나네요.」

「누구든 살아남은 사람은 종신형을 받아야 합니다.」다른 사람이 덧붙인다.

부동산 중개인은 이상하게도 끼어들어야 한다는 강박을 느낀다.「진짜 박수도 공격이었는지도 모르겠어요. 그냥 그렇게 보이게 만든 걸지도 모르죠.」그녀가 말한다.「능동적 시민을 하늘 높이 날려 보내고 싶어 할 만큼 화난 사람들이야 많으니까요.」

「맞아요.」다른 누군가가 말한다.「능동적 시민이 박수도를 통제한다면, 왜 자기네 본부를 표적으로 삼겠어요? 틀림없이 다른 사람일 거예요!」

「누군지 몰라도 훈장이라도 줘야겠네.」누군가가 열차 앞쪽에서 말한다.

「뭐, 폭력은 절대 정당화될 수 없죠.」서 있는 여자가 말한다.「하지만 뿌린 대로 거두는 법이랄까요.」

부동산 중개인도 동의할 수밖에 없다. 자선 단체인 척하던 그 조직이 청소년 전담국을 조종하고 정치인을 매수하고 언와인드를 지지하는 쪽으로 대중을 몰아갔다니……. 올해 선거 이전에 그 모든 일이 드러나서 정말로 다행이다! 정의로운 분노를 참기 어려워, 그녀는 후드를 쓰고 있는 옆자리의 위협적인 남자를 돌아본다. 며칠 전만 해도 그녀가 아예 모른 척하던 남자다. 「놈들이 하와이에서 만들던 그 가엾은 리와인드 영상 봤어요?」

남자가 슬프게 고개를 끄덕인다. 「안락사시켜야 한다고 말하는 사람들도 있더군요.」

그 말에 여자는 불편해진다. 「리와인드한테도 권리가 있는 거 아니에요? 어쨌거나 리와인드도 인간이잖아요?」

「법에 따르면 그렇지 않다던데…….」

부동산 중개인은 자기도 모르게 핸드백을 꽉 끌어안는다. 누가 빼앗아 가기라도 할 것처럼. 하지만 그녀는 자신이 잃을까 봐 걱정하는 것이 핸드백이 아님을 알고 있다.

「그럼 법을 바꿔야죠.」 그녀가 말한다.

공사장 인부는 몇 달째 실직 상태다. 그는 카페에 앉아 구인 공고를 뒤지고 있다. 몇 주 만에 처음으로 잡힌 면접이 오늘 오후에 있다. 앨라배마주 시골에 하비스트 캠프를 짓기로 계약한 회사다. 신이 나야 마땅하지만, 그의 감정은 뒤죽박죽이다. 왜 하비스트 캠프를 하나 더 지어야만 하는 걸까? 방금 어떤 회사가 모든 장기를 배양하는 방법을 찾았다고 발표하지 않았나? 그 말이 사실이라면 왜 아이들을 썰어 버린다는 말인가? 아무리 나쁜 아이들이라도?

그냥 일이잖아. 그는 자신을 타이르려 한다. 어떤 아이든 실제로 거기서 언와인드되기 한참 전에 난 떠날 텐데. 그렇더라도 청소년 전담국의 조용한 협조자가 된다는 것은…… 일주일 전이었다면 아무렇지 않았겠지만, 지금은?

옆 테이블에 앉은 나이가 지긋한 남자가 노트북을 들여다보다 말고 고개를 들며 역겹다는 듯 고개를 젓는다. 「믿을 수가 없네!」 그가 말한다. 공사장 인부는 그가 말한 믿을 수 없는 일이 정확히 무엇인지 모른다. 요즘에는 그런 일이 너무 많으니까. 남자가 그를 본다. 「한 5년 됐어요, 이 몸에 언와인드의 간을 넣고 다닌 게. 근데 솔직히 말해서, 되돌릴 수만 있다면 난 술을 끊고 내 간으로 어떻게든 버텼을 거요.」

공사장 인부는 이해한다는 듯 고개를 끄덕여 보인다. 그리고 잠시 시간을 들여 자신의 선택지를 헤아려 본다. 그런 다음 핸드폰을 꺼내 면접을 취소한다. 오늘은 고통스러울지 몰라도, 5년 뒤에는 후회가 없으리라는 걸 안다.

회계사는 운동을 마치고 너무 늦게 귀가한다. 그 바람에 아이들에게 잘 자라는 인사를 하지 못한다. 그는 아이들의 방 앞에서 그들이 자는 모습을 지켜본다. 그는 아이들을 끔찍이 사랑한다. 그가 낳은 아이만이 아니라 황새 배달된 아이도. 낮에 들은 뉴스와 대화 때문에 그는 생각에 잠긴다. 그는 절대 아이들을 언와인드하지 않을 것이다. 하지만 아이가 아직 어릴 때는 어느 부모나 그렇게 말하지 않던가? 아이들이 반항적이고 비이성적으로 굴기 시작하면, 그의 분노를 돋우는 선택을 하기 시작하면 그 역시 생각이 바뀔까? 대부분의 아이가 살면서 그런 순간을 맞이하게 마련인데.

그는 마음속에 변화가 일어나고 있음을 느낀다. 주변에서 벌어지는 모든 사건 때문에 일종의 각성이 일어난다.

그 소년이 총에 맞았을 뿐이라면······.

군용 리와인드가 발견되었을 뿐이라면······.

오랜 세월 억압된 것처럼 보이는 장기 프린터 기술이 발표되었을 뿐이라면······.

이런 일 중 하나만 일어났을 뿐이라면, 그는 하루이틀쯤 관심을 가지다가 일상으로 돌아갔을 것이다. 그러나 문제는 한 가지만이 아니었다. 그 모든 사건이 동시에 일어났다. 숫자를 다루는 사람으로서, 그는 숫자가 언제나 〈처리하기만〉 하는 건 아님을 안다. 때로 숫자는 곱해진다. 심지어 기하급수적으로 불어난다. 서로 무관해 보이는 이런 사건들이 한데 합쳐져 그의 안에 있는 거대한 무언가를 휘저어 놓는다.

아내가 다가온다. 그가 아내를 끌어안는다. 「저기, 몇 주 뒤에 워싱턴에서 언와인드에 반대하는 무슨 시위가 있다지 않았어?」 그가 묻는다.

아내는 그를 보며, 이 얘기가 어디서 나온 것인지 가늠해 보려 한다. 「갈 생각은 아니지?」

「아니지.」 그가 말한다. 그런 다음 덧붙인다. 「갈지도 모르겠어.」

아내가 망설인다. 하지만 그건 잠시뿐이다. 「나도 같이 가. 애들은 언니가 봐줄 수 있어.」

「애들은 그냥 언와인드하는 게 좋을 것 같은데.」

아내가 그를 때리는 시늉을 하더니 따뜻하게 웃는다. 「안 웃겨.」 그녀는 잠자리를 정리하러 간다.

회계사는 잠시 더 아이들의 방 앞에 머물며, 아이들의 편안한 숨소리를 듣는다. 그때, 유령처럼 차가운 무언가가 그의 몸을 휩쓸고 지나간다. 그는 그것이 유령이 아님을 안다. 그건 미래의 전조다. 절대로 일어나서는 안 될 미래의 전조.

……처음으로, 그는 그날 밤 수백만 가정에서 조용히 메아리친 어떤 생각을 떠올린다.

세상에…… 우리가 무슨 짓을 한 거지?

6부
자유의 오른쪽 팔

줄기세포를 활용한 3D 프린터 기술로 장기 제작 가능해질 수도
　인간의 줄기세포를 활용한 3D 프린터 기술의 획기적인 발전으로, 환자 본인의 세포를 이용한 장기 프린트가 가능해질 수 있다
어맨다 쿠서, 『CNET』, 2013년 2월 5일.

　미래의 언젠가 신장 이식이 필요해진다면, 3D 프린터로 신장을 만들어 낼 수 있을지도 모른다. 이처럼 획기적인 성과를 낼 수 있다면, 과학자들은 스코틀랜드에 있는 헤리엇와트 대학의 연구진이 줄기세포 기술 회사인 로즐린 셀랩과 협력해 개발한 획기적인 프린트 기술을 애틋한 마음으로 돌아보게 될 것이다.

　이 프린터는 〈바이오 잉크〉 매체에 떠 있는 섬세한 배아 세포 배양액을 이용해 3D 회전 타원체를 만들어 낸다. 결과물은 작은 물거품처럼 보인다. 각 방울에는 최대 다섯 개의 줄기세포가 들어 있을 수 있다. 기본적으로, 이 기술의 핵심은 플라스틱 등의 소재 대신 줄기세포 자체를 프린터 〈잉크〉로 활용한다

는 점이다.
 윌 슈 박사는 이 프로젝트를 이끄는 연구 팀의 일원이다. 슈 박사는 헤리엇와트 대학의 보도 자료에서 다음과 같이 말했다. 〈장기적으로, 우리는 환자 자신의 세포를 활용해 의학적으로 이식이 가능한 3D 장기를 만들어 낼 수 있도록 이 기술을 더 발전시킬 계획입니다. 그러면 장기 기증, 면역 억제, 이식 거부 반응과 관련된 문제들도 사라지게 될 겁니다.〉
 (······) 연구 결과는 『생체 조직 제조』에 「인간 배아 줄기세포 회전 타원 집합체 형성을 위한 밸브 기반 세포 프린터 개발」이라는 제목으로 게재되었다.
 (······) 이러한 방식의 기술 적용은 3D 프린트 기술을 통해 세상을 바꿀 수 있다.

 기사 전문은 다음에서 확인할 수 있다.
 http://news.cnet.com/8301-17938_105-57567789-1/3d-printing-withstem-cells-could-lead-to-printable-organs

73

레브

 그의 목에는 관이 꽂혀 있다. 관은 그에게 공기를 펌프질해 넣고, 그의 횡격막은 그 공기를 다시 펌프질해 내보낸다. 그의 가슴이 규칙적인 리듬으로 오르내린다. 이런 느낌은 꽤 오랫동안 이어져 왔지만, 그게 무엇인지 이해할 만큼 의식이 드는 건 이번이 처음이다. 그는 인공호흡기를 달고 있다. 그런 것을 달고 있어서는 안 되는데. 대의를 위해 목숨을 바친 순교자는 살아남아서는 안 된다. 살아남으면 순교자가 아니다. 레브는 이런 일조차 실패하고 만 걸까?

 그는 눈을 뜬다. 시야에 들어오는 공간은 아주 일부지만, 그는 자신이 어디에 있는지 정확히 안다. 그 이유는 방의 형태와 디자인 때문이다. 크고 둥근 공간에 창문이 있다. 레브는 그 창문이 이른 아침의 빛을 받아들이고 있다고 생각한다. 창가의 화분에서 나팔꽃이 태양을 향해 활짝 피어나 있기 때문이다. 둥근 방의 둘레에는 환자들이 머무는 여러 개의 틈새가 있고, 각각의 침대 발치는 방 한가운데에 있는 위로가 되는 분수를 마주하고 있다. 그는 아라파치 의료 오두막의 중환자실에 있다. 레브가 보기에는 모든 길이, 심지어 죽음으로 향하는 길조차 보호 구역으로 이어지는 것 같다.

그는 눈을 감고 인공호흡기의 박동을 헤아리다가 다시 잠든다.

다음에 눈을 떴을 때, 나팔꽃은 져 있다. 그리고 그가 절대 다시 볼 수 없으리라 생각했던 사람이 그의 옆에 앉아 책을 읽고 있다. 레브는 자신이 환각을 보는 게 아닌지 전적으로 확신할 수 없는 상태로 그녀를 지켜본다. 레브가 정신을 차렸다는 걸 알아차리자 그녀는 책을 덮는다.

「잘됐다! 깼네.」 미라콜리나 로젤리가 말한다. 「그 말은, 네가 바보라는 사실을 공식적으로 제일 먼저 알려 줄 수 있는 사람이 나라는 뜻이야.」

미라콜리나! 레브가 언와인드로부터 구해 주었고, 기꺼이 언와인드되겠다던 십일조. 레브를 무척 싫어했지만 레브는 푹 빠져 버렸던 소녀. 아니, 레브가 미라콜리나에게 빠졌던 이유는 바로 그녀가 그를 싫어했기 때문일지도 모른다. 어둠 속에서, 폐소 공포증을 일으킬 만큼 좁은 그레이하운드 버스의 화물칸에서 레브가 했던 모든 일에 대해 그를 용서해 주었던 소녀. 레브는 그녀를 생각하는 것조차 두려웠다. 그녀가 잡혀서 언와인드당했을까 봐. 하지만 그녀가 여기에 와 있다!

레브는 인공호흡기를 잊어버리고 말을 해보려 한다. 대신 그는 기침한다. 기계는 갑작스럽고 불규칙한 호흡을 감지하고 삑삑거린다.

「꼴 좀 봐! 네 얼굴에 그 많은 이름이 문신돼 있어서 너인지 알아보지도 못했어. 복숭아털 같은 머리카락도 그렇고.」

레브는 힘없이 손을 들어, 엄지와 검지를 모으며 〈글로 이야기할게〉라는 보편적인 손짓을 해 보인다.

미라콜리나는 짜증이 난 듯 한숨을 쉬더니 말한다. 「기다려.」 그녀는 병실을 나갔다가 노트와 펜을 들고 돌아온다. 미라콜리나가 말한다. 「그놈들이 네 머리를 쏘지는 않았으니까, 아직 알아볼 수 있을 만한 글씨를 쓸 지능은 남아 있겠지.」

레브는 펜과 노트를 받아 쓴다.

내가 왜 살아 있는 거야?

미라콜리나는 노트를 보고 잠깐 그에게 고약한 눈길을 주더니 말한다. 「아, 그래. 중요한 건 전부 너라는 거구나. 〈만나서 반가워, 미라콜리나. 보고 싶었어. 네가 살아 있어서 기뻐〉 같은 말은 굳이 안 하겠다는 거지.」

레브는 노트를 다시 가져가 그 말을 전부 쓰지만, 당연히 너무 늦었다.

「네가 했던 바보 같은 짓 중에서 제일 짜증 나는 부분은 그 방법이 먹혔다는 거야.」 미라콜리나가 말한다. 「갑자기 사람들이 청소년 전담국을 적으로 보기 시작했어. 하지만 그게 네 변명거리가 되리라고 생각하지는 마!」

레브는 말대꾸할 수 없고, 미라콜리나는 마음대로 그를 꾸짖을 수 있다. 미라콜리나가 그 사실을 즐긴다는 걸 레브는 알 수 있다.

「그냥 알아 두라고 하는 말인데, 네 곡예 때문에 넌 간과 췌장, 양쪽 신장, 양쪽 폐를 잃었어.」

얼마나 많은 총알이 그의 몸을 찢었는지를 생각해 보면 맞는 얘기 같다. 하지만 잠깐…… 양쪽 폐를 모두 잃었다면 그는 어떻게 숨을 쉬고 있는 걸까? 어떻게 살아 있기라도 한 걸까? 그렇게 많은 장기를 잃고도 살아남을 수 있는 방법은 한 가지뿐이고, 레브는 화가 나 침대에서 고통스럽게 발버둥 친다. 그는 펜을 가져다가 큰 글씨로 쓴다.

언와인드의 부위는 안 돼! 빼가!

미라콜리나는 그를 바라보며 놀리듯 말한다. 「미안, 자살맨. 근데 넌 언와인드의 부위를 하나도 받지 않았어. 버몬트주 몬트필리어의 찰스 코백이 지금 네 가슴에 들어 있는 폐 중 하나를 내놓은 거야.」

레브가 글을 쓰려고 손을 들지만, 미라콜리나가 그를 막는다.

「그 사람이 누군지는 묻지 마. 나도 모르니까. 그냥, 네가 죽는 걸 보느니 폐 하나만 가지고 살겠다는 사람이야.」 미라콜리나가 말을 잇는다. 「유타주의 어떤 여자가 간 일부를 내놓았고, 자동차 사고를 당한 한 남자는 유언으로 너한테 췌장을 남겼어. 네가 뉴욕 병원에 실려 온 날에는 도시 사람 절반이 나타나 헌혈했고.」

마침내 미라콜리나가 그에게 미소 지어 보인다. 레브가 보기에는 미라콜리나의 방어적인 태도 사이로 그 미소가 슬쩍 흘러나온 것 같지만. 「뭔지는 몰라도, 갑자기 사람들이 널 사랑해, 레브. 그런 꼬락서니인데도.」

레브는 인공호흡기를 문 채 미소 지으려 하지만 그조차 너무 어려운 일이다.

「아무튼.」 미라콜리나가 말한다. 「네 목숨을 살리겠다고 자기 몸의 일부를 기증한 사람들은 전부 모르는 사람들이야. 딱 한 명만 빼고.」

약에 취해 있기 때문일 수도 있고, 레브가 정말 둔해서일 수도 있다. 어쨌든 그는 미라콜리나가 일어나 돌아서서 블라우스를 들춰 등 왼쪽의 15센티미터짜리 상처를 보여 줄 때까지 아무것도 모른다. 「너한테 내 왼쪽 신장을 주면, 너한테 바보라고 말할 권리가 생길 거라고 생각했어.」 그녀가 말한다.

응, 맞아.

레브는 그렇게 쓴다.

그리고 맞아, 난 바보야.

그날의 남은 시간은 줄줄이 늘어선 방문객을 맞이하는 시간이 된다. 가장 먼저 오는 사람은 엘리나다. 당연히 그녀가 레브의 주치의다. 미라콜리나가 자리를 뜨자 엘리나는 미라콜리나가 2주 전 이곳에 도착한 이후로 침대 곁을 거의 떠나지 않았다고 말해 준다. 「미라콜리나는 신장을 내놓으면서 조건을 걸었어. 네가 회복하는 동안 가족과 함께 보호 구역에 머물 수 있게 해달라고.」 그러더니 엘리나는 덧붙인다. 「티는 안 내려고 하지만 다정한 아이더구나.」

찰은 극도로 정신없는 하루에서 시간을 내, 레브에게 일종의 법률 브리핑을 해준다. 그는 부족 의회가 무단이탈자에게 공식적인 망명 기회를 제공하라는 그의 청원을 다시 표결에 부쳤으며, 이번에는 안건이 통과되었다고 말한다. 이제 부족은 청소년 전담국과 사실상 전쟁을 벌이겠다고 위협하고 있다. 레브는 자신의 실패한 순교가 그 상황에 조금이나마 영향을 미쳤기를 바라지만, 의회에서는 부모 동의권 기각 법안이 하원을 통과하기 전날 그 결정을 내렸다. 그래도 의원들의 머릿속에 그 생각을 심어 준 사람은 레브였다.

「하나 더.」 찰이 말한다. 「너를 여기, 보호 구역으로 데리고 돌아오려고 우리는 법적인 묘기를 좀 부려야 했다. 엘리나랑 내가 너의 공식 보호자가 되었어. 그렇게 하는 가장 쉬운 방법은 입양이었고. 유감이지만, 네 명함을 바꿔야겠구나.」 찰이 농담한다. 「이제 넌 레브 타시네야.」

「신분이 많기도 하네.」 엘리나가 말한다.

피베인은 와서, 한동안 절제된 침묵 속에 앉아 있다 간다. 오후 늦은 시간에는 우나와 켈레가 병문안을 온다. 그들은 레브가 전혀 예상하지 못했던 것을 가져온다. 하긴 레브는 이 세상에서 뭐든 다시 보게 되리라 예상하지 못했지만. 그래도 이것만은 정말이지 예상하지 못했다. 켈레의 어깨에 작은 털북숭이 동물이 매달려 있다. 커다랗고 감정이 풍부한 녀석의 눈이 방 안을 빠르게 훑다가 레브와 마주친다.

둘은 레브에게 킨카주를 데려왔다.

「켈레의 아이디어였어.」 우나가 말한다.

「뭐, 이 녀석이 네 영혼의 동물이잖아.」 켈레가 말한다. 「사람들은 영혼의 동물을 반려동물로 키우기도 하거든.」 켈레는 목에서 킨카주를 떼어 레브의 침대 옆에 둔다. 킨카주는 거기에서 재빨리 레브의 머리 위로 기어올라 편안히 자리를 잡고 소변을 본다.

「으익!」 켈레가 킨카주를 잡아 치우지만 너무 늦었다. 레브는 실제로 기분이 좋아지는 것을 느낀다. 웃을 수만 있었다면 웃었을 것이다.

나한테 영역 표시를 한 것 같아.

레브가 글로 쓴다.

그 말에 우나가 답한다. 「네가 먼저 저 녀석을 네 걸로 만든 것 같은데.」

잠시 후 병실에 들어온 엘리나는 누가 묶어 놔야 할 정도로 발작을 일으킨다. 「저거 치워라! 너희 둘은 대체 무슨 생각이냐? 이제 모든 것을 소독하고 레브를 다시 목욕시켜야 해. 상처도 전부 다시 드레싱해야 하고. 나가! 모두 나가!」

하지만 우나는 떠나기 전, 아주 이상한 말을 한다.

「네 새로운 친구 말인데, 여기서는 환영받지 못하겠지만 결혼식에는 데려와도 좋아.」

레브는 자기가 제대로 들었는지 확인하려고 그 말을 머릿속에서 다시 돌려 본다.

무슨 결혼식?

레브가 적는다.

「내 결혼식.」 우나가 말한다. 그녀는 기쁨만큼이나 슬픔이 배어 있는 미소를 짓는다. 「나, 윌이랑 결혼해.」

74
코/너

1천6백 킬로미터 떨어져 있는 다른 병원에서, 코너는 깬 채 누워 있다. 깨어난 기억은 없다. 그냥 깨어 있을 뿐이다. 그는 뭔가 잘못되었음을 안다. 정확히 말하자면 잘못된 게 아니라 그냥 달라진 것이지만. 아주 다르다.

그의 앞에 누군가의 얼굴이 어슴푸레하게 보인다. 그를 살펴보고 있다. 그가 아는 얼굴이다. 늙었고, 쭈글쭈글하고, 완고하고, 치아는 완벽하다. 제독이다.

「이제 깰 때도 됐지.」 제독이 말한다. 「수술 팀이 널 리와인드해서 식물인간으로 만들었다면 혼꾸멍내 줄 생각이었다.」

모든 소리가 한쪽 귀로 들어오지만, 그렇다고 다른 쪽 구멍으로 나오지는 않는다. 그냥 머릿속에서 엉켜 버린다. 코너는 제독의 말을 이해하지만, 그가 말을 마치고 난 다음에는 그 말을 파악하기가 어렵다.

「말할 수 있냐?」 제독이 묻는다. 「아니면 누가 네 혀를 뽑아갔나?」 그는 자신의 극악무도한 유머에 웃는다.

코너는 말을 하려고 입을 열지만, 입이 거꾸로 붙어 있는 느낌이다. 그럴 리가 없다는 건 안다. 하지만 느낌이 그렇다. 여기가 어디죠? 코너는 그렇게 묻고 싶지만, 그의 정신은 단어를 찾지 못한다. 그는 눈을 감고 머릿속으로 손을 뻗지만, 떠오르는 것은 초등학교 때 도서관에서 본 지구본의 이미지뿐이다. 그 지구본을 만든 회사의 이름이 태평양을 가로질러 굵은 검은색 글자로 적혀 있었다. 여기가 어디죠? 코너는 그렇게 묻고 싶지만, 대신 입에서 나온 말은 이렇다.

「랜드? 맥널리? 랜드 맥널리?」

「대체 무슨 소린지 모르겠다.」 제독이 말한다.

「랜드 맥널리!」 코너는 입을 다문 채 답답해서 끙 소리를 내며 눈을 감는다. 자신에게 무슨 일이 일어나고 있는 건지 이해하려 노력한다. 또 다른 이미지가 떠오른다.

「동물원……」 그가 말한다. 동물원의 우리에 갇힌 동물들. 그것은 그의 생각과 기억이다. 그 모든 것이 아직 존재하지만, 서로에게서 분리된 채 갇혀 있다.

「헛소리를 하는구나, 이 녀석아.」

「헛소리.」 그가 말한다. 글쎄, 적어도 흉내는 낼 수 있다.

제독은 코너의 반응에 약간 걱정스러운 표정을 짓는다. 그걸 보니 코너도 걱정된다. 「제기랄.」 제독은 방금만 해도 방 안에 없었던 것 같은 간호사에게 소리친다. 「의사를 데려오시오. 당장!」

의사 한 명이 들어오고, 또 한 명이 들어온다. 코너는 그들을 볼 수 없지만, 그들의 소리는 들린다. 코너는 그들이 하는 말을 일부만 알아듣는다. 〈두뇌에 심각한 공격〉이 있었다는 얘기. 〈나노 로봇이 내부를 고치고 있다〉는 얘기. 〈인내심〉이라는 단어가 몇 차례 반복된다. 코너는 어떻게 뇌가 공격당할 수 있는지 궁금해진다.

코너의 침대 옆으로 돌아왔을 때 제독은 진정한 모습이다.

「뭐, 다른 건 몰라도 신분은 쌓여 가고 있는 게 확실하구나.」

코너는 의아한 표정으로 보이기를 바라며 제독을 본다. 그 표정이 통했는지 제독이 설명한다.

「처음에 너는 애크런의 무단이탈자였다. 그다음에는 묘지의 엘비스 로버트 멀러드가 되었지. 그리고 지금은 브라이스 발로다.」 그는 잠시 말을 멈춘다. 코너를 헷갈리게 할 생각인 게 분명하다. 지금 코너에게는 더 이상의 혼란이 전혀 필요 없는데도 말이다.

「네가 담겨 온 마흔여섯 개의 상자 모두에 적혀 있던 이름이다. 브라이스 발로는 우리가 경매에서 구매한 소년의 이름이야. 네 친구 아전트가 전통적인 야바위 기술로 이름표를 전부 바꿔치기했지.」

이제야 코너는 모든 것이 생각난다. 그는 이해한 내용이 온몸을 흐르게 놔둔다.

그 자신의 언와인드.

유니스의 신난 목소리.

계획. 제정신이 아닌, 무모하고 절망적인 계획.

코너는 솔직히 그 계획을 별로 믿지 않았다. 그 계획에는 움직이는 부분이 너무 많았기 때문이다. 너무 많은 것이 잘못될 수 있었다. 일단, 리사가 제독에게 연락을 해야 했다. 제독은 그들이 아는 사람 중 유일하게 다이밴의 경매에 실제로 참여할 수 있을 만큼 돈이 있는 인물이었으니까. 그리고 아전트가 다이밴의 의심을 사지 않고 다양한 가짜 신분을 써서 제독을 경매에 끌어들일 방법을 찾아 주어야 했다. 그런 뒤에는 제독이 방금 언와인드된, 다른 가엾은 아이의 모든 부위를 낙찰받아야 했다. 그것만으로도 어려운 일이었지만, 딱히 뛰어난 요원이라고는 할 수 없는 아전트가 이름표를 전부 바꾸리라고 믿어야 했다. 그건 단순히 이름표를 바꾸는 문제가 아니었다. 보존 용기마다 디지털 암호가 들어 있었기 때문이다. 4832번 화물을 4831번으로 바꿔야 했다. 모든 상자를.

그 모든 일이 맞아떨어진다 해도 코너가 되살아나리라는 보장은 없었다. 아무도 언와인드된 자신의 부위를 물리적으로 재조합하려는 시도를 해본 적이 없었다. 코너는 할런 던피가 결코 해내지 못한 방식으로 실제 〈험프리 던피〉가 될지도 몰랐다.

「물론 우리는 도움을 받았다.」 제독이 설명한다. 「내가 코너라는 곤죽으로 코너를 재조합할 수 있는 최고급 수술 팀을 모았지.」

「튜브에 치약 다시 넣기.」 코너가 말한다.

제독은 코너가 이해할 수 있는 말을 해서 기뻐한다. 「그래, 대략 비슷하다.」

코너는 가엾은 브라이스 발로에게서 생각을 돌리지 못한다. 브라이스 발로의 재통합을 위해 싸워 줄 사람은 아무도 없었다. 그를 되살려 낼 사람도 없었다. 코너를 브라이스 발로보다 더 구할 가치가 있는 존재로 만든 건 무엇이었을까?

리사는? 그가 여기에 있다는 게 리사가 다이밴에게서 풀려났다는 뜻은 아니다.

「피아노!」그가 외친다.「휠체어! 심장! 키스!」그는 답답해 끙 소리를 내며 애쓴다. 머리가 아프다. 그는 의기양양하게 그녀의 이름을 꺼낸다.「리사!」그가 말한다.「리사! 랜드 맥널리 리사?」

그는 방 건너편 어딘가에서 들려오는 조용한 목소리를 듣는다.「나 여기 있어, 코너.」

리사는 처음부터 여기에 있었다. 거리를 지키면서. 리사가 용기를 내야 그에게 다가올 수 있다니, 코너는 지금 얼마나 끔찍한 꼴일까? 아니면, 리사는 그냥 감정을 다스리려 애쓰고 있었던 건지도 모른다. 코너가 보니 그녀의 눈가가 젖어 있다. 리사가 싫어하는 게 딱 한 가지 있다면, 그건 사람들 앞에서 우는 모습을 보이는 것이다.

리사가 시야에 들어오자 제독은 멀어진다. 아니면, 코너의 의식이 한 번에 한 사람만 담아 둘 수 있는 건지도 모른다. 공격당한 뇌. 코너는 그렇게 생각한다.

리사가 그의 손을 잡는다. 아프지만, 코너는 그대로 놔둔다.「네가 깨어나서 정말 행복해. 우리 모두 걱정했어. 네가 여기 있다니 기적이야.」

「기적.」코너가 말한다.「행복. 기적.」

「처음에는 힘들 거야. 움직이는 것도 생각하는 것도. 재활이 필요하겠지만, 난 네가 금방 예전 모습으로 돌아오리라는 걸 알아.」

예전 모습. 코너는 생각한다. 무언가가 불현듯 실감 난다. 갑자기 불안의 파도가 밀려온다.「먹는 기계! 물속의 피! 아미티섬!」

리사는 코너를 전혀 이해하지 못하고 고개를 젓는다. 그래서 코너는 통증에도 불구하고 오른팔을 들어 올린다. 그는 찾던 것을 발견한다.

상어다.

아직 여기에 있네! 아직 있어서 정말 다행이야! 이유는 모르겠지만, 그 팔이 아직 자신의 일부라는 사실이 엄청난 위로가 된다.

코너는 안도하며 깊이 숨을 들이쉰다. 「난로.」 그가 말한다. 「코코아. 담요.」

「추워?」

「아니.」 코너가 말한다. 적절한 단어를 찾아서 기쁘다. 더 많은 단어를 찾아 덤불을 뒤질 용기가 생긴다. 「따뜻해. 안전해. 고마워.」 동물원에서 우리가 무너져 내리기 시작한다. 그의 생각이 알아서 풀려나기 시작한다.

리사는 그가 〈이동 중〉일 때 있었던 일을 이야기해 준다. 그가 리와인드되고 2주 동안 혼수상태였다는 것도.

「해피 핼러윈.」 코너가 말한다.

「아직은 아니야.」 리사가 대답한다. 「2주 더 있어야 해.」

리사는 자신과 다이밴의 다른 언와인드들이 해방되었지만, 아전트는 아직 나오지 못했다고 이야기해 준다. 다이밴의 암시장 경매가 이상하게도 중단되었다는 이야기도 해준다. 「우리 생각에는 다이밴이 버마의 다제이와 싸우는 데 주력하고 있는 것 같아.」

코너는 생각해 본다. 「고질라.」 그가 말한다. 「고질라 대 모스라.」

「맞는 말이다.」 코너의 시선이 미치지 않는 어딘가에서 제독이 말한다. 「인류를 구하는 가장 좋은 방법은 괴물들이 서로 싸우게 하는 것이지.」

리사는 캠에 대해서, 캠이 혼자 이루어 낸 일에 대해서 말해 코너의 기운을 북돋우려 한다. 「이제 캠은 영웅이야!」 리사가 말한다. 「캠이 능동적 시민을 무너뜨렸어. 자기가 말한 그대로 말이야. 나를 협박했던 그 끔찍한 여자는 〈반인류 범죄〉 혐의로 재판을 받고 있어. 사람들이 그 여자를 실제로 〈멩겔레 여사〉[32]라 부른다니까. 그 이름에 그보다 잘 어울리는 사람은 생각도 안 나.」

다른 소식도 있다. 레브 소식이다. 그는 평소처럼 죽을 뻔했지만 죽지 않았다. 장기 프린터로 꽤 달콤한 거래를 해낸 그레이스 소식도 있다. 워싱턴에서 행진을 소집한 헤이든 소식도 있다. 하지만 코너는 자세한 내용을 기억할 수 없기에, 그냥 눈을 감고 리사의 말이 치유의 주문처럼 그를 휩쓸도록 놔둔다.

이런 상태가 영원히 계속되지는 않으리라는 걸 코너는 안다. 매일 나아질 것이다. 더 쉬워지지는 않더라도 나아질 것이다. ……그러나 그는 언와인드되었다는 사실만으로 무언가 빼앗겼다고 느낀다. 아무리 많이 회복하더라도 그에게는 언제까지나 깊은 전쟁의 상처가 남아 있을 것이다. 이제 그는 캠이 어떤 기분이었는지 이해한다. 그렇게 큰 공허감은 아니지만, 과거와 현재 사이에 하나의 틈새가 있다. 영혼의 솔기 사이에 기포가 있는 것 같다. 그는 그 감정을 리사에게 표현해 보려 하지

---

32 나치 독일의 슈츠스타펠 장교이자 아우슈비츠 수용소의 의사였던 요제프 멩겔레에게서 따온 별명.

6부 자유의 오른쪽 팔

만, 나오는 말은 이것뿐이다.

「온전······.」 그가 리사의 손을 꽉 잡는다. 「온전, 아니, 리사, 온전······.」

리사가 미소 짓는다. 「그래, 코너.」 그녀가 말한다. 「넌 온전해졌어. 드디어 온전해진 거야.」

광고

심장 마비를 겪은 이후, 의사들은 저에게 대체 장기를 받지 않으면 살날이 정해진 셈이라고 말했어요. 하지만 언와인드의 심장을 사용한다는 생각이 불편하게 느껴지더군요. 대안이 없었다면 아마 그 방법을 썼겠지만······ 지금은 대안이 있답니다!

리프킨-스키너 바이오빌더®는 최첨단 의료 기술을 바탕으로, 맞춤형 장기를 인쇄합니다. 가장 좋은 점은 그 장기가 여러분 자신의 줄기세포로 배양된다는 사실이죠. 이제 저는 제 심장이 오직 저만의 것임을, 이 심장을 위해 누군가가 언와인드될 필요가 없었음을 알고 안심할 수 있어요.

그러니 이식이나 접목을 고려하신다면, 구식 언와인드 장기에 안주하지 마세요. 지금 바로 의사에게 리프킨-스키너 바이오빌더®에 대해 문의하세요.

언와인드에는 작별 인사를, 진정한 여러분에게는 환영 인사를 건네세요!

75
모임

 화강암과 대리석으로 이루어진 역사의 지표에는 언와인드 될 수 없는 기억이 담겨 있다. 워싱턴 D. C.의 기념물은 특히 그렇다. 이 기념물들은 민주주의의 치욕적인 실패만이 아니라 변화와 정체, 정의로운 영광의 업적을 지켜봐 왔다. 링컨과 제퍼슨의 눈은 마틴 루서 킹의 꿈이 나아간 위대한 발걸음을 보았고, 눈앞의 석상이 되어서 전진하는 그를 맞아들였다. 그러나 깜빡이지 않는 그 눈은 베트남 전쟁 시위대가 최루탄을 맞는 모습과 첫 번째 10대 봉기에서 수천 명이 진정탄을 맞는 모습도 목격했다. 전쟁 기념물이 너무도 엄숙하게 달고 있는 그 이름들을 잊을 수 없는 것처럼 이 기념물들 또한 그 어떤 것도 잊을 수 없다.

 10월의 마지막 며칠 동안 그렇게 지켜보는 눈앞에서 하나의 모임이 형성되기 시작한다. 여러 항공사는 서둘러 일정표에 항공 편을 추가한다. 지하철은 늘 만원이고, 수도에서의 차량 통행은 너무 혼잡해 땅 위의 어디로든 가려면 걸어가는 것이 가장 빠른 길이 된다.

내셔널 몰의 넓은 풀밭은 실제 행사가 열리기 며칠 전부터 느리지만 가차 없이 나타나 자리를 차지하는 텐트들로 얼룩지기 시작한다. 시위는 11월 1일로 예정되어 있다. 언론에서는 이 시위를 〈모든 성인의 봉기〉[33]라 부른다.

국회 의사당에서 보기에는 체서피크만에서 밀려오는 폭풍우의 새까만 장벽만큼 불길한 징조였다.

서쪽 먼 곳에서도 또 하나의 작은 모임이 있다. 그 모임은 네브래스카주 오마하 외곽의 어느 공동체에서 열린다. 그 모임은 결혼식이다. 결혼하는 당사자들 때문에 아무리 좋게 봐줘도 달콤하고 쌉싸름한 결혼식이다. 우나 자칼리가 가능한 유일한 방법으로 월 타시네와 결혼하여 한다.

아라파치 의회는 이 행사를 부족의 땅에서 열리지 못하도록 막았다. 타시네 가족 역시 우나를 끔찍이 사랑하지만, 이 결혼식을 지지할 수 없다며 참석하지 않기로 했다.

우나를 도우러 사람은 레브였다. 그는 부활 공동체가 — 분열된 사람들을 사실상 결합시키는 일에 전념하는 곳이 — 우나가 생각하는 〈분열적 결혼〉에 마음을 열 것이라고 제안했다. 레브는 정확히 누구에게 물어봐야 하는지도 알고 있었다.

사이파이와 그의 두 아버지는 결혼식장을 제공할 뿐 아니라, 월 타시네의 장기를 받은 사람들을 추적하는 일도 기꺼이 해주었다. 대중이 살펴볼 수 있도록 능동적 시민의 데이터베이스가 마지막 구멍 하나까지 공개된 지금 그 일은 훨씬 쉬워

---

33 앞서 언급되었듯 11월 1일이 〈모든 성인의 날〉이기 때문이다.

졌다.

월의 모든 부위가 참석하는 것은 아니지만, 충분히 많은 사람이 동의했다. 아마 그들은 호기심에서, 신기함에서, 또는 그냥 카뮈 콩프리를 만날 기회를 얻기 위해 동의했을 것이다. 카뮈 콩프리도 참석하겠다고 했으니까. 전부 합치면 스물일곱 명의 신랑이 월 타시네의 3분의 2를 대표하게 될 터였다. 신랑 중 상당수가 여성이라는 점은 당연해 보인다.

「이 결혼식이 에셔의 계단만큼 초현실적인 건 사실이야.」[34] 사이파이의 아버지 중 한 명이 지적했다. 「하지만 약간의 현기증조차 없다면 인생을 무슨 맛으로 살겠니?」

---

34 네덜란드의 초현실주의 화가 M. C. 에셔의 작품에 자주 등장하는 무한 루프 형태의 계단을 말한다.

76
레브

「이 말은 해줘야겠는데, 프라이. 그 문신 때문에 넌 진짜 우스꽝스러워 보여. 모피 모자도 안 어울리고.」

레브는 머리에서 킨카주를 떼어 낸다. 킨카주는 자주 그의 머리에 올라가지만, 이제 오줌은 거의 싸지 않는다. 레브는 킨카주가 대신 어깨에 매달리게 놔둔다. 그가 사이파이에게 말한다. 「일단, 이건 그냥 문신이 아니라 이름이야. 둘째로, 마피를 모욕하지 마. 안 그러면 마피가 네 눈을 파버릴 테니까.」

「뭐? 귀염둥이 엄버 엘모한테 발톱이 있단 말이야?」

레브가 미소 짓는다. 특이한 상황이지만 사이파이를 다시 보게 되어 좋다. 물론, 어떤 상황이든 둘이 서로를 마지막으로 본 순간보다는 좋은 상황이다.

「그래서, 여자 친구가 생겼다며?」 사이파이가 놀린다.

「그런 것 같아. 장거리 연애, 그런 거야.」 레브가 말한다. 「갠 가족이랑 같이 인디애나주로 돌아갔고, 난 계속 콜로라도주의 보호 구역에서 지내거든.」

사이파이가 눈썹을 치켜올린다. 「그 정도면 나쁘지 않지, 내

말 알아들을지는 모르겠다만.」

혼자 떨어져 있던 구름 뒤로 태양이 나와 정원을 비춘다. 날씨가 계절에 어울리지 않게 따뜻해, 결혼식은 실외에서 하기로 결정되었다. 정원 한가운데에 원형으로 놓아둔 여러 개의 돌이 있고, 신랑과 신부는 그 원 안으로 들어간다. 하객들은 돌 바깥에 둥글게 선다. 이런 결혼식에 딱히 전통은 없기에, 규칙과 형식은 모두 순간의 충동에 따른다. 지금 이 순간은 모든 〈신랑〉이 안쪽 원을 따라 둘러서서 서로를 알아 가며 주례에게 실무적인 질문을 던지고 있다. 주례는 계속 어깨만 으쓱한다.

그때, 결혼식이 시작되기 직전에 레브는 등 뒤에서 익숙한 목소리를 듣는다.

「정말이지, 5분만 혼자 놔두면 미친 짓을 하는구나.」

돌아보니 코너가 서 있다. 코너만이 아니라 리사도 함께 왔다. 둘을 보니 문자 그대로 숨이 멎을 것 같다. 레브는 기침하며 헐떡이기 시작한다. 폐가 하나밖에 없어서 생기는 짜증스러운 일이다. 엘리나는 이런 일이 벌어지지 않도록 레브에게 두 번째 폐를 배양해 줄 새 기계를 들여놓겠다고 했다.

「워.」 코너가 말한다. 「널 놀라게 해서 심장 마비를 일으키게 할 생각은 없었어.」

「괜찮아, 괜찮아.」 레브가 한참 만에 숨을 고르며 말한다. 하지만 코너를 본 레브는, 코너에게도 나름의 문제가 있음을 알아차린다. 코너는 지팡이를 짚고 걷는다. 스포츠 재킷을 입고 있음에도, 레브는 그의 손목과 목을 따라 난 솔기를 알아본다. 심지어 코너의 턱에도 솔기가 있다. 레브는 코너의 옷 안에 보이지 않는 솔기가 훨씬 더 많으리라 생각한다.

「어떻게 된 거야?」 레브가 묻는다.

코너는 리사와 의미심장한 시선을 주고받더니 말한다. 「정원 일을 하다가 다쳤다고 하자.」

레브는 더 이상 묻지 않는다. 코너의 경우에는 자세히 알려고 하지 않는 게 최선일 때가 있다는 걸 알기 때문이다. 문득 레브는 그와 코너, 리사가 함께한 게 얼마 만인지 떠올려 본다. 하지만 어떤 면에서는 지금이 처음이다. 오늘이 있기 전까지 그들은 정말로 함께한 적이 없었다. 코너가 레브를 납치했을 때, 레브는 십일조였다. 기회만 생기면 두 사람에게서 도망치려 했다. 묘지에서 다시 만났을 때, 레브는 이미 모든 사람과 모든 것에서 거리를 두고 있었다. 그는 이미 박수도였다. 하지만 지금은 세 사람 모두가 각자의 〈정원 일〉에서 사고를 당하고 빠져나와, 정말로 한자리에 모여 있다. 그 〈한자리〉가 어디인지는 몰라도.

「뭐, 중요한 건 네가 여기 있다는 거야.」 레브가 말한다. 그때 그는 무언가를 깨닫는다. 「근데…… 넌 여기 왜 온 거야?」

「당연히 널 보러 온 거지.」 리사가 말한다. 「사이러스한테 네가 여기 올 거라는 말을 들었거든.」 그녀는 사이파이를 돌아본다. 「안녕, 사이러스. 다시 만나니 좋네.」

「잠깐만.」 레브가 말한다. 「둘이 아는 사이야?」

리사가 답할 겨를도 없이 기타 연주가 시작된다. 레브는 헛숨을 들이켠다. 다시 기침 발작을 일으킬 뻔한다. 그 음악을 바로 알아들었기 때문이다. 윌이 연주하고 있다! 레브가 돌아보니, 카위 콩프리가 원 한가운데에 앉아 있다. 그는 턱시도를 제대로 갖춰 입은 몇 안 되는 신랑 중 한 명이다. 그는 윌의 영혼이 담긴 음악을 어느 때보다 완벽하게 연주한다. 레브는 윌이 정말 여기에 와 있다고 맹세라도 할 수 있을 것 같다.

그 순간, 우나가 주요 건물에서 내려온다. 그녀의 긴 머리카락에 꽃과 리본이 얽혀 있다. 전통적인 원주민 의상을 입고 있다. 그녀는 미소 짓지 않는다. 도저히 한데 뒤섞일 수 없는 많은 감정이 담긴, 읽을 수 없는 표정을 유지한다.

그녀는 원 안으로 들어선다. 주례 앞에서, 캠이 우나의 손을 잡는다. 하지만 때가 되자 결혼 서약을 하는 사람은 윌의 목소리를 가진 다른 남자다. 우나는 서약을 하면서 윌의 눈을 가진 또 다른 남자를 바라본다. 그녀는 캠과 반지를 주고받지만, 주례가 〈이제 신부에게 입 맞추십시오〉라고 말했을 때, 그 영예는 완전히 다른 사람에게 돌아간다. 레브는 내면의 나침반이 빙빙 돌아가는 것을 느끼고, 어떻게 이런 일이 이토록 아름다운 동시에 이토록 끔찍할 수 있는지 의아해한다.

「부부 침대가 아주 북적거리겠는데.」 코너가 말한다. 레브는 웃음을 참지 못하지만, 재빨리 마음을 진정시키고 엄숙한 표정을 짓는다. 이 공동체, 이 결혼식. 이 모든 것이 언와인드의 부수적 피해다. 불가능한 일이 일어나 언와인드 합의가 뒤집힌다 해도 이들 모두는 앞으로 몇 년 동안 심리적 대가를 치르게 될 것이다.

「이걸 보여 주고 싶었어.」 우나와 그녀의 신랑들이 작은 피로연을 하러 주요 건물로 향하자, 리사가 레브에게 말한다. 그녀는 손목에 새겨진 이름을 보여 주려고 오른팔을 내민다.

「너도야?」 레브는 놀라지 않는다. 이런 문신은 일종의 유행이 되었다. 모두가 언와인드의 이름을 오른팔에 새기기 시작했다. 매일 볼 수 있는 곳에 이름을 새기겠다는 의미다. 워싱턴 정치인들은 항문에 그 이름을 새겨야 한다는 농담이 돌 정도다.

「브라이스 발로라. 아는 사람이었어?」 레브가 묻는다.

리사는 손목에 새겨진 이름을 침울하게 바라본다. 「네 몸에 있는 이름이 그렇듯이, 브라이스 발로도 내가 영영 만나지 못할 아이야.」

「최근 소식 들었어?」 코너가 묻는다. 「자유의 여신상 예전 오른팔로 기념물을 만들자는 제안이 나왔대. 거기에 청소년전담국에 의해서 언와인드된 모든 사람의 이름을 새기겠다는 거야.」

레브는 어깨 위의 킨카주를 옮기며 코너와 리사 모두에게 미소 짓는다. 영원히 간직할 수 있도록 이 순간을 머릿속에 사진으로 남기려 한다. 「그러면 좋겠다.」 레브가 말한다. 「우리 이름은 거기에 없어서 다행이고.」

77
캠

 반지를 받은 신랑은 피로연장을 돌아다니며 사람들의 대화에 귀 기울인다.

 「부모 동의권 기각 법안이 상원을 통과하면 부족 의회 전체가 연방에서 탈퇴하겠다고 위협하고 있대요. 아라파치만이 아니고.」 캠이 생각하기에 윌 타시네의 간을 가지고 있는 듯한 여자가 말한다. 「수십 개의 기회의 민족 부족이 연방을 탈퇴하겠다는 거죠. 두 번째 하트랜드 전쟁이 날지도 몰라요.」

 「절대 그런 일은 없을 겁니다.」 사이파이의 아버지 중 키가 큰 쪽이 말한다. 「그 법안이 통과되면 거부권을 행사하겠다고 대통령이 맹세했어요.」

 결혼식 참석자 중 몇 명은 — 윌의 대뇌 피질을 공유한 사람들은 — 연결된 기억을 통해 연대한다. 캠은 그들에게서 윌의 멋진 존재감을 느낄 수 있을지 궁금하다. 캠은 그날 내내 불안하다. 우나의 손에 반지를 끼워 줄 때도, 우나가 자신의 손에 반지를 끼워 줄 때도. 그 불안이 무엇 때문인지는 확신할 수 없다. 하지만 그는 기타를 연주할 때마다 윌의 존재를 경험한다.

그리고 그걸로 충분하다.

캠은 정신의 모임에 합류하려 하지만, 늘 그렇듯 대화에 끼어드는 순간 모두의 관심이 그에게로 향한다.

「당신이 한 일은 정말 대단하다고 생각해요, 카뮈. 카뮈라고 불러도 되나요?」

「능동적 시민의 그 개자식들은 정말이지 당해도 싼 일을 당한 거야.」

「그 끔찍한 여자는 종신형을 받아야 해요.」

카뮈는 예의 바르게 핑계를 대고 빠져나와 대화를 듣기만 한다. 사람들이 그를 보고 화제가 그에게로 옮겨 가지 않기를 바란다. 예전이라면 그런 관심에 머리가 부풀어 올랐을지도 모른다. 지금의 그는 머리가 너무 여러 번 부풀었다가 바람이 빠진 나머지 면역이 생겼다.

피로연이 시작된 이후로 그를 눈여겨보던 코너가 마침내 다가온다. 약간은 괴로워하면서도 어색해하는 표정이다. 「공감.」 코너는 그렇게 말하더니 목을 가다듬는다. 「내 말은, 이제 이해가 간다는 거야. 그냥 너한테 알려 주고 싶었어.」

캠은 그가 〈무엇〉을 이해한다는 건지 전혀 알 수 없다. 그러자 코너가 유니스라는 이름의 작은 주방용품과 만난 일, 썰리고 저며지며 리와인드된 과정 전체를 설명한다. 그러고는 아마 아무도 이해하지 못할 질문을 한다. 캠만은 예외지만.

코너는 캠의 팔을 잡고 그의 눈을 들여다본다. 「넌 그걸 어떻게 채워?」 코너가 묻는다. 「그…… 공간을 어떻게 채워?」

놀랍게도, 캠에게는 답할 말이 있다. 「조금씩, 조금씩.」 그가 말한다. 「혼자서는 안 돼.」

코너는 잠깐 더 캠의 팔을 잡고서 그 말을 스며들게 한 다음, 만족스럽게 멀어진다. 그 순간, 캠은 코너에게 더 이상 증오심을 품을 수 없음을 깨닫는다. 이제는 그가 존경스럽기만 하다. 둘 사이의 경쟁 구도에서 모든 맥락이 사라졌다. 애초에 왜 그를 싫어했는지조차 의아하다.

캠은 그 소녀가 여기에 와 있다는 걸 전혀 모른다. 어떻게 알 수 있겠는가? 멀리서 그녀를 보았더라도, 시선을 돌리는 순간 잊어버린다. 캠이 남은 뷔페 음식을 뒤적거리고 있을 때 그녀가 다가온다. 뷔페 음식은 결혼식이 끝나자마자 독수리 떼의 습격을 받은 듯한 꼴이다.

「고맙다는 인사를 하고 싶었어, 캠. 그날 밤, 애크런에서 네가 해준 일 말이야.」

캠은 그날 밤을 기억한다. 그레이스와 코너는 기억나지만…….

캠이 그녀를 돌아보는 순간, 그녀를 똑바로 마주하는 순간 그의 뇌는 공명하다가 경련을 일으키기 시작한다. 너무 고통스러워 그는 시선을 돌려야만 한다. 그리움의 고통이, 저주받은 임무를 수행하는 나노 기기의 고통과 뒤섞인다. 그는 벽을 짚고서야 균형을 유지할 수 있다. 그래서 캠은 그녀가 누구인지 안다.

「캠, 괜찮아?」

「응. 응. 난 괜찮아.」 그는 소녀의 어깨 위, 벽의 한 점에 시선을 고정한 채 말한다. 소녀는 주변 시야로 희미하게만 보인다. 그때조차 고통이 너무 크다. 결국 그는 그녀에게서 완전히 돌아설 수밖에 없다.

「캠, 이러지 마…….」

「아니.」 그가 말한다. 「아니, 넌 몰라. 그 사람들이 나를……
놈들이 나를…….」 하지만 설명하려 애쓰는 순간에도 그의 생
각은 무슨 말을 하려고 했는지조차 알 수 없는 정도로 휘저어
진다. 그는 소녀의 이름조차 모른다. 이름조차 모르는 사람과
어떻게 이야기를 나눌 수 있겠는가? 그는 눈을 감고 머릿속의
조각을 정리한 다음 최대한 할 수 있는 말을 해본다.

「넌 내가 했던 모든 일의 이유야.」 그가 눈을 감은 채 말한
다. 「하지만 나한텐 새로운 이유가 필요해.」

잠시 침묵이 흐른다. 소녀가 말한다. 「이해해.」 목소리가 너
무도 상냥하다. 너무도 고통스럽다.

「하지만…… 하지만…….」 캠은 그 말을 꺼낼 수밖에 없다.
지금이 아니면 다시는 말할 기회가 없을 테니까. 「하지만 널 사
랑했던 게…… 어떤 느낌이었는지는 지금도 기억나.」

그녀가 그의 뺨에 입을 맞춘다. 다시 눈을 떴을 때 소녀는 사
라지고 없다. 캠은 자신이 왜 눈을 감고 뷔페 옆에 서 있었는지
궁금해한다.

피로연은 겨우 한 시간쯤 이어진다. 볼 만큼 봤는지 눈이 가
장 먼저 떠나고, 윌 타시네의 장기들도 빠르게 뒤따른다. 피로
연 내내 우나는 눈에 띄게 자리를 비웠다. 캠은 주요 건물 뒤
계단에 홀로 앉아 있는 그녀를 발견한다. 그녀는 리본으로 묶
은 머리카락을 앞으로 내려뜨려 눈물을 감추고 있다.

캠이 우나 옆에 앉는다. 캠이 있어도 그녀는 떠나지 않는다.
좋은 징조다.

「예상한 대로였어요?」 그가 묻는다.

「넌 어떨 거라고 생각했는데?」 우나가 신랄하게 말한다.

「난 당신이 아주 의리 있고 아주 고집스러운 인간이라고 생각해요, 우나 타시네.」

그러더니 그는 주머니에서 무언가를 꺼낸다. 「그래서 생각난 건데, 보여 줄 게 있어요.」 캠은 하와이 운전면허증을 건넨다. 우나는 별 감흥 없이 그것을 본다.

「운전할 수 있다고? 대단하시네.」

「진짜로 대단한 일이에요. 이건 공식 신분증이니까요. 몰로카이 사건 이후, 주 의회에서 내가 공식적으로 인간임을 선포하는 특별 주민 투표를 통과시켰어요. 그래서 이제 난 실제로 존재해요. 적어도 하와이에서는. 세상의 나머지 지역에 대해서는 잘 모르겠지만.」

우나가 운전면허증을 그에게 돌려준다. 「네가 존재한다는 걸 증명하는 데 운전면허증은 필요 없어. 난 네가 존재한다는 걸 알아.」

「고마워요, 우나.」 그가 말한다. 「저한텐 의미가 큰 말이에요.」 캠의 말을 우나가 믿을지는 모르겠지만 말이다.

「그래서, 넌 이제 뭘 하게?」 우나가 묻는다.

캠이 어깨를 으쓱한다. 「할 일이야 많죠. 카네기 홀에서 연주해 달라는 요청을 받았어요. 로즈 퍼레이드의 그랜드 마셜이 되어 달라는 제안도 받았고요.」[35]

「그럼 지금도 빛나는 스타네.」

---

[35] 로즈 퍼레이드는 미국 캘리포니아주 패서디나에서 매년 1월 1일에 열리는 전통적인 축제 퍼레이드다. 이 행사를 이끄는 대표 인물인 그랜드 마셜은 유명 인사나 사회적으로 큰 공헌을 한 인물이 선정된다.

「그렇겠죠. 근데 지금은 저라는 존재 때문이 아니라, 제가 한 일 때문이에요. 큰 차이가 있다고요.」

우나가 생각해 본다.「그래, 맞아.」

「물론, 더는 저 대신에 이런저런 행사를 계획해 줄 로버타가 없죠. 지금은 에이전트가 있어요. 거의 로버타만큼 무서운 사람이에요.」

우나가 웃는다. 캠은 기분이 좋아진다. 이토록 이상하고 슬픈 결혼식 날에 우나를 웃게 했다면 그것만으로도 절반은 성공한 셈이다. 그는 잠시 둘의 손가락에 끼워진 똑같은 반지를 바라본다. 우나는 캠이 반지를 보는 것을 알고, 순간 어색해진다.

「아무튼.」캠이 말한다.「당분간 몰로카이로 돌아갈 거예요. 지금은 몰로카이 전체가 주 정부에 압류된 상태예요. 거기에 있는 수많은 리와인드로 뭘 해야 할지 아는 사람이 아무도 없는 것 같더라고요. 그들을 옹호하고, 그들이 몸과 정신을 스스로 통합할 수 있도록 도와줄 사람이 필요해요.」

「사람들이 리와인드를 그냥 거기에 놔둘 거란 말이야?」

「아무도 리와인드를 처리하고 싶어 하지 않고, 리와인드가 존재한다는 걸 인정하고 싶어 하지도 않아요. 누군가가 리와인드를 안락사해야 한다고 주장했을 때는 대중이 엄청나게 항의했고요.」캠이 한숨을 쉰다.「몰로카이는 한때 한센병 환자 수용소였어요. 앞으로도 그 전통을 지킬 건가 봐요.」

캠은 잠시 말을 멈춘다. 공허함은 조금씩, 조금씩 채우는 거야. 그는 생각한다. 혼자서는 안 돼. 그는 우나의 손을 잡고, 그녀의 손가락 사이에서 반지를 돌린다. 우나가 손을 빼지 않자 그가 말한다. 「나랑 같이 몰로카이로 가주면 정말 좋겠어요.」

우나는 그를 오랫동안 바라본다. 「내가 왜 그래야 하지?」

「내가 부탁했으니까요?」 그가 말한다. 「당신이 원하니까?」

「난 네 손에 그 반지를 끼운 거야. 네 나머지 부분과 결혼한 건 아니야.」

「알아요.」 캠이 말한다. 「하지만 나머지 부분도 손과 함께 가는걸요.」

우나가 히죽 웃는다. 「내가 전기톱을 가져오면 아닐 텐데.」

「아.」 캠이 말한다. 「즐거운 추억이네요.」

다시 침묵이 찾아오지만, 이번에는 어색하지 않다.

우나가 얼굴을 젖혀 머리를 넘긴다. 아까의 눈물은 거의 말랐다. 「몰로카이는 어때? 덥고 후텁지근한가? 뭘 입어야 해?」

「가겠다는 뜻이에요?」 캠이 약간 흥분해서 묻는다.

대답 대신, 우나는 몸을 앞으로 숙여 캠에게 입을 맞춘다. 그런 다음, 그녀는 다양한 질감의 머리카락을 손가락으로 쓸어 넘긴다. 아주 희미한 미소를 지으며, 저항할 수 없다는 듯 그의 눈을 바라보며 조용히 속삭인다. 「네가 정말 경멸스러워, 카뮈 콩프리.」

그녀는 다시 그에게 입을 맞춘다.

78
코너

신랑들이 전부 떠나고 타일러 워커 부활 단지의 주민들이 각자의 일상으로 돌아가자, 황혼은 모든 성대한 이벤트에 뒤따르는 약간의 우울함으로 채워진다.

「핼러윈이네.」 사이파이가 코너, 리사, 레브와 함께 주요 건물을 청소하며 말한다. 「그래서 오늘의 결혼식은 속임수였을까, 대접이었을까?」[36]

「양쪽의 가장 좋은 부분만 모은 거 아니었을까?」 리사가 말한다.

그녀는 코너의 손을 너무 세게 잡는다. 코너는 아파서 움찔할 수밖에 없다. 「미안.」 리사가 말한다.

코너의 흉기는 깊다. 치유 강화제가 회복을 돕기는 하지만 리와인드의 고통을 피할 방법은 없다.

레브는 늘 달라붙는 킨카주를 허리에서 등으로 옮기며 코너에게 다가온다. 「그래서, 느낌이 어땠어?」 레브가 묻는다. 아

---

36 핼러윈에 아이들이 사탕을 주지 않으면 장난을 치겠다고 외치는 말인 〈trick or treat〉를 인용한 표현이다.

무도 감히 코너에게 그런 질문을 던지지 못했다. 그러나 레브는 자신도 존재의 경계선에 가본 경험이 있기에, 그런 질문을 할 자격이 있다.

「뭐랄까……. 숨을 안 멈추고 계속 내쉬는 것 같아.」 코너가 말한다. 「디스코 음악을 들으면서.」

「아니, 언와인드 말고.」 레브가 말한다. 「분열된 상태로 있는 것 말이야.」

이제 코너가 레브를 제대로 볼 수 있는 유일한 방법은 그의 눈을 똑바로 들여다보는 것뿐이다. 그렇지 않으면, 레브의 얼굴에 새겨진 이름밖에 보이지 않는다. 레브의 눈을 들여다보자 거기에는 갈망이 있다. 코너가 외면할 수 없을 만큼 강렬한, 알고자 하는 욕구가.

「빛에 들어갔어?」 레브가 묻는다. 「신의 얼굴을 봤어?」

「그걸 보려면 먼저 문을 통과해야 하는 것 같아.」 코너가 말한다. 「분열되는 건, 현관 앞에 황새 배달되는 거랑 비슷해.」

레브는 생각해 보고 고개를 끄덕인다. 「흥미롭네. 네가 머물 거라는 걸 알았다면 집주인이 문을 열어 줬을 거야.」

코너가 미소 짓는다. 「그렇게 믿으면 좋지.」

「넌 뭘 믿는데?」 레브가 묻는다.

코너는 그 질문을 피하고 싶은 만큼 레브에게 진실한 대답을 들려주고 싶다.

「난 내가 여기에 있다는 걸 믿어.」 코너가 말한다. 「그런 일이 벌어졌으니 여기에 있으면 안 되는데도 난 여기에 있어. 뭔가 문제가 있겠지. 하지만 지금 이 순간, 그게 뭔지 궁금하다고 해서 다시 내 뇌를 언와인드하지는 않을 거야. 포도주로 바꾸기 전에, 물에 대해서 좀 생각해 보자.[37] 알았지?」

코너는 이 말에 레브가 미소 지으리라 생각했지만, 그는 그렇지 않다. 「괜찮네.」 레브가 말한다.

말 그대로 원숭이처럼 레브에게 딱 달라붙어 있던 킨카주가 이제는 크고 천진난만한 눈으로 레브 뒤에서 고개를 내민다. 녀석은 뭔가를 죽일 수 있는 발톱으로 레브에게 매달려 있다. 그걸 보니, 레브가 아무리 변했다 해도 언제나 내면 어딘가에 휘둥그런 눈의 십일조를 간직하리라는 생각이 든다. 박수도 함께.

우나와 캠은 몰로카이로 떠나기 전에 레브를 보호 구역까지 데려다준다. 그가 떠나기 전, 앞뜰에서 리사는 레브를 꽉 끌어 안는다. 하마터면 레브를 땅에서 들어 올릴 뻔한다. 그러자 리사는 갑자기 헛숨을 들이켜고는 레브를 아프게 했을지도 모른다는 생각에 사과한다. 하지만 레브는 미소 짓는다. 그는 좀처럼 웃지 않기에, 그 미소에는 크나큰 기쁨이 담겨 있다. 다섯 발짝 떨어진 곳에 있는 코너까지 느낄 수 있을 정도다. 코너는 좀 더 부드럽게 레브를 안는다.

「이렇게 하면 넌 터지지 않을 테고, 나는 조각나지 않겠지.」 코너가 말한다. 그는 눈물이 고이는 것을 느낀다. 레브의 눈물이 뺨 위의 저스틴 레비츠에서 말라 멘도자로, 세드릭 벡[38]으로 흐르다가 턱에서 떨어진다.

---

37 성경에서 예수가 물을 포도주로 바꾼 기적에 빗댄 표현으로 포도주는 기적 같은 일, 물은 평온한 일상을 의미한다.
38 레브의 얼굴에 새겨진 언와인드들의 이름.

「날 구해 줘서 고마워, 레브.」 코너가 거의 나오지 않는 목소리로 간신히 말한다. 어쩌면 결국 그는 산산이 조각나고 말지도 모른다.

「네가 먼저 날 구해 줬잖아.」

코너가 고개를 젓는다. 「난 널 인간 방패로 쓴 거야.」

「넌 숲에 들어간 다음에 나를 보내 줄 수도 있었지만 그러지 않았어.」 레브가 지적한다. 「내가 돌아가는 걸 바라지 않았으니까. 넌 내가 십일조가 되는 걸 바라지 않았어.」

코너는 그 말에 반박할 수 없다. 레브를 잡았던 건 절망 때문이었을지 모르지만, 그를 계속 데리고 있었던 건 연민 때문이었다. 당시에는 몰랐지만.

「지금도 내가 물었던 자리에 흉터가 있어?」 레브가 묻는다.

코너는 오른쪽 아래팔을 본다. 당연히 물린 자국은 없다. 「미안, 흉터는 팔이랑 같이 사라졌어.」 하지만 그는 처음으로, 상어 이빨이 레브에게 물렸던 자리와 거의 같은 곳에 있음을 알아차린다.

관심을 받고 싶은지 킨카주가 레브의 엉덩이에서 어깨로 올라와 귀를 잡아당기기 시작한다. 레브가 하루를 살아가는 것에, 그의 삶을 살아가는 것에 조바심이 나는 듯하다.

「잘 돌봐 줘라.」 코너가 말한다.

「그럴게.」 레브가 대답한다.

「원숭이한테 말한 건데.」

레브가 미소 짓는다. 크게, 활짝.

사이파이가 고집을 부려 코너와 리사는 그날 밤을 묵어간다.

몸이 다 낫지 않은 코너에게는 힘든 하루였다. 그가 침대에 눕자, 리사는 캠이 떠나기 전에 주고 간 특별한 치료 연고를 그의 상처 전체에 발라 준다.

「이른 크리스마스 선물이야.」 캠은 말했다. 「내가 두 번째로 좋아하는 능동적 시민의 제품이지.」

코너는 둔하게도 가장 좋아하는 제품은 뭐냐고 물었다.

「당연히 나지.」 캠은 대답했다.

연고는 위로가 된다. 온기를 전해 준다. 하지만 그건 연고 때문이 아니다. 리사의 손이 닿았기 때문이다.

「묘지에서, 내가 네 다리를 마사지해 주던 거 기억나?」

「그게 내 하루에서 가장 좋았던 순간이었어.」 리사가 말한다.

「나한테도 그랬어.」

모든 상처가 부드럽게 마사지되고 나자 그는 몸을 굴려 리사를 마주 본다. 리사가 입을 맞추고, 코너는 그녀를 품에 안는다. 그의 포옹에는 아주 작은 망설임조차 없다. 이 세상의 잘못된 것들이 깃털 베개와 훌륭한 리넨 시트 속으로 녹아내리고, 그는 분해되었다가 다시 맞춰지면서 내면에 생겨난 공간을 리사가 채워 준다고 느낀다.

코너는 리사를 품에 안은 채 밤늦게까지 깨어 있다. 시간을 언와인드해, 이 밤을 가능한 모든 각도에서 경험할 수 있으면 좋겠다고 생각한다. 그냥 순간을 지나가는 것이 아니라, 그 순간 속에서 살아갈 수 있기를 바란다.

그는 아침이 올 때까지 그 느낌을 간직한다. 당국이 그들을 찾아와 데려갈 때까지.

7부
모든 성인

끔찍한 학대의 이야기로 가득한 〈10대 무법자〉 산업에 반대하는 익명의 행진

로이 클라빈, 『Mic』, 2013년 3월 27일.

온라인에서 활동하는 지극히 다양한 〈익명〉의 집단 중 하나가 10대 무법자 산업을 표적으로 삼기 시작했다. 이들은 〈나쁜 행동을 교정한다〉는 명목하에 다양한 시설에서 자행되는 극심한 아동 학대와 성적 폭력, 심리적 고문, 심지어 사망 등의 사례를 폭로하고자 한다.

이런 시설의 문구는 간단하다. 〈여러분의 10대 자녀에게 정서적 문제나 약물 오용 문제가 있나요? 혹은 10대 자녀가 난잡하게 행동하나요? 전화 한 통만으로 도움을 받으실 수 있습니다. 저희 프로그램은 자녀에게 생활 기술을 가르치고 자존감을 높여 줌으로써 나쁜 행실을 고쳐 드릴 것을 약속합니다.〉 (......) 아이들은 때로 한밤중에 자고 있다가 부모가 집에 들인 캠프 직원들에게 잡혀 이런 시설로 끌려가기도 한다.

비행 교정 시설의 광고는 서서히 주목을 받고 있다. (……) 전국의 부모들은 여전히 그들의 잘못된 설득에 넘어가는 것으로 보인다. 햇살과 행복을 약속하는 웹사이트들 뒤에는, 생존자들이 전한 공포스러운 증언으로 가득한 그림자 사이트들이 존재함에도 말이다. (……)

웹캠의 시대에, 피해자들은 더 이상 감춰지지 않는다. (……) 하지만 핸드폰이나 인터넷이 허용되지 않는 시설들도 있다. 문제 행동을 고친다는 이유로, 아이들은 문명으로부터 수 킬로미터나 떨어진 외딴 황무지로 끌려가 다양한 종류의 악랄한 고통을 겪는다.

#OpTTIAbuse라는 해시태그 아래, 해커, 활동가, 피해자, 부모, 생존자 들이 외부와 차단된 이 나라 전역의 각종 시설에서 자행되는 끔찍한 아동 학대를 폭로하고자 한다. (……)

아이들이 학대와 의료 방임, 기아 등으로 사망한 사례들은 존재하지만, 이에 마땅한 처벌이 이루어지는 경우는 드물다. 부분적으로는 규제와 감독이 부족하기 때문이다. 일부 주에서는 이러한 프로그램을 운영하는 데 면허조차 요구하지 않는다. (……)

일부 시설은 교도소와 비슷하게 설계되어, 아이들이 학대를 신고할 가능성을 더욱 제한한다. (……) 아이들은 전화에 거의 접근할 수 없고, 제한된 통화조차 면밀히 감시당한다. 〈보고 싶어요〉, 〈집에 가고 싶어요〉 같은 〈부정적인〉 말을 하면 〈교활하게〉 굴었다는 이유로 처벌을 받는다.

익명의 집단은 이런 시스템 속 생존자들의 사연을 계속해서 찾아내고 폭로하려 하지만, 언론의 무관심 속에서 제한적인 성과만을 거두고 있다. 심지어 관련 기업 중 일부는 로비를 통민간 주거형 〈치료〉 센터의 개혁 법안을 무력화하는 데 성공했다. (……)

 기사 전문은 다음에서 확인할 수 있다.
 https://www.mic.com/articles/31203/anonymous-rallies-against-horrific-abuse-riddled-troubled-teen-industry

79
코너

 코너와 리사가 아침을 먹으러 슬렁슬렁 내려간 직후, 기습이 이루어진다. 사방이 조용해지자, 난데없이 집 안에 과잉 살상의 수준을 넘어선 전략 작전 팀이 흘러넘친다. 순식간에 일어난 일이라 코너는 시리얼 숟가락을 든 채 포위당한다. 당황하거나 저항할 시간조차 없다. 셀 수 없이 많은 총이 그를 겨눈다. 그는 식탁 너머로 리사와 눈을 맞춘다. 리사 역시 충격을 받은 시선을 돌려준다. 코너는 여기가 안전한 곳이 아니라는 걸 알았어야 했다. 사이파이와 그의 아버지들은 믿을 만한 사람들인지 몰라도, 결혼식에 신랑이 그렇게 많았고, 타일러 워커의 장기들도 공동체에 살고 있었으니 누군가는 보상금을 노리고 그들을 신고했을 게 뻔했다.
 「왜 이렇게 오래 걸렸어?」 코너가 무장한 사수들에게 말한다. 그들은 대답하지 않는다. 코너를 체포하려는 움직임도 없다. 그냥 기다린다. 그때 검은 정장을 입은 남자가 다가온다. 코너는 이 사람들이 단 한 번이라도 좀 더 영감 넘치는 옷을 입었으면 좋겠다고 생각한다.

「원 플러스 원을 잡은 것 같군!」정장이 말한다. 그는 작전팀에게 총을 내리라고 손짓한다. 그들은 그 지시에 따른다.

코너도 이에 응답하듯 숟가락을 내려놓는다.「리사를 놔주면, 난 평화롭게 따라갈게.」

「코너, 어디서 감히!」리사가 말한다.

정장은 코너에게 시선을 고정한다.「넌 딱히 협상할 위치가 아니다.」

그 순간 리사가 뛰어올라 정장에게 달려든다.

「리사, 안 돼!」

리사는 절반쯤 가기도 전에 사격수의 진정탄을 맞는다. 리사가 바닥에 쓰러지기 전 다른 사수가 그녀를 잡는다. 이건 코너가 어디에 가든 자신도 함께 가겠다고 밝히는 리사만의 방식이다. 망할 리사!

사이파이와 그의 두 아버지가 아래층으로 끌려온다. 우연히도 변호사인 그중 한 명은 권리 침해를 주장한다.

「우린 이럴 시간이 없어.」정장은 코너를 돌아보며 말한다.「거래를 원하나? 이건 어떤가? 너랑 잠자는 미녀가 평화롭게 따라온다면, 도망자를 숨겨 준 죄로 저 사람들을 체포하지 않겠다.」

코너는 그 말이 거짓임을 안다. 그들이 사이파이와 그의 아버지들을 내버려둘 리 없다. 다른 선택지라고 해봐야 싸우다가 리사처럼 진정탄을 맞는 것밖에 없다. 그럼 리사를 위해 협상할 기회가 있겠는가? 게다가, 코너는 이 남자에게서 무언가를 감지한다. 이 남자는 효율적으로 행동하려 한다. 심지어 약간 무심해 보이기까지 한다. 하지만 그의 내면에는 불안함이 있다. 정장을 입은 이 남자는 겁에 질려 있다. 뭘 무서워하는 걸까?

그들은 코너를 돌려세우고, 두 팔을 뒤로 당기고, 수갑을 채운다. 코너가 인상을 찡그리며 말한다. 「조심해! 솔기 찢어져!」

「뭐가 찢어져?」 정장이 말한다. 「됐다. 알고 싶지도 않군.」 그는 코너를 다시 돌려세워, 뒤가 아니라 앞에 수갑을 채우라고 지시한다.

그들은 코너와 리사를 데리고 길 건너 잡초밭에 서 있는 비행기로 간다. 거기에는 활주로라고 할 만한 게 아무것도 없다. 코너는 묘지에서 이런 비행기를 본 적이 있다.

「해리어 위스퍼 폭격기?」

「기계를 잘 아는군.」 정장이 말한다. 「하트랜드 전쟁 당시 주력기였지. 수직 이착륙이 가능하다. 완전히 조용하고.」

「그럼 리사랑 내가 폭격기에서 떨어뜨릴 폭탄인가 보네.」

정장이 불편한 듯 움직거린다. 「그건 두고 봐야지.」

그들은 비행기에 탑승한다. 세 사람은 전략 팀과 분리되어 앞쪽 칸에 실린다. 리사를 잡고 있던 위압적인 고기 방패가 그녀를 가만히 내려놓고, 시간을 들여 안전벨트까지 채워 준다.

「음료 카트 가지러 간 거야?」 그가 동료들과 합류하려고 떠나자 코너가 묻는다.

비행기는 헬리콥터처럼 수직으로 솟아오른다. 엔진에서는 아주 희미한 윙윙거리는 소리만 난다. 이어 비행기는 속도를 높여 떠오르는 태양을 향해 나아간다. 아직 의식을 잃은 리사는 코너 옆자리에 축 늘어져 있다. 안전벨트와 코너의 어깨가 없었으면 쓰러졌을 것이다. 맞은편의 정장은 매우 만족스러워 보인다. 코너는 수갑을 찬 상태로도 저 남자를 비행기 밖으로 밀어 버릴 방법을 고민한다. 그때 정장이 말한다.

「축하한다. 너희는 연방 정부의 보호를 받고 있다. 우리는 청소년 전담국의 신경질적 관심이 너희에게 향할 때를 대비해 너희를 데려왔다.」

코너는 잠시 후에야 그 말을 머릿속에서 다시 돌려 보고 이해한다. 「잠깐…… 당신들, 청담이 아니야?」

「우리가 청담이었다면 너희는 지금 살아 있지 않았을걸.」

코너는 아직 믿기 어렵다. 「우리가 보호를 받는 거라면, 왜 수갑을 차고 있는 거지?」

정장이 히죽거린다. 「나는 네가 날 믿는 것보다도 너를 덜 믿으니까.」

그는 선임 특수 요원 애러건이라고 자신을 소개하며, FBI 배지를 반사적으로 휙 내보인다. 이 시점에 그게 무슨 의미라도 있는 것처럼.

「우린 적이 아니야.」 애러건이 말한다.

「적이 항상 그렇게 말하던데.」

그는 코너를 바라본다. 넬슨이 얻지 못했던 그 눈을 갖고 싶다는 듯 그를 살펴본다.

「코너, 너는 민주주의를 믿나?」

코너가 예상하던 질문이 아니다. 「전에는 믿었지.」 코너가 대답한다. 「민주주의가 작동해야 하는 방식대로 작동한다면야.」

「민주주의는 언제나 작동해야 하는 방식대로 작동한다.」 애러건이 말한다.「누군가 자기 뜻을 이룰 때까지 개수작과 신음이 난무하지.」그러더니 그는 태블릿을 꺼내, 뭔지는 몰라도 찾고 있던 것을 발견할 때까지 화면을 건드린다.「오늘 아침 기준으로 미국인의 44퍼센트가 언와인드라는 개념에 반대할 준비가 되었다.」

「그래도 과반수는 아닌데.」

애러건이 눈썹을 치켜올린다.「그건 네가 전체 그림을 보지 않기 때문이야.」그는 코너가 볼 수 있도록 태블릿을 돌려놓는다. 화면에는 단순한 원형 도표가 있다.「오늘 아침에, 언와인드 지지도는 37퍼센트라는 최저치를 기록했다. 19퍼센트는 〈잘 모르겠음〉이고. 너한테 전해 줄 소식이 있는데, 그 19퍼센트는 언제나 〈잘 모르겠음〉이야. 그 말은, 온갖 개수작과 신음 끝에 뜻을 이룬 사람이 너로 보인다는 말이다.」애러건은 억지로 미소 지으며 윙크한다.

코너는 윙크하는 사람을 절대 믿지 않는다.「그렇게 쉽다고?」

「다른 사람도 아니고 너라면, 이게 전혀 쉬운 일이 아니라는 걸 알 텐데.」

그의 말이 맞다. 코너가 지나온 모든 일을 떠올리자 솔기가 안팎으로 뒤집힐 만큼 아파 오기 시작한다.

「아주 많은 사람이 네가 메이슨 스타키가 아니라는 걸 안다. 그러니까, 그 개자식이 정신 나간 놈이긴 했지만 너한테 도움이 됐다는 거야. 이제는 네가 두 개의 악 중에서 차악이거든.」

스타키를 생각하자 체포 직전에 먹은 얼마 안 되는 시리얼을 토하고 싶어진다.「스타키는 죽었어.」코너가 말한다.「내가 죽였어.」

그는 코너를 찬찬히 살핀다. 코너의 말이 농담인지 아닌지 확신이 서지 않아서다. 「그런가. 직접 그렇게 하고 싶어 했던 모든 사람에게는 실망스러운 소식이군.」

코너의 어깨에 기대 잠들어 있던 리사가 움찔거린다. 하지만 진정탄의 위력을 생각하면 그녀는 최소 한 시간 이상은 더 의식을 잃고 있을 것이다. 코너는 리사가 똑바로 앉아 있게 하려고 어색하게 어깨를 움직이다가, 애러건에게 손을 내민다. 리사를 제대로 받쳐 줄 수 있도록 그가 수갑을 풀어 주길 바라기 때문이다.

「풀어 줄 때가 되면 풀어 줄 거다.」 애러건이 말한다. 이번에도 코너는 남자의 긴장감을 느낀다. 「너, 지금 무슨 일을 앞두고 있는지 모르지?」

「미래를 어떻게 알아? 2주 전에 난 40조각으로 나뉘어 있었어. 지금은 온전하고. 10분 전에는 주방에 앉아 있었는데, 지금은 하늘을 날아가고 있어. 나더러 달에 가는 중이라고 해도 놀라지 않을 거야.」

「아, 달보다 멀리 가지.」 애러건이 말한다. 「능동적 시민이 완전히 괴멸되었고, 장기 프린터는 목전에 있다. 모든 것이 바뀌고 있어. 오늘 하루를 무사히 넘기면, 너와 워드 양은 저 바깥 어딘가에 너희만의 별자리가 생기게 될 거다. 높은 자리에 있는 친구가 갑자기 많아진 걸 보고 놀라게 되겠지.」

「난 그런 친구 싫어.」

「아니, 필요할걸. 세상에는 지금도 네 머리를 내놓으라고 소리치는 혐오자들이 많이 있으니까. 하지만 기생충은 육식 동물로부터 너를 보호해 줄 수 있지.」

이해하기엔 너무 지나친 말이다. 코너는 머릿속 깊은 곳에서 그의 말을 감지하지만, 그 정보를 처리하는 뇌의 다양한 부위가 서로를 거부하는 것 같다. 「당신, 누구야?」

「말했잖아. 나는 FBI에서 일하는 평범한 현장 요원이다. 하지만 다른 모든 사람이 그렇듯, 나도 더 큰 꿈을 꾸지.」

「당신이 내 첫 기생충이군.」

애러건은 그 짜증스러운 윙크를 다시 해 보인다. 「이제 좀 알아듣네.」

그들은 불안한 기류에 맞닥뜨린다. 코너는 창밖을 힐끗 내다본다. 구름의 담요 아래로 땅은 보이지 않는다.

애러건이 손목시계를 확인한다. 「우리가 가는 곳은 지금 오전 9시다. 11시쯤엔 도착할 거야.」

「어디로 가는데?」

애러건은 바로 대답하지 않는다. 코너가 느꼈던 두려움이 표면으로 떠오른다. 이 남자가 땀을 흘리기 시작해도 코너는 놀라지 않을 것이다. 「네가 아는지 모르겠지만, 아라파치는 다른 모든 기회의 민족 부족과 함께 전쟁을 선포할 태세다. 주요 도시마다 언와인드 문제를 둘러싼 폭동이 일어났어. 우리는 하트랜드 전쟁을 집안싸움처럼 보이게 만들 만한 무언가와 맞닥뜨리기 일보 직전이다.」

「그래서 어디로 가는데?」 코너가 다시 묻는다.

애러건은 깊이 숨을 들이쉬고 코너의 수갑을 풀어 준다. 「넌 옛 친구를 만나러 가는 중이다.」

80
리사

 리사는 코너의 품에서 눈을 뜬다. 잠시 그녀는 상황이 정상적이라고 생각한다. ……그러다가 정신이 맑아지면서 여기가 어디인지, 무슨 일이 일어났는지 떠오른다. 그들은 사로잡혔다. 그런데도 코너가 그녀를 끌어안고 있다. 리사가 깬 걸 보고는 미소까지 짓는다. 대체 미소 지을 일이 뭐가 있다고?
「거의 다 왔어.」 둘의 맞은편에 앉은 남자가 말한다. 그들을 잡아 온 남자다. 「봐라.」
 리사는 고개를 너무 빨리 돌리면 진정탄 때문에 괴로우리라는 걸 알기에, 천천히 고개를 돌려 창밖을 본다.
 가장 먼저 보이는 것은 틀림없는 워싱턴 기념물의 흰 첨탑이다. 그녀는 자신이 비행기에 타고 있다고 생각했지만, 다가가는 속도와 궤도를 보니 이 비행 물체는 헬리콥터와 비슷하다. 그런데도 날개의 규칙적인 소음은 들리지 않는다. 가까이 다가갈수록 뭔가 잘못됐다는 걸 알 수 있다. 동쪽으로 국회 의사당, 서쪽으로 링컨 기념관까지 이어지는 내셔널 몰의 잔디밭은 이 계절이라면 초록색이거나, 최악의 경우에도 노란색이어야 한다. 하지만 그곳은 지금 색깔과 움직임으로 가득하다. 구식 브라운관 TV에 내리는 눈 같다. 그녀는 잠시 후에야 사람들이 3킬로미터 길이의 공원에 바글바글 몰려 있다는 것을 깨닫는다. 수천 명, 아니 그 수천 배는 되는 사람들이다!

「헤이든의 시위야.」 코너가 말한다.

「헤이든?」 리사가 되묻는다. 그녀는 아직 내셔널 몰 전체를 상상하기가 벅차다. 「우리 헤이든?」

코너는 애러건 요원에게 리사를 소개한다. 리사는 아직 그와 악수할 준비가 되어 있지 않다. 코너는 무슨 일이 벌어지고 있는지 빠르게 설명하지만, 이제 막 진정탄의 효과에서 벗어난 리사가 이해하기에는 정보가 너무 많다. 코너가 그녀에게 편지를 보여 준다. 처음에 리사는 그게 코너가 소니아의 가게에서 가지고 다니던 편지라고 생각한다. 하지만 그럴 리 없다. 더 자세히 보니, 편지에는 공식 인장이 찍혀 있다.

「정오에 발표가 있을 거다.」 애러건이 말한다. 「하지만 이 사람들은 지금 거기에 적힌 말을 들어야 해. 너희 둘의 목소리로.」

「잠깐…… 무슨 발표인데?」 리사는 코너를 돌아본다. 「이 사람이 시키는 말을 그대로 할 생각이야?」

「걱정하지 마. 난 이 사람이 있든 없든 내가 무슨 말을 해야 할지 이미 알아.」 코너가 말한다.

그들은 워싱턴 기념물 주변을 한 바퀴 돈다. 리사가 느끼기에는 불편할 만큼 가까이 간다. 그런 다음, 곧 붐비는 공원의 끝자락, 국회 의사당 건물에 닿을락 말락 한 곳으로 내려간다.

리사는 지금도 한 걸음 뒤처진 느낌이다. 「저렇게 사람이 많은데 어떻게 착륙해?」

「걱정하지 마라.」 애러건이 말한다. 「위스퍼 폭격기가 깔아 뭉개려 하면, 다 움직이게 돼 있어.」

비행기가 내려가자 현장의 상황이 선명해진다. 군중이 빽빽하게 모여 있다. 폭동 진압 경찰들이 어깨를 맞대고 사방을 둘러싸고 있다. 그들은 폭력의 첫 신호를 기다리고 있다. 이 정도 규모와 온도로 달아오른 군중이라면, 폭력은 일어나게 마련이다.

「세상에, 이건 그냥 시위가 아니잖아.」 리사가 말한다. 「화약고야.」

「그래서 너희가 여기 있는 거다.」 애러건이 대답한다. 「모두가 착하게 굴도록 하려고.」

리사는 굵은 글씨로 〈두 사람은 어디에?〉라 적힌 셔츠를 본다. 한둘이 아니다. 수백 벌은 있다. 군중 곳곳에는 그와 비슷한 감정들이 흩뿌려져 있다. 셔츠에서 찾는 사람이 누구인지 깨닫는 순간, 리사는 머리가 핑 돌기 시작한다.

「청소년 전담국이 너희 둘을 특징 없는 무덤에 묻어 버렸다는 소문이 점점 퍼지고 있다.」 애러건이 말한다. 「사람들이 복수할 때가 됐다고 생각하기 전에, 그 소문이 사실이 아니라는 걸 보여 주는 게 너희가 할 일이야.」

「저 사람들, 셔츠를 새로 사야겠는데.」 코너가 말한다.

문이 열리자 어떻게 착륙할 수 있었는지 분명해진다. 그들은 수작 하강해 국회 의사당의 거울 연못으로 바로 내려왔다. 연못 가장자리 너머의 군중이 지금 도착한 사람이 누구인지 확인하려 애쓰고 있다. 코너가 먼저 일어나 애러건을 돌아본다. 애러건은 자리에서 움직이지 않는다. 「당신은 안 가?」

애러건이 고개를 젓는다. 「이 방법이 통하려면 내가 아니라 너의 쇼가 되어야 해. 행운을 빈다.」

코너는 리사에게 손을 뻗는다. 리사는 군중을 마주할 준비가 되지 않았지만, 코너의 손을 잡고 물 위로 내려선다.

「젠장, 차갑네.」 코너가 말한다.

군중의 반응은 즉각적이다. 「걔네들이야!」 「애크런의 무단 이탈자다!」 「리사 워드야!」 소식은 거대한 공원 전체에 전류처럼 퍼진다. 수천 명이라고 했던가? 아니, 여기에는 백만 명이 넘는 인파가 모여 있는 게 틀림없다! 게다가 10대만 있는 게 아니다. 온갖 나이, 온갖 인종, 아마도 전국 각지에서 왔을 사람들이 모여 있다.

헤이든이 거울 연못을 헤치고 그들에게 다가온다. 「등장 한 번 끝내주는데! 내가 아는 사람 중에 데우스 엑스 마키나를 타고 내려와서 멋진 결말을 끌어낼 수 있는 사람은 너희 둘뿐이야.」[39]

「헤이든, 도대체 무슨 말인지 모르겠다.」 코너가 말한다.

「당연히 그렇겠지.」 헤이든이 재빨리 두 사람을 끌어안는다. 「너희 둘의 사망 보도가 엄청나게 과장된 거라 기쁘다.」 그는 두 사람을 데리고 연못 밖으로 나간다. 군중을 가르며 국회 의사당의 계단으로 향한다. 그들 앞에서 군중이 갈라진다. 다들 여전히 흥분에 들뜬 목소리로 그들의 이름을 속삭이고 있다.

---

39 데우스 엑스 마키나는 라틴어로 〈기계 장치에서 나온 신〉이라는 뜻이다. 고대 그리스 연극에서 신 역할의 배우가 무대 장치를 타고 내려와 갈등을 단번에 해결하던 연출 기법을 가리킨다.

어떤 사람들은 실제로 손을 뻗어 그들을 만져 본다. 한 여자가 리사의 블라우스를 잡아 거의 찢을 뻔한다.

「만지지 마세요.」 헤이든이 손을 뻗는 사람들에게 말한다. 「애들이 물 위를 걷는 것처럼 보일지 몰라도, 연못은 겨우 30센티미터 깊이입니다.」

국회 의사당 계단 꼭대기 연단에서는 한 연설자가 정의와 공정, 투명성처럼 사람들이 정부에 요구하지만 거의 받아 내지 못하는 것들을 요구하고 있다. 리사는 그의 말이 저절로 솟아난 것처럼 보이는 오디오 시스템을 통해 시위대 전체에 울려 퍼지는 것을 듣는다. 그리고 그 연설자가 다름 아닌 록 스타 브릭 맥대니얼임을 알아본다. 더 많은 유명 인사가 연설하려고 줄을 서 있다.

헤이든이 말한다. 「이 시위를 계획했을 때는 내 방송을 듣는 사람이 있는지도 몰랐어.」

국회 의사당 계단 맨 아래에는 폭동 진압 경찰이 일렬로 서서 길을 막고 있다. 군중은 그들을 조롱하며 공격하라고 도발한다. 리사는 스프링이 튀기 직전의 쥐덫에 발을 들인 기분이다. 헤이든도 저걸 보고 있을까? 헤이든은 어떻게 저렇게 열정적일 수 있을까?

「청담을 한 명도 못 봤네.」 코너가 말한다. 리사도 주위를 둘러보고 그 말이 사실임을 깨닫는다. 폭동 진압 경찰, 가두 경찰, 위장복을 입고 중무장한 군대의 고기 방패, 심지어 특수 요원까지 있지만 청담은 없다.

「소문에 따르면 허먼 뭐시기가 잘렸대. 청소년 전담국을 운영하던 그 거짓말쟁이 말이야.」 헤이든이 말한다.

「샤플리가 해고됐다고?」 코너가 되묻는다.

「해고됐다기보다 목이 날아갔다고 해야지.」

「그 사람이 능동적 시민이 가장 좋아하는 꼭두각시였어.」 리사가 말한다.

헤이든이 특유의 미소를 씩 지어 보인다. 「난 내가 모습을 드러내자마자 체포당할 줄 알았는데, 당국이 전부 무단이탈자처럼 허둥대고 있어. 그 사람들이 어디에 떨어질지는 모르겠지만, 토마토처럼 터져 버리면 좋겠다.」

그들이 폭동 진압 경찰의 대열에 이르렀을 때 헤이든이 말한다. 「열려라, 참깨.」 그들은 실제로 헤이든이 지나갈 수 있게 해준다. 하지만 코너와 리사가 지나가기 전에 다시 대오를 좁히며 무기를 꽉 잡는다.

「어, 저기요.」 헤이든이 말한다. 「얘들, 누군지 안 보여요?」

경비병 중 한 명이 코너를, 이어 리사를 본다. 두 사람을 알아본 순간, 그는 권총집에서 총을 꺼낸다. 리사는 그 총에 진정탄이 들었는지, 실탄이 장전되어 있는지 모르지만, 상관없다. 그가 총을 쏘는 순간 군중이 폭발할 테고 피바다가 열릴 것이다. 그래서 리사는 그 경비병의 화난 눈을 들여다본다.

「전쟁을 시작한 사람이 되고 싶어요?」 리사가 묻는다. 「아니면 전쟁을 막은 사람이 되고 싶어요?」

남자의 얼굴에서는 결코 분노가 가시지 않는다. 그러나 분노는 약간의 인류애로, 그리고 어쩌면 약간의 두려움으로 누그러진다. 그는 잠시 자세를 유지하다가 옆으로 비켜선다. 그들이 지나갈 수 있게 해준다.

국회 의사당의 계단을 올라가는 건 코너에게 분명 힘든 일이다. 그는 한 계단씩 올라갈 때마다 인상을 쓰고, 리사는 최대한 그를 돕는다. 브릭 맥대니얼은 그들이 다가오는 것을 보더니 말을 멈추고 마이크를 넘겨준다. 약간 경이로워한다. 국회의사당에서 링컨 기념관까지, 모든 군중이 기대감에 조용해진다.

리사는 단상 몇 발짝 앞에서 멈춘다. 헤이든과 함께 뒤에 남는다. 「저 사람들이 들어야 하는 건 네 이야기야.」 리사가 코너에게 말한다. 「난 이미 언론의 스포트라이트를 받았어. 이젠 네 차례야.」

「나 혼자서는 못 해.」 코너가 말한다.

리사가 미소 짓는다. 「네가 혼자인 것 같아?」

81
코너

 코너는 손에 들고 있던 편지를 구겨질 정도로 꽉 쥐며 연단으로 다가간다. 과호흡이 오지 않게 하려고 애쓴다. 살면서 이렇게 많은 사람은 본 적이 없다. 그는 마이크 앞으로 몸을 숙인다.

「안녕하세요……. 코너 래시터입니다.」

 그의 한마디가 군중을 뒤흔든다. 그 말이 불러일으킨 집단적인 함성에 코너는 넘어질 뻔한다. 그 함성은 뒤쪽 국회 의사당에 부딪혀 메아리친다. 심지어 나무도 흔들리는 것 같다. 코너는 그 함성이 포토맥강을 따라 솟구쳐 체서피크만까지, 대서양 건너까지 솟구쳐 전 세계에 울려 퍼지는 모습을 상상한다. 그런 다음, 정말로 그렇게 될 것임을 깨닫는다! 오늘 이곳에서 일어나는 모든 일은 모든 곳에서 보이고 들릴 것이다!

「제가 살아 있다는 걸 알려 드리려고 왔습니다. 리사 워드도요.」 그는 환성 때문에 잠시 말을 멈춘다. 군중이 진정되기를 한 번 더 기다렸다가 말한다. 「그리고 전 할 말이 있습니다.」

 그는 손에 쥔 편지를 내려다보지만, 다시 고개를 든다. 그럴 필요가 없음을 깨닫는다. 애러건이 준 이후로 너무 여러 번 읽어 외워 버렸다. 그럴 수밖에 없었다. 그래야만 그 편지가 진짜라는 걸 스스로 믿을 수 있었으니까.

「대통령이 방금 부모 동의권 기각 법안에 거부권을 행사했다는 사실을 알려 드릴 수 있어 기쁩니다.」

이번 환성은 머뭇거리며 시작되지만, 곧 열광의 도가니로 치닫는다. 코너는 그들이 조용해지기를 기다리지 않고 말을 잇는다.「더 있습니다. 대통령은 의회에 언와인드에 대한 모라토리엄을 요청했습니다. 그리고 모든 국민의 목소리를 들을 때까지는 모든 하비스트 캠프의 도살장을 폐쇄하라고 지시했습니다!」 코너는 자신의 목소리가 군중에게서, 자신의 내면 깊은 곳에서 힘을 얻고 있음을 느낀다.「그리고 우리는 여기에 서 있을 것입니다!」 코너가 소리친다.「여기, 의사당 앞에! 도살장이! 폐쇄될! 때까지!」

군중의 함성은 계단을 타고 우르릉대며 올라오는 지진이다. 코너는 그 진동이 발밑을 타고 올라와 등 뒤의 거대한 돔 지붕이 씌워진 건물의 토대를 흔드는 것을 느낀다. 이게 애러건이 원한 바인지는 모르겠지만, 코너가 원한 것임은 확실하다. 수백만 명의 고무된 사람들. 폭력이나 복수를 위해서가 아니라 한 세대를 규정해 온 제도화된 살인에 맞서 목소리를 내고자 모인 사람들.

「저와 함께 일어서 주십시오!」 코너가 외친다.「맹세하는데, 모든 것이 바뀔 것입니다!」

위에서는 뉴스 헬기가 원을 그리고, 아래에서는 언론사 기자들이 그의 메시지를 모든 가정, 모든 직장, 모든 뉴스 피드로

송출한다. 그는 오늘 이곳에 모인 사람 한 명당 천 명에 이르는 사람이 바로 이 순간 그들과 함께하기 위해 일어서고 있음을 안다. 이건 헤이든이 말하던 10대 봉기가 아니다. 지금 이 순간, 온 나라가 가장 어두운 악몽에서 깨어나고 있다.

그때, 군중의 소란 속에서 누군가 그의 이름을 부른다. 낯선 사람이 아닌, 익숙한 목소리다. 그가 기억하는 것보다 조금 더 낮고, 조금 더 나이 든 목소리일지는 몰라도 그가 절대 잊을 수 없는 목소리다. 그는 군중의 앞 대열을 내려다보고 거기에서 나오는 소년을 본다. 거의 코너만큼이나 키가 큰 소년이다.

「루커스?」

그리고 루커스의 뒤에서, 코너는 그들을 본다. 어머니와 아버지. 그들이 군중을 밀치며 애써 앞으로 나오고 있다. 그들이 시위를 하러 왔다. 코너가 여기에 있으리라는 걸 모르면서 왔다!

사람들이 그들을 알아보는 건 바로 그때다. 군중은 이 사람들이 바로 애크런의 무단이탈자를 언와인드하라는 의뢰서에 서명한 사람들이라는 걸 깨닫는다.

군중이 돌아서기 시작한다.

「살인자!」 누군가 소리친다. 「언와인드 실행자를 언와인드하라!」

방금까지 높았던 사기만큼 군중의 에너지는 분노로 바뀐다. 그의 부모가 공격당한다.

「안 돼!」

코너는 국회 의사당 계단을 뛰어 내려간다. 관절의 통증은 무시한다. 부모 주위의 군중이 미쳐 날뛴다! 더는 부모의 모습이 보이지도 않는다. 그들은 고함을 질러 대는 치명적인 군중의 스크럼 속으로 빨려 들어갔다.

「그만!」

하지만 분노에 휩싸인 군중은 그의 목소리를 듣지 못한다.

폭동 진압 경찰이 무기를 휘두르며 군중을 향해 나아간다. 코너는 그들의 대열을 뚫고, 난동을 일으킨 무리에게 가장 먼저 다다른다.

「코너, 막아 줘!」 루커스가 애원한다.

코너는 그를 지나쳐 달려가 얽혀 있는 사람들 사이로 자기 몸을 던지며 그들을 밀어낸다. 코너를 알아본 사람들은 하나씩 물러난다. 결국 코너가 공격자들의 한가운데에 선다. 코너는 그곳에서 부모를 발견한다.

부모는 옷이 찢기고 얼굴과 몸은 피투성이가 된 채 땅에 쓰러져 있다.

하지만 살아 있다! 아직 살아 있다.

코너는 어머니를 잡아 일으켜 세운다. 아버지에게 손을 뻗는다. 아버지는 코너의 손을 잡고 일어난다. 부모는 난민처럼 보인다. 절망적이다. 압도적인 숫자의 무게에 단둘이 떠밀리고 있다. 그들은 무단이탈자처럼 보인다.

주변에서 군중은 여전히 열을 내고 있다. 폭동 진압 경찰이 공격하기 일보 직전이다. 화약고가 터지려 한다. 한번 터지면, 상황이 얼마나 나빠질지 누가 알겠는가? 모든 것이 이 순간에 달려 있다.

코너는 이 상황을 진정시키기 위해 무엇을 해야 할지 안다. 군중이 무엇을 봐야 하는지 안다.

그는 어머니와 아버지를 두 팔로 끌어안는다. 온 힘을 다해 끌어안는다. 그들의 중력에 끌려 들어오듯 루커스는 이토록 이상하고도 어색한 가족의 포옹에 합류한다. 코너에게는 군중과 경찰과 온 세상이 사라져 버린 것처럼 느껴진다. 하지만 코너는 그렇지 않다는 걸 안다. 모두가 그 자리에서, 이 일촉즉발의 해후가 어떻게 끝날지를 지켜보고 있다.

코너의 아버지는 코너의 귓가에 입술을 대고 속삭인다. 「우릴 용서해 줄 수 있겠니?」

코너는 자신에게 대답할 말이 없음을 깨닫는다. 지금 이 순간, 그의 내면 도표에서 〈예/아니요〉가 차지하는 부분은 아직 결정되지 않은 영역에 압도된다.

「전 두 분 목숨을 구하려고 이렇게 하는 거예요.」 코너가 말한다. 하지만 그게 전부가 아님을 안다. 코너는 이 포옹으로 그들을 리와인드하는 것 같다. 예전의 가족으로 돌아가는 것이 아니라, 아직 기회가 남아 있을지 모르는 가족으로 되돌리는 것처럼. 코너는 오늘 이들을 용서할 수 없음을 안다. 이들은 코너의 용서를 받기 위해 노력해야 할 것이다. 그만한 자격을 갖추어야 할 것이다. 하지만 오늘 모두가 살아남는다면, 언젠가는 그런 시간이 올 수도 있을 것이다.

이제 아버지는 코너의 어깨에 얼굴을 묻고 통제할 수 없이 흐느낀다. 어머니는 코너의 존재가 힘이 된다는 듯 그에게서 눈을 떼지 않는다. 군중은 지켜본다. 기다린다. 위기의 순간이 지나간다.

코너는 그제야 애러건의 말이 전적으로 옳았음을 깨닫는다. 코너가 이겼다. 그 말은 모두가 이겼다는 뜻이다.

「이제 집에 가도 돼?」 루커스가 묻는다.

「곧 가자.」 코너가 부드럽게 답한다. 「아주 조금만 더 있다가.」

그렇게 폭도가 물러나 그들에게 공간을 내준다. 폭동 진압 경찰은 무기를 권총집에 넣고 물러나며, 연단에 위에서는 리사가 서서 소나타처럼 부드러운 목소리로 군중을 진정시킨다. 그동안 코너는 다시는 놓지 않을 것처럼 가족을 끌어안는다.

감사의 말

〈언와인드 디스톨로지〉는 놀라운 여정이었다! 나의 편집자 데이비드 게일과 출판 담당자 저스틴 찬다는 처음부터 이 책을 믿어 주었다. 존 앤더슨, 앤 재피언, 리즈 코스나, 폴 크라이턴, 케이티 허시버거, 미셀 레오, 캔디스 그린, 앤서니 파리시, 카트리나 그루버, 차바 윌린, 클로이 포글리아를 비롯한 사이먼 앤드 슈스터의 모든 이가 믿을 수 없을 만큼 큰 지지를 보내 주었다. 나의 자녀(이 아이들을 언와인드할 생각은 꿈에도 없다!) 브렌던, 재러드, 조엘, 에린은 북 투어를, 그리고 아빠가 해괴한 생각에 빠져 사라져 버리는 시간 전부를 견뎌 주었다. 우리 아이들이 최고다! 또한 나의 조수인 마샤 블랭코와 바브 소벨이 아니었다면, 이 모든 책을 쓸 시간조차 없었을 것이다. 우리 〈사람들〉도 최고다! 또한 출판 에이전트인 앤드리아 브라운과 해외 저작권 에이전트인 타린 패거니스, 엔터테인먼트 업계 에이전트인 스티브 피셔와 데비 듀블힐, 매니저 트레버 엥글슨, 계약 담당 변호사 셉 로즌먼, 리 로즌바움, 지아 팔라디노에게도 감사를 전한다. 줄리언 스톤, 캐서린 키멀, 샬럿 스타우트, 마크 베너다우트, 파버 듀어를 비롯해 〈언와인드 디스톨로지〉를 영화로 만들기 위해 애쓰고 있는 모든 이에게도 감사한다. 이보다 더 나은 제작자나 친구는 바랄 수 없다. 또한 콘스탄틴 필름의 로버트 쿨저와 마고 클루언스에게도 내 작품을 알아보고 열정적으로 응원해 준 것에 감사한다. 「언스트렁」과 언와인드 세계관의 미출간 단편소설을 함께 작업해 준 미셸 놀든에게, 또한 소셜미디어 운영에 큰 힘이 되어 준 매슈 루리, 시몬 파월, 시몬 왓슨, 타일러 홀츠먼, 애니 윌슨, 미라 맥닛, 매슈 세츠콘, 내털리 소모스에게도 감사를 전한다! 무엇보다도, 입소문으로 이 책을 전 세계에 퍼뜨려 주신 팬 여러분에게 감사드린다. 이 마지막 책이 여러분의 기대 그 이상이기를 바란다!

옮긴이의 말

말도 많고 탈도 많았던 2024년 미국 대선. 다양한 갈등이 수면 위로 떠오른 가운데, 가장 뜨거운 이슈 중 하나는 인공 임신 중절이었다. 임신한 사람의 신체적 자기 결정권을 존중해 원치 않는 임신을 중단할 수 있도록 허용할 것인가(선택파, Pro Choice), 아니면 태아를 이미 태어난 인간과 동등한 생명으로 간주하고 그 생명을 보호한다는 목적으로 임신한 사람의 자기 결정권을 제한할 것인가(생명파, Pro Life). 이 문제는 다양한 각도에서 깊이 성찰해 볼 필요가 있다.

예컨대 〈생명파〉라는 명칭 자체가 〈선택파〉 입장에서는 편파적으로 느껴질 수 있다. 〈선택파〉 대다수는 〈무엇을 생명으로 볼 것인가〉라는 철학적 문제, 태아를 생명으로 간주할 수 있는 특징이 무엇이며 그것이 언제부터 시작되는지를 둘러싼 과학적 문제 등이 먼저 해결되어야만 임신 중절 금지가 생명 보호를 위한 것인지 따져 볼 수 있기 때문이다. 예를 들어 〈선택파〉는 출산 시 임신한 사람의 건강에 심각한 문제가 발생하거나, 성폭행 등 불행한 사건에 따른 임신, 혹은 학대를 일삼는 남성이 여성을 곁에 붙잡아 둘 목적으로 원치 않는 임신을 반복적으로 강요하는 상황에서 임신 중절을 금지하는 것은 임신한 사람의 생명권을 포함한 인권을 심각하게 침해할 수 있다고 본다. 태아와 임신한 사람 사이에 권익이 충돌하는 경우, 두 생명 간 이해관계의 충돌을 논의하려면 최소한 태아가 생명이라는 점은 전제되어야 할 것이다.

이외에도 현실적인 문제들이 있다. 병원에서 임신 중절이 금지되면 오히려 비위생적이고 위험한 방식으로 중절을 시도하는 사례가 발생할 수 있으며, 원치 않는 임신으로 태어난 아이를 누가, 어떻게 양육할 것인지에 대한 실질적인 문제도 함께 논의되어야 한다. 이를 세심히 살피지 않고서는 임신한 사람에게도, 태어날 아이에게도 도움이 되지 못하고 고등학교 논술 수업에서나 할 법한, 논쟁을 위한 논쟁만 거듭되기 십상이다.

불행히도, 특히 종교가 정치에 깊이 개입하고 또 동원되는 상황에서 이 문제는 하나의 상징적 이슈가 되었고, 결국 그런 〈헛돌기〉의 블랙홀에 빠지고 만 듯하다. 임신 중절의 허용 여부는 임신한 사람에게도, 또 태아의 삶에도 극심한 영향을 끼친다. 그럼에도 〈구체적 인간〉에 대한 진지하고 따뜻한 관심 없이 그저 추상적인 차원에서만 토론이 반복된 결과, 이 문제는 실질적 해결은커녕 또 하나의 분열과 갈등의 사례로 전락했다.

닐 셔스터먼의 〈언와인드 디스톨로지〉는 바로 그런 무의미한 논의를 다시 구체적인 차원으로 끌어온다. 〈선택파〉와 〈생명파〉의 갈등이 극단으로 치달아, 애초에 양측이 무엇을 두고 싸웠는지는 더 이상 중요하지 않게 된 세계. 결국 하트랜드 전쟁이라는 끔찍한 내전이 벌어진 끝에 일단 임신한 아이는 모두 낳되 13세부터 18세 사이에 언와인드, 즉 〈소급적 중절〉을 허용한다는 충격적인 합의가 이루어진 세계를 대담하게 상상하면서 말이다.

언뜻 보기에는 작가의 입장이 생명파에 치우친 것으로 보일 수 있다. 주인공이 언와인드당하기 직전의 청소년들이며, 굳이 따지자면 〈태아〉의 입장에 가까운 아이들이기 때문이다. 그러나 이야기가 전개되면서, 〈이렇게 생생히 살아 숨 쉬는 존재를 태중에서 죽여서는 안 된다〉라는 교조적인 메시지를 기대한 독자들은 그야말로 가장 먼저 뒤통수를 맞은 듯한 충격을 느끼게 될 것이다. 이 소설은 우리의 현실과 멀지 않은 에피소드를 통해 그 논리를 뒤집기 때문이다.

예를 들어 〈황새 배달〉은 이 소설에 등장하는 희한한 제도 중 하나다. 이 세계에서는 임신 중절이 허용되지 않지만, 출산한 부모가 반드시 아기를 키울 의무는 없다. 태어난 아기를 아무 집 현관 앞에 가져다 두면, 그 집은 아기를 키워야 할 의무가 생긴다. 이렇게 〈황새 배달〉된 아기들은 운이 좋으면 사랑받으며 자라지만, 그렇지 않을 경우도 있다. 예컨대 주인공 코너의 부모는 그렇게 배달된 아기를 떠맡고 싶지 않아 옆집에 몰래 가져다 둔다. 옆집도 마찬가지다. 그렇게 아기는 배달되고 또 배달되며 동네를 뱅뱅 돌다가 결국 굶어 죽는다.

이 에피소드가 〈태아는 일단 낳자〉는 생명파의 주장을 강화한다고 볼 수 있을까? 그렇다고 이 비극이 선택파의 주장을 선전한다고 볼 수도 없을 것이다. 그보다는 아기의 죽음을 깊은 상처로 기억하며 아파하는 코너를 통해 우리는 아파하고 슬퍼하게 된다. 그 아기를 구체적인 존재로서 기억하게 된다.

　이 에피소드만이 아니다. 사실, 이 소설에 등장하는 모든 언와인드는 서로 다른 이유로 〈선택〉과 〈생명〉을 지지하는 양측이 놓쳐 버린 인간 한 명, 한 명을 상징한다. 고아원이라고 할 수 있는 주립 보호 시설에서 예산 삭감의 대상이 되어 언와인드가 된 리사. 부모의 파산으로 친척 집에 맡겨졌다가 언와인드가 된 엠비. 남자 친구에게 학대당하는 엄마를 위해 맞섰다가 엄마가 남자 친구 편을 들면서 언와인드가 된 롤런드. 부모가 이혼하면서 상대에게 양육권을 넘기느니 차라리 아이를 언와인드해 버리자고 하는 바람에 언와인드가 된 헤이든. 반항적이고, 말썽을 부리고, 공부를 못하고, 심지어 비위생적이라는 이유로 언와인드가 된 수많은 아이.

　언와인드는 이 아이들의 모든 장기를 잘라 다른 사람에게 이식하는 것이다. 이 아이들의 바람직하지 않은 인생을 끝내고 분열된 상태에서나마 더 나은 삶을 살아가게 한다는 게 명분이다. 말도 안 되는 극단적인 이야기라고 단정하기 전에 〈언와인드가 되었다〉라는 말을 〈버려졌다〉, 〈집에서 쫓겨났다〉 등으로 바꾸어 읽어 보라. 그리고 이렇게 거리로 내몰린 아이들이 겪는 극심한 경제적·신체적·정서적 고통을 생각해 보라. 과연 아이들을 그렇게 버린 사회가 언와인드를 시행하는 소설 속 사회보다 인간적인 사회일까? 이런 아이들이 실제로 범죄의 위협에 노출되어 있으며, 극단적인 경우라고는 해도 장기 밀매의 대상까지 될 수 있다는 점을 생각해 보면, 과연 우리의 현실이 소설 속 세상과 그렇게까지 동떨어져 있는지조차 더욱 모호해진다. 우리에게 없는 건, 다른 사람의 장기를 부작용 없이 이식할 수 있는 과학 기술뿐인 것 아닐까? 만일 그런 기술이 있다면, 우리는 그 기술을 이용해 〈낙오자〉들을 해체하고 그들을 재료로 삼아 좀 더 〈성공한〉 사람들, 〈사회에 필요한〉 사람들을 살리려 들지 않을까? 거기에 막대한 돈을 벌 기회까지 주어진다면, 우리는 어떤 선택을 하게 될까? 사실 그 답은 우리가 오늘 한 행동, 생각, 하다못해 댓글 한 줄 속에도 이미 스며든 것 아닐까?

이 소설이 단순히 임신 중절 문제에서 그치지 않고 우리 사회를 진지하게 돌아보게 하는 이유가 여기에 있다. 아이들이 낙오자가 되는 이유, 낙오자로 취급되는 아이들을 사회가 어떻게 소비하고 방치하는지를 이 소설은 다각적으로 검토한다. 자기 가족만을 우선하는 배타적 사랑, 공포, 선동, 무지, 명예욕, 과학 기술의 무비판적 진보, 그리고 그 모든 이면에 숨어 있는 자본주의적 탐욕. 한편으로, 우리는 여러 캐릭터를 스릴 넘치게 따라가며 이처럼 복잡하게 뒤엉킨 디스토피아를 해체하고, 다시 통합된 세상으로 엮어 내는 데 필요한 것이 무엇인지를 고민하게 된다. 코너와 리사의 따뜻한 인간성, 레브의 자기 희생, 캠의 영리함과 인내심, 헤이든의 전략적 사고, 심지어 스타키의 폭력까지 말이다.

물론, 그 과정에서 우리는 좀 더 근원적인 문제에 접근하게 된다. 애초에 〈선택파〉와 〈생명파〉 간 갈등의 이면에 있던 이 핵심적인 물음은, 즉 〈생명이란 무엇인가〉라는 질문이다. 이 소설에서 그 질문은 〈태아가 과연 생명인가〉라는 식으로 직접 제시되지 않는다. 대신 누구에게서도 태어나지 않은 존재, 언와인드된 사람의 장기만으로 재조합된 〈리와인드〉캠의 처절한 고민을 통해 드러난다. 우리는 그를 보면서, 그를 따라서 고민하게 된다. 무엇이 그를 사람으로 만드는가? 무엇이 우리를 사람으로 만드는가?

   정말이지 탁월한 점은, 이토록 진지하고 중요한 문제를 다루고 있음에도 이 책이 단 한 순간도 지루한 사변으로 흐르지 않는다는 것이다. 그야말로 박진감 넘치는 전투와 추격, 첩보와 탈출 장면들은 넷플릭스에서 가장 잘나가는 액션 시리즈와 견주어도 손색이 없다. 좋은 문화 콘텐츠는 〈즐겁게 하면서 교육한다〉고들 한다. 하지만 그보다 더 뛰어난 콘텐츠는 독자가 언제 즐기고 언제 배웠는지를 구분할 수 없을 만큼 두 요소가 통합된 작품이다. 이런 기준으로 볼 때, 〈언와인드 디스톨로지〉는 훌륭한 작품이다. 모든 훌륭한 작품이 그렇듯, 위험한 매력을 품고 있는.

2025년 7월

강동혁

옮긴이 **강동혁** 서울대학교 영문학과와 사회학과를 졸업하고 동 대학원에서 영문학 석사 학위를 받았다. 옮긴 책으로 바버라 킹솔버의 『내 이름은 데몬 코퍼헤드』, 에르난 디아스의 『먼 곳에서』, 『트러스트』, 커트 보니것의 『타이탄의 세이렌』, 압둘라자크 구르나의 『그 후의 삶』, 앤디 위어의 『프로젝트 헤일메리』, 토바이어스 울프의 『올드 스쿨』, 『이 소년의 삶』, J. K. 롤링의 〈해리 포터〉 시리즈, 앤드루 숀 그리어의 『레스』, 진 필립스의 『밤의 동물원』, 말런 제임스의 『일곱 건의 살인에 대한 간략한 역사』(전2권) 등 다수가 있다.

언디바이디드: 온전한 존재

발행일 2025년 7월 10일 초판 1쇄

지은이 닐 셔스터먼
옮긴이 강동혁
발행인 홍예빈
발행처 주식회사 열린책들

경기도 파주시 문발로 253 파주출판도시
전화 031-955-4000 팩스 031-955-4004
홈페이지 www.openbooks.co.kr 이메일 literature@openbooks.co.kr

Copyright (C) 주식회사 열린책들, 2025, *Printed in Korea.*
ISBN 978-89-329-2525-7 04840
ISBN 978-89-329-2521-9 (세트)